博雅导读丛书

中国现代经典短篇小说文本分析
（第二版）

ZHONGGUO XIANDAI JINGDIAN DUANPIAN XIAOSHUO WENBEN FENXI (DI-ER BAN)

刘俐俐 著

北京大学出版社
PEKING UNIVERSITY PRESS

图书在版编目(CIP)数据

中国现代经典短篇小说文本分析/刘俐俐著. — 2 版. —北京：北京大学出版社，2021.10
(博雅导读丛书)
ISBN 978 - 7 - 301 - 32430 - 1

Ⅰ.①中… Ⅱ.①刘… Ⅲ.①短篇小说—小说研究—中国—当代 Ⅳ.①I207.427

中国版本图书馆 CIP 数据核字(2021)第 176709 号

书　　名	中国现代经典短篇小说文本分析（第二版）
	ZHONGGUO XIANDAI JINGDIAN DUANPIAN XIAOSHUO WENBEN FENXI（DI-ER BAN）
著作责任者	刘俐俐　著
责任编辑	张雅秋
标准书号	ISBN 978 - 7 - 301 - 32430 - 1
出版发行	北京大学出版社
地　　址	北京市海淀区成府路 205 号　100871
网　　址	http://www.pup.cn　新浪微博：@北京大学出版社
电子邮箱	编辑室 wsz@pup.cn　　总编室 zpup@pup.cn
电　　话	邮购部 010 - 62752015　发行部 010 - 62750672
	编辑部 010 - 62757065
印　刷　者	天津中印联印务有限公司
经　销　者	新华书店
	965 毫米 × 1300 毫米　16 开本　30.5 印张　440 千字
	2006 年 7 月第 1 版
	2021 年 10 月第 2 版　2025 年 6 月第 4 次印刷
定　　价	79.00 元

未经许可，不得以任何方式复制或抄袭本书之部分或全部内容。
版权所有，侵权必究
举报电话：010 - 62752024　　电子邮箱：fd@pup.cn
图书如有印装质量问题，请与出版部联系，电话：010 - 62756370

目录

导读　文学经典：一个开放性的研究课题/1

永远的故乡与鲁迅的返乡之路
　　——鲁迅《故乡》的文本分析/15
附：故乡/23

目击沉沦者沉沦的小说艺术
　　——郁达夫《沉沦》的文本分析/30
附：沉沦/39

我们今天如何读许地山的《缀网劳蛛》
　　——许地山《缀网劳蛛》的文本分析/67
附：缀网劳蛛/76

废名的《桃园》是怎样写成的
　　——废名《桃园》的文本分析/91
附：桃园/101

《一个危险的人物》的文学意义是如何诞生的
　　——王鲁彦《一个危险的人物》的文本分析/108
附：一个危险的人物/117

聚焦于自我情感轨迹的叙述模式
　　——施蛰存《上元灯》的文本分析/130
附：上元灯/139

童话文体魅力的当代体验
　　——叶圣陶《古代英雄的石像》的文本分析/145
附：古代英雄的石像/154

目录

"同故事人物"的限知视角叙述及其艺术魅力
　　——蹇先艾《在贵州道上》的文本分析/158
附：在贵州道上/167

借用历史材料以构筑别样世界的小说艺术
　　——茅盾《石碣》等三篇历史小说的文本分析/180
附：石碣/190
　　豹子头林冲/194
　　大泽乡/199

多层叙述的艺术力量与"幸福"话题的当代延伸
　　——巴金《复仇》的文本分析/205
附：复仇/213

女人成为流通物与文学意味的产生
　　——柔石《为奴隶的母亲》的文本分析/221
附：为奴隶的母亲/231

意境和格调：艺术价值的主要来源
　　——沈从文《菜园》的文本分析/250
附：菜园/258

由特殊的人生感觉而成就特殊的小说艺术
　　——穆时英《夜总会里的五个人》的文本分析/266
附：夜总会里的五个人/275

在无限虚拟中品味人生的艺术
　　——林徽因《九十九度中》的文本分析/294
附：九十九度中/304

目录

"不传！不传！"的魅力与"最后一个"的阐释空间
　　——老舍《断魂枪》的文本分析 /320
附：断魂枪 /328

永远的华威先生与反讽艺术
　　——张天翼《华威先生》的文本分析 /335
附：华威先生 /340

"金锁"隐喻与诗性的故事
　　——张爱玲《金锁记》的文本分析 /346
附：金锁记 /354

转喻与提喻相结合的小说艺术
　　——孙犁《荷花淀》的文本分析 /389
附：荷花淀 /396

今天怎样阅读赵树理的小说
　　——赵树理《催粮差》的文本分析 /403
附：催粮差 /412

永远的"游园"与梦醒时分的痛苦
　　——白先勇《游园惊梦》的文本分析 /419
附：游园惊梦 /430

总　论 /449
文学经典文本分析的学术拓展与教学实践
（代后记）/471

导读 文学经典:一个开放性的研究课题

近年来我一直在短篇小说文本分析领域工作,回到文学事实本身,不断激发我的理论灵感,伴随分析过程,让我思考相关的理论问题。本书作为"导读"不可能将全部思考付诸文字,我准备在三个方面展开讨论,一个是关于文学经典的问题,一个是关于文本分析和方法的关系问题,一个是阐释本书的几个特点。

一 关于文学经典的思考

文学经典问题是当前学术界的热点话题。从 20 世纪六七十年代开始,西方学术界以自由多元论这一政治话语质疑经典构成的"自然性"。80 年代"经典之争"开始在体制上显示出来,标志就是 Leslie Fiedler 和 Houston Baker 主编的《英语文学:打开经典》(*English Literature: Opening up the Canon*,1981)一书的出版。这本书的宗旨是向传统的文学批评实践及其认识论提出挑战。1983—1984 年,美国著名杂志《批评探索》(*Critical Inquiry*)主办了以文学经典为主题的讨论,刊登了一系列文章。随着讨论的逐渐深入,各种专著相继出版,文学经典成为西方文学研究中的热门话题。我国学术界回应西方关于文学经典的思考,展开了相应的讨论和研究,主要集中在文学经典的生成、性质、流变规律、功能以及消解等方面。应该说,对这些理论问题的研究非常必要也非常重要,但是,在我看来,关于文学经典还有更重要的问题:在已然成为经典的文学作品面前,我们应该做什么?或者说,我们愿意做什么?与此相关,我的思考如下:

1. 在我看来,文学经典就是在文学史上经受住历史考验,被普遍认可的重要文学文本/作品。文学经典固然借鉴了已有优秀文学的经验和成就,但是创造性远远大于借鉴性。由于这些文学文本/作品具有创造性意义,所以才能在文学史上经受住考验,成为经典。或者说,由于艺术上的创新和成熟而成为经典。文学经典的形成原因很复杂。除了艺术上的创新和成熟等原因之外,还有一些原因也非常值得注意:文本有写作时代的浓重痕迹,甚至带有幼稚的痕迹。作家所属的那个文学流派早已过去,时代和幼稚以及流派的痕迹成为了永远的纪念。这种文学经典在当今阅读中产生了很复杂的感受,值得研究。如本书中解读的许地山的《缀网劳蛛》,其艺术手法及文学观念与今天相比有很大差异。在情节和人物心理状态的关系方面,外在故事结构的急剧转折及转化与人物内心始终平静如一形成了反差;以几大段诗句开篇,给读者以听佛陀说法的心理感觉,营造了一种特殊的叙述气氛;粗线条的叙述话语,常常几句话就将很长一个时间过程的内容叙述完毕了。当然,这些特点也许恰恰体现了许地山的佛教感受和他对文学的理解。在文本分析中,我发现《缀网劳蛛》文本内部的特点以及它在文学史上占有一定地位的原因都非常值得研究。

2. 文学经典对于文学理论的价值。文学经典是一种有待不断开发的精神文化资源。所谓的精神文化资源体现在两个方面。其一,是对于人们精神的滋养。文学经典是人类感情的库存,其中蕴含的人类感情丰富而且多样。用德国诠释学家伽达默尔在《真理与方法》中的说法,历史流传下来的文物、传统哲学、经典文学等,都是历史流传物,这些东西一定能够向我们传递一些信息,并且具有教化功能,其教化功能通过历史流传物自身蕴含的人性的、普遍精神的有效张力而实现。历史流传物在流传过程中,不断被加进去新的理解,新的理解不断地被融合到这个流传物中去,丰富着这个历史流传物。文学经典对于人们精神的滋养是其他文化形式不可替代的。其二,文学经典对于文学理论的价值。西方文学批评中有一个现象值得研究:许多经典叙事学家,甚至解构主义叙事理论家都从文学经典入手研究叙事理论。比如,法国经典叙事学家热拉尔·热奈特在《叙事话语 新叙事话语》中开篇就说:"本书研究的特定对象是《追忆逝水年华》中的叙事。"但是,热奈特说得很清楚,"和一切作品、一切肌体一样,《追忆》由普遍的或至少超越个别的要素组成,它把这些要素集合成特定的综合体,独特的整体。分析它,不是从一般到个别,而正是从个别到一般……我在此提出的主要是一种分析方法,我必须承认在寻找特殊性时我发现了普遍性,在希望理论为评论服务时我不由自主地让评论为理论服务"[1],确实,热奈特的《叙事话语 新叙事话语》就是因评论和研究普鲁斯特的长篇小说《追忆逝水年华》而成为经典叙事学的重要理论著作的。这就是评论为理论服务。何以如此?《追忆逝水年华》的叙事现象非常丰富,出现了一些以前叙事性文学作品中没有出现过的创新手法,从这些现象中可以提出和概括一些普适性的理论,并推进理论的发展。正如热奈特所说:"我觉得不可能把《追忆逝水年华》当作一般的叙事,或小说叙事,或自传体叙事,或天知道什么别的等级、类别、种类的普通例子来处理:普鲁斯特叙述的特殊性从总体上看是不可缩减的,任何推论在这里都将是方法上的失着;《追忆》只说明它本身。但另一方面,这种特殊性并非不可分解,从分析中得出的每一个特点都可以进行对照、比较或展望。和一切作品、一切机体一样,《追忆》由普遍的或至少超越个别的要素组成,它把这些要素集合成特定的综合体,独特的整体。分析它,不是从一般到个别,而正是从个别到一般……"[2]我所阅读过的由对普鲁斯特《追忆逝水年华》的评论而升华为探讨理论问题的西方学者的著作还有瓦尔特·比梅尔的《当代艺术的哲学分析》[3]。在这部著作中,比梅尔将普鲁斯特和卡夫卡两位作家作了细致的现象学分析。还有美国著名的叙事学家希利斯·米勒的《解读叙事》中的第12章,也是以《追忆逝水年华》为对象讨论"错格的谎言"。用希利斯·米勒的话说:"在普鲁斯特的《追忆逝水年华》中,有一个精彩的片断,它集中体现了将叙事中部的非确定性与源头的分裂连接起来的各种因素。"[4]这些研究路径表

---

[1] 〔法〕热拉尔·热奈特:《叙事话语 新叙事话语》,王文融译,中国社会科学出版社1990年版,第4页。

[2] 同上。

[3] 〔德〕瓦尔特·比梅尔:《当代艺术的哲学分析》,孙周兴、李媛译,商务印书馆1999年版。

[4] 〔美〕希利斯·米勒:《解读叙事》,申丹译,北京大学出版社2002年版,第147页。

明,由于文学经典最典型地体现了它所属文体的存在状态,蕴涵的文学手法和艺术创新因素丰富复杂,因此更值得研究。依热奈特所说,《追忆逝水年华》在遵从长篇小说规矩的同时出现了不少以往长篇小说中没有的叙事现象。《叙事话语 新叙事话语》在文学理论中的学术价值已经表明,《追忆逝水年华》不仅对文学做出贡献,而且对文学理论也做出了巨大的贡献。依据这个思考,我在本书中对于文学经典艺术价值的分析,特别注意文本中复杂特异的文学现象,注意这些现象在文学理论的概括提升中不可低估的意义。比如,关于张爱玲的小说《金锁记》,研究者已经做了杰出的工作,我则发现了《金锁记》的情节设计明显地呈现为平衡结构,即曹七巧吸收聚集恶与释放恶的两个阶段所组成的完整过程是一个平衡结构。人物的形象塑造就在这个结构中臻于完成。但是这个表层叙述结构却具有深层的原因,或者说,小说叙述所获得的张力效果是让阅读和分析可以探寻到其深层原因。前后两个阶段的过渡,是通过曹七巧照镜子,看到人已经老了十年而完成的,这是中国小说中少见的结构及叙述方式。"金锁"的意象以及所产生的非同凡响的艺术效果都与此有关。本书的撰写过程,进一步证明了,文学理论的诞生脱离不了具体的文学现象,任何一个理论命题的诞生都有特定的原始语境。而文学经典对于文学理论的价值有待于深入开掘。

3. 关于作品和文本的思考。这个思考与我所执着的文本分析相关。作品和文本的区别及联系何在?罗兰·巴尔特的论文《从作品到文本》①是我思考的主要借鉴材料。罗兰·巴尔特认为:作品是感性的,拥有部分书面空间(如存在于图书馆中);文本则是一种方法论的领域。文本是基础,依据文本进行想象的产物就是作品,也就是文本被阅读就成为作品了。文本是对符号的接近和体验,作品则接近所指。也可以认为,作品自身作为一般符号发挥作用并代表了符号文化的一般类型。文本则相反,常常是所指的无限延迟;文本是一种延宕;其范围就是能指部分。……从词源上讲,文本就是编织物的意思,textus,意谓"织成",文本就是由此转

---

① 〔法〕罗兰·巴尔特:《从作品到文本》,杨扬译,蒋瑞华校,原载《文艺理论研究》1988年第5期。

义而来。每个文本,其自身作为与别的文本的交织物,具有交织功能,构成文本的引文无个性特征,不可还原并且是已经阅读过的,它们是不带引号的引文。作品则是在一个确定过程中把握到的。在借鉴罗兰·巴尔特思想的基础之上,我对作品和文本之间的联系和区别的理解是:文学作品可以被视为文学家创造活动的最终成果,意指源自特定的作者,具有文学属性并蕴涵特定意义的语言构造。文学中的文本概念,指的是具有文学属性的具体语言形态本身。作品与文本二者的内涵和所指皆有部分的重合,重合在于都是指称一个特定的语言构造形态;二者的区别是,作品,是指某位作家所创作的,并且被读者所阅读、与审美价值相联系的文本;文本,更侧重于语言形态本身,是没有被任何一种审美阅读所具体化了的语言形态,如果探寻艺术价值,只能在文本中进行。我的文本分析意在研究文本的艺术价值。区分作品与文本,意味着我们对于文本可以不断地分析研究,不断地发现其艺术价值,而不同时代、不同文化背景的读者则可以从文本中具体化一个作品。审美价值就是这样不断延伸的。文学经典就是在艺术价值的不断被重新发现以及审美价值的延伸中焕发其永恒魅力。

以上所讨论的问题侧重从文学经典本体角度来思考,但已经开始渗透了对于文本分析的思考。下面我进而从方法论角度展开讨论。

二 在文本分析中我为什么一定要采用各种方法?

1. 问题提出的缘由。我的《外国经典短篇小说文本分析》一书出版之后,一方面得到了读者的喜爱,另一方面读者给我提出了一些建议和质疑,其中质疑对我的启示和帮助最大,让我高兴和感动。有读者提出,这样一种文本分析,究竟是为了让文学经典文本为各种理论方法作注解,证明那些理论方法的有效性呢,还是通过分析揭示文学经典的奥妙呢?如果是前者,在文本中引述的理论都是一些片断,不是完整的理论表述,并不圆满。如果是后者,又显得过于注重理论而对奥妙描述不够。这个问题很有趣。一方面确实眼光敏锐,另一方面也意味着提出者预设了一个前提,即对于艺术奥妙的描绘和揭示与理论方法的运用不可同时并存。

我的回答是,我的文本分析是借助于某些方法揭示和解释文学经典的艺术奥妙,也就是揭示及解释艺术价值构成的机制。我认为对艺术奥妙的描述和揭示与自觉地运用理论和方法并不矛盾。同时我也明白,毕竟如此有意识地采用一种或多种方法分析一个文本是文学批评的一种探索,没有现成的经验可资借鉴,肯定会有不够圆满之处。比如,如何处理好理论方法的介绍和具体分析的关系,怎样在解析中保存文学经典艺术的完整性和生动性等,确实值得继续探索。这个问题的最大价值在于,引发我深入思考运用各种方法分析文本和文学经典文本自身之间的关系。

2. 面对文学经典的研究路径问题,是我思考"在文本分析中我为什么一定要采用各种方法?"的第一方面。当我们说某作品是文学经典的时候,也就等于我们已经认可了它的价值。那么,我们要研究文学经典,就是以文学经典的效果为逻辑起点。这就涉及文学经典研究的路径问题。索绪尔结构语言学所提出的共时语言学理论,把语言作为一种功能系统来理解,从共时的角度观察语言,努力把这个系统中使得语言的形式和意义得以存在的规则和程式说清楚。也就是从语言的效果出发,说清楚这个效果是如何产生的。这个思路被文学理论家们所借鉴,并运用到文学研究中来。美国结构主义文论家、康奈尔大学教授乔纳森·卡勒在他的理论著作《当代学术入门:文学理论》中明确提出,"在文学研究中也有一个经常被忽略的基本区别,就是两个课题的区别:一个根据语言学的模式,认为意义就是需要解释的东西,并且努力证明为什么意义会成为可能。另一个与其相反,它从形式开始,力图解释这些形式,从而告诉我们这些形式意味着什么"。这就是诗歌学和解释学的对比,乔纳森·卡勒指出语言学的模式形成文学研究中相应的诗歌学研究模式,而文学研究中的解释学的模式则是从法律和宗教领域中借鉴的。在法律和宗教领域,人们试图对具有权威性的法律文本和神圣的宗教文本加以解释,目的是对如何行动做出决定。乔纳森·卡勒认为,"诗歌学以已经验证的意义或者效果为起点,研究它们是怎样取得的。而解释学则不同,它以文本为基点,研究文本的意义,力图发现新的、更好的解释"。他进而指出:"以意义或效果为出发点的方式(诗歌学)与寻求发现意义何在的方式

(解释学)有着根本的区别。"①乔纳森·卡勒给我们描述了面对文学经典可能有的两种姿态。其他一些理论家比如英国文学理论家燕卜逊也谈到过，具有审美价值的文学作品，都可以在理论上加以分析和解释。后面我们还会介绍燕卜逊的相关思想。《红楼梦》《战争与和平》《神曲》等，这些文学经典在漫长的历史隧道中是如何逐步被经典化的，这是需要从文学、社会学、美学、心理学甚至政治学、经济学等多学科综合考察才能得到解释的，无论成因多么复杂，这些作品毕竟都已经成为文学经典了，也就意味着它们有成为文学经典的文本内在的依据。对此，我们目前的研究模式就应该是诗歌学的，即说清楚它们的艺术效果是如何形成的。那么，怎么说清楚呢？我们以往习惯运用单一的社会学方法，那种研究方式的研究结论一般来说属于社会和历史，而不是属于文学艺术，与解释艺术效果的形成原因相距甚远。应该说，越是优秀的文学作品，特别是文学经典，因为其构成中艺术特性的含量大，艺术手法和现象丰富，所以，承受各种批评方法的能力就更强。或者换个角度说，各种理论和方法在运用于文学经典分析过程中更能发挥自己的力量。当我们采用各种方法在不同的层面进入作品，进行分析，然后自然地转换到评价的时候，所做的其实就是揭示艺术效果何以可能的工作，这属于诗歌学的研究。我在《外国经典短篇小说文本分析》中已经开始探索诗歌学的研究模式，试图通过分析回答，这些作品为什么在那么漫长的历史中能持续发挥其艺术魅力。而这种诗歌学的研究模式，就是我所理解的对于文学经典最适合的研究路径，落实到我的工作中就是所谓文本分析的研究方式。这个认识，在《外国经典短篇小说文本分析》中已经初步形成，在本书中进一步明晰并成为自觉的研究理念。对此，我也确实有了不少惊喜的发现。比如，从文学经典的效果出发，会引发出与其他文本效果会通性的把握。比如，我分析废名《桃园》的时候，发现王老大在街上买的玻璃桃子被孩子撞碎后，出现了一个隐喻效果，暗喻在家里的女儿阿毛死了。这让我联想起另外两个短篇小说中几乎同样的艺术手法。这两个作品也都能引起神奇的联

---

① 〔美〕乔纳森·卡勒：《当代学术入门：文学理论》，李平译，辽宁教育出版社、牛津大学出版社联合出版1998年版，第64—65页。

想,这是隐喻所产生的功能,即描写一处的物象以喻另一处的物象,或者说都充分利用了意象。或者是用一个意象置换另一个意象,或者用一个意象比喻另一个意象。再比如巴金的《复仇》具有多层次的解读效应;一个话题勾起了不同国别不同时代人们的兴趣和讨论,这个话题似乎永无完结,还在引起今人的兴趣。读者阅读,就是参与对这一话题的讨论。这样的艺术效果也发生在俄国作家列夫·托尔斯泰的《舞会以后》中。我在《外国经典短篇小说文本分析》中分析《舞会以后》的文章《一段空白所决定的一生》,已经阐释过这个效果产生的原因。现在通过对《复仇》的分析,和《舞会以后》相联系来思考,我发现故事套着故事,是两个短篇共同的叙述策略。最外层的故事是一个讲故事的现场。其区别在于,在《舞会以后》中有两个故事叙述者,所以我的文本分析中有一个小标题就叫作"两个层面的叙述及其魅力"。《复仇》中有三个故事叙述者,所以我的文本分析中有一个小标题就叫作"三个层面的叙述及其宽阔的阅读空间"。分析《复仇》的文章题目为《多层叙述的艺术力量与"幸福"话题的当代延伸》,意在表明选择一个话题在不同叙述层面讲故事的小说艺术是中外作家的默契。可以说,诗歌学的研究路径贯穿于这部书的始终。

3. 运用方法分析文本,就是对文学经典中的艺术特性进行命名。文学经典凝聚了作家的创作经验、艺术技巧和创新。文学经典是优秀作家精神创造活动的产物。作家积累了大量的艺术经验,他们总有些不同于已往的对于文学的理解和艺术处理方式,但是作家的思维方式以感性为主,他们已经将自己的艺术创新和对于文学的理解凝练在文本中,文本就是他们的表述方式。他们不善于用理论的语言,而是用概念和范畴来表述自己的理解和创新。如果我们请作家表述自己渗透在某部作品中的对文学的理解和创新,他们依然会用感性语言而不是用概念和范畴来表述。关于这一点,一些卓有成就而又能深刻理解文学创作的理论家认识得很清楚。比如,法国叙事学家热拉尔·热奈特在《叙事话语 新叙事话语》的后记中说:"但我认为我们不应盲目相信一位作家……一位大艺术家的美学意识可以说从来跟不上他的实践,这仅仅是黑格尔以密涅瓦之鸟的迟飞为象征的启示之一。"①作家们既富有艺术创造性而又不善于理性地概括和表达的特点,呈现在他们作品中,就是"可以清楚看出其中处于萌发状态的东西,尤其因为违反常规和审美创造在他作品中往往是不由自主的,有时是无意识的……"②也就是用原有的概念范畴以及已有理论无法表述的现象。比如,热奈特发现了《追忆逝水年华》的一些不合常规之处,用他自己的话说:"在这里对《追忆》'强加'的扫描(光学含义),也许同样使我们有可能(希望如此)从新的角度显示常常被普鲁斯特本人和时至今日的普氏评论所低估的一些特点(如反复叙事或假故事的重要性),或者更准确地描绘已然发生的特点,如时间倒错或多重聚焦。"③

实际情况是,以往文学批评理论,以及对应叙事性文本的叙事学理论,都是理论家对于优秀文学作品中艺术规律和手法的发现和概括。如我们已经反复引述的热拉尔·热奈特的《叙事话语 新叙事话语》,其中就总结了普鲁斯特在《追忆逝水年华》中的时间问题,包括顺序、时距、频率等方面的创造性手法,热奈特把这些手法称为"与时间的游戏"。热奈特总结说:"内插、扭曲、浓缩,普鲁斯特的小说想必正如他标榜的那样是部'失去并找回时间'的小说,但也是(或许更加隐蔽)一部'驾驭、征服、控制、暗中破坏,或确切地说曲解时间'的小说……"他进而评价说:"大艺术家对此从不吝啬,而这与他们的天才,即他们对一切理论,包括自己的理论的超前实践成正比。分析家的职责不是对此感到满足,也不是视而不见,手法一经'揭露'后,他应当研究援引的动机在作品中如何作为美学中项发挥作用。"④在中国这样的情形也很多。比如,今天看来,"背面敷粉法"已经是一个命题了。这是我国明清之际的小说评点家金圣叹对《水浒传》中人物进行分析时的发现和概括:如要衬宋江奸诈,就要写李逵真率;要衬石秀尖利,就要写杨雄糊涂。但如果要施耐庵来谈人物创

---

① 〔法〕热拉尔·热奈特:《叙事话语 新叙事话语》,王文融译,中国社会科学出版社1990年版,第188页。
② 同上。
③ 同上书,第189页。
④ 同上。

造,他依然不会用"背面敷粉法"这个命题。再比如"草蛇灰线法",是金圣叹对叙述技法的概括。这种叙述技巧就是,有意地反复使用同一个词,使大段文章中贯穿着一条若有若无的线索,就像蛇行草上所留下的痕迹,又仿佛是以筐盛灰漏泄于地,时断时续。这样一些例证表明,文本中的艺术手法和创新的因素,需要理论家的总结,只有将其用术语、范畴和概念等表述出来,即给予一个名字之后,才能进入理论。理论表述是发现的过程,只有对于文本的艺术手法和创新有了新的发现,概括和命名才成为可能。作家无法给自己作品的艺术特性命名,这个任务当由理论家来承担。如果说,以上所说是从理论上运用方法分析文本,那么,具体到本书中,则是产生了一些心得。表述如下:

首先,理论和方法作为作品分析的基础,帮助我们发现更具个性的艺术特征。比如法国结构主义批评家克劳德·布雷蒙的思想。克劳德·布雷蒙曾经提出过一种小说"三合一体"的假设,即任何小说都可以被概括描述成一种原子系列三阶段纵横交错的"三合一体"模式:

$$\text{敞开一个可能性的情景} \begin{cases} \text{可能性的实现} \begin{cases} \text{成功} \\ \text{失败} \end{cases} \\ \text{可能性的非实现} \end{cases}$$

这是个最一般的叙述结构模式,但是其不可忽视的作用在于,让我们在面对一个具体文本的时候,能以此为基础发现个性化的特征。我在分析赵树理的短篇小说《催粮差》时发现,这个模式非常适合。

其次,运用方法进入文本分析,由于分析者面对生动具体而且多变的文本,所以势必使方法细化,从而有了更多的发现,相应地产生出若干个更加贴近该文本特性的命名。比如,克里斯蒂娃提出了互文性概念:"Any text is constructed as a mosaic of quotations; any text is the absorption and transformation of another. The notion intertextuality replaces that of intersubjectivity, and poetic language is read as at least double."("任何文本都是由引语的镶嵌品构成的,任何文本都是对其他文本的吸收和转化。互文性的概念代替了主体间性,诗学语言至少可以进行双重阅读。")①互文性这一概念提出后,作为一种研究方法,已经广泛地被批评家所用。但事实是,优秀文学作品总是创造性地使用互文。我在分析沈从文《菜园》的时候发现,这个作品之所以淡远宁静、充满书香气息,很重要的原因就是互文手法的运用。

三 本书的特点

《外国经典短篇小说文本分析》已经初步形成了文本分析的一些特点,诸如分析性、学理性、各种方法的相通与转换,以及注重探寻艺术价值构成机制等。加上本书的写作,我共计已经分析了40篇作品。现在看来,40篇文本分析就是做了40道练习题。做得越多,发现越多,自然也就会不断地呈现出一些新的特点。本书的特点在于:

第一,对艺术效果的描述和对效果的追根探源性分析紧密结合。这个特点,与我为了圆满回答如前所述的那位行家所提的问题,深化了对文本分析的认识密不可分。首先,英美新批评理论家威廉·燕卜逊在他的《朦胧的七种类型》②中论述过文学批评家的职能。他认为,"ambiguity"作为一种艺术效果,首先是可以作为审美对象的,用来衡量"ambiguity"的审美尺度是简洁、含蓄、自然、合理。也就是说,只要符合这些要求的"ambiguity",在审美过程中都是可以被读懂的,是有价值的。如果是读者读不懂的"ambiguity",就不是真正的"ambiguity"。由此燕卜逊认为,真正的"ambiguity"都是可以分析的。他进而认为,表面上看,文学批评家似乎分为鉴赏性的和分析性的两种,但是从"ambiguity"既具有审美性又具有分析性来看③,文学批评家必须身兼二职。燕卜逊说:"批评家们更是一

---

① Kristeva, Julia, "Word, dialogue and novel", in *The Kristeva Reader*, ed. Toril Moi, Oxford: Basil Blackwell, 1986, p.37.

② 〔英〕威廉·燕卜荪:《朦胧的七种类型》(*Seven Types of Ambiguity*, second edition, 1947),周邦宪、王作虹、邓鹏译,中国美术学院出版社1996年版。(燕卜荪,现通译"燕卜逊"。此处依原书署名。——本书著者注)

③ 文中之所以以"ambiguity"标示,是因为燕卜逊的"ambiguity"理论在我国先后被翻译为"复义""含混""朦胧""歧义"等,为了避免理解的失误,而径直用英文原文。

向过分强调诗的作用的神秘性,并认为只有他们的魔法才能用于理解它。在他们看来,诗象鲜花,不能用连根拔起或榨出花汁的方法来着手分析,因为这样便毁掉了它。据此观点,对此狂吠不已的批评家可分为两类:第一类仅仅竭力突出花之美;第二类由于自制力较弱,在突出花之美之后还要刨根问底。至于我,必须承认,我有志成为第二类批评家。神秘的美使我感到不安的激动,使我意识到这儿便是进行挖掘的极好地方。我相信如果一行诗能给人愉快,那其中的原因就跟其他事物的原因一样是可以找出来的。"①诗歌如此,小说也同理,既可以被欣赏,也可以被分析。欣赏所获得的是审美价值,分析所获得的是艺术价值。既然这样,文本分析当然是以可以被欣赏为基础,对艺术效果的描述和对效果的追根探源性分析紧密结合就在情理之中。

　　对艺术效果的描述和对效果的追根探源性分析紧密结合这个特点,还来自我另一维度的思考:审美价值的延伸与艺术价值的重新发现密不可分。因为文本有较高的艺术价值,所以,可能被理论家在更加开阔的视野中不断地发现。因为文本有较高的艺术价值,所以,在当代阅读中,审美价值才能获得延伸。而审美价值的延伸,是可以得到描述的。我在本书若干篇的文本分析中,时有"选择的理由"这样的小标题,即选择这个文本进行分析的理由。比如对老舍的《断魂枪》的分析《"不传!不传!"的魅力与"最后一个"的阐释空间》,比较充分地描述了苍凉的叙述情调、沙子龙的形象、沙子龙由"不传!不传!"而成为断魂枪的"最后一个"等方面的效果。然后分析这些效果。最后,分析了沙子龙执意成为"最后一个"的原因。"最后一个"是历代作家都非常青睐的一个故事原型。在这个文本中,原因是一个空白点,即未定点,以往的读者,甚至老舍研究专家都对这个原因作过各种填补。我的文本分析则指出,这个空白点是这个文本艺术魅力形成的重要机制。

　　第二,更多地将艺术效果置放在文学史、文学思潮等文本之外的视野中加以考察。这是与《外国经典短篇小说文本分析》不同的。这个特点

---

① 〔英〕威廉·燕卜荪:《朦胧的七种类型》,周邦宪、王作虹、邓鹏译,中国美术学院出版社1996年版,第11页。

形成的原因在于,《外国经典短篇小说文本分析》分析的对象毕竟不是母语文本,在思潮、文学史等更加开阔的视野中分析的难度比较大。而这次转向中国现代经典短篇小说的文本分析,则自由和自如得多。事实是,在文学史的视野中考量和分析,并没有束缚思维,反而产生了参照点。比如在对茅盾的《石碣》等三篇历史小说的分析中发现,《石碣》等文是他有意识地回到中国文化典籍中汲取资源、另走他路的艺术创造。这显示出左翼文学可以有当代读法。再比如我分析林徽因的《九十九度中》,回到了京派文人的时代及文化背景中,以李健吾为什么评价《九十九度中》"最富有现代性"这一问题为切入口,分析其特殊的情节结构及叙述方式,获得了对这个短篇小说艺术价值构成原因更恰切的看法。

第三,注重中国文化典籍为小说艺术提供的丰厚互文性基础,将之既作为关注的重点又作为分析的主要路径。中国古代特别是汉代以前,文史哲不分家,历史著作诸如《史记》《左传》等同时也是很优秀的文学作品,历史著作和文学作品互相借用。比如,唐代诗人杜牧的《赤壁》:"折戟沉沙铁未销,自将磨洗认前朝。东风不与周郎便,铜雀春深锁二乔。"这首诗是即景抒情,因赤壁而想到历史上的赤壁之战,并进而产生联想:如果周瑜不是借助东风发动火攻而打败了曹操,东吴很有可能战败,那样的话,江东二乔也可能会被掳到铜雀台充当曹操的玩偶了。可见历史上的三国史实已经成为典故被组合到诗人诗句中。何止是诗,小说中借用历史、诗歌、戏剧的互文现象也很多,比如《红楼梦》第 23 回题名是"西厢记妙词通戏语,牡丹亭艳曲警芳心",描写贾宝玉和林黛玉阅读《西厢记》,这是借先于此文本的文学文本组织情节的互文……《红楼梦》中这类现象非常丰富,无法一一列举。在本书中,文本中的互文现象,既是我审美阅读的注意点,也是我的文本分析用力点与路径。我认为,在互文性思路中还有更大的拓展空间。

第四,本书的编排体例,依然遵循《外国经典短篇小说文本分析》,"按照作品发表先后顺序的原则编排,意在文学作品一旦产生,就成为人类的共同财富……还在于这样的编排,作品仿佛一颗颗珍珠,被穿在一根时间的金线上,经受时光的考验,历久而弥新。本书以文本分析为主,在每一篇文本分析后面都附有作品……"①此外,特别要交待的是,本书题为《中国现代经典短篇小说文本分析》,按中国学术界的共识,中国现代文学的时间段是在1919—1949年,我也是这样理解的,但是考虑到白先勇是汉语写作的优秀小说家,为了他的优秀,我突破了现代的概念,选取了《游园惊梦》,特此说明。

---

① 刘俐俐:《外国经典短篇小说文本分析》,北京大学出版社2004年版,第13—14页。

永远的故乡与鲁迅的返乡之路

——鲁迅《故乡》的文本分析

鲁迅的短篇小说《故乡》,虽然不如《狂人日记》《阿Q正传》那样振聋发聩,但是,它是如同《在酒楼上》《孤独者》等一样"最富有鲁迅气氛"①的小说。"最富有鲁迅气氛"有很丰富的含义,具体到《故乡》,为什么其韵味历久而弥新,被历代读者反复阅读?其久远的艺术魅力是如何形成的?本文试图从作品的艺术构成等似乎属于形式的因素入手进行分析,看看《故乡》的"鲁迅气氛"以及宽阔的阐释空间是在怎样的艺术构成中诞生的。

一 第一人称的内聚焦叙述所构成的宽阔时空对话

让我们首先运用叙事学理论来分析。《故乡》是以第一人称叙述自己返乡路途和感情经历的写法极为古典的作品。在确定叙述人称后,我想提出叙事学理论对第一人称叙述的两段表述。其一,热奈特在《叙事话语 新叙事话语》中指出:"第一人称叙事是有意识的美学抉择的结果,而不是直抒胸臆,表白心曲的自传的标记。"②其二,经典叙事理论家布斯说:"说出一个故事是以第一人称来讲述的,并没有告诉我们什么重要的东西。"③第一段话提醒我们,第一人称叙事的优秀文学作品,是作家艺术

---

① 曹聚仁:《与周启明先生》,转引自钱理群《鲁迅作品十五讲》,北京大学出版社2003年版,第59页。
② 〔法〕热拉尔·热奈特:《叙事话语 新叙事话语》,王文融译,中国社会科学出版社1990年版,第174页。
③ 〔美〕W. C. 布斯:《小说修辞学》,华明、胡苏晓、周宪译,北京大学出版社1987年版,第168—169页。

匠心的表征，绝非可以随便等同于作家自传，应该作为艺术品来看待。第二段话提醒我们，即便同是第一人称叙事作品，在叙述者与聚焦点、叙述的功能、叙述者的干预等方面，也会因作家的不同、具体文本的不同而具有不同的特点，只有对作品进行深入具体分析才能揭示其魅力和特色。这两点提醒可作为我们分析《故乡》第一人称叙事的原则。

《故乡》用"我"来叙述，采用的是内聚焦的叙述模式。在第一人称叙事和第三人称叙事中都可以出现内聚焦叙事。热奈特认为："叙事作品中出现第一人称动词可以有两种不同的情况，语法对二者不加区别，叙述分析则应分辨清楚：一是叙述者把自己称作叙述者，比如，维吉尔写道：'Arma virumque cano'（拉丁文：我歌唱战斗和武士……'——译者注）；一是叙述者和故事中的一个人物同为一人。"①第一人称叙事显然属于第二种情况。第一人称内聚焦叙事，就是属于这种情况。"在内聚焦中，叙述焦点与一个人物重合，于是他变成一切感觉，包括把他当做对象的感觉的虚构'主体'：叙事可以把这个人物的感觉和想法全部告诉我们。当然，实际上，它从不这样做，或者拒绝提供无直接关系的信息，或者故意扣留某个有直接关系的信息（省叙），原则上叙事不应讲任何别的事。"②具体到《故乡》的内聚焦，是指叙述始终执着于"我"在返乡途中所见所闻和所感。"我"似乎是个取景框，一切外在的事件都由"我"这个取景框过滤后进入叙述视野。对于这个文本内聚焦可以做如下细致分析。

返乡的实际路途经历和因触景生情而产生的回忆，是并行的过程。于是夹杂在返乡之旅中的其实是两个第一人称。申丹在《叙述学与小说文体学研究》中说："但在第一人称回顾性叙述中（无论'我'是主人公还是旁观者），通常有两种眼光在交替作用：一为叙述者'我'追忆往事的眼光，另一为被追忆的'我'正在经历事件时的眼光。这两种眼光可体现出'我'在不同时期对事件的不同看法或对事件的不同认识程度，它们之间

---

① 〔法〕热拉尔·热奈特：《叙事话语 新叙事话语》，王文融译，中国社会科学出版社1990年版，第171页。
② 谭君强：《叙述的力量：鲁迅小说叙事研究》，云南大学出版社2000年版，第47页。

的对比常常是成熟与幼稚、了解事情的真相与被蒙在鼓里之间的对比。"①确实,在《故乡》中,"我"既是少年时代与闰土一起玩耍的"我",也是现在回乡变卖老屋带着母亲离乡的"我"。少年的"我"的心理,凭借描绘那段与闰土有关联的生活展开。回忆主体是现在正在返乡的"我",两个"我"交叉展开自己的视野和叙述自己的感受,或者可以理解为,在表面似乎一条线索的叙述中,其实交叉着回忆和体验两条线索。

回忆主体的叙述线索中,突出的外在标志是以叙述为主,即便描写人物对话,也以自由间接引语为主,场面描写中虽然时有直接引语,但是粗线条的,比如豆腐西施到"我"家,与"我"的对话。这条线索以叙述为主,使叙述者的干预变得方便起来。干预的程度有所区别,可以是一般的说明和描述,也可以解释叙事成分的意义,进行价值判断等。从干预的形式来说,可以在故事层面,也可以在话语层面,还可以介于话语和故事层面之间。在回忆主体层面,叙述者"我"时有干预,比如,"我家只有一个忙月(我们这里给人做工的分三种:整年给一定人家做工的叫长年……),忙不过来,他便对父亲说,可以叫他的儿子闰土来管祭器的"。这括号中的内容就是话语干预形式,但是内容又与故事密切相关。再如,对于"狗气杀"的介绍,也属于这种类型的干预。读者仔细品味这些干预,可以体会到回忆主体的感伤情调和抒情特征。

在体验主体的叙述线索中,以描写和现场感为主。比如回忆当年和闰土的结识、玩耍,对于闰土的话总是用直接引语的方式,容易形成现场感,在叙述的同时也刻画了闰土形象。少年闰土的形象主要在体验主体"我"的视野中完成。

两个叙述主体所叙述出来的生活场景以及涵义,来自两个时间空间的人,自然会有差异,以至形成两个时空的对话。我非常珍视这个差异和对话。感受、理解、情怀,以及体验主体的幼稚、天真、希望等都是我们发现意义的源头所在。在我看来,这是从形式分析向作品丰富意义的发现自然转换的关键之处,也是发现叙述症候之处。比如,在体验主体的视野中,他热爱少年闰土,而且向往闰土的生活。"阿!闰土的心里有无穷无

---

① 申丹:《叙述学与小说文体学研究》,北京大学出版社2004年版,第238页。

尽的希奇的事,都是我往常的朋友所不知道的。他们不知道一些事,闰土在海边时,他们都和我一样只看见院子里高墙上的四角的天空。"少年的闰土和少年的"我"相比,闰土显然更有趣味,生活也更为丰富,"我于是日日盼望新年,新年到,闰土也就到了。好容易到了年末,有一日,母亲告诉我,闰土来了,我便飞跑的去看"。这是当年那个"我"。而回忆主体即现在的"我":感到闰土和"我"分明有了等级的差别和隔膜……冷峻代替了当年对于生活的盼望,沉重替换了热情。世界在两个"我"眼中如此不同。现在的"我""冒了严寒,回到相隔二千余里,别了二十余年的故乡去。时候既然是深冬,渐近故乡时,天气又阴晦了,冷风吹进船舱中,呜呜的响,从篷隙向外一望……没有一些活气。我的心禁不住悲凉起来了"。当年的"我"所见则是"深蓝的天空中挂着一轮金黄的圆月,下面是海边的沙地,都种着一望无际的碧绿的西瓜,其间有一个十一二岁的少年……"

　　罗兰·巴尔特在《叙事作品结构分析导论》中将叙事作品分为三个描述层:"一、'功能'层(功能一词用普罗普和布雷蒙著作中所指的含义);二、'行动'层(行动一词用格雷马斯把人物作为行动者来论述时所指的含义);三、'叙述'层(大体相当于托多罗夫所说的'话语层')。"我们以上的分析,就是在叙述层展开的,但是,正如罗兰·巴尔特所强调的:"这三层是按逐步结合的方式互相连接起来的:一种功能只有当它在一个行动者的全部行动中占有地位时才具有意义,行动者的全部行动也由于被叙述并成为话语的一部分才获得最后的意义,而话语则有自己的代码。"[①]《故乡》的第一人称内聚焦叙述,以及体验主体和回忆主体两个叙述主体的构成,具有特殊的艺术效应,即形成"宽阔时空对话",我们在阅读中产生的诸如思乡、乡愁、凄凉、落寞等诸般感受,就是来自这个对话的效应。如果我们的艺术分析就此止步,那还是肤浅的,"宽阔时空对话"仅是最一般的概括,对话的内涵究竟是什么?不同作品的内涵各有不同,我们下面就探究《故乡》在"宽阔时空对话"中所容纳的"故乡与返乡"的故事模式以及意义。

---

① 《马克思主义文艺理论研究》编辑部编选:《美学文艺学方法论》(下册),文化艺术出版社1985年版,第537—538页。

二 "故乡与返乡"的故事模式以及意义空间

"故乡与返乡"是中外作家喜欢运用的故事模式。从文艺学的角度分析,可以作如下理解。

第一,故乡作为一个确切的地方,总是与指认它的人有关系。故乡是某一人的故乡。而返乡,则是属于故乡的那个游子回归故乡的行程,他的回归既有外在的路途经历,也有返乡的所见所闻所感,所以,故乡和返乡是互相联系在一起,互相作用的。故事可以在外在的路途经历层面展开,也可以是所见所闻所感于回忆层面展开。所以,这是一个悠久的、非常适合讲述的故事模式。一些研究中国现当代文学的学者,在对作家作品的研究中发现,"尽管描摹原乡题材的作者背景、年岁有异,怀抱亦自不同,但他们的作品却共享不少叙事抒情的模式:或缅怀故里风物的纯朴固陋,或感叹现代文明的功利世俗,或追忆童年往事的灿烂多姿……"[①]或许可以说,这个故事模式,最适合各种叙述方式纵横驰骋。

第二,故乡,在叙事性作品中,因为总是属于特定人物的,所以具有时间和空间两个维度。对于返乡人来说,时间流逝了许多,返乡人经历过在外的生活,所以故乡的空间与外面的空间形成了比较。故乡的空间在返乡人心中已经发生了变化。时空变化最适合容纳故事和丰富感受。时间流逝有故事可讲,空间的对比更是抒发各种复杂感受的最好场所。比如荷马史诗《奥德赛》。《奥德赛》是漫长的返乡故事,当奥德赛结束在外十年漫长的漂游返回故里时,他的家发生了翻天覆地的变化:他的妻子珀涅罗珀一直在等待他,但岛上的许多贵族公子料想奥德赛不可能再回来,都向珀涅罗珀求婚,死赖在宫里大吃大喝,他的儿子忒勒马科斯也已经长大成人……时光流逝了,家也已经不是原来的家……王德威说:"原乡作品的叙述过程以及'乡愁'的形成,都隐含时间介入的要素。今昔的对比,传统与现代的冲突,往事'不堪'回首的凄怆……"[②]都体现了时间消

[①] 王德威:《想像中国的方法》,生活·读书·新知三联书店1998年版,第225页。
[②] 同上书,第226页。

磨的力量。

  第三,返乡必然具有目的,这也是这个模式适合生发故事的机制所在。返乡的目的也可以理解为是寻找的某种东西。这暗合了结构主义叙事理论所认为的,一个叙事性文本就是一个陈述句的展开,而民间故事的基本形式就是"追寻",也是追寻过程的展开。目的是追寻的另一表述。作家赋予返乡不同的目的,以便寄托自己的思考,或者说,不同的目的,恰是意义生成的关键。比如瑞士剧作家迪伦马特的《贵妇还乡》,依据返乡的故事模式,讲述有钱可以做到一切,甚至可以买到公道的故事。王德威有专门的论文《原乡神话的追逐者——沈从文、宋泽莱、莫言、李永平》,所研究的作家既有现代的,也有当代的,时间跨度很大,从地域和意识形态来说,也有很大的差异。在我看来,他将沈从文、宋泽莱、莫言、李永平这些作家的作品放在一起来研究,本身就表明各个作家所描写的原乡题材具有作家自己不同的目的,故事中的主人公也有不同的目的,从而形成各自不同的原乡小说。中国学者已经系统地总结过中国现代作家在"故乡和返乡"模式中的书写,比如陈平原的论文《论"乡土文学"》①。这些都可旁证我的这个观点。

  以上从一般理论的角度论述和概括"故乡与返乡"故事模式的宽阔讲述空间与便利,以及产生意义的多种可能性,是为了探索鲁迅为何与其他作家不同,在同样的"故乡与返乡"故事模式中开掘出独属于鲁迅的意义空间。

  寻找儿时和少年的梦想、重温田园浪漫,显然不是《故乡》的主旨;借描绘故乡破败来抒发自己对时局的不满和感叹当然是《故乡》叙述语境的题中应有之义,但是也并不是终极性目的;揭示故乡人的劣根性,比如杨二嫂的尖刻与狭隘,闰土的麻木等,也不是《故乡》所主要追求的;那么,借助于"故乡与返乡"故事模式,鲁迅寻找的是什么呢? 在我看来,以上所说是小说虚构的客体世界自然显示出来的最一般的初级意义,并非鲁迅所执意的终极意义。在这些意义之上还有更为深刻的形而上意义,那恰是鲁迅之为鲁迅的所在。下文我将在与鲁迅其他作品的联系性分析

---

① 收入《在东西方文化碰撞中》,浙江文艺出版社 1987 年版,第 180—199 页。

中表述我的看法。

其一,对于生命轮回的感受与悲剧性的幻灭感。叙述者非常考究地使用"飞出了""飞跑"等词语,值得注意。"我到了自家的房外,我的母亲早已迎着出来了,接着便飞出了八岁的侄儿宏儿。"回忆当年与闰土见面的情形,则有"我于是日日盼望新年,新年到,闰土也就到了。好容易到了年末,有一日,母亲告诉我,闰土来了,我便飞跑的去看……""飞出了"和"飞跑",同一个"飞"字,时光流逝了几十年。两代人惊人地相似,少年闰土"见人很怕羞……",与闰土带来的第五个孩子水生"没有见过世面,躲躲闪闪……"也惊人地相似;当年"可惜正月过去了,闰土须回家里去,我急得大哭,他也躲到厨房里,哭着不肯出门,但终于被他父亲带走了",叙述者叙述道,已经离开家了,宏儿还在说,"'可是,水生约我到他家玩去咧……'他睁着大的黑眼睛,痴痴的想"。生命不是在轮回吗?返乡让"我"有了感受轮回的机会和可能。轮回有让人感到安慰、温暖的一面,宏儿和水生,和当年"我"与闰土一样;这是生命的魅力。可是如果说轮回让人感到安慰、温暖,那么,今天的"我"与闰土的隔膜,闰土生活的沉重,是否会成为宏儿和水生的明天呢?那是怎样让人痛心的事情啊!以此看来,生命轮回最终导向的是悲剧般的幻灭感。这个思考,已经超出"故乡和返乡"形而下层面的故事性,具有了形而上的哲思意味,而且与其他一些思考互相关联。比如,与"我们现在怎样做父亲"的问题的关联。如果依据鲁迅在《我们现在怎样做父亲》里的思路:改变现实,从父亲开始,"没有法,便只能先从觉醒的人开手,各自解放了自己的孩子。自己背着因袭的重担,肩住了黑暗的闸门,放他们到宽阔光明的地方去;此后幸福的度日,合理的做人",[①]那么,"我"究竟是希望轮回还是相反呢?

其二,对于"希望"的思考。由两代人相似的经历,由生命的轮回,由对于闰土的同情和善良的祝愿,终将导致思考"希望"问题,这在《故乡》中顺理成章。有所谓"希望"这个东西吗?"希望"究竟是什么?每个人的"希望"相同吗?这些依赖于故事又超越于故事的思考,已经具有形而

---

① 《鲁迅全集》(第一卷),人民文学出版社1981年版,第129—140页。

上性质了。与前述的生命轮回的感受与悲剧性的幻灭感一样,"希望"也是具有辐射性的命题,比如,与鲁迅思考的进化论问题就有关联。"希望"寄托在何处?可以说,"希望"贯穿在鲁迅的全部创作中,不过是在《故乡》中,"希望"依据"我"和闰土的故事又一次被提出来而已。

在我看来,不同的叙事性文学作品,其文学性表现的层次各个不同,有的作品在意象和隐喻层面,文学性就得到了比较充分的挥发,有的作品在客体世界层面文学性就基本全部得到实现了(如在写实性的、以情节取胜的作品中),而有的叙事性文学作品,读者即便读懂了故事全部情节,认识了人物之间的相互关系,似乎依然没有真正抵达作品的真谛,即文学性依然没有得到彻底实现。只有真正体现出形而上性质的东西,文学性才能在其中得到最大限度的实现;或者说,其艺术价值才真正被揭示出来。鲁迅大部分小说属于最后一种。在"故乡和返乡"故事模式中蕴涵的生命轮回和"希望"的形而上意味,确实是文本的艺术价值所在,但还不是艺术价值展示的顶点。顶点在形而上意味之中,即如钱理群所概括的鲁迅"自我辩驳的性质"。这是鲁迅之为鲁迅的独特之处。钱理群认为鲁迅气质和精神的精髓就是"自我辩驳的性质"。他说:"这是反映了鲁迅'多疑'思维的特点的。他的'多疑'首先是指向自我的,如日本学者木山英雄先生所言,鲁迅有一种'内攻性冲动',对自己拥有的全部观念、情感、选择,都要加以'多疑'的审视。……都有一种坚守中的质疑。但他也绝不因为这种质疑而趋向另一极端的绝对肯定,他总是同时观照、构想两个(或更多)不同方向的观念、命题或形象,不断进行质疑、诘难,在肯定与否定之间不断往复,在旋进中将思考引向深入与复杂化。"①确实,真理存在于对话过程。对话可以是两个人或者多个人,也可以是一个人分裂为两个人或者多个人。鲁迅是善于自我分裂为两个人或者多个人的。这个现象在《故乡》中又一次得到印证。究竟是轮回好呢,还是彻底的改变好呢?究竟持有"希望"好呢,还是放弃"希望"好?在辨析中鲁迅孤独地前行。至此,我们大致勾勒出了《故乡》的艺术价值所在。鲁迅在前行,我们的分析亦然。

---

① 钱理群:《鲁迅作品十五讲》,北京大学出版社2003年版,第74页。

故　乡

鲁　迅

我冒了严寒,回到相隔二千余里,别了二十余年的故乡去。

时候既然是深冬,渐近故乡时,天气又阴晦了,冷风吹进船舱中,呜呜的响,从篷隙向外一望,苍黄的天底下,远近横着几个萧索的荒村,没有一些活气。我的心禁不住悲凉起来了。

阿!这不是我二十年来时时记得的故乡?

我所记得的故乡全不如此。我的故乡好得多了。但要我记起他的美丽,说出他的佳处来,却又没有影像,没有言辞了。仿佛也就如此。于是我自己解释说:故乡本也如此,——虽然没有进步,也未必有如我所感的悲凉,这只是我自己心情的改变罢了,因为我这次回乡,本没有什么好心绪。

我这次是专为了别他而来的。我们多年聚族而居的老屋,已经共同卖给别姓了,交屋的期限,只在本年,所以必须赶在正月初一以前,永别了熟识的老屋,而且远离了熟识的故乡,搬家到我在谋食的异地去。

第二日清早晨我到了我家的门口了。瓦楞上许多枯草的断茎当风抖着,正在说明这老屋难免易主的原因。几房的本家大约已经搬走了,所以很寂静。我到了自家的房外,我的母亲早已迎着出来了,接着便飞出了八岁的侄儿宏儿。

我的母亲很高兴,但也藏着许多凄凉的神情,教我坐下,歇息,喝茶,且不谈搬家的事。宏儿没有见过我,远远的对面站着只是看。

但我们终于谈到搬家的事。我说外间的寓所已经租定了,又买了几件家具,此外须将家里所有的木器卖去,再去增添。母亲也说好,而且行李也略已齐集,木器不便搬运的,也小半卖去了,只是收不起钱来。

"你休息一两天,去拜望亲戚本家一回,我们便可以走了。"母亲说。

"是的。"

"还有闰土,他每到我家来时,总问起你,很想见你一回面。我已经将你到家的大约日期通知他,他也许就要来了。"

这时候,我的脑里忽然闪出一幅神异的图画来:深蓝的天空中挂着一轮金黄的圆月,下面是海边的沙地,都种着一望无际的碧绿的西瓜,其间有一个十一二岁的少年,项带银圈,手捏一柄钢叉,向一匹猹尽力的刺去,那猹却将身一扭,反从他的胯下逃走了。

这少年便是闰土。我认识他时,也不过十多岁,离现在将有三十年了;那时我的父亲还在世,家景也好,我正是一个少爷。那一年,我家是一件大祭祀的值年。这祭祀,说是三十多年才能轮到一回,所以很郑重;正月里供祖像,供品很多,祭器很讲究,拜的人也很多,祭器也很要防偷去。我家只有一个忙月(我们这里给人做工的分三种:整年给一定人家做工的叫长年;按日给人做工的叫短工;自己也种地,只在过年过节以及收租时候来给一定的人家做工的称忙月),忙不过来,他便对父亲说,可以叫他的儿子闰土来管祭器的。

我的父亲允许了;我也很高兴,因为我早听到闰土这名字,而且知道他和我仿佛年纪,闰月生的,五行缺土,所以他的父亲叫他闰土。他是能装弶捉小鸟雀的。

我于是日日盼望新年,新年到,闰土也就到了。好容易到了年末,有一日,母亲告诉我,闰土来了,我便飞跑的去看。他正在厨房里,紫色的圆脸,头戴一顶小毡帽,颈上套一个明晃晃的银项圈,这可见他的父亲十分爱他,怕他死去,所以在神佛面前许下愿心,用圈子将他套住了。他见人很怕羞,只是不怕我,没有旁人的时候,便和我说话,于是不到半日,我们便熟识了。

我们那时候不知道谈些什么,只记得闰土很高兴,说是上城之后,见了许多没有见过的东西。

第二日,我便要他捕鸟。他说:

"这不能。须大雪下了才好。我们沙地上,下了雪,我扫出一块空地来,用短棒支起一个大竹匾,撒下秕谷,看鸟雀来吃时,我远远地将缚在棒上的绳子只一拉,那鸟雀就罩在竹匾下了。什么都有:稻鸡、角鸡、鹁鸪、蓝背……"

我于是又很盼望下雪。

闰土又对我说:

"现在太冷,你夏天到我们这里来。我们日里到海边检贝壳去,红的绿的都有,鬼见怕也有,观音手也有。晚上我和爹管西瓜去,你也去。"

"管贼么?"

"不是。走路的人口渴了摘一个瓜吃,我们这里是不算偷的。要管的是獾猪,刺猬,猹。月亮地下,你听,啦啦的响了,猹在咬瓜了。你便捏了胡叉,轻轻地走去……"

我那时并不知道这所谓猹的是怎么一件东西——便是现在也没有知道——只是无端的觉得状如小狗而很凶猛。

"他不咬人么?"

"有胡叉呢。走到了,看见猹了,你便刺。这畜生很伶俐,倒向你奔来,反从胯下窜了。他的皮毛是油一般的滑……"

我素不知道天下有这许多新鲜事:海边有如许五色的贝壳;西瓜有这样危险的经历,我先前单知道他在水果店里出卖罢了。

"我们沙地里,潮汛要来的时候,就有许多跳鱼儿只是跳,都有青蛙似的两个脚……"

阿!闰土的心里有无穷无尽的希奇的事,都是我往常的朋友所不知道的。他们不知道一些事,闰土在海边时,他们都和我一样只看见院子里高墙上的四角的天空。

可惜正月过去了,闰土须回家里去,我急得大哭,他也躲到厨房里,哭着不肯出门,但终于被他父亲带走了。他后来还托他的父亲带给我一包贝壳和几支很好看的鸟毛,我也曾送他一两次东西,但从此没有再见面。

现在我的母亲提起了他,我这儿时的记忆,忽而全都闪电似的苏生过来,似乎看到了我的美丽的故乡了。我应声说:

"这好极!他,——怎样?……"

"他?……他景况也很不如意……"母亲说着,便向房外看,"这些人又来了。说是买木器,顺手也就随便拿走的,我得去看看。"

母亲站起身,出去了。门外有几个女人的声音。我便招宏儿走近面前,和他闲话:问他可会写字,可愿意出门。

"我们坐火车去么?"

"我们坐火车去。"

"船呢?"

"先坐船……"

"哈!这模样了!胡子这么长了!"一种尖利的怪声突然大叫起来。

我吃了一吓,赶忙抬起头,却见一个凸颧骨,薄嘴唇,五十岁上下的女人站在我面前,两手搭在髀间,没有系裙,张着两脚,正像一个画图仪器里细脚伶仃的圆规。

我愕然了。

"不认识了么?我还抱过你咧!"

我愈加愕然了。幸而我的母亲也就进来,从旁说:

"他多年出门,统忘却了。你该记得罢,"便向着我说,"这是斜对门的杨二嫂……开豆腐店的。"

哦,我记得了。我孩子时候,在斜对门的豆腐店里确乎终日坐着一个杨二嫂,人都叫伊"豆腐西施"。但是擦着白粉,颧骨没有这么高,嘴唇也没有这么薄,而且终日坐着,我也从没有见过这圆规式的姿势。那时人说:因为伊,这豆腐店的买卖非常好。但这大约因为年龄的关系,我却并未蒙着一毫感化,所以竟完全忘却了。然而圆规很不平,显出鄙夷的神色,仿佛嗤笑法国人不知道拿破仑,美国人不知道华盛顿似的,冷笑说:

"忘了?这真是贵人眼高……"

"那有这事……我……"我惶恐着,站起来说。

"那么,我对你说。迅哥儿,你阔了,搬动又笨重,你还要什么这些破烂木器,让我拿去罢。我们小户人家,用得着。"

"我并没有阔哩。我须卖了这些,再去……"

"阿呀呀,你放了道台了,还说不阔?你现在有三房姨太太;出门便是八抬的大轿,还说不阔?吓,什么都瞒不过我。"

我知道无话可说了,便闭了口,默默的站着。

"阿呀阿呀,真是愈有钱,便愈是一毫不肯放松,愈是一毫不肯放松,便愈有钱……"圆规一面愤愤的回转身,一面絮絮的说,慢慢向外走,顺便将我母亲的一副手套塞在裤腰里,出去了。

此后又有近处的本家和亲戚来访问我。我一面应酬,偷空便收拾些行李,这样的过了三四天。

一日是天气很冷的午后,我吃过午饭,坐着喝茶,觉得外面有人进来了,便回头去看。我看时,不由的非常吃惊,慌忙站起身,迎着走去。

这来的便是闰土。虽然我一见便知道是闰土,但又不是我这记忆上的闰土了。他身材增加了一倍;先前的紫色的圆脸,已经变作灰黄,而且加上了很深的皱纹;眼睛也像他父亲一样,周围都肿得通红,这我知道,在海边种地的人,终日吹着海风,大抵是这样的。他头上是一顶破毡帽,身上只一件极薄的棉衣,浑身瑟索着;手里提着一个纸包和一支长烟管,那手也不是我所记得的红活圆实的手,却又粗又笨而且开裂,像是松树皮了。

我这时很兴奋,但不知道怎么说才好,只是说:

"阿!闰土哥,——你来了?……"

我接着便有许多话,想要连珠一般涌出:角鸡,跳鱼儿,贝壳,猹……但又总觉得被什么挡着似的,单在脑里面回旋,吐不出口外去。

我站住了,脸上现出欢喜和凄凉的神情;动着嘴唇,却没有作声。他的态度终于恭敬起来了,分明的叫道:

"老爷!……"

我似乎打了一个寒噤;我就知道,我们之间已经隔了一层可悲的厚障壁了。我也说不出话。

他回过头去说,"水生,给老爷磕头。"便拖出躲在背后的孩子来,这正是一个廿年前的闰土,只是黄瘦些,颈子上没有银圈罢了。"这是第五个孩子,没有见过世面,躲躲闪闪……"

母亲和宏儿下楼来了,他们大约也听到了声音。

"老太太,信是早收到了。我实在喜欢的了不得,知道老爷回来……"闰土说。

"阿,你怎的这样客气起来。你们先前不是哥弟称呼么?还是照旧:迅哥儿。"母亲高兴的说。

"阿呀,老太太真是……这成什么规矩。那时是孩子,不懂事……"

闰土说着,又叫水生上来打拱,那孩子却害羞,紧紧的只贴在他背后。

"他就是水生?第五个?都是生人,怕生也难怪的;还是宏儿和他去走走。"母亲说。

宏儿听得这话,便来招水生,水生却松松爽爽同他一路出去了。母亲叫闰土坐,他迟疑了一回,终于就了坐,将长烟管靠在桌旁,递过纸包来,说:

"冬天没有什么东西了。这一点干青豆倒是自家晒在那里的,请老爷……"

我问问他的景况。他只是摇头。

"非常难。第六个孩子也会帮忙了,却总是吃不够……又不太平……什么地方都要钱,没有定规……收成又坏。种出东西来,挑去卖,总要捐几回钱,折了本;不去卖,又只能烂掉……"

他只是摇头;脸上虽然刻着许多皱纹,却全然不动,仿佛石像一般。他大约只是觉得苦,却又形容不出,沉默了片时,便拿起烟管来默默的吸烟了。

母亲问他,知道他的家里事务忙,明天便得回去;又没有吃过午饭,便叫他自己到厨下炒饭吃去。

他出去了;母亲和我都叹息他的景况:多子,饥荒,苛税,兵,匪,官,绅,都苦得他像一个木偶人了。母亲对我说,凡是不必搬走的东西,尽可以送他,可以听他自己去拣择。

下午,他拣好了几件东西:两条长桌,四个椅子,一副香炉和烛台,一杆抬秤。他又要所有的草灰(我们这里煮饭是烧稻草的,那灰,可以做沙地的肥料),待我们启程的时候,他用船来载去。

夜间,我们又谈些闲天,都是无关紧要的话;第二天早晨,他就领了水生回去了。

又过了九日,是我们启程的日期。闰土早晨便到了,水生没有同来,却只带着一个五岁的女儿管船只。我们终日很忙碌,再没有谈天的工夫。来客也不少,有送行的,有拿东西的,有送行兼拿东西的。待到傍晚我们上船的时候,这老屋里的所有破旧大小粗细东西,已经一扫而空了。

我们的船向前走,两岸的青山在黄昏中,都装成了深黛颜色,连着退向船后梢去。

宏儿和我靠着船窗,同看外面模糊的风景,他忽然问道:

"大伯!我们什么时候回来?"

"回来?你怎么还没有走就想回来了。"

"可是,水生约我到他家玩去咧……"他睁着大的黑眼睛,痴痴的想。

我和母亲也都有些惘然,于是又提起闰土来。母亲说,那豆腐西施的杨二嫂,自从我家收拾行李以来,本是每日必到的,前天伊在灰堆里,掏出十多个碗碟来,议论之后,便定说是闰土埋着的,他可以在运灰的时候,一齐搬回家里去;杨二嫂发见了这件事,自己很以为功,便拿了那狗气杀(这是我们这里养鸡的器具,木盘上面有着栅栏,内盛食料,鸡可以伸进颈子去啄,狗却不能,只能看着气死),飞也似的跑了,亏伊装着这么高底的小脚,竟跑得这样快。

老屋离我愈远了;故乡的山水也都渐渐远离了我,但我却并不感到怎样的留恋。我只觉得我四面有看不见的高墙,将我隔成孤身,使我非常气闷;那西瓜地上的银项圈的小英雄的影像,我本来十分清楚,现在却忽地模糊了,又使我非常的悲哀。

母亲和宏儿都睡着了。

我躺着,听船底潺潺的水声,知道我在走我的路。我想:我竟与闰土隔绝到这地步了,但我们的后辈还是一气,宏儿不是正在想念水生么。我希望他们不再像我,又大家隔膜起来……然而我又不愿意他们因为要一气,都如我的辛苦辗转而生活,也不愿意他们都如闰土的辛苦麻木而生活,也不愿意都如别人的辛苦恣睢而生活。他们应该有新的生活,为我们所未经生活过的。

我想到希望,忽然害怕起来了。闰土要香炉和烛台的时候,我还暗地里笑他,以为他总是崇拜偶像,什么时候都不忘却。现在我所谓希望,不也是我自己手制的偶像么?只是他的愿望切近,我的愿望茫远罢了。

我在朦胧中,眼前展开一片海边碧绿的沙地来,上面深蓝的天空中挂着一轮金黄的圆月。我想:希望是本无所谓有,无所谓无的。这正如地上的路;其实地上本没有路,走的人多了,也便成了路。

1921 年 1 月

目击沉沦者沉沦的小说艺术

——郁达夫《沉沦》的文本分析

在中国现代文学研究中,郁达夫短篇小说《沉沦》,由于大胆表露性的冲动和苦闷,以及由此产生的对于积贫积弱的祖国的怨怼而具有文学史价值。《沉沦》之所以被经典化,有其远超出文学史评价、更为丰富的文本自身的原因。文本正因为其自身的独特艺术成就,才可能在各个历史时期不同语境中,被不同阅读惯例所理解。因此,探索《沉沦》艺术价值的构成机制,是文学理论研究的一项任务。本文题目的关键词"目击""沉沦者""沉沦""小说艺术"表达了我的总体思路:"目击",是一个主体的行为,主体既是作者也是叙述者;"沉沦者",是小说世界中的主人公;"沉沦",是关于主人公的完整故事过程。我的分析涉及话语层和故事层两个方面。

一 目击者的意义

依据西方经典叙事学对话语类型的区分,《沉沦》属于叙述话语类型。文本中虽然有人物的对话,人物对话用直接引语方式,但文本在本质上是由叙述者组织与叙述出来的。叙述有统一的线索。这个看法与一般读者阅读《沉沦》的感受可能不符。一般的阅读经验以为,主人公"他"的内心世界是小说文本表现的主要对象,怎么会是叙述出来的呢?确实,主人公内心世界是小说表现的主要内容和对象,但却是在一个完整叙述中表现的,叙述引导读者观察和认知"他"的内心,而不是让"他"的内心自然呈现。我们说这个文本属于叙述话语类型,表明始终有一个目击者,目击者看着沉沦者"他"逐步走向沉沦;而且,小说叙述的特点,也证实了目击者的存在及其意义。

　　精致的结构安排是目击者存在的首要标志。郁达夫自己说,他写作《沉沦》时,并没有什么技巧不技巧的考虑,只是"觉得只能那样地写";"正如人感到了痛苦的时候,不得不叫一声一样,又哪能顾得这叫出来的一声,是低音还是高音"。① 我们不可完全相信他的表述。通过对文本的细读,我发现《沉沦》结构非常精致。文本整体采用第三人称全知视角叙述,全篇分为八节。第一节叙述主人公"他"在日本东京的苦闷、失落,从"他近来觉得孤冷得可怜"开始起步。第二节深入描写和叙述"他"对爱情的追求和失落。第三节则是以"他的故乡,是富春江上的一个小市,去杭州水程不过八九十里",追述"他"的家世、学业及性格。第四节开始叙述"他"从东京到N市,以及到了N市高等学校之后种种颓唐、忧郁、孤独的情绪;从第五节到第八节,叙述按照时间顺序依次展开。这个叙述结构,打破了中国古代小说在叙述时间上的连贯,采用将追述插入连贯叙述中而又不破坏叙述线索和叙述时间的模式。读者在阅读中可以感到,叙述者非常熟悉沉沦者精神低迷消沉的全过程,以及其中感情变化的轨迹,因此才能有意识地设计和控制故事的展开。顺着叙述者的指点,我们目击了"他"逐步沉沦乃至最终走向死亡的过程。这样精致的叙述结构安排,恰好形象地昭示了,小说在本质上是回忆性和追述性的,由此而产生反思和品味,以及精致的叙述结构。

　　第三人称叙述中穿插人物视角的内聚焦是目击者存在的第二个标志。这个文本打破了古代小说的全知叙述视角。文本虽然采用了第三人称叙事视点,却是第三人称小说中的内聚焦叙述。也就是整个故事的展开依赖第三人称叙述,但是在展开过程中充分利用人物的视角来观察、感觉和描述。由此,我们发现,小说中的景物被描写成"有我之境",一切景物皆出自主人公之眼,都带有主人公自悼自哀、凄凉失落的感情色彩。跟随叙述者追寻故事过程,也就变成了追随一个忧郁的"他"的心理历程,这是我们传统的第三人称叙述的小说所不具有的艺术效果。文本中第三人称叙述在展示过程中保留了介绍、叙述和评价议论的自

---

① 郁达夫:《艺文私见》,《创造季刊》1922年第1卷第1期。

由。采用第三人称内聚焦叙述,从逻辑上来说,需有一个目击者存在。如此功能多样而又自由的叙述技巧,是中国现代小说叙述模式发生转变之后的产物。

  目击者存在的标志之三,是文本中有很多插入体。插入体这一概念来自希利斯·米勒的《解读叙事》一书。在这部著作的第 8 章"线条的多重"中,希利斯·米勒认为,一个叙事性文本,并非仅仅存在一根笔直的线条,而是存在着一些插入的叙述,可看做是一些枝杈;也就是"故事线条在从一地行至另一地时,本身产生的种种双重和颤动……"①这些插入体打破了小说语言的单一。插入体的形式有"卷首(或章首)引语、前言、插入信件、脚注、所引文件、各章标题,如此等等"②,插入文字的现象,引起希利斯·米勒的兴趣,他提出:"这些嫁接物的总体效果是什么?不妨将它们视为来自其他某个星球的陨石,突然落入了第一层叙述语的封闭大气层中。"他用非常形象的语言说:"这些信件犹如寄主体内一个充满活力的寄生物。……与从头至尾都遵循单一成规、完全由书信构成的小说中的信件相比,这种介入性的文字对于逼真性具有更大的动摇作用。"③信件插入引起"对于逼真性具有更大的动摇作用"只是诸多作用的一种;其实,在不同的文本中,因插入文字的不同,可能会产生很多其他不同的效果。《沉沦》中就有许多插入体文字,即在叙述中像道具一样穿插在文本中的诗词、作家名字、主人公自己写的日记、诗词等。可以说,插入体繁多是这个文本最突出的特点。从学理来说,插入体的直接效果是形成丰富的互文性。插入体的主体是谁?表面看,吟诗词,写诗,写日记,都是主人公所为。因为存在着目击者,所以可以理解为,目击者在选择诗词、日记等加以叙述时,所叙述出来的都是一些被叙述主体认为是有价值的东西;目击者叙述这些插入体的内容,意味着这些内容在他所关注的视野中。在目击者看来,这些诗词与主人公的心理轨迹相吻合,与主人公的性格相吻合,因此,是目击者使之然。从客观效果来看,插入体打破了作

---

① 〔美〕希利斯·米勒:《解读叙事》,申丹译,北京大学出版社 2002 年版,第 105 页。
② 同上书,第 116 页。
③ 同上书,第 107 页。

品的逼真幻觉,暗示出作者的意识,也验证了我们前面所说的叙述性的话语类型。

确认存在目击者,与我们对五四文学的认识和把握相关。五四时代的作家,有强烈的关注现实、关注祖国和时代的倾向,同时在科学民主和启蒙旗帜的号召下,开始关注人的精神和心理,更喜欢将人的精神感情问题与祖国、民族和时代相联系。目击者所目击的"他",是一个身在异国他乡、精神处于病态的年轻人;特别关注"他"的心理现实及精神危机,这是典型的五四文学现象。中国古代小说一般不这样处理人与现实的关系,即便描写人物的心理,也不会如此集中,更不会竭尽力量写性的欲望。将心理现实与客观世界的现实同等看待,作为文学表现的主要对象,这是五四文学的贡献。目击者的存在,构成了作品的层次性,开拓了意义空间,其作用不可忽视。

二 沉沦者的沉沦

沉沦者的沉沦,是小说文本最突出的具有过程特点的形象。沉沦者形象之所以具有较高的艺术价值,与艺术手法有密切关系。

列维-斯特劳斯处理人类本性和文化变迁关系的思路有重要的方法论意义。许多人类学家认为,人们所说的自然现象实际上都是些文化现象。甚至有人类学家主张,根本不存在诸如人类本性之类的东西。"列维-斯特劳斯的创见就在于他两个方面抓住了人类学家这一左右为难的处境:他并没有把人类本性和文化变迁这两个概念对立起来,而是力求将前者置于后者的背景之中,把它当作一种抽象统一的结构,来统摄具体可见的变异现象。"[①]对沉沦者"他"的本性可以借助列维-斯特劳斯的思想方法来认识。

对于沉沦者"他"的分析,我们从症候入手。什么是症候呢?就是那些蕴涵在人物的情感表述、行为态度中的不合事理、不合情理之处,从不

[①] 〔英〕约翰·斯特罗克编:《结构主义以来——从列维-斯特劳斯到德里达》,渠东、李康、李猛译,辽宁教育出版社、牛津大学出版社联合出版1998年版,第2页。

合事理、不合情理之处入手,分析这些蹊跷的深层原因;也就是从一种特殊现象出发,探寻现象背后的原因。我们可将主人公的蹊跷之处概括为三点。其一,他的苦闷,究竟来自性欲的不能满足,还是来自对于祖国贫弱的苦闷?在第二节里,他在路上觉得受到了两位女学生的冷落,当天晚上在日记里写到:"我所要求的就是爱情!……使她的肉体与心灵,全归我有,我就心满意足了。"但是在最后他准备走向绝路的时候,"断断续续地说:'祖国呀祖国!我的死是你害我的!''你快富起来!强起来罢!''你还有许多儿女在那里受苦呢!'"这两者是矛盾的。其二,他经常否定自己的思想,不断地推翻已经形成的感情而陷入矛盾。第一节,写到他在大自然的怀抱里,"他觉得乐极了。便不知不觉开了口,自言自语的说:'这里就是你的避难所。世间的一般庸人都在那里妒忌你……你就在这大自然的怀里,这纯极的乡间终老了吧。'这样的说了一遍,他觉得自家可怜起来,好象有万千哀怨,横亘在胸中,一口说不出来的样子……"他将一首英国诗翻译成中文,然后又责备自己"这算是什么东西呀……英国诗是英国诗,中国诗是中国诗,又何必译来对去呢!"其三,以自己的忧郁和苦闷为常态,即便有些许的快乐,也尽力掩藏起来。他责备自己将英国诗翻译成中文,不知不觉地笑起来,"他正在那里出神呆看的时候,喀的咳嗽了一声,他的背后忽然来了一个农夫。回头一看,他就把他脸上的笑容装改了一副忧郁的面色,好象他的笑容是怕被人看见的样子"。类似这样的反复无常、以自己的痛苦示人的情节在文本中还有多处。人物性格和表现的蹊跷之处,是考察人物性格的最好切入点。"他"所处的是鸦片战争之后又经历了八国联军瓜分中国的时代,"他"本来就有早熟的性格,随大哥来到日本后竟然发展到抑郁症,在人群中感到孤独、忧伤、自卑,尤其在女性面前,一方面渴望得到女性的青睐,另一方面又自卑忧郁。随着青春欲求的萌生和发展,对于异性的关注、追求和追求中的受挫感与失落感,日益折磨着"他";"他"将自己受挫和失落的痛苦体验和祖国的积贫积弱联系起来;"他"常常愤慨地说:"狗才!俗物!你们都来欺侮我么?复仇复仇,我总要复你们的仇……我再也不爱女人了。我就爱我的祖国,我就把我的祖国当作了情人吧。""祖国呀祖国!我的死是你害我的!""你快富起来!强起来吧!""你还有许多儿女在那里受苦呢!"这些现象,具有可阐释和拓展审美价值的空间,正是文本艺术价值的外在表现。

首先,青春期性苦闷是人类的恒常现象,是人类性的问题,但是不可能以纯粹的性苦闷来表现,总是依附于某一个特定时期的时代和民族问题来表现。正如列维-斯特劳斯所说的,人类本性总是在文化变迁中得到表现,文化变迁是个温床,在这个温床上,人类本性才能得到恰如其分的也是最充分的表现。能够证明这一点的最有说服力的现象是,这种性苦闷的男性形象在各个民族文学中都有所表现,凡是涵义深厚、有艺术魅力的性苦闷描写,都是将性苦闷置于某一个时代、民族和社会历史语境中,比如歌德的小说《少年维特的烦恼》,中国的《红楼梦》等。《歌德谈话录》中曾经记录下歌德自己对这个作品的看法。歌德说:"使我感到切肤之痛的、迫使我进行创作的、导致产生《维特》的那种心情,无宁是一些直接关系到个人的情况。我原来生活过,恋爱过,苦痛过,关键就在这里。""至于人们谈得很多的'维特时代',如果仔细研究一下,它当然与一般世界文化过程无关,它只涉及每个个别的人,个人生来就有自由本能,却处在陈腐世界的窄狭圈套里,要学会适应它。幸运遭到阻挠,活动受到限制,愿望得不到满足,这些都不是某个特殊时代的、而是每个人都碰得着的不幸事件。假如一个人在他的生平不经过觉得《维特》就是为他自己写的那么一个阶段,那倒很可惜了。"①在这段话里,歌德从自己的切身体会出发表述了人性的恒常性和普遍性,可是其中所透露出来的意思却超出了创作者的心得。那就是维特的烦恼既是一个作家个人感情和生活经验的文学表达,同时也是一个必然出现在任何时代、民族的心性现象;也就是歌德所说的"它当然与一般世界文化过程无关,它只涉及每个个别的人,个人生来就有自由本能……"《少年维特的烦恼》的翻译者在译后记《〈维特〉及其时代》中针对歌德的自我表述写道:"然而并不能因此认为,《维特》只是一部个人的恋爱悲剧;19世纪的丹麦大批评家勃兰兑斯等早就指出,它的价值在于表现了一个时代的烦恼、憧憬和苦闷。换句话

---

① 〔德〕爱克曼辑录:《歌德谈话录》,朱光潜译,人民文学出版社1978年版,第18—19页。

讲,《维特》有着异常强烈的时代精神,它所提出的问题带有时代的普遍意义。"①同理,《沉沦》中的"他"恰逢中国积贫积弱的时代,所以,"他"的性苦闷自然与祖国的处境相联系,这是一种自然的也是民族的本能。从心理学原理来看,人总是自然地在诸种所属的群体里,激活对自己所属的这个群体的忠诚、归属感和身份的认同。《沉沦》中"他"所经历的文化身份认同是在以民族国家为情感背景,描绘跨民族与跨文化交往中的情感体验时发生的。

其次,与青春期性苦闷相关而又有所区别的是人性中另一种心理现象或者说本能,那就是"生活总在别处"的本性。这种本性也不是孤立表现的,总要依附在特定时代以及具体的时代性问题上,所以,既是人性的问题,也是文化及时代问题。《沉沦》中的"他"从故乡富春江上的一个小市,到了日本的东京,再到 N 市,始终没有找到一个让自己安下心来学习的地方,这也是一种人性的独特体验。郁达夫在《忏余独白》中说自己"因为对现实感到不满,才想逃回到大自然的怀中,在大自然的广漠里徘徊着,又只想飞翔开去;可是到了处固定的地方之后,一生就只能为 Wanderlust 的奴隶,而变作着一个永远的旅人(An Eternal Pilgrim)"。wanderlust 指漫游癖、旅行癖或旅行的爱好、漫游的乐趣;pilgrim,指朝圣者。这种现象曾经有作家指出过。比如米兰·昆德拉的长篇小说《生活在别处》,叙述了一位天才的年轻诗人充满激情而短暂的悲剧的一生,通过他与几个女人微妙的、含糊不清的关系,写出了他怎样力图摆脱畸形的母爱,怎样渴望外部世界,怎样渴望女人的身心,怎样写诗,怎样走向了死神……对诗人的心理和精神的成长有精湛、深刻的描写。这个年轻诗人的心理和精神的症结就是"生活在别处",永远处于寻找别处生活的状态中。正如《生活在别处》的译者在"译后记"中所说的:"'生活在别处'是法国象征主义诗人兰波的一句名言,对于一个充满憧憬的年轻人来说,周围是没有生活的,真正的生活总是在别处。这正是青春的特色。""从美学的角度看(美学在康德那里正是理论与实践之间的桥梁),真正的生活应当永远在别处。当生活在彼处时,那是梦,是艺术,是诗,而当彼处一旦

---

① 〔德〕歌德:《少年维特的烦恼》,杨武能译,人民文学出版社1981年版,第144—145页。

变为此处,崇高感随即变为生活的另一面:残酷。"①由此可知,《沉沦》中的"他"不断地寻找别处的生活,苦恼和出尔反尔的心态也就是自然的了。

再次,心理及行为的矛盾,既是人性现象,也是文化现象,文本中的互文性就是人性现象和文化现象的表征。因为"他"苦恼、矛盾,出尔反尔,又是一个正在求学读书、喜欢文学的年轻人,所以,苦恼和矛盾总借助于他所熟悉的作家、诗人以及诗词等文学形式来表达,或者从"他"的文化眼光看景物,给景物也附着上文化色彩。文本的诗意蕴藉等都与此有关。比如,"他"经常手里拿着一本某位诗人的诗集,吟诗,或者翻译诗,有时是自己写诗,有时是唱日本歌等。仅就"他"所提到的中外诗人、作家,便可列举出海涅(Heine)、渭迟渥斯(Wordsworth)、爱美生(Emerson)、沙罗(Thoreau)、果戈理(Gogol)、吉辛(G. Gissing)等,涉及的作品有爱美生的《自然论》、沙罗的《逍遥游》、渭迟渥斯的《渭迟渥斯诗集》《孤寂的高原刈稻者》等。景物描写也借助中国文化典籍。比如,第一节开头"晴天一碧,万里无云,终古常新的皎日,依旧在她的轨道上,一程一程的在那里行走。从南方吹来的微风,同醒酒的琼浆一般,带着一种香气,一阵阵的拂上面来……"其他各处也多次写到"他"眼中的月亮:"半轮寒月,高挂在天空的左半边","月光射到他的面上,两条泪线,倒变了叶上的朝露一样放起光来"。身在岛国的"他"和故乡共着一个明月,月亮寄托了"他"对祖国的思念。"他"看到,在西方青苍苍的天底下,有一颗明星,在那里摇动。他自语道:"那一颗摇摇不定的明星的底下,就是我的故国,也就是我的生地。我在那一颗星的底下,也曾送过十八个秋冬,我的乡土吓,我如今再也不能见你的面了。"这种互文产生的艺术效果在于,月亮和星星,在中国文化传统中已经稳固地与思念家园,与凄凉、悲伤、离别等感情联系起来。在中国文化传统中,对于月亮的诗意发挥,有两个路径。其一,用月亮的永恒不变来反衬人世的变迁和离别,比如,苏轼的《中秋月》:"暮云收尽溢清寒,银汉无声转玉盘。此生此夜不长好,明月明年何

---

① 〔捷〕米兰·昆德拉:《生活在别处》,景凯旋、景黎明译,作家出版社1989年版,第297—299页。

处看。"王建的《十五夜望月》:"中庭地白树栖鸦,冷露无声湿桂花。今夜月明人尽望,不知秋思落谁家。"王昌龄的《出塞》:"秦时明月汉时关,万里长征人未还。"其二,用明月的变化来衬人世的变迁和离别之正常,比如苏轼的《水调歌头》:"人有悲欢离合,月有阴晴圆缺,此事古难全。"这样的审美情趣已经积淀在国人的心理中,也自然成为20世纪初远在异国他乡的年轻人表达感情的方式。所以,凡是在这个民族文化熏陶中成长起来的读者,读到"他"眼中的月亮和星星,必然会发生联想,那么,也就自然地和"他"发生共鸣。文本中的互文现象,可以看作不断地给沉沦者"他"的沉沦过程命名。《沉沦》中主人公的沉沦过程是在中西方各种文学作品的互文中展示的。

沉沦者的沉沦及其蕴涵,是这个文本艺术价值的主要构成原因。

沉 沦

郁达夫

一

他近来觉得孤冷得可怜。

他的早熟的性情，竟把他挤到与世人绝不相容的境地去，世人与他的中间介在的那一道屏障，愈筑愈高了。

天气一天一天的清凉起来，他的学校开学之后，已经快半个月了。那一天正是九月的二十二日。

晴天一碧，万里无云，终古常新的皎日，依旧在她的轨道上，一程一程的在那里行走。从南方吹来的微风，同醒酒的琼浆一般，带着一种香气，一阵阵的拂上面来。在黄苍未熟的稻田中间，在弯曲同白线似的乡间的官道上面，他一个人手里捧了一本六寸长的Wordsworth的诗集，尽在那里缓缓的独步。在这大平原内，四面并无人影；不知从何处飞来的一声两声的远吠声，悠悠扬扬的传到他耳膜上来。他眼睛离开了书，同做梦似的向有犬吠声的地方看去，但看见了一丛杂树，几处人家，同鱼鳞似的屋瓦上，有一层薄薄的蜃气楼，同轻纱似的在那里飘荡。

"Oh, you serene gossamer! you beautiful gossamer!"

这样的叫了一声，他的眼睛里就涌出了两行清泪来，他自己也不知道是什么缘故。

呆呆的看了好久，他忽然觉得背上有一阵紫色的气息吹来，息索的一响，道旁的一枝小草，竟把他的梦境打破了。他回转头来一看，那枝小草还是颠摇不已，一阵带着紫罗兰气息的和风，温微微的喷到他那苍白的脸上来。在这清和的早秋的世界里,在这澄清透明的以太(Ether)中,他的身体觉得同陶醉似的酥软起来。他好象是睡在慈母怀里的样子。他好象是梦到了桃花源里的样子。他好象是在南欧的海岸,躺在情人膝上,在那里贪午睡的样子。

他看看四边,觉得周围的草木,都在那里对他微笑。看看苍空,觉得悠久无穷的大自然,微微的在那里点头。一动也不动的向天看了一会,他觉得天空中,有一群小天神,背上插着了翅膀,肩上挂着了弓箭,在那里跳舞。他觉得乐极了。便不知不觉开了口,自言自语的说:

"这里就是你的避难所。世间的一般庸人都在那里妒忌你,轻笑你,愚弄你;只有这大自然,这终古常新的苍空皎日,这晚夏的微风,这初秋的清气,还是你的朋友,还是你的慈母,还是你的情人;你也不必再到世上去与那些轻薄的男女共处去,你就在这大自然的怀里,这纯极的乡间终老了罢。"

这样的说了一遍,他觉得自家可怜起来,好像有万千哀怨,横亘在胸中,一口说不出来的样子。含了一双清泪,他的眼睛又看到他手里的书上去。

> Behold her, single in the field,
> You solitary Highland lass!
> Reaping and singing by herself;
> Stop here, or gently pass!
> Alone she cuts, and binds the grain,
> And sings a melancholy strain;
> Oh, listen! for the vale profound,
> Is overflowing with the sound.

看了这一节之后,他又忽然翻过一张来,脱头脱脑的看到那第三节去。

> Will no one tell me what she sings?
> Perhaps the plaintive numbers flow
> For old, unhappy far-off things,

And battle long ago;
Or is it some more humble lay,
Familiar matter of today?
Some natural sorrow, loss, or pain,
That has been and may be again!

这也是他近来的一种习惯,看书的时候,并没有次序的。几百页的大书,更可不必说了,就是几十页的小册子,如爱美生的《自然论》(Emerson's "On Nature")、沙离的《逍遥游》(Thoreau's "Excursion")之类,也没有完完全全从头至尾的读完一篇过。当他起初翻开一册书来看的时候,读了四行五行或一页二页,他每被那一本书感动,恨不得要一口气把那一本书吞下肚子里去的样子,到读了三页四页之后,他又生起一种怜惜的心来,他心里似乎说:

"像这样的奇书,不应该一口气就把它念完,要留着细细儿的咀嚼才好。一下子就念完了之后,我的热望也就不得不消灭,那时候我就没有好望,没有梦想了,怎么使得呢?"

他的脑里虽然这样的想头,其实他的心里早有一些儿厌倦起来,到了这时候,他总把那本书收过一边,不再看下去。过几天或者过几个钟头之后,他又用了满腔的热忱,同初读那一本书的时候一样的,去读另外的书去;几日前或者几点钟前那样的感动他的那一本书,就不得不被他遗忘了。

放大了声音把渭迟渥斯的那两节诗读了一遍之后,他忽然想把这一首诗用中国文翻译出来:

《孤寂的高原刈稻者》

他想想看,"The solitary highland reaper"诗题只有如此的译法。

你看那个女孩儿,她只一个人在田里,
你看那边的那个高原的女孩儿,她只一个人,冷清清地!
她一边刈稻,一边在那儿唱着不已:
她忽儿停了,忽而又过去了,轻盈体态,风光细腻!
她一个人,刈了,又重把稻儿捆起,

她唱的山歌,颇有些儿悲凉的情味:
听呀听呀!这幽谷深深,
全充满了她的歌唱的清音。

有人能说否,她唱的究是什么?
或者她那万千的痴话
是唱着前代的哀歌,
或者是前朝的战事、千兵万马;
或者是些坊间的俗曲,
便是目前的家常闲说?
或者是些天然的哀怨,必然的丧苦,自然的悲楚,
这些事虽是过去的回思,将来想亦必有人指诉。

他一口气译了出来之后,忽又觉得无聊起来,便自嘲自骂的说道:

"这算是什么东西呀,岂不同教会里的赞美歌一样的乏味么?英国诗是英国诗,中国诗是中国诗,又何必译来对去呢!"

这样的说了一句,他不知不觉便微微儿的笑了起来。向四边一看,太阳已经打斜了;大平原的彼岸,西边的地平线上,有一座高山,浮在那里,饱受了一天残照,山的周围酝酿成一层朦朦胧胧的岚气,反射出一种紫红不红的颜色来。

他正在那里出神呆看的时候,喀的咳嗽了一声,他的背后忽然来了一个农夫。回头一看,他就把他脸上的笑容装改了一副忧郁的面色,好象他的笑容是怕被人看见的样子。

二

他的忧郁症愈闹愈甚了。

他觉得学校里的教科书,味同嚼蜡,毫无半点生趣。天气清朗的时候,他每捧了一本爱读的文学书,跑到人迹罕至的山腰水畔,去贪那孤寂的深味去。在万籁俱寂的瞬间,在天水相映的地方,他看看草木虫鱼,看看白云碧落,便觉得自家是一个孤高傲世的贤人,一个超然独立的隐者。

有时在山中遇着一个农夫,他便把自己当作了 Zarathustra,把 Zarathustra 所说的话,也在心里对那农夫讲了。他的 megalmania 也同他的 hypochondria 成了正比例,一天一天的增加起来。他竟有连续四五天不上学校去听讲的时候。

有时候到学校里去,他每觉得众人都在那里凝视他的样子。他避来避去想避他的同学,然而无论到了什么地方,他的同学的眼光,总好象怀了恶意,射在他的背脊上的样子。

上课的时候,他虽然坐在全班学生的中间,然而总觉得孤独得很。在稠人广众之中,感得的这种孤独,倒比一个人在冷清的地方感得的那种孤独还更难受。看看他的同学们,一个个都是兴高采烈的在那里听先生的讲义,只有他一个人身体虽然坐在讲堂里头,心思却同飞云逝电一般,在那里作无边无际的空想。

好容易下课的钟声响了!先生退去之后,他的同学说笑的说笑,谈天的谈天,个个都同春来的燕雀似的,在那里作乐;只有他一个人锁了愁眉,舌根好象被千钧的巨石锤住的样子,兀的不作一声。他也很希望他的同学来对他讲些闲话,然而他的同学却都自家管自家的去寻欢乐去,一见了他那一副愁容,没有一个不抱头奔散的,因此他愈加怨他的同学了。

"他们都是日本人,他们都是我的仇敌,我总有一天来复仇,我总要复他们的仇。"

一到了悲愤的时候,他总这样的想的,然而到了安静之后,他又不得不嘲骂自家说:

"他们都是日本人,他们对你当然是没有同情的,因为你想得他们的同情,所以你怨他们,这岂不是你自家的错误么?"

他的同学中的好事者,有时候也有人来向他说笑的,他心里虽然非常感激,想同那一个人谈几句知心的话,然而口中总说不出什么话来,所以有几个解他的意的人,也不得不同他疏远了。

他的同学日本人在那里欢笑的时候,他总疑他们是在那里笑他,他就一霎时的红起脸来。他们在那里谈天的时候,若有偶然看他一眼的人,他又忽然红起脸来,以为他们是在那里讲他。他同他同学中间的距离,一天一天的远背起来,他的同学都以为他是爱孤独的人,所以谁也不敢来近他的身。

有一天放课之后,他挟了书包,回到他的旅馆里来,有三个日本学生系同他同路的。将要到他寄寓的旅馆的时候,前面忽然来了两个穿红裙的女学生。在这一区市外的地方,从没有女学生看见的,所以他一见了这两个女子,呼吸就紧缩起来。他们四个人同那两个女子擦过的时候,他的三个日本人的同学都问她们说:

"你们上那儿去?"

那两个女学生就作起娇声来回答说:

"不知道!"

"不知道!"

那三个日本学生都高笑起来,好象是很得意的样子;只有他一个人似乎是他自家同她们讲了话似的,匆匆跑回旅馆里来。进了他自家的房,把书包用力的向席上一丢,他就在席上躺下了——日本室内都铺的席子,坐也席地而坐,睡也睡在席上的——他的胸前还在那里乱跳,用了一只手枕着头,一只手按着胸口,他便自嘲自骂的说:

"You coward fellow, you are too coward!"

"你既然怕羞,何以又要后悔?

"既要后悔,何以当时你又没有那样的胆量?不同她们去讲一句话?

"Oh, coward, coward!"

说到这里,他忽然想起刚才那两个女学生的眼波来了。

那两双活泼泼的眼睛!

那两双眼睛里,确有惊喜的意思含在里头。然而再仔细想了一想,他又忽然叫起来说:

"呆人呆人!她们虽有意思,与你有什么相干?她们所送的秋波,不是单送给那三个日本人的么?唉!唉!她们已经知道了,已经知道我是支那人了,否则他们何以不来看我一眼呢!复仇复仇,我总要复他们的仇。"

说到这里,他那火热的颊上忽然滚了几颗冰冷的眼泪下来。他是伤心到极点了。这一天晚上,他记的日记说:

"我何苦要到日本来,我何苦要求学问。既然到了日本,那自然不得不被他们日本人轻侮的。中国呀中国！你怎么不富强起来,我不能再隐忍过去了。

"故乡岂不有明媚的山河,故乡岂不有如花的美女？我何苦要到这东海的岛国里来！

"到日本来倒也罢了,我何苦又要进这该死的高等学校。他们留了五个月学回去的人,岂不在那里享荣华安乐么？这五六年的岁月,教我怎么能捱得过去。受尽了千辛万苦,积了十数年的学识,我回国去,难道定能比他们来胡闹的留学生更强么？

"人生百岁,年少的时候,只有七八年的光景,这最纯最美的七八年,我就不得不在这无情的岛国里虚度过去,可怜我今年已经是二十一了。

"槁木的二十一岁！

"死灰的二十一岁！

"我真还不如变了矿物质的好,我大约没有开花的日子了。

"知识我也不要,名誉我也不要,我只要一个安慰我体谅我的'心',一副白热的心肠！从这一副心肠里生出来的同情！

"从同情而来的爱情！

"我所要求的就是爱情！

"若有一个美人,能理解我的苦楚,她要我死,我也肯的。

"若有一个妇人,无论她是美是丑,能真心真意的爱我,我也愿意为她死的。

"我所要求的就是异性的爱情！

"苍天呀苍天,我并不要知识,我并不要名誉,我也不要那些无用的金钱,你若能赐我一个伊甸园内的'伊扶',使她的肉体与心灵,全归我有,我就心满意足了。"

三

他的故乡,是富春江上的一个小市,去杭州水程不过八九十里。这一条江水,发源安徽,贯流全浙,江形曲折,风景常新,唐朝有一个诗人赞这条江水说"一川如画"。他十四岁的时候,请了一位先生写了这四个字,贴在他的书斋里,因为他的书斋的小窗,是朝着江面的。虽则这书斋结构不大,然而风雨晦明,春秋朝夕的风景,也还抵得过滕王高阁。在这小小的书斋里过了十几个春秋,他才跟了他的哥哥到日本来留学。

他三岁的时候就丧了父亲,那时候他家里困苦得不堪。好容易他长兄在日本 W 大学卒了业,回到北京,考了一个进士,分发在法部当差,不上两年,武昌的革命起来了。那时候他已在县立小学堂卒了业,正在那里换来换去的换中学堂。他家里的人都怪他无恒性,说他的心思太活;然而依他自己讲来,他以为他一个人同别的学生不同,不能按部就班的同他们同在一处求学的。所以他进了 K 府中学之后,不上半年又忽然转到 H 府中学来。在 H 府中学住了三个月,革命就起来了。H 府中学停学之后,他依旧只能回到他那小小的书斋里来。第二年的春天,正是他十七岁的时候,他就进了大学的预科。这大学是在杭州城外,本来是美国长老会捐钱创办的,所以学校里浸润了一种专制的弊风,学生的自由,几乎被缩服得同针眼儿一般的小。礼拜三的晚上有什么祈祷会,礼拜日非但不准出去游玩,并且在家里看别的书也不准的,除了唱赞美诗祈祷之外,只许看新旧约书。每天早晨从九点钟到九点二十分,定要去做礼拜,不去做礼拜,就要扣分数记过。他虽然非常爱那学校近旁的山水景物,然而他的心里,总有些反抗的意思,因为他是一个爱自由的人,对那些迷信的管束,怎么也不甘心服从。住不上半年,那大学里的厨子,托了校长的势,竟打起学生来。学生中间有几个不服的,便去告诉校长,校长反说学生不是。他看看这些情形,实在是太无道理了,就立刻去告了退,仍复回家,到那小小的书斋里去。那时候已经是六月初了。

在家里住了三个多月,秋风吹到富春江上,两岸的绿树,就快凋落的时候,他又坐了帆船,下富春江,上杭州去。却好那时候石牌楼的 W 中学正在那里招插班生,他进去见了校长 M 氏,把他的经历说给了 M 氏夫妻听,M 氏就许他插入最高的班里去。这 W 中学原来也是一个教会学校,校长 M 氏,也是一个糊涂的美国宣教师,他看看这学校的内容倒比 H 大学不如了。与一位很卑鄙的教务长——原来这一位先生就是 H 大学的卒业生——闹了一场,第二年的春天,他就出来了。出了 W 中学,他看看杭州的学校,都不能如他的意,所以他就打算不再进别的学校去。

正是这个时候,他的长兄也在北京被人排斥了。原来他的长兄为人正直得很,在部里办事,铁面无私,并且比一般部内的人物又多了一些学识,所以部内上下,都忌惮他。有一天某次长的私人,来问他要一个位置,他执意不肯,因此次长就同他闹起意见来,过了几天他就辞了部里的职,改到司法界去做司法官去了。他的二兄那时候正在绍兴军队里作军官,这一位二兄军人习气颇深,挥金如土,专喜结交侠少。他们弟兄三人,到这时候都不能如意之所为,所以那一小市镇里的闲人都说他们的风水破了。

他回家之后,便镇日镇夜的蛰居在他那小小的书斋里。他父祖及他长兄所藏的书籍,就作了他的良师益友。他的日记上面,一天一天的记起诗来。有时候他也用了华丽的文章做起小说来,小说里就把他自己当作了一个多情的勇士,把他邻近的一个寡妇的两个女儿,当作了贵族的苗裔,把他故乡的风物,全编作了田园的清景;有兴的时候,他还把自家的小说,用单纯的外国文翻译起来;他的幻想,愈演愈大了,他的忧郁病的根苗,大约也就在这时候培养成功的。

在家里住了半年,到了七月中旬,他接到他长兄的来信说:

"院内近有派予赴日本考察司法事务之意,予已许院长以东行,大约此事不日可见命令。渡日之先,拟返里小住。三弟居家,断非上策,此次当偕伊赴日本也。"

他接到了这一封信之后,心中日日盼他长兄南来,到了九月下旬,他的兄嫂才自北京到家。住了一月,他就同他的长兄长嫂到日本去了。

到了日本之后,他的 Dreams of the romantic age 尚未醒悟,模模糊糊的过了半载,他就考入了东京第一高等学校。这正是他十九岁的秋天。

第一高等学校将开学的时候,他的长兄接到了院长的命令,要他回去。他的长兄便把他寄托在一家日本人的家里,几天之后,他的长兄长嫂和他的新生的侄女儿就回国去了。

东京的第一高等学校里有一班预备班,是为中国学生特设的。在这预科里预备一年,卒业之后,才能入各地高等学校的正科,与日本学生同学。他考入预科的时候,本来填的是文科,后来将在预科卒业的时候,他的长兄定要他改到医科去,他当时亦没有什么主见,就听了他长兄的话把文科改了。

预科卒业之后,他听说 N 市的高等学校是最新的,并且 N 市是日本产美人的地方,所以他就要求到 N 市的高等学校去。

四

他的二十岁的八月二十九日的晚上,他一个人从东京的中央车站乘了夜行车到 N 市去。

那一天大约刚是旧历的初三四的样子,同天鹅绒似的又蓝又紫的天空里,洒满了一天星斗。半痕新月,斜挂在西天角上,却似仙女的蛾眉,未加翠黛的样子。他一个人靠着三等车的车窗,默默的在那里数窗外人家的灯火。火车在暗黑的夜气中间,一程一程的进去,那大都市的星星灯火,也一点一点的朦胧起来,他的胸中忽然生了万千哀感,他的眼睛里就忽然觉得热起来了。

"Sentimental, too sentimental!"

这样的叫了一声,把眼睛揩了一下,他反而自家笑起自家来。

"你也没有情人留在东京,你也没有弟兄知己住在东京,你的眼泪究竟是为谁洒的呀!或者是对于你过去的生活的伤感,或者是对你二年间的生活的余情,然而你平时不是说不爱东京的么?"

"唉,一年人住岂无情。"

"黄莺住久浑相识,欲别频啼四五声!"

胡思乱想的寻思了一会,他又忽然想到初次赴新大陆去的清教徒的身上去。

"那些十字架下的流人,离开他故乡海岸的时候,大约也是悲壮淋漓,同我一样的。"

火车过了横滨,他的感情方才渐渐儿的平静起来。呆呆的坐了一忽,他就取了一张明信片出来,垫在海涅(Heine)的诗集上,用铅笔写了一首诗寄他东京的朋友。

  娥眉月上柳梢初,又向天涯别故居。四壁旗亭争赌酒,六街灯火远随车。

乱离年少无多泪,行李家贫只旧书。夜后芦根秋水长,凭君南浦觅双鱼。

在朦胧的电灯光里,静悄悄的坐了一会,他又把海涅的诗集翻开来看了。

> Lebet wohl, ihr glatten Saele,
> Glatte Herren, glatte Frauen!
> Auf die Berge will ich steigen,
> Lac end auf euch nieders chauen!
> 　　　　Aus Heines Buch der Lieder.

> 浮薄的尘寰,无情的男女,
> 　你看那隐隐的青山,我欲乘风飞去,
> 且住且住,
> 　我将从那绝顶的高峰,笑看你终归何处。

单调的轮声,一声声连连续续的飞到他的耳膜上来,不上三十分钟他竟被这催眠的车轮声引诱到梦幻的仙境里去了。

早晨五点钟的时候,天空渐渐儿的明亮起来。在车窗里向外一望,他只见一线青天还被夜色包住在那里。探头出去一看,一层薄雾,笼罩着一幅天然的画图,他心里想了一想:

"原来今天又是清秋的好天气,我的福分真可算不薄了。"

过了一个钟头,火车就到了N市的停车场。

下了火车,在车站上遇见了一个日本学生;他看看那学生的制帽上也有两条白线,便知道他也是高等学校的学生。他走上前去,对那学生脱了一脱帽,问他说:

"第X高等学校是在什么地方的?"

那学生回答说:

"我们一路去罢。"

他就跟了那学生跑出火车站来,在火车站的前头,乘了电车。

时光还早得很,N市的店家都还未曾起来。他同那日本学生坐了电车,经过了几条冷清的街巷,就在鹤舞公园前面下了车。他问那日本学生说：

"学校还远得很么？"

"还有二里多路。"

穿过了公园，走到稻田中间的细路上的时候，他看看太阳已经起来了，稻上的露滴，还同明珠似的挂在那里。前面有一丛树林，树林阴里，疏疏落落的看得见几椽农舍。有两三条烟囱筒子，突出在农舍的上面，隐隐约约的浮在清晨的空气里。一缕两缕的青烟，同炉香似的在那里浮动，他知道农家已在那里炊早饭了。

到学校近边的一家旅馆去一问，他一礼拜前头寄出的几件行李，早已经到在那里。原来那一家人家是住过中国留学生的，所以主人待他也很殷勤。在那一家旅馆里住下了之后，他觉得前途好象有许多欢乐在那里等他的样子。

他的前途的希望，在第一天的晚上，就不得不被目前的实情嘲弄了。原来他的故里，也是一个小小的市镇。到了东京之后，在人山人海的中间，他虽然时常觉得孤独，然而东京的都市生活，同他幼时习惯尚无十分龃龉的地方。如今到了这 N 市的乡下之后，他的旅馆，是一家孤立的人家，四面并无邻舍，左首门外便是一条如发的大道，前后都是稻田，西面是一方池水，并且因为学校还没有开课，别的学生还没有到来，这一间宽旷的旅馆里，只住了他一个客人。白天倒还可以支吾过去，一到了晚上，他开窗一望，四面都是沉沉的黑影，并且因 N 市的附近是一大平原，所以望眼连天，四面并无遮障之处，远远里有一点灯火，明灭无常，森然有些鬼气。天花板里，又有许多虫鼠，息栗索落的在那里争食。窗外有几株梧桐，微风动叶，咄咄的响得不已，因为他住在二层楼上，所以梧桐的叶戟声，近在他的耳边。他觉得害怕起来，几乎要哭出来了。他对于都市的怀乡病（Nostalgia）从未有比那一晚更甚的。

学校开了课，他朋友也渐渐儿的多起来。感受性非常强烈的他的性情，也同天空大地丛林野水融和了。不上半年，他竟变成了一个大自然的宠儿，一刻也离不了那天然的野趣了。

他的学校是在 N 市外，刚才说过市的附近是一大平原，所以四边的地平线，界限广大的很。那时候日本的工业还没有十分发达，人口也还没有增加得同目下一样,所以他的学校的近边,还多是丛林空地,小阜低岗。除了几家与学生做买卖的文房具店及菜馆之外,附近并没有居民。荒野的人间,只有几家为学生设的旅馆,同晓天的星影似的,散缀在麦田瓜地的中央。晚饭毕后,披了黑呢的缦斗(斗篷),拿了爱读的书,在迟迟不落的夕照中间,散步逍遥,是非常快乐的。他的田园趣味,大约也是在这 Idyllic Wanderings 的中间养成的。

在生活竞争不十分猛烈,逍遥自在,同中古时代一样的时候,在风气纯良,不与市井小人同处,清闲雅淡的地方,过日子正如做梦一样。他到了 N 市之后,转瞬之间,已经有半年多了。

熏风日夜的吹来,草色渐渐儿的绿起来。旅馆近傍麦田里的麦穗,也一寸一寸的长起来了。草木虫鱼都化育起来,他的从始祖传来的苦闷也一日一日的增长起来,他每天早晨,在被窝里犯的罪恶,也一次一次的加起来了。

他本来是一个非常爱高尚爱洁净的人,然而一到了这邪念发生的时候,他的智力也无用了,他的良心也麻痹了,他从小服膺的"身体发肤不敢毁伤"的圣训,也不能顾全了。他犯了罪之后,每深自痛悔,切齿的说,下次总不再犯了,然而到了第二天的那个时候,种种幻想,又活泼泼的到他的眼前来。他平时所看见的"伊扶"的遗类,都赤裸裸的来引诱他。中年以后的妇人的形体,在他的脑里,比处女更有挑发他情动的地方。他苦闷一场,恶斗一场,终究不得不做她们的俘虏。这样的一次成了两次,两次之后,就成了习惯了。他犯罪之后,每到图书馆里去翻出医书来看,医书上都千篇一律的说,于身体最有害的就是这一种犯罪。从此之后,他的恐惧心也一天一天的增加起来了。有一天他不知道从什么地方得来的消息,好像是一本书上说,俄国近代文学的创设者 Gogol 也犯这一宗病,他到死竟没有改过来,他想到了郭歌里,心里就宽了一宽,因为这《死了的灵魂》的著者,也是同他一样的。然而这不过自家对自家的宽慰而已,他的胸里,总有一种非常的忧虑存在那里。

因为他是非常爱洁净的,所以他每天总要去洗澡一次;因为他是非常爱惜身体的,所以他每天总要去吃几个生鸡子和牛乳;然而他去洗澡或吃牛乳鸡子的时候,他总觉得惭愧得很,因为这都是他的犯罪的证据。

他觉得身体一天一天的衰弱起来,记忆力也一天一天的减退了。他又渐渐儿的生了一种怕见人面的心理:见了妇人女子的时候,他觉得更加难受。学校的教科书,他渐渐的嫌恶起来,法国自然派的小说,和中国那几本有名的诲淫小说,他念了又念,几乎记熟了。

有时候他忽然做出一首好诗来,他自家便喜欢得非常,以为他的脑力还没有破坏。那时候他每对着自家起誓说:

"我的脑力还可以使得,还能做得出这样的诗,我以后决不再犯罪了。过去的事实是没法,我以后总不再犯罪了。若从此自新,我的脑力,还是很可以的。"

然而一到了紧迫的时候,他的誓言又忘了。

每礼拜四五,或每月的二十六七的时候,他索性尽意的贪起欢来。他的心里想,自下礼拜一或下月初一起,我总不犯罪了。有时候正合到礼拜六或月底的晚上,去剃头洗澡去,以为这就是改过自新的记号,然而过几天他又不得不吃鸡子和牛乳了。

他的自责心同恐惧心,竟一日也不使他安闲,他的忧郁症也从此厉害起来了。这样的状态继续了一二个月,他的学校里就放了暑假,暑假的两个月内,他受的苦闷,更甚于平时;到了学校开课的时候,他的两颊的颧骨更高起来;他的青灰色的眼窝更大起来,他的一双灵活的瞳人,变了同死鱼眼睛一样了。

五

秋天又到了。浩浩的苍空,一天一天的高起来,他的旅馆傍边的稻田,都带起黄金色来。朝夕的凉风,同刀也似的刺到人的心骨里去,大约秋冬的佳日,来也不远了。

一礼拜前的有一天午后,他拿了一本 Wordsworth 的诗集,在田塍路上逍遥漫步了半天。从那一天以后,他的循环性的忧郁症,尚未离他的身过。前几天在路上遇着的那两个女学生,常在他的脑里,不使他安静,想起那一天的事情,他还是一个人要红起脸来。

他近来无论上什么地方去,总觉得有坐立难安的样子。他上学校去的时候,觉得他的日本同学都似在那里排斥他。他的几个中国同学,也许久不去寻访了,因为去寻访了回来,他心里反觉得空虚。因为他的几个中国同学,怎么也不能理解他的心理,他去寻访的时候,总想得些同情回来的,然而到了那里,谈了几句之后,他又不得不自悔寻访错了。有时候和朋友讲得投机,他就任了一时的热意,把他的内外的生活都对朋友讲了出来,然而到了归途,他又自悔失言,心里的责备,倒反比不去访友的时候,更加厉害。他的几个中国朋友,因此都说他是染了神经病了。他听了这话之后,对了那几个中国同学,也同对日本学生一样,起了一种复仇的心。他同他的几个中国同学,一日一日的疏远起来。嗣后虽在路上,或在学校里遇见的时候,他同那几个中国同学,也不点头招呼。中国留学生开会的时候,他当然是不去出席的。因此他同他的几个同胞,竟宛然成了两家仇敌。

他的中国同学的里边,也有一个很奇怪的人,因为他自家的结婚有些道德上的罪恶,所以他专喜讲人家的丑事,以掩己之不善,说他是神经病,也是这一位同学说的。

他交游离绝之后,孤冷得几乎到将死的地步,幸而他住的旅馆里,还有一个主人的女儿,可以牵引他的心,否则他真只能自杀了。他旅馆的主人的女儿,今年正是十七岁,长方的脸儿,眼睛大得很,笑起来的时候,面上有两颗笑靥,嘴里有一颗金牙看得出来,因为她自家觉得她自家的笑容是非常可爱,所以她平时常在那里弄笑。

他心里虽然非常爱她,然而她送饭来或来替他铺被的时候,他总装出一种兀不可犯的样子来。他心里虽想对她讲几句话,然而一见了她,他总不能开口。她进他房里来的时候,他的呼吸竟急促到吐气不出的地步。他在她的面前实在是受苦不起了,所以近来她进他的房里来的时候,他每不得不跑出房外去。然而他思慕她的心情,却一天一天的浓厚起来。有一天礼拜六的晚上,旅馆里的学生,都上 N 市去行乐去了。他因为经济困难,所以吃了晚饭,上西面池上去走了一回,就回到旅舍里来枯坐。

回家来坐了一会,他觉得那空旷的二层楼上,只有他一个人在家。静悄悄的坐了半晌,坐得不耐烦起来的时候,他又想跑出外面去。然而要跑出外面去,不得不由主人的房门口经过,因为主人和他女儿的房,就在大门的边上。他记得刚才进来的时候,主人和他的女儿正在那里吃饭。他一想到经过她面前的时候的苦楚,就把跑出外面去的心思丢了。

拿出了一本 G. Gissing 的小说来读了三四页之后,静寂的空气里,忽然传了几声梆梆的泼水声音过来。他静静儿的听了一听,呼吸又一霎时的急了起来,面色也涨红了。迟疑了一会,他就轻轻的开了房门,拖鞋也不拖,幽脚幽手的走下扶梯去。轻轻的开了便所的门,他尽兀自的站在便所的玻璃窗口偷看。原来他旅馆里的浴室,就在便所的间壁,从便所的玻璃窗看去,浴室里的动静了了可看,他起初以为看一看就可以走的,然而到了一看之后,他竟同被钉子钉住的一样,动也不能动了。

那一双雪样的乳峰!

那一双肥白的大腿!

这全身的曲线!

呼气也不呼,仔仔细细的看了一会,他面上的筋肉,都发起痉挛来了。愈看愈颤得厉害,他那发颤的前额部竟同玻璃窗冲击了一下。被蒸气包住的那赤裸裸的"伊扶"便发了娇声问说:

"是谁呀?……"

他一声也不响,急忙跳出了便所,就三脚两步的跑上楼上去了。

他跑到了房里,面上同火烧的一样,口也干渴了。一边他自家打自家的嘴巴,一边就把他的被窝拿出来睡了。他在被窝里翻来复去,总睡不着,便立起了两耳,听起楼下的动静来。他听听泼水的声音也息了,浴室的门开了之后,他听见她的脚步声好像是走上楼来的样子。用被包着了头,他心里的耳朵明明告诉他说:

"她已经立在门外了。"

他觉得全身的血液,都在往上奔注的样子。心里怕得非常,羞得非常,也喜欢得非常。然而若有人问他,他无论如何,总不肯承认说,这时候他是喜欢的。

他屏住了气息,尖着了两耳听了一会,觉得门外并无动静,又故意咳嗽了一声,门外亦无声响。他正在那里疑惑的时候,忽听见她的声音,在楼下同她的父亲在那里说话。他手里捏了一把冷汗,拼命想听出她的话来,然而无论如何总听不清楚。停了一会,她的父亲高声笑了起来,他把

被蒙头的一罩,咬紧了牙齿说:

"她告诉了他了!她告诉了他了!"

这一天的晚上他一睡也不曾睡着。第二天的早晨,天亮的时候,他就惊心吊胆的走下楼来。洗了手面,刷了牙,趁主人和他的女儿还没有起来之先,他就同逃也似的出了那个旅馆,跑到外面来。

官道上的沙尘,染了朝露,还未曾干着。太阳已经起来了。他不问皂白,便一直的往东走去。远远有一个农夫,拖了一车野菜慢慢的走来。那农夫同他擦过的时候,忽然对他说:

"你早啊!"

他倒惊了一跳,那清瘦的脸上,又起了一层红潮,胸前又乱跳起来,他心里想:

"难道这农夫也知道了么?"

无头无脑的跑了好久,他回转头来看看他的学校,已经远得很了,举头看看,太阳也升高了。他摸摸表看,那银饼大的表,也不在身边。从太阳的角度看起来,大约已经是九点钟前后的样子。他虽然觉得饥饿得很,然而无论如何,总不愿意再回到那旅馆里去,同主人和他的女儿相见。想去买些零食充一充饥,然而他摸摸自家的袋看,袋里只剩了一角二分钱在那里。他到一家乡下的杂货店内,尽那一角二分钱,买了些零碎的食物,想去寻一处无人看见的地方去吃。走到了一处两路交叉的十字路口,他朝南的一望,只见与他的去路横交的那一条自北趋南的通路上,行人稀少得很。那一条路是向南的斜低下去的,两面更有高壁在那里,他知道这路是从一条小山中开辟出来的。他刚才走来的那条大道,便是这山的岭脊,十字路当作了中心,与岭脊上的那条大道相交的横路,是两边低斜下去的。在十字路口迟疑了一会,他就取了那一条向南斜下的路走去。走尽了两面的高壁,他的去路就穿入大平原去,直通到彼岸的市内。平原的彼岸有一簇深林,划在碧空的心里,他心里想:

"这大约就是 A 神宫了。"

他走尽了两面的高壁,向左手斜面上一望,见沿高壁的那山面上有一道女墙,围住着几间茅舍,茅舍的门上悬着了"香雪海"三字的一方匾额。他离开了正路,走上几步,到那女墙的门前,顺手的向门一推,那两扇柴门竟自开了。他就随随便便的踏了进去。门内有一条曲径,自门口通过了斜面,直达到山上去的。曲径的两旁,有许多老苍的梅树种在那里,他知道这就是梅林了。顺了那一条曲径,往北的从斜面上走到山顶的时候,一片同图画似的平地,展开在他的眼前。这园自从山脚上起,跨有朝南的半山斜面,同顶上的一块平地,布置得非常幽雅。

山顶平地的西面是千仞的绝壁,与隔岸的绝壁相对峙,两壁的中间,便是他刚走过的那一条自北趋南的通路。背临着那绝壁,有一间楼屋、几间平屋造在那里。因为这几间屋,门窗都闭在那里,他所以知道这定是为梅花开日,卖酒食用的。楼屋的前面,有一块草地,草地中间,有几方白石,围成了一个花园,圈子里,卧着一枝老梅,那草地的南尽头,山顶的平地正要向南斜下去的地方,有一块石碑立在那里,系记这梅林的历史的。他在碑前的草地上坐下之后,就把买来的零食拿出来吃了。

吃了之后,他兀兀的在草地上坐了一会。四面并无人声,远远的树枝上,时有一声两声的鸟鸣声飞来。他仰起头来看看澄清的碧落,同那皎洁的日轮,觉得四面的树枝房屋,小草飞禽,都一样的在和平的太阳光里,受大自然的化育。他那昨天晚上的犯罪的记忆,正同远海的帆影一般,不知消失到那里去了。

这梅林的平地上和斜面上,叉来叉去的曲径很多。他站起来走来走去的走了一会,方晓得斜面上梅树的中间,更有一间平屋造在那里。从这一间房屋往东的走去几步,有眼古井,埋在松叶堆中。他摇摇井上的唧筒看,呷呷的响了几声,却抽不起水来。他心里想:

"这园大约只有梅花开的时候,开放一下,平时总没有人住的。"

想到这里他又自言自语的说:

"既然空在这里,我何妨去问园主人去借住借住。"想定了主意,他就跑下山来,打算去寻园主人去。他将走到门口的时候,却好遇见了一个五十来岁的农夫走进园来。他对那农夫道歉之后,就问他说:

"这园是谁的,你可知道?"

"这园是我经管的。"

"你住在什么地方的?"

"我住在路的那面。"

一边这样的说,一边那农民指着通路西边的一间小屋给他看。他向西一看,果然在西边的高壁尽头的地方,有一间小屋在那里。他点了点头,又问说:

"你可以把园内的那间楼屋租给我住住么?"

"可是可以的,你只一个人么?"

"我只一个人。"

"那你可不必搬来的。"

"这是什么缘故呢?"

"你们学校里的学生,已经有几次搬来过了,大约都因为冷静不过,住不上十天,就搬走的。"

"我可同别人不同,你但能租给我,我是不怕冷静的。"

"这样那里有不租的道理,你想什么时候搬来?"

"就是今天午后罢。"

"可以的,可以的。"

"请你就替我扫一扫干净,免得搬来之后着忙。"

"可以可以。再会!"

"再会!"

六

搬进了山上梅园之后,他的忧郁症 Hypochondria 又变起形状来了。

他同他的北京的长兄,为了一些儿细事,竟生起龃龉来。他发了一封长长的信,寄到北京,同他的长兄绝了交。

那一封信发出之后,他呆呆的在楼前草地上想了许多时候。他自家想想看,他便是世界上最不幸的人了。其实这一次的决裂,是发始于他的。同室操戈,事更甚于他姓之相争,自此之后,他恨他的长兄竟同蛇蝎一样。他被他人欺侮的时候,每把他长兄拿出来作比:

"自家的弟兄,尚且如此,何况他人呢!"

他每达到这一个结论的时候,必尽把他长兄待他苛刻的事情,细细回想出来。把各种过去的事迹列举出来之后,就把他长兄判决是一个恶人,他自家是一个善人。他又把自家的好处列举出来,把他所受的苦处,夸大的细数起来。他证明得自家是一个世界上最苦的人的时候,他的眼泪就同瀑布似的流下来。他在那里哭的时候,空中好像有一种柔和的声音在对他说:

"啊呀,哭的是你么?那真是冤屈了你了。像你这样的善人,受世人的那样的虐待,这可真是冤屈了你了。罢了罢了,这也是天命,你别再哭了,怕伤害了你的身体!"

他心里一听到这一种声音,就舒畅起来。他觉得悲苦的中间,也有无穷的甘味在那里。

他因为想复他长兄的仇,所以就把所学的医科丢弃了,改入文科里去。他的意思,以为医科是他长兄要他改的,仍旧改回文科,就是对他长兄宣战的一种明示。并且他由医科改入文科,在高等学校须迟卒业一年。他心里想,迟卒业一年,就是早死一岁,你若因此迟了一年,就到死可以对你长兄含一种敌意。因为他恐怕一二年之后,他们兄弟两人的感情,仍旧要和好起来;所以这一次的转科,便是帮他永久敌视他长兄的一个手段。

气候渐渐儿的寒冷起来,他搬上山来之后,已经有一个月了。几日来天气阴郁,灰色的层云,天天挂在空中。寒冷的北风吹来的时候,梅林的树叶,每息索索的飞掉下来。

初搬来的时候,他卖了些旧书,买了许多炊饭的器具,自家烧了一个月饭,因为天冷了,他也懒得烧了。他每天的伙食,就一切包给了山脚下的园丁家包办,所以他近来只同退院的闲僧一样,除了怨人骂己之外,更没有别的事情了。

有一天早晨,他侵早的起来,把朝东的窗门开了之后,他看见前面的地平线上有几缕红云,在那里浮荡。东天半角,反照出一种银红的灰色。因为昨天下了一天微雨,所以他看了这清新的旭日,比平日更添了几分欢喜。他走到山的斜面上,从那古井里汲了水,洗了手面之后,觉得满身的气力,一霎时都回复了转来的样子。他便跑上楼外,拿了一本黄仲则的诗集下来,一边高声朗读,一边尽在那梅林的曲径里,跑来跑去的跑圈子。不多一会,太阳起来了。

从他住的山顶向南方看去,眼下看得出一大平原。平原里的稻田,都尚未收割起。金黄的谷色,以绀碧的天空作了背景,反映着一天太阳的晨光,那风景正同看密来(Millet)的田园清画一般。他觉得自家好像已经变了几千年前的原始基督教徒的样子,对了这自然的默示,他不觉笑起自家的气量狭小起来。

"饶赦了！饶赦了！你们世人得罪于我的地方,我都饶赦了你们罢,来,你们来。都来同我讲和罢!"手里拿着了那一本诗集,眼里浮着了两泓清泪,正对了那平原的秋色,呆呆的立在那里想这些事情的时候,他忽听见他的近边,有两人在那里低声的说：

"今晚上你一定要来的哩!"

这分明是男子的声音。

"我是非常想来的,但是恐怕……"

他听了这娇滴滴的女子的声音之后,好像是被电气贯穿了的样子,觉得自家的血液循环都停止了。原来他的身边有一丛长大的苇草生在那里,他立在苇草的右面,那一男一女,大约是在苇草的左面,所以他们两个还不晓得隔着苇草,有人站在那里。那男人又说：

"你心真好,请你今晚上来罢,我们到如今还没在被窝里睡过觉。"

"……"

他忽然听见两人的嘴唇,灼灼的好像在那里吮吸的样子。他同偷了食的野狗一样,就惊心吊胆的把身子屈倒去听了。

"你去死罢,你去死罢,你怎么会下流到这样的地步!"

他心里虽然如此的在那里痛骂自己,然而他那一双尖着的耳朵,却一言半语也不愿意遗漏,用了全部精神在那里听着。

地上的落叶索息索息的响了一下。

解衣带的声音。

男人嘶嘶的吐了几口气。

舌尖吮吸的声音。

女人半轻半重,断断续续的说：

"你！……你！……你快……快××罢。……别……别……别被人……被人看见了。"

他的面色,一霎时的变了灰色了。他的眼睛同火也似的红了起来。

他的上颚骨同下颚骨呷呷的发起颤来。他再也站不住了。他想跑开去，但是他的两只脚,总不听他的话。他苦闷了一场,听听两人出去了之后,就同落水的猫狗一样,回到楼上房里去,拿出被窝来睡了。

七

他饭也不吃,一直在被窝里睡到午后四点钟的时候才起来。那时候夕阳洒满了远近。平原的彼岸的树林里,有一带苍烟,悠悠扬扬的笼罩在那里。他跟跟跄跄的走下了山,上了那一条自北趋南的大道,穿过了那平原,无头无绪的尽是向南的走去。走尽了平原,他已经到了神宫前的电车停留处了。那时候却正好从南面有一乘电车到来,他不知不觉就跳了上去,既不知道他究竟为什么要乘电车,也不知道这电车是往什么地方去的。

走了十五六分钟,电车停了,开车的教他换车,他就换了一乘车。走了二三十分钟,电车又停了,他听见说是终点了,他就走了下来。他的面前就是筑港了。

前面一片汪洋的大海,横在午后的太阳光里,在那里微笑。超海而南有一发青山,隐隐的浮在透明的空气里。西边是一脉长堤,直驰到海湾的心里去。堤外有一处灯台,同巨人似的,立在那里。几艘空船和几只舢板,轻轻的在系着的地方浮荡。海中近岸的地方,有许多浮标,饱受了斜阳,红红的浮在那里。远处风来,带着几句单调的话声,既听不清楚是什么话,也不知道是从那里来的。

他在岸边上走来走去走了一会,忽听见那一边传过了一阵击磬的声音。他跑过去一看,原来是为唤渡船而发的。他立了一会,看有一只小火轮从对岸过来了。跟着了一个四五十岁的工人,他也进了那只小火轮去坐下了。

渡到东岸之后,上前走了几步,他看见靠岸有一家大庄子在那里。大门开得很大,庭内的假山花草,布置得楚楚可爱。他不问是非,就踱了进去。走不上几步,他忽听得前面家中有女人的娇声叫他说:

"请进来呀!"

他不觉惊了一下,就呆呆的站住了。他心里想:

"这大约就是卖酒食的人家,但是我听见说,这样的地方,总有妓女在那里的。"

一想到这里,他的精神就抖擞起来,好像是一桶冷水浇上身来的样子。他的面色立时变了。要想进去又不能进去,要想出来又不得出来,可怜他那同兔儿似的小胆,同猿猴似的淫心,竟把他陷到一个大大的难境里去了。

"进来吓!请进来吓!"

里面又娇滴滴的叫了起来,带着笑声。

"可恶东西,你们竟敢欺我胆小么!"

这样的怒了一下,他的面色更同火也似的烧了起来。咬紧了牙齿,把脚在地上轻轻的蹬了一蹬,他就握了两个拳头,向前进去,好像是对了那几个年轻的侍女宣战的样子。但是他那青一阵红一阵的面色,和他的面上的微微儿在那里震动的筋肉,总隐藏不过。他走到那几个侍女的面前的时候,几乎要同小孩似的哭出来了。

"请上来!"

"请上来!"

他硬了头皮,跟了一个十七八岁的侍女走上楼去,那时候他的精神已经有些镇静下来了。走了几步,经过一条暗暗的夹道的时候,一阵恼人的花粉香气,同日本女人特有的一种肉的香味,和头发上的香油气息合作了一处,哼的扑上他的鼻孔来。他立刻觉得头晕起来,眼睛里看见了几颗火星,向后边跌也似的退了一步。他再定睛一看,只见他的前面黑暗暗的中间,有一长圆形的女人粉面,堆着了微笑,在那里问他说:

"你!你还是上靠海的地方去呢?还是怎样?"

他觉得女人口里吐出来的气息,也热和和的哼上他的面来。他不知不觉把这气息深深的吸了一口。他的意识,感觉到他这行为的时候,他的面色又立刻红了起来。他不得已只能含含糊糊的答应她说:

"上靠海的房间里去。"

进了一间靠海的小房间,那侍女便问他要什么菜。他就回答说:

"随便拿几样来吧。"

"酒要不要？"

"要的。"

那侍女出去之后，他就站起来推开了纸窗，从外边放了一阵空气进来。因为房里的空气，沉浊得很，他刚才在夹道中闻过的那一阵女人的香味，还剩在那里，他实在是被这一阵气味压迫不过了。

一湾大海，静静的浮在他的面前。外边好象是起了微风的样子，一片一片的海浪，受了阳光的返照，同金鱼的鱼鳞似的，在那里微动。他立在窗前看了一会，低声的吟了一句诗出来：

"夕阳红上海边楼。"

他向西的一望，见太阳离西南的地平线只有一丈多高了。呆呆的看了一会，他的心思怎么也离不开刚才的那个侍女。她的口里的头上的面上的和身体上的那一种香味，怎么也不容他的心思也想别的东西。他才知道他想吟诗的心是假的，想女人的肉体的心是真的了。

停了一会，那侍女把酒菜搬了进来，跪坐在他的面前，亲亲热热的替他上酒。他心里想仔仔细细的看她一看，把他的心里的苦闷都告诉了她，然而他的眼睛怎么也不敢平视她一眼，他的舌根怎么也不能摇动一摇动。他不过同哑子一样，偷看看她那搁在膝上一双纤嫩的白手，同衣缝里露出来的一条粉红的围裙角。

原来日本的妇人都不穿裤子，身上贴肉只围着一条短短的围裙。外边就是一件长袖的衣服，衣服上也没有钮扣，腰里只缚着一条一尺多宽的带子，后面结着一个方结。她们走路的时候，前面的衣服每一步一步的掀开来，所以红色的围裙，同肥白的腿肉，每能偷看。这是日本女子特别的美处；他在路上遇见女子的时候，注意的就是这些地方。他切齿的痛骂自己，畜生！狗贼！卑怯的人！也便是这个时候。

他看了那侍女的围裙角，心头便乱跳起来。愈想同她说话，但愈觉得讲不出话来。大约那侍女是看得不耐烦起来了，便轻轻的问他说：

"你府上是什么地方？"

一听了这一句话，他那清瘦苍白的面上，又起了一层红色；含含糊糊的回答了一声，他呐呐的总说不出清晰的回话来。可怜他又站在断头台上了。

原来日本人轻视中国人,同我们轻视猪狗一样。日本人都叫中国人作"支那人",这"支那人"三字,在日本,比我们骂人的"贱贼"还更难听,如今在一个如花的少女前头,他不得不自认说"我是支那人"了。

"中国呀中国,你怎么不强大起来!"

他全身发起抖来,他的眼泪又快滚下来了。

那侍女看他发颤发得厉害,就想让他一个人在这里喝酒,好教他把精神安镇安镇,所以对他说:

"酒就快没有了,我再去拿一瓶来罢?"

停了一会他听得那侍女的脚步声又走上楼来。他以为她是上他这里来的,所以就把衣服整了一整,姿势改了一改。但是他被她欺骗了。她原来是领了两三个另外的客人,上间壁的那一间房间里去的。那两三个客人都在那里对那侍女取笑,那侍女也娇滴滴的说:

"别胡闹了,间壁还有客人在那里。"

他听了就立刻发起怒来。他心里骂他们说:

"狗才!俗物!你们都敢来欺侮我么?复仇复仇,我总要复你们的仇。世间那里有真心的女子!那侍女的负心东西,你竟敢把我丢了么?罢了罢了,我再也不爱女人了,我再也不爱女人了。我就爱我的祖国,我就把我的祖国当作了情人罢。"

他马上就想跑回去发愤用功。但是他的心里,却很羡慕那间壁的几个俗物。他的心里,还有一处地方在那里盼望那个侍女再回到他这里来。

他按住了怒,默默的喝干了几杯酒,觉得身上热起来。打开了窗门,他看太阳就快要下山去了。又连饮了几杯,他觉得他面前的海景都朦胧起来。西面堤外的灯台的黑影,长大了许多。一层茫茫的薄雾,把海天融混作了一处。在这一层浑沌不明的薄纱影里,西方的将落不落的太阳,好象在那里惜别的样子。他看了一会,不知道是什么缘故,只觉得好笑。呵呵的笑了一回,他用手擦擦自家那火热的双颊,便自言自语的说:

"醉了醉了!"

那侍女果然进来了。见他红了脸,立在窗口在那里痴笑,便问他说:

"窗开了这样大,你不冷的么?"

"不冷不冷,这样好的落照,谁舍得不看呢?"

"你真是一个诗人呀！酒拿来了。"

"诗人！我本来是一个诗人。你去把纸笔拿了来,我马上写首诗给你看看。"

那侍女出去了之后,他自家觉得奇怪起来。他心里想:

"我怎么会变了这样大胆的?"

痛饮了几杯新拿来的热酒,他更觉得快活起来,又禁不得呵呵笑了一阵。他听见间壁房间里的那几个俗物,高声的唱起日本歌来,他也放大了嗓子唱着说:

"醉拍阑干酒意寒,江湖寥落又冬残。剧怜鹦鹉中州骨,未拜长沙太傅官。一饭千金图报易,几人五噫出关难。茫茫烟水回头望,也为神州泪暗弹。"

高声的念了几遍,他就在席上醉倒了。

八

一醉醒来,他看看自家睡在一条红绸的被里,被上有一种奇怪的香气。这一间房间也不很大,但已不是白天的那一间房间了。房中挂着一张十烛光的电灯,枕头边上摆着了一壶茶,两只杯子。他倒了二三杯茶,喝了之后,就跟跟跄跄的走到房外去。他开了门,却好白天的那侍女也跑过来了。她问他说:

"你！你醒了么?"

他点了一点头,笑微微的回答说:

"醒了。便所是在什么地方的?"

"我领你去吧。"

他就跟了她去。他走过日间的那条夹道的时候,电灯点得明亮得很。远近有许多歌唱的声音,三弦的声音,大笑的声音传到他的耳朵里来。白天的情节,他都想出来了。一想到酒醉之后,他对那侍女说的那些话的时候,他觉得面上又发起烧来。

从厕所回到房里之后,他问那侍女说:

"这被是你的么?"

侍女笑着说：

"是的。"

"现在是什么时候了？"

"大约是八点四五十分的样子。"

"你去开了账来罢！"

"是。"

他付清了账，又拿了一张纸币给那侍女，他的手不觉微颤起来。那侍女说：

"我是不要的。"

他知道她是嫌少了。他的面色又涨红了，袋里摸来摸去，只有一张纸币了，他就拿了出来给她说：

"你别嫌少了，请你收了罢。"

他的手震动得更加厉害，他的话声也颤动起来了。那侍女对他看了一眼，就低声的说：

"谢谢！"

他一直的跑下了楼，套上了皮鞋，就走到外面来。

外面冷得非常，这一天大约是旧历的初八九的样子。半轮寒月，高挂在天空的左半边。淡青的圆形盖里，也有几点疏星，散在那里。

他在海边上走了一回，看看远岸的渔灯，同鬼火似的在那里招引他。细浪中间，映着了银色的月光，好象是山鬼的眼波，在那里开闭的样子。不知是什么道理，他忽想跳入海里去死了。

他摸摸身边看，乘电车的钱也没有了。想想白天的事情，他又不得不痛骂自己。

"我怎么会走上那样的地方去的？我已经变了一个最下等的人了。悔也无及，悔也无及。我就在这里死了罢。我所求的爱情，大约是求不到的了。没有爱情的生涯，岂不同死灰一样么？唉，这干燥的生涯，这干燥的生涯，世上的人又都在那里仇视我，欺侮我，连我自家的亲弟兄，自家的手足，都在那里排挤我到这世界外去。我将何以为生，我又何必生存在这多苦的世界里呢！"

想到这里，他的眼泪就连连续续的滴了下来。他那灰白的面色，竟同死人没有分别了。他也不举起手来揩揩眼泪,月光射到他的面上,两条泪线,倒变了叶上的朝露一样放起光来。他回转头来,看看他自家的又瘦又长的影子,就觉得心痛起来。

"可怜你这清影,跟了我二十一年,如今这大海就是你的葬身地了。我的身子,虽然被人家欺辱,我可不该累你也瘦弱到这步田地的。影子呀影子,你饶了我罢!"

他向西面一看,那灯台的光,一霎变了红一霎变了绿的在那里尽它的本职。那绿的光射到海面上的时候,海面就现出一条淡青的路来。再向西天一看,他只见西方青苍苍的天底下,有一颗明星,在那里摇动。

"那一颗摇摇不定的明星的底下,就是我的故国,也就是我的生地。我在那一颗星的底下,也曾送过十八个秋冬,我的乡土吓,我如今再也不能见你的面了。"

他一边走着,一边尽在那里自伤自悼的想这些伤心的哀话。走了一会,再向那西方的明星看了一眼,他的眼泪便同骤雨似的落下来了。他觉得四边的景物,都模糊起来。把眼泪揩了一下,立住了脚,长叹了一声,他便断断续续的说:

"祖国呀祖国!我的死是你害我的!

"你快富起来!强起来罢!

"你还有许多儿女在那里受苦呢!"

1921 年 5 月 9 日改作

我们今天如何读许地山的《缀网劳蛛》

——许地山《缀网劳蛛》的文本分析

今天,无论是一般的文学读者,还是文学研究者,都会承认许地山是中国现代文学史上的重要作家,他的《缀网劳蛛》是经典作品。许地山的作品确实与左翼作家诸如茅盾、郭沫若、柔石等关注现实、表现民族现代化进程的作品有很大不同,《缀网劳蛛》这样的作品成为经典的内在原因是什么呢?这是很有意思的课题,涉及如何正确对待和继承中国文化遗产,也涉及艺术特性等诸方面问题。鉴于这样的思考,本文自觉地采用结构主义思路,以及叙事学、文体类型学等理论和方法,分析短篇小说《缀网劳蛛》的艺术魅力形成的原因。

一 选择《缀网劳蛛》的理由

在中国现代文学史上,许地山是很有特点的作家,他曾经入过基督教会,获得过神学学士学位,学习过宗教史和比较宗教学,获得过文学硕士学位,熟悉佛教经典,研究过道教史,这样的知识背景和宗教背景,形成了他对世界和人生的独特理解,也对他的文学创作产生了复杂的影响。这可以引发我们思考文学和宗教及伦理的关系。现代宗教的最大特点是宗教的伦理化,许地山也不例外,他从宗教得到营养,而后做出伦理学的理解,再从文学悟出。这条路径暗合了文学的创作规律和文本特性。从内容来说,伦理与文学关系更密切。那么,宗教通过伦理转换后,"在实际上是怎样进入文学的?"怎样"与作品的肌理真正交织在一起,成为其组织的'基本要素'"的?① 这是我们选择许地山的《缀网劳蛛》来探寻艺术价值形成机制的重要理由。

选择《缀网劳蛛》的另一个原因是,许地山的小说从文体角度较多地吸收了传统。如果说,文学与文化具有密不可分的关系,那也是通过语言和文学传统这个中介发生的。"文学作品最直接的背景就是它语言上和文学上的传统。而这个传统又要受到总的文化'环境'的巨大影响。"②有论者认为,许地山是"以佛经中邃智明辨笔墨,显示散文的美与光,色香中不缺少诗,落花生为最本质的使散文发展到一个和谐的境界的作者之一……最散文的诗质的是这人的文章"③。这个成就本身足以说明他很好地吸收了语言和文学的传统,并且形成自己的艺术特点。探索许地山怎样用他的语言、叙述和结构形成自己的文体特点,可以加深认识《缀网劳蛛》艺术价值构成的机制。

二 外在故事结构的转折转化与人物内心的始终平静如一形成反差

结构主义理论家,诸如茨维坦·托多洛夫和罗兰·巴尔特等认为,叙述性文学作品的基本结构与陈述句的句法大致相似,可以看作一个陈述句的展开,即是一个标准语句,主语+谓语+宾语的格式。陈述句展开也可理解为一个主题从平衡开始,突然间出现了不平衡,经过努力或者诸多周折,再到平衡;在全部过程中不断转折转化,情节连着情节,趣味寓于其中。托多洛夫曾经以俄国形式主义学者弗拉基米·普罗普的《俄国民间故事形态学》中谈论的俄国民间童话《雁鹅》为例来说明转化和文学韵味。托多洛夫对于转化有一个看法,认为转化的实质,存在于某些项目向它的对立或矛盾的方面转变。他进而还区分了简单型和复杂型两种转

---

① [美]雷·韦勒克、奥·沃伦:《文学理论》,刘象愚、邢培明、陈圣生、李哲明译,生活·读书·新知三联书店1984年版,第128页。
② 同上书,第106页。
③ 沈从文:《论落花生》,《许地山选集》,海峡文艺出版社1999年版,第733页。

化。简单型转化有六种,分别是:语态的转化、意向的转化、结果的转化、方式的转化、语势的转化、状况的转化。复杂型转化有六种,分别是:外型转化、认识转化、描述转化、假定转化、主观转化、态度转化。复杂型转化遍布于一个复杂故事的各个情节中,比如认识转化就涉及主人公或者次要人物对事物由不明了到明了的过程。

《缀网劳蛛》的结构承载着怎样的情节转化?小说开篇,尚洁和史夫人在尚洁家里的交谈,交代了尚洁正面临危机:外面有各种谣传和误解,丈夫对她失去了信任。这个情节的作用是铺垫,以便在整个故事结构中激起更严重的失衡,酝酿具有决定意义的大不平衡。大不平衡的主人公当然是尚洁。史夫人被送走后,夜深人静之时,尚洁家来了贼;贼摔伤了,被抬到客厅处理,恰逢此时,尚洁的丈夫长孙可望回来了,夫妻间出现了误会,以致长孙可望用怀中小刀刺伤尚洁。于是尚洁离开了长孙家,到马来半岛西岸的土华。这可以看作严重的失衡。来到土华之后,"她对于前途不但没有一点灰心,且要更加奋勉。……她现在已变主妇底地位为一个珠商底记室了……她一连三年,除干她底正事以外,就是教她那班朋友说几句英吉利语,念些少经文,知道些少常识。在她底团体里,使令、供养,无不如意。若说过快活日子,能像她这样,也就不劣了"。这正是尚洁在极度不平衡中寻找到的新平衡,但还不是平衡的顶点。小说最后,不通情理的长孙可望回心转意,悔过自新,并来到土华,向尚洁忏悔,要接尚洁回家;尚洁回到了自己的家,家里的仆人们诚心诚意地迎接她……这是最终的平衡,小说以团圆完满结局。小说的结构特征,从外在行程说,尚洁以家为起点,离开家,最终回到这个家,走了一个圆形轨迹,起点就是终点,故事从平衡到不平衡再到平衡的叙述轨迹构成了一个圆形形态。圆形的外在故事形态是许多小说的模式,《缀网劳蛛》的独特之处在于,外在故事形态是圆形的(圆形意味出现过曲折、坎坷以及磨难,最终回到圆满),主人公尚洁的内心则始终是平衡的:在开头和史夫人交谈时,对外界的议论和丈夫的疏远,尚洁表明自己平衡的心态;家里遇贼,她持一种平静、善意的心态;可望刺伤了她,她也坦然承受了下来;到了土华,她的心态还是始终坦然宁静;得到可望的道歉回到家里,更是平静处之。所以,尚洁内心没有出现过失衡。用中国老话说就是宠辱不惊。外在故事的不平衡和尚洁内心世界的始终平衡如一形成了反差。现代意义上的小说,特别在意从人物内心世界的波澜起伏、复杂细腻,以及感情发展轨迹来生发情节,《缀网劳蛛》对此却不在意,甚至执意追求尚洁始终如一的平静和平衡。我们设想一下,如果仅有人物心灵始终如一的平静,还有什么吸引读者的力量呢?可是我们读《缀网劳蛛》却分明感到很有韵味,所以,我们继而提出一个问题:尚洁心理的这个特点对于作品艺术价值的形成起到怎样的作用?

首先,如果我们将外在故事发展和尚洁内心世界宁静平衡始终如一相比较,就可以发现一个现象:主人公尚洁,像一个符号般运转在从平衡到不平衡再到平衡的过程中,尚洁的不变衬托出外在的变迁,或者说外在的变迁衬托出尚洁的不变。一般读者仅仅读外在故事进程,也是蛮有趣味的:尚洁家里的庭院,尚洁善解人意的朋友史夫人,贼落在尚洁家里的可怜相,长孙可望的蛮横不可理喻,土华的风情人情……圆形的外在故事结构,善良的人得到了善终。这是一个大团圆的结局。大团圆结构不是偶然现象,有观念的潜在原因。正如有学者指出的:"从结构上,佛教的因缘、报应观念往往成为小说结构发展的动因,中国小说传统的'善有善报、恶有恶报'的'大团圆'结构,与佛教业报观念是相一致的。"①《缀网劳蛛》的结构正体现了佛教的团圆和业报观念。

圆形结构造成了这个作品的独特结尾。解构主义叙事理论已经发现,任何小说的结尾都是既在打结,也在解结。也就是说,不可能有真正的结尾,因为任何一个故事的结尾,同时也是一个新故事的开头。我们阅读许多作品,都可以发现,结尾既打结又解结,可是阅读《缀网劳蛛》,我们却发现,故事结尾基本是打结,而没有解结的痕迹。或者说,故事结束得干净利索,看不出还有什么解结的可能。尚洁的丈夫长孙可望已经痛改前非,悔过自新,将尚洁接回家中,尚洁即将开始一种新的生活,如果是其他人物,可能会有新的生活开端,会诞生一个新故事,可是尚洁不同,她所完成的人生轨迹,在她来说没有任何遗憾,因为她都是按照教理去做的,假如让尚洁重新生活一次,也不过是上一次的重复而已。尚洁的故事

---

① 孙昌武:《中国佛教文化》,南开大学出版社 2000 年版,第 194 页。

彻底地结束了。

文学批评发现主人公的内心平静与外在故事波澜构成的反差,已经探寻到了作品艺术价值构成的某些原因,但还不是全部。一个波澜起伏的外在现实生活轨迹,似乎是一个圆圈,尚洁在其中平静地运行了一个完整的过程。这是蜘蛛和网的意象生成的结构基础。或者可以理解为,尚洁仿佛就是蜘蛛,而她所走过的圆形人生轨迹(故事)就是那张人生的网,由此,我们可以从意象的角度,分析尚洁的符号特征与佛教哲理的关系,以及所形成的艺术效应。

三 蜘蛛和网的意象以及宗教思想的滋养

主人公尚洁的命运像一个符号贯穿故事始终。尚洁自喻为蜘蛛,画龙点睛般地将这个符号意象化了,她的形象逐步与蜘蛛重叠为一。尚洁有一个比喻:"我像蜘蛛,命运就是我底网。蜘蛛把一切有毒无毒的昆虫吃入肚里,回头把网组织起来……""它不晓得那网什么时候会破,和怎样破法。一旦破了,它还暂时安安然然地藏起来;等有机会再结一个好的。""人和他底命运,又何尝不是这样?所有的网都是自己组织得来,或完或缺,只能听其自然罢了。"最后叙述者叙述道:"园里没人,寂静了许久。方才那只蜘蛛悄悄地从叶底出来,向着网底破裂处,一步一步,慢慢补缀。它补这个干什么?因为它是蜘蛛,不得不如此!"蜘蛛和网互相依存。网就是命运,命运必须在外部世界的背景中才能得到显示,尚洁的命运就是在丈夫长孙可望的蛮横、世间的偏见、谣言等背景中得到呈现的。意象是感觉的"遗孀"和"重现"。庞德对意象有过一个界定:意象不是一种图像式的重现,而是"'一种在瞬间呈现的理智与感情的复杂经验',是一种'各种根本不同的观念的联合'"。[①] 意象可以作为一种描述存在,也可以作为一种隐喻存在,在《缀网劳蛛》中,在故事叙述和描写的基础上,蜘蛛和网的意象,已经超越了描述的性质,而成为一种隐喻。隐喻势必生

---

① 〔美〕雷·韦勒克、奥·沃伦:《文学理论》,刘象愚、邢培明、陈圣生、李哲明译,生活·读书·新知三联书店1984年版,第202页。

成意义。那么,这个文本生成了怎样的意义?

其一,网不以人的意志为转移,随时随地可能要破,这是现实的真谛。人就生存在这个现实里,区别只在于是否意识到而已。尚洁的人生内容形象地生存在网中:不断遭受各样磨难,无法逃脱,也无法避免,命定一般。网的意象,曲折地表达了许地山对于现实的看法。在他看来,现实是不美的,这是常态。"一个人最怕有'理想'。理想不但能使人病,且能使人放弃他底性命。……'理想'和毒花一样,眼看是美,却拿不得。"①这个看法,可以从佛学教理中追溯渊源。佛教原始经典《中阿含经》中说过:"云何苦圣谛?谓生苦、老苦、病苦、死苦、怨憎会苦、爱别离苦、所求不得苦、略五盛阴苦。诸贤,云何五盛阴?谓色盛阴,觉、想、行、识盛阴……我生此苦,从因缘生,非无因缘。"②特别值得提出的是,佛学提出的"苦"与世俗所说的"痛苦"含义不完全一样,"苦"有"逼迫"义。人处于这种"苦",如同小说描写的网(当然,佛学具有从"苦"中解脱的学理依据)之中。网的意象,势必与蜘蛛形象相关才更有意义。

其二,蜘蛛补网作为一种对人生态度的隐喻,在小说的艺术描写中具有定性的作用。尚洁一生的所作所为,放在网的意象中,"蜘蛛"不断地修补破了的网的意象自然也就诞生了。尚洁不就是只勤奋的蜘蛛吗?对尚洁这只不停补网的蜘蛛,该怎样理解和审美评价?小说结尾部分,尚洁和史夫人对话的语调宁静而徐缓,从中可读出叙述者渗透其中的赞赏和认同。"院里没人,寂静了许久。方才那只蜘蛛悄悄地从叶底出来,向着网底破裂处,一步一步,慢慢补缀。它补这个干什么?因为它是蜘蛛,不得不如此!"这已经不是尚洁的话了,而是叙述者的议论,帮助读者认可尚洁一生不停补网的优秀品质,并赞赏这种人生态度的坚韧顽强。人一生处在不断破损的网中,唯一可做的就是补网。这是对现实宿命般的认识,以及在此基础上的顽强和坚韧。正如许地山在《造成伟大民族的条

---

① 许地山:《无法投递之邮件》,见《许地山作品精选》,长江文艺出版社2003年版,第100—101页。

② 《中阿含经》,卷七《象迹喻经》。转引自孙昌武《中国佛教文化》,南开大学出版社2000年版,第18页。

件》中所说的:"人类的命运是被限定的,但在这限定的范围里当有向上的意志。所谓向上是求全知全能的意向,能否得到且不管它,只是人应当去追求。"①蜘蛛补网式的积极坚韧的人生态度通过文学意象传达出了正面的价值意义。

四 传奇体与佛学气氛

《缀网劳蛛》属于怎样的文体呢?西方文学理论家对叙述性小说有细致的区分。C.里夫在1785年就区分了英语中叙述性小说的两种模式,分别称为传奇和小说。他说:"小说是真实生活和风俗世态的一幅图画,是产生小说的那个时代的一幅图画。传奇则以玄妙的语言描写从未发生过也似乎不可能发生的事情。"韦勒克和沃伦在《文学理论》中进而认为:"小说是现实主义的;传奇则是诗的或史诗的,或应称之为'神话的'。……这两种相反的类型显示出散文叙述体的两个血统:小说由非虚构性的叙述形式即书信、日记……等一脉发展而来……从文体风格上看,它强调有代表性的细节,强调狭义的'模仿'。另一方面,传奇却是史诗和中世纪浪漫传奇的延续体,它无视细节的逼真(在对话中重现具有个性特色的语言就是这样的例子),致力于进入更高的现实和更深的心理之中。"②中国小说创作是从唐人的传奇即短篇小说起步的。鲁迅在《中国小说史略》中说:"唐人始有意为小说。"中国唐人开始的传奇是最早合于现代小说文体概念的小说形式,唐人传奇的作者几乎全部是当时一流的知识分子,他们创作的目的大半出于对现实人生的感兴,或者为了评价人生,或者抒发情怀。中国白话短篇小说的性质是话本,也带有浓厚的讲述色彩。这种情形使中国小说更类似于西方的传奇,主观讲述色彩强,可以随时自由评说,不求现实中一定有,但求其情节引人入胜,便于表述讲述者的感叹和

---

① 许地山:《造成伟大民族的条件》,转引自周俟松、杜汝淼编:《许地山研究集》,南京大学出版社1989年版,第353页。

② 〔美〕雷·韦勒克、奥·沃伦:《文学理论》,刘象愚、邢培明、陈圣生、李哲明译,生活·读书·新知三联书店1984年版,第241—242页。

情怀。所以,正如陈平原在《中国小说叙述模式的转变》中所认为的,中国古代小说在叙事时间上基本采用连贯叙述,在叙事角度上基本采用全知视角,在叙事结构上基本以情节为结构中心。这其实就是叙述性小说的传奇模式。

传奇模式有很多方便之处。霍桑说过:"当一个作家称他的作品为传奇时,应该认为,他是想要求某种处理形式和材料的自由……"①《缀网劳蛛》采用全知视角,按照故事发展的先后顺序连贯叙述,以情节为中心,尚洁的故事贯穿始终。这样的情节安排,便于作者自由处理尚洁的人生轨迹,让尚洁的人生轨迹含有寓意,这恰好可以证明他是当传奇来写的。《缀网劳蛛》写作于1922年,是许地山早期的作品,1925年收入第一部短篇小说集《缀网劳蛛》(12篇)中。许地山早期的小说基本都是以中国的闽、台和东南亚、印度为背景,传奇意味浓厚。后期逐步转向写实,1934年《春桃》的发表标志许地山创作风格向现实主义的重大转变。有学者通过研究得出了这个结论。② 由此可断定,《缀网劳蛛》的文体属于传奇。

现在我们从文体角度来思考作品构成与作为传奇叙述的诸多方面。

首先,从结构来看,前面已经指出,圆形的故事结构与主要人物内心始终平静如一的反差,是在结构上最突出的特点。其实,在结构上,还有一个特点,就是开篇的几大段诗,跟整个故事发展没有必然联系。那么,这几大段诗是主人公作的呢?还是叙述者作的呢?没有交代,但客观效果是将作者希望突出的思想事先交代了。《中阿含经》中每段经的开头都有"如是我闻……"字样,结尾都有"欢喜奉行"字样。陈平原曾经从这个角度总结过,他说:"这手法从哪里来?当年佛陀说法,讲一段经,再用几段韵文来概括。流入中土,产生韵散相间的变文,也影响后来的小说、

---

① 〔美〕雷·韦勒克、奥·沃伦:《文学理论》,刘象愚、邢培明、陈圣生、李哲明译,生活·读书·新知三联书店1984年版,第242页。

② 详见杨义:《许地山:由传奇到写实》,《许地山研究集》,南京大学出版社1989年版,第235页。

戏剧,变成了'有诗为证'与'题目正名'。如此源远流长,很难再分彼此。"①在我看来,《缀网劳蛛》此举的艺术价值是由此引起特殊的审美心理机制,那就是能够产生仿佛佛陀说法的印象,营造了一种叙述气氛。这种情形在许地山的《枯杨生花》中也有。

其次,粗线条的叙述话语是传奇文体在本篇的一个外在表现。确实,叙述是粗线条的,常常是几句话就将很长一个时间过程的内容叙述完毕。比如尚洁到了土华之后,作者叙述尚洁的宽厚、坚韧和宁静,"她对于前途不但没有一点灰心,且要更加奋勉。可望虽是剥夺她们母女的关系,不许佩荷跟着她,然而她仍不忍弃掉她底责任,每月要托人暗地里把吃的用的送到故家去给她女儿"。可以想象,这个过程必定会有许多为人所不知的细节、一些复杂情感的流动,但是都没有展开。或者说,作者没有很在意心理内涵的描写,这与现代以来注重心理刻画的美学追求是不同的。在叙述中,注重讲述者的自由,意味着注重作家的自由,许地山对印度佛教以及印度民间文学的熟悉,就可以在叙述者的叙述中自然地传达。比如小说里尚洁对那个贼的慈善心肠,把贼让到家里,给贼处理身上的伤等情节,与印度民间文学的《二十夜间》的"第五夜·金品"中的故事相仿佛。那个故事是,"名叫金品的婆罗门妇人,见被刺伤的刹帝利倒在门外,慈悲心战胜偏见和陋俗,她把他扶进屋里治伤。外出的丈夫归来,听信谗言,要处罚金品,金品平静地赴死。事后,丈夫懊悔莫及,到恒河洗罪去了"。② 许地山从民间故事中汲取养分,与佛教理念结合,形成了他独特的佛光诗意的艺术风格,成为中国现代小说的别致景观。所幸,现代文学作家没有走同一条创作道路,才成就了如此多样的文学风格。

---

① 陈平原:《许地山:饮过恒河圣水的奇人》,曾小逸主编:《走向世界文学——中国现代作家与外国文学》,湖南人民出版社1985年版,第110页。

② 同上书,第116页。

缀网劳蛛

许地山

"我像蜘蛛,
　　　命运就是我底网。"
我把网结好,
　　　还住在中央。

呀,我底网甚时节受了损伤!
　　　　这一坏,教我怎地生长?
生的巨灵说:"补缀补缀罢",
　　　世间没有一个不破的网。

我再结网时,
　　　要结在玳瑁梁栋
　　　　　珠玑帘栊;
或结在断井颓垣
　　　荒烟蔓草中呢?
生的巨灵按手在我头上说:
　　　"自己选择去罢,
　　　你所在的地方无不兴隆、亨通。"

虽然,我再结的网还是像从前那么脆弱,
　　　敌不过外力冲撞;

我网底形式还要像从前那么整齐——
　　平行的丝连成八角、十二角的形状吗？
他把"生的万花筒"交给我，说：
"望里看罢，
　　你爱怎样，就结成怎样。"

呀，万花筒里等等的形状和颜色
　　仍与从前没有什么差别！
求你再把第二个给我，
　　我好谨慎地选择。
"咄咄！贪得而无智的小虫！
　　自而今回溯到濛鸿，
　　　　从没有人说过里面有个形式与前相同。
去罢，生的结构都由这几十颗'彩琉璃屑'幻成种种，
　　不必再看第二个生的万花筒。"

　　那晚上底月色格外明朗，只是不时来些微风把满园底花影移动得不歇地作响。素光从椰叶下来，正射在尚洁和她底客人史夫人身上。她们二人底容貌，在这时候自然不能认得十分清楚，但是二人对谈的声音却像幽谷底回响，没有一点模糊。

　　周围的东西都沉默着，像要让她们密谈一般：树上底鸟儿把喙插在翅膀底下；草里底虫儿也不敢做声；就是尚洁身边那只玉狸，也当主人所发的声音为催眠歌，只管馺馺地沉睡着。她用纤手抚着玉狸，目光注在她底客人身上，懒懒地说："夺魁嫂子，外间的闲话是听不得的。这事我全不计较——我虽不信定命的说法，然而事情怎样来，我就怎样对付，毋庸在事前预先谋定什么方法。"

　　她底客人听了这场冷静的话，心里很是着急，说："你对于自己底前程太不注意了！若是一个人没有长久的顾虑，就免不了遇着危险，外人底话虽不足信，可是你得把你底态度显示得明了一点，教人不疑惑你才是。"

　　尚洁索性把玉狸抱在怀里，低着头，只管摩弄。一会儿，她才冷笑了

一声,说:"吓吓,夺魁嫂子,你底话差了,危险不是顾虑所能闪避的。后一小时的事情,我们也不敢说准知道,那里能顾到三四个月、三两年那么长久呢?你能保我待一会不遇着危险,能保我今夜里睡得平安么?纵使我准知道今晚上会遇着危险,现在的谋虑也未必来得及。我们都在云雾里走,离身二三尺以外,谁还能知道前途的光景呢?经里说:'不要为明日自夸,因为一日要生何事,你尚且不能知道。'这句话,你忘了么?……唉,我们都是从渺茫中来,在渺茫中住,望渺茫中去。若是怕在这条云封雾锁的生命路程里走动,莫如止住你底脚步;若是你有漫游的兴趣,纵然前途和四围的光景暧昧,不能使你赏心快意,你也是要走的。横竖是往前走,顾虑什么?

"我们从前的事,也许你和一般侨寓此地的人都不十分知道。我不愿意破坏自己底名誉,也不忍教他出丑。你既是要我把态度显示出来,我就得略把前事说一点给你听,可是要求你暂时守这个秘密。

"论理,我也不是他底……"

史夫人没等她说完,早把身子挺起来,作很惊讶的样子,回头用焦急的声音说:"什么?这又奇怪了!"

"这倒不是怪事,且听我说下去。你听这一点,就知道我底全意思了。我本是人家底童养媳,一向就不曾和人行过婚礼——那就是说,夫妇底名分,在我身上用不着。当时,我并不是爱他,不过要仗着他底帮助,救我脱出残暴的婆家。走到这个地方,依着时势的境遇,使我不能不认他为夫……"

"原来你们底家有这样特别的历史。……那么,你对于长孙先生可以说没有精神的关系,不过是不自然的结合罢了。"

尚洁庄重地回答说:"你底意思是说我们没有爱情么?诚然,我从不曾在别人身上用过一点男女底爱情;别人给我的,我也不曾辨别过那是真的,这是假的。夫妇,不过是名义上的事;爱与不爱,只能稍微影响一点精神底生活,和家庭底组织是毫无关系的。

"他怎样想法子要奉承我,凡认识我的人都觉得出来。然而我却没有领他底情,因为他从没有把自己底行为检点一下。他底嗜好多,脾气坏,是你所知道的。我一到会堂去,每听到人家说我是长孙可望底妻子,就非常的惭愧。我常想着从不自爱的人所给的爱情都是假的。

"我虽然不爱他,然而家里的事,我认为应当替他做的,我也乐意去做。因为家庭是公的,爱情是私的。我们两人底关系,实在就是这样。外人说我和谭先生的事,全是不对的。我底家庭已经成为这样,我又怎能把它破坏呢?"

史夫人说:"我现在才看出你们底真相,我也回去告诉史先生,教他不要多信闲话。我知道你是好人,是一个纯良的女子,神必保佑你。"说着,用手轻轻地拍一拍尚洁底肩膀,就站立起来告辞。

尚洁陪她在花荫底下走着,一面说:"我很愿意你把这事底原委单说给史先生知道。至于外间传说我和谭先生有秘密的关系,说我是淫妇,我都不介意。连他也好几天不回来啦。我估量他是为这事生气,可是我并不辩白。世上没有一个人能够把真心拿出来给人家看;纵然能够拿出来,人家也看不明白,那么,我又何必多费唇舌呢?人对于一件事情一存了成见,就不容易把真相观察出来。凡是人都有成见,同一件事,必会生出歧异的评判,这也是难怪的。我不管人家怎样批评我,也不管他怎样疑惑我,我只求自己无愧,对得住天上底星辰和地下底蝼蚁便了。你放心罢,等到事情临到我身上,我自有方法对付。我底意思就是这样,若是有工夫,改天再谈罢。"

她送客人出门,就把玉狸抱到自己房里。那时已经不早,月光从窗户进来,歇在椅桌、枕席之上,把房里的东西染得和铅制的一般。她伸手向床边按了一按铃子,须臾,女佣妥娘就上来了。她问:"佩荷姑娘睡了么?"妥娘在门边回答说:"早就睡了。消夜已预备好了,端上来不?"她说着,顺手把电灯拧着,一时满屋里都著上颜色了。

在灯光之下,才看见尚洁斜倚在床上。流动的眼睛,软润的颔颊,玉葱似的鼻,柳叶似的眉,桃绽似的唇,衬着蓬乱的头发……凡形体上各样的美都凑合在她头上。她底身体,修短也很合度。从她口里发出来的声音,都合音节,就是不懂音乐的人,一听了她底话语,也能得着许多默感。她见妥娘把灯拧亮了,就说:"把它拧灭了吧。光太强了,更不舒服。方才我也忘了留史夫人在这里消夜。我不觉得十分饥饿,不必端上来,你们可以自己方便去。把东西收拾清楚,随着给我点一支洋烛上来。"

妥娘遵从她底命令，立刻把灯灭了，接着说："相公今晚上也许又不回来，可以把大门扣上吗？"

"是，我想他永远不回来了。你们吃完，就把门关好，各自歇息去罢，夜很深了。"

尚洁独坐在那间充满月亮的房里，桌上一枝洋烛已燃过三分之二，轻风频拂火焰，眼看那支发光的小东西要泪尽了。她于是起来，把烛火移到屋角一个窗户前头的小几上。那里有一个软垫，几上搁几本经典和祈祷文。她每夜睡前的功课就是跪在那垫上默记三两节经句，或是诵几句诗词。别的事情，也许她会忘记，惟独这圣事是她所不敢忽略的。她跪在那里冥想了许久，睁眼一看，火光已不知道在什么时候从烛台上逃走了。

她立起来，把卧具整理妥当，就躺下睡觉。可是她怎能睡着呢？呀，月亮也循着宾客底礼，不敢相扰，慢慢地辞了她，走到园里和它底花草朋友、木石知交周旋去了！

月亮虽然辞去，她还不转眼地望着窗外的天空，像要诉她心中底秘密一般。她正在床上辗来转去，忽听园里"嚯哗"一声，响得很厉害。她起来，走到窗边，往外一望，但见一重一重的树影和夜雾把园里盖得非常严密，教她看不见什么。于是她蹑步下楼，唤醒妥娘，命她到园里去察看那怪声底出处。妥娘自己一个人那里敢出去；她走到门房把团哥叫醒，央他一同到围墙边察一察。团哥也就起来了。

妥娘去不多会，便进来回话。她笑着说："你猜是什么呢？原来是一个塞运的窃贼摔倒在我们底墙根。他底腿已摔坏了，脑袋也撞伤了，流得满地都是血，动也动不得了。团哥拿着一枝荆条正在抽他哪。"

尚洁听了，一霎时前所有的恐怖情绪一时尽变为慈祥的心意。她等不得回答妥娘，便跑到墙根。团哥还在那里，"你这该死的东西……不知厉害的坏种！……"一句一鞭，打骂得很高兴。尚洁一到，就止住他，还命他和妥娘把受伤的贼扛到屋里来。她吩咐让他躺在贵妃榻上。仆人们都显出不愿意的样子，因为他们想着一个贼人不应该受这么好的待遇。

尚洁看出他们底意思，便说："一个人走到做贼的地步是最可怜悯的，若是你们不得着好机会，也许……"她说到这里，觉得有点失言，教她底佣人听了不舒服，就改过一句说话："若是你们明白他底境遇，也许会体贴他。我见了一个受伤的人,无论如何,总得救护的。你们常常听见'救苦救难'的话,遇着忧患的时候,有时也会脱口地说出来,为何不从'他是苦难人'那方面体贴他呢?你们不要怕他底血沾脏了那垫子,尽管扶他躺下罢。"团哥只得扶他躺下,口里沉吟地说:"我们还得为他请医生去吗?"

"且慢,你把灯移近一点,待我来看一看。救伤的事,我还在行。妥娘,你上楼去把我们那个'常备药箱'捧下来。"又对团哥说:"你去倒一盆清水来罢。"

仆人都遵命各自干事去了。那贼虽闭着眼,方才尚洁所说的话,却能听得分明。他心里底感激可使他自忘是个罪人,反觉他是世界里一个最能得人爱惜的青年。这样的待遇,也许就是他生平第一次得着的。他呻吟了一下,用低沉的声音说:"慈悲的太太,菩萨保佑慈悲的太太!"

那人底太阳边受了一伤很重,腿部倒不十分厉害。她用药棉蘸水轻轻地把伤处周围的血迹涤净,再用绷带裹好。等到事情做得清楚,天早已亮了。

她正转身要上楼去换衣服,蓦听得外面敲门的声很急,就止步问说:"谁这么早就来敲门呢?"

"是警察罢。"

妥娘提起这四个字,教她很着急。她说:"谁去告诉警察呢?"那贼躺在贵妃榻上,一听见警察要来,恨不能立刻起来跪在地上求恩。但这样的行动已从他那双劳倦的眼睛表白出来了。尚洁跑到他跟前,安慰他说:"我没有叫人去报警察……"正说到这里,那从门外来的脚步已经踏进来。

来的并不是警察,却是这家底主人长孙可望。他见尚洁穿着一件睡衣站在那里和一个躺着的男子说话,心里底无明业火已从身上八万四千个毛孔里发射出来。他第一句就问:"那人是谁?"

这个问实在教尚洁不容易回答,因为她从不曾问过那受伤者的名字,也不便说他是贼。

"他……他是受伤的人……"

可望不等说完,便拉住她底手,说:"你办的事,我早已知道。我这几天不回来,正要侦察你底动静,今天可给我撞见了。我何尝辜负你呢?……一同上去罢,我们可以慢慢地谈。"不由分说,拉着她就往上跑。

妥娘在旁边,看得情急,就大声嚷着:"他是贼!"

"我是贼,我是贼!"那可怜的人也嚷了两声。可望只对着他冷笑,说:"我明知道你是贼。不必报名,你且歇一歇罢。"

一到卧房里,可望就说:"我且问你,我有什么对你不起的地方?你要入学堂,我便立刻送你去;要到礼拜堂听道,我便特地为你预备车马。现在你有学问了,也入教了;我且问你,学堂教你这样做,教堂教你这样做么?"

他底话意是要诘问她为什么变心,因为他许久就听见人说尚洁嫌他鄙陋不文,要离弃他去嫁给一个姓谭的。夜间的事,他一概不知,他进门一看尚洁底神色,老以为她所做的是一段爱情把戏。在尚洁方面,以为他是不喜欢她这样待遇窃贼。她底慈悲性情是上天所赋的,她也觉得这样办,于自己底信仰和所受的教育没有冲突,就回答说:"是的,学堂教我这样做,教会也教我这样做。你敢是……"

"是吗?"可望喝了一声,猛将怀中小刀取出来向尚洁底肩膀上一击。这不幸的妇人立时倒在地上,那玉白的面庞已像溃在胭脂膏里一样。

她不说什么,但用一种沉静的和无抵抗的态度,就足以感动那愚顽的凶手。可望当此情景,心中恐怖的情绪已把凶猛的怒气克服了。他不再有什么动作,只站在一边出神。他看尚洁动也不动一下,估量她是死了;那时,他觉得自己底罪恶压住他,不许再逗留在那里,便溜烟似地望外跑。

妥娘见他跑了,知道楼上必有事故,就赶紧上来。她看尚洁那样子,不由得"啊,天公!"喊了一声,一面上去,要把她搀扶起来。尚洁这时,眼睛略略睁开,像要对她说什么,只是说不出。她指着肩膀示意,妥娘才看见一把小刀插在她肩上。妥娘底手便即酥软,周身发抖,待要扶她,也没有气力了。她含泪对着主妇说:"容我去请医生罢。"

"史……史……"妥娘知道她是要请史夫人来,便回答说:"好,我也去请史夫人来。"她教团哥看门,自己雇一辆车找救星去了。

医生把尚洁扶到床上,慢慢施行手术;赶到史夫人来时,所有的事情都弄清楚啦。医生对史夫人说:"长孙夫人底伤不甚要紧,保养一两个星期便可复元。幸而那刀从肩胛骨外面脱出来,没有伤到肺叶——那两个创口是不要紧的。"

医生辞去以后,史夫人便坐在床沿用法子安慰她。这时,尚洁底精神稍微恢复,就对她底知交说:"我不能多说话,只求你把底下那个受伤的人先送到公医院去;其余的,待我好了再给你说。……唉,我底嫂子,我现在不能离开你,你这几天得和我同在一块儿住。"

史夫人一进门就不明白底下为什么躺着一个受伤的男子。妥娘去时,也没有对她详细地说。她看见尚洁这个样子,又不便往下问。但尚洁底颖悟性从不会被刀所伤,她早明白史夫人猜不透这个闷葫芦,就说:"我现在没有气力给你细说,你可以向妥娘打听去。就要速速去办,若是他回来,便要害了他底性命。"

史夫人照她所吩咐的去做;回来,就陪着她在房里,没有回家。那四岁的女孩佩荷更不知道这是怎么一回事,还是啼啼笑笑,过她底平安日子。

一个星期,两个星期,在她病中默默地过去。她也渐次复元了。她想许久没有到园里去,就央求史夫人扶着她慢慢走出来。她们穿过那晚上谈话的柳荫,来到园边一个小亭下,就歇在那里。她们坐的地方满开了玫瑰,那清静温香的景色委实可以消灭一切忧闷和病害。

"我已忘了我们这里有这么些好花,待一会,可以折几枝带回屋里。"

"你且歇歇,我为你选择几枝罢。"史夫人说时,便起来折花。尚洁见她脚下有一朵很大的花,就指着说:"你看,你脚下有一朵很大、很好看的,为什么不把它摘下?"

史夫人低头一看,用手把花提起来,便叹了一口气。

"怎么啦?"

史夫人说:"这花不好。"因为那花只剩地上那一半,还有一边是被虫伤了。她怕说出伤字,要伤尚洁底心,所以这样回答。但尚洁看的明明是一朵好花,直教递过来给她看。

"夺魁嫂,你说它不好么?我在此中找出道理咧!这花虽然被虫伤了一半,还开得这么好看,可见人底命运也是如此——若不把他底生命完全夺去,虽然不完全,也可以得着生活上一部分的美满,你以为如何呢?"

史夫人知道她联想到自己底事情上头，只回答说："那是当然的，命运底偃蹇和亨通，于我们底生活没有多大关系。"

　　谈话之间，妥娘领着史夺魁先生进来。他向尚洁和他底妻子问过好，便坐在她们对面一张凳上。史夫人不管她丈夫要说什么，头一句就问："事情怎样解决呢？"

　　史先生说："我正是为这事情来给长孙夫人一个信。昨天在会堂里有一个很激烈的纷争，因为有些人说可望底举动是长孙夫人迫他做成的，应当剥夺她赴圣筵的权利。我和我奉真牧师在席间极力申辩，终归无效。"他望着尚洁说："圣筵赴与不赴也不要紧。因为我们底信仰决不能为仪式所束缚；我们底行为，只求对得起良心就算了。"

　　"因为我没有把那可怜的人交给警察，便责罚我么？"

　　史先生摇头说："不，不，现在的问题不在那事上头。前天可望寄一封长信到会里，说到你怎样对他不住，怎样想弃绝他去嫁给别人。他对于你和某人、某人往来的地点、时间都说出来。且说，他不愿意再见你底面；若不与你离婚，他永不回家。信他所说的人很多，我们怎样申辩也挽不过来。我们虽然知道事实不是如此，可是不能找出什么凭据来证明。我现在正要告诉你，若是要到法庭去的话，我可以帮你底忙。这里不像我们祖国，公庭上没有女人说话的地位。况且他底买卖起先都是你拿资本出来；要离异时，照法律，最少总得把财产分一半给你。……像这样的男子，不要他也罢了。"

　　尚洁说："那事实现在不必分辩，我早已对嫂子说明了。会里因为信条底缘故，说我底行为不合道理，便禁止我赴圣筵——这是他们所信的，我有什么可说的呢！"她说到末一句，声音便低下了。她底颜色很像为同会底人误解她和误解道理惋惜。

　　"唉，同一样道理，为何信仰的人会不一样？"

　　她听了史先生这话，便兴奋起来，说："这何必问？你不常听见人说：'水是一样，牛喝了便成乳汁，蛇喝了便成毒液'吗？我管保我所得能化为乳汁，那能干涉人家所得的变成毒液呢？若是到法庭去的话，倒也不必。我本没有正式和他行过婚礼，自毋须乎在法庭上公布离婚。若说他不愿意再见我底面，我尽可以搬出去。财产是生活的赘瘤，不要也罢，和他争什么？……他赐给我的恩惠已是不少，留着给他……"

"可是你一把财产全部让给他，你立刻就不能生活。还有佩荷呢？"

尚洁沉吟半晌便说："不妨，我私下也曾积聚些少，只不能支持到一年罢了。但不论如何，我总得自己挣扎。至于佩荷……"她又沉思了一会，才续下去说："好罢，看他底意思怎样，若是他愿意把那孩子留住，我也不和他争。我自己一个人离开这里就是。"

他们夫妇二人深知道尚洁底性情，知道她很有主意，用不着别人指导。并且她在无论什么事情上头都用一种宗教底精神去安排。她底态度常显出十分冷静和沉毅，做出来的事，有时超乎常人意料之外。

史先生深信她能够解决自己将来的生活，一听了她底话，便不再说什么，只略略把眉头皱了一下而已。史夫人在这两三个星期间，也很为她费了些筹划。他们有一所别业在土华地方，早就想教尚洁到那里去养病；到现在她才开口说："尚洁妹子，我知道你一定有更好的主意，不过你底身体还不甚复原，不能立刻出去做什么事情，何不到我们底别庄里静养一下，过几个月再行打算？"史先生接着对他妻子说："这也好。只怕路途远一点，由海船去，最快也得两天才可以到。但我们都是惯于出门的人，海涛底颠簸当然不能制服我们。若是要去的话，你可以陪着去，省得寂寞了长孙夫人。"

尚洁也想找一个静养的地方，不意他们夫妇那么仗义，所以不待踌躇便应许了。她不愿意为自己底缘故教别人麻烦，因此不让史夫人跟着前去。她说："寂寞的生活是我尝惯的。史嫂子在家里也有许多当办的事情，那里能够和我同行？还是我自己去好一点。我很感谢你们二位底高谊，要怎样表示我底谢忱，我却不懂得；就是懂，也不能表示得万分之一。我只说一声'感激莫名'便了。史先生，烦你再去问他要怎样处置佩荷，等这事弄清楚，我便要动身。"她说着，就从方才摘下的玫瑰中间选出一朵好看的递给史先生，教他插在胸前底钮门上。不久，史先生也就起立告辞，替她办交涉去了。

土华在马来半岛底西岸，地方虽然不大，风景倒还幽致。那海里出的珠宝不少，所以住在那里的多半是搜宝之客。尚洁住的地方就在海边一丛棕林里。在她底门外，不时看见采珠底船往来于金的塔尖和银的浪头之间。这采珠底工夫赐给她许多教训。因为她这几个月来常想着人生就同入海采珠一样;整天冒险入海里去,要得着多少,得着什么,采珠者一点把握也没有。但是这个感想决不会妨害她底生命。她见那些人每天迷蒙蒙地搜求,不久就理会她在世间的历程也和采珠底工作一样。要得着多少,得着什么,虽然不在她底权能之下,可是她每天总得入海一遭,因为她底本分就是如此。

她对于前途不但没有一点灰心,且要更加奋勉。可望虽是剥夺她们母女的关系,不许佩荷跟着她,然而她仍不忍弃掉她底责任,每月要托人暗地里把吃的用的送到故家去给她女儿。

她现在已变主妇底地位为一个珠商底记室了。住在那里的人,都说她是人家底弃妇,就看轻她,所以她所交游的都是珠船里的工人。那班没有思想的男子在休息的时候,便因着她底姿色争来找她开心。但她底威仪常是调伏这班人的邪念,教他们转过心来承认她是他们底师保。

她一连三年,除干她底正事以外,就是教她那班朋友说几句英吉利语,念些少经文,知道些少常识。在她底团体里,使令、供养,无不如意。若说过快活日子,能像她这样,也就不劣了。

虽然如此,她还是有缺陷的。社会地位,没有她底分;家庭生活,也没有她底分;我们想想,她心里到底有什么感觉?前一项,于她是不甚重要的;后一项,可就缭乱她底衷肠了!史夫人虽常寄信给她,然而她不见信则已,一见了信,那种说不出来的伤感就加增千百倍。

她一想起她底家庭,每要在树林里徘徊,树上底蚰蜢常要幻成她女儿底声音对她说:"母思儿耶?母思儿耶?"这本不是奇迹,因为发声者无情,听音者有意;她不但对于那些小虫底声音是这样,即如一切的声音和颜色,偶一触着她底感官,便幻成她家庭了。

她坐在林下,遥望着无涯的波浪,一度一度地掀到岸边,常觉得她底女儿踏着浪花踊跃而来,这也不止一次了。那天,她又坐在那里,手拿着一张佩荷底小照,那是史夫人最近给她寄来的。她翻来翻去地看,看得眼昏了。她猛一抬头,又得着常时所现的异象。她看见一个人携着她底女儿从海边上来,穿过林樾,一直走到跟前。那人说:"长孙夫人,许久不见,贵体康健啊!我领你底女儿来找你哪。"

尚洁此时，展一展眼睛，才理会果然是史先生携着佩荷找她来。她不等回答史先生底话，便上前用力搂住佩荷；她底哭声从她爱心的深密处殷雷似地震发出来。佩荷因为不认得她，害怕起来，也放声哭了一场。史先生不知道感触了什么，也在旁边只尽管擦眼泪。

这三种不同情绪的哭泣止了以后，尚洁就呜咽地问史先生说："我实在喜欢。想不到你会来探望我，更想不到佩荷也能来！……"她要问的话很多，一时摸不着头绪。只搂定佩荷，眼看着史先生出神。

史先生很庄重地说："夫人，我给你报好消息来了。"

"好消息？"

"你且镇定一下，等我细细地告诉你。我们一得着这消息，我底妻子就教我和佩荷一同来找你。这奇事，我们以前都不知道，到前十几天才听见我奉真牧师说的。我牧师自那年为你底事卸职后，他底生活，你已经知道了。"

"是，我知道。他不是白天做裁缝匠，晚间还做制饼师吗？我信得过，神必要帮助他，因为神底儿子说：'为义受逼迫的人是有福的。'他底事业还顺利吗？"

"倒没有什么过不去的地方。他不但日夜劳动，在合宜的时候，还到处去传福音哪。他现在不用这样地吃苦，因为他底老教会看他底行为，请他回国仍旧当牧师去，在前一个星期已经动身了。"

"是吗！谢谢神！他必不能长久地受苦。"

"就是因为我牧师回国的事，我才能到这里来。你知道长孙先生也受了他底感化么？这事详细地说起来，倒是一种神迹。我现在来，也是为告诉你这件事。

"前几天，长孙先生忽然到我家里找我。他一向就和我们很生疏，好几年也不过访一次，所以这次的来，教我们很诧异。他第一句就问你底近况如何，且诉说他底懊悔。他说这反悔是忽然的，是我牧师警醒他的。现在我就将他底话，照样地说一遍给你听——

"'在这两三年间，我牧师常来找我谈话，有时也请我到他底面包房里去听他讲道。我和他来往那么些次，就觉得他是我底好师傅。我每有难决的事情或疑虑的问题，都去请教他。我自前年生事，二人分离以后，每疑惑尚洁官底操守,又常听见家里佣人思念她的话,心里就十分懊悔。但我总想着,男人说话将军箭,事已做出,那里还有脸皮收回来?本是打算给它一个错到底的。然而日子越久,我就越觉得不对。到我牧师要走,最末次命我去领教训的时候,讲了一章经,教我很受感动。散会后,他对我说,他盼望我做的是请尚洁官回来。他又念《马可福音》十章给我听,我自得着那教训以后,越觉得我很卑鄙、凶残、淫秽,很对不住她。现在要求你先把佩荷带去见她,盼望她为女儿的缘故赦免我。你们可以先走,我随后也要亲自前往。'

他说懊悔的话很多,我也不能细说了。等他来时,容他自己对你细说罢。我很奇怪我牧师对于这事,以前一点也没有对我说过,到要走时,才略提一提;反教他来到我那里去,这不是神迹吗?"

尚洁听了这一席话,却没有显出特别愉悦的神色,只说:"我底行为本不求人知道,也不是为要得人家的怜悯和赞美;人家怎样待我,我就怎样受,从来是不计较的。别人伤害我,我还饶恕,何况是他呢?我知道自己底卤莽,是一件极可喜的事。——你愿意到我屋里去看一看吗?我们一同走走罢。"

他们一面走,一面谈。史先生问起她在这里的事业如何,她不愿意把所经历的种种苦处尽说出来,只说:"我来这里,几年的工夫也不算浪费,因为我已找着了许多失掉的珠子了!那些灵性的珠子,自然不如入海去探求那么容易,然而我竟能得着二三十颗。此外,没有什么可以告诉你。"

尚洁把她底事情结束停当,等可望不来,打算要和史先生一同回去。正要到珠船里和她底朋友们告辞,在路上就遇见可望跟着一个本地人从对面来。她认得是可望,就堆着笑容,抢前几步去迎他,说:"可望君,平安哪!"可望一见她,也就深深地行了一个敬礼,说:"可敬的妇人,我所做的一切事都是伤害我底身体,和你我二人底感情,此后我再不敢了。我知道我多多地得罪你,实在不配再见你底面,盼望你不要把我底过失记在心中。今天来到这里,为的是要表明我悔改底行为;还要请你回去管理一切所有的。你现在要到那里去呢?我想你可以和史先生先行动身,我随后回来。"

尚洁见他那番诚恳的态度,比起从前,简直是两个人,心里自然满是愉快,且暗自谢她底神在他身上所显的奇迹。她说:"呀!往事如梦中之烟,早已在虚幻里消散了,何必重行提起呢?凡人都不可积聚日间的怨恨、怒气和一切伤心的事到夜里,何况是隔了好几年的事?请你把那些事情搁在脑后罢。我本想到船里去,向我那班同工底人辞行。你怎样不和我们一起回去,还有别的事情要办么?史先生现时在他底别业——就是我住的地方——我们一同到那里去罢,待一会,再出来辞行。"

"不必,不必。你可以去你的,我自己去找他就可以。因为我还有些正当的事情要办。恐怕不能和你们一同回去;什么事,以后我才教你知道。"

"那么,你教这土人领你去罢,从这里走不远就是。我先到船里,回头再和你细谈。再见哪!"

她从土华回来,先住在史先生家里,意思是要等可望来到,一同搬回她底旧房子去。谁知等了好几天,也不见他底影。她才知道可望在土华所说的话意有所含蓄。可是他到那里去呢?去干什么呢?她正想着,史先生拿了一封信进来对她说:"夫人,你不必等可望了,明后天就搬回去罢。他寄给我这一封信说,他有许多对不起你的地方,都是出于激烈的爱情所致,因他爱你的缘故,所以伤了你。现在他要把从前邪恶的行为和暴躁的脾气改过来,且要偿还你这几年来所受的苦楚,故不得不暂时离开你。他已经到槟榔屿了。他不直接写信给你的缘故,是怕你伤心,故此写给我,教我好安慰你;他还说从前一切的产业都是你的,他不应独自霸占了许多,要求你尽量地享用,直等到他回来。

"这样看来,不如你先搬回去,我这里派人去找他回来如何?唉,想不到他一会儿就能悔改到这步田地!"

她遇事本来很沉静,史先生说时,她底颜色从不曾显出什么变态,只说:"为爱情么?为爱而离开我么?这是当然的,爱情本如极利的斧子,用来剥削命运常比用来整理命运的时候多一些。他既然规定他自己底行程,又何必费工夫去寻找他呢?我是没有成见的,事情怎样来,我怎样对付就是。"

尚洁搬回来那天,可巧下了一点雨,好像上天使园里的花木特地沐浴得很妍净来迎接它们底旧主人一样。她进门时,妥娘正在整理厅堂,一见她来,便嚷着:"奶奶,你回来了!我们很想念你哪!你底房间乱得很,等我把各样东西安排好再上去。先到花园去看看罢,你手植各样的花木都长大了。后面那棵释迦头长得像罗伞一样,结果也不少,去看看罢。史夫人早和佩荷姑娘来了,她们现时也在园里。"

她和妥娘说了几句话,便到园里。一拐弯,就看见史夫人和佩荷坐在树荫底下一张凳上——那就是几年前,她要被刺那夜,和史夫人坐着谈话的地方。她走来,又和史夫人并肩坐在那里。史夫人说来说去,无非是安慰她的话。她像不信自己这样的命运不甚好,也不信史夫人用定命论底解释来安慰她,就可以使她满足。然而她一时不能说出合宜的话,教史夫人明白她心中毫无忧郁在内。她无意中一抬头,看见佩荷拿着树枝把结在玫瑰花上一个蜘蛛网撩破了一大部分。她注神许久,就想出一个意思来。

她说:"呀,我给这个比喻,你就明白我底意思。

"我像蜘蛛,命运就是我底网。蜘蛛把一切有毒无毒的昆虫吃入肚里,回头把网组织起来。它第一次放出来的游丝,不晓得要被风吹到多么远;可是等到粘着别的东西的时候,它底网便成了。

"它不晓得那网什么时候会破,和怎样破法。一旦破了,它还暂时安安然然地藏起来;等有机会再结一个好的。

"它底破网留在树梢上,还不失为一个网。太阳从上头照下来,把各条细丝映成七色;有时粘上些少水珠,更显得灿烂可爱。

"人和他底命运,又何尝不是这样?所有的网都是自己组织得来,或完或缺,只能听其自然罢了。"

史夫人还要说时,妥娘来说屋子已收拾好了,请她们进去看看。于是,她们一面谈,一面离开那里。

园里没人,寂静了许久。方才那只蜘蛛悄悄地从叶底出来,向着网底破裂处,一步一步,慢慢补缀。它补这个干什么?因为它是蜘蛛,不得不如此!

废名的《桃园》是怎样写成的

——废名《桃园》的文本分析

废名的《桃园》是一篇很独特的小说,缥缈、空灵。历来批评家众说纷纭。探索《桃园》艺术价值形成的原因,是件很有意思的事情。

一 两则材料的启示

艺术总有某些共同规律,所以,我们先放下《桃园》,看两则其他的作品。

第一个是爱伦·坡的短篇小说《椭圆形的画像》。《椭圆形的画像》讲述一个画家为自己的妻子画像,精美绝伦的画像完成之时,也就是他的妻子毙命之时。小说写道:"谁知,正当画稿即将告成之际,竟然不准外人进入塔楼;原来画家只顾热心绘画,已经发狂了,他两眼始终盯着画布,连妻子的容貌都顾不上看一眼。他哪里知道自己在画布上涂抹的色彩就蘸自坐在身边的妻子的红颜。过好几个星期,除了樱唇一笔未涂和眼睛尚未点色以外,其他部分都画好了,这时画家妻子的精神才犹如灯火的回光返照。于是这一笔也补上了,眼睛也点上色彩了;画家站在自己精心创作的画像前,一时看得出了神;但他还一味呆呆看着,转眼间竟浑身战栗,脸色十分苍白,目瞪口呆,大声惊呼,'这简直是活的呀!'说罢猛回头看看他心爱的妻子:她已经死了!"[①]画上的人置换了现实中的妻子,现实中美丽的妻子消失了,剩下的是画上美丽绝伦的女人。这是一个置换的故

---

① 〔美〕爱伦·坡:《爱伦·坡短篇小说集》,陈良廷、徐汝椿译,外国文学出版社1982年版,第342—343页。

事,激发人们好奇、恐惧、哀伤等情绪,艺术效果自不待言。因为两个事物构成置换的关系,所以,两个事物共同铸成了一个意象:美丽的女人(时而是现实的,时而是画上的),一个意象覆盖了两个事物,自然产生失落、缺失、恐怖、扑朔迷离的意味。

第二个材料是我国当代作家聂鑫森的短篇小说《呼儿湾童话》①。这篇小说写江湾边打鱼人家的生活习俗。菊子是一个9岁的小姑娘,她母亲就要生产了,父亲让她到村头舅舅家去,和表哥苇子一起玩。适逢惊蛰时节,"在惊蛰前后那几天,呼儿村的人照例不下水打鱼,船搁在岸上,网晾在檐间,各家终日关着门,默默地庄严地等待着什么。等待那催促万物萌动的雷……"各种各样的鱼,"它们在雷声、风声、雨声、浪潮声中,借助大自然的伟力,拼命地翻跃起来,重重地摔下去,把满肚子的仔儿产出,一小块一小块淡黄的粘液,便多情地散发到水草丛中。这场面是不能让人去看的。有人去看,鱼儿就不'扳'仔了,宁肯忍痛远走……"菊子听爸爸的话来到了舅舅家。半夜,苇子的爸爸妈妈都去菊子家了,此时,雷声隆隆作响,大雨倾盆,苇子要带菊子去江湾看鱼扳仔,"一条金红金红的大鲤鱼,从一个高高的浪尖跃起,抛出一条极好看的弧线,那鳞甲如金属的薄片嵌成,放出光亮来"。菊子听从苇子哥的命令,"战战兢兢走出树丛,一直走到大鲤鱼旁边,闭上眼睛,蹲下来,摸到了鱼,双手捉住,再朝江边走去。……她看清了,这是一条极美丽的大鲤鱼,可惜一身都是血,粘腻腻的;肚腹下挤出一些淡黄的东西,是一些粘连在一起的小颗粒……菊子又慌忙闭上了眼睛。走到江边,她使足了劲,把大鲤鱼抛到水里。泼剌剌一声响,鱼把尾巴一扇,走了,走得一瞬间就看不见了"。小说结尾写道:"苇子的爸爸妈妈还没有回来。屋子里依然是一片漆黑。……菊子忽然听见不远的地方,似乎传来一声婴孩的啼哭,尽管很微弱,她还是听到了,而且听得真真切切……她觉得这啼哭声越来越近,越来越响了……"小说突出描写了两个形象:菊子的母亲生孩子和江边的鲤鱼扳仔。两个空间的两件事情在同一个时间发生,但不是采用"花开两朵,各表一枝"的叙述手法,而是仅仅写了一个场景,仅表一枝,即从菊子视角叙述和描写

---

① 聂鑫森:《文艺湘军百家文库·小说方阵·聂鑫森卷》,湖南文艺出版社2000年版。

鲤鱼扳仔的场景,客观效果上,却让两个空间的两个事情诞生出两个形象,互相呼应,产生神秘、神圣、感应等感觉。聂鑫森这篇小说,没有什么特别复杂的故事情节,但是读起来有种特殊的味道。艺术效果主要得益于两个"生产"的互相呼应,用鱼的"翻跃""重重地摔下去""把尾巴一扇"以及"泼刺刺的声响"等来写"生产",明写鲤鱼扳仔,暗写菊子母亲生孩子。尤其在小说结尾,"菊子忽然听见不远的地方,似乎传来一声婴孩的啼哭……"暗示菊子的母亲已经产下了孩子。两个空间和一个时间构成特殊的组合。

上面两则材料都充分利用了意象,或者是意象置换,如《椭圆形的画像》;或者用一个意象比喻另一个意象,如《呼儿湾童话》。意象是感觉的遗留,什么东西能让感觉有所遗留?当然是有味道的、吸引人注意力的形象,遗留在感觉上的有视觉形象,也有听觉形象,也可以是两者的结合。在爱伦·坡的《椭圆形的画像》里主要是视觉形象,而在《呼儿湾童话》里的形象则是视觉和听觉的混合。爱伦·坡和聂鑫森都是在隐喻意义上使用意象,而不是在象征意义上使用意象的。依据韦勒克和沃伦在《文学理论》中所说:"一个'意象'可以被转换成一个隐喻一次,但如果它作为呈现与再现不断重复,那就变成了一个象征,甚至是一个象征(或者神话)系统的一部分"[1],在隐喻意义上使用意象,因为是一次,所以也是独一无二的,这是从意象的效果和意义的角度说的。事实上两位作家组织意象的思维方式可以不断被借鉴。

关于两则材料的讨论我们先暂时停止,带着这个讨论的思想成果进入对《桃园》的分析。

二 借用两个形象描写在同一时间里两个空间中发生的同一性质的事件

《桃园》给读者印象最深的是桃子这一人物形象。桃子形象串联起

---

[1] 〔美〕雷·韦勒克、奥·沃伦:《文学理论》,刘象愚、邢培明、陈圣生、李哲明译,生活·读书·新知三联书店1984年版,第204页。

叙述的主要内容。王老大的女儿生活在爸爸的桃园里,她的经历和愿望都与桃园有关,王老大的生活和命运也都和桃子、桃园息息相关。这种叙事的线索,自然地将读者的关注点引向桃子,为小说结尾王老大上街给女儿买桃子吃的场景打下了基础。小说描写到,在街上,王老大寻找到了桃子,但是"哈哈哈,桃子玻璃做的!"玻璃做的桃子被撞碎了,"桃子是一个孩子撞跌了的,他,他的小小的心儿没有声响地碎了,同王老大双眼对双眼"。读者阅读了这个场景,在脑海中再现出玻璃桃子被撞碎的形象,自然地会联想到王老大的家里,还有他的女儿阿毛,阿毛在生病,不吃饭;此时,街上被撞碎的玻璃桃子与家里的阿毛在朦胧的叙述语境中发生了微妙的联系,读者在直觉中感到阿毛的病情发生了不可逆转的变故,在这样的联想中产生震颤、哀伤、失落等复杂感受。玻璃做的桃子和生病的阿毛这两个意象互相隐喻,发生关联。

为了更好地把握这个隐喻的机制和艺术效果,我们需要研究两个意象的特点。1924 年,威尔斯出版了一本名为《诗歌意象》的研究著作,旨在给意象归类,建立意象的分类学。他将意象编排了顺序。它们共有七种,分别是装饰性意象、潜沉意象、强合(或浮夸)意象、基本意象、精致意象、扩张意象、繁复意象。威尔斯认为,最粗糙的形式是强合的和装饰性的隐喻意象。至于繁复意象则是强合意象的一种更精巧的形式,精致意象则是装饰性意象的一种更精巧的形式。最高级的意象是潜沉的、基本的、扩张的三类意象。"这三类意象的共同点就是都具有特别的文学性(即反对图象式的视觉化)、内在性(即隐喻式的思维),比喻各方浑然一体地融合(即具有旺盛的繁殖能力结合)。"[①]在我看来,任何分类都只能是大致的。一个具体的意象,可能是威尔斯所归纳的各种类型中的几个类型的凝聚。

以这个思想方法来看待《桃园》中的意象,我们发现,病中阿毛和街上王老大手里的玻璃桃子被撞碎这两个意象具有一些扩张意象的特点。韦勒克和沃伦说:"从名字来看,扩张意象与精致意象是相反的。假如精

---

① 〔美〕雷·韦勒克、奥·沃伦:《文学理论》,刘象愚、邢培明、陈圣生、李哲明译,生活·读书·新知三联书店 1984 年版,第 221 页。

致意象是中世纪和教会的意象,那么,扩张意象就是预言和进步思想的意象,是'强烈的感情和有独创性的沉思'的意象……就其定义来说,扩张的意象是这样一种意象,即比喻的各方面都给人的想象以广阔的余地,它们彼此强烈地限制、修饰;根据现代诗歌的理论,比喻各方的'相互作用''相互渗透'是诗歌作用的核心形式,而这种情形大量地发生在扩张意象中。"[1]确实,在两者"互相作用""互相渗透"方面,可以看作扩张意象。但是我们也应该注意到,这两个意象是在《桃园》这个独立的世界中存在的,越出这个世界,这两个意象就不具有互相隐喻的功能,不可能无限地繁殖。如果我们参照前面所介绍的爱伦·坡的《椭圆形的画像》和聂鑫森的《呼儿湾童话》,就会发现《桃园》与《呼儿湾童话》的相似,在于作者以写鲤鱼扳仔来暗示菊子母亲生孩子;但也有不同之处:《呼儿湾童话》中鲤鱼扳仔与菊子母亲生产互相隐喻,是在两个空间的同一个时间,《桃园》也写了两个空间,虽没有交代是否在同一时间,但是叙述和描写的客观效果已经引导读者自然地认为两件事情也发生在同一时间,只是,这个"同一时间"是通过暗示表现的。与《椭圆形的画像》的相同之处在于都是两个形象;不同在于,《椭圆形的画像》的隐喻产生的是置换的艺术效果,《桃园》的隐喻则是用一个现场可见形象的结局暗示另一个形象的结局。

三 意象的隐喻功能与小说人物创造

意象的隐喻产生了非同寻常的艺术效果,那么,意象的隐喻和小说必备因素的关系如何呢?小说毕竟得有人物,人物的塑造及其命运,都是小说艺术魅力产生的条件。可是,在废名的《桃园》中,既然如以上所分析的,意象以及意象产生的隐喻成为这个作品最有魅力之处,那么,隐喻与人物以及人物的塑造又是怎样的关系呢?这涉及废名对小说的理解以及对于小说人物的认识和把握。早在1928年,周作人在谈到废名小说的人物形象时曾说:"(废名小说中)这些人物与其说是本然的,无宁说是当然

---

[1] 〔美〕雷·韦勒克、奥·沃伦:《文学理论》,刘象愚、邢培明、陈圣生、李哲明译,生活·读书·新知三联书店1984年版,第223—224页。

的人物;这不是著者所见闻的实人世的,而是所梦想的幻景的写象,特别是长篇《无题》中的小儿女,似乎尤其是著者所心爱,那样慈爱地写出来,仍然充满人情,却几乎有点神光了。"①京派文学理论家叶公超也说过:"废名是一个极其特殊的作家,他的人物,往往是在他观察过社会、人生之后,以他自己对人生、对文化的感受,综合塑造出来的;是他个人意向中的人物,对他而言,比我们一般人眼中所见的人更为真实。废名也是一个文体家,他的散文与诗都另具一格。"②我们是否可以说,废名《桃园》中的人物阿毛,既是现实中的人,更是"所梦想的幻景的写象……仍然充满人情,却几乎有点神光了"的人物?这个人物只能在《桃园》中存在,更确切地说,只能在隐喻的氛围中存在。废名不求写实的效果,唯求隐喻的效果,人物真实与否,人物在现实中能有怎样的作为,都不是考虑的重点;在隐喻的艺术构想中可以充当怎样的作用,才是考虑的重点。所以,可以说,阿毛和玻璃桃子这两个互相作用、互相渗透的意象是整篇小说的核心,在小说整体艺术效果构成中起到了核心性的作用,人物附属于此。

　　废名的小说人物观念已经发生了很大的变化。他是京派作家,京派作家和理论家有基本一致的文学观念。他们认为艺术是独立的,不必为艺术而艺术,也不必为人生而艺术。正如周作人所表述的,应该以个人为主人,表现情思而成为艺术,得到一种共鸣与感兴,使其精神生活充实而丰富。③ 废名在《桃园》中追求意象隐喻的艺术效果,可见他对艺术的理解。京派既坚持古典主义情怀,同时在创作实践中,又自觉地追求现代性。

四　意象的隐喻功能与"想以某种语气说话"

　　意象的隐喻功能需借助有特殊感觉的叙述,也就是语体感觉。为了更好地理解废名《桃园》中隐喻的功能与语体的关系,让我们读读下面这

---

① 周作人:《〈桃园〉跋》,《永日集》,北新书局1929年版,第166—167页。
② 叶公超:《〈新月小说选〉序》,见陈子善编《叶公超批评文集》,珠海出版社1998年版,第252页。
③ 周作人:《自己的园地》,北京晨报社1923年版。

段话:"他想以某种语气说话,然后,以此为出发点,再行四处搜寻适用于它的材料、轶事、姓名、细节,使它像模像样地展开。"①

这段引语是弗雷德里亚·詹姆逊在《语言的牢笼》中对鲍里斯·艾亨鲍姆的经典论文《论果戈理〈外套〉是怎样写成的》的概括。詹姆逊指出:"俄国形式主义主张的优点最明显地表现在鲍里斯·艾亨鲍姆的《论果戈理〈外套〉是怎样写成的》这篇经典论文中。"②艾亨鲍姆的思路是,果戈理并不是因为想表现某种类型的内容才使用 skaz(即日常口头叙述的风格化——作者注)这种文体的,相反,他想创造出一种基于 skaz 之上的文学风格,他想以某种语气说话,然后,以此为出发点,再四处搜寻适用于它的材料、轶事、姓名、细节,使它像模像样地展开,使故事讲述的声音具有最大的内在效果。依据艾亨鲍姆的分析,如果确实如此,许多被激烈争论的问题便不复存在了。比如,果戈理作品中的浪漫主义与现实主义的问题等。③

对于《桃园》,历来评论家都感觉有些蹊跷,不那么好理解、好解释。比如,阿毛"病了差不多半个月了","阿毛姑娘今天一天不想端碗扒饭吃哩",夜晚,父女俩睡觉了,"王老大就闭了眼睛去睡。但还要一句——'要什么东西吃明天我上街去买'。'桃子好吃'。阿毛并不是说话说给爸爸听,但这是一声'霹雳',爸爸的眼睛简直呆住了,突然一张——上是屋顶。……"这是为什么呢? 就是一个谜。再比如,"小说中那个可怜又可爱的小女孩阿毛到底是死是活呢? 至今没有一个统一的说法"。④ 如果我们从废名"想以某种语气说话"入手来分析,是否可以假设,废名是在特殊语气中营造意象,叙述的语调、风格、句式等都为了这个中心点服务? 那种缥缈、空灵、断断续续、似有似无的句子,都不可坐实了去理解,能够捕捉到基本意象,理解意象的隐喻,也就理解了叙述语言的魅力。因

---

① 〔美〕弗雷德里克·詹姆逊:《语言的牢笼》,钱佼汝译,百花洲文艺出版社 1997 年版,第 71 页。
② 同上书,第 70 页。
③ 同上书,第 71 页。
④ 沙铁华、月华:《废名,黄花翠竹自有情》,《废名作品精选》,长江文艺出版社 2003 年版,第 4 页。

此，朦朦胧胧、断断续续、虚实相映的叙述语言，在整个文本中，就如同我国古代小说批评家所说的"草蛇灰线"。明代小说评点家金圣叹在《读第五才子书法》中指出："《水浒传》有许多文法，非他书所曾有，略点几则于后"，并列举出15种：倒叙法、夹叙法、草蛇灰线法、大落墨法、极不省法等。关于草蛇灰线法，他说："有草蛇灰线法。如景阳岗连叙许多'哨棒'字，紫石街连写若干'帘子'字等是也。骤看之，有如无物，及至细寻，其中便有一条线索，拽之通体俱动。"①那么，这草蛇灰线究竟是指的什么呢？所谓"草蛇"，指蛇行草上所留下的痕迹，所谓"灰线"，指（以筐盛灰）漏泄于地的灰土。二者皆若断若续，时隐时现。金圣叹用此来比喻一种行文技法，即有意反复使用同一个词，使大段文章中贯穿一条若有若无的线索。《桃园》断断续续、似有似无、虚无缥缈的叙述语气中也有一条若断若续的线索，那就是反复使用的"桃子"一词，用"桃子好吃"串连起桃园、月亮、月光、橘子等字眼，而且，衬托出桃子和阿毛这两个形象的互相隐喻，并且生成一个审美意象。因此，当我们在阅读中，感到语体如此不同寻常，有如此多的蹊跷和疑点，令人费解的时候，如果换个角度看，这"实在是一件好事，因为有了悬念才增加了更多想象的空间"②。在作品艺术价值构成中，特殊的语体，特殊的叙述确实能带给读者陌生的感受，自然地引向对于意象和隐喻的捕捉，激发读者想象的空间。这个规律值得研究。

把握了作家"想以某种语气说话"，我们就比较易于捕捉、把握主要意象之外的其他一些游弋、朦胧的意象了，比如，橘子、月光等。

先说橘子。小说题名为《桃园》，按说根据小说故事线索以及各种形象，是忌讳出现与"桃子"相近或同类形象的，橘子就属于犯忌讳的形象，可是《桃园》反其道而行之。阿毛姑娘曾经期盼自家种橘子。"她的桃园倘若是种橘子才好，苔还不如橘子的叶子是真绿！她曾经在一个人家的院子旁边走过，一棵大橘露到院子外——橘树的浓荫俨然就遮映了阿毛

---

① 金圣叹：《金圣叹全集》，曹方人、周锡山标点，江苏古籍出版社1985年版。
② 沙铁华、月华：《废名，黄花翠竹自有情》，《废名作品精选》，长江文艺出版社2003年版，第4页。

了……"阿毛和爸爸在桃园摘桃子,阿毛和她爸爸有一段对话:"慢慢又一句:'爸爸,我们来年也买一些橘子来栽一栽。''买一些橘子来栽一栽!你晓得你爸爸活得几年?等橘子结起橘子来爸爸进了棺材!'王老大向他的阿毛这样说吗?问他他自己也不答应哩。但阿毛的橘子连根拔掉了。阿毛只有一双瘦手。刚才,她的病色是橘子的颜色。"而后又有"阿毛虽然说栽橘子,其实她不是想到橘子树上长橘,一棵橘树罢了。她还没有吃过橘子"。橘子已经成为一个在阅读中引起审美注意的意象。橘子和生命有关系,橘子也与桃子形成了微妙的关系,可以形成几个方面的想象及理解:桃子碎了,隐喻阿毛姑娘死了,如果说,橘子树终究没有栽上,在桃子碎了的隐喻中已经包含着阿毛死了,那么,橘子激发起的就是一种假设:如果栽上橘子,阿毛姑娘的病会好吧?这样,橘子的生命力与阿毛的生命力自然形成关联,使得整个作品的意蕴丰厚起来。

再说月光。故事中的一些情景和人物的感觉是在月光下显现的。文本中多处有"月光":"这时月亮才真个明起来,就在桃树之上,屋子里也铺了一地……王老大一门闩把月光都闩出去了。闩了门再去点灯。""半个月亮,却也对着大地倾盆而注……""王老大走得最多,月亮底下归他的家,是惯事——""窗孔里射进来月光。王老大不知怎的又是不平!月光居然会移动,他的酒瓶放在一角,居然会亮了起来!王老大怒目而视。"在传统文化积淀中,月亮、月光和人的关系主要体现在两个方面,其一是月亮的变迁和人的处境、命运的变迁形成正衬关系;其二是以月亮的永恒反衬人世的变迁。在《桃园》中,月亮、月光意象引起的联想属于后者,即月光是恒久的,由此而成为见证人,俯看着王老大和阿毛的命运;寓意是人的生命如漂萍。特别要提出的是,月亮经过王老大感觉的过滤,带有人的特征。

废名注重寻找特殊语体,"想以某种语气说话",他自己的一段话可以为证。废名认为,成功的艺术作品应该是一个美丽的文字里绽放的梦,"字与字,句与句,互相生长,有如梦之不可捉摸"。[1]

在我们以上的思路中,以往许多理论家、文学家对废名的评价,就可

---

[1] 转引自沙铁华、月华:《废名,黄花翠竹自有情》,《废名作品精选》,长江文艺出版社2003年版,第5页。

以得到更好的理解了。周作人在《莫须有先生传》的"序言"中将废名的小说比喻为一道流水,他说:"《莫须有先生传》的文章的好处,似乎可以旧式批评语之曰,情生文,文生情。这好像是一道流水,大约总是向东去朝宗于海,他流过的地方,凡有什么汉港湾曲总得灌注潆洄一番,有什么岩石水草,总要被抚弄一下子,再往前去,这都不是他的行程的主脑,但除了这些也就别无行程了。"①鲁迅说废名小说"冲淡中有哀怨"。汪曾祺曾经说过,他只是在语言的诗意方面学习废名,在情节的忽断忽续上,他没有学废名,在情节、人物写法上他学的是沈从文。汪曾祺说,废名是可欣赏的,但是不可学。在今天的文学理论和文学批评的视野中,我们应该可以说,"想以某种语气说话",成就了一位独特的小说家废名。

---

① 见陈振国编:《冯文炳研究资料》,海峡文艺出版社1991年版,第196—197页。

桃 园

废 名

王老大只有一个女孩儿,一十三岁,病了差不多半个月了。王老大一向以种桃为业,住的地方就叫做桃园——桃园简直是王老大的另一个名字。在这小小的县城里再没有别个地方种了这么多的桃子。

桃园孤单得很,惟一的邻家是县衙门——这也不能够叫桃园热闹,衙门口的那一座"照墙"望去已经不现其堂皇了,一眨眼就要钻进地底里去似的,而照墙距"正堂"还有好几十步之遥。照墙外是杀场,自从离开十字街头以来,杀人在这上面。说不定王老大得了这么一大块地就因为与杀场接壤哩。这里,倘不是有人来栽树木,也只会让野草生长下去。

桃园的篱墙的一边又给城墙做了。但这时常惹得王老大发牢骚,城上的游人可以随手摘他的桃子吃。他的阿毛倒不大在乎,她还替城墙栽了一些牵牛花,花开的时候,许多女孩子跑来玩,兜了花回去。上城墙看得见红日头——这是指西山的落日,这里正是西城。阿毛每每因了这一个日头再看一看照墙上画的那天狗要吃的一个,也是红的。当那春天,桃花遍树,阿毛高高地望着园里的爸爸道:

"爸爸,我们桃园两个日头。"

话这样说,小小的心儿实在满了一个"红"字。

你这日头,阿毛消瘦得多了,你一点也不减你的颜色!

秋深的黄昏。阿毛病了也坐在门槛上玩,望着爸爸取水。桃园里面有一口井。桃树,长大了的不算,又栽了小桃,阿毛真是爱极了,爱得觉得自己是一个小姑娘,清早起来辫子也没有梳!桃树仿佛也知道了,阿毛姑娘今天一天不想端碗扒饭吃哩。爸爸担着水桶林子里穿来穿去,不是把背弓了一弓就要挨到树叶子。阿毛用了她的小手摸过这许多的树,不,这一棵一棵的树是阿毛一手抱大的！——是爸爸拿水浇得这么大吗？她记起城外山上满山的坟，她的妈妈也有一个——妈妈的坟就在这园里不好吗？爸爸为什么同妈妈打架呢？有一回一箩桃子都踢翻了，阿毛一个一个地朝箩里拣。天狗真个把日头吃了怎么办呢？……

阿毛看见天上的半个月亮。天狗的日头吃不掉的，到了这个时分格外地照彻她的天——这是说她的心儿。

秋天的天实在是高哩。这个地方太空旷吗？不，阿毛睁大了的眼睛叫月亮装满了，连爸爸已经走到了园的尽头她也没有去理会。月亮这么早就出来！有的时候清早也有月亮！

古旧的城墙同瓦一般黑，墙砖上青苔阴阴地绿——这个也逗引阿毛。阿毛似乎看见自己的眼睛是亮晶晶的！她不相信天是要黑下去——黑了岂不连苔也看不见？——她的桃园倘若是种橘子才好，苔还不如橘子的叶子是真绿！她曾经在一个人家的院子旁边走过，一棵大橘露到院子外——橘树的浓阴俨然就遮映了阿毛了！但小姑娘的眼睛里立刻又是一园的桃叶。

阿毛如果道得出她的意思，这时她要说不称意吧。

桃树已经不大经得起风，叶子吹落不少，无有精神。

阿毛低声的说了一句：

"桃树你又不是害病哩。"

她站在树下，抱着箩筐，看爸爸摘桃，林子外不像再有天，天就是桃，就是桃叶——是这个树吗？这个树，到明年又是那么茂盛吗？那时她可不要害病才好！桃花她不见得怎样的喜欢，风吹到井里去了她喜欢！她还丢了一块石头到井里去了哩，爸爸不晓得！（这就是说没有人晓得）……

"阿毛，进去，到屋子里去，外面风很凉。"

王老大走到了门口，低下眼睛看他的阿毛。

阿毛这才看见爸爸脚上是穿草鞋——爸爸走路不响。

"爸爸，你还要上街去一趟不呢？"

"今天太晚了，不去——起来。"

王老大歇了水桶伸手挽他的阿毛。

"瓶子的酒我看见都喝完了。"

"喝完了我就不喝了。"

爸爸实在是好,阿毛可要哭了!当初为什么同妈妈打架呢?半夜三更还要上街去!家里喝了不算还要到酒馆里去喝!但妈妈明知道爸爸在外面没有回也不应该老早就把门关起来——妈妈现在也要可怜爸爸罢!

"阿毛,今天一天没有看见你吃点什么,老是喝茶,茶饱得了肚子吗?爸爸喝酒是喝得饱肚子的。"

"不要什么东西吃。"

慢慢又一句:

"爸爸,我们来年也买一些橘子来栽一栽。"

"买一些橘子来栽一栽!你晓得你爸爸活得几年?等橘子结起橘子来爸爸进了棺材!"

王老大向他的阿毛这样说吗?问他他自己也不答应哩。但阿毛的橘子连根拔掉了。阿毛只有一双瘦手。刚才,她的病色是橘子的颜色。

王老大这样的人,大概要喝了一肚子酒才不是醉汉。

"这个死人的地方鬼也晓得骗人!张四说他今天下午来,到了这么时候影子也不看见他一个!"

"张四叔还差我们钱吗?"阿毛轻声的说。

"怎么说不差呢?差两吊。"

这时月亮才真个明起来,就在桃树之上,屋子里也铺了一地。王老大坐下板凳,脱草鞋。阿毛伏在桌上睡哩。

"阿毛,到床上去睡。"

"我睡不着。"

"你想橘子吃吗?"

"不。"

阿毛虽然说栽橘子,其实她不是想到橘子树上长橘,一棵橘树罢了。她还没有吃过橘子。

"阿毛,你手也是热的哩!"

阿毛——心里晓得爸爸摸她的脑壳又捏一捏手,枕着眼睛真在哭。

王老大一门闩把月光都闩出去了。闩了门再去点灯。

半个月亮,却也对着大地倾盆而注,王老大的三间草房,今年盖了新黄稻草,比桃叶还要洗得清冷。桃叶要说是浮在一个大池子里,篱墙以下都湮了——叶子是刚湮过的!地面到这里很是低洼,王老大当初砌屋,就高高地砌在桃树之上了。但屋是低的。过去,都不属桃园。

杀场是露场,在秋夜里不能有什么另外的不同,"杀"字偏风一般地自然而然地向你的耳朵吹,打冷噤,有如是点点无数的鬼哭的凝和,巴不得月光一下照得它干!越照是越湿的,越湿也越照。你不会去询问草,虽则湿的就是白天里极目而绿的草——你只再看一看黄草屋!分明地蜿蜒着,是路,路仿佛说它在等行人。王老大走得最多,月亮底下归他的家,是惯事——不要怕他一脚踏到草里去,草露湿不了他的脚,正如他的酒红的脖子算不上月下的景致。

城垛子,一直排;立刻可以伸起来,故意缩着那么矮,而又使劲地白,是衙门的墙;簇簇的瓦,成了乌云,黑不了青天……

这上面为什么也有一个茅屋呢?行人终于这样免不了出惊。

茅屋大概不该有。

其实,就王老大说,世上只有三间草房,他同他的阿毛睡在里面,他也着实难过,那是因为阿毛睡不着了。

衙门更锣响。

"爸爸,这是打更吗?"

"是。"

爸爸是信口答着。

这个令阿毛快爽:深夜响锣。她懂得打更,很少听见过打更。她又紧紧地把眼闭住——她怕了。这怕,路上的一块小石头恐怕也有关系。声音是慢慢地度来,度过一切,到这里,是这个怕。

接着是静默。

"我要喝茶。"

阿毛说。

灯是早已吹熄了的,但不黑,王老大翻起来摸茶壶。

"阿毛,今天十二,明天,后天,十五我引你上庙去烧香,去问一问菩萨。"

"是的。"

阿毛想起一个尼姑,什么庙的尼姑她不知道,记得面孔——尼姑就走进了她的桃园!

那正是桃园茂盛时候的事,阿毛一个人站在篱墙门口,一个尼姑歇了化施来的东西坐在路旁草上,望阿毛笑,叫阿毛叫小姑娘。尼姑的脸上尽是汗哩。阿毛开言道:

"师父你吃桃子吗?"

"小姑娘你把桃子我吃吗?——阿弥陀佛!"

阿毛回身家去,捧出了三个红桃。阿毛只可惜自己上不了树到树上去摘!

现在这个尼姑走进了她的桃园,她的茂盛的桃园。

阿毛张一张眼睛——

张了眼是落了幕。

阿毛心里空空的,什么也没有想,只晓得她是病。

"阿毛,不说话一睡就睡着了。"

王老大就闭了眼睛去睡。但还要一句——

"要什么东西吃明天我上街去买。"

"桃子好吃。"

阿毛并不是说话说给爸爸听,但这是一声"霹雳",爸爸的眼睛简直呆住了,突然一张——上是屋顶。如果不是夜里,夜里睡在床上,阿毛要害怕她说了一句什么叫爸爸这样!

桃子——王老大为得桃子同人吵过架,成千成万的桃子逃不了他的巴掌,他一口也嚼得一个,但今天才听见这两个字!

"现在哪里有桃子卖呢?"

一听声音话是没有说完。慢慢却是——

"不要说话,一睡就睡着了。"

睡不着的是王老大。

窗孔里射进来月光。王老大不知怎的又是不平!月光居然会移动,他的酒瓶放在一角,居然会亮了起来!王老大怒目而视。

阿毛说过,酒都喝完了。瓶子比白天还来得大。

王老大恨不得翻起来一脚踢破了它！世界就只是这一个瓶子——踢破了什么也完了似的！

王老大夹了酒瓶走在街上。

"十五,明天就是十五,我要引我的阿毛上庙去烧香。"

低头丧气地这么说。

自然,王老大是上街来打酒的。

"桃子好吃",阿毛的这句话突然在他的心头闪起来了——不,王老大是站住了,街旁歇着一担桃子,鲜红夺目得厉害。

"你这是桃子吗!?"

王老大横了眼睛走上前问。

"桃子拿玻璃瓶子来换。"

王老大又是一句:

"你这是桃子吗!?"

同时对桃子半鞠了躬,要伸手下去。

桃子的主人不是城里人,看了王老大的样子一手捏得桃子破,也伸下手来保护桃子,拦住王老大的手——

"拿瓶子来换。"

"拿钱买不行吗?"

王老大抬了眼睛,问。但他已经听得背后有人嚷——

"就拿这一个瓶子换。"

一看是张四,张四笑嘻嘻地捏了王老大的酒瓶——他从王老大的胁下抽出瓶子来。

王老大喜欢极了:张四来了,帮同他骗一骗这个生人！——他的酒瓶哪里还有用处呢?

"喂,就拿这一个瓶子换。"

"真要换,一个瓶子也不够。"

张四早已瞧见了王老大的手心里有十好几个铜子,道:

"王老大,你找他几个铜子。"

王老大耳朵听,嘴里说,简直是在自己桃园卖桃子的时候一般模样。

"我把我的铜子都找给你行吗?"

"好好,我就给你换。"

换桃子的收下了王老大的瓶子,王老大的铜子张四笑嘻嘻地接到手上一溜烟跑了。

王老大捧了桃子——他居然晓得朝回头的路上走!桃子一连三个,每一个一大片绿叶,王老大真是不敢抬头了。

"王老大,你这桃子好!"

路上的人问。王老大只是笑——他还同谁去讲话呢?

围拢来四五个孩子,王老大道:

"我替我阿毛买来的。我阿毛病了要桃子。"

"这桃子又吃不得哩。"

是的,这桃子吃不得——王老大似乎也知道!但他低头看桃子一看,想叫桃子吃得!

王老大的欢喜确乎走脱不少,然而还是笑——

"我拿我阿毛看一看……"

乒乓!

"哈哈哈,桃子玻璃做的!"

"哈哈哈,玻璃做的桃子!"

孩子们并不都是笑——桃子是一个孩子撞跌了的,他,他的小小的心儿没有声响地碎了,同王老大双眼对双眼。

1927 年 9 月

《一个危险的人物》的文学意义是如何诞生的

——王鲁彦《一个危险的人物》的文本分析

　　王鲁彦的短篇小说《一个危险的人物》写于1927年,发表于《小说月报》第18卷第10期。提起1927年,读者会习惯性地与国民党屠杀共产党人这一历史事件相联系,这个心理定势也影响到对《一个危险的人物》的理解和评价。有人直接以这一历史事件为背景解释作品,比如,范伯群和曾华鹏合写的《王鲁彦论》就认为"《一个危险的人物》是以大革命时期为背景的。作品的主人公子平是一个革命知识分子","作者对于大革命时期的革命知识分子是不熟悉的,不了解的,他根本看不到他们身上的革命性的真正所在,因而,作家就凭着自己的空想将子平写成一个极为神秘而奇怪的人物"。"在鲁彦本时期的创作中,直接以政治活动和政治斗争为内容的作品是不多的,其中只有《一个危险的人物》和《宴会》是属于这方面的作品。面对着这样的题材,他的思想局限性就更加彻底地暴露出来了。"[①]今天,如果我们摆脱这些文学评论的影响,直接进入《一个危险的人物》,无论读者层次怎样,都可能读出特殊的文学意味。事实是,《一个危险的人物》不是因为写了大革命而进入现代文学经典之列,而是由于作品的文学特质而成为经典的。本文试图摆脱社会历史的批评方法,在当代开阔的批评视野中,采用结构主义的分析方法,配合叙事学,重新解读《一个危险的人物》,以期探寻其艺术价值构成的机制。

---

① 范伯群、曾华鹏:《王鲁彦论》,上海文艺出版社1980年版,第48页。

一 以语言学的思路和方法为借鉴

20世纪在人类各个领域都产生了巨大影响的索绪尔结构主义语言学,对于文学批评理论也产生了深远的影响;最突出的表征是,文学理论开始意识到,文学研究有诗歌学和解释学两种模式。诗歌学的模式就是从索绪尔结构主义语言学借鉴而来的。诗歌学的模式也叫做语言学模式,用美国结构主义文艺理论家乔纳森·卡勒的话说就是:"诗歌学以已经验证的意义或者效果为起点,研究它们是怎样取得的(是什么使一段文字在一本小说里看起来具有讽刺意味?是什么使我们对某一个人物产生同情?为什么一首诗的结尾会显得含混不清?)"[①]依据这个思想,我们可以大致描述《一个危险的人物》带给读者的艺术感觉,即艺术效应:我们为这个人物的故事所吸引,目光紧随着子平,为他的神秘以及不可理解而疑惑,为他的死而感伤,也为林家塘人举报子平乃至打死子平而愤然,同时还感叹林家塘人的麻木、残忍……从而生发出一种难以表达的哀伤、遗憾和宿命感。我们所描述的是读者的审美经验,这个审美经验何以产生?

在读者审美经验中,子平毋庸置疑是主要人物。关注人物的复杂性格,以及性格构成和发展的历史,是经典小说美学的重要范畴,恩格斯的所谓"典型环境中的典型性格"正是这种小说美学观念的表现。如果按照经典小说美学理论,以人物的性格为聚焦点,探寻子平性格的魅力,我们会发现几乎无处下手。因为在小说的世界中,子平很少说话,对子平的内心世界,叙述者几乎没用什么笔墨。如果从子平心理世界具有怎样的艺术魅力这个角度来把握作品,我们也将毫无收获。显然,艺术力量不是来自人物的性格以及丰富的内心世界,经典小说美学执着于分析人物性格的思路对于这个文本不适用,看来需要另辟蹊径。

语言学能给我们分析这个文本以怎样的启示?乔纳森·卡勒在《结

[①] 〔美〕乔纳森·卡勒:《文学理论》,李平译,辽宁教育出版社、牛津大学出版社联合出版1998年版,第64页。

构主义诗学》中说过一句非常精辟的话:"语言学并不仅仅是激发灵感的动力和源泉,而且是一种将结构主义原本各行其是的种种设想统一起来的方法论模式。"① 乔纳森·卡勒认为,在研究其他文化现象时,借鉴语言学模式,这一想法建立在两个基本认识的基础之上:首先,社会文化现象并非简单的物质客体和事件,而是具有意义的客体和事件,因此是符号;其次,它们的本质完全由一个内部关系与外部关系构成的系统来界定。值得注意的是符号概念,符号置于系统中,由此卡勒才说,"因为如果要研究符号,那就必须考察使意义得以产生的关系系统……""所以,结构主义首先建立在这样一种认识基础之上:即如果人的行为或产物具有某种意义,那么,其中必有一套使这一意义成为可能的区别特征和程式的系统。"② 至此,乔纳森·卡勒已经将索绪尔结构主义语言学的基本模式转用到社会生活的各个领域。通俗地说,就是符号作为言语,是在社会这个语言系统中运行,并可以得到语法认可与说明的。依照这个思路,我们可以假设,在小说里,经典小说美学理论中的环境概念,即一个相对独立的世界,以及在这个世界中发展的故事情节,可以大致看作社会生活的系统,即语言。而人物则可以看作符号,在这个系统中运行,并在系统中产生意义,得到认定。当然,系统是由各种关系和对立构成的。这样,经典小说美学中的人物、环境以及情节三个范畴就被转移到结构主义思路中来了,于是《一个危险的人物》这样不适于从人物性格入手来分析的作品,我们就有了从结构分析入手的路径了。

二 故事的构成:两个系统的符号相遇以及一个系统的缺席

小说叙述中的客体世界是林家塘,林家塘人长期以来有自己的一套生活方式,乃至行为举止的特点,质言之,有自己的道德规范和价值系统。无论在物理空间还是在精神空间的意义上,林家塘村这个客体世界都是

---

① 〔美〕乔纳森·卡勒:《结构主义诗学》,盛宁译,中国社会科学出版社1991年版,第24页。
② 同上书,第24—25页。

极为狭窄的,就是由数户或数十户人家及其环境组成,比如惠明先生家、林家塘东边的一座很高的山等,至于山外边还有什么,则不在叙述视野之内。这是自然环境。还有人们的精神面貌和观念等构成的气氛等,可以看作软环境,也非常局促封闭。这里的人们认为,像子平这样的读书人,穿衣服应该是系紧纽扣的;回到家乡,应该去拜访村中的老辈人;男人女人是不可以在一起的,更不能在一起拍照;读书人不能站在河边看下层人钓鱼;在别人请吃饭的宴席上要讲究礼节;到了山上也不能狂呼着来回地跑、跳,更不能像个猴子一样坐在桠杈上,摇着树枝唱着歌;下雨后不能到小溪里洗澡;早晨要早起床,不能在山里吆喝着打拳……所有这些,在林家塘人对子平的一系列态度中逐步地构成一个观念系统,在软环境形成的过程中情节依次展开。我们可以将这个系统中的人物,诸如惠明先生、长庭货郎、阿正婶、杂货店老板史法、明生和仁才、四林、阿武婶、生贵等看做一个个符号,这些符号只有在林家塘的系统中才有意义。人们依据该系统的规矩、程式所做的一切都有理由:他们私自闯入子平的卧室,偷窥子平的生活,盯梢、议论别人,传播谣言等行为都是正确的、可以肯定的,因为存在着"一套使这一意义成为可能的区别特征和程式的系统"[①]。当然,在这个系统中的各个符号,也就是各个人物,具有各自的特点,也有差异,但那种差异并不构成和系统不相容的矛盾,他们之间的差异是非功能性的。子平返回林家塘之前,他们之间可能有各种矛盾,但是在林家塘系统中,他们自成一体。

子平是文本中引起读者感叹、激起读者感情波澜的主要人物,他从林家塘以外不被林家塘人所熟悉的世界回到(也可以理解为进入)林家塘,"他在许多中学校,大学校里教过书,不但不能以孩子相看,且俨然是许多青年的师长了"。依据想象的逻辑,子平在外面的那个世界必有一套自己的生活方式以及人生追求和理想、行为举止的特点。子平人是回来了,可是,他原来生活于其中的那个世界并没有跟着他一道回来,子平作为一个符号脱离了使他具有意义的那个系统;他原来生活于其中的那个

[①] 〔美〕乔纳森·卡勒:《结构主义诗学》,盛宁译,中国社会科学出版社1991年版,第25页。

世界,有一套语言系统程序,即所依赖的观念、伦理规范、习俗、评价标准等,他的所作所为,他的言语,是依据他所属的那个系统程序的,但是可以解释以及理解子平的那个系统,在文本中没有得到描述。那个系统是缺席的。这样,当子平脱离了他原来的系统,进入另外一个系统的时候,他作为一个符号就失去了意义,得不到解释;即在林家塘,子平的行为和做派不符合"语法"。林家塘人对子平的一切窥测、干涉、攻击以及评价,诸如流氓、贱骨头、扫帚星、恶魔等,都是来自不同于子平原来所处系统的林家塘,这些林家塘的人们,他们的行为举止处处符合的是他们自己的"语法"。情节就是在如此基础上逐步展开的。

子平作为符号和作为另一个符号的林家塘人在林家塘这个独立世界里相遇了。在小说的故事情节中,子平和林家塘人其实没有发生任何矛盾,至少在子平一方没有感觉到和村里人有什么矛盾,有的只是林家塘人单方面对子平的评价和伤害。因此,小说情节构成的基本特点是,没有双方的矛盾,只有林家塘人对子平的猜测、跟踪、评价、恶意的攻击、不安全感,以至最后的致命伤害。情节的性质也只能从林家塘人一方来界定:林家塘人看不惯子平穿衣袒胸露腹、不走亲戚不串门、屋里墙上挂了有许多女人的照片。子平在他们眼里是一个恶人。从"租谷一律七折"事件开始,"扫帚星"照到了子平,林家塘人认为,子平知道共产党的底细;子平的叔父惠明先生就共产党问题询问子平,最后惠明先生确认子平是共产党。这是一个关键性的转折。子平由恶人转而成为"危险的人物","消除危险"顺理成章地进入情节的链条,由惠明先生出面给县里打报告,让县里把子平捉走,子平到山里去,被认为是逃避拘捕,终被击毙……小说情节由平缓到严峻,再到高潮乃至消歇:"突然间,一阵劈啪的枪声,子平倒在田中了。"

如果说,故事构成均有其内在机制的话,那么,两个系统的符号相遇以及一个系统的缺席就是《一个危险的人物》的故事构成的机制。这个机制从艺术效果来说,最突出的是文本中存在着诸多空白点。文学话语中存在着空白、断裂和潜隐。对于文学话语中的这种现象,现象学家英加登(Roman Ingarden)称之为"不定点"。英加登说:"我把再现客体没有被文本特别确定的方面或成份叫做'不定点'。文学作品描绘的每一个对象、人物、事件等等,都包含着许多不定点,特别是对人和事物的遭遇的描绘。"①在《一个危险的人物》中,"空白点"主要在子平一方,正如小说中明生和仁才嘀咕的,"这到底是一种什么人啊?"子平的身份,是不是共产党?他的穿着、行为、做派,究竟是怎么回事?他到山上去干什么?小说文本都没有交代,形成大小不一的诸多"空白点"。英加登认为,对于"不定点"在文学作品客体层次的出现,允许有两种可能的阅读。第一种是企图使所有的"不定点"都保持着不确定状态,以便使读者理解作品的特殊结构。第二种是补充确定这些"不定点",从而再现客体的具体化。也就是借助于想象,以及读者自己的人生经验,"填补"许多"不定点"。显然,我们所从事的是第一种阅读。我们在探求作品的特殊结构,以及这种特殊结构具有怎样的意义。以空白理论为依据,我们就理解了,范伯群和曾华鹏合写的《王鲁彦论》中的研究结论,是为读者填补了"空白点",他们认为,"作品的主人公子平是一个革命知识分子,他从城里回到他的故乡来搞革命","作者对于大革命时期的革命知识分子是不熟悉的,不了解的,他根本看不到他们身上的革命性的真正所在,因而,作家就凭着自己的空想将子平写成一个极为神秘而奇怪的人物,他回乡以后,并没有深入地发动群众起来斗争,而是'象闺阁姑娘似的躲着不出来',他有时会莫名其妙地跑到山中去喝酒狂啸,有时却在大雨倾盆的时候独自去溪中洗澡,各种行为,都极为荒诞不经。由于作者对当时的革命者不了解,因此他无法塑造出真实的形象","作者对于群众的麻木和落后是不满的,而对于惠明为了霸占财产而告密,亲手毁灭了哥哥留下的仅存的亲骨肉的卑劣行为,更是愤怒地加以挞伐。作家批判的角度更多的还是从鞭挞人与人之间的冷漠关系出发的"。② 应该说,《王鲁彦论》对于"空白点"的填补仅仅是诸多可能的填补中的一种。对于艺术价值形成机制的研究则不负责填补"空白点",而是指出这些"空白点"如何引发读者各种想象,造成作品的朦胧感,促使作品产生更丰厚的意义。

---

① 〔波兰〕罗曼·英加登:《对文学的艺术作品的认识》,陈燕谷、晓未译,中国文联出版公司1988年版,第50页。

② 范伯群、曾华鹏:《王鲁彦论》,上海文艺出版社1980年版,第48—49页。

三　艺术魅力与叙述技巧

以上所有分析基本还是属于艺术效果分析,尚未真正进入文本的内在构成。小说毕竟是被叙述出来的客体世界。只有从叙述入手才能抵达文本内在的构成。叙述采用第三人称视角。按说,第三人称视角应该是无所不知的,意味着叙述可以向读者交代清楚一切,可是为什么我们还是读出那么多空白？文本告诉了我们林家塘人的行为动机,他们对子平的猜测、看法,他们如何策划向县里打报告抓走子平,他们的观念,他们的习俗,他们的内心世界,他们的语言表述方式等,可就是很少有子平的语言,对子平的内心世界更是丝毫没有触及。看来,所谓的第三人称叙述打了折扣。叙事学理论告诉我们,叙述分为可靠的叙述和不可靠的叙述。费伦在《作为修辞的叙事》中指出:"可靠的和不可靠的叙述(reliable and unreliable narration):可靠的叙述指叙述者对事实的讲述和评判符合隐含作者的视角和准则。不可靠的叙述指叙述者对事实的报告不同于隐含作者的报告的叙述,或叙述者对事件和人物的判断不同于隐含作者的判断的叙述。第二种不可靠性比较常见。"[①]还可以参照艾布拉姆斯在《欧美文学术语词典》中的表述:"易错的叙述者(fallible narrator)或靠不住的叙述者(unreliable narrator)。这种叙述者对他所叙述的事物的看法、解释和判断与作者隐秘的、希望读者会与他同享的见解和准则并不恰好一致。"[②]费伦和艾布拉姆斯的意思基本是一致的。由此可见,《一个危险的人物》的叙述者是一个不可靠的叙述者。叙述者采用了限知视角,当然这来自作者的有意操纵。或者说,叙述者是一个被作者控制采用限知视角叙述的不可靠叙述者。

不可靠叙述表现在,叙述者的视野仅仅覆盖林家塘人,如同一架摄像

[①] 〔美〕詹姆斯·费伦:《作为修辞的叙事》,陈永国译,北京大学出版社2002年版,第173页。

[②] 〔美〕M. H.艾布拉姆斯:《欧美文学术语词典》,朱金鹏、朱荔译,北京大学出版社1990年版,第265页。

机可以自由地进入林家塘人的家家户户,进入他们的内心世界,而对于子平,则如同看戏一样,只能看到他的行动,却不明白行动的动机。西方理论家将这种看的方式,叫作"戏剧方式"。这一类典型的作品有海明威的《白象似的山丘》,"读者就像观看戏剧一样仅看到人物的外部言行,而无从了解人物内心的思想活动"。① 那么,我们还会进一步追问,这个看的方式,也就是"戏剧方式",是谁的眼睛看的呢? 显然不是叙事学家热奈特在《叙述话语》中所归纳的"零聚焦"或"无聚焦",即无固定视角的全知叙述,因为,"零聚焦"的特点是叙述者说出来的比任何一个人物知道的都多;"内聚焦",其特点为叙述者仅说出某个人物知道的情况,可用"叙述者=人物"这一公式来表示。热奈特归纳的第三类为"外聚焦",其特点是叙述者所说的比人物所知的少,可用"叙述者<人物"这一公式来表示。《一个危险的人物》也不是"外聚焦",因为叙述者所说的并不比人物所知的少。那么,是否是"内聚焦"呢? 我们发现,叙述者所知大致相当于林家塘人所知。如果,因为林家塘人有共同的价值观念和生活方式,共处一个系统中,我们将他们当作一个人看待,那么,叙述者的视角就大致相当于林家塘人的视角,可以认作热奈特所归纳的"叙述者=人物"。从林家塘人视角去看子平,"读者就像观看戏剧一样仅看到人物的外部言行,而无从了解人物内心的思想活动",自然产生了诸多空白,叙述自然成为不可靠的。

  但是,正如布斯在《小说修辞学》中所指出的,读者对作者是有依赖的,读者需要作者告诉他,在价值观念上应该站在哪里,当然不是通过直接的议论,而是通过艺术性的表达。那么,《一个危险的人物》中,我们怎样摆脱不可靠的叙述者,寻找到作者真正的价值引导呢? 小说结尾有迥然不同于前的格调。"几天之后,林家塘人的兴奋渐渐消失,又安心而且平静的做他们自己的事情。溪流仍点点滴滴地流着,树林巍然地站着,鸟儿啁啾地唱着快乐的歌,各色的野花天天开着,如往日一般。即如子平击倒的那一处,也依然有蟋蟀和纺织娘歌唱着,蚱蜢跳跃着,粉蝶飞舞着,不复记得曾有一个青年凄惨地倒在那里流着鲜红的血……呵,多么美丽的

---

① 申丹:《叙述学与小说文体学研究》,北京大学出版社2004年版,第212页。

乡村!"叙述超越了第三人称的限知视角,转为第三人称俯视角,描绘和叙述中带有了感情倾向,有了议论,语调中流露出显然不属于林家塘人的格调:感叹于双方的悲剧性,一方面,子平在不明真相中丧失了性命,一个无辜的年轻人倒下了,叙述中有悲伤失落的情感色彩;另一方面,也透露出对林家塘人无知的哀叹,大自然见证了他们的麻木不仁。这些应该是属于作家的。至此,我们终于知道了在价值领域应该站在哪里。作家深得小说真谛:不可靠叙述不可一直到底,否则读者将会不知所措,势必影响艺术效果。

最后,让我们再来品味一下小说标题"一个危险的人物",这是一个判断,是从林家塘人的视角形成的判断。但是读完全篇,反复回味之后,这个题目的含义却有了几个层次。第一个层次,这是林家塘人的看法,他们将子平当作洪水猛兽般的共产党,一个扫帚星,是个危及人们生命生活的人。第二个层次,是不可靠的叙述者的看法,和林家塘人的看法有一些差别;在不可靠叙述者看来,子平的所作所为不合林家塘人们的规矩,确实是个危险的人物;可以看作见证。第三个层次,是作者的看法;作者的潜台词是,看,这就是林家塘人眼中的"一个危险的人物",林家塘人自己不理解外面的世界,把一个年轻人误认成危险人物,稀里糊涂地葬送了一条无辜的生命。子平真是危险的人物吗?显然不是。那么,如果说确有危险的人物的话,这样的人物是谁呢?这不是很值得深思吗?作者含蓄地表达了自己的看法,但是标题却依然沿袭着隔膜,沿袭着林家塘人的眼光,故意不捅破这层纸,这在审美经验上更易于形成含蓄和多层次的艺术效果。这恰好证明了一个小说美学上的结论,如同戴维·洛奇在《小说的艺术》中指出的:"对小说家来说,拟定书名或许是他创作过程的一个重要部分,这样他会更关注小说应该写什么。"①

---

① 〔英〕戴维·洛奇:《小说的艺术》,王峻岩等译,作家出版社1997年版,第215页。

一个危险的人物

王鲁彦

夏天的一个早晨,惠明先生的房内坐满了人。语声和扇子声混合着,喧嚷而且嘈杂,有如机器房一般。烟雾迷漫,向窗外流出去了一些,又从各人的口内喷出来许多,使房内愈加炎热。

这是因为子平,惠明先生的侄子,刚从T城回来,所以邻居们都走过来和他打招呼,并且借此听听外面的新闻。

他离家很久,已有八年了。那时他还是一个矮小的中学生,不大懂得人事,只喜欢玩耍,大家都看他不起。现在他已长得很高。嘴唇上稀稀的留着一撇胡髭。穿着一身洋服,走起路来,脚下的皮鞋发出橐橐的声音,庄重而且威严。说话时,吸着烟,缓慢,老练。他在许多中学校,大学校里教过书,不但不能以孩子相看,且俨然是许多青年的师长了。老年的银品先生是一个秀才,他知道子平如果生长在清朝,现在至少是一个翰林,因此也另眼看他,走了过来和他谈话。

一切都还满意,只有一件,在邻居们觉得不以为然。那就是子平的衣服,他把领子翻在肩上,前胸露着一部分的肉。外衣上明明生着扣子,却一个也不扣,连裤带,裤裆都露了出来。他如果是一个种田的或做工的,自然没有什么关系,但他既然是一个读书人,便大大的不象样了。

"看他的神色,颇有做官发迹的希望呢,燕生哥!"做铜匠的阿金别了惠明先生和子平,在路上对做木匠的燕生这样说。

"哼,只怕官路不正!"燕生木匠慢吞吞地回答,"我问你,衣扣是做什么用的?"

"真是呀!做流氓的人才是不扣衣襟的!若说天气热,脱了衣服怕不凉快?赤了膊不更凉快?"

子平回家已有五六天,还不曾出大门一步,使林家塘的邻居们感觉到奇异。村中仅有他的公公,叔叔辈,到了家里应去拜访拜访,他却象闺阁姑娘似的躲着不出来。如果家里有妻子,倒也还说得去,说是陪老婆,然而他还没有结婚。如果有父母兄妹,也未尝不可以说离家这许多年,现在在忙着和父母兄妹细谈,然而他都没有。况且惠明先生除了自己和大媳妇,一个男仆,一个女仆,大的儿子在北京读书,小的在上海读书,此外便没有什么人了。这到底是什么东西扯住了他的脚呢?为了什么呢?

大家常常这样的谈论,终于猜不出子平不出门的缘由。于是有一天,好事的长庭货郎便决计冲进他的卧室里去观察他的行动了。

他和惠明先生很要好,常常到他家里去走。他知道子平住的那一间房子。他假装着去看惠明先生,先谈了一会,就说要看子平,一直往他的房里走了进去。

子平正躺在藤椅上看书。长庭货郎一面和他打招呼,一面就坐在桌子旁的一把椅子上。

仰起头来,他一眼看见壁上挂着一张相片,比他还未卖去的一面大镜子还大。他看见相片上还有十几个年青的女人,三个男子,一个就是子平。女子中,只有两个梳着髻,其余的都把头发剪得短短的,象男子一样。要不是底下穿裙子,他几乎辨不出是男是女了。

"这相片上是你的什么人,子平?"他比子平大一辈,所以便直呼其名。

"是几个要好的同事和学生,他们听说我要回家,都不忍分别。照了这张相片,做一个纪念。"

"唔,唔!"长庭货郎喃喃的说着,就走了回去。"原来有这许多要好的,相好的女人!不忍分别,怪不得爹娘死时,打个电报去,不回来!纪念,纪念,相思!哈哈哈!好一个读书人!有这许多相好的,女人的相片在房里,还出去拜访什么长者!……"

长庭货郎这个人,最会造谣言,说谎话,满村的人都知道。不晓得他从那里学来了这样本事,三分的事情,一到他的口里,便变了十二分,的的确确的真有其事了。他挑着货郎担不问人家买东西不买,一放下担子就攀谈起来,讲那个,讲这个,咕咕哝哝的说些毫不相干的新闻,引得人家走不开,团团围着他的货郎担,结果就买了他一大批的货物。关于子平有十几个妻子的话,大家都不相信。阿正婶和他赌了一对猪蹄,一天下午便闯进子平的房里去观看。

房门开着。她叫着子平,揭起门帘,走了进去。子平正对着窗子,坐在桌子旁写字。他看阿正婶进去,便站起身,迎了出来。

这使阿正婶吃了一大吓。她看见子平披着一件宽宽的短短的花的和尚衣,拖着鞋,赤着脚,露着两膝,显然没有穿裤子……"

她急得不知怎样才好,匆遽的转过身去,说一声我是找你叔叔来的,拔步就跑了。

"杀千刀,青天白日,开着门,这样的打扮!"

她没有看见那相片,但她已相信长庭货郎的话是靠得住的了,便买了一对猪蹄,请他下酒。

一次,惠明先生的第二个儿子由上海回家了。第二天早晨,林家塘的人就看见子平第一次走出大门,带着这个弟弟。他沿路和人家点头,略略说几句便一直往田间的小路走去。他带着一顶草帽,前面罩到眉间,后背高耸耸的没有带下去,整个的草帽偏向左边。看见他的人都只会在背后摇头。

"流氓的帽子才是这样的歪着,想不到读书人也学得这样!"杂货店老板史法说着,掉转了头。

"君子行大道,小人走小路!你看,他往那里走!"在上海一家洋行里做账房先生的教童颇知道几句四书,那时正坐在杂货店柜台内,眼看着子平往田间走去,大不以为然。

许多人站在桥上,远远的注意着子平。他们看见子平一面走,一面指手划脚的和他的弟弟谈着话。循着那路弯弯曲曲的转过去,便到了河边。这时正有一个衣服褴褛的人在河边钓鱼。他们走到那里就站住了。看了一会,子平便先蹲了下去,坐倒在草地上,随后口里不知说什么,他的弟弟也坐下去了。

在桥上远远望着的人都失望的摇着头。他们从来不曾看见过读书人站在河边看下流人钓鱼,而且这样的地方竟会坐了下去。

钓鱼的始终没有钓上一尾,子平只是呆呆的望着,直至桥上的人站得腿酸,他才站了起来,带着他的弟弟回来。

晚间,和惠明先生最要好的邻居富克先生把他们叔侄请了去吃饭,还邀了几个粗通文字的邻人相陪。子平的吃相很不好。他不大说话,只是一杯又一杯的吃酒。一盘菜上来,他也不叫别人吃,先把筷子插了下去。

"读书人竟一点不讲礼节!"同桌的人都气闷闷的暗想着。同时,他又做出一件不堪入目的事。那就是他把落在桌上的饭用筷子刷到地上。这如果在别人,不要说饭落在桌上,即使落在地上又踏了一脚,也要拾起来吃。三岁的小孩都知道糟蹋米饭是要被天雷打的,他竟这样的大胆!

碗边碗底还有好几十颗饭米,他放下筷子算吃完了。

"连饭米也不敬惜!读的什么书!"大家都暗暗愤怒的想着,散了席。

林家塘这个村庄是一个风景很好的地方,它的东边有一座很高的山。自南至北迤逦着,有几十里路。山上长着很高的松柏,繁茂的竹子,好几处,柴草长得比人身还高,密密丛丛的,人进去了便看不见一点踪影。山中最多虫鸟,时刻鸣叫着,一到夏天和秋天,便如山崩海决的号响。一条上山巅的路又长又耸,转了十八个弯,才能到得极顶。从那里可以望见西边许多起伏如裙边,如坟墓的大小山冈,和山外的苍茫的海和海中屹立的群岛。西边由林家塘起,象鸟巢似的村屋接连不断,绵延到极远碧绿的田野中,一脉线似的小河明亮地蜿蜒着,围绕着。在小河与溪流相通的山脚下,四季中或点点滴滴地鸣着,或雷鸣雨暴地号着。整个的林家塘都被围在丛林中,一年到头开着各色的花。

一天下午,约在一点钟左右,有人看见子平挟了一包东西,独自向山边走了去。

那时林家塘的明生和仁才正在半山里砍柴。他们看见子平循着山路从山脚下彳亍地走上山去,这里站了一会,那里坐了一会。走到离明生和仁才不远的地方,他在一株大树下歇了半天。明生看见他解开那一扎纸包,拿出来一瓶酒似的东西,呆望着远远的云或村庄,一口一口的喝着,手里剥着花生或豆子一类的东西,往口里塞。明生和仁才都不觉暗暗的笑了起来。

坐了许久,子平包了酒瓶,又彳亍地往山顶走了上去。明生和仁才好奇心动,便都偷偷的从别一条山路上跟着走去。

一到山巅,子平便狂呼着来回的跑了起来,跳了起来,发了疯的一般。他们又看见他呆呆的,想什么心事似的坐了许久,又喝了不少的酒。

"这到底是一种什么人啊?"

在他们过去的几十年中,几乎天天在山上砍着柴,还不曾看见过这样的人物。说他疯了罢,显然不是的。小孩子罢,也不是。他是一个教书的先生,千百人所模拟的人物,应该庄重而且威严才是。象这个样子,如何教得书来!然而,然而他居然又在外面教了好几年好几个学校的书了!……

奇异的事还有。子平忽然丢了酒瓶,猿升到一株大树上去了。

他坐在桠杈上,摇着树枝,唱着歌。在明生和仁才看起来,竟象他们往常所看见的猴子。

他玩了许久,折了一枝树枝,便又跳下来喝酒,一会儿,便躺倒在大树下,似乎睡熟了。

"不要再看这些难以入目的丑态,还是砍我们的柴去罢!"明生和仁才摇着头,往半山里走去。

炎热之后,壁垒似的云迅速地从山顶上腾了起来,一霎时便布满了天空,掩住了火一般的太阳。电比箭还急的从那边的天空射到这边的天空。雷声如从远的海底滚出来一般,隐隐约约响了起来,愈响愈近愈隆,偶然间发出惊山崩石的霹雳。接着大雨便狂怒的落着。林家塘全村这时仿佛是恶涛中的一只小艇,簸荡得没有一刻平静,瓦片拉拉的发出声音。水从檐间的水溜边上呼号地冲了出来,啪啪地击着地上的石头。各处院子中的水,带着各种的积污和泥土凶猛地涌到较高的窗槛下又撞了回去。树林在水中跳动着,象要带根拔了起来,上面当不住严重的袭击,弯着头又象要折断树干往地下扑倒一般。山上的水瀑布似的滚到溪中,发出和雷相呼应的巨声。天将崩塌了。村中的人都战战兢兢的躲在屋中,不敢走出门外。

就在这时候,住在村尾的农夫四林忽然听见了屋外大声呼号的声音。他从后窗望出去,看见一个人撑着一顶纸伞,赤着脚,裤脚卷到大腿上,大声的唱着歌,往山脚下走了去。

那是子平。

"发了疯了,到那里去寻什么狗肉吃呀!"四林不禁喊了起来。

穿过竹林望去,四林看见子平走到溪边站住了。他呆呆的望着,时或抱起一块大石,往急流中撩去。一会儿,他走了下去,只露出了伞顶,似已站在溪流中。

不久雨停了。子平收了伞,还站在那溪中。四林背上锄头,走出门,假装到田间去,想走近一点窥他做什么。

子平脱了上衣,弯着身在溪水上,用手舀着水,在洗他的上身。

"贱骨头!"四林掉转身,远远的就折回自己的家里。

孟母择邻而居,士君子择友而交,正所谓鸡随鸡群,羊随羊群,贼有贼队,官有官党。有钱的和有钱的来往,好人与好人来往。象子平,算是一个读书人,而不与读书人来往,他的为人就可想而知了。林家塘尽有的是读书人,一百年前,出过举人,出过进士,也曾出过翰林。祠堂门口至今还高高的挂着钦赐的匾额。现在有两个秀才都还活着。有两家人家请着先生在教子弟。象林元,虽已改了业做了医生,但他笔墨的好是人人知道的,他从前也是一个童生。年青的象进安,村中有什么信札都是他代看代写。评理讲事有丹生。募捐倡议有芝亭。此外还尽有识字能文的人。而子平,一个也不理,这算是什么呢?他回家已二十多天,没有去看过人,也没有人去看过他。大家只看见他做出了许多难以入目的事情。若说他疯狂,则又不象。只有说他是下流的读书人,便比较的切确。

但一天,林家塘的人看见子平的朋友来了。那是两个外地人,言语有点异样,穿着袋子很多的短衣。其中的一个,手里提着一只黑色的皮包,里面似乎装满了东西。到了林家塘,便问子平的住处,说是由县里的党部来的,和子平同过学。子平非常欢喜的接见他们,高谈阔论的谈了一天,又陪着他们到山上去走。宿了一夜,这两个人走了。子平送得极远极远。

三天后,子平到县城去了。这显然是去看那两个朋友的。他去了三天才回家。

那时田间正是一片黄色,早稻将熟的时候。农夫们都忙着预备收割,田主计算着称租谷的事情。忽然一天,林家塘来了一个贴告示的人。大家都围着去看,只见:

"……农夫栽培辛勤……租谷一律七折……县党部县农民协会示……"

"入他娘的!这样好的年成,要他多管事!……"看的人都切齿的痛恨。有几个人甚至动手撕告示了。

林家塘里的人原是做生意的人最多,种田的没有几个。这一种办法,可以说是于林家塘全村有极大的损失。于是全村的人便纷纷议论,詈骂起来。

"什么叫做党部!什么叫做农民协会!狗屁!害人的东西!"有一种不堪言说的疑惑,同时涌上了大家的心头:觉得这件事情似乎是子平在其中唆使。从这疑惑中,又加上了平时的鄙视,便生出了仇恨。

那是谁都知道的,他和党部有关系。

炊烟在各家的屋上盘绕,结成了一个大的朦胧的网,笼罩着整个的村庄。夜又从不知不觉中撒下幕来,使林家塘渐渐入于黑暗的境界。星星似不愿夜的独霸,便发出闪闪的光辉,照耀着下面的世界。云敛了迹,繁密的银河横在天空。过了一会,月亮也出来了。她带着凉爽的气,射出更大的光到地上。微风从幽秘的山谷中,树林中偷偷的晃了出来,给予林家塘一种不堪言说的凉爽。喧哗和扰扰攘攘已退去休息。在清静中,蟋蟀与纺织娘发出清脆的歌声,颂扬着夜的秘密。

经过了炎热而又劳苦的工作,全村的男女便都休息在院中,河边,树下。受着甜蜜的夜的抚慰,三三两两的低声地谈着欢乐或悲苦的往事。

不久,奇异的事发生了。

有人看见头上有无数的小星拥簇在一堆,上窄下阔,形成了扫帚的样式,发出极大的光芒,如大麦的须一般。这叫做扫帚星。是一颗凶星。它发现时,必有王莽一类的人出世,倾覆着朝代,扰乱着安静。象这样的星,林家塘人已有几百年不曾看见过。

大家都指点着,观望着,谈论着。恐怖充满了各人的心中。它正直对着林家塘,显然这个人已出现在林家塘了。

约摸半点钟之久,东南角上忽然起了一朵大的黑云,渐渐上升着,有一分钟左右盖住了光明的月亮。它不歇的往天空的正中飘来,愈走愈近林家塘。扫帚星似已模糊起来,渐渐失了光芒。大家都很惊异的望着,那云很快的便盖住了扫帚星。

"好了!扫帚星不见了!"云过后,果然已看不见光芒的扫帚星,只是几颗隐约的小星在那里闪烁着。于是大家就很喜欢的叫了起来。各人的心中重又回复了平安,渐渐走进屋里去睡眠。

阿武婶的房子正在惠明先生的花园旁边。她走入房内后,忽然听见一阵风声,接着便是脚步声,不由得奇怪起来,她仔细倾听,那声音似在惠明先生的花园里,便走入厨房,由小窗里望了出去。模糊的月光下,她看见一个人正在那里拿着一柄长的剑呼呼的舞着。雪亮的光闪熠得非常可怕。剑在那人的头上身边,前后左右盘旋着。忽然听见那人叱咤一声,那剑便刺在一株树干上。收了剑,又做了几个姿势,那人便走了。阿武婶隐隐约约的看去,正是子平。

一阵战栗从她的心中发出,遍了她的全身。她连忙走进卧房里去。恐怖主宰着她的整个灵魂。她明白扫帚星所照的是谁,方才许多人撅着嘴所暗指的是谁了。

"咳,不幸,林家塘竟出了这样的一个恶魔!"她颤颤地自言自语的说。

林家塘离县城只有三十里路,一切的消息都很灵通,国内的大事他们也颇有一点知道。但因为经商的经商,做工的做工,种田的种田,各有自己的职业,只是日出而作,日入而息,不大去理会那些闲事。谁做皇帝谁做总统,在他们都没有关系,北军来了也好,南军来了也好。这次自从南军赶走北军,把附近的地方占领后,纷纷设立党部,工会,农会,他们还不以为意。最后这么一来,他们疑心起来了。北军在时,加粮加税,但好好的年成租谷打七折还不曾有过。这显然是北军比南军好得多。

林家塘扰扰攘攘了几天,忽然来了消息了。

"这是共产党做的事!"在县内医院里当账房的生贵刚从城里回家,

对邻居们说。

"什么是共产党呢?"有好几个人向来没有听见过,问生贵说。

"共产党就是破产党!共人家的钱,共人家的妻子!"

"啊!这还了得!"听的人都惊骇起来。

"他们不认父母,不认子女,凡女人都是男人的妻子,凡男子都是女人的丈夫!别人的产业就是他们的产业!"

这话愈说愈可怕了。听的人愈加多了起来。这样奇怪的事,他们还是头一次听见。

"南军有许许多多共产党,女人也很多。她们都剪了头发,和男子一样的打扮。"

"啊,南军就是共产军吗?"

"不是。南军是国民军。共产党是混在里面的。现在国民军正在到处捉共产党。一查出就捉去枪毙。前日起,县里已枪毙了十几个。现在搜索得极严。有许多共产党都藏着手枪,炸弹。学界里最多。这几天来,街上站满了兵,凡看见剪了头发的女学生都要解开上衣露出胸来,脱了裙子,给他们搜摸。"

"啊!痛快!"

"什么党部,农会,工会!那里面没一个不是共产党。现在都已解散。被捉去的捉去,逃走的逃走了。"

"好,好!问你还共产不共产!"

听的人都喜欢的不得了。眼见得租谷不能打七折,自己的老婆也不会被人家共了。

这消息象电似的立刻就传遍了林家塘。

许许多多人都谈着谈着,便转到扫帚星上去,剑与一群剪头发的女人,以及晴天在山顶上打滚,雨天在山脚下洗澡等等的下流的出奇的举动……

有几个人便相约去讽示惠明先生,探他的意见了,因为他是扫帚星的叔叔,村中不好惹的前辈。

邻居们走后,惠明先生非常的生气。他一方面恶邻居们竟敢这样的大胆,把他的侄子当做共产党,一方面恨子平不争气,会被人家疑忌到如

《一个危险的人物》的文学意义是如何诞生的

此。七八年前,他在林家塘是一个最威风,最有名声的人,村中有什么事情,殴斗或争论,都请他去判断。他象一个阎王,一句话说出去,怎样重大的案件便解决。村中没有一个人不怕他,不尊敬他。家家请他吃酒,送礼物送钱给他用。近几年来他已把家基筑得很稳固,有屋有田,年纪也老了,不再管别人的事,只日夜躺在床上,点着烟灯,吸吸鸦片消遣。最近两年来,他甚至连家事也交给了大媳妇,不大出自己的房门。子平回来后,只同他同桌吃过三次饭,一次还是在富克先生家里。谈话的次数也很少,而且每次都很短促。他想不到子平竟会这样的下流。他怒气冲冲的叫女仆把子平喊来。

"你知道共产党吗,子平?"他劈头就是这样问。

"知道的。"子平毫不介意的回答说。

这使惠明先生吃了一惊。显然邻居们的观察是对的了。

"为什么要共产呢?"

"因为不平等。不造房子的人有房子住,造房子的反而没有房子住。不种田的人有饭吃,种田的反而没有饭吃。不做衣服的有衣服穿……"

"为什么要共妻呢?"惠明先生截断他的话,问。

"没有这回事。"他笑着回答说,"只有自由结婚,自由离婚是有的。"

惠明先生点了一点头。

"哈,今日同这个自由结婚,睡了一夜,明日就可以自由离婚,再和别个去自由结婚,后天又自由离婚,又自由结婚,又自由离婚……这不就是共妻?"他想。

"生出来的儿子怎么办呢?"他又问子平说。

"那时到处都设着儿童公育院,有人代养。"

"岂不是不认得父母了。"

"没有什么关系。"

"哦!你怎么知道这许多呢?"

"书上讲得很详细。"

惠明先生气忿忿地躺在床上,拿起烟筒,装上烟,一头含在口里,便往烟灯上烧,不再理子平。

子平还有话要说似的,站了一会,看他已生了气,便索然无味的走回自己的房里。

惠明先生一肚子的气愤。烟越吸越急,怒气也愈加增长起来。自己家里隐藏着一个这样危险的人,他如做梦似的,到现在才知道。林家塘人的观察是多么真确。问他知道吗?——知道。而且非常的详细。他几十年心血所争来的名声,眼见得要被这畜生破坏了!报告,捉了去是要枪毙的。他毕竟是自己的侄子。不报告,生贵说过,隐藏共产党的人家是一样要枪毙的。这事情两难。

新的思想随着他的烟上来,他有了办法了。

他想到他兄弟名下尚有二十几亩田,几千元现款存在钱庄里。他兄弟这一家现在只有子平一个人。子平如果死了,是应该他的大儿子承继的,那时连田和现款便统统归到他手里。不去报告,也不见得不被捉去,而且还将株连及自己。报告了,既可脱出罪,又可拿到他的产业,何乐而不为?这本是他自作自受,难怪得叔叔。况且,共产党连父母也不认,怎么会认得叔叔?他将来也难免反转来把叔叔当做侄子看待,两个儿子难免受他的欺,被他共了产,共了妻去。

主意拿定,他在夜间请了村中的几个地位较高的人,秘密地商量许久,写好一张报告,由他领衔,打发人送到县里去。

林家塘是一个守不住秘密的地方,第二天早晨,这消息便已传遍了。大家都觉得心里有点痒痒,巴不得这事立刻就发作。

生贵却故意装做不知道似的,偏要去看看子平。

九点钟,他去时,门关着,子平还睡着。十点钟,也还没有起来。他有点疑惑。十二点又去了一次。子平在里面答应说,人不好过,不能起来。下午二点和四点,他觉得自己不好意思再去,叫别人去敲了两次门,也是一样的回答。

"一定是给他知道了!"生贵对教童说,"在里面关着门,想什么方法哩!"

"自然着急的!昨晚惠明先生的话问得太明白了!"

"不要让他逃走!逃走了,我们这班人便要受官厅的秧,说是我们放走的呢!"

第三天早晨,浓厚的雾笼罩了整个的林家塘。炊烟从各家的烟囱中冒了出来,渐渐混合在雾里,使林家塘更沉没在朦胧中,对面辨不出人物。太阳只是淡淡的发着光,似不想冲破雾的网,给林家塘人一个清明的世界一般。只有许多鸟在树林里唧啾地鸣着,不堪烦闷似的。

阿武婶拿着洗净了的一篮衣服回来,忽然听见一阵橐橐的皮鞋声,有一个人便在她的身边迅速地掠过去。她回头细看时,那人已隐没在雾中了。林家塘没有第二个人穿皮鞋,她知道那一定是子平逃走了。她急忙跟着皮鞋声追去。路上遇到了史法,便轻轻的告诉他,叫他跟去,因为她自己是小脚,走不快的。

"万不会让他逃走!"史法想,"那边只有往县城去的一条大路,我跟着去就是了。"

子平走得很快,只听见脚步声,看不见人。

雾渐渐淡了起来,隐约中,史法已看见子平。但脚步声忽然没有了。他仔细望去,子平已走入小路。

"哼!看你往那里逃罢!"史法喃喃地说着,跟了去。

雾渐渐消散,他看得很清楚,子平走进一个树林里站住了。他正要走过去,忽然树林中起了一声狂叫,吓得他连忙站住了脚步。

对面的山谷猛然又应答了一声。

他看见子平捻着拳头在那里打起拳来了。

"咦,他知道我跟着,要和我相打了!"

他不由得心里突突的跳了起来,不敢动了。

"走远一点罢,"他想。转过身去,他看见前面来了六个人。那是生贵,仁才,明生,长庭,教童,四林,后面还有一群男女,为首的仿佛是惠明先生,丹生先生,富克先生,他们似已知道子平逃走,追了来的。

"逃走了吗?"

"不,在树林内。他死到临头,看见我一个人,磨拳擦掌的,还想打我呢!"史法轻轻的说。看见来了这许多人,他又胆壮了。

"去,追去捉住他!"生贵象发号施令的说。

"不!怕有手枪呢!"仁才这么一说,把几个人都呆住了。

雾已完全敛迹,太阳很明亮地照着。他们忽然看见对面来了七八个人。前面走的都背着枪,穿着军服,后面的一个正是送报告信去的惠明先生的仆人。

"逃走了,逃走了!"大家都大声的喊了起来。"还在树林里!快去,快去!当心他的手枪!"

那些兵就很快的卸下刺刀,装上子弹,吹着哨子,往树林包围了去。

子平似已觉得了。他已飞步往树林外逃去。

突然间,一阵劈啪的枪声,子平倒在田中了。

大家围了上去,看见他手臂和腿上中了两枪,流着鲜红的血。就在昏迷中,两个兵士用粗长的绳索把他捆了起来。有几个兵士便跑到他的屋子里去搜查。

证据是一柄剑。

过了一天,消息传到林家塘:子平抬到县里已不会说谈,官长命令……

几天之后,林家塘人的兴奋渐渐消失,又安心而且平静的做他们自己的事情。溪流仍点点滴滴地流着,树林巍然地站着,鸟儿啁啾地唱着快乐的歌,各色的野花天天开着,如往日一般。即如子平击倒的那一处,也依然有蟋蟀和纺织娘歌唱着,昨蜢跳跃着,粉蝶飞舞着,不复记得曾有一个青年凄惨的倒在那里流着鲜红的血……

呵,多么美丽的乡村!

聚焦于自我情感轨迹的叙述模式

——施蛰存《上元灯》的文本分析

施蛰存的小说《上元灯》写于1929年,恰好是五四运动10年之后,是中国现代文学名篇之一。施蛰存是中国现代文学史上新感觉派的代表性小说家,他的文学手法以及文学观念在作品中都有突出表现。日记体小说在五四运动后如春笋般破土而出,这是考察中国现代文学体裁发展变化不可忽视的现象。我的问题是,用日记的形式写小说,作品本身的艺术价值是如何形成的?特别是将这个作品置于中国小说叙事模式已经从古典小说转变到现代小说的环境中考察时,我们能够发现什么?它在中国小说现代化的过程中值得关注之处何在?

一 日记何以成为小说?

探索《上元灯》艺术价值的形成原因,有必要追溯日记体小说在中国产生的时间。依据陈平原在《中国小说叙事模式的转换》中的考察,"在接触西洋小说以前,中国作家不曾以日记体、书信体创作小说,这大概没有疑问"[①]。就是在距离五四运动不久以前的晚清,日记也没有以小说的形式在晚清作家心目中占有地位。其实,中国文人记日记的历史很久远。据说,可追溯到唐代李翱的《来南录》,宋代欧阳修的《于役志》。但是日记在中国从来没有成为一种独立的文体。据陈平原考察,这是因为虽然日记可以分为"排日纂事"与"随手札记"两种,可是毕竟"或繁或简,尚无一定体例",以至《四库全书》只能依其逐日记载的内容,把一部分读书札

---

① 陈平原:《中国小说叙事模式的转变》,上海人民出版社1988年版,第203页。

记归入经部,如明代王樵的《尚书日记》、明代徐三重的《庸斋日记》;把多记朝野事迹的另一部分归入子部小说类,如明代丁元荐的《西山日记》、明代叶盛的《水东日记》;把一部分"事系庙堂,语关军国"的归入史部杂史类。认为日记是"文学中特别有趣味的东西","是文学里的一个核心,是正统文学以外的一个宝藏",是五四以后才产生的认识。五四运动以后,作家开始以日记体写小说,并且正式发表。这种例子可以列出来的有很多,比如1919年周作人发表《访日本新村记》,1921年郁达夫发表《芜城日记》,1925年郭沫若发表《到宜兴去》,1926年鲁迅发表《马上日记》《马上支日记》,陈衡哲发表《北戴河一周游记》,1927年谢冰莹发表《从军日记》,郁达夫刊行《日记九种》等。①

中国日记体小说的诞生得益于中西方两个方面的合力。当然,"直接促成中国日记体小说诞生的,自然只能是西洋小说的译介。晚清出使日记、海外游记盛极一时,其中不乏文笔清丽者,可就不曾激发起作家用日记形式创作小说的灵感。1899年林纾译《巴黎茶花女遗事》,才使中国作家第一次意识到小说中穿插日记的魅力"②。中国方面的影响,主要表现在中国古代日记历来有著述化倾向,"把日记当文章做,允许夸张、想象、增删、取舍,这对于正宗日记来说自然是极大的损失;可未尝不是给日记体小说的输入准备了温床……"③中国方面的影响我就不展开介绍了。我所关注的是西洋小说的译介对日记体小说之产生的影响。首先,我提出一个疑惑。《茶花女》中玛格丽特在病入膏肓时所写的究竟是日记还是其他的文体?我发现,玛格丽特所写的并不是日记,而是给阿芒的信。那么,如何理解学者和编者们(指各种版本的《茶花女》小说的编辑)总是喜欢将玛格丽特这些临终心曲以日记相称呢?晚清的邱炜萲在1901年就指出了《茶花女》"末附茶花女临殁扶病日记数页"④。我以为原因之

---

① 参见陈平原:《中国小说叙事模式的转变》,上海人民出版社1988年版,第203—209页。
② 同上书,第205页。
③ 同上书,第209页。
④ 《挥麈拾遗》,1901年刊,转录自阿英《晚晴文学丛钞·小说戏曲研究卷》,转引自陈平原:《中国小说叙事模式的转变》,上海人民出版社1988年版,第205—206页。

一是,这些给阿芒的信,在小说情节中,是在玛格丽特死后阿芒才收到的,而且是多封信,并不具有一来一往的通信性质。原因之二是,这些信的主要功能并不是传达信息,而是抒发感情、表白心迹,在清丽的文笔和浓郁的抒情性方面与日记的特性是完全一致的。这些因素使玛格丽特的书信如同日记一样。如此辨析是为了明确,日记与没有读信人的抒情性书信,在文体上几乎没有太大的区别。日记可以文学化,成为一种文学体裁;书信也可以文学化,成为一种文学体裁。重要的不是日记或者书信是否可以成为文学体裁,而是如何成为文学体裁。

日记能够成为小说,与中国小说已经完成了从古代叙述模式向现代叙述模式的转变有密切关系。按照陈平原的研究,这一转变完成的时间的上限是1922年,下限是1927年。他指出:"1922年至1927年的小说创作中有大约百分之七十九的作品突破了传统小说叙事模式,这无疑是中国小说已经基本完成叙事模式转变的最明显标志。"①陈平原所说的叙事模式基本是指"叙事时间、叙事角度、叙事结构三个层次"②,他的描述是"中国古代小说在叙事时间上基本采用连贯叙述,在叙事角度上基本采用全知视角,在叙事结构上基本以情节为结构中心。这一传统的小说叙事模式,二十世纪初受到西方小说的严峻挑战。在一系列'对话'的过程中,外来小说形式的积极移植与传统文学形式的创造性转化,共同促成了中国小说叙事模式的转变:现代中国小说采用连贯叙述、倒装叙述、交错叙述等多种叙述时间;全知叙事、限知叙事(第一人称、第三人称)、纯客观叙事等多种叙事角度;以情节为中心、以性格为中心、以背景为中心等多种叙事结构。"③重新温习这个转变情形,我们可以确定,写于1929年的《上元灯》是中国小说叙事模式转变以后的作品,可以按照现代小说的叙述模式来分析其艺术价值形成的机制。

以上辨析表明了论文开头提到的问题:运用日记写小说,作品本身的艺术价值是如何形成的?正如英加登在《对文学的艺术作品的认识》中

---

① 陈平原:《中国小说叙事模式的转变》,上海人民出版社1988年版,第14页。
② 同上书,第4页。
③ 同上书,第4—5页。

所说的:"但是还有一些读者是科学家,他们以'研究'的态度阅读文学的艺术作品,并且以这种方式就作品的结构及其属于哪种类型等问题找到一个正确的、有理有据的答案。"①

二 聚焦于自我内心情绪流动轨迹的叙述

在结构主义叙事学中,"叙述焦点"是个重要概念。这个概念与"叙述视点"是有所区别的。"叙述视点"也可以叫作叙述视角。叙述视点是指视点、视角,强调的是观照者的立足点、看的角度和看的观点。这可以举一个旁证。弗里德曼在他的《小说的视角》一文中区分了八种不同类型的视角。他的视角的概念就是"point of view in fiction",而他列举的八种诸如编辑性的全知(如菲尔丁的《汤姆·琼斯》)、中性的全知(如赫胥黎的《旋律与对位》)等显然指的是观照者,而不是看的对象。而叙述焦点,是指看什么,看谁,说谁,关注什么。现在分析《上元灯》这个文本的时候所说的"聚焦于……"就是"看什么,看谁,说谁,关注什么"的意思,而不是叙述视点的意思。当然,看什么,看谁,说谁,是与叙述视点有密切关系的。

分析聚焦于何处,离不开分析叙述视点。所以首先还是从叙述人称入手。这个文本用第一人称叙述。但是正如经典叙事理论家布斯所说:"说出一个故事是以第一人称(或第三人称)来讲述的,并没告诉我们什么重要的东西。"②那么在确认第一人称叙述的基础上,还有必要考察哪些现象呢?我以为诸如叙述者和作者的距离问题、叙述者与叙述功能问题、叙述的聚焦点等问题是应该被进一步思考的。

在《上元灯》中,"我"不仅是第一人称叙述者,而且也就是故事中的人物。故事依据"我"所见、所闻、所感的线索而展开,并且依据时间的顺

---

① 〔波兰〕罗曼·英加登:《对文学的艺术作品的认识》,陈燕谷、晓朱译,中国文联出版公司1988年版,第179页。
② 〔美〕W. C. 布斯:《小说修辞学》,华明、胡晓苏、周宪译,北京大学出版社1987年版,第168页。

序行进。叙述始终聚焦于"我"的内心世界,即便时有对"她"的动作、神态和表情以及语言的描绘,也是从"我"的视角出发的。这一切都染上了"我"的感情色彩。即"我"所叙述出来的是一个有着"我"之色彩的世界。指出这一点很重要,因为由此我们可以推断,作家与叙述者之间是有较大距离的。距离不是指作家对叙述者持批判态度,而是指作家有意识地在刻画这个叙述者,叙述者本身就是主要人物;叙述故事情节就是叙述自己;进而可以说,叙述聚焦于叙述者的内心世界,在客观上也就刻画了自我的性格。比如,小说中很多文字是这一对男女的对话。他们的话题走向如何?我们看到,对话是依据"我"的指点和兴趣而展开的,也就是说,"我"问什么,"她"就回答什么,叙述聚焦点是"我"的内心情感轨迹。也可以说,由"我"的内心情感轨迹而生成了外在故事和人物之间的关系,外在故事行程和内心感情轨迹相互依托。比如,十五日日记的最后:"她红着脸送我到门边,我也不记得如何与她分别。我走热闹的大街回家,提着青纱彩画的灯儿,很光荣地回家。在路上,我以为我已是一个受人欢颂的胜利者了。"从故事层面说,这是故事的结局;从人物心理轨迹层面说,这是心理过程的最后阶段。

换个角度看,还会有所发现,因为叙述聚焦于叙述者自我的内心世界,而叙述的立足点也是"我",两者是互相重合的。所以,对于外在事物,比如对于"她"的神态和动作表情等的描写,就具有了双重功能:描写了"她",就是描写了"我",描写了"我"看"她"的带有感情的眼光;比如十三日日记:"她说着不住地将两缕柔黑的眼波浏览她底成绩,最后转看着我,她此时似乎得意极了,这般多情的天真啊!"聚焦于自我,自然以自我的特有眼光看她,看外在事物,看事情的进展。又比如,十五日日记写到"我走热闹的大街回家……"十四日日记则写到"独自打从小巷中回去……"双重功能是这种日记体小说叙述的特点,应该引起理论家的注意。

《上元灯》作为一种叙事性文体,以日记的面目出现,是中国小说叙事模式的转换完成之后的一个有代表性的作品,从叙事模式的三个方面来看,可以概括为:所记三篇日记是依时间顺序排列的,从叙事时间来看,基本按线性时间叙述;从叙述角度来看,日记体小说决定了从"我"之视点去叙述,已经完全摆脱了纯客观叙事角度,为心理空间的开掘创造了方便;从叙述结构来看,则以"我"的内心世界感情的轨迹为聚焦点,以心理轨迹的运行带动外在情节的发展。

三 "灯"的意象及其艺术效应

在这个文本中,"灯"是一个得到较多描写的形象;而且,对灯的客观描写与对"灯"所引起的感情波澜的描写互为表里。那么,"灯"这个形象在文本中承担着怎样的功能呢?让我们从审美意象的理论入手分析。英加登在《对文学的艺术作品的认识》中认为,有一种意象就是图式化外观,只在局部发生作用,即必须和其他形象或者其他意象共同组成一个叙述性的客体世界;还有一种虽然也是图式化外观,但是它不仅仅在作品局部起作用,而且在作品中发挥主导性的作用:它能够结构作品;它的意味充满整个虚构的客体世界,形成特有的氛围;它统领和覆盖着作品所有其他的形象;整部作品的意义也完全依赖这个意象来表达。

小说标题中有"灯"字,而且,"灯"还起到勾连情节的作用;先是"她"许给了"我"那个"玉楼春",后来因为"她"的表哥摘了去,引起"我"的情感波澜:"我只觉得有些懊恼,默默地坐在椅子上,也不打话。我暗自沉思,愈想愈觉得不自在……独自打从小巷中回去,眼前一片的花灯在浮动,心中也不觉得是欢喜,是忧郁,只想起了李义山的伤心诗句;我走着吟着:'珠箔飘灯独自归。'"后来,"她"带"我"到了"她"的卧室,又送给"我"一个青纱彩画的灯儿,小说叙述道:"我看那架灯果然比'玉楼春'精致得多。四面都画着工笔的孩童迎灯戏,十分的古雅……"小说结尾,则有"我提了灯儿与她道别","即使这个灯儿全坏了,我也不可惜,因为今天我得到的真太多了"。显然,"灯"已经成了结构故事情节的线索。

"灯"除了在结构故事情节方面起到了线索作用以外,在小说"已经形成的形象或者意象及其隐喻,其中已经具有了形象和比较完整的意义"[①]方面还有怎样的作用呢?让我们先做些理论说明。"1. 语辞所

---

① 参见刘俐俐:《一个有价值的逻辑起点——文学文本多层次结构问题》,《南开学报(哲学社会科学版)》2005年第2期。

具有的语音和语义。……其一,文学性从这里起步……其二,语辞的声音涉及音乐美。音乐美直接产生文学性。……2. 句子和句子所组成的意群,是重要的贮存文学性之所在。句子承载着最初的完整的意义,意义就是在由语辞所构成的句子和句群中展开。虚构的世界由之产生。……3. 已经形成的形象或者意象及其隐喻,其中已经具有了形象和比较完整的意义。……意象及其隐喻生成文学性的机制和互文性有关,这又要求敞开文本,以便与其他文本'应和'(echo)……4. 文学作品的客观世界。这是存在于象征和象征系统中的诗的特殊'世界',西方人的'神话'概念其实就是文学的虚构世界,一般指叙事性的小说世界。这是所有层次最终归结之所在。……5. '形而上性质'(崇高的、悲剧性的、可怕的、神圣的)。形而上性质不是以可见可感的对象样式直接出现,却也是文学性生成的因素。……只有优秀的文学的艺术作品才具有形而上性质。形而上性质涉及到我们对文学的完整理解。"①依据这个理论,我们对《上元灯》"已经形成的形象或者意象及其隐喻,其中已经具有了形象和比较完整的意义"方面进行分析。

在我国传统中,已经有完整的灯文化。上元夜要点各式灯,这些灯具有丰富的意味。王仁裕《开元天宝遗事·百枝灯树》:"韩国夫人置百枝灯树,高八十尺,竖之高山,上元夜点之,百里皆见,光明夺月色也。"《旧唐书·中宗纪景龙四年》:"丙寅上元夜,帝与皇后微服观灯。"宋代欧阳修《文忠集一四六与王懿敏公书》:"灯夕却在李端悫家为会,诸君皆奉思也。"与上元灯相关的固定说法还有,上元节前后放灯和售物的地方叫灯市,上元节花灯的品类叫灯品,上元前后夜间张灯的时期叫灯期……"灯"可以引起人们无穷的遐想。生活在这种文化传统中的人,耳濡目染。具体到这个文本,我们发现,"灯"是一个"我"与"她"彼此默契的媒介,"灯"给了谁,具有丰富的意味,成为允诺和爱情表白的物件。更有意味的是,"我"所获得的"青纱彩画的灯儿"是在"她"的卧室,这更加区别于"她"前面许给"我"而后被"她"的表哥摘走的"玉楼春"。"灯"因此产

---

① 参见刘俐俐:《一个有价值的逻辑起点——文学文本多层次结构问题》,《南开学报(哲学社会科学版)》2005年第2期。

生了丰富的隐喻,具有象征爱情、团圆、幸福和完满的功能。

四 日记体小说可能形成的审美心理特点与艺术价值的机制

《上元灯》是日记体小说,语言以及人物心理活动都非常个人化,是五四运动之后不久一代青年人爱情及表达的记录,时代痕迹颇为明显:青年男女交往已经不受严格的限制了,"我"可以到"她"家去聊天,"她"的母亲也没有拒绝。但是,男女在爱情沟通、揣摩和表达方面还有许多顾忌,还需采用含蓄地试探、步步为营地深入等方式。作品所营造的青年男女的美好爱情和温馨纯净的氛围,以及"我"追求爱情的心灵轨迹,已经凝固为人类美好情感的一种类型,无论放在哪个时代都令人赏心悦目,能唤起读者的共鸣。但是,由于带有明显的时代痕迹,所以,今天读者的心理反应是,一方面,依然欣赏品味其中纯美的男女爱情,另一方面,由于如今的青年男女在互相接触和爱情追求与表达中已经完全可以开放、率直,《上元灯》中束缚男女感情的禁忌、含蓄、互相猜测的表达方式等都已经消失了,所以读者在阅读中往往会自然产生超越作品主人公的俯视角,具有一种轻松的、超越的、没有任何利害冲突、烦恼和恐惧的优越心态。第一方面心态,来自任何积淀了人类美好情感的优秀文学作品的特性;第二方面心态,则涉及类似于《上元灯》这样的作品艺术价值形成的机制问题,即阅读这样的文学作品,读者获得审美价值的心理机制是怎样的。爱德华·布洛1912年提出"审美距离"这一概念。"他指出:在遇到海上浓雾的一般经验里,人们不禁会产生紧张、焦虑以及对大雾潜在危险的恐惧心理;然而不同的是在审美经验里,人们面对这种迷雾茫茫的'客观'奇景,会感到无限的赏心悦目。"布洛把这种审美经验归因于"心理距离"的作用,指出它是"通过间离客观物及其感染力和观赏者自我,以及分离客观物和观赏者的实际厉害关系而得到的"。"心理距离的远近程度不同,它取决于被观赏对象的性质以及'每个人'(对这种距离)的把握能力。"[①]在文学

[①] 〔美〕艾布拉姆斯:《欧美文学术语词典》,朱金鹏、朱荔译,北京大学出版社1990年版,第78—79页。

批评里,审美距离主要用来说明文学创作与文学欣赏等经验的性质,也可以用来分析作家控制读者对作品中人物的喜怒哀乐的心理距离或"超然"程度(和读者的感情介入)的众多手法。在我看来,《上元灯》作为日记体小说,日记主人的纯真、善良、敏感,对爱情的追求和向往,这些是任何时代的读者都会由衷地欣赏的。必须承认,我们今天的读者在作者的带有时代痕迹的日记里,也在比较的视野中体会了如今表达感情的方便、开放,年轻人自由自觉的爱情生活的快乐;日记主人的感情方式距离我们正越来越远,甚至令我们产生了陌生感,正如德国戏剧家布莱希特在"史诗剧"里运用他称为"间离效果"(又译"陌生化效果")的艺术手法所取得的效果一样。时代的间离,让我们与"客观物"产生了距离,由此而感到了优越,优越心态产生快感,一种健康的、乐观的、品味的快感;这正是《上元灯》的艺术价值形成的机制。这样的作品是人类文学艺术宝库中很重要的一类,特别应该在心理距离思路中予以评价和理解。

上元灯

施蛰存

十三日

孩子们都在忙忙碌碌的把他们在闹市里买来的各式花灯点上。天色已傍晚了。一阵一阵的冥鸦在天井上飞过,看见这些红红绿绿的兔子灯,马头灯,被这般高兴的孩子们牵着耍,也准得要觉得满心欢喜地归到它们的平铺着天鹅绒的巢中消度这个灯节。

忽然间,我想起前几天正听说她在忙着扎花灯,此时想必早已完工,满挂在她书室中了。自从初四那一天我曾到她家去拜年以后,就没有看见她过。我想借着看灯的原由去看她一遭也好。

扎定了主意之后,不由的俯下头来向我身上一瞧。唉!

我走入内室,妈正坐着啜茶,我说:"妈,我要换一件袍子穿。"

"我原叫你穿那件新袍子,谁叫你不愿意!"妈说。

"那件新袍子颜色浅得奇难看,谁肯穿着出去吃人家讪笑!"

"谁会讪笑你?还不是崭新的杭绸皮袍,比你身上这件脱了线脚的旧袍子好看得多,我看你还是穿了出去罢,你又没有第三件皮袍子。"

妈这样诚恳的说。

勉强披上了新袍子,趑趄趔趄的穿过了几条小巷——只因为我不敢走大街,来到了她家。照例招呼了她的母亲和她家诸人,便走入了她的书房。她正在挂她自制的花灯;纸的,纱的,绸的,倒也不下十多个,也有六角形的,也有方的,也有鲸鱼式的,果然夺目得很。她这时高高的站在一只方凳上,手中提了一只彩灯,扎成一座高楼的形式,正将它挂在中间。

她看见我便从凳上跳了下来;她原是从来就那样的可爱。她笑盈盈地说:"你来看灯吗?你看我这许多灯哪一架最好。"

我约略将这许多灯都看了一遍;实在我以为都是扎得非常精巧,没奈何,指定了她手中的那一座楼式纱灯。

"我说这一架最好吗!"她将那架灯提高了些说。

我说:"可不是这架最精致!"

她很得意似的道:"这架果然不算坏,可是最精致的还轮不到它呢!"

她说着不住地将两缕柔黑的眼波浏览她底成绩,最后转看着我,她此时似乎得意极了,这般多情的天真啊!

我便问她那一架灯是最精致的,她只是抿着朱唇浅笑。指着她手中的灯,她说:"你猜,我这架灯替它取个什么名字?"

"我可猜不出你替它取了怎样雅致的名字。"

"我叫它做'玉楼春',你看好不好?"

她这般说,脸上现出一派天真的愉快的骄矜。

"好,我早就猜着你准是替它取了一个雅致的名字。过了元宵,你该将这架灯送给我。"

"为什么我该送给你这架灯?"她又笑着说。

"这架灯要是不该送给我的,为什么你将它扎得这样精致?"我也微笑着向她说,害她脸上薄薄的飞上了一阵红霞。

她俯首将她的"玉楼春"拨弄了些时,才抬起头来;我看她还有些余霞未褪。她说:"为什么此刻你不要拿去,却要待过了元宵?"

"我家里也没有什么精巧的灯能一齐挂起来欣赏;横竖挂在你这里,我也一样看得。还是挂在你这里格外有趣味些。"我如此答她。她沉吟了半晌说:

"好,过了元宵节你准来摘了去罢。"

"谢谢你!"我谢了她使她又害羞了。她一瞥眼看见我穿着这样一件浅色的皮袍,便说:"你为甚穿着这件袍子,怪刺眼的?还是穿那件旧的好。"

我轻轻的向她叹了一声。她也不再说什么,依旧将两缕眼波注视着我。啊!我懂得她的表情;我是如何难受!

我们沉静了一刻儿,便分别了。

十四日

下午四点多钟,我偷闲又到她家。走进她的书房,一眼看见她的表兄在与她闲谈;含含糊糊的招呼了之后,便默默的坐下。偏是他刺刺不休地与她多说,冷落得我一点没有与她谈话的机会;但我既然来了,却也不甘就走,只好抑郁地闲坐着。

好容易她母亲在内室叫了他去。她便移着一缕懊恼的眼波向我:

"多讨厌,噜噜嗦嗦地强要人与他谈天!怪不耐烦的!"

我但向她微笑,也不便多说什么。她问我:"今天不穿那新袍子了吗?"

我笑着道:"遵你的命,所以不穿了。"

这时我才有闲心去浏览她的花灯——在十多个灯中间却遍寻不到昨天的那架"玉楼春"!不觉得纳罕。我便问她"玉楼春"在哪里。

"早给他摘了去了。"她很简约地答我。

"谁摘了去?是你表兄吗?为什么你失约于我?"我很急切的问。

"我又不存心失约,我何尝不竭力想留着给你!可奈他执拗着要,涎着脸向我讨;妈妈又偏说换一架八角灯给你,他便不由我分说地强摘了去,叫我也奈何他们不得。"她这样断断续续的说,声音颤抖得怪伤心的。

我只觉得有些懊恼,默默地坐在椅上,也不打话。我暗自沉思,愈想愈觉得不自在。我自言自语地说:"只差了一条……"

她忽然站起身来,走到我所坐的椅旁另一椅上坐了;她脸向着我:

"你在说什么?"她很急切地问我。

我为烦恼的神经所刺激,说:"我只差了一项条件:我不像人家能穿着猞猁袍子博得许多方便。我这般衣着的人便连一架花灯的福分也没处消受!"

我这样愤激地说,她早就两个眼眶中充满了欲堕不堕的珠泪。她将手帕掩拭着眼泪,身子渐渐地靠近了我,低低地说:"你为什么说这些话?你想我何曾有一天因为你的衣着而冷淡你!那架'玉楼春'也不是我存心要送给他,你也得谅我处的地位。你想我难道为这些事而使妈生气吗?况且如果我今天将那架灯执拗着要留给你,也要听妈的絮聒,反而使你将来不方便,你难道不懂得吗?"

她这样的说,我有些懊悔不该这样说得使她伤心了。

但总含着这一段烦恼。我对着花灯,对着她,不觉得飘落些眼泪。过了半晌,她断断续续地说:"不要为什么条件而烦恼罢!"

她的表兄来了,我们掩饰地各自拭去了泪痕,没精打彩地胡乱敷衍了一阵。看看天色已晚,我便想走;她邀着我在她家晚饭,我便坚辞了出来;走到仪门还见她在高声地说:"明天来吃元宵!"

独自打从小巷中回去,眼前一片的花灯在浮动,心中也不觉得是欢喜,是忧郁,只想起了李义山的伤心诗句;我走着吟着:

"珠箔飘灯独自归。"

十五日

想昨天的事情,真够我伤心。她曾叫我去吃元宵,还是去呢不去?饭后我踌躇了半晌,决定姑且走去一遭。到她家,幸喜她表兄已去,她母亲也不在家;我们能有安闲的机会谈天。

才坐下,她便问我昨晚何以不肯吃了晚饭走。

我说:"我哪里愿意和你表兄同桌?假如我昨晚在此吃饭,准听见他和你妈两个人的冷嘲;不用说我不能听,便是你怕也一百二十分的难受。"

她沉吟着也不则一声;我看她胸部一起一伏地呼吸,似乎异常的紧张。她徐徐地说:"我本想等饭后他去了再给你一个灯作是'玉楼春'的补偿品,却不知道你不愿意在这里吃晚饭,匆匆的便走了。……其实……其实你还是不吃饭好。"

"什么,他们昨晚说些了什么?"我问她。

"他们说什么呢!左右不过是些听不进的话。"

我很想听他们究竟在背后说我些什么。我又问她:

"他们究竟说我什么?"

"我不愿意说给你听。……说起我该得告诉你……昨天……昨天他竟向我说了……"她说着将两眼深深的注视我。

"他向你说什么?"我问。

"你想说什么?"她以为我故意那样问她,所以很不好意思地答我。

于是我明白了,不觉的心中跳踊得很猛烈。我急急的问:

"你如何答他?"

"我也用不着答他,拒绝了就完了。"她很坚决似的说。

"真个拒绝了?"

"我为什么要骗你! 为此事昨晚妈还批评了我好些,我也由她。"

"那么如果你妈要勉强你,怎么办呢?"我问。

"由他们,我总是拒绝!"她如是的答我,两眼注视着我,含着一缕隐现的笑纹;她将她的身子移近了我。我垂头坐着,在竭力的搜索。但却不明白我究在搜索些什么。我们又沉默了一会儿,呼吸都很短促。不多时,她站起身来,招呼我道:"来,我给你一件东西。"说着,她在前走着,出了书房。我便随着她。她引我上楼,到了她的卧室,以前我从没有机会来过。我还未曾将她的精美的卧室浏览清楚,她已指着中间挂着的一架淡青纱灯问我道:

"你看,我留了这架最精致的灯给你好吗?"

我看那架灯果然比"玉楼春"精致得多。四面都画着工笔的孩童迎灯戏,十分的古雅。我说:"好,这个给我也好。"

她很快活的道:"你看比'玉楼春'如何? 我这画是仿南宋画院本画起来的,足足费了我两天工夫呢。"

"这个比'玉楼春'自然要精致得多。"我说着便将灯摘了下来。"此刻我再不摘去,明天又要不得到手了。"我又说。

她笑着道:"我这个灯因此挂在房里,他哪里能够摘去!"

我说:"他难道不能来要你这个灯?"

"我可不准他进我的房。"她正色地说。

"但是为什么我可以进来?"我笑问她。

她两颊不觉得又红了一阵,低着头只是不开口。我便将灯安放在桌上。走到她身旁,轻轻地在她身边说:"倘若你表兄向人说的话变了是我说的,你可要拒绝也不?"

她猛然间听我如此说,不觉得有些吃惊,脸上忽然转成灰白,她抬头将她的多情的眼波又瞟了我一次,忽然脸上又升满了红霞。她又垂着头,只是不则一声。我又轻轻地问:

"你不会拒绝吗?"

她依然不则一声,将她的眼波投视着我,旋又移开了去。

吃过了元宵,转瞬间,天色又晚了。我提了灯儿与她道别,她说:

"当心着别将灯撞损了。"

含着笑眼看着她,我说:"即使这个灯儿全坏了,我也不可惜,因为今天我得到的真太多了。"

她红着脸送我到门边,我也不记得如何与她分别。我走热闹的大街回家,提着青纱彩画的灯儿,很光荣地回家。在路上,我以为我已是一个受人欢颂的胜利者了。

但是,低下头去,一眼看见了我这件旧衣服,又不觉的轻轻地太息。

童话文体魅力的当代体验

——叶圣陶《古代英雄的石像》的文本分析

叶圣陶以儿童文学作家著称,但是仅仅以儿童文学来衡量和评价他的作品是不够的。优秀作家善于在艺术描绘中凭借直觉传达出很深刻的东西,优秀作品会具有超越时代的视野以及更多被解释的潜力。写作于1929年的《古代英雄的石像》就是这样的文学经典。那么,它历久而弥新的艺术魅力是如何产生的呢?

一 童话故事给予的文体自由

约定俗成的童话概念,在东西方大致相同。西方的童话故事从民间故事衍化而来。西方的民间故事的含义是,"口头流传的短篇白话故事,作者情况往往不详。然而,一些标明作者而经印刷出版后被民众接受与口传的故事也被列入民间故事,如罗伯特·骚塞的《三只熊》以及帕·梅·威姆有关华盛顿和樱桃树的故事。全世界各个民族都有自己的民间故事,它们包括'神话'(Myth)、'寓言'(Fable)、英雄故事与童话故事"。① 童话故事就是在这样的民间故事的框架中被认定的。艾布拉姆斯在《欧美文学术语词典》中进一步说到童话故事是这样的:"实际并不是描写仙女精灵,而是表现各种奇迹,例如:'白雪公主''杰克与豆茎'。人们习惯引用的某些笑话与趣闻'轶事'(anecdote)也是一种民间故事形式,并且最丰富、最能持久。新笑话或老笑话新编如今仍然是

---

① 〔美〕M. H. 艾布拉姆斯:《欧美文学术语词典》,朱金鹏、朱荔译,北京大学出版社1990年版,第120页。

人们闲聊的话题。"①比如我国已经有翻译版本的摩杰编、陈燕芳注释的《小故事集·童话、民间故事、侦探故事》就是将民间故事和童话等放在一起,作为一类文体编辑的作品集。

在中国,童话被作为一种文学类型、文学样式来认识,发生在20世纪初,成熟于五四时期。最先出现的是周作人等人提出的复演说。1921年周作人发表《童话研究》《童话略论》等文章,以文化人类学、复演说解释童话。他说:"照进化论讲来,人类的个体发生和系统发生的程序相同:胚胎时代经过生物进化的历程,儿童时代又经过文明发达的历程,所以儿童学上的许多事项,可以借了人类学上的事项来作说明。"②"童话的最简明的界说是'原始社会的文学'。"③

我国关于童话的界说,后来又有进展,那就是30年代以后的"幻想论"童话概念。陈伯吹、金近等都就童话的幻想发表过自己的看法。贺宜是集大成者。贺宜把童话归纳为"一个根本三要素"。"童话的根本特征是幻想,没有幻想便没有童话";"从现实的基础上产生童话的幻想,又在童话的幻想中反映现实,现实与幻想在童话中应该和谐完满地结合在一起。这是童话创作不同于其他文学创作的一条特殊的法则"。④贺宜进而认为,幻想不是凭空产生和存在的,它要依靠一定的方式才能表现出来。由此,贺宜推衍出童话的三要素:象征性、夸张性、逻辑性。

复演说和幻想论都不是从童话的艺术本体做出的界定,并且都存在若干不能自洽之处,或者从创作思维的角度定义童话,或者从接受者(原始初民)的角度定义童话,但都不是从艺术本体角度来看待童话。新时期以来我国儿童文学理论界在开阔的视野和文学观念基础上经过反复讨

---

① 〔美〕M. H. 艾布拉姆斯:《欧美文学术语词典》,朱金鹏、朱荔译,北京大学出版社1990年版,第120—121页。

② 周作人:《儿童的文学》,见赵景深编《童话评论》第102页,转引自吴其南《童话的诗学》,中国文联出版社2001年版,第3页。

③ 周作人:《童话的讨论 周作人与赵景深的通信》,见《1919—1949儿童文学论文集》,转引自吴其南《童话的诗学》,中国文联出版社2001年版,第4页。

④ 贺宜:《童话的特征、要素及其他》,转引自吴其南《童话的诗学》,中国文联出版社2001年版,第11页。

论,基本达成共识,认为,"童话的特殊性就在于,它以非生活本身形式塑造艺术形象,以非生活本身形式呈现故事中的情况、境况或事态,以非生活本身形式的情况、境况或事态创造了一个艺术世界"①。强调"艺术世界",可以理解为"艺术世界"存在于语言中,所以,童话是某种语体的凸现。语体就涉及叙述的人称、叙述的角度、叙述的语气等,而拟人、夸张、比喻等修辞手法,都是在某一特定语体的平台上得到实现的。在我看来,也可以在法国叙事学家热拉尔·热奈特的《叙事话语 新叙事话语》的框架中理解。热拉尔·热奈特认为,"一切叙事……都是承担叙述一个或多个事件的语言生产,那么把它视为动词形式(语法意义上的动词)的铺展(愿意铺展多大都可以),即一个动词的扩张,或许是合情合理的"。这样一个动词形式的扩展,可以从三个基本的限定类别来理解,即"取决于叙事和故事的时间关系、并将被列入时间范畴的类别;取决于叙述'表现'形态(形式和程度),即叙事语式的类别;最后取决于叙述——按我们确定的含义,即叙述情境或叙述主体及其两个主角:实际或潜在的叙述者和接受者——以何种方式包含在叙事中的类别……这个词就是语态"。②

通过对于东西方关于童话理论的大致描述,我们可以得到一个通俗并且便于接受的看法,即童话是一个非生活本身形式的世界,是一种特殊的语体形式,在这个语体形式中,可以采用拟人、幻想、夸张等各种修辞手法。质言之,童话是一种特殊文体。童话这种文体,与依据生活本来的样式描写,追求如同生活本身一样真实的那种小说相比,更有内指性(也就是指向作品所虚构的世界),与之相对应的童话文体的一些修辞手法,都是为了向内指,特意使这个虚构世界和现实世界不同。如《古代英雄的石像》这样的童话文本为什么在漫长的历史中可以反复地为人们所喜爱和阅读,就是由于读者与文本达成了默契:不关心所描写的事件和人物是否真实,是否与现实世界合拍,而仅仅在童话所用的各种修辞所营造的快乐中,努力寻找自认为与作家意向相吻合的意义。

---

① 吴其南:《童话的诗学》,中国文联出版社2001年版,第21页。
② [法]热拉尔·热奈特:《叙事话语 新叙事话语》,王文融译,中国社会科学出版社1990年版,第10页。

二　童话语体与阅读的契合

也许在诸多文学体裁中,童话属于最在意也最容易与读者在表达方式和修辞上达成契合的文学样式之一。依据乔纳森·卡勒在《结构主义诗学》中的说法,就是"体裁就是语言的一种约定俗成的功能,一种与世界的独特的关系,一种规范或期望,在读者接触文本的过程中起着定向指导的作用"[1]。童话在读者的阅读归化中实现自己的艺术价值。

叙述者如何叙述,是作家理解和把握文体的最直观表现。《古代英雄的石像》叙述者的突出特点,如同"十九世纪的小说,讲述角度是智慧和经验,而聆听的角度是条理"[2]。叙述人所叙述出来的故事非常具有秩序性(从没有石像,到有了石像,再到石像坍塌和众多小石块混在一起,成为平等的),确实,这是一种线性故事叙述方式,同时也是一种秩序,引导读者寻求意义。故事有秩序,读者的阅读也方便。叙述者对智慧和经验的表达,依靠各种修辞手段来实现。和读者在同一种文化里彼此交流,共同探寻意义,也是在这样的讲述中实现的。

叙述者和读者所达成默契的最基础方式是拟人手法,作者把石像和那些小碎石块,都比拟成了有感情、有行动、能用语言表达自己意见的人。我们发现,所有的第三人称代词都无一例外地用"他"或者"他们"。作者在让石像和石块用第一人称说话的时候,带出说话者的性格特点和心理活动,还有特殊的语气。比如,石像骄傲的语气:"看我多荣耀!我有特殊的地位,站得比一切都高。所有的市民都在下面给我鞠躬行礼。我知道他们都是诚心诚意的。这种荣耀最难得,没有一个神圣仙佛能够比得上!"再比如石块说:"从前你不是跟我们混在一起吗?也没有你,也没有我们,咱们是一整块。"这个"混"字出自一个石块之口,非常形象。石像也好,小石块也好,在细致的叙述语气中,各自的性格逐步形成、生动起来。

---

[1] 〔美〕乔纳森·卡勒:《结构主义诗学》,盛宁译,中国社会科学出版社1991年版,第204页。

[2] 同上书,第292页。

当然,为了和读者达成默契,作者所采用的拟人手法,不仅是比拟人的语气,还比拟人的文化背景,以此设计所拟人物的心理和语言。这个文本特别注意文化的无形力量。比如,作者描绘石像的心理时写到,"他这话是向垫在他下面的伙伴大大小小的石块说的。骄傲的架子要在伙伴面前摆,也是世间的老规矩"。世间的老规矩是文化造就,也是文化的体现。童话这种文体虚拟的读者是孩子,在漫长的文体传递、发展过程中形成了特别的针对孩子讲述的语气。语气最便于渗透文化。因为叙述执意于语气,所以,叙述自然地有议论,童话的议论和叙述难以分开,其道理就在于此。乔纳森·卡勒在《结构主义诗学》中谈到"小说的诗学"的时候说:"一切为小说所作的辩护都认定有这样一种关系:读者阅读小说所感受到的意义都与读者自身的生活经验有关,并使读者重新审视这种生活经验。"[①]我们的文化以及人的心理恰如乔纳森·卡勒所说,因为有着叶圣陶所描写的这样的心理,所以在阅读中,能够理解这种心理,也自然会生出反思来。

这种和读者不断地交流、沟通,形成一种彼此理解的连带议论的讲述格调,是童话文体的标志性特点。比如汉族有一则童话叫作《燕子报恩》,说的是兄弟俩,哥哥阴险贪婪,弟弟善良憨厚。小燕子在弟弟的茅草房里搭窝,弟弟精心照料受伤的小燕子,燕子送给弟弟金瓜籽。故事此时叙述道:"哥哥见弟弟一下子有了这么多金子,别提多眼红。他向弟弟探听金子的来路。老实憨厚的弟弟就把事情的经过一五一十地告诉了哥哥。"[②]叙述中带有对哥哥的鄙视,对弟弟的赞叹,自然流露出议论色彩。

采用夸张手法以便和读者达成默契、交流看法,是叙述者追求秩序,带领读者追寻意义的重要方式,也是童话文体的特点之一。"夸张(hyperbole,希腊文'过分'的意思)指代明显地或过分地夸大事实,目的在于取得严肃或戏谑的效果。"在《古代英雄的石像》中,叙述者采用夸张手法,所产生的效果在于,表面似乎是客观叙述,实际是叙述中透露出嘲讽。

[①] 〔美〕乔纳森·卡勒:《结构主义诗学》,盛宁译,中国社会科学出版社1991年版,第287页。

[②] 汪玉良主编:《中国民间童话宝典》,甘肃少年儿童出版社1995年版,第195页。

比如,描述"为了石像成功曾经开一个盛大的纪念会。市民都聚集到市中心的广场,在石像下行礼,欢呼,唱歌,跳舞;还喝干了几千坛酒,挤破了几百身衣裳,摔伤了很多人的膝盖"。这种夸张描述,是为了与最后石像和石块终于合为一体的结果形成反差。如韦勒克、沃伦在《文学理论》中所说的:"夸张法可能会是悲剧性的或感伤性的,但也可能是古怪滑稽和喜剧性的。"①

还有排比。所谓排比,就是将散在的事物按照叙述者的理解加以组织,按照一定句式依次表达。排比作为一种修辞手段,在不同的文体中,可能会有迥然不同的效果。韦勒克、沃伦在《文学理论》中说过:"在圣经和编年史中,并列的句子结构('和……和……和')有一种从容不迫的叙述效果;而在浪漫主义的诗歌里,一连串地使用连词'and'('和')会一步一步地把人引向上气不接下气的激动状态。"在《古代英雄的石像》里也用了排比,排比中夹杂着比喻,效果是从容的甚至是诗意的。"他这话不是向浮游的白云说,白云无精打采的,没有心思听他的话;也不是向摇摆的树林说,树林忙忙碌碌的,没有功夫听他的话。他这话是向垫在他下面的伙伴大大小小的石块说的。骄傲的架子要在伙伴面前摆,也是世间的老规矩。"最后一句,如前所说,是带文化色彩的议论,议论里也有些调侃味道,从容不迫的调侃。调侃也是一种态度。

以上所述修辞手法,都是作家自觉的文体意识的表现,客观上表征了作者和作品之间的关系。浪漫的善意的嘲讽,以及引导性的叙述格调,打破了读者认为故事是"生活"而不是"艺术"的幻觉。弥漫在整个故事展开中的是"一种诗意的……境界,这种境界不必要……什么真实性……"②

三 成功的文体实现与宽阔的阐释空间

《古代英雄的石像》在传统的阅读视野中,基本是在道德意义上被理

---

① 〔美〕雷·韦勒克、奥·沃伦:《文学理论》,刘象愚、邢培明、陈圣生、李哲明译,生活·读书·新知三联书店1984年版,第192页。
② 同上书,第242页。

解和接受的,诸如人应该谦虚谨慎,应该善于团结他人等。仅仅在这个层面上被理解和接受,已经使作品发挥了它应有的审美价值。如果说,童话不仅是给孩子听和看,同时也可以给成年人听和看的;如果说,童话不仅有教育人的功能,同时也有启示人思考和改变已有观念的功能;那么,我们就可以理解《古代英雄的石像》具有更为宽阔的阅读和理解空间的原因了。

我们换一种话语概括这个故事,可以说,这是英雄形成和英雄被消解的故事。细节的魅力来自英雄如何形成和如何被消解。这个过程是依赖对人物的塑造来实现的。英雄诞生的过程是,"为了纪念一位古代英雄,大家请雕刻家给这位英雄雕一个石像""……钢凿一下一下地凿,刀子一下一下地刻,大小石块随着纷纷往地上掉……这位英雄的像终于站在雕刻家面前了。"最后,直到"半夜里,石像忽然倒下来,像游泳的人由高处跳到水里。离地高,摔得重,碎成千块万块",古代英雄的石像消解了。英雄的人为制造的性质凸显。质言之,历史是不一定靠得住的。还是那些小石块的说法最为准确:"历史全靠得住吗?几千年前的人自个儿想的事情,写历史的人都会知道,都会写下来。你说历史能不能全信?""尤其是英雄,也许是个很平常的人,甚至是个坏蛋,让写历史的人那么一吹嘘,就变成英雄了;反正谁也不能倒过年代来对证。还有更荒唐的,本来没有这个人,明明是空的,经人一写,也就成了英雄了……"从没有古代英雄的石像,到石像的诞生,再到石像瓦解,转化为石头,一条朴素而深刻的道理在故事中显现出来。读者知道石像雕塑成功了,又知道石像开始骄傲了,还知道石像和众多小石块不和谐了,那么怎么办呢?他们能够重新归于和睦吗?还是有其他的结局?这是读者在阅读过程中会自然产生的心理活动。从疑团的出现,到疑团的解开,石像和小石块合为一体铺成石路的结局,承担起不同于道德层面的抽象意义。

关于疑团的形成和解开的细节也不可忽略,细节会引导读者做出独特的理解。比如,人们对英雄没有来头的盲目崇拜。英雄本来是人造的,可是,市民们却虔诚地向英雄石像敬礼,用一块伶俐的小石头的话说,就是"市民最大的本领就是纪念空虚,崇拜空虚"。而众多小石块一辈子垫在空虚下面,也成为随着人造英雄出现的副产品,这个意思深深地渗透在人物关系中。在石像和诸多小石块的关系中,在市民崇拜英雄的细节中,彰显出来的一个朴素而形象的道理是:历史由大多数人们的意志所决定。英雄的形成和消解的过程也客观地显示了,历史的前行是由大多数人们的意志所决定的。在众多小石块的意愿下,英雄坍塌了,并且终于回归于平民,和其他众多小石块一样,成为铺路石,他们很高兴:"咱们集合在一块儿,铺成真实的路,让人们在上面高高兴兴地走!"平等、不空虚,是众多小石块高兴的原因。

反观以上表述,我们会说,叶圣陶真是了不起,早在1929年就有了类似于福柯的话语理论和新历史主义的思想方法。福柯的一个重要观念是将历史看作话语的构造。在福柯看来,在个别话语的形成过程中,会出现一些规则来界定这个领域的相应对象,从而建构起基本概念,形成理论构架。这一话语结构中的规则组合,就形成话语的结构系统,分别属于不同的历史阶段。在话语即历史所标示的客观性背后,具有某种鲜明的意识形态性质,也就是说,在一个时期内,一门学科是凭借话语圈定了一个对象领域,树立起一个合法的视角,由此建立起不断变更的历史法则,作为价值取舍的标准。英雄靠用石头雕刻出来的石像而成为合法存在,类似于用特有的语言塑造出来,并成为合法的,被市民所敬仰;而当众多小石块摧毁英雄石像之后,法则失效了,所有的小石块筑成马路,新的规则出现了,历史又在另一个轨迹上前行了。叶圣陶通过自己的艺术直觉,以形象的画面显示出了福柯的话语理论,形成独特的艺术魅力。

我们的分析客观上已经显示出优秀文学作品的被接受具有层次性。正如我曾经在《叙事性文本批评:层次递进现象及其意义》中所发现的①,叙事性文本批评具有层次递进现象,文学批评的多维视角和方法对于文学作品经典化具有重要意义,因为批评者作为"有血有肉的读者",决定了对作品内涵和艺术价值的发现将会是个开放、持续的过程,发现于是具有了发明的性质。我们现在对于《古代英雄的石像》的分析,是在成年人而且是在理论家的视野中进行的。童话主要是给孩子们看的,在孩子们

---

① 刘俐俐:《叙事性文本批评:层次递进现象及其意义》,原载《学术研究》2004年第10期。

那里,接受的主要内容属于伦理道德领域。比如人不可以骄傲,要平等地对待别人,要与他人友好相处等。作为童话,带给孩子们快乐是一条标准,而结尾的大团圆——"咱们集合在一块儿,铺成真实的路,让人们在上面高高兴兴地走!"并不仅为满足人们祈求团圆的心理,而是蕴含了更深刻的思考。这正是好作品的标志:读者喜欢,又不以牺牲深刻为代价。深刻的当代理解和已经经典化了的道德层面意义,共同构成了这个文本可以阐释的多重空间。

古代英雄的石像

叶圣陶

为了纪念一位古代的英雄,大家请雕刻家给这位英雄雕一个石像。

雕刻家答应下来,先去翻看有关这位英雄的历史,想象他的容貌,想象他的性情和气概。雕刻家的意思,随随便便雕一个石像不如不雕,要雕就得把这位英雄活活地雕出来,让看见石像的人认识这位英雄,明白这位英雄,因而崇拜这位英雄。

功到自然成。雕刻家一边研究,一边想象,石像的模型在他心里渐渐完成了。石像的整个姿态应该怎样,面目应该怎样,小到一个手指头应该怎样,细到一根头发应该怎样,他都想好了。他的意思,只有依照他想好的样子雕出来,才是这位英雄的活生生的本身,不是死的石像。

雕刻家到山里采了一块大石头,就动手工作。他心里有现成的模型,雕起来就有数。看着那块大石头,什么地方应该留,什么地方应该去,都清楚明白。钢凿一下一下地凿,刀子一下一下地刻,大小石块随着纷纷往地上掉。像黄昏时星星的显现一样,起初模糊,后来明晰,这位英雄的像终于站在雕刻家面前了。真是一丝也不多,一毫也不少,正同雕刻家心里想的一模一样。

这石像抬着头,眼睛直盯着远方,表示他的志向远大无边。嘴张着,好像在那里喊"啊!"左胳膊圈向里,坚强有力,仿佛拢着他下面的千百万群众。右手握着拳,向前方伸着,筋骨突出像老树干,意思是谁敢侵犯他一丝一毫,他就不客气给他一下子。

市中心有一片广场,大家就把这新雕成的石像立在广场的中心。立石像的台子是用石块砌成的,这些石块就是雕刻家雕像的时候凿下来的。这是一种新的美术建筑法,雕刻家说比用整块的方石垫在底下好得多。

台子非常高,人到市里来,第一眼望见的就是这石像,就像到巴黎去第一眼望见的是那铁塔一个样。

雕刻家从此成了名,因为他能够给古代英雄雕一个石像,使大家都满意。

为了石像成功曾经开一个盛大的纪念会。市民都聚集到市中心的广场,在石像下行礼、欢呼、唱歌、跳舞;还喝干了几千坛酒,挤破了几百身衣裳,摔伤了很多人的膝盖。从这一天起,大家心里有这位英雄,眼里有这位英雄,做什么事情都像比以前特别有力气,特别有意思。无论谁从石像下经过,都要站住,恭恭敬敬地鞠个躬,然后再走过去。

骄傲的毛病谁都容易犯,除非圣人或傻子。那块被雕成英雄像的石头既不是圣人,也不是傻子,只是一块石头,看见人们这样尊敬他,当然就禁不住要骄傲了。

"看我多荣耀!我有特殊的地位,站得比一切都高。所有的市民都在下面给我鞠躬行礼。我知道他们都是诚心诚意的。这种荣耀最难得,没有一个神圣仙佛能够比得上!"

他这话不是向浮游的白云说,白云无精打采的,没有心思听他的话;也不是向摇摆的树林说,树林忙忙碌碌的,没有工夫听他的话。他这话是向垫在他下面的伙伴大大小小的石块说的。骄傲的架子要在伙伴面前摆,也是世间的老规矩。但是他仍然抬着头,眼睛直盯着远方,对自己的伙伴连一眼也不瞟,这就见得他的骄傲是太过分。他看不起自己的伙伴,不屑于靠近他们,甚至还有溜到嘴边又咽回去的一句话:"你们,垫在我下面的,算得了什么呢!"

"喂,在上面的朋友,你让什么东西给迷住心了?你忘了从前!"台子角上的一块小石头慢吞吞地说,像是想叫醒喝醉的人,个个字都说得清楚,着实。

"从前怎么样?"上面那石头觉得出乎意料,但是不肯放弃傲慢的气派。

"从前你不是跟我们混在一起吗?也没有你,也没有我们,咱们是一整块。"

"不错,从前咱们是一整块。但是,经过雕刻家的手,咱们分开了。钢凿一下一下地凿,刀子一下一下地刻,你们都掉下去了。独有我,成了光荣尊贵的、受全体市民崇拜的雕像。我高高在上是应当的。难道你们

童话文体魅力的当代体验 | 155

想跟我平等吗?如果你们想跟我平等,就先得叫地跟天平等!"

"嘻!"另一块小石头忍不住,出声笑了。

"笑什么!没有礼貌的东西!"

"你不但忘了以前,也忘了现在!"

"现在又怎么样?"

"现在你其实也并没跟我们分开。咱们还是一整块,不过改了个样式。你看,从你的头顶到我们最下层,不是粘在一起吗?并且,正因为改成现在的样式,你的地位倒不安稳了。你在我们身上站着,只要我们一摇动,你就不能高高地……"

"除了你们,世间就没有石块了吗?"

"用不着费心再找别的石块了!那时候就没有你了,一跤摔下去,碎成千块万块,跟我们毫无分别。"

"没有礼貌的东西!胡说!敢吓唬我?"上面那石头生气了,又怕失去了自己的尊严,所以大声吆喝,像对囚犯或奴隶一样。

"他不信,"砌成台子的全体石块一齐说,"马上给他看看,把他扔下去!"

上面那石头吓了一跳,顾不得生气了,也暂时忘了自己的尊严,就用哀求的口气说:"别这样!彼此是朋友,连在一起粘在一起的朋友,何必故意为难呢!你们说的一点儿也不错,我相信,千万不要把我扔下去!"

"哈!哈!你相信了?"

"相信了,完全相信。"

危险算是过去了。骄傲像隔年的草根,冬天刚过去,就钻出一丝丝的嫩芽。上面那石头故意让语声柔和一些,用商量的口气说:"我想,我总比你们高贵一些吧,因为我代表一位英雄,这位英雄在历史上是很有名的。"

一块小石头带着讥笑的口气说:"历史全靠得住吗?几千年前的人自个儿想的事情,写历史的人都会知道,都会写下来。你说历史能不能全信?"

另一块石头接着说:"尤其是英雄,也许是个很平常的人,甚至是个坏蛋,让写历史的人那么一吹嘘,就变成英雄了;反正谁也不能倒过年代来对证。还有更荒唐的,本来没有这个人,明明是空的,经人一写,也就成了英雄了。哪吒,孙行者,不都是英雄吗?这些虽说是小说里的人物,可是也在人的心里扎了根,这种小说跟历史也差不了多少。"

"我代表的那位英雄总不会是空虚的,"上面那石头有点儿不高兴,竭力想说服底下的那些石头,"看市民这样纪念他,崇拜他,一定是历史上的实实在在的英雄。"

"也未必!"六七块石头同时接着说。

一块伶俐的小石头又加上一句:"市民最大的本领就是纪念空虚,崇拜空虚。"

上面那石头更加不高兴了,自言自语地说:"空虚?我以为受人崇拜总是光荣的,难道我上了当……"

一块小石头也自言自语地说:"我们岂但上了当,简直受了罪——一辈子垫在空虚的底下……"

大家不再说话了,都在想事情。

半夜里,石像忽然倒下来,像游泳的人由高处跳到水里。离地高,摔得重,碎成千块万块。石像,连下面的台子,一点儿原来的样子也没有了,变成大大小小的石块,堆在地上。

第二天早晨,市民从石像前边过,预备恭恭敬敬地鞠躬,可是广场中心只有乱石块,石像不知哪里去了。大家你看看我,我看看你,说不出一句话,无精打采地走散了。

雕刻家在乱石块旁边大哭了一场,哀悼他生平最伟大的杰作。他宣告说,他从此不会雕刻了。果然,以后他连一件小东西也没雕过。

乱石块堆在广场的中心很讨厌,有人提议用它筑市外往北去的马路,大家都赞成。新路筑成以后,市民从那里走,都觉得很方便,又开了一个庆祝的盛会。

晴和的阳光照在新路上,块块石头都露出笑脸。他们都赞美自己说:
"咱们真平等!"
"咱们一点儿也不空虚!"
"咱们集合在一块儿,铺成真实的路,让人们在上面高高兴兴地走!"

1929年9月5日写毕

"同故事人物"的限知视角叙述及其艺术魅力

——蹇先艾《在贵州道上》的文本分析

中国现代文学史上有几位充满了哀愁的小说家,蹇先艾是其中之一。蹇先艾的作品和1920年代初中期的冯文炳(废名)、王鲁彦、台静农、许钦文、彭家煌、许杰等作家的小说一起,被鲁迅称为"乡土小说"。穿越漫长的历史烟云,文学史已经给予"乡土小说"重要的文学史地位,肯定乡土小说作家们以批判的眼光审视故乡风习,对愚昧、落后进行讽刺批判,评价了作家们眷恋与失落感的复杂交织,以及喜剧与悲剧相互交融的美学风格。这些评价和把握是非常准确到位的。在我看来,乡土小说的艺术成就,还来自于在优秀篇什中,有较自觉的文体意识以及对叙述方式的探索。如果将他们的探索放在西方叙事学理论中加以描述和解释,则能更准确地认识乡土小说的价值。出于这样的思考,本文拟以蹇先艾《在贵州道上》为对象,分析它在叙事方面的自觉探索以及艺术价值形成的机制。

一 有效的同故事叙述及其创造的一个模糊朦胧的世界

所谓同故事叙述,是经典叙事学的一个概念,是"叙述者与人物存在于同一个层面的叙述。《了不起的盖茨比》是同故事叙述的一个例子。当人物——叙述者也是主人公时,如在《永别了,武器》中,同故事叙述可以进一步确定为对自身故事的叙述"[①]。《在贵州道上》的叙述

---

① 〔美〕詹姆斯·费伦:《作为修辞的叙事》,陈永国译,北京大学出版社2002年版,第171页。

者"我"叙述了在一次回贵州老家的路上所经历的事情,包括路途之险、所遇的轿夫和"加班匠"以及相关人物的谈吐、行为和他们的人生故事。"我"是故事中的人物之一,和老赵、贺光亭等人在同一个故事中,同时也是叙述者,因此,这是同故事叙述。同故事叙述,叙述者作为人物参与到故事情节中,与故事中人物打交道,有对话和感情的沟通,同时向读者叙述故事的来龙去脉。叙述者是突破第一人称叙述视角限制,还是严格地遵守第一人称限制,仅仅叙述出自己的所见所感所听呢?这是由作家文体意识所决定并通过隐含作者控制的。《在贵州道上》是严格的第一人称限知视角的叙述。这种叙述视角所获的艺术效应怎样呢?

同故事叙述者"我"是一个带路人,读者在"我"的眼光指引下,沿着线性叙述顺序,跟着"我"走完了回贵州老家的全部路程,也看完了"我"所看到的各个人物的行为及做派,听到了这些人物的话语言谈。"我"没有看见的事情、没有听见的话语、没有搞清楚的事情的真正面目,读者也随之没看见、没听见、没搞明白;于是,在读者的阅读感觉中存留了一些朦胧和困惑。

第一,模糊朦胧的世界构成,与故事聚焦点有关。故事的聚焦点显然是那个叫作赵洪顺的人物。在贵州道上,路途艰险难行,所以加进来了抬短途的"加班匠"贺光亭和赵洪顺,路上他们两人的谈话涉及对老赵老婆的议论,在石牛栏休息的时候,蹿出了老赵的老婆赵大嫂,哭天喊地和老赵闹,闹的结果是老赵答应到三坡给她钱,然后到了那个叫作河洞的地方,又蹿出来一个向老赵讨债的老婆婆,轿夫胡小山给了老人家钱才算平安通过。到了三坡,终于可以休息了,就在这一夜发生了变故,"我"在朦胧中,胆战心惊地听着外面的动静、喧嚣、打骂、拳头打人声、嘤嘤的哭声、议论声等各种声音构成了一个"我"之外的阴森恐怖的灾难世界。一扇门隔开了"我"和外面的直接联系。终于到了第二天,"我"从贺光亭的口里才听说,老赵被带走了,他当过土匪,可能要被枪毙;据贺光亭说,老赵的老婆真是可怜,这个女人其实并不是"郎我泼,夫妻情义倒是很重的";可是用轿夫胡小山的话来说,则是"先生跟他谈啥!抬加班的,烂流差,棒老二,都是一流货!"老赵究竟是怎样的人?老赵和他的老婆关系究竟怎样？老赵的老婆究竟是怎样的人？回贵州的途程结束了，这些疑惑却成为永久的谜，最后用"我的心里为这件事难受了好几天。唉！我们所处的世界是何等的残酷呵！"结尾。"我"对老赵没有拿得准的评价，只能这样怅然而叹。这是小说文本留给"我"的一个空白点，也是留给读者的一个空白点，让读者揣摩和填补，人生的严峻痛苦，人性的复杂微妙，以及人性的坚韧和弱点等将得到多样的理解。

  第二，模糊朦胧的世界，与故事中人物及情节留给读者的心理感觉有关。在文本中，老赵的遭遇、他的家庭和老婆的真实面目、他的结局如何等，朦胧而不确切，之所以能够牵动读者的心，根本原因在于，叙述者丝毫不掩饰自己的隔膜。这是一种艺术效果。只有严格地按照第一人称的限知叙述视角叙述，才能形成如此效果。比如，叙述到轿夫找"加班匠"，在假装不情愿之后，"于是假装摆架子的这位便从他们的'英雄馆'钻出来了。一位在前面懒洋洋地走，草鞋沙沙响着；那一位在后面跟随，从裹肚里找烟盒吃叶子烟，借以表示自己的闲情逸致……"这都是"我"的眼睛和耳朵看到听到的。再比如，在路上，"从他们的清谈之中，我才知道胖子姓赵，他的口气很大，似乎是一个抬轿的老手；抬后头的那个高汉叫贺光亭"。在石牛栏，老赵的老婆蹿出来闹，也完全是"我"看到听到的。"但后来她的声音骤然转入高尖了，我听清楚了几句，是：'赵洪顺，你有本事出来！杂种东西！我有啥事对不起你？'……我知道我的疯人的悬拟完全错误了，也忙着过去旁观。"至于半夜客栈里发生的事情，也全是"我"在房间内听到和揣摩的："我睡梦得正模糊，所谓模糊也就是代表半睡半醒的状态，忽地听见店门嘎的一声响亮，我不觉身子一掣。以后的声调更庞杂了；不过起初是很单调的步队之行声，渐渐便夹杂着指挥刀的铿然，由远而近，进了店子。杂沓的步履，一直响到东厢房之前……""这仿佛是店老板的话；不然，总应该是么师之类。底下的声音很细，听不真。"轿夫胡小山、贺光亭、赵大嫂、讨债的老太婆等，他们生活的环境和习俗等，都是和"我"不一样的，都是"我"所陌生的，对于读者也是陌生的。这些模模糊糊的人物，组成了一个引起读者兴趣的独特世界。其中谜样的人物老赵位于中心。老赵和其他人物形成各种关系：轿夫和老赵是雇佣和被雇佣的关系（抬长途和抬加班的关系），老婆和老赵是夫妻关系，贺光亭和老赵是伙伴和搭档关系,老太婆和老赵是债主和欠债人的关系,"我"和老赵则是顾客和抬轿人的关系……。故事的层次、人物的关系错落有致并且耐人品味。

二 有效的同故事叙述及其所创造的"我"的形象

同故事叙述的叙述者在担当叙述者的同时,也是故事中的一个人物,"我"对于读者来说,本身也是一个看点。"我"作为一个看点,与老赵谜样的命运,两者互相依存。"我"参与了这个故事,"我"的行为和感受是老赵的性格和命运得到呈现的条件。同时,老赵的命运也是"我"的性格和态度得到呈现的条件。比如,"我"问了老赵一句:"你抬得很不错,为什么不找一个长路抬呢?"老赵说:"……先生,抬你抬得不好,不要见怪!星宿跟着月亮走,——沾你老人家的光,到栈房多赏几个酒钱吧!先道谢一下!"沿路出来了讨债的老太婆,"胡小山在裹肚里拿一百递给老太太,踢了老赵一脚说:'抬起走,欠账不还的干人!'"所以,老赵一路生气,到后来甚至哭了起来;"我"说:"到栈房,这一百钱我还你,你们的烟瘾也未免太大了。"到了住地,"我"如约给了老赵三百钱。在客栈住宿的半夜,我听到外面有嘈杂的声音,似乎发生了事情,但是后来"我心里已经坦然无事,没有闲情再去继续潜听。这后半夜,的确入了酣眠中了"。第二天早晨,"刚出店门,正预备上轿,迎头便看见昨天抬我的那个高汉子加班匠贺光亭,我忽然想起老赵来,便问他道:'你一个人在这里,老赵呢?你们散伙了?'"从叙述的字里行间可以品味出,"我"是一个书生,有同情心,也是一个善良的人,但是,又与底层人们比较隔膜。

作家并未将"我"这个人物与作家自己等同,作家与"我"有一定距离,由此叙述者才能成为看点。借用经典叙事学的理论,叙述者"我"可以被叫作"不可靠叙述者"。经典叙事学关于不可靠叙述者的理论出现以后,学术界出现过不少片面的理解。"有些批评家仅仅将'不可靠'一词用于描述不可信赖的事件报道者,而另有一些批评家则用它指任何形式的不可靠性。后来又有了另外一些术语,譬如'缺乏感知力''无知'和

'欺骗'等等。"①到了后经典叙事学,不可靠叙述者的含义则拓宽了。用赫尔曼的话说,就是"我们想拓宽布斯定义的原因有二:(1)不管在哪一条轴上,所有的偏离都要求作者的读者对叙述的理解与叙述者作出的理解不同;(2)我们的论点是,各种偏离之间有一些相当共性的地方,而且一种偏离往往伴随着另一种类似的偏离。因此,我们不妨用'不可靠'这个术语指称所有的偏离,然后对各种不可靠性进一步区分,不必创造许多新术语来指称各种叙述者"②。后经典叙述理论将不可靠的叙述分成三种类型,分别为:"发生在事实/事件轴上的不可靠报道;发生在伦理/评价轴上的不可靠评价;发生在知识/感知轴上的不可靠解读。"③

后经典叙事学对不可靠的叙述者的理解更加符合事情和事理,更适宜运用于文本分析。我们确定叙述者"我"是不可靠的叙述者,依据的就是后经典叙事学对"不可靠"的宽泛理解。在三种不可靠原因中,本文主要是指在事实判断和认知两方面造成的"不可靠"。由于"我"被严格局限在第一人称叙述视角里,对于事实的判断和报道肯定有不可靠的地方,还由于"我"对地方风俗,比如婚姻形式和观念、感情表达的方式、地方性的俗语等都不熟悉,所以,认知也具有一定困难,"我"与作家的距离因此成为艺术想象的一个空间。读者在感知老赵等人物的同时也在感知"我",感知"我"对老赵等人物的隔膜。正如赫尔曼在《新叙事学》中所说:"我强调了功能多价的内在不稳定性,把阐释行为意义的工作交给感知者,亦即读者或某个听故事的人,某个目睹事件展开过程的人物,某个观照事件的现实世界里的个体。"④"我"成为小说文本中的一个看点,叙述者"我"的不可靠性造就了宽阔的审美感觉空间。这样的叙事角度是《在贵州道上》艺术价值形成的重要机制之一。

---

① 〔美〕戴卫·赫尔曼:《新叙事学》,马海良译,北京大学出版社2002年版,第41页。
② 同上。
③ 同上书,第42页。
④ 同上书,第3页。

三 文本中的说明性文字现象以及思考

《在贵州道上》的艺术价值形成机制另一个很重要的方面,也是这个文本突出的特点之一,是在开头以及叙述过程中夹进了不少说明性文字。开头交代贵州道之难、之险,"多年不回贵州",所以,"这次还乡才知道川黔道上形势的险恶,真够得上崎岖鸟道,悬崖绝壁。尤其踏入贵州的境界,触目都是奇异的高峰……"作者依次介绍了贵州道上的地名,行路的特点,还介绍了一些在贵州道上行走的特定术语,比如"让轿""抬加班""加班匠""冷肩头""干人"等。抬短途的"加班匠"们的生活习俗:"他们本来就有相当的气力,而且又是冷肩头,所以特别有翻山越谷的本领。尤其是烟瘾过足之后,马上就可以拖起轿子狂奔二三十里才歇气。这些汉子有的是两个一组,还有一乘竹兜子的滑竿,是预备抬乡民们从甲地到乙地去赶场之用的。有的加班匠则可以说是素昧平生,漫无组织的:在这家烟馆里横陈几个,在那家烟馆里横陈几个。买卖上门来了,才现去找配角。这其间还要演一套装腔作势的把戏。"

这些说明介绍性文字,和故事以及故事中的人物没有直接联系,并不是虚构艺术世界的一个组成部分,但却是文本的重要组成部分。这种现象在很多优秀的虚构叙事性作品中都出现过,比如我国当代作家霍达的《穆斯林的葬礼》对于玉器世家的介绍,对于玉器艺术的说明;再比如邓九刚的长篇小说《大盛魁商号》描写的从同治到光绪大约十年时间里一个民间商务集团——山西大盛魁商号的故事及命运,其中作者用不少文字介绍这个民间商务集团的严密组织与规范、他们的经商理念、他们所主要经营的茶叶、骆驼、羊的行情变迁,还有各种经商术语,以及大盛魁商号的经商路线等。再比如阿来的长篇小说《尘埃落定》里也有不少关于藏族土司制度和生活习俗的说明性文字。理论家对这个现象已经开始关注。

布斯在《小说修辞学》中从文学趣味的类型角度说:"小说中使我们感兴趣的,因而可以通过操纵技巧来获得的价值,可以大致分为三类。(1)认知的或认识的:我们具有、或可以被动地具有对'事实'、真实的解释、真实的理由、真实的本源、真实的动因,或对关于生活本身的真实的强烈认知好奇心。(2)性质的……(3)实践的……"其中第一类,就是"认知的趣味"。"认知的趣味——我们总想发现事件的真实情况,或是简单的物质环境(如大多数神秘故事),或是说明外在环境的心理或哲学的真实。"①

罗兰·巴尔特在《现实效果》(1968年发表于《交流》杂志)中说,在西方叙事性文学中,都有这样的无用细节。巴尔特认为,一方面这种描写是合法的,因为它符合文学法则,另一方面它在结构上又完全缺乏相关性,所以,是无用的细节。

法国理论家达维德·方丹在《诗学——文学形式通论》中就罗兰·巴尔特的"无用的细节"的思想也讨论过此问题,这本书中有一个小标题就叫做"功能性描写和无用的细节"。达维德·方丹说:"在虚构世界概念的深处我们发现被描写的空间形式多样,其中包括赋予作品统一性的地点、具象征性的背景及室内家具等。这种空间性说明了描写的重要性,而其中叙述部分关于地点的描写在不同的时代有很大的不同,但描写却依然是属于叙事文的,无论它是起一种古典修辞装饰作用,还是在现实主义小说中起到解释和象征作用。在《高老头》一书的开始部分,有对伏盖膳宿公寓的描写。那四周棕黄色的楼房及室内那用旧的沾满污垢的粘乎乎的家具,给整个故事定下了一种基调,可以说是人物心理状态的一个信号,甚至可以说是决定其心理的原因。巴尔特在重新考虑他那关于叙事文结构的理论时(请看原文第二章第41—42页)发现,有些简短的描写不具备美学或修辞学功能,这是一种写实文学的特点。这些字面上无意义的细节描写,如福楼拜那颗'纯朴的心',看到墙上有一个晴雨表,只是说明一个无任何功能可言的指示物的存在,一个'具体的'而无别的含义的东西,就像历史书上仅说明某个事实的事实一样。用符号学的说法,就是语言符号直接表示参照对象,即只描写事物本身,而不包括所指(即对世界的抽象思维加工)。这种短路于是就产生了一个'真实效果',使人认为参照对象是真实存在的。对'无用的细节'的这一合理解释提出了

---

① 〔美〕W.C.布斯:《小说修辞学》,华明、胡晓苏、周宪译,北京大学出版社1987年版,第139页。

一个更大的关于虚构文学中的现实主义的问题。"①

对于这种现象,最有价值的讨论来自美国文学理论家乔纳森·卡勒。乔纳森·卡勒的观点的价值在于从读者的阅读心理和阅读效果来考察"无用的细节"的作用。在《结构主义诗学》中,乔纳森·卡勒认为,这些部分将帮助读者产生叙述契合。用他的话说,就是"它们的功能在于满足读者的这种期待,肯定虚构的再现或摹仿的倾向。在最基本的层次上,这一功能是由一些权且可称之为描述性沉积物的成分实现的;这些语言单元在文本中的作用首先就是指示某具体的现实……""这些成分确认了摹仿契合,并使读者能够放心地象阐释现实世界那样阐释文本。"②即这些"无用的细节"在读者的阅读中起到了叙述契合的作用,帮助读者更好地进入虚构的语词世界,进入人物和他们的故事。在我看来,只有像乔纳森·卡勒那样转换分析思路,从读者阅读感觉和接受理解的角度,把握这类说明交代性质的文字的作用,才能真正切入问题实质。由此,我以为,可以将叙述契合作为考量说明性文字在文本中的价值及其是否成功的标准。

除了以上所介绍的各位理论家的思想之外,俄国形式主义理论家鲍·托马舍夫斯基在论文《主题》中还提到过"动机"问题,值得参考。托马舍夫斯基说:"构成一部作品主题的动机体系应体现审美的统一性。……引进任何具体的动机或是每个动机整体,都应有所解释(即说明理由)。解释为什么要引进动机和动机整体的方法体系称为理由。"接着托马舍夫斯基对各种理由进行了分类,其中第一类是"布局的理由":"其原则是动机的节约和用途。具体动机可以说明置于读者视野里的事物的特点(陪衬部分),或是人物的故事情节的特点(插曲)。任何一个陪衬部分在本事里都不应是多余无用的。"③

---

① 〔法〕达维德·方丹:《诗学——文学形式通论》,陈静译,天津人民出版社2003年版,第67—68页。
② 〔美〕乔纳森·卡勒:《结构主义诗学》,盛宁译,中国社会科学出版社1991年版,第289页。
③ 〔苏〕茨维坦·托多罗夫编选:《俄苏形式主义文论选》,蔡鸿滨译,中国社会科学出版社1989年版,第251页。

在梳理以上思想的基础上，我们可以得出如下一些认识。其一，大凡在叙事性文学作品中加入这样的被罗兰·巴尔特称为"无用的细节"的说明交代性文字，总有向外界介绍、报告的性质，总是将读者定位在对于此文本所虚构的艺术世界不甚了解的基础上。1920年代初中期被鲁迅称为"乡土小说"的那些作品，其作者大多寓居北京和上海，他们回忆自己熟悉的故乡风土人情，抒写乡愁，是立足在一个较狭窄的生活领域，向外面更广大的世界介绍自己的故乡。《在贵州道上》也具有这个特点。这是乡土文学常常具有的叙述角度。其二，依据乔纳森·卡勒关于叙述契合的思想，《在贵州道上》中的说明和交代性文字，确实如托马舍夫斯基所说的，"构成一部作品主题的动机体系应体现审美的统一性"。因为关于贵州道上的说明文字，构造了一个险峻、残酷的特殊气氛和环境，让读者先期有所感觉和了解，为进入故事做好准备，以便在接受人物和故事的时候认可其真实性。读者知道了"让轿""抬加班""加班匠""冷肩头""干人"等行话，才能理解如老赵这样的人物的故事是"干人"才会有的故事。说明的动机在全篇的整体艺术效果中得到了阐释。第三，《在贵州道上》中说明性的文字，由于脱离了故事情节和人物，所以，不在叙述顺序中，不存在故事时间和叙述时间之间的关系问题，但是又穿插在文本中，客观上使故事叙述速度变得缓慢了，阅读中有更加饱满的感觉。可以说，我们如今阅读《在贵州道上》能有这样深沉、凝练而饱满的感觉，能够在朦胧与模糊中深入思索，与这些说明性文字的存在是密不可分的。

在贵州道上

蹇先艾

多年不回贵州,这次还乡才知道川黔道上形势的险恶,真够得上崎岖鸟道,悬崖绝壁。尤其是踏入贵州的境界,触目都是奇异的高峰:往往三个山峰相并,仿佛笔架;三峰之间有两条深沟,只能听见水在沟内活活地流,却望不到半点水的影子。中间是一条一两尺宽的小路,恰容得一乘轿子的通过。有的山路曲折过于繁复了,远远便听见大队驮马的过山铃在深谷中响动,始终不知道它们究竟来在何处。从这山到那山,看着宛然在目,但中间相距着是几百丈宽的深壑,要经过很长的时间才能达到对面。甚至于最长的路线,从这边山头出发是清晨,到得对山时已经是黄昏时分了。天常常酝酿着阴霾,山巅笼罩着一片一片白縠似的瘴雾,被风袅袅地吹着,向四处散去。因为走到这些地方,也许几天才能看见一回太阳;行客则照例都很茫然于时间的早晚,一直要奔波到夜幕低垂,才肯落下栈来。

在贵州界内最称险绝的是九龙山沟,羊角垱,石牛栏,祖师观……这几处,都是连绵蜿蜒的山岭,除了长壑天堑之外,石梯多到几千级。从坡角遥望耸入云端的山顶,行旅往来宛如在天际低徊的小鸟,更没有想到自己也要作一度的登临。

走到这一类的山谷之中,不用说行装累赘的搭客要发出"行路难"的叹息来,连筋强力壮的轿夫都裹足不前了。这是走旱路很普通的情形:每逢路不好走,轿夫们照例要请乘客让轿的;让轿当然不是客人所乐意的事情,偶一为之还能照办。于是他们便有了第二种偷懒的办法,就是"换加班"——另外找人来替抬。换加班在他们的经济上自不免要受些影响,不过身体方面总算少吃了若干的亏了,这不能不说是得可偿失的妙法之一。至于这班抬短路的,——他们叫做"加班匠"——随时在小市集或者荒村野店中都散布得有:他们多半是烟癖很深,无家可归的二十多岁的干人,(老年中年不敢说没有,怕终归是少数。)专门抬短路的。他们本来就有相当的气力,而且又是冷肩头,所以特别有翻山越谷的本领。尤其是烟瘾过足之后,马上就可以拖起轿子狂奔二三十里才歇气。这些汉子有的是两个一组,还有一乘竹兜子的滑竿,是预备抬乡民们从甲地到乙地去赶场之用的。有的加班匠则可以说是彼此素昧平生,漫无组织的:在这家烟馆里横陈几个,在那家烟馆里陈列几个。买卖上门来了,才现去找配角。这其间还要演一套装腔作势的把戏。照例一位站在一家挂"闻香下马知味停车"的方灯的馆子门口发问:

"有人抬加班没得?"

起头是大家都装聋。

"弟兄,抬加班去不去?"找配角的转向门内叫人了。

"懒毯抬得!尔妈又是那几个钱一里!"屋里便有人喃喃抱怨,不肯马上发驾。

"抬来哟,闲起有啥事做,找两个钱吹鸦片烟,比郎我都好呢!"

"车去车来都做这个生意,尔妈又来抬!"

于是假装摆架子的这位便从他们的"英雄馆"钻出来了。

一位在前面懒洋洋地走,草鞋沙沙响着;那一位在后面跟随,从裹肚里找烟盒吃叶子烟,借以表示自己的闲情逸致。他们走到轿子跟前,便在一家小店门口的板凳上坐下来,同轿夫讲价。只要价钱一妥,立刻就精神焕发,抬起轿子上路。要是附带有滑竿架子的,加班匠还得向轿夫露一个笑脸,请他们帮忙带了走。一经他们抬起动员之后,乘客恐怕谁都要感到分外的舒服。原因第一因为他们是生力军,抬起可以飞跑;第二,因为他们的抬法很稳,有时比轿夫的步伐还谐和些,坐轿的自然一点受不着什么颠摇的痛苦了。

这天我们从桐梓起程,一离栈,天上便下起蒙蒙的阴雨来,真使人不快。清晨算是走了一段平阳大路,饭后便要翻冈头井,祖师观,石牛栏三座险峻的长岭。据说上坡下坡总共有三十几里。这些蛮荒的山谷,从轿夫口中的歌谣听来,已经够可怕了。他们常常喜欢唱道:

"分水岭来不算行,
石牛栏才累死人!
闷头井来还不算,
祖师观要走天半!"

　　下午的雨从蒙蒙一变而为淅沥的大点了。道路非常泥滑。最是在我们省里的山路,大小不等的青石块,高一块低一块地乱嵌在土里,晴天已经就凹凸不平,很容易使脚受伤;雨天更是泥塘深坑,时时有使人跌扑的危险。加之,田里的水有时还要满溢出来,泛滥在路上,汩汩地流动。幸而山水还没洪发,要不然,难保不是一场很大的水灾呢。

　　轿夫们戴起斗笠,扎着裤脚,一滑一溜地走着,没有一个不是口里喃喃抱怨的。又不敢走得太慢,怕前后的轿子与挑子衔接不上,中途有意外发生,夫头这时更显出一种着急忙迫的情形,一会儿跑向前面去,一会儿又跑在后面来,招呼不迭,总是用好话鼓励着大家前进。乘客如我们,坐在轿内,望着这样不好的天与坎坷的道路,也觉得惴惴自危,因为我们的脚下就是万丈深的悬崖。万一跌下了去,那不也很"倒霉"么?

　　九点钟的光景,我们才在山坡下的一个小镇歇脚,打早尖。据说这一去便没有好路走。启程之前,夫头和颜悦色地走来,打算请我们让轿。妻和C女士因为是女流之辈,算是幸免于难了。陈侄立刻遵命,就下轿来,穿起线儿草鞋,打着洋伞慢慢爬坡。我因为在病中,夫头是知道的,所以连一个让轿的字都没有向我提起。我很谅解他们的不得已的苦衷,——然而我走,不也很费力么?终于勉强走出轿子来,想看看雨的大小和天色;如果山路不滑,我想就是挣扎着走几里,也并不是完全不可能的事情。我站在这家小茅店的前头,看见轿夫们多一半在那里喝茶;有的不知道是汗还是雨湿了衣裳,脱下后,便露出红肿的双肩;有的弯着压驼了的背在喘气。雨是漫天而来,远山的白雾很迅速地在向西南移动。

　　夫头也是操着手望天,离我没有几步;他走过来说:
　　"先生,听见说你人不安逸,不让轿好喽,我们喊加班抬你。"
　　"那又叫你们贴钱了,真过意不去呢。"我看见雨还是那样的下,山又很陡,不由得气沮了;我的话固然是谦逊,但同时也就是表示赞同的意思。
　　"那点,那点!胡小山已经喊加班去了。"

我微微地笑着,含糊答应。

"抬加班,那乘,那乘轿子?"

"尔妈,老子昨儿个来,今儿个又回三坡去。"

我们正在说话,胡小山带着两个加班匠来了,两位口里还咕噜着。一位身躯很高大,样子不过十八九岁,穿得还干净;那一位和他正正相反,是个矮黑的二十多岁的胖子,脸色真难看,一望而知是中烟毒很深的,穿件两半截连成的破汗衣,腿上一条又小又短的裤子箍着,屁股的一部分都露在外面。

"是不是这乘?"矮胖子颤动他脸上的肉问。

"对喽!"胡小山回答他。

矮胖子便喊了一声:"弟兄!"高汉蹒跚着过来,两个把轿子提了一提,胖子嘻嘻笑着说:"还得行,弟兄,不重,不重!"

气歇够了,夫头便催着大家赶路。

我的这两位加班匠仿佛争功似的,抬起我的轿子先走,也不等后面的大众;胡小山和那一个夫子老李都有点龙钟了,自然精神差得多,喘着气紧跟他们跑。我们在路上并不寂寞,时时可以听到加班匠的笑话。从他们的清谈之中,我才知道胖子姓赵,他的口气很大,似乎是一个抬轿的老手;抬后头的那个高汉叫贺光亭。

"贺光亭,我们两个抬起都还对啊!"在路上先是老赵得意地迈着大步说。

"还跟得上步数吗,赵大哥?"贺光亭在后面响应他。

"弟兄,顶呱呱!"老赵急急回答,又忙着报路:"泥塘不知深浅!"

"踩边边还要浅点!"

"弟兄,老赵抬轿,该有一把手! 不是客气的话,下雨天老子都敢放开脚步跑,翻山同走平地是一样的。"

"老实赵大哥,你前回些不是说家里出了岔子么? 你怎么还是这样欢喜法?"

"这叫做黄连树下抚瑶琴,——洋洋坡!"

"慢慢梭!"

"越上越陡!"

"越上越好走!"

"滑得很!"

"踩得稳!"

老赵口里虽然在报着路滑,脚却故意向泥塘踹去,水溅得很高,发出尖脆的响声来。

"赵大哥,你看你的草鞋都烂了!"老贺忽然换了一个题目。

"尔妈,你真是教场坝土地——管事管得宽,不穿草鞋,又碍啥事?弟兄,老实我哥子问你一天吹几盒烟?"

"七八盒,也就是这个样子吧,你呢,老赵?"

"我吗?比你能干得多,七八盒再加上七八盒,再加上七八盒。"

"啊呀!你这个东西,也真能吹,拿给我就不行。"

"滑滑路!——骇死你,这就叫多!"

"踩干处!——到石牛栏我看你还是买双草鞋去吧,这样拖起拖起的,咱个走?"

"不瞒你老弟说,我有两百钱,又可以吹上两盒了,买草鞋?这双草鞋给你说,都是捡得来的;尔妈,老子再捡一双,又可以穿到河洞了。"

在一种依稀恍惚的情态之中,我只顾低头听他们的话,险阻艰难的祖师观已经快走完了。虽说是下坡及上坡,时刻在山顶上回旋,自己的身躯仿佛与对山的白云相齐,下望是低陷数十百丈的淙淙溪水与纵横的阡陌,我的心也十分坦然。直到轿夫叫我看祖师的神像时,我才觉得走的路真不少了。

老赵这时走得更加快速度,两只手摔着半圜,率性不去扶肩板了,把后面的贺光亭简直拖了走,急得老贺乱嚷起来:

"不要尽跑,这样拖,我就来不起了。背时鬼!"

"呵,就来不起喽,年纪青青的!背时鬼!我背时,你背利;我敲当当你落气!"

我看见老赵两只肥紫的肩膀在肩板下不时调换,口里喃喃着,真有趣,不由得自己对他也发问了:

"老赵,你是什么地方的人?"

"三坡,就是你今晚上要歇的那堂儿,先生!"

"你的家也在那里么?"

"先生,我从小就打烂仗,四川也走过好几趟,那年抬过王道台上成都。娘老子都没得,前年讨了一个婆娘,爱穿爱戴,我养她不起,跟倒野老公跑了,不带贵的东西!先生,你说我老赵还有啥子家呢?这如今变教场坝的桅杆——独人了!"

"你抬得很不错,为什么不找一个长路抬呢?"

"从前是抬长路的,到云南,上成都,下重庆,都走过。这如今烟吃上了,抬不惯长路;二来那堂儿去找这样的生意?人家都说我们是跑流差的,放不下心。先生,抬你抬得不好,不要见怪!星宿跟着月亮走,——沾你老人家的光,到栈房多赏几个酒钱吧!先道谢一下!"

我和他这一说话,不要紧,他却想敲起我的竹杠来了。

贺光亭在轿子后面也掺着嘴说:"先生,你不要小看老赵呢,他以前还吃过粮,当过几个月的排长,这如今算是背时,以前人抬他,现在他又抬人了。这也没啥稀奇,那个保得千年富,那个保得万年贫呀!"

我听后没有言语,只抿着嘴笑了一笑。

到了石牛栏,他们是最先赶到,也就最先歇气吹烟去了。我便下轿来,在街上散步,一面等候C女士和妻的来临。因为的确我的轿子走得太快了,连胡小山们都没有跟上,丢在后面,很远很远。当走在中途,空虚的山谷里,前不见行人,后不见来者,只有我一乘小轿在那里忽升忽降,又是这两位陌生的加班匠抬着我,我想万一有什么劫掠之类的事件发生,象我这样一个文弱的青年如何能抵得过他们呢?一直到石牛栏的小店歇脚,我的跳跃的心才安静下来。雨这时已经渐渐停止,偶尔还飘过一点两点树上飞来的残滴。我浏览半天风景,妻们的轿子也到了。她和C女士都出来活动活动身体,大概是在轿子里闷得太久的缘故吧?后来我们三人简直端了店家的板凳,在路旁坐下来。

忽然大路上有一个乡下的妇人也走到我们的身边来,拄着一根柴棍,包着白头巾,好象走了很长的路,面红耳赤,显出十分困顿的情形。我们疑惑她总是到那里去赶场的农家大娘之类,在路上这些人物我们遇见得最多,几乎一见就可以辨别得出。不过这位大嫂仿佛有什么心事似的,埋着头只顾走,走到店子那座石台阶前,居然坐下了,大概是想歇歇气再奔路。但不知道她的眼睛为什么忽然抬起来,不住地向斜对过老赵们在那里吹烟的烟馆门里看,看得真入神,连瞬都不瞬一瞬。渐渐地她的头有点颤动,口里咿唔起来。使我为之骇然,我慌忙让妻和C女士躲开,我说:

"你们看见没有?那个女人是疯了的,怕人得很!"

她们起先好象不大注意,等再注目去看时,那个妇人的头发已经披散了,两脚一阵乱跳,没有想到她竟会放声大哭起来。嘴唇边还颤着一些含糊的字眼,夹杂着哭声,正好象清明节女人哭坟的那种凄酸漫长的调子。但后来她的声音骤然转入高尖了,我听清楚了几句,是:

"赵洪顺,你有本事出来!杂种东西!我有啥事对不起你?"

她的哭声把四围的人都感动了,大家一齐围拢来问她:

"大嫂,你在这堂儿做郎我哭?"

"有啥不得了的事这样伤心啊?"

那个妇人不住地摇头,半天才说:"诸位,你们管不到我的家事,叫赵洪顺出来,我跟他说个明白!怕喽他我不姓谢!"

"那个叫赵洪顺?"有人问。

"就是赵胖子,这是他的大嫂。"旁边有知道的便替代回答。

我知道我的疯人的悬拟完全错误了,也忙着过去旁观。

"诸位,请你们评评这个道理,嗯嗯,"那妇人一路哭着,一路诉说,"我家就住在三坡,婆家姓赵,在那边烟馆睡起吹烟的那个黑矮子就是我的男人。这个杂种龟儿,不学好,背着我学会了吹烟,百不理事;抬加班的钱,一个人还不够用,总是回家大吵大闹,逼着我要钱,嗯嗯……找我出气;把我的手饰衣服都卖光了,我只好出去帮人,他这个东西,不业嗜好,天天还是找上门来,三块两块地拿起去,我啥话都没有说,他是我的丈夫!他昨儿又跑来啦,他逼我改嫁,说他已经收了人家二十块钱的聘礼,他简直把我卖了。我来他家这两年啥事对不起他?嗯嗯……他要我嫁,我情愿到昭忠祠去把头发铰了当尼姑,我早就吃长素了。我们从今以后,各干各的,我在三坡找他两天都没有找到,他这个忘恩负义的东西,以为跑脱了呢;王家却到我主人家那里来要人,嗯嗯……卖自己的妻子,太可恶了!嗯嗯……"

"大嫂,你也不要太伤心了,喊赵大哥来给你告个么二三就是了。"店家的老板娘走来劝。

"我倒要看看他会把老娘卖了才怪呢!"赵大嫂眼睛哭得象红肿的桃子,跑到街心去,把头发一阵乱摆,喊道:

"赵洪顺,尔妈,你出来!我姓谢的那点对不起你,七出之条犯了那一条?"

老赵大概是烟瘾过足了,从对面一大步跳出来,扭住他的太太就是一阵拳头。

"你这个烂婆娘,不要脸的东西!裹上了野老公就去你妈的三十三!你发啥子鸡脚疯?不要给我姓赵的再丢丑了,尔妈,男人抬轿,婆娘养汉……"

老赵一面高声地骂着,一面用手挽住妇人的头发,用破草鞋的脚乱踢。

赵大嫂借着机会,益发娇痴,坐在地下,简直不肯起来,只是伤伤心心地哭。

"老赵,你发神经病了?"

"尔妈,也有这样野蛮的人!"

轿夫们都愤愤不平地上前来拖赵胖子,有人便在他背脊上给他几拳。老赵这个家伙有一股子劲,并不怕打。

"你的轿子不抬了吗?"夫头气得吹胡子,走过来就是一巴掌。

"不抬,讲好了的,那有不抬的话说!"他鼓起眼睛说,这才把手松了,叹口气,"赵大嫂,就算老子对不起你。老子答应人家的生意,要干拢。你要是不放心,跟着老子走,三坡见,我不会象岩鹰飞到半天云去的。随便啥地方都陪你去。猫抓糍粑,脱不了爪爪,我早晓得有今天……"

"我刚走三坡来,又回去!"

赵大嫂抱怨着起身,一颠一踬地向三坡的路上走。很费力,很可怜;老赵抬起我横冲直撞地狂奔,回都不一回顾。

"老赵,你这家伙也忒没有情分了,自己的同床共被人呀!"走到一座松林里,胡小山带着讥刺的语调向老赵说。

"弟兄,——"他看见胡小山年纪太大,这个称呼有点欠妥,忙改过口来:"胡大哥,你不明白!"

"你明白啥？我看你早给烟熏糊涂了！"

"胡大哥，你那里会晓得老赵家里的事情；这个婆娘向来就不带贵。你问她那天不是打扮得妖精怪气地去摆街？我一年四季都在外头，晓得她在家搞些啥名堂；尔妈，总而言之：十个婆娘九个坏……前踩左！"

"后踩右！"老贺应。

"……"

"赵大哥，"老贺听了他的话很为不平，大声地叫，"你不要冤枉你家大嫂喽，她才是个贤德之人！不是你吹上烟，她就不会同你闹翻的，好意思！脸摆在那堂儿去？你，你说，你出脱了人家多少家事？人家帮了人，你那个月不去分几文？你又嫖又吹，瞒那个都瞒不过我贺光亭呀！一个人不要太昧天良了吧。"

赵胖子低头不语，只管伸直腰杆走路。

翻山翻得人头发昏，雨虽然没有，天已经透露一丝两丝的阳光，路却非常难走，而且沿路都是盐巴客，把他们沉重的背兜横梗在大路当中，不肯让人；一不小心，轿夫便和他们吵闹起来，真正使人烦腻不过。有时正在闷闷的时候，远处放牛儿忽地传来一派山歌声，听着倒非常有趣，他们的声调拉得很长而且自然：

十七十八正风流，叫你跟哥你害羞；
二十四五人老了，想哥日子在后头。

黄昏时候，我们才到河洞，这个地方是寥寥可数的几家人户，有座瓦盖栏杆的木桥，桥下水声潺湲可闻。我们歇在桥口，抬头可以望见妻们的轿子从山谷的曲路蜿蜒而下。在河边大家聚齐后，又出发。赵胖子挺胸正走得起劲，那知又有意外了，从路旁冷不防走出一个卖泡巴的老太太把他抓住。这位婆婆年纪虽老，却有力气，无论如何不让他走。老赵则大撒其伧。

胡小山们从后面赶来了，忙问是什么事情。

"他该我的钱不还！"老太太恶狠狠地说。

"多少钱，值得这样闹？"

"一百文！"

我在轿内听见这个渺小的数目,觉得真好笑:第一,这位老婆婆也真算认真了;第二,为什么老赵连一百文的债务都不肯偿清呢?

"还钱不还?"

"前是胸膛后是背,要钱就是定子会!"

"不是人说的,狗禽兽,你玩赖,不还钱也叫你走得到!"

胡小山过来吼老赵一声说:"老赵,你这个烂干人,吃人家的事不给钱,有这种道理吗?一百钱,好大个事情!"

"大哥,没得钱,还不起,有啥法想?"老赵给自己辩。

我以"鲁仲连"的资格说:"胡小山,加班的钱,扣他一百就是了。"

"先生,这不行。"这好象挖了老赵的心。

胡小山在裹肚里拿一百递给老太太,踢了老赵一脚说:"抬起走,欠账不还的干人!"

老赵瞪着眼睛,招呼后面道:"走啦!"

走了好几里,老赵一句话都没有说,只顾向前冲。就是看见对面的挑子来,也不叫"踩左踩右"了。后来竟唏唏呼呼起来,好象在哭。真没想到他这样硬肘的汉子,居然也会脓包。我问道:

"老赵怎么回事?哭了!"

"胡小山扣我一百文。"

"一百文就值得哭吗?"

"一百文够吹一盒呢,先生哪!"

"不上进,就慕倒吹烟!"贺光亭也加入嘲笑他。

"到栈房,这一百钱我还你,你们的烟瘾也未免太大了。"我有点可怜,便这样安慰说。

"先生,要吹烟才有气力呢!"

"唔,你们下力人那里挣得了钱呢,都让烟给害了啊。"原来妻的轿子也追上我们了,她在后面叹息着说。

晚上九点才到三坡,栈房已经由夫头打好了,就是他们告诉过我的荣隆栈。下轿一搬行李,铺床,又加上吃夜饭,真是极忙碌之至,我更记不起什么老赵小赵了,而且疲乏已经把我包围了呢。吃完饭,我正出门来散步,想借此消化吃下去的东西。乍看有如幽灵,忽然一个矮胖的黑影子在

我的面前一蹲,声音很凄涩地说:

"先生,你老人家不是答应还我一百文么?"

"你是谁?"我始而有点惊诧,"呵!老赵,你还没有走?怎么不去了你的家务事?"

"我也住在这间栈房,先生,太累啦,明天才走。钱,你要是不方便的话,明天早上拿也可以。"

"拿去!还有两百文就算我给你的赏号吧!"我总共递了三个值百的大铜元给他。

"多谢你,先生!"

老赵的黑影闪进东厢房的烟室中去了。

我们住的这家栈房虽然很大,但是并不十分清洁,满屋的壁上都是打油诗和漫画,光怪陆离,无所不有。屋址靠近河边,河风不时吹来,刮得窗纸呼呼乱响。C女士住在我的隔壁。妻给陈莅把床铺好,他倒下去,呼呼便睡。我写完日记,已经将近十二点,因为明天还要走路,不得不稍事休息,也就脱衣躺下,妻胆子比较小,又听见到处都是响声,虽然一半靠着板壁,一半睡在床上,但时刻都在警觉之中。她怕有窃盗的潜来。

我睡梦得正模糊,所谓模糊也就是代表半睡半醒的状态,忽地听见店门嘎的一声响亮,我不觉身子一掣。以后的声调更庞杂了;不过起初是很单调的步队之行声,渐渐便夹杂着指挥刀的铿然,由远而近,进了店子。杂沓的步履,一直响到东厢房之前,接着仿佛有几只灯影在乱晃,只听见叫:"起来!起来!"那边的人大概都惊醒了。立刻形成一种紊乱,有的在发梦呻,有的在大声急呼找草鞋。我心里战栗着,想起轿夫们都睡在那边屋子,难保不是拉夫的呢。我打算坐起来,妻忙止住我说:

"不相干,大概是查号的吧?"

"那他们一定要到上房来。"

"不,店老板一定可以搪塞他们了。"

"唔。"

我漫应着,又安然睡下;但却竭力维持着不要使瞌睡来临。妻真细心极了,她还是用耳朵再谛听。大家都沉默着。

"我原说在这点,你看对不对?"一种洪亮的声音,把喧嚣的空气压下去了。

"军士,我们真不晓得……"

这仿佛是店老板的话;不然,总应该是么师之类。底下的声音很细,听不真。

接着便是轿夫们的无意识的起哄;有些在廊檐下睡的,正睡得朦胧,也翻身起来,口里直问:

"啊呀,啥事,啥事,半夜三更闹个不清?"

军队的弟兄好象这时完全挤在东厢房门口了。

"捆起来,杂种!老子也叫你跑得脱!"

"军士!军士!军士!"半哑破竹似的声音忽然起了,这个调子于我非常熟悉,觉得从前在那里听见过。

"在拿人啊!"妻悄悄拉我的衣裳颤抖说。

我低声回答她道:"也许这家栈房住得有坏人,团防倒是顶尽心地,不要怕!不要怕!"

"架起走,你这家伙跑得倒不慢,擒到啦!"

嘤嘤的哭泣声在那边屋子里抽搐,绳子捆绑和拳头押击的巨响,使人有一种森冷寒缩的感觉。一个军官发出号令,东厢房的团防在排队,足音是繁响不是蛮然。后来队伍开走,大门关上了。那些被扰的人们似乎都不愿意再睡,聚在一起纷纷议论这件公案的始末。我心里已经坦然无事,没有闲情再去继续潜听。这后半夜,的确入了酣眠中了。

第二天我们起来,又重新整理行装出发。天差不多完全放晴了,我们贵州的地境,居然也是蓝天白云,轿夫们无一个不是欣欣然。我把 C 女士和妻的轿子先打发走,自己一个人压后阵。刚出店门,正预备上轿,迎头便看见昨天抬我的那个高汉子加班匠贺光亭,我忽然想起老赵来,便问他道:

"你一个人在这里,老赵呢?你们散伙了?"

"先生,老赵没有了。"他凄然说。

我不由得愕然。老赵没有了,那么,难道他得了急症死了么?

"怎么老赵被他的太太带回去了吗?"我只好这样问。

"昨晚上的事,先生睡着了,大概不晓得吧?"

"呵！昨晚上的事，我知道一点，是不是拿人？"

"那你老人家还问我！先生，那个晓得老赵还当过棒老二的！他，他今天算不到就要吃卫生汤圆呢！唉！只可怜他的女人，你不要以为她郎我泼，夫妻情义倒是很重的。"

我已经坐入轿子，贺光亭还是泪眼淋漓地望着我。

胡小山不容我再给他说话，和老李抬起我便走，他一路走，一路说："先生跟他谈啥！抬加班的，烂流差，棒老二，都是一流货！"

我在轿内用力拉窗户，想回头再看看贺光亭，窗户偏偏拉不开；等到窗子拉开时，伸出头去瞧，我们已经离三坡很远很远了。

我的心里为这件事难受了好几天。唉！我们所处的世界是何等的残酷呵！

1929 年 4 月 7 日

借用历史材料以构筑别样世界的小说艺术

——茅盾《石碣》等三篇历史小说的文本分析

在茅盾的小说创作中,批评家一般不太注意他写于1930年的《石碣》《豹子头林冲》和《大泽乡》这三篇历史题材短篇小说。1930年,茅盾经过思想苦闷的低沉时期从日本返回上海,开始参加以鲁迅为旗帜的左翼作家联盟的活动。关于这一年的心境,他自述说:"大约1930年夏,由于深深厌恶自己的初期作品(即1928—1929)的内容和形式,而又苦于没有新的题材(这是社会经验不够之故),于是我有了一个企图:写一篇历史小说,写中国历史上的第一次农民起义。"①这就是随即写下的《大泽乡》,不久他又写下了《石碣》和《豹子头林冲》,共同汇成历史题材短篇小说系列。毋庸置疑,在这三篇小说产生的当时,确实如以往茅盾研究者所说的:"茅盾的历史小说描写过去,的确是在'向现代发言'的:或者是掘发了历史的高尚精神,给人们以鼓舞的、向上的力量;或者是鞭笞了历史和传说中的'坏种',给现实恶势力以无情的揭露与诅咒。"②概而言之,可以认为茅盾是从有惊人相似之处的历史现象中寻找折射现实的事件,从而迂回曲折地反映现实生活斗争。

如今我们的文学观念、学术视野都发生了很大的改变,也有了更多的文学批评方法,在这样的背景下再来分析《石碣》等三篇历史小说,我们完全有可能在文本原初"向现代发言"的基础上发现其更丰厚的价值。基于这样的认识,本文努力超越以往的社会学批评范畴,致力于在新历史主义的批评方法、叙事学方法和互文性思路中,探索茅盾这三篇历史题材

---

① 茅盾:《茅盾文集》第7卷,人民文学出版社1959年版,第380页。
② 王嘉良:《茅盾小说论》,上海文艺出版社1989年版,第73页。

短篇小说艺术价值构成的机制。我们的分析研究将兼顾到这三篇小说与古典小说和历史典籍的互文,以及与当下的阅读感觉、审美趣味的关系这样两个方面。

需要说明,今天将三篇历史小说放在一起来讨论的主要理由是,它们都是从《水浒传》和《史记·陈涉世家》汲取题材,再度创作;三篇作品的写作时间大致相当;互相之间也存在互文指涉现象。

一 《石碣》:分享秘密

用"分享秘密"为小标题,来自阅读费伦《作为修辞的叙事》中的第六章"分享秘密"所获得的理论灵感。费伦说:"本章把《秘密分享者》(又译《秘密的伴侣》)作为分享秘密的一次经历来解读,然后通过沉思而突出阅读的伦理维度。"在这里,费伦主要讨论的是,读者在阅读作品时,不仅是把人物作为故事的组成部分来读,而且也与人物一起感觉和思索。比如,阅读英国作家康拉德的《秘密分享者》,就是进入船长的秘密:"如果阅读这个叙事,无论在比喻还是在直接的意义上,都意味着与船长共享秘密,那么,这种共享是怎样影响到我们阅读经历的伦理维度的呢?"[①]阅读人物,可以分享秘密。我们在互文指涉性中阅读《石碣》,也是在分享秘密。

《石碣》的故事以一个场面展开,即石刻匠金大坚和圣手书生萧让,在一个地方秘密地刻制石碣。故事内容是依据《水浒传》第71回"忠义堂石碣受天文,梁山伯英雄排座次"的故事线索和原有人物,节外生枝地设计出一段交代石碣从何而来的情节。《水浒传》第71回描写石碣出世的文字如下:"那团火绕坛滚了一遭,竟钻入正南地下去了。此时天眼已合,众道士下坛来。宋江随即叫人将铁锹锄头掘开泥土,根寻火块。那地下掘不到三尺深浅,只见一个石碣,正面两侧,各有天书文字。有诗为证:忠义英雄迥结台,感通上帝亦奇哉!人间善恶皆招报,天眼何时不大

---

① 〔美〕詹姆斯·费伦:《作为修辞的叙事》,陈永国译,北京大学出版社2002年版,第91页。

开!"《水浒传》的叙述中并没有交代石碣是否为上天所降之物,此事真实与否。如果我们将之看作一个空白的话,那么,《石碣》则填补了这个空白,即揭示了《水浒传》中天降石碣的秘密。

阅读《石碣》的实质是,我们读者、叙述者还有石刻匠金大坚和圣手书生萧让共同拥有一个秘密。这个秘密只有水泊梁山上的弟兄们不知道。所谓秘密,就是有人知道,另一些人不知道,或者说极少数人知道,大多数人不知道。阅读者如果是秘密知晓者,和叙述者、文本中人物分享秘密的愉悦心理会自然产生。这样的阅读效应,来自《石碣》和《水浒传》的互文性:《水浒传》没有叙述出来的东西,《石碣》以另一种方式叙述出来了。《石碣》的叙述者是全知视角,他知道一切秘密的起因和展开,金大坚和圣手书生萧让也知道这个秘密;这个叙述角度只有依赖《水浒传》才能获得如前所述的愉悦效果。昔日《水浒传》的读者和今日《石碣》的读者,有不同的视野和阅读期待。西方后经典叙事学有四个维度读者的理论,拉比诺维茨提出有四种读者:"(1)实际的或有血有肉的读者——性格各异的你和我,我们的由社会构成的身份;(2)作者的读者——假设的理想读者,作者就是为这种读者构思作品的,包括对这种读者的知识和信仰的假设;(3)叙事读者——'叙述者为之写作的想象的读者',叙述者把一组信仰和一个知识整体投射在这种读者身上;(4)理想的叙事读者——'叙述者希望为之写作'的读者,这种读者认为叙述者的每一句话都是真实可靠的。"[①]依据拉比诺维茨对四种读者的区分,我们可以想到,《水浒传》的叙述者不希望读者追究石碣是由天而降,还是有人做了手脚埋在地下;能够盲目接受"忠义堂石碣受天文,梁山伯英雄排座次"的读者是《水浒传》叙述者的理想读者。《石碣》的读者是我们,即"实际的或有血有肉的读者——性格各异的你和我,我们的由社会构成的身份",已经非常熟悉《水浒传》的故事情节,以此为基础,便获得了理解和解释《石碣》的最大自由。可以认为,《石碣》的理想读者,是忠实遵循叙述者的叙述轨迹、不断分享

---

① 〔美〕詹姆斯·费伦:《作为修辞的叙事》,陈永国译,北京大学出版社2002年版,第111页。

秘密的人。

  分享秘密是一个过程,而叙事的策略与读者分享秘密过程中所获的内容及理解、心理感觉有很大关系。费伦认为,叙事是一种修辞行为,是"出于一个特定的目的在一个特定的场合给一个特定的听(读)者讲的一个特定的故事"①。怎么讲是至关重要的。《石碣》从俯视的角度,描写金大坚的困惑和怨气;圣手书生萧让向金大坚提问题,金大坚回答问题,以此构成一个完整的对话。这个对话过程贯穿三个主要的秘密。如果说,在一个秘密的地方,金大坚和萧让按照吴用的指示秘密地刻石碣,是一个大的秘密,那么,这个大的秘密中又含有三个小秘密。三个小秘密如同珍珠一样串联起秘密事件背后的诸多人物和他们的故事,让人物丰满起来,引发读者的思考。

  第一个秘密是吴用的"策略",就是"玉麒麟比宋大哥如何?"的问题,即区分第一第二的问题。这个敏感问题具有一箭数雕的效果。"而况'主座'属谁,也该付之公议,不应当有私心,弄诡诈。不幸的是军师吴用今回的'策略'看起来太象是诡计了。"由此引出了金大坚和萧让议论谁该第一的问题,衬托出水泊梁山上人物成分的复杂。由此引出第二个秘密,"有这石碣,两伙人便会合成一伙儿吗?"这是金大坚的疑惑;问题似乎是表面的,但读者由此可以走向深入的思考。第三个秘密是,"我们算是哪一伙?"的疑问;这个问题更加个性化,既是金大坚的问题,也是叙述的修辞策略,最终将读者引向金大坚和萧让的感情寄托,让读者为人物设身处地地感叹。是的,金大坚和萧让属于哪一伙呢?最后还是金大坚揭示出真谛:"看来我们水泊里最厉害的家伙还是各人的私情——你称之为各人的出身;我们替天'行'的就是这个'道'呢!"到此为止,意味着《石碣》对于《水浒传》原作关于"忠义堂石碣受天文,梁山伯英雄排座次"的颠覆彻底完成了。金大坚的怀疑和怨气,萧让既吞吞吐吐又想说出自己看法的心态,他们不赞同秘密刻制石碣,但又毕竟是"靠手艺过活的"等等,这些属于性格的东西得到了表现。石碣固然是机密,可金大坚

---

  ①　〔美〕詹姆斯·费伦:《作为修辞的叙事》,陈永国译,北京大学出版社2002年版,前言第11页。

和萧让的对话及他们的看法又何尝不是机密？三个秘密逐级递进，既是故事情节的不断延伸，也是秘密的不断深入，我们读者和叙述者共同分享了这个秘密之后，不禁宛然微笑，审美经验由此诞生。

二 《豹子头林冲》：林冲心里展开的故事

《豹子头林冲》是依据《水浒传》的原有故事情节写成的一篇具有意识流色彩的心理小说。中国古典小说一般不采用静止的心理刻画，《水浒传》也是如此。比如写到"林冲雪夜上梁山"，心胸狭小的白衣秀士王伦不想接纳林冲，小说非常简洁地写道："王伦动问了一回，蓦地寻思道：'我却是个不及第的秀才，因鸟气合着杜迁来这里落草，续后宋万来，聚集这许多人马伴当。我又没十分本事，杜迁、宋万武艺也只平常。如今不争添了这个人，他是京师禁军教头，必然好武艺。倘若被他识破我们手段，他须占强，我们如何迎敌。不若只是一怪，推却事故，对付他下山去便了，免致后患；只是柴进面上却不好看，忘了日前之恩。如今也顾他不得！"没有充分心理描写的中国古典小说，给以后所有对之加以利用、再度创造的虚构性写作提供了可能和空间。茅盾的《豹子头林冲》从林冲心理感觉的角度，运用《水浒传》第五、六、七、八、九、十、十一回提供的故事情节，从"这一夜，豹子头林冲在床上翻来覆去，直过了三更，兀自一点睡意都没有"开始，到"这时清脆的画角声已经在寒冽的晨气中呜咽发响"结束，刻画了林冲完整的心理活动过程。由于以心理活动轨迹为线索，所以，在对林冲心理动态发展的组织中，先后串联起了林冲对于自己所遭的厄运、自己的出身和以往志向的反思，以及对于王伦和杨志的诸般看法。采用第三人称的叙述来叙写林冲心理活动，势必促使读者注意到林冲心理内容与原来《水浒传》中林冲性格的不同；最不同于《水浒传》之处是林冲在心理活动中所流露的疑问。他的疑问是：第一，即便上了水泊梁山，可是王伦是"做了秀才也还是要不得的狗贼"，由此而意识到"这被压迫者的'圣地'的梁山泊，固然需要一双铁臂膊，却更需要一颗伟大的头脑"。这是他对王伦产生的想法，显然已经超越了《水浒传》原来所有的意思。第二，林冲在困惑中，反思杨志的人生理想，重新认识了朝廷。确实,杨志"他这一片耿耿的孤忠大概终于要被他的主子们所辜负的罢。什么朝廷,还不是一伙比豺狼还凶的混账东西!还不是一伙吮唼老百姓血液的魔鬼"!而对于朝廷这样的认识,是与林冲对自己的人生理想的反思联系起来的。《豹子头林冲》对于《水浒传》的互文性运用,主要是以《水浒传》的故事情节为依托,将原来没有展开的林冲的心理,位移到正面加以描写,让读者产生疑问乃至差异感,由此生出自己的思考。

第三人称的叙述便于运用各种叙述声音,所谓叙述声音是指"说话者的风格、语气和价值的综合"①。叙述者有很大的叙述自由度,可以在叙述声音中特意形成某种格调。《豹子头林冲》的叙述呈现出古典小说中没有的戏仿式抒情的风格,比如叙述林冲镇守边庭的理想时有这样一段文字:"据他从乡村父老那里听来的传说,那就是一片无边无垠的水草肥沃的地方,夕阳下时,成群的牛羊缓缓攒集到炊烟四起的茅屋的村落,然而远远地胡笳声动了,骑着悍马的氈笠子的怪样的'胡儿'会象旋风似的扫过这些村落,于是牛羊没有了,只剩下呼爷觅儿的汉人和烧残的茅屋;每逢这样的'边庭'的图画,在林冲想象中展开来的时候……"这样的叙述风格,表面看来似乎诗情画意,细细品味却能感觉到戏仿诗情画意的真正味道是反讽:林冲眼下频遭厄运,冷酷的现实与诗情画意的理想形成了巨大反差。

三 《大泽乡》:保守一个秘密

《大泽乡》脱胎于司马迁《史记·陈涉世家》。在《史记·陈涉世家》中,司马迁以第三人称视角完整地叙述了陈胜和吴广的出身,以及"二世元年七月,发闾左适戍渔阳,九百人屯大泽乡。陈胜、吴广皆次当行,为屯长。会天大雨,道不通,度已失期。失期,法皆斩。陈胜、吴广乃谋曰……"陈胜和吴广揭竿而起。最后,司马迁概括地描述了陈胜起义的

---

① 〔美〕詹姆斯·费伦:《作为修辞的叙事》,陈永国译,北京大学出版社2002年版,第174页。

历史地位:"……率罢散之卒,将数百之众,转而攻秦。斩木为兵,揭竿为旗,天下云会响应,嬴粮而景从,山东豪俊遂起而亡秦族矣。"

《大泽乡》借用《陈涉世家》的历史材料,但是只取《陈涉世家》中陈胜、吴广起义前和起义过程的部分。《大泽乡》总体用第三人称的全知视角来安排和叙述陈胜、吴广起义的过程,在局部穿插人物视角叙述,在人物视角叙述中传达出人物的感受。《大泽乡》的故事中有三部分人,一部分是两个军官,一部分是九百戍卒,还有一部分是陈胜、吴广。叙述者主要采用两位军官的视角和九百戍卒的视角。两位军官"半夜酒醒,听到那胡笳似的风鸣,军鼓似的雨声,又感着砭骨似的秋夜的寒冷……"在这两位军官的眼里,陈胜的相貌"是一张多少有点皱纹的太阳晒得焦黑的贫农的面孔。……想来陈胜倒不是怎样可怕,可怕的是那雨呀!雨使他们不能赶路,雨使他们给养缺乏;天哪,再是七天七夜的雨,他们九百多人只好饿死了。在饿死的威吓下,光景是什么事都干得出来的罢?"军官的所看所感,烘托了情势的危机。从九百戍卒的视角出发的叙述则呈现出普通士兵的愿望:"想起自己有地自己耕的快乐,这些现在做了戍卒的'闾左贫民'便觉到只有为了土地的缘故才值得冒险拼命……"两位军官的视角和九百戍卒的视角相互交叉。那么,如果没有陈胜、吴广的视角,"说是'大楚兴'罗?""又是'陈胜王'!""鱼肚子里素帛上写的字,夜半风声中狐狸的人一样话语的鸣噪"等谜一样的奇特现象,就没有了着落。这种对叙述视角的选择所形成的艺术效果是:保守秘密,鱼肚中的素帛,夜半风声中狐狸的人一样话语的鸣噪,这一切究竟何以出现,叙述者始终不捅破;但是造反确为事实了。小说最后对于造反的粗略描述,回应了这个秘密;秘密策划成功了。这与《史记·陈涉世家》的叙述上的不同,产生了耐人寻味的效应。我以为,《大泽乡》与《史记·陈涉世家》的互文指涉,是一种纵向的互文指涉。它们对历史典籍基本都是遵循和借用,特殊效果来自作家的叙述策略。

一个文本一旦产生,就会在此后各种阐释条件和阐释过程中生发出不同的意义,或者说,借助于后来读者的文学能力,文本的潜在属性才能变为阐释者所中意的意义。《大泽乡》的叙述中有一些带抒情色彩的词汇,比如"三十万雄兵都不曾回来,知否是化作了那边的青燐蔓草哟!"还有一些现代语汇,比如"地下火爆发了!……被压迫的贫农要翻身!他们的洪水将冲毁了始皇帝的一切贪官污吏,一切严刑峻法!""风是凯歌,雨是进击的战鼓,弥漫了大泽乡的秋潦是举义的檄文……"可以肯定,茅盾在写作的当时,决不会希望这些字眼产生反讽效果,而一定是希望这些字眼在"向现代发言"时,或者是发掘了历史的高尚精神,给人们以鼓舞、向上的力量,或者是鞭笞了历史和传说中的"坏种",给现实恶势力以无情的揭露与诅咒。可是我们今天的读者,是"实际的或有血有肉的读者——性格各异的你和我,我们的由社会构成的身份",因此也就超越了单纯的"向现代发言"的立场。在漫长的历史隧道中,诸多历史现象、历史过程,竟然出现了惊人的相似和对照,读者的慨叹也就自然产生了。那么,如何对之作学理性的说明呢?我借鉴韦勒克和沃伦在《文学理论》中关于文体和文体学的思想。韦勒克和沃伦认为"每一件文学作品都只是一种特定语言中文字语汇的选择。正如一件雕塑是一块削去了某些部分的大理石一样"①。他们还认为,研究语言的审美效果,也就是把语言作为文体学来研究,才算得上是文学研究。对作品作文体性质分析的时候,可以从审美角度出发,解释它的特征,并且把对特征的解释和意义的产生联系起来。具体地说,即可以分析诸如语音的重复、词序的颠倒、各种级别的子句的结构以及它们的审美功能等。② 这个思想启发我们,仔细辨析"凯歌""战鼓""檄文",以及"贪官污吏,一切严刑峻法"等字眼,其审美功能就是,此前所叙述的陈胜、吴广起义的具体历史事件,通过这样一些带有历史沧桑感的字眼的渲染,生发出了造反者的普遍含义。读者似乎在恍惚中,既是读陈胜、吴广的农民起义,也是在读一切农民造反事件,难以分清哪朝哪代。我以为,这是一些被文化熏染了的词汇,在历史河床中已经逐步渗透在人们的文学能力中之后所产生的

---

① 〔美〕雷·韦勒克、奥·沃伦:《文学理论》,刘象愚、邢培明、陈圣生、李哲明译,生活·读书·新知三联书店1984年版,第186页。

② 同上书,第193—194页。

审美功能。①

如果说《石碣》是揭示一个秘密,那么,《大泽乡》却是保守一个秘密,对照起来阅读,别有一番趣味。因此,《石碣》和《大泽乡》在阅读效果上也形成互文现象。

四 互文形式的多样化与艺术效果

对于茅盾这三篇历史小说,一般地指出互文指涉的现象并没有什么太大意义,重要的是进而分析"与其他文本相互关联的种种方法"②何在?以及这样关联方法的审美经验发生机制何在?具有怎样的规律?

其实,在前面对三篇历史小说的分析中,对于"与其他文本相互关联的种种方法"已经有所涉及,现在我们进而概括地予以说明。1.《石碣》关联的方式,是让原来《水浒传》中并不引起读者怀疑的部分,即那块石碣究竟是否天降,其上的文字是否天书等问题走到前台来,扩展并形成一个片断,将原著中的石碣及天书赋予了秘密的色彩,叙述于是具有了揭秘特征并产生趣味。2.《豹子头林冲》紧紧依凭《水浒传》的故事线索,将外在故事行程转入林冲的内心世界,让《水浒传》中已经为读者所熟悉的人和事都成为林冲思索和感觉的材料,从林冲内心角度出发的叙述、戏仿式抒情,营造了特殊的反讽效果。3.《大泽乡》是选择性地运用《史记·陈涉世家》的材料,通过叙述视角的侧重和遗漏等叙述策略,故意保守一个秘密,以此形成和《史记·陈涉世家》的互文性差异。俄国形式主义理论

---

① "文学能力"(literary competence)的概念是乔纳森·卡勒在《结构主义诗学》中提出来的,乔纳森·卡勒说:"我们要说的是,把文学能力视为阅读文学文本的一套程式……"他还通过引述热奈特的观点进一步加以说明:热奈特说过,文学"与其他思维活动一样,建立在它本身并没有意识到(除某些例外的情况外)的程式的基础之上。"(《辞格》,第258页,此处转引自《结构主义诗学》第177页)乔纳森·卡勒说:"人们不仅可以把这些程式看做是读者的内省知识,而且可以看做是作者的内省知识。"(《结构主义诗学》,中国社会科学出版社1991年版,第177页)。

② 〔美〕M. H.艾布拉姆斯:《欧美文学术语词典》,朱金鹏、朱荔译,北京大学出版社1990年版,第373页。

家维克多·什克洛夫斯基指出:"文学前置其媒介物的主要目的是生疏化(estrange),或陌生化(defamiliarize)。换言之,文学靠打乱语言述说的一般表现方式,使得平常所认知的世界'变得陌生',从而更新了读者已丧失了的,对语言新鲜感的接受能力。"①那么,我们可以设想,互文性的艺术机制,是否也依赖陌生化? 对于茅盾这三篇历史小说,读者越熟悉《水浒传》,熟悉其中的人物,就越能在茅盾笔下的《豹子头林冲》中读出新意和趣味来。读者对《水浒传》中第71回越熟悉,就越能体会到茅盾笔下《石碣》揭秘的韵味,以及金大坚和圣手书生萧让对话中的弦外之音。读者越熟悉《史记·陈涉世家》,就越会为《大泽乡》特殊的语言、叙述角度的变化而感到新鲜。将三篇小说的艺术效应加以比较,应该说,《石碣》最好,《豹子头林冲》其次,《大泽乡》再次之。那么,这是否与互文性方式及程度有关呢?《石碣》和《水浒传》原作反差大,再创造成分多;《豹子头林冲》次之,从外在故事情节转入林冲内心世界,再创造成分较多;而《大泽乡》与《史记·陈涉世家》原作反差小,仅仅是语言和叙述角度的改变。艺术价值和互文性关联的一定程度的反差有关,也就是说,较大的反差,获得的艺术效果要好一些,而反差较小,所获的艺术效果要差一些,反差效果的强弱依赖对原著互文性地再创造的程度。那么,是否可以说,差异越大,冉创造程度越大就越好呢? 回答是否定的,因为当再创造大到和原著基本没有关联了,也就不存在互文性了,由互文性产生的特殊艺术效果自然也就消失了。此外,作品的艺术价值与互文性方式及程度肯定有关,但不是唯一原因,作品艺术价值肯定还与其他因素相关,这些问题有待深入研究。这也可以看作茅盾这三篇历史小说对于文学理论的贡献吧。

---

① 〔美〕M. H. 艾布拉姆斯:《欧美文学术语词典》,朱金鹏、朱荔译,北京大学出版社1990年版,第305页。

石　碣

茅　盾

玉臂匠金大坚还没刻完半个字,忽地又是扑嗤一声的笑起来,抬头望他的秘密工作中的伙伴。

"金二哥,又笑,怎的?"

靠在太师椅上慢慢地摸胡子的圣手书生萧让轻声说。胡子,原来只有稀落落的几根,又很短,然而只要左手空闲着,萧让就总得去摸,这和他的喜欢轻声儿、慢慢儿、两字三字一顿的说话的方式,都是新近才有的习惯。

"萧大哥,你真是活象智多星吴用了!再过几天,我就管你叫智多星罢!"

算是回答了萧让的询问,玉臂匠金大坚简直的放下了刻字刀,双手按在石碣上呵呵大笑起来。

萧让得意地摇着头,随即把脸色放得更庄严:

"我说,金二哥,怨不得,吴军师,那样叮嘱我来。你只是心直口快!"

玉臂匠呆了一下,似乎突然憬悟过来,他收起了笑容,拿过刻字刀,低着头便又干他的一点一画的工作。

"慢着,金二哥,刚才,你又笑,到底为的甚么?"

"想到你和我躲在这里干这个,就要笑。"

"你真是!"萧让顿一顿。"呵,金二哥,不应该笑。我们这,是非同小可的大事,是水泊里的机密呀:全伙儿,一百单八位弟兄,就只有,你,我,吴军师,参预这机密;便是宋公明宋大哥,他自己,也兀自睡在鼓里头呵!"

从工作中再抬起头来的金大坚本已有一句话冲到口边:正因为恁地,

更加逗的人要笑呵！可是望见萧让的那样庄重的脸色，便不好说出来，只撮起嘴唇做了一个怪相，算是百分之几的抗议。

这也瞒不过精明的萧让。料到这玉臂匠还有几分不了解，——几分不懂得吴军师的"策略"的奥妙，他萧让猛可地担起心事来了。和玉臂匠原是老朋友，知道这位朋友的嘴巴原来靠得住，和他手里的刻字刀一样可靠——从没放松一丝一毫，但是眼前这"石碣"的事儿太重大了，他萧让便觉得很有再切实叮嘱一番的必要。

然而要把吴用的"策略"解释明白也颇困难。大碗喝酒，大块吃肉，大秤分金银的勾当，本来全靠的"公平"二字叫大家心悦诚服；都是受不过冤屈，才来这水泊里落草的。失却了"公平"，也就不配做绿林好汉。同是头领，同是忠义堂上的虎皮交椅，诚然也还有个第一第二之分，但这是纪律呀！没有不守"纪律"的绿林，而况"主座"属谁，也该付之公议，不应当有私心，弄诡诈。不幸的是军师吴用今回的"策略"看起来太象是诡计了。

这么想着，萧让的想要说服金大坚的勇气很不体面地便短了一半。他偷眼看他的伙伴。刀尖落在石头上发出"滋拉，滋拉"的声音，仿佛是金大坚的暗笑；然而金大坚当真并没笑，他在那里认真地工作。

这使得萧让心里略略安定一点。毕竟这位老朋友还可靠。摸着稀落落的几根短胡子，萧让再把军师吴用嘱咐过的话语想了一遍，然后轻声儿慢慢儿说：

"金二哥，你看，玉麒麟比宋大哥如何？"

"都是江湖上闻名的好汉呵！"

玉臂匠头也不抬的回答了。

"哦——金二哥，好歹，总有个，高下罢？"

只有急促的刀尖落在石面上的剥落剥落的声音代替了回答。

"众多兄弟，都说，玉麒麟，仗义疏财，一身好武艺，心地又直爽；宋大哥兀自佩服。金二哥，看来遮莫是玉麒麟强些罢。"

这回却把玉臂匠的头掀起来了。对于萧让的忽然议论到宋卢的短长，金大坚深觉得诧异。自己不是屡次承蒙他告诫莫要臧否水泊内的大头领么？今儿他自己亦犯了规么？和他的刻字技术同样地古朴的金大坚

借用历史材料以构筑别样世界的小说艺术 **191**

的心,忍不住暗笑,老没有机会发泄的几句话便脱口冲出来了:

"人总是成群打伙的。和卢员外亲近的一伙儿自然说卢员外好哪。"

"不,不,不!金二哥,是和卢员外出身相仿佛的人,才都说卢员外好。"

玉臂匠不很了解似的定睛瞅着萧让。

"金二哥,你总知道,我们一百单八人,不是一样的出身呀。如象白胜兄弟,他原是破落户泼皮;阮氏三兄弟,石碣村的渔民;孙二娘开黑店,公孙军师是游方道士,李俊,张横,做水面上的勾当:这算是一伙儿。五虎将的关胜、呼延绰,他们,原是朝廷命官,派来打梁山的;便是卢员外自己,先前何尝不是跟我们作对的?所以这是又一伙了。金二哥,现在,你该明白吴军师的妙计了罢?"

没有回答。萧让悠然摸着胡子,仰天微笑,自己得意刚才的一番从吴军师那里拾来的话语。

有这石碣,两伙人便会合成一伙儿么?这样的意思也曾在金大坚心中一动。但是不失自知之明的他素来知道自己的嘴巴不济事,所以还是不出声,只映着眼睛,用半个脸笑。

突然萧让站起来,蹩到房门口,在门缝里张望了一会儿,然后又回到金大坚身边,满脸庄重气象,凑着金大坚的耳朵急促地轻轻地说:

"二哥,俺水泊里这两伙人,心思也不一样。一伙是事到临头,借此安身;另一伙却是立定主意要在此地替天行道。二哥,依你说,该是谁来做山寨之主?"

"哦!原来却是怎地!何不依了黑旋风的说法,爽爽快快排定了座位,却又来这套把戏,鸟石碣,害得俺象是做了私事,当着众兄弟面前,心里怪难受!"

玉臂匠再也忍不住了,当的一下,把刻字刀掷在石碣上,大声叫将起来。这一爆发,真是圣手书生萧让所不料的。他往后退了一步,学着军师吴用的神气,只管摸胡子。

"二哥,话虽如此说;事情,却不能如此办。也须叫人人心服呀。单是替天行道杏黄旗上的一个'天'字,还不够;总得再找出些'天意'来。这便是吴军师的神算妙计!"

"天意！天意渺茫,就叫我们来替'天'行意?"

萧让沉吟着踱方步。他时时把眼光往金大坚身上溜。军师吴用的高见是不错的,玉臂匠金大坚无论如何不会了解这"策略"的作用。但自己曾在吴军师跟前力保的是什么呢?金大坚的嘴巴靠得住。是凭了十多年的老交谊,他萧让才敢这么担保的,然而现在,好象有些不稳。他偷眼再瞅着他的伙伴。没有什么异样。滋拉滋拉地又在那里刻字,一条好臂膊上的肌肉突起来象是些榾柮儿。

总算放下一半心,萧让再回到太师椅上时,猛听得金大坚又掷过来一个怪问题:

"旁的不管,只是,萧大哥,我们算是哪一伙?"

萧让愕然了。军师吴用从来不曾和他谈到这个。仓促间他搬不出吴用的话语来应付。很想说是属于宋大哥那一伙,可是又觉得碍口。

看见萧让也有对答不来的时候,金大坚却呵呵笑了。这笑象是一瓢冷水,浇得圣手书生毛发直竖。

"我们,——我,既不是赵官儿的什么将军,教练,教头,也不曾偷鸡摸狗,开黑店,大江心里请客官吃板刀面。我们是靠手艺过活的。我刻东岳庙的神碑,也刻这替天行道的鸟碣。就是这么一回事。提起什么天呀道呀地吲,倒是怪羞人呢!"

仿佛抖落了一口袋子的金钱似的,金大坚自己也不很相信竟会这样地滔滔发议论。他的拿着刻字刀的右手突在空中划一个圆圈,又兴奋地加了几句:

"看来我们水泊里最厉害的家伙还是各人的私情——你称之为各人的出身;我们替'天'行的就是这个'道'呢!"

萧让楞着眼睛,只能摸胡子。直到金大坚的刀尖和石头相触的声音再鼓动他的耳膜时,他这才醒过来似地率然问:

"是机密呢！金二哥?"

"我当作从前给人家私刻关防一样,决不走漏半个字!"

借用历史材料以构筑别样世界的小说艺术

豹子头林冲

茅 盾

这一夜,豹子头林冲在床上翻来覆去,直过了三更,兀自一点儿睡意都没有。

日间那个杨志——那个因为失陷了花石纲丢官,现在却又打点些钱财想去钻门路再图个"出身"的青面兽杨志的一番话,不知怎地只在林冲心窝里打滚。

他林冲,一年多前何尝不曾安着现在杨志那样的心思;便是日间听着杨志那样气概昂藏的表白时,他林冲也曾心里一动,猛可地自觉得脸颊上有些热烘烘。但是在这月白霜浓的夜半,那青面兽的几句话便只能象油煎冷粽子似的格在林冲胸口,咽又咽不下去,呕又呕不出来,真比前番第一次听说自己的老婆被高衙内拦在岳神庙楼上调戏还难受。

虽说是会带了宝刀莽莽撞撞地闯进白虎节堂——是那样粗拙的林冲,有时候却也粗中有细;当他把一桩事情放在心上颠来倒去估量着的时候,他也会想到远远的过去,也会想到茫茫的将来,那时,他的朴野粗直的心,便好象被朴刀尖撩了一下,虽然有些疼,可是反倒松朗些,似乎从那伤处漏出了一些些的光亮,使他对于人,我,此世界,此人生,都仿佛更加懂得明白。

现在是月光冷冷地落在床前,林冲睁圆了大眼睛看着发愣。

自家幼年时代的生活朦朦胧胧地被唤回来了。本是农家子的他,什么野心是素来没有的;象老牛一般辛苦了一世的父亲把浑身血汗都浇在几亩稻田里,还不够供应官家的征发;道君皇帝建造什么万寿山的那一年,父亲是连一付老骨头都赔上;这样的庄稼人的生活在林冲是受得够了,这他才投拜了张教头学习武艺,"想在边庭上一刀一枪,也不枉父母生他一场。"

林冲,他从没到过所谓"边庭"。据他从乡村父老那里听来的传说,那就是一片无边无垠的水草肥沃的地方,夕阳下时,成群的牛羊缓缓攒集到炊烟四起的茅屋的村落,然而远远地胡笳声动了,骑着悍马的毡笠子的怪样的"胡儿"会象旋风似的扫过这些村落,于是牛羊没有了,只剩下呼爷觅儿的汉人和烧残的茅屋:每逢这样的"边庭"的图画,在林冲想象中展开来的时候,他林冲的朴忠的农民意识便朦胧地觉到自己的学习武艺就不但是仅仅养活自己一张嘴,却有更加了不起的意义了。

"边庭"哪!这不熟识的"边庭"曾使豹子头林冲怎样地激昂呵!

但是在"八十万禁军教头"任上的第二年,他林冲看见了许多新的把戏;他毫无疑惑地断定那些口口声声说是要雪国耻要赶走胡儿的当朝的权贵暗底里却是怎样地献媚胡儿怎样地干那卖国的勾当!

林冲拿起拳头来在床沿猛捶一下,两只眼睛更睁得大了:

"咄!边庭上一刀一枪!——哈!"

眼前那个青面兽杨志不是还在做这样的梦么?他,这个"三代将门之后,五侯杨令公之孙",应过武举,做过"殿司制使"的青面兽杨志,从前是不明不白掉了官职,现在却又在那里想到高俅那厮手里不明不白地弄回个官儿来;他,这青面兽,一身好武艺,清白姓字,三代受了朝廷的厚恩,贵族的后裔的杨志,就会还有这样的幻想,可是他,豹子头林冲,自来不曾受过"赵官儿"半点好处的农家子的林冲,现在是再也不信那些鸟话了!

这样想着,林冲倒觉得杨志有点可怜。这位"三代将门之后"清白姓字的青面汉子,虽然还是竭力不让身体点污,还是想到边庭上一刀一枪替朝廷出力,虽然他的小小的欲望只不过是封妻荫子,但是他这一片耿耿的孤忠大概终于要被他的主子们所辜负的罢。什么朝廷,还不是一伙比豺狼还凶的混账东西!还不是一伙吮咂老百姓血液的魔鬼!

对于杨志的还打算向当道豺狼献媚妥协的那种行径,林冲只觉得太卑劣。自己是个农家子,具有农民的忍耐安分的性格,然而也有农民所有的原始的反抗性。他从没得罪过什么人,从来不想占便宜;可是他亦不肯忍受别人的欺侮。那时候,他要报复;要用雠人的血来洗涤他的耻辱!那时,他不管是高太尉呢,或是高衙内,或是什么陆虞侯,他简截地要他们的命!对于仇恨,他有好记性。自从那天冤屈地被做成了发配沧州道的罪案以后,他是除了报仇便什么幻想都没有。尽管他的丈人张教头怎样宽慰他,怎样说是"年灾月晦",他到底要立下一纸"休书"给老婆,"放下一条心,免得两相耽误。"他已是下了决心,无论怎样将来只要报仇!再忍着气儿,守着老婆,过太平日子那样的想头,他早已绝对没有了!

流血,他不怕。但无缘无故杀人他亦不肯。因此前天那个什么白衣秀才王伦不肯收留他入伙,要他交纳什么"投名状"的时候,他从心底里直感得这个泼皮的秀才原也是高俅一类,不过居住在水泊罢了。完全为了自己个人的利害去杀一个平素无仇无怨的什么人,那不是豹子头林冲的性情!可是吃逼住了,他只好应承。他打算杀一个看来不是善良之辈的过路人。也是为此他守了三天还是交纳不出"投名状"。

不料最后却又碰到了这倒霉的青面兽杨志!

暴躁突在林冲胸头爆炸开来,他皱着眉毛向墙上的朴刀望了一眼,翻身离床,拿了那朴刀,便开了房门出来。

前几天的宿雪还没消融,映着月光,白皑皑的照得聚义厅前那片广场如同白昼一般;夜来的朔风又把这满地的残雪吹冻了,踏上去只是簌簌地作响。林冲低着头,倒提了朴刀,只顾往前走。左边大柏树上一群睡鸟忽然扑地惊飞起来,绕着树顶飞了一个圈子,便又一个一个落进巢里去了。林冲猛可地曳住了脚步,抬头看天。半轮冷月在几片稀松的冻云中间浮动,象是大相国寺的鲁智深手下的破落户泼皮涎着半边脸笑人。几点疏星远远地躲在天角,也在对林冲眨眼睛。

站着看过一会儿,林冲剔起眉毛,再往前走。然而一个"转念"——那是象他那样粗中有细的人儿常常会发生的"转念",清清楚楚地落到他意识上来了。

"到底要结果哪一个?"

经这么自己一问,林冲倒弄糊涂了。昨天在山坡下和青面兽厮杀的时候,他是一刀紧一刀地向敌人的要害处砍去的。虽然和这位"面皮上老大一搭青记,腮边微露些少赤须"的汉子,原来亦是无仇亦无怨,但作为一个不是无抵抗的善良安分的老百姓而言,林冲那时候却觉得在"刀枪无情"的理由下伤害了那汉子的生命,原是冠冕堂皇,问心无愧的。可是现在?现在呢!尽管这青面汉子在他豹子头林冲眼前已经剥露出更卑污的本相,然而好象是将他从卧房中赶出来,乘他睡眼朦胧就一刀砍了那样的事,也不是豹子头林冲做的。这须吃江湖上好汉们耻笑哪!

愣着眼睛遥望那聚义厅前的两排戈矛剑戟,林冲的杀心便移到了下意识中的第二个对象。是那王伦!那白衣秀才王伦!顶了江湖上好汉的招牌却在这里把持地盘,妒贤嫉能,卑污懦怯的王伦!在豹子头林冲的记忆中,"秀才"这一类人始终是农民的对头,他姓林的一家门从"秀才"身上不知吃过多少亏。他豹子头自己却又落到这个做了强盗的秀才的手里!做了强盗的秀才也还是要不得的狗贼!

林冲睁圆了怒目向四下里眺望。好一个雄伟的去处呀!方圆八百余里,港汊环抱,四面高山,中间里镜面也似一片三五百丈见方的平地,是一个好去处,进可以攻,退可以守的根据地!争不成便给王伦那厮把持了一世,却叫普天下落魄的好汉,被压迫的老百姓,受尽了腌臜气!

象从新下了决心似的,林冲挺起朴刀,托开左手,飞步抢过聚义厅前,便转向右首耳房奔去。

"嘿,那厮来者是谁?"

望见前面十多步处有两个黑影,又听到了这一声吆喝,林冲便摆开步武,将朴刀抱在怀里,定睛朝前面瞅。

"呀,林教头,是你!"

"呀,林头领!"

走近了时这么招呼着的两个巡夜的小喽罗都做出一副吃惊的脸相来。林冲把眼瞅着这两个不说话。不是没了主意,却是在踌躇;他的不忍多杀不相干人的本性又兜头扑回来了。

"林教头,半夜三更,到这里,要什么?"

虽是这么一句平常的询问,在林冲心上却蓦地勾起前番误入白虎节堂那回事情,忍不住抬头望了一眼。明明白白是"聚义厅",不是"白虎堂"!

借用历史材料以构筑别样世界的小说艺术

"林头领好武艺,这早晚也还在打熬力气!"

这话是提醒了林冲了,下意识地竟然点头;但是随即耳根上发热,心里惭愧这有生以来第一次的撒谎。

他,一身好武艺的豹子头林冲却没有一颗相称的头脑呢!这周围八百里的梁山泊,这被压迫者的"圣地"的梁山泊,固然需要一双铁臂膊,却更需要一颗伟大的头脑。

看着他们两个巡夜小喽罗的走远了的背影,林冲倒提着朴刀,头微微下垂,踏着冻雪,又走回自己的卧房去。一种新的形势在他心里要求估量价值。腌臜畜生的王伦自然不配作山寨之主,但是谁配呢?要一位有胆略,有见识,江湖上众豪杰闻风拜服的人儿,才配哪!不乏自知之明的林冲本来是什么个人野心都没有的,而且也正惟其如此,现在他的想法是和先前提刀出房时颇不相同了。

"梁山泊又不是他的!我林冲在此又不是替他卖力!泼贼秀才算得什么?只是这地方可惜!"

他的农民根性的忍耐和期待,渐渐地又发生作用,使他平静起来。忍耐着一时罢,期待着,期待着什么大智大勇的豪杰罢,这象"真命天子"一样,终于有一天会要出现的罢!

这时清脆的画角声已经在寒冽的晨气中呜咽发响。

1930 年 9 月,上海。

大泽乡

茅　盾

　　算来已经是整整的七天七夜了,这秋季的淋雨还是索索地下着。昨夜起,又添了大风。呼呼地吹得帐幕象要倒坍下来似的震摇。偶而风势稍杀,呜呜地象远处的悲笳;那时候,那时候,被盖住了的猖獗的雨声便又突然抬头,腾腾地宛然是军鼓催人上战场。

　　中间还夹着一些异样的声浪:是尖锐的,凄厉的,有曲折抑扬,是几个音符组成的人们说话似的声浪。这也是两三天前和大风大雨一同来的,据说是狐狸的哀嗥。

　　军营早已移到小丘上。九百戍卒算是还能够睏一堆干燥的稻草,只这便是那两位终天醉成泥猫的颟顸军官的唯一的韬略。

　　军官呢,本来也许不是那样颟顸的家伙。纵然说不上身经大小百余战,但是他们的祖若父却是当年铁骑营中的悍将,十个年头的纵横奋战扫荡了韩,赵,魏,楚,燕,齐,给秦王政挣得了统一的天下;他们在母亲肚子里早已听惯了鼙鼓的声音,他们又在戎马仓皇中长大,他们是将门之后,富农世家,披坚执锐作军人是他们的专有权,他们平时带领的部卒和他们一样是富农的子弟,或许竟是同村的儿郎,他们中间有阶级的意识作联络。然而现在,他们却只能带着原是"闾左贫民"的戍卒九百。是向来没有当兵权利的"闾左贫民",他们富农素所奴视的"闾左贫民",没有一点共同阶级意识的"部下"!

　　落在这样生疏的甚至还有些敌意的环境中的他们俩,恰又逢到这样闷损人的秋霖,不知不觉便成为酒糊涂;说是"泥猫",实在已是耗子们所不怕的"泥猫"。

　　半夜酒醒,听到那样胡笳似的风鸣,军鼓似的雨声,又感着砭骨似的秋夜的寒冷,这两位富农之子的军官恍惚觉得已在万里平沙的漠北的边疆。闻说他们此去的目的地叫做什么渔阳。渔阳?好一个顺口的名儿!知否是大将军蒙恬统带三十万儿郎到过的地方?三十万雄兵都不曾回来,知否是化作了那边的青磷蔓草哟!

想不得!酒后的愁思,愈抽愈长。官中的命令是八月杪到达防地,即今已是八月向尽,却仅到这大泽乡;而又是淫淫秋雨阻道。误了期么?有军法!

听说昨天从鱼肚子里发见一方素帛,硃书三个字:陈胜王!

陈胜?两屯长之一是叫做陈胜呀。一个长大的汉子,总算是"闾左贫民"中间少有的堂堂仪表。"王"?怎么讲?

突然一切愁思都断了线。两军官脸色变白,在凄暗的灯火下抬起头来,互找着对方的眼光。压倒了呜咽的风声,腾腾的雨闹,从远远的不知何处的高空闯来了尖厉的哀噪。使你窒息,使你心停止跳跃,使你血液凝冻,是近来每夜有的狐狸叫,然而今番的是魔鬼的狐狸叫,是要撕碎你的心那样的哀噪。断断续续地,是哭,是诉,是吆喝。分明还辨得出字眼儿的呀。

"说是'大楚兴'罗?"

"又是'陈胜王'!"

面面觑着的两军官的僵硬的舌头怯生生地吐出这么几个字。宿酒醒了,陈胜的相貌在两位军官的病酒的红眼睛前闪动。是一张多少有点皱纹的太阳晒得焦黑的贫农的面孔。也是这次新编入伍,看他生得高大,这才拔充了屯长。敢是有几斤蛮力?不懂兵法。

想来陈胜倒不是怎样可怕,可怕的是那雨呀!雨使他们不能赶路,雨使他们给养缺乏;天哪,再是七日七夜的雨,他们九百多人只好饿死了。在饿死的威吓下,光景是什么事都干得出来的罢?

第二天还是淋雨。躲在自己帐里的两位军官简直不敢走动。到处可以碰着怀恨的狞视。营里早就把鱼鳖代替了米粮。虽然是一样的装饱了肚子,但吃得太多的鱼鳖的兵士们好象性格也变成鱼鳖了。没有先前那么温顺,那么沉着。骚动和怨嗟充满了每个营房。

"怎么好?走是走不得,守在这里让水来淹死!"

"整天吃鱼要生病的哪！"

"木柴也没有了。今天烧身子下面垫的稻草，明天烧什么？吃生鱼罢？我们不是水獭。"

"听说到渔阳还有两三千里呢！"

"到了渔阳还不是一个死！"

死！这有力的符咒把各人的眼睛睁大了。该他们死？为什么？是军法。因为不是他们所定的军法所以该他们死哟！便算作没有这该死的军法，到了渔阳，打败了匈奴，毕竟于他们有什么好处？他们自己本来也是被征服的六国的老百姓，祖国给与他们的是连年的战争和徭役，固然说不上什么恩泽，可是他们在祖国内究竟算是"自由市民"，现在想来，却又深悔当年不曾替祖国出力打仗，以至被掳为奴，唤作什么"闾左贫民"，成年价替强秦的那些享有"自由市民"一切权利义务的富农阶级挣家私了。到渔阳去，也还不是捍卫了奴役他们的富农阶级的国家，也还不是替军官那样的富农阶级挣家私，也还不是拼着自己的穷骨头硬教那些向南方发展求活路的匈奴降而为象他们一样的被榨取的"闾左贫民"么？

从来不曾明晰地显现在他们意识中的这些思想，现在却因为阻雨久屯，因为每天只吃得鱼，因为没有了木柴，更因为昨夜的狐狸的怪鸣，便象潮气一般渗透了九百戍卒的心胸。

鱼肚子里素帛上写的字，夜半风声中狐狸的人一样话语的鸣噪，确也使这九百人觉得诧异。然而仅仅是诧异罢了。没有幻想。奉一个什么人为"王"那样事的味儿，他们早已尝得够了。一切他们的期望是挣断身上的镣索。他们很古怪地确信着挣断这镣索的日子已经到了。不是前年的事么：东郡地方天降一块石头，上面七个字分明是"始皇帝死而地分！"平舒华山之阳，素车白马献璧的神人不是也说"明年祖龙当死"么？当死者，既已死了；"地分"，应验该就在目前罢！

想起自己有地自己耕的快乐，这些现在做了戍卒的"闾左贫民"便觉到只有为了土地的缘故才值得冒险拼命。什么"陈胜王"，他们不关心；如果照例得有一个"王"，那么这"王"一定不应当是从前那样的"王"，一定得首先分给他们土地，让他们自己有地自己耕。

风还是虎虎地吹着,雨还是腾腾地下着。比这风雨更汹涌的,是九百戍卒的鼓噪,现在是一阵紧一阵地送进两位军官的帐幕。

觉得是太不象样,他们两位慢慢地踱出帐幕来,打算试一试他们的"泥猫"的威灵了。

他们摆出照例的巡视营帐的态度来。这两位的不意的露脸居然发生了不意的效果,鼓噪声象退落的潮水似的一点一点低下去了。代替了嘴巴,戍卒们现在是用眼睛。两位军官成了眼光的靶子。可不是表示敬意的什么"注目礼",而是憎恨的,嘲笑的,"看你怎么办!"本来未始不准备着接受一些什么"要求",什么"诉说",或竟是什么"请示进止",——总之,为了切望减少孤独之感便是"当面顶撞"也可以欢迎他们俩,却只得到了冷淡和更孤独。他们不是两位长官在自己部下的营帐内巡视,他们简直是到了异邦,到了敌营,到了只有闪着可怖的眼光的丘墟中。

是黄河一样的深恨横断了部下的九百人和他们俩!没有一点精神上的联系。九百人有痛苦,有要求,有期望,可是绝对不愿向他们俩声诉。

最后,两位军官站在营外小丘顶巅,装作了望地势。

大泽乡简直成为"大泽"了。白茫茫的水面耸露出几簇茅屋,三两个村夫就在门前支起了渔网。更有些水柳的垂条,卖弄风骚地吻着水波。刚露出一个白头的芦花若不胜情似的在水面颤抖着。天空是铅色。雨脚有簪子那样粗。好一幅江村烟雨图呵。心神不属地看着的两位军官猛觉得有些异样的味儿兜上心窝来了。是凄凉,也是悲壮!未必全是痴呆的他们俩,从刚才这回的巡视看出自己的地位是在"死线"上,"死"这有力的符咒在他们的灵魂里发动了另一种的力量;他们祖若父血液中的阶级性突然发酵了。他们不能束手困在这荒岛样的小丘上让奴隶们的复仇的洪水来将他们淹死!他们必得试一试最后的挣扎!

"看出来么?不是我们死,便是他们灭亡!"

"先斩两屯长?"

"即无奈何,九百人一齐坑罢!"

先开口的那位军官突然将石臂一挥,用重浊的坚决的声调说了。

"谁给我们掘坑?"

不是异议,却是商量进行手续,声音是凶悍中带沉着。

"这茫茫的一片水便是坑?"

跟着这答语,下意识地对脚下那片大水望了一眼,军官之一得意地微笑了;然而笑影过后,阴森更甚。拿眼睃着他的同伴,发怒似的咬着嘴唇,然后轻声问:

"我们有多少心腹?"

呵,呵,心腹?从来是带惯了子弟兵的这两位,今番却没有一个心腹。战国时代作了秦国的基本武力的富农阶级出身的军人,年来早就不够分配;实在是大将军蒙恬带去的人太多了。甚至象屯长那样的下级兵官也不得不用阶级不同的"闾左贫民"里的人了。这事件的危险性现在却提出在这两位可怜的军官面前要求一个解答。

"皇帝不该征发贱奴们来当兵的!"

被问住了拿不出回答来的那位军官恨恨地说,顿然感到祖若父当日的黄金时代已成过去,永远成为过去了。

"何尝不是呵!自从商君变法以来,我们祖宗是世世代代执干戈捍卫社稷的;作军人是光荣的职务,岂容'闾左'的贱奴们染指!始皇帝宾天后,法度就乱了。叫贱奴们也来执干戈,都是贼臣赵高的主意哪!赵高,他父母也是贱奴!"

"咳,'倒持太阿,授人以柄;'——这就是!"

因为是在大泽乡的小丘上,这两位军官敢于非议朝政了。然而话一多,勇敢乐观的气氛就愈少。风是刮的更大了。总有七分湿的牛皮甲,本来就冰人,此时则竟是彻骨的寒冷。忍着冻默然相对,仰起脸来让凉雨洒去了无赖的悲哀罢!乡关在何处?云山渺远,在那儿西天,该就是咸阳罢?不知咸阳城里此时怎样了呵!羽林军还是前朝百战的儿郎。但是"闾左"贱奴们的洪水太大了,太大了,咸阳城不免终究要变成大泽乡罢!

回到自己帐幕内的两位军官仍和出去时一样地苦闷空虚,嗒然若丧。他们这阶级的将要没落的黑影,顽固地罩在他们脸上。孤立,危殆,一场拼死活的恶斗,已是不成问题的铁案;问题是他们怎样先下手给敌人一个不意的致命伤。

——先斩两屯长?

——还有九百人呢?

——那,权且算作多少有一半人数是可以威胁利诱的罢?

——收缴了兵器,放起一把火罢?

当这样的意念再在两位军官的对射的目光中闪着的时候,帐外突然传来了这么不成体统的嚷闹:

"守在这里是饿死……到了渔阳……误期……也是死……大家干罢,才可以不死……将官么……让他们醉死!"

接着是一阵哄笑,再接着便是嘈嘈杂杂的听不清的话响。

两军官的脸色全变了,嘴唇有些抖颤。交换了又一次的眼色,咬嘴唇,又剔起眉毛,统治阶级的武装者的他们俩全身都涨满了杀气,然而好象还没有十分决定怎么开始应付,却是陡地一阵夹雨的狂风揭开了帐门,将这两位,太早地并且不意地暴露在嚷闹的群众的眼前了。面对面的斗争再没有拖延缓和的可能!也是被这天公的多事微微一怔的群众们朝着帐内看了。是站着的满脸通红怒眉睁目的两个人。但只是"两个"人!

"军中不许高声!左右!拿下扰乱营房的人!"

拔出剑来的军官大声吆喝,冲着屯长之一叫做吴广的走过来了。

回答是几乎要震坍营帐那样的群众的怒吼声。也有了兵器在手的"贱奴"们今番不复驯顺!象野熊一般跳起来的吴广早抢得军官手里的剑,照准这长官拦腰一挥。剩下的一位被发狂似的部下攒住,歪牵了的嘴巴只泄出半声哼。

地下火爆发了!从营帐到营帐,响应着"贱奴"们挣断铁链的巨声。从乡村到乡村,从郡县到郡县,秦皇帝的全统治区域都感受到这大泽乡的地下火爆发的剧震。即今便是被压迫的贫农要翻身!他们的洪水将冲毁了始皇帝的一切贪官污吏,一切严刑峻法!

风是凯歌,雨是进击的战鼓,弥漫了大泽乡的秋潦是举义的檄文;从乡村到乡村,郡县到郡县,他们九百人将尽了历史的使命,将燃起一切茅屋中郁积已久的怨火!

始皇帝死而地分!

1930 年 10 月 6 日上海

多层叙述的艺术力量与"幸福"话题的当代延伸

——巴金《复仇》的文本分析

巴金的短篇小说《复仇》写作于1930年,收入1931年8月新中国书局出版的小说集《复仇》。穿越了八九十余年的历史烟云,今天的现代文学研究专家将《复仇》重新发表视为对巴金的怀念①,可见《复仇》久远的艺术生命力。这也再次证明了,优秀之作具有脱离创作语境、在完全无功利心态中被阅读的特性。对于《复仇》,可以用韦勒克和沃伦在《文学理论》中的说法:"每一件文学作品都只是一种特定语言中文字语汇的选择。正如一件雕塑是一块削去了某些部分的大理石一样。"②

一 三个层面的叙述及其宽阔的阅读空间

巴金是一位充满激情的作家,倾诉是其文学作品的典型特征,比如激流三部曲《家》《春》《秋》等。《复仇》却与他的其他作品不同,有明显自觉的文体意识,并有意识地采用了叙述策略。这个文本的艺术力量主要来自叙述者的变换和叙述层次的交叠。我们可以假设提问,《复仇》的叙述者是谁?恐怕一时难以回答,因为文本中有不止一个叙述者。

《复仇》的叙述从一个谈话现场开始。"这年夏天老友比约席邀请我到他底别墅去度夏。我去的时候,那里已经有了几个客人。一个是医生

---

① 巴金逝世后,《上海文学》2005年11期为纪念巴金,重新发表了巴金的两篇短篇小说《月夜》《复仇》。
② 〔美〕雷·韦勒克、奥·沃伦:《文学理论》,刘象愚、邢培明、陈圣生、李哲明译,生活·读书·新知三联书店1984年版,第186页。

勒沙洛斯,一个是新闻记者福拉孟;还有一位比叶·莫东,是一个中学教员,我跟他第一次见面。我们几个人都是单身汉。""比约席底别墅在一个风景优美的乡村。一条河流把全村围抱在里面……"这是交待性叙述,其作用在于铺垫谈论一个话题的所有条件:四位客人,加上主人,处于休闲度假氛围中的五个人构成一个谈话的"场",又是在风景优美的乡村别墅。果然,"有一次我们不知道怎样谈到幸福上面来了"。一个话题出现了。就此问题,各人看法如何?"对于平时职务繁忙的我,这样的生活就是很幸福的了。我当然表示出我底这种意见。""新闻记者同意我底看法。"莫东先生,就是那个中学教员的看法是"人生的至上善就在于跟少女一吻"。主人比约席是学法律的,他认为:"人生底最大幸福就是看见正义胜利的时候。"最后一个人是医生。"'复仇——',医生慢腾腾地说出这两个字。'复仇?'我们都惊叫起来。'是,我说最大的幸福是复仇',他镇静地说。但是他又闭了口,好像静静地等候着我们底反驳。"五个人都表达了自己对于"幸福"的看法,其中医生的看法显得很特别,这引起大家的惊讶。在这个场面中,叙述者是"我",由"我"引出一个谈话的现场,一个话题,大家发表不同看法,是小说这种文体的一个传统且很好用的手法。托尔斯泰的短篇小说《舞会以后》就是如此,"《舞会以后》的叙述是从勾勒一个谈话现场开始的,谈话很自然地围绕着伊凡·瓦西里耶维奇展开,因为他所说的话题引起了大家的兴趣:一个人的整个生活成为这样而不是那样,并不是由于环境,'问题全在偶然事件'。这是对人生的一种看法,伊凡·瓦西里耶维奇为什么会形成这个看法,肯定有他的独特经历。于是随着谈论主题的出现,主要人物出现了。在这个场面中谁是叙述者呢?第一人称'我'是叙述者。相对于叙述者'我',伊凡·瓦西里耶维奇和其他几个人处于同等地位,即都是在故事层中的被叙述者"①。这是作家所操纵的叙述者"我"的叙述层面。此时叙述者"我"的读者,可以理解为是我们所有文本之外的读者。

在《复仇》中,"我"叙述了在比约席乡间别墅相聚中谈论"幸福"话题的现场之后,叙述自然引向了医生:"我们都不发言,只是默默地带了

---

① 刘俐俐:《外国经典短篇小说文本分析》,北京大学出版社2004年版,第81页。

疑问的眼光望着他。他似乎在沉思。过了一会儿,他终于开口解释他底意见……"从这里开始,叙述者转换为医生。"复仇——不错,复仇是最大的幸福,我是这样相信的。"然后医生开始叙述,"在两年以前,我到过意大利,在某小城的旅馆里我住了一个多月……",在这个期间他在所住的旅馆里遇到了蹊跷的事情,一个声称自己叫福尔恭席太因的人自杀了,福尔恭席太因"是曾经轰动全巴黎的鲁登堡将军暗杀案底凶手"。在福尔恭席太因临咽气的时候,医生"我"从福尔恭席太因的衣袋里发现了一封遗书。现在,医生在和几个朋友讨论幸福时说:"福尔恭席太因底遗书很长,而且我现在也记不完全了,我只把大意告诉你们。他底自白大约是这样的。在下面的叙述中我自己可能加了一些话,但是大意总不会错,我现在仍旧用他底口气讲出来……"这是我们遇到的第二个叙述者,即医生。接下来叙述者由医生转变为福尔恭席太因,福尔恭席太因用第一人称叙述他自己的故事。于是,我们遇到了第三个叙述者。我们已经知道,第一、二个叙述者,并没有讲述完整曲折的故事,第三个叙述者福尔恭席太因则讲述了一个关于他自己的完整曲折的故事。

福尔恭席太因讲述他杀死鲁登堡和希米特的经过:"我一点也不悔恨。我以为我杀他们是正当的。"他追述了自己和妻子吕贝加结婚后的生活。在反犹运动中,车曹希米特强暴未遂因而杀死了"我"的妻子吕贝加,"我"告到司令部的鲁登堡将军那里,他非但没有公正地判决,反而把"我"关了两天。出来后,家没有了,妻子的尸体也没有了。"我以最大的决心宣誓要对希米特和鲁登堡两人复仇。我决不放过那两个刽子手。"随后"我"叙述了向两个刽子手复仇的经过。先是找到希米特并杀死了他,"我赶车离了河岸,一路上我唱着歌,心里非常快乐,觉得我是世间最幸福的人。我底仇人已经在我底手里死掉一个了"。而后三年里"我"处处跟着鲁登堡,终于抓住了机会,"我连续发了三枪,我亲眼看见三颗子弹都打进了他底身体。他只是呻吟着。我却在一阵混乱中逃走了。这是我一生中最快乐的时候"。复仇已经完成。"我"最大的灾难来临了:"我底精力渐渐地消失了。从前因为有仇人在,有复仇的事待做,所以我能够历千辛万苦而活着。现在呢,生活没有了目标,复仇的幸福已经过去。我没有家,没有亲友,在前面横着不可知的困苦的未来。工厂里的繁重的工作和奴隶般的生活,我实在厌倦了。我一个人不能够改变这一切。我决定把我的生活结束,因为我一生再也不会有那种幸福了。"

福尔恭席太因的讲述借助遗书形式,带有回忆往事的情调:一切即将结束,自己走过了复仇的全部过程,并且反思和回味了这个过程,已经决绝地选择死,这其中可以想见有着一个非常漫长痛苦的思考过程。回忆的情调与这个漫长痛苦的思考过程密切相关。小说本质上是回忆性的,在逻辑上,所叙均是已经发生了的并且被叙述者认定为有价值的事件和经历。福尔恭席太因的讲述更具有这个色彩。福尔恭席太因遗书的第一个读者是医生,此时,在谈话现场,医生叙述了读到遗书时的感觉:"蓝天的意大利整个地睡去了,我这个异邦人却怀着激动的心情读那个全欧洲的人所想知道而没法知道的秘密。"这样,我们发现小说文本存在三个叙述者:"我"、医生、福尔恭席太因。三个叙述者构成了三个叙述层次,分别为"我"的叙述、医生的叙述、福尔恭席太因的叙述。三个叙述层次中,福尔恭席太因的叙述是最里层的、具有核心性质的叙述。但是医生的叙述和"我"的叙述使整个叙述结构丰厚起来,问题具有了深度。

关于这个问题,我们从《叙事话语 新叙事话语》的理论来看,会有更深入的理解。热奈特说:"我在此提出的主要是一种分析方法,我必须承认在寻找特殊性时我发现了普遍性,在希望理论为评论服务时我不由自主地让评论为理论服务。"① 热奈特认为任何一个叙事性的文本,都存在着叙述层和故事层的层次区别和关系问题。他说:"我们给层次区别下的定义是:叙事讲述的任何事件都处于一个故事层,下面紧接着产生该叙事的叙述行为所处的故事层。"② 热奈特还认为,处在最里面一层的故事,是"元故事事件"。因为有元叙事,所以,就存在元叙事和其他几层故事的关系问题。热奈特说:"但为了下文的需要至少应区分出元故事叙事和它插入其中的第一叙事之间可能存在的主要几类关系。第一类关系是元故事事件和故事事件之间直接的因果关系,它赋予第二叙事解释的功

---

① 〔法〕热拉尔·热奈特:《叙事话语 新叙事话语》,王文融译,中国社会科学出版社1990年版,第4页。

② 同上书,第158页。

能……第二类关系是一种纯主题关系,因此不要求元故事和故事之间存在任何时空的连续性:这是对比的关系……或类比的关系……第三类在两层故事之间不包含任何明确的关系,在故事中起作用的是不受元故事内容牵制的叙述行为本身,比方分心作用和(或)阻扰作用。"①在《复仇》中元故事是福尔恭席太因叙述出来的关于他自己复仇的故事。这个层次的故事,和最外面一层的叙述,也就是"我"和比约席、医生等几位朋友在比约席的别墅里谈论什么是幸福的故事构成纯主题的关系,而福尔恭席太因叙述的故事(元故事)和医生叙述的故事(他所经历的目睹福尔恭席太因开枪自杀的故事),以及"我"和几位朋友聚集在比约席家谈论什么是幸福话题的故事,这三个故事的关系,属于热奈特所说的第一类关系,即"元故事事件和故事事件之间直接的因果关系"。也就是最里层和第二层、第二层和第三层的关系都是因果关系,因为有了几个朋友在比约席别墅度假,所以,才能谈论关于幸福的话题;因为医生在谈论幸福话题的现场,所以医生才能讲述他自己所经历的遇见福尔恭席太因的故事;因为医生讲述自己遇见福尔恭席太因的故事,福尔恭席太因用遗嘱的方式讲述的自己复仇的故事才有机会被讲述出来。福尔恭席太因的故事是最内里的"核",是支撑这个小说文本的根本。

下面再让我们从读者的角度来理解三个层次的叙述所开辟的宽阔阅读空间。我们先从最内层来考察读者,福尔恭席太因的遗书是医生最早发现的,医生自然是第一个读者。在医生的讲述中,读者(听众)是在场的其他四个人,由于医生将福尔恭席太因的讲述公布于谈话现场了,所以,福尔恭席太因的读者就扩展到讨论"幸福"问题的"我"等其他四个人。"我"的读者则是文本之外的人们,也就是我们这些读者。因为"我"将福尔恭席太因的讲述放置在"我"的叙述框架中,我们这些读者也自然地成为福尔恭席太因遗书的读者。所知最多的是我们这些读者。我们不仅知道福尔恭席太因的故事,还知道在比约席别墅中这个谈话现场的情景以及关于"幸福"的谈论话题,以及各个人的不同看法。这样,关于"幸

---

① 〔法〕热拉尔·热奈特:《叙事话语　新叙事话语》,王文融译,中国社会科学出版社1990年版,第161—163页。

福"的问题穿越了时间和空间,被各个时间和空间中的人们所体验和讨论。福尔恭席太因当年以复仇作为人生的最大幸福,支撑自己的生命;复仇任务完成了,人生的要义自然消失了,生命走向终结。而医生对于"幸福"的看法,依循的是福尔恭席太因的看法。当然,他们两人之间还是有差异的,正如医生讲完之后所说的:"福尔恭席太因底遗书大概就这样完结了。我很对不起他,不曾把他底遗书发表,因为他底话虽是真实的,我虽然也像他那样相信复仇是最大的幸福,但是人们互相仇杀的事在我看来终究是可怕的。难道除了复仇以外,我们便找不到别的道路吗?……譬如宽恕,不更好吗?"可见,医生在反思福尔恭席太因的人生态度。谈话现场的各位参与者也就"幸福"问题发表了各自的看法,小说最后"我"的看法是:"路,我想是有的,不过他们不想走罢了。至于路是什么呢?在我也只有含糊的概念。"在场的人们最终并没有达成一个关于"幸福"是什么的共识,将"幸福"是什么的难题再次提交给我们这些读者了。

以上几个层次的对叙述者和读者的分析已经表明,叙事策略是《复仇》这个短篇成为文学经典的内在原因。文学经典可以被各个时代的读者反复阅读。而各个时代的读者就是"实际的或有血有肉的读者——特性各异的你和我,我们的由社会构成的身份"。这样的读者最活跃,最具有时代感,易于将自己所处时代的文化、意识和审美情趣等带到阅读中,而经典的审美价值就在这样的阅读中得到延伸。从《复仇》的结尾可见,关于"幸福"是什么的话题并没有完结,我们乃至以后各代读者都可以反复阅读并参与到对"幸福"话题的讨论中。

二 作家的干预表现在提出了"幸福"的话题

我们已经依次分析了叙述者和读者的问题,那么,作家的作用难道仅仅在于他设计了三个叙述层面吗?不,作家的作用更体现在他所选择的"幸福"这个话题。准确地说,这个话题被放置在这样一个小说的叙述框架中,是《复仇》获得成功的根本原因。或者说,"幸福"是什么这个话题非常富有伸缩力,适宜于放在这样的叙述框架中。巴金选择这个话题独具眼光。

对"幸福"问题的研究属于人生哲学领域,同时也涉及心理学、人类学、伦理学等诸多学科领域。历代人生哲学家对此穷尽智慧反复探索,发表过不少关于"幸福"的研究论著。学者们的讨论主要集中在"什么是幸福""为什么追求幸福""怎样实现幸福"等问题上。孙英在《幸福论》中认为,幸福是个深刻而复杂的多元概念。"它主要有三层含义:(1)幸福是人生重大的快乐;(2)幸福是人生重大需要和欲望得到满足的心理体验,是人生重大目的得到实现的心理体验;(3)幸福是达到生存和发展的某种完满的心理体验。"[①]她还认为:幸福的结构在于,"快乐的心理体验是幸福的主观形式;生存和发展之完满是幸福的客观实质;介于二者之间的人生重大需要、欲望、目的得到满足或实现,是幸福的客观标准"[②]。幸福的类型,从人的需要、欲望和目的角度来看,可以分为物质幸福、人际幸福与精神幸福。从创造角度来看,可分为创造性幸福与消费性幸福。从道德角度来看,可以分为德性幸福与非德性幸福。从幸福实现的分期和长短角度来看,可以分为过程幸福与结果幸福。至于"怎样实现幸福"则更复杂。孙英认为,幸福实现的规律是:"快乐和幸福的强弱与其等级的高低成反比:快乐和幸福越高级,其强度就越小而淡泊;快乐和幸福越低级,其强度就越大而急迫。这是快乐和幸福的强弱规律。快乐和幸福的久暂与其等级的高低成正比:快乐和幸福越低级,其心理体验就越短暂;快乐和幸福越高级,其心理体验就越持久。这是快乐和幸福的久暂规律。需要的先后与其等级的高低成反比:需要越低级越优先,越高级越后置。并且,高级需要是低级需要得到最低满足的结果。但是,低级幸福并不优先于高级幸福,高级幸福只是低级需要相对的、最低的满足的结果,而不是低级需要理想满足的结果,不是低级幸福实现的结果;高级幸福后置于低级需要的最低满足,但并不后置于低级幸福,高级幸福与低级幸福是相对独立的。这是幸福的先后规律。"[③]现在让我们来看《复仇》中对于幸福的看法。福尔恭席太因用复仇来实现幸福,他的幸福的性质是"非德性

---

① 孙英:《幸福论》,人民出版社2004年版,第22页。
② 同上书,第3页。
③ 同上书,第215页。

幸福"中的"利己的非德性幸福"中的"损人利己幸福"。他的幸福是低级幸福,强度大而急迫,但是也很短暂。正如福尔恭席太因自己在遗书里所说的:"我底精力渐渐地消失了。从前因为有仇人在,有复仇的事待做,所以我能够历千辛万苦而活着。现在呢,生活没有了目标,复仇的幸福已经过去……"因为福尔恭席太因如此追求自己的幸福,短暂的幸福过后再没有其他需要、欲望和目的,所以,他走向了生命的尽头。而其他在场的人们的幸福观呢?中学教员的"人生的至上善就在于跟少女一吻",显然是低级幸福,也是强度大而急迫,但是很短暂,很快就会消失。"我"认为,平时职务繁忙,"这样的生活就是很幸福的了",新闻记者也同意这一看法。"我"的幸福属于物质幸福:身体和精神得到休息和安宁而感到的幸福。主人比约席是学法律的,他认为:"人生底最大幸福就是看见正义胜利的时候。"比约席的幸福追求属于精神幸福。至于医生的幸福观则是矛盾的和游移不定的,他"既然相信复仇是最大的幸福,却又说起宽恕来。这不是很矛盾的吗?"谈话现场的几个人的幸福观念有如此大的差异。那么,审美阅读呢?我们阅读了《复仇》,倾听并参与了"我"和比约席、医生、中学教师以及新闻记者等几位的讨论。这个文本的特质是在我们的参与中不断地拓宽讨论思考的审美空间,审美价值就这样在当代延伸了。巴金对生活、对人生的理解和表达就在对于"幸福"话题的如是选择中获得了实现。

复 仇

巴 金

一

这年夏天老友比约席邀请我到他底别墅去度夏。

我去的时候,那里已经有了几个客人。一个是医生勒沙洛斯,一个是新闻记者福拉孟;还有一位比叶·莫东,是一个中学教员,我跟他第一次见面。我们几个人都是单身汉。

比约席底别墅在一个风景优美的乡村。一条河流把全村围抱在里面。岸边有一带桦树林,点缀着许多家房屋,有的是中世纪式的古建筑物,有的又是现代的样式。绿的、黄的、红的、灰的,各种颜色的屋顶在夏天的太阳下面放射出奇异的光彩;有的时候它们映在水里的倒影也似乎有了奇妙的颜色。水永远不停地缓缓流着,不论是昼和夜。有几夜,我因为读书,睡得迟。那时候似乎全村的人都睡着了,我很清晰地听见了流水底喁喁私语。可是在平日,这种声音是听不见的。我想,在起风暴的时候,水上一定会奏出美妙的音乐。可惜我住在那里的两个月中间,并不曾有过暴风雨。

这里的礼拜堂大概很古老了,这是从褪了色的墙壁和钟楼底形状上看出来的。我不曾去过教堂。不过礼拜日早晨开始做弥撒时的钟声,我无一次不听见。严肃的、悲哀的声音从不远的地方传来,又慢慢地落进水里,好像被碰碎了似的,分散在水面;这以后它不再是严肃、悲哀的钟声,而成了低声的、微细的乐曲。这乐曲刚刚要在我底耳边消去时,悲哀的钟声又追了上来,把它完全赶走了。但是这个声音自己又撞在水面,变成了同样微细的乐曲。这样的音乐我非常喜欢。

可是我底几个朋友底趣味却跟我底趣味并不完全相同。医生和新闻记者爱打猎,比约席喜欢划船,莫东先生似乎没有什么嗜好。但是他爱写诗。他底诗,我并不喜欢,就像我不喜欢他本人一样。他底身体庞大、肥胖,有一个屠户所特有的大肚皮。两只脚又是长短不齐,走起路来一颠一跛,虽然用一根手杖撑住,也不能使他底屁股不向上耸。我当时有一种偏见,这样的人决不会写出好诗。

在这里我们底日常生活除了读书、打猎、划船、游泳、游山、散步之外,还有一件不能不提起的大事:闲谈。差不多每天傍晚,用过晚饭以后,我们都留在座位上,一面喝咖啡,一面谈论各种题目,来销磨这个夏天的夜晚。

傍晚时分空气很凉爽。我们底餐桌放在院子里,眼前是一片草地。晚风轻轻地吹起来。黄昏底香气包围着我们。白日的光线在黄昏中慢慢地飞去,让星子在黑暗中放出它们底光芒。在友谊的讨论中,在和平的环境里,我们底日子就这样幸福地过去了。

有一次我们不知道怎样谈到幸福上面来。对于平时职务繁忙的我,这样的生活就是很幸福的了。我当然表示出我底这种意见。新闻记者同意我底看法。

可是莫东先生却发出了奇怪的议论,他引了英国诗人布郎宁底话,说人生的至上善就在于跟少女一吻。① 诗人并不是在跟我们开玩笑。我们单看他说话时的那种梦幻的样子,就可以知道他这时候真正在梦想着少女底嘴唇。这使我们忍不住笑起来。

"人生底最大幸福就是看见正义胜利的时候,"比约席说,他是学法律的人,说这种话也不无理由。

后来轮到医生发表他底意见了。做医生的人总是以救人为幸福的,我这样想。

"复仇——"医生慢腾腾地说出这两个字。

---

① 见英国诗人罗勃特·布朗宁(R. Browning,1812—1889 年)老年写的一首诗《至上善》(Summum Bonum)。

"复仇?"我们都惊叫起来。

"是,我说最大的幸福是复仇,"他镇静地说。但是他又闭了口,好像静静地等候着我们底反驳。

我们都不发言,只是默默地带了疑问的眼光望着他。他似乎在沉思。过了一会儿,他终于开口解释他底意见。他底声音很镇定,但是里面仍旧有一点痛苦底味道,这说明他所说的话曾经给了他很深刻的印象。

二

复仇——不错,复仇是最大的幸福,我是这样相信的。

在两年以前,我到过意大利,在某小城的旅馆里我住了一个多月。有一天晚上,我已经睡了,忽然一声枪响惊醒了我。过了一会儿房东跑来敲我底房门。我开了房门,看见她底惊惶的面孔。她惊急得几乎说不出话来。她告诉我下一层的房间里有一个房客自杀了。

我连忙提起皮包跟着她下去,到了那个房间。可是已经迟了。

地上躺着一个瘦弱的青年。他底胸膛露了出来,偏左一点有一大团血迹,脸色白得像一张纸,喉咙不住地响。我俯下去听了他底脉,知道已经无望了。死已经来了。我刚刚站起来,他忽然睁开了两只血红的眼睛,口里说了一句:"我是福尔恭席太因,"喉咙里再吼了几下,便死了。

这个人,我见过几面。我们虽然同住在一个旅馆里,但是在楼梯上遇见时,连"日安""晚安"也不曾说过一声。他底相貌非常阴郁,好像从来不曾有过笑容。我虽然常常想招呼他,但终于对他生不出感情。一直到这个夜晚我才知道他是福尔恭席太因。

福尔恭席太因这个姓,你们总该记得罢。他是曾经轰动全巴黎的鲁登堡将军暗杀案底凶手。他杀了鲁登堡以后就不知逃到什么地方去了。谁也不知道他底踪迹。难道他真是在这里吗?那么他为什么自杀呢?

我从房东那里知道他是一个名叫约翰·伦斯塔特的德国人。在这里住了半年多,在一个铁厂里作工。他没有朋友,也没有家属。他并没有什么嗜好,房里弄得很整洁,房钱到期即付,从不拖欠,倒是一个很好的房客。

我听了房东底话,便不敢相信这个自杀的青年就是刺杀鲁登堡的凶手。我想他也许是另外的一个福尔恭席太因罢。但是这时候我无意中看见他底衣袋里露出了一个纸角,我便把它抽出来。原来是一束文件。我只瞥见"福尔恭席太因底自白"几个字,便把它塞在寝衣底袋子里,房东似乎不曾注意到。

警察也来了,我除了回答一些照例的问话以外便没有什么事情。警察们忙着处置尸体。我便回到自己底房间里来。

夜已深,四周非常静。圆月挂在蓝天里,它底清冷的光芒从开着的窗户射进来,但是在屋内的电灯光下消失了。蓝天的意大利整个地睡去了,我这个异邦人却怀着激动的心情读那个全欧洲的人所想知道而没法知道的秘密。

福尔恭席太因底遗书很长,而且我现在也记不完全了,我只把大意告诉你们。他底自白大约是这样的。在下面的叙述中我自己可能加了一些话,但是大意总不会错,我现在仍旧用他底口气讲出来:

"我现在要把我底生命结束了。我想这是我现在唯一的出路,因为不能忍受的生活应该把它毁掉。不过我害怕以后会有人怜悯我,说我没有勇气生活,才去走死路,所以在临死前我决定写下我底自白来。

"福尔恭席太因这个姓一年前曾经轰动过全欧洲,被各国报纸称为'最可怕的凶手',被法国警察追缉,一般人都不知道他底行踪,这样的一个人现在却要无名地死在这里了。

"有些人也许会说我底死是在忏悔我底罪恶。其实我对于杀死鲁登堡的事,并不后悔。我所杀过的人除了鲁登堡还有一个叫做希米特的军曹。我一点也不悔恨。我以为我杀他们是正当的。

"三年前,我还在家乡。那时我刚同我底吕贝加结婚不几月。我们开设了一家杂货店,两人过活得也还幸福。

"然而在这个城里发生了所谓反犹运动,成立了专门的团体,由反动的军官指挥,先用各种宣传煽起种族的仇恨,然后发动大规模的烧杀抢劫。

"有一天我因事出去了,留下吕贝加在店里。我回来时远远地看见一个军官匆忙地从我底店里出来。他走过我底身边,轻蔑地望了我一眼,便向前走了。他底脸上有抓破的地方,军服也很凌乱。我忽然不自觉地感到灾祸底到来,便加速了脚步,跑进店里。我推开门,看不见吕贝加。我狂叫她,也听不见回声。我跑上了楼。

"天呀!她赤裸裸地躺在地上,满身都是血。我狂热地吻她底脸。她底脸,她底小手,都冷了。她底眼睛深闭着,并不睁开来看我最后一眼。我哭,我痛哭了许久。

"我忽然有了一个思想。我认得那个军官是希米特军曹。我马上跑了出去,到了司令部,要求见鲁登堡将军。鲁登堡将军接见了我。他听了我底请愿以后,并不说什么,只是微微一笑,就叫两个兵士把我带出去了。

"我被他们关了两天,等我回到店里时,什么都没有了。我底东西被他们毁得精光。

"我没有家,我没有亲人,没有产业,连我所爱的妻子底遗体也没有了。这茫茫的世界中我还有什么去处?生活里没有一点可以留恋的东西。在我前面横着一条死路。我真想像许多失望的人那样,到那里去寻找安慰!

"忽然一个思想像一线光明似地射入了我底脑子。复仇,复仇!我似乎又找到一个生活底目标了。我还是要活下去的。在这个世界中我虽然没有一个亲人,但是我却有仇人呢!我要为复仇而生活。烈火烧着我底心,我以最大的决心宣誓要对希米特和鲁登堡两人复仇。我决不放过那两个刽子手。

"我虽然失去了我底吕贝加,但是我底复仇心也够使我生活下去了。忍耐也许是痛苦的事,但是一想到复仇,我就有力量了。我必须忍受一切以达到我底目的。

"我怀着这样的决心,离开了这个成了废墟的家。我并没有什么遗憾,在我什么都死去了。只有一个东西占据了我底整个思想:复仇。

"经过了短期的飘泊的生活,我居然弄到一个德国人底护照在这个城里做了马车夫。我过着极其刻苦的生活,一面锻炼我底身体,以便进行那个伟大的工作。

"天幸机会终于来了。在一个大风雨之夜,我把车停在一家大咖啡店门前,自己坐在上面打盹。已经很迟了,忽然一个粗暴的声音叫醒了我。我看见一个喝醉了的军官站在我底面前。我打了一个冷噤。在这微弱的马车底灯光下,我认得这是我底仇人希米特。仇人底面容我一看就认出来了。

"我让他上了车,并不拉向营里,却把车赶向河边去。我底心里充满快乐,一路上正在打算怎样向他复仇。

"到了河边,雨势已经小了。我停了车,走下车来给他开了车门,说:'到了,请下来罢。'他一摇一摆地走了出来,看见了河水,吃惊地问:'这是什么地方?'

"我底手已经拉住了他底领口,我狂暴地叫起来:'你这狗,可认得我?'——'你?'他思索了一下,忽然眼里现出恐怖的表情叫道:'你?——福尔恭席太因?'他似乎吓着了,身子也站不稳。但是我紧握着他底领口,一手扯开他底外衣,又从我底怀里摸出一把匕首来,在他底脸上晃了一下。

"'放了我,饶了我罢,看在上帝底面上!'他一点男子气也没有,竟然向我跪下了。但是我底妻子底血使我忘记了一切。'狗,现在我要拿你底血来洗我妻子底血了。'我说着就对准他底胸膛把匕首刺了进去。他哀叫了一声。在车灯底微光下我看见他底痛苦的挣扎和脸上那种难看的表情,我非常满意,我觉得我一生从来不曾有过这样的幸福。雨点打湿了我底身体。但是我底心还很热。我抽出匕首,血跟了出来。我把匕首放在嘴唇边,用舌舐着刀叶,我把血都吃了。我不觉得有什么味道,只觉得热。我藏了匕首,把那个垂死的身体拖到岸边,抛进河里去了。

"雨势又大起来,在漆黑的天空中,看不见什么,他底身体马上就被浪花吞去了,一点踪迹也不留,一声呻吟也没有。河岸上跟先前完全一样。这好像是梦,可是我的身子很热,唇边还有血底气味。

"我赶车离了河岸,一路上我唱着歌,心里非常快乐,觉得我是世间最幸福的人。我底仇人已经在我底手里死掉一个了。

"希米特失踪了,但没有一个人知道是我把他杀死的。不过我不久也就离开了这个城市,因为鲁登堡已经离开这里了。

"这三年来我到处跟着他。他到哪里,我也要到哪里。自然在他旅行是容易的;在我却很困难,往往因为筹旅费的缘故耽误了时间,等我赶到那个地方,他已经走了。我跟他到过来比锡,到过汉堡,到过柏林,到过维也纳,最后到了巴黎。三年来我历尽千辛万苦,做过种种的工作,每天只吃白面包,喝清水,但是我从没有一天失掉过健康和勇气。一个伟大的理想鼓舞着我,——复仇。一想到那个屠杀犹太人的刽子手而且是我底仇人的鲁登堡底死,我觉得这是莫大的幸福。为了这个未来的幸福,我就忘记了一切的痛苦和琐碎事情。

"到了巴黎以后,我买了一支手枪,到处探访他底踪迹。后来从一个犹太朋友那里知道他常常到日光咖啡店去。

"我每天出门时总要把那支装好子弹的手枪吻许久。有一天我果然找着他了。他一个人坐在咖啡店里面。

"我闯了进去,对他叫道:'现在福尔恭席太因找着你了。'我连续发了三枪,我亲眼看见三颗子弹都打进了他底身体。他只是呻吟着。我却在一阵混乱中逃走了。这是我一生中最快乐的时候。

"没有人捉住我,我到过比利时,到过瑞士,才到了意大利。我底姓名响遍了全个欧洲,可是我自己却依旧困苦地、无名地而且像一只狗那样被人追踪地活着……

"我底精力渐渐地消失了。从前因为有仇人在,有复仇的事待做,所以我能够历千辛万苦而活着。现在呢,生活没有了目标,复仇的幸福已经过去。我没有家,没有亲友,在前面横着不可知的困苦的将来。工厂里的繁重的工作和奴隶般的生活,我实在厌倦了。我一个人不能够改变这一切。我决定把我的生活结束,因为我一生再也不会有那样的幸福了。"

三

医生说到这里,停了一会儿,把桌上的一杯咖啡端起来喝完了,又惋惜地接下去说：

"福尔恭席太因底遗书大概就这样完结了。我很对不起他，不曾把他底遗书发表，因为他底话虽是真实的,我虽然也像他那样相信复仇是最大的幸福,但是人们互相仇杀的事在我看来终于是可怕的。难道除了复仇以外,我们便找不到别的道路吗？……譬如宽恕,不更好吗？……"

"我倒劝你把他底遗书交给我发表,这样就可以把鲁登堡事件底悬案解决了。你把福尔恭席太因底秘密永远藏在你底心里,又有什么好处？"新闻记者热心地说。

医生在沉思,还没有答话,比约席开口了。他严肃地决断地说,"在现在,除了以眼还眼,以牙还牙外,还没有别的路。"

路,我想是有的,不过他们不想走罢了。至于路是什么呢？在我也只有含糊的概念。

奇怪的是医生既然相信复仇是最大的幸福,却又说起宽恕来。这不是很矛盾的吗？

我们都在思索,大家不再开口。我默默地抬起头,望着繁星在深蓝的天空中飞舞。

1930年

女人成为流通物与文学意味的产生

——柔石《为奴隶的母亲》的文本分析

《为奴隶的母亲》是现代作家柔石的代表作,经过70余年漫长时光的考验,毋庸置疑地成为了文学经典。本文将致力于在超越左翼文学批评的当代视野中,采用西方20世纪以来的结构主义诗学理论和语义分析方法,探索《为奴隶的母亲》艺术价值的形成机制。

一 《为奴隶的母亲》的当代审美经验描述

英加登对文学的审美经验这种人类精神现象进行了描绘和研究。在他看来,认识文学有多种态度,"有些人读文学作品只是为了消磨时间并借此消遣消遣……"这些读者仅仅寻求消遣,而不关心使他们得到享受的究竟是什么,这种行为当然不在英加登的研究范围之内。英加登认为,"我们必须考察在以下两种阅读方式中对文学作品的了解和认识,(1)出于研究目的的阅读;(2)以审美态度完成的阅读。在这两种情况中,文学的艺术作品及其具体化不再是某种其他目的的工具而是成为读者的活动,尤其是他的意识活动的主要对象"①。以审美态度完成的阅读,是一般读者的普通阅读,这种阅读产生审美经验。而出于研究目的的阅读则属于"前审美认识"的范围。对审美经验的总结主要采用描述的方法。

《为奴隶的母亲》的当代审美经验,可以大致描述如下。文本讲述了一个女人的故事,她本来是一个名叫春宝的男孩子的母亲,被典卖到李秀

---

① 〔波兰〕罗曼·英加登:《对文学的艺术作品的认识》,陈燕谷、晓未译,中国文联出版公司1988年版,第179—180页。

才家为妻,条件是为李家生育儿子。给李家生了儿子后,典当到期,她回到原夫家。她既是母亲,也是贫困的奴隶。一夫一妻制是人类久远的婚姻方式,在漫长的一夫一妻婚姻框架中,人类日益积淀成特定的夫妻感情类型和责任理念。当代人更加重视自身和他人的感情生活,强调要保护人的尊严,保护母子、夫妻感情,认为感情生活是衡量生活质量的重要标准。在这样的文化语境中,故事中"她"的命运具有撕裂人心的力量。作为母亲,"她"先后和亲生儿子春宝、秋宝分离,这足以触动任何母亲的心。作为妻子,"她"先后与原来的丈夫以及临时丈夫李秀才分离,这足以触动任何妻子的心。为人妻、为人母的故事是个恒久的话题。母子感情,夫妻感情,以及女人的尊严更是人类敏感的感情内容。当代读者自然会为母子分离、夫妻分离和女人的屈辱而感到灵魂的震颤。毫无疑问,《为奴隶的母亲》是一个悲剧,按照亚里士多德在《诗学》中的理解:"悲剧是对于一个严肃、完整、有一定长度的行动的摹仿……借引起怜悯与恐惧来使这种情感得到陶冶。"①据鲍桑葵看来,"《修辞学》中指出怜悯情绪和恐惧情绪在心理学上是有联系的。由此可以看出,亚里士多德认为,通过人的共鸣而发挥作用的理想化了的恐惧是他所提到的悲剧情绪的本质"②。我们当代读者对"她"的命运感到恐惧,心生怜悯,发生共鸣,由此形成净化自己感情的审美经验。

  柔石是左翼作家,作品问世之初,无疑是作为左翼文学被理解和接受的。《中国左翼作家联盟的成立》(报告)中说:"我们的艺术不能不呈现给'胜利不然就死'的血腥的斗争。艺术如果以人类之悲喜哀乐为内容,我们的艺术不能不以无产阶级在这黑暗的阶级社会中'中世纪'里面所感觉的感情为内容。因此,我们的艺术是反封建阶级的,反资产阶级的,又反对'稳固社会地位'的小资产阶级的倾向。我们不能不援助而且从事无产阶级艺术的产生。"③左翼文学也强调"以人类之悲喜哀乐为内容",但是"不能不以无产阶级在这黑暗的阶级社会中'中世纪'里面所

---

① 伍蠡甫主编:《西方文论选》(上),上海译文出版社1979年版,第57页。
② 〔英〕鲍桑葵:《美学史》,张今译,广西师范大学出版社2001年版,第53页。
③ 《文学运动史料选》第二册,上海教育出版社1979年版,第186—187页。

感觉的感情为内容"。这是将人类的一般感情置于特定时代的具体语境中。当代学者的看法也证明了在当时语境中,读者的审美经验并不完全与今天相同。比如程光炜等人的《中国现代文学史》中,对柔石《为奴隶的母亲》的评价是:"《为奴隶的母亲》以'典妻'为题材,无论开掘深度还是语言的力度,都超越了20年代乡土小说中同类题材的作品……柔石的小说能够把清醒的阶级观念与复杂的人性体验结合到一种深沉的抒情笔调中……"①可见,不单纯说人性,而是将人性和阶级观念结合起来理解人物的命运,是当时审美经验的主要特点。

以上描述表明,《为奴隶的母亲》具有被放在不同语境中来理解和接受的可能性。下面我们将回到文本,从作品的形式和内部构成来分析艺术价值构成的机制。

二 结构主义视野的启示:一个女人与婚姻系统

我们已经确定《为奴隶的母亲》是一个悲剧性故事文本。列维-斯特劳斯用结构主义思路研究婚姻和亲属系统给我们别开生面的启发。斯特劳斯研究这一问题的著作主要有《亲属关系的基本结构》和《结构人类学》。斯特劳斯在《结构人类学》中提出:"把婚姻规则和亲属系统当成一种语言,当成一种在个人和群体之间建立某种沟通方式的一系列过程。在这种情况下,起到中介作用的是能够在氏族、宗族和家族之间流通的群体内的妇女,她们代替了能够在个人之间流通的群体内的语词,但这种代替根本改变不了以下事实:这两种情形在现象上有着完全一致的本质。"西方学术界认为,斯特劳斯这个表述不够严谨,"列维-斯特劳斯貌似清白的论断,即语词流通作为口语的基本元素,也有偷换概念之嫌"。可是斯特劳斯将语言学中语词的流通与社会婚姻系统中妇女的流通进行同构的比喻和思考,极富启发性。"相比而言,婚姻系统就是一个网络,它的结构决定了在社会群体之间为'妇女流通'所开辟的通道。妇女沿着这

---

① 程光炜、吴晓东、孔庆东、郜元宝、刘勇:《中国现代文学史》,中国人民大学出版社2000年版,第176页。

些通道,借助了生命的再生产过程而不是其它符码形式,使自己能够为流通本身所利用(这就是她们的命运之一)。"①所以,在《亲属关系的基本结构》中,斯特劳斯始终是把妇女置于亲属关系的中心位置。"语词""婚姻系统""妇女流通""生命的再生产"等概念可以用来作为我们分析《为奴隶的母亲》的思想方法。

在考察和描述审美经验的时候,我们已经发现审美共鸣聚焦于小说主人公"她",现在,我们放弃传统小说美学仅从认定人物心理世界以及人物性格方面看待人物艺术价值的批评路径,而从将"她"作为一个流通的语词,在故事所展开的两次婚姻、两个儿子的流通系统中理解"她",在结构主义框架中分析、探索"她"在整个结构中的流通规律以及与艺术力量之间的关系。

分析的第一步,是把"她"看作在两个家庭、两个男人之间流通的符码。江南的典妻风俗使这种流通具有合理性:妇女为生育而进入流通领域是合法的。故事依此而展开。但是故事产生撕裂人心的艺术力量的根本缘由是,被典当出去的毕竟不是一个物,而是一个活生生的人,这个活生生的人还要再生育一个活生生的孩子,这就使事情变得复杂了,不仅涉及所有权,更严峻的是涉及了亲生骨肉的感情。看来,江南区域性婚姻风俗系统和流通于其中的女人,这两者之间形成了特有的张力。所谓张力,是美国现代诗人、批评家艾伦·退特提出来的。张力论后来成为新批评派重要的理论之一。退特认为,诗的意义就是它的张力,即我们在诗中所能发现的全部外展和内包的有机整体。后来新批评派理论家逐步将张力扩展到诗歌的内容与形式、构架与肌质等诸多对立因素之间。此处的所谓张力,就是两个对立因素之间的关系所产生的艺术效应。

格雷玛斯的结构语义学对于语词诸层次的分解,形成几个关键性概念,后来乔纳森·卡勒在《结构主义诗学》中有了更系统明白的表述。语词"内在性的层次由语义特征的最小单元——'意胚'(Seme)构成,意胚是诸如阳性/阴性、年老/年轻,人/动物等对立造成的结果。某一种语言

---

① 〔英〕约翰·斯特罗克编:《结构主义以来——从列维-斯特劳斯到德里达》,渠东、李康、李猛译,辽宁教育出版社、牛津大学出版社联合出版1998年版,第6—7页。

的词汇单元,或称'词素'(Lexeme),则体现了这些特征的某种组合:例如,女人,它把一个语音形式与'女性'和'人'的意胚结合起来,这是内在对立的结果"。"为了确定某一词汇单元的语义构成,必须考虑该词素在一整套文本和摘要中的全部读义,即语义素(sememe),以此作为词义的内核构成成分,即全部语义素所共有的特征。而意义的变化则简化为一系列语境意胚的变化。"①很明显,一个语词可以分解为"意胚""词素""语义素"三个层次。

《为奴隶的母亲》中的"她"是一个在婚姻流通中的语词,那么,"她"的意胚是阴性,词素则是"女人",由"女性"和"人"所组成。现在我们落脚在语义素这个概念上。考察在流通中,"她"这个语符的语义素变化情况。

所谓流通,不是沟通,沟通是彼此交流信息,增进理解,原来的双方谁都不丧失什么;流通则不然,流通是平等地互通有无,各自有得也有失。"她"(春宝娘)被典到李秀才家,是为李家生育儿子,春宝爹因此得到一百元的回报。这是双方都认可的表面看来平等的交易,是流通而非沟通。临行前,春宝娘痛苦地"一夜不曾睡";到了李家,"她"如约生了儿子,取名秋宝。现在这个女人既是春宝娘也是秋宝娘。三年典当期到了,春宝娘/秋宝娘应该回到原来的丈夫黄胖身边了。尤其是听说春宝病了以后,她的心更是被撕扯着。终于回到原来丈夫的家,可是等待她的是儿子春宝的生疏,家里的贫穷。她还想念着秋宝,"她眼睁睁地睡在一张龌龊的狭板床上,春宝陌生似的睡在她底身边。在她底已经麻木的脑内,仿佛秋宝肥白可爱地在她身边挣动着,她伸出两手想去抱,可是身边是春宝。这时,春宝睡着了,转了个身,他底母亲紧紧将他抱住,而孩子却从微弱的鼾声中,脸伏在她底胸膛上,两手抚摩着她底两乳"。

从故事的逻辑来说,一个流通的过程已经完结了,应该是平安无事了,可是并不是这样:"她"无比痛苦。真正牵涉起读者感情的就是"她"的痛苦。那么,作为语词符号,"她"的痛苦是怎样形成的? 按说,她有三

---

① 〔美〕乔纳森·卡勒:《结构主义诗学》,盛宁译,中国社会科学出版社1991年版,第124页。

个基本语素,分别是女儿、母亲、妻子。因为故事展开时,"她"已经出嫁,所以女儿这个语素没有进入故事的语境,在语境中产生意义的是两个基本语素:母亲/妻子。

这两个语素的每一个语词还可以再分解为:春宝的母亲/秋宝的母亲、黄胖的妻子/李秀才的典妻。也就是说,作为母亲,她有两个身份;作为妻子,她也有两个身份。

我们继而分析这两对关系。先说第二对关系,黄胖的妻子/李秀才的典妻是在流通的领域实现的,可以说是平衡的:黄胖的妻子典给李秀才,黄胖得了一百元钱,李秀才花了一百元钱,得到女人,而且女人给他生育了一个儿子;现在流通完成,女人回到了黄胖身边;女人的身份依据她的所属而改变,或者是黄胖的妻子,或者是李秀才的临时妻子。人与钱的交换构成了流通,这期间自然有屈辱,但是毕竟没有血缘关系,感情的痛苦还不是刻入骨髓的。

再说第一对关系,春宝的母亲/秋宝的母亲,是一个恒定的身份。因为,离开黄胖家,女人依然是春宝娘,离开李秀才家,女人还是秋宝娘,女人与春宝、秋宝的关系是血缘关系,并不随着作为谁的妻子的开始或者结束而改变,母亲的身份始终如一。可是典妻制度却让母亲身份分裂:成为李秀才的妻子,就必然与春宝分离;重新成为黄胖的妻子,就必然与秋宝分离。失子的痛苦是刻入骨髓的。

以上分析是对格雷玛斯理论的析取,即在分解中看待意义的产生;那么,合取,会出现怎样的意义?所谓合取,格雷玛斯虽然没有明确地界定,但是在论述中可以看出,他的基本意思是,将诸词素组合起来,看可能产生怎样的意义。我们的合取分析,是在完整的故事情节中,在人物"她"和整个婚姻系统的关系中,分析"她"的意义:典妻风俗造成儿子与母亲分离,本来儿子应该与自己的生母在一起,可是典妻风俗破坏了这个关系;妻子本来应该和自己的丈夫在一起,可是典妻风俗让妻子离开丈夫和儿子;本来给一个男人生了儿子,如果和这个男人是正式婚姻关系,就应该永久地是这个孩子的母亲,可是因为是典来的妻子,临时夫妻关系一终结,也就终结了母子关系。在合取的意义上,那些断裂、分离和痛苦,都由一个具体的女人"她"这个生命体来承担。外在的两个婚姻形式,各自都是合理的:黄胖因贫穷而典卖妻子,典期到了妻子回来,一切都是合乎习俗的;李秀才因为没有儿子,大娘不能生育,需要临时典一个女人,生育了儿子之后,典期到了,这个女人要回到原来丈夫身边,他没有违背什么习俗和规约。而母子分离和夫妻分离,其承载者只能是这个在流通中的"她"。她承载了女人语素中妻、母不应该承受的痛苦。她非常的痛苦引起我们的同情并产生恐怖。

系统的合理性和一个女人所承受的非人的痛苦之间的张力,它所产生的艺术魅力主要来自读者在时间和空间上的距离,以及由此而产生的归化。乔纳森·卡勒在《结构主义诗学》中举过一个非常典型的例子来说明:拉封丹说过,悲伤不会长久存在,因为"我们明白这句话的意思,乃是因为我们知道,在这个世界上,时间没有翅膀,悲伤也不会飞翔;于是,我们在完成修辞理论所要求的释义时,便舍弃了装饰成分"①。所谓"我们明白这句话的意思……"就是乔纳森·卡勒所提出的归化的含义。"所谓一种体裁的程式,或一种书文,其实基本上就是意义的种种可能性,就是将文本归化的各种方法,以及给予文本在我们的文化所界定的世界中以一定的地位。"②乔纳森·卡勒说:"当小说中某人物实施了某一行为,读者可以从这一人所共知的常识库存中取其所需而赋予这一行为以某种意义,因为正是这种常识确定了行为与动机、举止与个性的关系。归化的过程基于行为是可理解的这样一个假设前提,而文化代码使理解方式具体化。"③依据这个思想方法,我们再来看《为奴隶的母亲》。虽然,浙东地区的典妻风俗,营造了一种小的人文环境,可是作品一旦问世,则不仅是浙东的读者在读,而是整个汉语文化语境中的读者在阅读。汉语文化中有女子从一而终、守身如玉的贞节观念,读者必然会因为这个女人先后成为两个丈夫的妻子、母子分离而灵魂震颤,这是一方面。另一方面,今天的读者,更加不能容忍夫妻分离、母子分离的遭遇,也不能容忍作为

---

① 〔美〕乔纳森·卡勒:《结构主义诗学》,盛宁译,中国社会科学出版社1991年版,第203页。
② 同上书,第206页。
③ 同上书,第213页。

女人所承受的如此屈辱。时代的差距是这个作品在读者归化中挥发出强烈艺术魅力的重要原因。

三 特殊的语言感觉形成的文体风格

我们已经通过语义学的析取与合取的方式,分析了"她"作为语词在流通领域的命运。我们之所以能够描述审美经验,得益于作家描写出了一个独特的世界。这是一个规律。"伟大的小说家们都有一个自己的世界,人们可以从中看出这一世界和经验世界的部分重合,但是从它的自我连贯的可理解性来说它又是一个与经验世界不同的独特的世界。"[①]即便一般的读者不能如我们前面那样在婚姻系统中分析"她"的悲剧命运,也完全能够在欣赏一个悲惨故事的层面感受艺术的力量。现代文学史家认为:"柔石的小说能够把清醒的阶级观念与复杂的人性体验结合到一种深沉的抒情笔调中,本来是应该具有较大的发展前景的。"[②]柔石是一个文体意识比较自觉的作家,他善于采用某种有特点的语言方式来获得特有的格调。在运用语言方面他是自觉的。这也可以理解为,小说中某种特别的格调,是作者有意为之而造成的效果。既然如此,我们不妨采用文体学的方法来分析。所谓文体学的方法,就是研究语言对于审美效果的作用,"文体学的纯文学和审美的效用把它限制在一件或一组文学作品之中,对这些文学作品将从其审美的功能与意义方面加以描述。只有当这些审美兴趣成为中心议题时,文体学才能成为文学研究的一部分;而且它将成为文学研究的一个主要部分,因为只有文体学的方法才能界定一件文学作品的特质"[③]。

第一,从叙事视角看,是典型的第三人称叙事,即无所不知的全知视

[①] 〔美〕雷·韦勒克、奥·沃伦:《文学理论》,刘象愚、邢培明、陈圣生、李哲明译,生活·读书·新知三联书店1984年版,第238页。

[②] 程光炜、吴晓东、孔庆东、郜元宝、刘勇:《中国现代文学史》,中国人民大学出版社2000年版,第176页。

[③] 〔美〕雷·韦勒克、奥·沃伦:《文学理论》,刘象愚、邢培明、陈圣生、李哲明译,生活·读书·新知三联书店1984年版,第193页。

角叙事。叙述自由进出于各个人物内心,能够让读者了解和看到各个人物的心理。还夹杂着交代说明性文字,比如开头介绍"她"和"她"的家庭,"她"的丈夫"有时也兼做点农作,芒种的时节,便帮人插秧,他能将每行插得非常直,假如有五人同在一个水田内,他们一定叫他站在第一个做标准",这是典型的说明性文字,其中暗示出个人苦难命运的社会性,暗示出这一悲剧的成因并非是个人性的。作者绝不避讳小说是虚构的这一事实,客观效果则如同说书一般,讲述了一个完整的故事。

第二,注重采用直接引语的对话方式。在《为奴隶的母亲》的场面描写中,场面中人物的对话,多采用直接引语,甚至引语里套着直接引语。比如黄胖对妻子"她"说出"我已经将你出典了……"时,有这样一段文字:

> 屋内是稍稍静寂了一息。他气喘着说:
> "三天前,王狼来坐讨了半天的债回去以后,我也跟着他去,走到九亩潭边,我很不想要做人了。但是坐在那株爬上去一纵身就可落在潭里的树下,想来想去,总没有力气跳了。猫头鹰在耳朵边不住地啭……但在路上,遇见了沈家婆,她问我……可是沈家婆向我笑道:
> "'你还将妻养在家里做什么呢?你自己黄也黄到这个地步了?'
> "我低着头站在她面前没有答,她又说:
> "'儿子呢,你只有一个了,舍不得。但妻——'
> "当时我想:'莫非叫我卖去妻了么?'
> "而她继续道:
> "'但妻——虽然是结发的,穷了,也没有法。还养在家里做什么呢?'
> "这样,她就直说出:'有一个秀才,因为没有儿子,年纪已五十岁了,想买一个妾;又因他底大妻不允许,只准他典一个,典三年或五年,叫我物色相当的女人……'"

这种直接引语里套着直接引语,似乎很啰嗦,但却是带出了各个人物的语气,以及转达直接引语的人物对于原来说话人的感觉,这样,人物说话时的现场感就传达出来了。

第三,风格独特的叙述节奏,产生从容徐缓的效果。在西方文学理论中,有一种较宽泛的节奏观念,把非重复性的运动形式都包括在节奏的定义内。依此,可以认为,所有的散体文都包含有某种节奏,甚至最散文化的句子也可以找出其节奏。韦勒克和沃伦在《文学理论》中认为"散文的艺术性节奏可以描述为通常口语节奏的一种结构。它与普通散文的差别在于它的重音分布有较大的规律性,虽然这种规律性未必具有明显的等时性(等时性即在节奏重音之间具有规律的时间间隔)"①。那么,我们可以理解为,只要始终是从容不迫的徐缓叙述,就是一种节奏。按说,如此平铺直叙地叙述一个典妻的故事,乃小说之大忌,可是在这个文本中却获得了特殊的效果:仿佛这个故事讲述者知晓一切,是在反复回味之后慢慢讲述出来的,一切都在心里,都是品味过了的。在徐缓的叙述中,"她"的悲惨命运蔓延在她生活的各个阶段,与小说情节的展开同一个步调,艺术力量不断地在各个具体环境里逐步形成。特殊的艺术世界就是在这样的叙述中最后臻于完成了。

---

① 〔美〕雷·韦勒克、奥·沃伦:《文学理论》,刘象愚、邢培明、陈圣生、李哲明译,生活·读书·新知三联书店1984年版,第174页。

为奴隶的母亲

柔 石

她底丈夫是一个皮贩,就是收集乡间各猎户底兽皮和牛皮,贩到大埠上出卖的人。但有时也兼做点农作,芒种的时节,便帮人家插秧,他能将每行插得非常直,假如有五人同在一个水田内,他们一走叫他站在第一个做标准。然而境况总是不佳,债是年年积起来了。他大约就因为境况的不佳,烟也吸了,酒也喝了,钱也赌起来了。这样,竟使他变做一个非常凶狠而暴躁的男子,但也就更贫穷下去,连小小的移借,别人也不敢答应了。

在穷底结果的病以后,全身便变成枯黄色,脸孔黄的和小铜鼓一样,连眼白也黄了。别人说他是黄疸病,孩子们也就叫他"黄胖"了。有一天,他向他底妻说:

"再也没有办法了,这样下去,连小锅子也都卖去了。我想,还是从你底身上设法罢。你跟着我挨饿,有什么办法呢?"

"我底身上?……"

他底妻坐在灶后,怀里抱着她底刚满三周的男小孩——孩子还在啜着奶,她讷讷地低声地问。

"你,是呀,"她底丈夫病后的无力的声音,"我已经将你出典了……"

"什么呀?"他底妻几乎昏去似的。

屋内是稍稍静寂了一息。他气喘着说:

"三天前,王狼来坐讨了半天的债回去以后,我也跟着他去,走到了九亩潭边,我很不想要做人了。但是坐在那株爬上去一纵身就可落在潭里的树下,想来想去,总没有力气跳了。猫头鹰在耳朵边不住地啼,我底心被它叫寒起来,我只得回转身,但在路上,遇见了沈家婆,她问我,晚也晚了,在外做什么。我就告诉她,请她代我借一笔款,或向什么人家的小

姐借些衣服或首饰去暂时当一当,免得王狼底狼一般的绿眼睛天天在家里闪烁。可是沈家婆向我笑道:

"'你还将妻养在家里做什么呢,你自己黄也黄到这个地步了?'

"我低着头站在她面前没有答,她又说:

"'儿子呢,你只有一个了,舍不得。但妻——'

"我当时想:'莫非叫我卖去妻了么?'

"而她继续道:

"'但妻——虽然是结发的,穷了,也没有法。还养在家里做什么呢?'

"这样,她就直说出:'有一个秀才,因为没有儿子,年纪已五十岁了,想买一个妾;又因他底大妻不允许,只准他典一个,典三年或五年,叫我物色相当的女人:年纪约三十岁左右,养过两三个儿子的,人要沉默老实,又肯做事,还要对他底大妻肯低眉下首。这次是秀才娘子向我说的,假如条件合,肯出八十元或一百元的身价。我代她寻了好几天,总没有相当的女人。'她说:现在碰到我,想起了你来,样样都对的。当时问我底意见怎样,我一边掉了几滴泪,一边却被她催的答应她了。"

说到这里,他垂下头,声音很低弱,停止了。他底妻简直痴似的,话一句没有。又静寂了一息,他继续说:

"昨天,沈家婆到过秀才底家里,她说秀才很高兴,秀才娘子也喜欢,钱是一百元,年数呢,假如三年养不出儿子,是五年。沈家婆并将日子也拣定了——本月十八,五天后。今天,她写典契去了。"

这时,他底妻简直连腑脏都颤抖,吞吐着问:

"你为什么早不对我说?"

"昨天在你底面前旋了三个圈子,可是对你说不出。不过我仔细想,除出将你底身子设法外,再也没有办法了。"

"决定了么?"妇人战着牙齿问。

"只待典契写好。"

"倒霉的事情呀,我!——一点也没有别的方法了么?春宝底爸呀!"

春宝是她怀里的孩子底名字。

"倒霉,我也想到过,可是穷了,我们又不肯死,有什么办法? 今年,我怕连插秧也不能插了。"

"你也想到过春宝么?春宝还只有五岁,没有娘,他怎么好呢?"

"我领他便了。本来是断了奶的孩子。"

他似乎渐渐发怒了,也就走出门外去了。她,却呜呜咽咽地哭起来。

这时,在她过去的回忆里,却想起恰恰一年前的事:那时她生下了一个女儿,她简直如死去一般地卧在床上。死还是整个的,她却肢体分作四碎与五裂。刚落地的女婴,在地上的干草堆上叫,"呱呀,呱呀"声音很重的,手脚揪缩。脐带绕在她底身上,胎盘落在一边,她很想挣扎起来给她洗好,可是她底头昂起来,身子凝滞在床上。这样,她看见她底丈夫,这个凶狠的男子,飞红着脸,提了一桶沸水到女婴的旁边。她简直用了她一生底最后的力向他喊:"慢! 慢……"但这个病前极凶狠的男子,没有一分钟商量的余地,也不答半句话,就将"呱呀,呱呀"声音很重地在叫着的女儿,刚出世的新生命,用他底粗暴的两手捧起来,如屠户捧将杀的小羊一般,扑通,投下在沸水里了! 除出沸水的溅声和皮肉吸收沸水的嘶声以外,女孩一声也不喊——她疑问地想,为什么也不重重地哭一声呢? 竟这样不响地愿意冤枉死去么? 啊! ——她转念,那是因为她自己当时昏过去的缘故,她当时剜去了心一般地昏去了。

想到这里,似乎泪竟干涸了。"唉! 苦命呀!"她低低地叹息了一声。这时春宝拔去了奶头,向他底母亲的脸上看,一边叫:

"妈妈! 妈妈!"

在她将离别底前一晚,她拣了房子底最黑暗处坐着。一盏油灯点在灶前,萤火那么的光亮。她,手里抱着春宝,将她底头贴在他底头发上。她底思想似乎浮漂在极远,可是她自己捉摸不定远在那里。于是慢慢地跑回来,跑到眼前,跑到她底孩子底身上。她向她底孩子低声叫:

"春宝,宝宝!"

"妈妈,"孩子含着奶头答。

"妈妈明天要去了……"

"唔,"孩子似不十分懂得,本能地将头钻进他母亲底胸膛。

"妈妈不回来了,三年内不能回来了!"

她擦一擦眼睛,孩子放松口子问:

"妈妈那里去呢?庙里么?"

"不是,三十里路外,一家姓李的。"

"我也去。"

"宝宝去不得的。"

"呃!"孩子反抗地,又吸着并不多的奶。

"你跟爸爸在家里,爸爸会照料宝宝的:同宝宝睡,也带宝宝玩,你听爸爸底话好了。过三年……"

她没有说完,孩子要哭似地说:

"爸爸要打我的!"

"爸爸不再打你了,"同时用她底左手抚摸着孩子底右额,在这上,有他父亲在杀死他刚生下的妹妹后第三天,用锄柄敲他,肿起而又平复了的伤痕。

她似要还想对孩子说话,她底丈夫踏进门了。他走到她底面前,一只手放在袋里,掏取着什么,一边说:

"钱已经拿来七十元了。还有三十元要等你到了后十天付。"

停了一息说:"也答应轿子来接。"

又停了一息:"也答应轿夫一早吃好早饭来。"

这样,他离开了她,又向门外走出去了。

这一晚,她和她底丈夫都没有吃晚饭。

第二天,春雨竟滴滴渐渐地落着。

轿是一早就到了。可是这妇人,她却一夜不曾睡。她先将春宝底几件破衣服都修补好;春将完了,夏将到了,可是她,连孩子冬天用的破烂棉袄都拿出来,移交给他底父亲——实在,他已经在床上睡去了。以后,她坐在他底旁边,想对他说几句话,可是长夜是迟延着过去,她底话一句也说不出,而且,她大着胆向他叫了几声,发了几个听不清楚的音,声音在他底耳外,她也就睡下不说了。

等她朦朦胧胧地刚离开思索将要睡去,春宝又醒了。他就推叫他底母亲,要起来。以后当她给他穿衣服的时候,向他说:

"宝宝好好地在家里,不要哭,免得你爸爸打你。以后妈妈常买糖果来,买给宝宝吃,宝宝不要哭。"

而小孩子竟不知道悲哀是什么一回事,张大口子"唉,唉,"地唱起来了。她在他底唇边吻了一吻,又说:

"不要唱,你爸爸被你唱醒了。"

轿夫坐在门首的板凳上,抽着旱烟,说着他们自己要听的话。一息,邻村的沈家婆也赶到了。一个老妇人,熟悉世故的媒婆,一进门,就拍拍她身上的雨点,向他们说:

"下雨了,下雨了,这是你们家里此后会有滋长的预兆。"

老妇人忙碌似地在屋内旋了几个圈,对孩子底父亲说了几句话,意思是讨酬报。因为这件契约之能订的如此顺利而合算,实在是她底力量。

"说实在话,春宝底爸呀,再加五十元,那老头子可以买一房妾了。"她说。

于是又转向催促她——妇人却抱着春宝,这时坐着不动。老妇人声音很高地:

"轿夫要赶到他们家里吃中饭的,你快些预备走呀!"

可是妇人向她瞧了一瞧,似乎说:

"我实在不愿离开呢!让我饿死在这里罢!"

声音是在她底喉下,可是媒婆懂得了,走近到她前面,眯眯地向她笑说:

"你真是一个不懂事的丫头,黄胖还有什么东西给你呢?那边真是一份有吃有剩的人家,两百多亩田,经济很宽裕,房子是自己底,也雇着长工养着牛。大娘底性子是极好的,对人非常客气,每次看见人总给人一些吃的东西。那老头子——实在并不老,脸是很白白的,也没有留胡子,因为读了书,背有些偻偻的,斯文的模样。可是也不必多说,你一走下轿就看见的,我是一个从不说谎的媒婆。"

妇人拭一拭泪,极轻地:

"春宝……我怎么能抛开他呢!"

"不用想到春宝了,"老妇人一手放在她底肩上,脸凑近她和春宝。"有五岁了,古人说:'三周四岁离娘身,'可以离开你了。只要你底肚子争气些,到那边,也养下一二个来,万事都好了。"

轿夫也在门首催起身了,他们噜苏着说:

"又不是新娘子,啼啼哭哭的。"

这样,老妇人将春宝从她底怀里拉去,一边说:

"春宝让我带去罢。"

小小的孩子也哭了,手脚乱舞的,可是老妇人终于给他拉到小门外去。当妇人走进轿门的时候,向他们说:

"带进屋里来罢,外边有雨呢。"

她底丈夫用手支着头坐着,一动没有动,而且也没有话。

两村的相隔有三十里路,可是轿夫的第二次将轿子放下肩,就到了。春天的细雨,从轿子底布篷里飘进,吹湿了她底衣衫。一个脸孔肥肥的,两眼很有心计的约摸五十四五岁的老妇人来迎她,她想:这当然是大娘了。可是只向她满面羞涩地看一看,并没有叫。她很亲昵似地将她牵上阶沿,一个长长的瘦瘦的而面孔圆细的男子就从房里走出来。他向新来的少妇,仔细地瞧了瞧,堆出满脸的笑容来,向她问:

"这么早就到了么?可是打湿你底衣裳了。"

而那位老妇人,却简直没有顾到他底说话,也向她问:

"还有什么在轿里么?"

"没有什么了。"少妇答。

几位邻舍的妇人站在大门外,探头张望的;可是她们走进屋里面了。

她自己也不知道这究竟为什么,她底心老是挂念着她底旧的家,掉不下她的春宝。这是真实而明显的,她应庆祝这将开始的三年的生活——这个家庭,和她所典给他的丈夫,都比曾经过去的要好,秀才确是一个温良和善的人,讲话是那么地低声,连大娘,实在也是一个出乎意料之外的妇人,她底态度之殷勤,和滔滔的一席话:说她和她丈夫底过去的生活之经过,从美满而漂亮的结婚生活起,一直到现在,中间的三十年。她曾做过一次的产,十五六年以前了,养下一个男孩子,据她说,是一个极美丽又极聪明的婴儿,可是不到十个月,竟患了天花死去了。这样,以后就没有再养过第二个。在她底意思中,似乎——似乎——早就叫她底丈夫娶一房妾。可是他,不知是爱她呢,还是没有相当的人——这一层她并没有说清楚;于是,就一直到现在。这样,竟说得这个具着朴素的心地的她,一时酸,一时苦,一时甜上心头,一时又咸的压下去了。最后,这个老妇人并将她底希望也向她说出来了。她底脸是娇红的,可是老妇人说:

"你是养过三四个孩子的女人了,当然,你是知道什么的,你一定知道的还比我多。"

这样,她说着走开了。

当晚,秀才也将家里底种种情形告诉她,实际,不过是向她夸耀或求媚罢了。她坐在一张橱子的旁边,这样的红的木橱,是她旧的家所没有的,她眼睛白晃晃地瞧着它。秀才也就坐到橱子底面前来,问她:

"你叫什么名字呢?"

她没有答,也并不笑,站起来,走到床底前面,秀才也跟到床底旁边,更笑地问她:

"怕羞么?哈,你想你底丈夫么?哈,哈,现在我是你底丈夫了。"声音是轻轻的,又用手去牵着她底袖子。"不要愁罢!你也想你底孩子的,是不是?不过——"

他没有说完,却又哈的笑了一声,他自己脱去他外面的长衫了。

她可以听见房外的大娘底声音在高声地骂着什么人,她一时听不出在骂谁,骂烧饭的女仆,又好像骂她自己,可是因为她底怨恨,仿佛又是为她而发的。秀才在床上叫道:

"睡罢,她常是这么噜噜苏苏的。她以前很爱那个长工,因为长工要和烧饭的黄妈多说话,她却常要骂黄妈的。"

日子是一天天地过去了,旧的家,渐渐地在她底脑子里疏远了,而眼前,却一步步地亲近她使她熟悉。虽则,春宝底哭声有时竟在她底耳朵边响,梦中,她也几次地遇到过他了。可是梦是一个比一个缥缈,眼前的事务是一天比一天繁多。她知道这个老妇人是猜忌多心的,外表虽则对她还算大方,可是她底嫉妒的心是和侦探一样,监视着秀才对她的一举一动。有时,秀才从外面回来,先遇见了她而同她说话,老妇人就疑心有什么特别的东西买给她了,非在当晚,将秀才叫到她自己底房内去,狠狠地训斥一番不可。"你给狐狸迷着了么?""你应该称一称你自己底老骨头是多少重!"像这样的话,她耳闻到不止一次了。这样以后,她望见秀才从外面回来而旁边没有她坐着的时候,就非得急忙避开不可。即使她在旁边,有时也该让开一些,但这种动作,她要做的非常自然,而且不能让旁人看出,否则,她又要向她发怒,说是她有意要在旁人的前面暴露她大娘底丑恶。而且以后,竟将家里的许多杂务都堆积在她底身上,同一个女仆那么样。她还算是聪明的,有时老妇人底换下来的衣服放着,她也给她拿去洗了,虽然她说:

"我底衣服怎么要你洗呢?就是你自己底衣服,也可叫黄妈洗的。"可是接着说:

"妹妹呀,你最好到猪栏里去看一看,那两只猪为什么这样唔唔叫的,或者因为没有吃饱罢,黄妈总是不肯给它们吃饱的。"

八个月了,那年冬天,她底胃却起了变化:老是不想吃饭,想吃新鲜的面、番薯等。但番薯或面吃了两餐,又不想吃,又想吃馄饨,多吃又要呕。而且还想吃南瓜和梅子——这是六月里的东西,真稀奇,向哪里去找呢?秀才是知道在这个变化中所带来的预告了。他镇日地笑微微,能找到的东西,总忙着给她找来。他亲身给她到街上去买橘子,又托便人买了金柑来。他在廊沿下走来走去,口里念念有词的,不知说什么。他看她和黄妈磨过年的粉,但还没有磨了三升,就向她叫:"歇一歇罢,长工也好磨的,年糕是人人要吃的。"

有时在夜里,人家谈着话,他却独自拿了一盏灯,在灯下,读起《诗经》来了:

> 关关雎鸠,
> 在河之洲,
> 窈窕淑女,
> 君子好逑——

这时长工向他问:

"先生,你又不去考举人,还读它做什么呢?"

他却摸一摸没有胡子的口边,怡悦地说道:

"是呀,你也知道人生底快乐么?所谓:'洞房花烛夜,金榜挂名时。'

你也知道这两句话底意思么?这是人生底最快乐的两件事呀!可是我对于这两件事都过去了,我却还有比这两件更快乐的事呢。"

这样,除出他底两个妻以外,其余的人们都大笑了。

这些事,在老妇人眼睛里是看得非常气恼了。她起初闻到她底受孕也欢喜,以后看见秀才的这样奉承她,她却怨恨她自己肚子底不会还债了。有一次,次年三月了,这妇人因为身体感觉不舒服,头有些痛,睡了三天。秀才呢,也愿她歇息歇息,更不时地问她要什么,而老妇人却着实地发怒了。她说她装娇,噜噜苏苏地也说了三天。她先是恶意地讥嘲她:说是一到秀才底家里就高贵起来了,什么腰酸呀,头痛呀,姨太太的架子也都摆出来了;以前在她自己底家里,她不相信她有这样的娇养,恐怕竟和街头的母狗一样,肚子里有着一肚皮的小狗,临产了,还要到处地奔求着食物。现在呢,因为"老东西"——这是秀才的妻叫秀才的名字——趋奉了她,就装着娇滴滴的样子了。

"儿子,"她有一次在厨房里对黄妈说,"谁没有养过呀?我也曾怀过十个月的孕,不相信有这么的难受。而且,此刻的儿子,还在'阎罗王的簿里',谁保的定生出来不是一只癞虾蟆呢?也等到真的'鸟儿'从洞里钻出来看见了,才可在我底面前显威风,摆架子,此刻,不过是一块血的猫头鹰,就这么的装腔,也显得太早一点!"

当晚这妇人没有吃晚饭,这时她已经睡了,听了这一番婉转的冷嘲与热骂,她呜呜咽咽地低声哭泣了。秀才也带衣服坐在床上,听到浑身透着冷汗,发起抖来。他很想扣好衣服,重新走起来,去打她一顿,抓住她底头发狠狠地打她一顿,泄泄他一肚皮的气。但不知怎样,似乎没有力量,连指也颤动,臂也酸软了,一边轻轻地叹息着说:

"唉,一向实在太对她好了。结婚了三十年,没有打过她一掌,简直连指甲都没有弹到她底皮肤上过,所以今日,竟和娘娘一般地难惹了。"

同时,他爬过到床底那端,她底身边,向她耳语说:

"不要哭罢,不要哭罢,随她吠去好了!她是阉过的母鸡,看见别人的孵卵是难受的。假如你这一次真能养出一个男孩子来,我当送你两样宝贝——我有一只青玉的戒指,一只白玉的……"

他没有说完,可是他忍不住听下门外的他底大妻底喋喋的讥笑的声

音,他急忙地脱去衣服,将头钻进被窝里去,凑向她底胸膛,一边说:

"我有白玉的……"

肚子一天天地膨胀的如斗那么大,老妇人终究也将产婆雇定了,而且在别人的面前,竟拿起花布来做婴儿用的衣服。

酷热的暑天到了尽头,旧历的六月,他们在希望的眼中过去了。秋开始,凉风也拂拂地在乡镇上吹送。于是有一天,这全家的人们都到了希望底最高潮,屋里底空气完全地骚动起来。秀才底心更是异常地紧张,他在天井上不断地徘徊,手里捧着一本历书,好似要读它背诵那么地念去——"戊辰","甲戌","壬寅之年",老是反复地轻轻地说着。有时他底焦急的眼光向一间关了窗的房子望去——在这间房子内是有产母底低声呻吟的声音;有时他向天上望一望被云笼罩着的太阳,于是又走向房门口,向站在房门内的黄妈问:

"此刻如何?"

黄妈不住地点着头不做声响,一息,答:

"快下来了,快下来了。"

于是他又捧了那本历书,在廊下徘徊起来。

这样的情形,一直继续到黄昏底青烟在地面起来,灯火一盏盏的如春天的野花般在屋内开起,婴儿才落地了,是一个男的。婴儿底声音是很重地在屋内叫,秀才却坐在屋角里,几乎快乐到流出眼泪来了。全家的人都没有心思吃晚饭,在平淡的晚餐席上,秀才底大妻向用人们说道:

"暂时瞒一瞒罢,给小猫头避避晦气;假如别人问起,也答养一个女的好了。"

他们都微笑地点点头。

一个月以后,婴儿底白嫩的小脸孔,已在秋天的阳光里照耀了。这个少妇给他哺着奶,邻舍的妇人围着他们瞧,有的称赞婴儿底鼻子好,有的称赞婴儿底口子好,有的称赞婴儿底两耳好;更有的称赞婴儿底母亲,也比以前好,白而且壮了。老妇人却正和老祖母那么地吩咐着,保护着,这时开始说:

"够了,不要弄他哭了。"

关于孩子底名字,秀才是煞费苦心地想着,但总想不出一个相当的字来。据老妇人底意见,还是从"长命富贵"或"福禄寿喜"里拣一个字,最好还是"寿"字或与"寿"同意义的字,如"其颐","彭祖"等。但秀才不同意,以为太通俗,人云亦云的名字。于是翻开了《易经》,《书经》,向这里面找,但找了半月,一月,还没有恰贴的字。在他底意思,以为在这个名字内,一边要祝福孩子,一边要包含他底老而得子底蕴义,所以竟不容易找。这一天,他一边抱着三个月的婴儿,一边又向书里找名字,戴着一副眼镜,将书递到灯底旁边去。婴儿底母亲呆呆地坐在房内底一边,不知思想着什么,却忽然开口说道:

"我想,还是叫他'秋宝'罢。"屋内的人们底几对眼睛都转向她,注意地静听着:"他不是生在秋天吗?秋天的宝贝——还是叫他'秋宝'罢。"

秀才立刻接着说道:

"是呀,我真极费心思了。我年过半百,实在到了人生的秋期;孩子也正养在秋天;'秋'是万物成熟的季节,秋宝,实在是一个很好的名字呀!而且《书经》里没么?'乃亦有秋,'我真乃亦有'秋'了!"

接着,又称赞了一通婴儿底母亲:说是呆读书实在无用,聪明是天生的。这些话,说的这妇人连坐着都觉着局促不安,垂下头,苦笑地又含泪地想:

"我不过因春宝想到罢了。"

秋宝是天天成长的非常可爱地离不开他底母亲了。他有出奇的大的眼睛,对陌生人是不倦地注视地瞧着,但对他底母亲,却远远地一眼就知道。他整天地抓住了他底母亲,虽则秀才是比她还爱他,但不喜欢父亲;秀才底大妻呢,表面也爱他,似爱她自己亲生的儿子一样,但在婴儿底大眼睛里,却看她似陌生人,也用奇怪的不倦的视法。可是他的执住他底母亲愈紧,而他底母亲的离开这家的日子也愈近了。春天底口子咬住了冬天底尾巴;而夏天底脚又常是紧随着在春天底身后的;这样,谁都将孩子底母亲底三年快到的问题横放在心头上。

秀才呢,因为爱子的关系,首先向他底大妻提出来了:他愿意再拿出

一百元钱,将她永远买下来。可是他底大妻底回答是:

"你要买她,那先给我药死罢!"

秀才听到这句话,气得只向鼻孔放出气,许久没有说;以后,他反而做着笑脸地:

"你想想孩子没有娘……"

老妇人也尖利地冷笑地说:

"我不好算是他底娘么?"

在孩子底母亲的心呢,却正矛盾着这两种的冲突了:一边,她底脑里老是有"三年"这两个字,三年是容易过去的,于是她底生活便变做在秀才底家里底用人似的了。而且想像中的春宝,也同眼前的秋宝一样活泼可爱,她既舍不得秋宝,怎么就能舍得掉春宝呢?可是另一边,她实在愿意永远在这新的家里住下去,她想,春宝的爸爸不是一个长寿的人,他底病一定是在三五年之内要将他带走到不可知的异国里去的,于是,她便要求她底第二个丈夫,将春宝也领过来,这样,春宝也在她底眼前。

有时,她倦坐在房外的沿廊下,初夏的阳光,异常地能令人昏朦地起幻想,秋宝睡在她底怀里,含着她底乳,可是她觉得仿佛春宝同时也站在她底旁边,她伸出手去也想将春宝抱近来,她还要对他们兄弟两人说几句话,可是身边是空空的。

在身边的较远的门口,却站着这位脸孔慈善而眼睛凶毒的老妇人,目光注视着她。这样,她也恍恍惚惚地敏悟:"还是早些脱离罢,她简直探子一样地监视着我了。"可是忽然怀内的孩子一叫,她却又什么也没有的只剩着眼前的事实来支配她了。

以后,秀才又将计划修改了一些:他想叫沈家婆来,叫她向秋宝底母亲底前夫去说,他愿否再拿进三十元——最多是五十元,将妻续典三年给秀才。秀才对他底大妻说:

"要是秋宝到五岁,是可以离开娘了。"

他底大妻正是手里捻着念佛珠,一边在念着"南无阿弥陀佛",一边答:

"她家里也还有前儿在,你也应放她和她底结发夫妇团聚一下罢。"

秀才低着头,断断续续地仍然这样说:

"你想想秋宝两岁就没有娘……"

可是老妇人放下念佛珠说：

"我会养的,我会管他的,你怕我谋害了他么？"

秀才一听到末一句话,就拔步走开了。老妇人仍在后面说：

"这个儿子是帮我生的,秋宝是我底;绝种虽然是绝了你家底种,可是我却仍然吃着你家底饭。你真被迷了,老昏了,一点也不会想了。你还有几年好活,却要拚命拉她在身边？双连牌位,我是不愿意坐的！"

老妇人似乎还有许多刻毒的锐利的话,可是秀才走远开听不见了。

在夏天,婴儿底头上生了一个疮,有时身体稍稍发些热,于是这位老妇人就到处地问菩萨,求佛药,给婴儿敷在疮上,或灌下肚里,婴儿底母亲觉得并不十分要紧,反而使这样小小的生命哭成一身的汗珠,她不愿意,或将吃了几口的药暗地里拿去倒掉了。于是这位老妇人就高声叹息,向秀才说：

"你看,她竟一点也不介意他底病,还说孩子是并不怎样瘦下去。爱在心里的是深的;专疼表面是假的。"

这样,妇人只有暗自挥泪,秀才也不说什么话了。

秋宝一周纪念的时候,这家热闹地摆了一天的酒筵,客人也到了三四十,有的送衣服,有的送面,有的送银制的狮狂,给婴儿挂在胸前的,有的送镀金的寿星老头儿,给孩子钉在帽上的,许多礼物,都在客人底袖子里带来了。他们祝福着婴儿的飞黄腾达,赞颂着婴儿的长寿永生;主人底脸孔,竟是荣光照耀着,有如落日的云霞反映着在他底颊上似的。

可是在这天,正当他们筵席将举行的黄昏时,来了一个客,从朦胧的暮光中向他们底天井走进,人们都注意他：一个憔悴异常的乡人,衣服补衲的,头发很长,在他底腋下,挟着一个纸包。主人骇异地迎上前去,问他是那里人,他口吃似地答了,主人一时糊涂的,但立刻明白了,就是那个皮贩。主人更轻轻地说：

"你为什么也送东西来呢？你真不必的呀！"

来客胆怯地向四周看看,一边答说：

"要,要的……我来祝这个宝贝长寿千……"

他似没有说完,一边将腋下的纸包打开来了,手指颤动地打开了两三重的纸,于是拿出四只铜制镀银的字,一方寸那么大,是"寿比南山"四字。

秀才底大娘走来了,向他仔细一看,似乎不大高兴。秀才却将他招待到席上,客人们互相私语着。

两点钟的酒与肉,将人们弄得胡乱与狂热了;他们高声猜着拳,用大碗盛着酒互相比赛,闹得似乎房子都被震动了。只有那个皮贩,他虽然也喝了两杯酒,可是仍然坐着不动,客人们也不招呼他。等到兴尽了,于是各人草草地吃了一碗饭,互祝着好话,从两两三三的灯笼光影中,走散了。

而皮贩,却吃到最后,用人来收拾羹碗了,他才离开了桌,走到廊下的黑暗处。在那里,他遇见了他底被典的妻。

"你也来做什么呢?"妇人问,语气是非常凄惨的。

"我那里又愿意来,因为没有法子。"

"那末你为什么来的这样晚?"

"我那里来买礼物的钱呀?! 奔跑了一上午,哀求了一上午,又到城里买礼物,走得乏了,饿了,也迟了。"

妇人接着问:

"春宝呢?"

男子沉吟了一息答:

"所以,我是为春宝来的。……"

"为春宝来的?"妇人惊异地回音似地问。

男人慢慢地说:

"从夏天来,春宝是瘦的异样了。到秋天,竟病起来了。我又那里有钱给他请医生吃药,所以现在,病是更厉害了!再不想法救救他,眼见得要死了!"静寂了一刻,继续说:"现在,我是向你来借钱的……"

这时妇人底胸膛内,简直似有四五只猫在抓她,咬她,咀嚼着她底心脏一样。她恨不得哭出来,但在人们个个向秋宝祝颂的日子,她又怎么好跟在人们底声音后面叫哭呢?她吞下她底眼泪,向她底丈夫说:

"我又那里有钱呢? 我在这里,每月只给我两角钱的零用,我自己又那里要用什么,悉数补在孩子底身上了。现在,怎么好呢?"

他们一时没有话,以后,妇人又问:

"此刻有什么人照顾着春宝呢?"

"托了一个邻舍。今晚,我仍旧想回家,我就要走了。"

他一边说着,一边揩着泪。女的同时哽咽着说:

"你等一下罢,我向他去借借看。"

她就走开了。

三天以后的一天晚上,秀才忽然问这妇人道:

"我给你的那只青玉戒指呢?"

"在那天夜里,给了他了。给了他拿去当了。"

"没有借你五块钱么?"秀才愤怒地。

妇人低着头停了一息答:

"五块钱怎么够呢!"

秀才接着叹息说:

"总是前夫和前儿好,无论我对你怎么样!本来我很想再留你两年的,现在,你还是到明春就走罢!"

女人简直连泪也没有地呆着了。

几天后,他还向她那么地说:

"那只戒指是宝贝,我给你是要你传给秋宝的,谁知你一下就拿去当了!幸得她不知道,要是知道了,有三个月好闹了!"

妇人是一天天地黄瘦了。没有神采的光芒在她底眼睛里起来,而讥笑与冷骂的声音又充塞在她底耳内了。她是时常记念着她底春宝的病的,探听着有没有从她底本乡来的朋友,也探听着有没有向她底本乡去的便客,她很想得到一个关于"春宝的身体已复原"的消息,可是消息总没有;她也想借两元钱或买些糖果去,方便的客人又没有,她不时地抱着秋宝在门首过去一些的大路边,眼睛望着来和去的路。这种情形却很使秀才底大妻不舒服了,她时常对秀才说:

"她那里愿意在这里呢,她是极想早些飞回去的。"

有几夜,她抱着秋宝在睡梦中突然喊起来,秋宝也被吓醒,哭起来了。秀才就追逼地问:

"你为什么?你为什么?"

可是女人拍着秋宝,口子哼哼的没有答。秀才继续说:

"梦着你底前儿死了么,那么地喊?连我都被你叫醒了。"

女人急忙地一边答:

"不,不,……好像我底前面有一圹坟呢!"

秀才没有再讲话,而悲哀的幻像更在女人底前面展现开来,她要走向这坟去。

冬末了,催离别的小鸟,已经到她底窗前不住地叫了。先是孩子断了奶,又叫道士们来给孩子度了一个关,于是孩子和他亲生的母亲的别离——永远的别离的运命就被决定了。

这一天,黄妈先悄悄地向秀才底大妻说:

"叫一顶轿子送她去么?"

秀才底大妻还是手里捻着念佛珠说:

"走走好罢,到那边轿钱是那边付的,她又那里有钱呢,听说她底亲夫连饭也没得吃,她不必摆阔了。路也不算远,我也是曾经走过三四十里路的人,她底脚比我大,半天可以到了。"

这天早晨当她给秋宝穿衣服的时候,她底泪如溪水那么地流下,孩子向她叫:"婶婶,婶婶,"——因为老妇人要他叫她自己是"妈妈",只准叫她是"婶婶"——她向他咽咽地答应。她很想对他说几句话,意思是:

"别了,我底亲爱的儿子呀!你底妈妈待你是好的,你将来也好好地待还她罢,永远不要再记念我了!"

可是她无论怎样也说不出。她也知道一周半的孩子是不会了解的。

秀才悄悄地走向她,从她背后的腋下伸进手来,在他底手内是十枚双毫角子,一边轻轻说:

"拿去罢,这两块钱。"

妇人扣好孩子底钮扣,就将角子塞在怀内的衣袋里。

老妇人又进来了,注意着秀才走出去的背后,又向妇人说:

"秋宝给我抱去罢,免得你走时他哭。"

妇人不做声响,可是秋宝总不愿意,用手不住地拍在老妇人底脸上。于是老妇人生气地又说:

"那末你同他去吃早饭去罢,吃了早饭交给我。"

黄妈拼命地劝她多吃饭,一边说:

"半月来你就这样了,你真比来的时候还瘦了。你没有去照照镜子。今天,吃一碗下去罢,你还要走三十里路呢。"

她只不关紧要地说了一句:

"你对我真好!"

但是太阳是升的非常高了,一个很好的天气,秋宝还是不肯离开他底母亲,老妇人便狠狠地将他从她底怀里夺去,秋宝用小小的脚踢在老妇人底肚子上,用小小的拳头搔住她底头发,高声呼喊地。妇人在后面说:

"让我吃了中饭去罢。"

老妇人却转过头,汹汹地答:

"赶快打起你底包袱去罢,早晚总有一次的!"

孩子底哭声便在她底耳内渐渐远去了。

打包裹的时候,耳内是听着孩子底哭声。黄妈在旁边,一边劝慰着她,一边却看她打进什么去。终于,她挟着一只旧的包裹走了。

她离开他底大门时,听见她底秋宝的哭声;可是慢慢地远远地走了三里路了,还听见她底秋宝的哭声。

暖和的太阳所照耀的路,在她底面前竟和天一样无穷止地长。当她走到一条河边的时候,她很想停止她底那么无力的脚步,向明澈可以照见她自己底身子的水底跳下去了。但在水边坐了一会之后,她还得依前去的方向,移动她自己底影子。

太阳已经过午了,一个村里的一个年老的乡人告诉她,路还有十五里;于是她向那个老人说:

"伯伯,请你代我就近叫一顶轿子罢,我是走不回去了!"

"你是有病的么?"老人问。

"是的。"

她那时坐在村口的凉亭里面。

"你从那里来?"

妇人静默了一时答:

"我是向那里去的;早晨我以为自己会走的。"

老人怜悯地也没有多说话,就给她找了两位轿夫,一顶没篷的轿。因为那是下秧的时节。

下午三四时的样子,一条狭窄而污秽的乡村小街上,抬过了一顶没篷的轿子,轿里躺着一个脸色枯萎如同一张干瘪的黄菜叶那么的中年妇人,两眼朦胧地颓唐地闭着。嘴里的呼吸只有微弱地吐出。街上的人们个个睁着惊异的目光,怜悯地凝视着过去。一群孩子们,争噪地跟在轿后,好像一件奇异的事情落到这沉寂的小村镇里来了。

春宝也是跟在轿后的孩子们中底一个,他还在似赶猪那么地哗着轿走,可是当轿子一转一个弯,却是向他底家里去的路,他却伸直了两手而奇怪了,等到轿子到了他家里的门口,他简直呆似地远远地站在前面,背靠在一株柱子上,面向着轿,其余的孩子们胆怯地围在轿的两边。妇人走出来了,她昏迷的眼睛还认不清站在前面的,穿着褴褛的衣服,头发蓬乱的,身子和三年前一样的短小,那个八岁的孩子是她底春宝。突然,她哭出来地高叫了:

"春宝呀!"

一群孩子们,个个无意地吃了一惊,而春宝简直吓的躲进屋里他父亲那里去了。

妇人在灰暗的屋内坐了许久许久,她和她底丈夫都没有一句话。夜色降落了,他下垂的头昂起来,向她说:

"烧饭吃罢!"

妇人就不得已地站起来,向屋角上旋转了一周,一点也没有气力地对她丈夫说:

"米缸内是空空的……"

男人冷笑了一声,答说:

"你真在大人家底家里生活过了!米,盛在那只香烟盒子内。"

当天晚上,男子向他底儿子说:

"春宝,跟你底娘去睡!"

而春宝却靠在灶边哭起来了。他底母亲走近他,一边叫:

"春宝,宝宝!"

可是当她底手去抚摸他底时候,他又躲闪开了。男子加上说:

"会生疏得那么快,一顿打呢!"

她眼睁睁地睡在一张龌龊的狭板床上,春宝陌生似地睡在她底身边。在她底已经麻木的脑内,仿佛秋宝肥白可爱地在她身边挣动着,她伸出两手想去抱,可是身边是春宝。这时,春宝睡着了,转了一个身,他底母亲紧紧地将他抱住,而孩子却从微弱的鼾声中,脸伏在她底胸膛上,两手抚摩着她底两乳。

沉静而寒冷的死一般的长夜,似无限地拖延着,拖延着……

1930 年 1 月 20 日

意境和格调：艺术价值的主要来源

——沈从文《菜园》的文本分析

沈从文是文体意识极为自觉的小说家。夏志清在《中国现代小说史》中说："他对人类精神价值的确定，固然切中时害——但造成他今天这个重要地位的，却是他丰富的想象力和对艺术的诚挚……在他成熟的时期，他对几种不同文体的运用，可说已到随心所欲的境界。具有玲珑剔透牧歌式的文体，里面的山水人物，呼之欲出。这是沈从文最拿手的文体……此外还有受了佛家故事影响的叙述体，笔调简洁生动……"[①]对这样的作家作品进行分析，既不能过分拘泥于小说文体的一般特点，也不能过分执着于所谓的主题。拘泥于小说文体的一般特点，容易忽略作家对文体的探索；过分地执着于所谓的主题，则容易忽略艺术价值构成的真正原因。正是秉承这个宗旨，本文意在探索《菜园》艺术价值的构成机制。

一　艺术指向何在？

中国现代文学史上有一个重要事件，那就是1931年2月7日，5位左翼青年作家柔石、胡也频、殷夫、李伟森、冯铿和另外18位中共党员，被国民党秘密枪杀于上海。文学史家说："这五位作家史称'左联五烈士'。其中胡也频和殷夫都有比较优秀的诗作传世。"[②]如果细心，可以发现，沈

[①]　夏志清：《中国现代小说史》，刘绍铭等译，台湾传记文学出版社1979年版，第225页。

[②]　程光炜、吴晓东、孔庆东、郜元宝、刘勇：《中国现代文学史》，中国人民大学出版社2000年版，第170页。

从文的笔下有一个巧合,那就是他发表于 1929 年的这篇《菜园》中也有 5 个年轻人被杀害的情节。"第二天,作母亲的已病倒在床,原来儿子同媳妇,已和三个因其他缘故而得着同样灾难的青年人,陈尸到校场的一隅了",菜园女主人的儿子玉少琛"在北京大学读书,极其出名……",而且在没有去北京读书之前,就已经是一个颇得古典文学修养的年轻人了:"少年人则对于这一类知识,远不及其对于笔记小说知识丰富。"小说描写的情节与文学史上左联五烈士被杀害的史实如此相似,如果对照左联五烈士被杀害的时间和沈从文写作《菜园》的时间,那么,读者更容易将《菜园》看作是在谴责国民党的罪行,反而忽略了这个作品艺术价值的真正构成原因。最起码在 1980 年代,研究者还是很侧重于探讨这方面意义的。凌宇在长篇论文《沈从文:探索"生命"的底蕴》中说:"当他跟踪'生命'在现代历史条件下演变的足迹时,他看到了美被扼杀与摧残的可怕情景。他描写过一些上流社会生活圈子里的人们试图摆脱庸俗人生泥淖的挣扎,如《一个女剧员的生活》《如蕤》《都市一妇人》等,但他们最终或者归宿莫测,或者仍逃脱不了悲剧结局。《菜园》《三个女性》更直接触及国民党凭藉政治权力对探索新的人生道路的革命者和共产党人的血腥屠杀。"①今天,如果静下心来仔细反思和品味,会发现年轻夫妇被残忍杀害只是小说虚构世界中的一个事件,并不是作品主要的艺术指向。因为,虽然有年轻夫妇被杀害的情节,但作家将死亡放在了冲淡平和之中,丝毫没有剑拔弩张和腥风血雨的气息,反而其中凄美典雅的感觉,淡淡的失落,冲淡平和的人生体悟是阅读中最突出的印象。因此我们是否可以假设,《菜园》的艺术指向在于营造一个典雅优美的意境,传达出厚重悠久的文化格调,以及飘散出复杂难言的美学体验?

让我们通过对文本叙述中的语词选择和搭配、叙述的语调等方面的分析来验证作品艺术价值的成因。

---

① 曾小逸主编:《走向世界文学——中国现代作家与外国文学》,湖南人民出版社 1985 年版,第 237 页。

二　依托中国古典文学文化所营造的互文艺术

互文性现象和规律,在克里斯蒂娃的表述中,含有一种重要的思想,非常适合我国的情形,即"较晚的文本对较早的文本特征的同化"①。确实,漫长而悠久的文学文化传统给每一位后来的作家和诗人造成"影响的焦虑",但是,从另一个方面说,也为作家和诗人进行文学创造提供了互文的条件,成功的互文可以给读者以陌生的感觉,从而增加艺术价值,变"影响的焦虑"为创造的愉悦。在《菜园》中,我们发现作家娴熟自如地编织进一些恰如其分的中国古典文学典故,使文本叙述的内涵丰厚起来。或者说,作者不仅依靠叙述推进情节前行和场面展开,而且在字里行间浸透了中国文化的复杂韵味,丰富了阅读感觉。文本中诸多的互文性现象,就如一颗颗珍珠般灼灼闪光。这诸多的互文性现象在小说的人物、氛围、韵味等方面产生了怎样的效应?

第一,对中国古典诗词的文本特征的同化,在人物性格、风貌和精神世界等方面的描写和刻画中,起到了不可替代的特殊作用。玉太太是贯穿文本始终的人物,小说结尾也以玉太太生命的结束为结束。这个人物是文本世界的精神统领。沈从文的创造性表现在,在小说虚构的艺术世界中,熟练地借用古代诗词和典籍中的一些习惯性表述,描绘玉太太徐缓、从容和优雅的风姿,并且将这个形象镶嵌在玉家菜园这个世外桃源里。比如,"夏天薄暮,这个有教养又能自食其力的、富于林下风度的中年妇人,穿件白色细麻布旧式大袖衣服,拿把宫扇,朴素不华的在菜园外小溪边站立纳凉"。这是一段对人物外貌形象的刻画,作家并不追求形象的细致,而是追求神韵。其中"林下风度"值得注意。"林下风度"的林下,是树林之下,本指幽静之地,形容娴雅超脱。《世说新语·娴媛》中有:"王夫人神情散朗,故有林下风气。"王夫人,是晋王凝之妻谢道蕴。后来就因此称妇女超逸之致为林下风。比如宋代楼钥《玫瑰集十四茅夫

---

① 〔美〕艾布拉姆斯:《欧美文学术语词典》,朱金鹏、朱荔译,北京大学出版社1990年版,第373页。

人挽词诗》有:"冰心玉映许谁同,更有飘飘林下风。"此外,林下还有退隐之所的含义。南朝梁释慧皎高僧传五竺僧朗:"朗常蔬食布衣,志耽人外……与隐士张忠为林下之契,每共游处。"旧时称罢官为退隐林下。"林下"二字的超逸退隐、寻求清静的涵义,帮助作家轻易地刻画了玉太太的形象和精神内涵。再如,"听到这样话的母亲莞尔而笑,过了桥,影子消失在白围墙竹林子后不见了"。这是一个优雅宁静的夫人形象的剪影。作者对母亲形象的这个描写,与几个古典语词有关。莞尔,是古人形容笑的一种说法。《论语·阳货》:"子之武城,闻弦歌之声,夫子莞尔而笑,曰:割鸡焉用牛刀?"此处的"莞尔"二字极富表现力地描绘出了夫人安静娴雅的笑貌。至于"竹林",更是很有中国古典文化色彩的词语。竹林是指竹子丛生处,也比喻亲密的友谊。三国魏末的阮籍、嵇康、山涛、向秀、阮咸、王戎、刘伶相与友善,有竹林七贤之称,《晋书·山涛传》:"(涛)与嵇康、吕安善,后遇阮籍,便为竹林之交,著忘言之契。"玉太太隐逸淡薄的性格在这个背景中再次得到诗意的表现。

　　作家还善于用古典文学映衬人物的修养。比如叙述玉太太和儿子在菜园中散步,"在微风中掠鬓,向天空柳枝空处数点初现的星,做母亲的想着古人的诗歌,可想不起谁曾写下形容晚天如落霞孤鹜一类好诗句"。唐朝的王勃有《滕王阁序》:"落霞与孤鹜齐飞,秋水共长天一色。"而母亲能够朦胧地说出"谁曾写下形容晚天如落霞孤鹜一类好诗句",意味着她曾经读过甚至背诵过不少古诗,尽管记不得了,但是在此情此景中能恰如其分地想起这些古诗,可见其修养和风度。

　　第二,对中国古典诗词的文本特征的同化,在传达人生韵味方面,真正是起到了事半功倍、含蓄蕴藉的效果。世事险恶,儿子儿媳这一对善良儒雅的年轻人被残酷地杀害,母亲却依然活在世界上,其中复杂苦涩的人生况味,确实是人类难以忍受而又必须体味的。如何诗意地描写和含蓄地传达这些感受?沈从文又一次借助典籍。儿子儿媳被杀害后,"这样打量着而苦笑的老年人,不应当就死去,还得经营菜园才行。她于是仍然卖菜,活下来了。秋天来时菊花开遍了一地。主人对花无语,无可记述"。这是从玉太太的角度表达的看法和意识。一个"对花无语",此处无声胜有声。效果来自与我国古典诗词中几个典故的互文性。其一,五代南唐冯延巳的《鹊踏枝》:"庭院深深深几许?杨柳堆烟,帘幕无重数。玉勒雕鞍游冶处,高楼不见章台路。 雨横风狂三月暮。门掩黄昏,无计留春住。泪眼问花花不语,乱红飞过秋千去。"其二,无语凝噎;宋代柳永的《雨霖铃》:"执手相看泪眼,竟无语凝噎。"用王国维在《人间词话》里的看法是,"泪眼问花花不语,乱红飞过秋千去"是"有我之境","有我之境,以我观物,故物皆著我之色彩"。可知,沈从文在此文中所表达的感受非常丰富:花犹在而赏花人已不在,过分痛苦的感情不可以用语言表达,沉默是最好的表达。此处,"对花无语"较之说出千言万语,在艺术价值上相去真是不可以道里计。

淡淡的讽刺也可以产生悲凉凄美的艺术效果,可以传达出其他方式很难传达的感情。让我们看作家对此的领悟和借助典籍而形成互文的高超手法:最后写"玉家菜园从此简直成了玉家花园。……名士伟人,相聚一堂,人人尽欢而散,扶醉归去。各人回到家中,一定还有机会作和'五柳先生'猜拳照杯的梦"。这段叙述语调中含有很微妙的讽刺,是借"五柳先生"这个典故来实现的。陶渊明年轻时曾以"五柳先生"自居,在中国文化语境中已然成为隐逸的符号。可是以"五柳先生"自居的人恰恰不是真正退隐之人,看吧,那些"名士伟人"何曾设身处地地体会失去儿子的母亲的心?他们是假的"五柳先生",并未得陶渊明退隐之真谛。玉太太才是真正的冰清玉洁世界中的隐逸之人。这种淡淡的讽刺还表现在,前面部分叙述到玉家母子"他们有时还到园中去看菜秧,亲自动手挖泥浇水。一切不造作处,较之斗方诗人在瓜棚下坐一点钟便拟赋五言八韵田家乐,虚伪真实,相去真不可以道里计"。斗方诗人,是为写诗而亲近自然;玉太太与儿子是出于人性和品行而亲近自然,为了心里宁静而劳作。同是吟诗写诗,同是亲近田园,斗方诗人与玉太太的林下风形成两种境界的相互映衬,言外之意尽在不言之中。读者可以从文本中读出如此复杂的体会和感觉,这得益中国古代文化典籍的影响和铺衬。

第三,互文性造就了玉家菜园的象征意义。韦勒克和沃伦在他们的《文学理论》中指出:"一个小说家艺术上不可原谅的错误就在于不能保持语调气氛上的一致性。"①这个思想也可以反过来表述：成熟的小说家善于在始终统一的语调和叙述语气中叙述。《菜园》岂止叙述语调和语气统一，在其以统一的语调、语气刻画人物性格气质和内在美感、传达丰富的人生韵味方面，还有更卓越的艺术效果，那就是让玉家菜园成为冰清玉洁的世界且具有象征意义，真正体现了韦勒克和沃伦所说的道理："小说的分析批评通常把小说区分出三个构成部分，即情节、人物塑造和背景。最后一个因素即背景很容易具有象征性，在一些现代理论中，它变成了'气氛'或'情调'。不用说，这三个构成因素是互相影响互相决定的。"②菜园，是玉家母子心理内容的依托，也是他们力量的来源和生存背景，更是他们以自身的文化教养所营造的世外桃源。这个世界，可以吟诗，可以母子"两人常常沉默着半天不说话，听柳上晚蝉拖长了声音飞去，或者听溪水声音。溪水绕菜园折向东去，水清见底……"这个世界"不因为认识了字就不作工，也不因为有了钱就增加骄傲。对于本地人凡有过从的，不拘是小贩他也能用平等相待。他应当属于知识阶级，却并不觉得在作人意义上，自己有特别尊重读书人的必要。他自己对人诚实，他所要求于人的也是诚实。他把诚实这一件事看做人生美德，这种品性同趣味却全出之于母亲的陶冶"。如果我们将玉家菜园理解为一个世界，那么，玉家菜园以外的世界，就是另一个存在，玉家菜园与另一个世界的丑恶、龌龊、不可理喻形成了对照。玉家菜园的象征意义，与作者在通篇描写中匠心独运地选择字、词有关系。作者特别巧妙地选择那些能引起读者丰富的文化联想的字词，以营造作家追求的那种氛围。比如，作者反复地使用"白"字。白菜的白，大雪的白，主人玉太太"穿件白色细麻布旧式衣服"，"侍立在身边的是穿白绸短衣裤的年轻男子"，这是玉太太的儿子，穿的也是白；描写玉家儿子的品行则是"年轻人，心地洁白如鸽子毛"；就是作为姓氏的玉字，也有冰清玉洁的味道于其中；对人物形象的描写与对背景环境的描写水乳交融为一体。

---

① 〔美〕雷·韦勒克、奥·沃伦：《文学理论》，刘象愚、邢培明、陈圣生、李哲明译，生活·读书·新知三联书店1984年版，第239页。
② 同上书，第242页。

中国古典文化和文学是典型的互文性文化,这形成了文学创造的丰厚资源,同时也为作家依靠互文进行创作提出了极高的要求。沈从文就是这样一位成熟的作家。夏志清在《中国现代小说史》中说到沈从文1922年去北京前的一段经历的时候,有这样一段话:"在报馆当校对时(这是他在1922年上北京前最后的一个差事),他认识了一个印刷工头,与他同住在一间房子里,并因他介绍,读到许多自五四以来所出版的新书杂志。在此以前,沈从文临过帖,细心的读过《辞源》,更读过古诗古文——可是跟中国的新思想与新文学接触,这是第一次。这可把他迷住了。"①这个材料说明,沈从文曾经自觉地学习中国古代文化和文学;除了这个经历,沈从文对于艺术还有特殊的诚挚,他追求独特而成熟的小说文体,探索小说文体如何能具有诗意特征,如何容纳情感情绪等。文学史家评价说:"沈从文是少有的'文体家'。他对文体形式有着鲜明的自觉意识,在叙事层面寄寓着审美化冲动。"②对于沈从文的文体意识,夏志清在评价沈从文的文学地位时也有所涉及:"但造成他今天这个重要地位的,却是他丰富的想象力和对艺术的挚诚。我们若把他早期的小说,拿来和它们后来的改正本(沈从文是现代中国作家中有改写习惯的一个)或者其他30年代的成熟小说,互相比较一下,那么,令我们感到惊异的,不单是他艺术方面的成长,而且还有忠于艺术的精神。在他成熟的时期,他对几种不同文体的运用,可说已到随心所欲的境界。"③

可以说,《菜园》的意境和格调是艺术价值的主要构成因素。

三 小说互文性与散文互文性的比较

克里斯蒂娃讨论互文性的语句是:"Any text is constructed as a mosaic of quotations; any text is the absorption and transformation of another. The

---

① 夏志清:《中国现代小说史》,刘绍铭等译,台湾传记文学出版社1979年版,第213页。
② 程光炜、吴晓东、孔庆东、郜元宝、刘勇:《中国现代文学史》,中国人民大学出版社2000年版,第232页。
③ 夏志清:《中国现代小说史》,刘绍铭等译,台湾传记文学出版社1979年版,第225页。

notion intertextuality replaces that of intersubjectivity, and poetic language is read as at least double."("任何文本都是由引语的镶嵌品构成的,任何文本都是对其他文本的吸收和转化。互文性的概念代替了主体间性,诗学语言至少可以进行双声阅读。")①克里斯蒂娃说的是"任何文本",可见,互文性并不局限于某一文体。那么,我们接着就会问,小说的互文性和其他文体比如汉语的散文、诗歌的互文性是否有所区别呢?《菜园》可以给予我们哪些发现呢? 沈从文既然有自觉的文体意识,那么,他借助中国古典文学和典籍资源形成互文,也势必自觉注意到了他所操持的是小说。《菜园》中互文现象的突出特点是含而不露,每个互文之处,就如同一个个刚刚露出来一点的线头,作者并不将全部线条(内容)都拉出来,但是在露出来的线头上能隐隐约约感到没有完全言说出来的内容,并且在不知不觉中向前推进故事情节。比如"做母亲的想着古人的诗歌,可想不起谁曾写下形容晚天如落霞孤鹜一类好诗句。又觉得有人写过这样恰如其境的好诗……"这就是小说的写法,隐隐约约,仅露出来一点点,但是又可以让读者感觉得到,这符合小说讲故事需要含蓄的文体特点。小说艺术依赖对人物的刻画和对意境格调的营造,甚至依赖意象而形成隐喻,并最终生成形而上的意义,一般并不依靠互文直接产生艺术效应。这可以理解为,小说与诗歌在本质上都是隐喻的艺术,而散文则不同。散文不是写人,而是写文化现象、人文现象,因此在文化散文中,需要将这种文化现象的来龙去脉讲清楚。小说乃至散文以及其他文体各自的互文性规律是一个值得研究的课题。这是沈从文的《菜园》给我们的启示。

---

① Kristeva, Julia, 'Word, dialogue and novel', in *The Kristeva Reader*, ed. Toril Moi, Oxford: Basil Blackwell, 1986, p.37.

菜 园

沈从文

玉家菜园出白菜,因为种子特别,本地任何种菜人所种的都没有那种大卷心。这原因从姓上可以明白,姓玉原本是旗人,菜是当年从北京带来的菜。北京白菜素来著名。

辛亥革命以前,北京城候补的是玉太爷,单名讳琛,当年来这小城时带了家眷,也带了白菜种籽。大致当时种来也只是为自己吃。谁知太爷一死,不久革命军推翻了清室,清宗室平时在国内势力一时失尽,顿呈衰败景象;各处地方都有流落的旗人,贫穷窘迫,无以为生。玉家却在无意中得白菜救了一家人的灾难。玉家靠卖菜过日子,从此玉家菜园在本县成为人人皆知的地方了。

主人玉太太,年纪五十岁,年青时节应当是美人,所以到老来还可以从余剩风姿想见一二。这太太有一个儿子是白脸长身的好少年,年纪二十一,在家中读过书,认字知礼,还有点世家风范。虽本地新兴绅士阶级,因切齿过去旗人的行为,极看不起旗人,如今又是卖菜佣儿子,很少同这家少主人来往;但这人家的儿子,总仍然有和平常菜贩儿子两样处。虽在当地得不到人亲近,却依然受人相当尊敬。

玉家菜园园地发展后,母子两双手已不大济事,因此另外雇得有人。主人设计每到秋深便令长工在园中挖个长窖,冬天来雪后白菜全入窖。从此一年四季城中人都有大白菜吃。菜园二十亩地,除了白菜还种了不少其他菜蔬,善于经营的主人,使本城人一年任何时节都可得到极好的蔬菜,特别是几种难得的蔬菜。也便因此,收入数目不小,十年来,渐渐成为小康之家了。

仿佛因为种旗不同,很少同人往来的玉家母子,由旁人看来,除知道这家人卖菜有钱以外,其余一概茫然。

夏天薄暮,这个有教养又能自食其力的、富于林下风度的中年妇人,穿件白色细麻布旧式大袖衣服,拿把官扇,朴素不华的在菜园外小溪边站立纳凉。侍立在身边的是穿白绸短衣裤的年青男子。两人常常沉默着半天不说话,听柳上晚蝉拖长了声音飞去,或者听溪水声音。溪水绕菜园折向东去,水清见底,常有小虾、小鱼,鱼小到除了看玩就无用处。那时节,鱼大致也在休息了。

动风时,晚风中混有素馨兰花香和茉莉花香。菜园中原有不少花木的。在微风中掠鬓,向天空柳枝空处数点初现的星,做母亲的想着古人的诗歌,可想不起谁曾写下形容晚天如落霞孤鹜一类好诗句。又总觉得有人写过这样恰如其境的好诗,便笑着问那个儿子,是不是能在这样情境中想出两句好诗。

"这景象,古今相同。对它得到一种彻悟,一种启示,应当写出几句好诗的。"

"这话好像古人说过了,记不起这个人。"

"我也这样想。是谢灵运,是王维,不能记得,我真上年纪了。"

"母亲,你试作七绝一首,我和。"

"那么,想想吧。"

做母亲的于是当真就想下去,低吟了半天,总像是没有文字能解释当前这一种境界。一面是文字生疏已久,一面是情境相协,所谓超于言语,正如佛法,只能心印默契,不可言传,所以笑了。她说:

"这不行,哪里还会做诗!"

稍过,又问:

"少琛,你呢?"

男子笑着说,这天气是连说话也觉得可惜的天气,做诗等于糟蹋好风光。听到这样话的母亲莞尔而笑,过了桥,影子消失在白围墙竹林子后不见了。

不过在这样晚凉天气下,母子两人走到菜园去,看工人作瓜架子,督促舀水,谈论到秋来的菜种、萝卜的市价,也是很平常的事。他们有时还到园中去看菜秧,亲自动手挖泥浇水。一切不造作处,较之斗方诗人在瓜棚下坐一点钟便拟赋五言八韵田家乐,虚伪真实,相去真不可以道里计。

冬天时,玉家白菜上了市,全城人都吃玉家白菜。在吃白菜时节,有想到这卖菜人家居情形的,赞美了白菜,总同时也就赞美了这人家母子。一切人所知有限,但所知的一点点便仿佛使人极其倾心。这城中也如别的城市一样,城中所住"蠢人"比"聪明人"多十来倍,所以竟有那种人,说出非常简陋的话,说是每一株白菜,皆经主人的手抚手摸,所以才能够如此肥茁,这原因是有根有柢的。从这样呆气的话语中,也仍然可以看出城中人如何闪耀着一种对于这家人生活优美的企羡。

做母亲的还善于把白菜制成各样干菜,根、叶、心各用不同方法制作成各种不同味道。少年人则对于这一类知识,远不及其对于笔记小说知识丰富。但他一天所做的事,经营菜园的时间却比看书写字时间多。年青人,心地洁白如鸽子毛,需要工作,需要游戏,所以菜园不是使他厌倦的地方。他不能同人锱铢必较的算账,不过单是这缺点,也就使这人变成更可爱的人了。

他不因为认识了字就不作工,也不因为有了钱就增加骄傲。对于本地人凡有过从的,不拘是小贩他也能用平等相待。他应当属于知识阶级,却并不觉得在作人意义上,自己有特别尊重读书人的必要。他自己对人诚实,他所要求于人的也是诚实。他把诚实这一件事看做人生美德,这种品性同趣味却全出之于母亲的陶冶。

日子到了应当使这年青人定婚的时候了,这男子尚无媳妇。本城的风气,已到了大部分男女自相悦爱才好结婚,然而来到玉家菜园的仍有不少老媒人。这些媒人完全因为一种职业的善心,成天各处走动,只愿意事情成就,自己从中得一点点钱财谢礼。因太想成全他人,说谎自然也就成为才艺之一种。眼见用了各样谎话都等于白费以后,这些媒人才死了心,不再上玉家菜园。

然而因为媒人的撺掇,以及另一因缘,认识过玉家青年人,愿意作玉家媳妇私心窃许的,本城女人却很多很多。

二十二岁的生日,作母亲的为儿子备了一桌特别酒席,到晚来两人对坐饮酒。窗外就是菜园,时正十二月,大雪刚过,园中一片白。已经摘下还未落窖的白菜,全成堆的在园中,白雪盖满,正像一座座大坟。还有尚未收取的菜,如小雪人,成队成排站立雪中。母子二人喝了一些酒,谈论到今年大雪同菜蔬,萝卜、白菜都须大雪始能将味道转浓,把窗推开了。

窗开以后,园中一切都收入眼底。

天色将暮,园中静静的。雪已不落了,也没有风,上半日在菜畦觅食的黑老鸹,不知到什么地方去了。母亲说:

"今年这雪真好!"

"今年刚十二月初,这雪不知还有多少次落呢。"

"这样雪落下人不冷,到这里算是稀奇事。北京这样一点点雪,可就太平常了。"

"北京听说完全不同了。"

"这地方近十年也变得好厉害!"

这样说话的母亲,想起二十年来在本地方住下经过的人事变迁,她于是喝了一口酒。

"你今天满二十二岁,太爷过世十八年,民国反正十五年,不单是天下变得不同,就是我们家中,也变得真可怕。我今年五十,人也老了。总算把你教养成人,玉家不至于绝了香火。你爹若在世,就太好了。"

在儿子印象中只记得父亲是一个手持"京八寸"的人物。那时吸纸烟真有格,到如今,连做工的人也买"美丽牌",不用火镰同烟杆了。这一段长长的日子中,母亲的辛苦从家中任何一事都可知其一二。如今儿子已成人了,二十二岁,命好应有了孙子可抱。所说"母亲也老了"这类话的少琛,不知如何,忽想起一件心事来了。他蓄了许久的意思今天才有机会说出。他说他想回北京。

北京方面他有一个舅父,宣统未出宫以前,还在宫中做小管事,如今听说在旗章胡同开铺子,卖冰、卖西洋点心,生意不恶。

听说儿子要到北京去,作母亲的似乎稍稍吃了一惊。这惊讶是儿子料得到的,正因为不愿意使母亲惊讶,所以直到最近才说出来。然而她也挂念着那胞兄的。

"你去看看你三舅,还是做别的事?"

"我想读点书。"

"我们这人家还读什么书?世界天天变,我真怕。"

"那我们俩去!"

"这里放得下吗?"

"我去三个月又回来,也说不定。"

"要去,三年五年也去了。我不妨碍你。你希望走走就走走,只是书不读也不甚么要紧。做人不一定要多少书本知识。像我们这种人,知识多,也是灾难!"

这妇人这样慨乎其言的说后,就要儿子喝一杯,问他预备过年再去还是到北京过年。

儿子说赶考,是今年走好,且趁路上清静,也极难得。

母亲虽然同意远行,却认为不必那么忙,因此到后仍然决定正月十五以后再离开母亲身边。把话说过,回到今天雪上来了。母亲记起忘了的一桩事情,她要他送一坛酒给做工人,因为今天不是平常的日子。

不久过年了。

过了年,随着不久就到了少琛动身日子了。信早已写给北京的舅父,于是坐了省河小轮,到长沙市坐车,转武汉,再换火车,到了北京。

时间过了三年。

在这三年中,玉家菜园还是玉家菜园。但渐渐的,城中便知道玉家少主人在北京大学读书,极其出名的事了。其中经过自然一言难尽,琐碎到不能记述。然而在本城,玉家白菜还是十分出色。在家中一方面稍稍不同了的,是作儿子的常常寄报纸回来,寄新书回来;作母亲的一面仍然管理菜园的事务,兼喂养一群白色母鸡,自己每天无事时,便抓玉米喂鸡,和鸡雏玩,一面读从北京所寄来的书报杂志。母亲虽然有了五十多岁,一切书报扇起二十岁的年青学生情感的种种,母亲有时也不免有了些幻梦。

地方一切新的变故甚多,随同革命,北伐……于是许多壮年都在这个过程中,死到野外,无人收尸因而烂去了,也成长了一些英雄和志士先烈,也培养了许多新官旧官。……于是地方的党部工会成立了……于是"马日事变"年青人杀死了,工会解散党部换了人……于是从报章上消息,知道北京改成了北平。

地方改了北平,北方已平定,仿佛真命天子出世,天下就快太平了。在北平的儿子,还是常常有信来,寄书报则稍稍少了一点。

在本城的母亲,每月寄六十块钱去,同时写信总在告给身体保重以外,顺便问问有不有那种合意的女子可以订婚。母亲是老一代人,年纪渐老,自然对于这些事也更见得关心。三年来的母亲,还是同样的不失林下风度。因儿子的缘故,多知了许多时事,然而一切外形,属于美德的,没有一种失去。且因一种方便,两个工人得到主人的帮助,都接亲了。母亲把这类事告给儿子时,儿子来信说这样作很对。

儿子也来过信,说母亲不妨到北平看看,把菜园交给工人,是一样的。虽说菜园的事也不一定放不下手,但不知如何,这老年人总不曾打量过北行的事。

当这母亲接到了儿子的一卦信,说本学期终了可以回家来住一月时,欢喜极了。来信还只是四月,从四月起作母亲的就在家中为儿子准备一切。凡是这老年人想到可以使儿子愉快的事统统计划到了。一到了七月,就成天盼望远行人的归来。又派人往较远的××市去接他,又花了不少钱为他添办了一些东西,如迎新娘子那么期待儿子的归来。

儿子如期回来了。出于意外叫人惊喜的,是同时还真有一个新媳妇回来,这事情直到进了家门母亲才知道,一面还在心中作小小埋怨,一面把"新客"让到自己的住房中去,作母亲的似乎人年青了十岁。

见到脸目略显憔悴的儿子,把新媳妇指点给两对工人夫妇,说"这是我们的朋友"时,母亲欢喜得话说不出。

儿子回家的消息不久就传遍了本城,美丽的媳妇不久也就为本城人全知道了。因为地方小,从北京方面回来的人不多,虽然绅士们的过从仍然缺少,但渐渐有绅士们的儿子到玉家菜园中的事了。还有本地教育局,在一次集会中,也把这家从北平回来的男子和媳妇请去开会了。还有那种对未来有所倾心的年青人,从别的事情上知道了玉家儿子的姓名,因为一种倾慕,特邀集了三五同好来奉访了。

从母亲方面看来,儿子的外表还完全如未出门以前,儿子已慢慢是个把生活插到社会中去的人了。许多事都还仿佛天真烂漫,凡是一切往日的好处完全还保留在身上,所有新获得的知识,却融入了生活里,找不出所谓痕迹。媳妇则除了象是过分美丽不适宜于做媳妇,住到这小城市值得忧心以外,简直没有疵点可寻。

时间仍然是热天,在门外溪边小立,听水听蝉,或在瓜棚豆畦间谈话,看天上晚霞,五年前母子两人过的日子如今多了一人。这一家某种情形仍然仿佛和一地方人是两种世界。生活中多与本城人发生一点关系,不过是徒增注意及这一家情形的人谈论到时一点企羡而已。

因为媳妇特别爱菊花,今年回家,拟定看过菊花,方过北平,所以作母亲的特别令工人留出一块地种菊花,各处寻觅佳种,督工人整理菊秧,母子们自己也动动手。已近八月的一天,吃过了饭,母子们同在园中看菊苗,儿子穿一件短衣,把袖子卷到肘弯以上,用手代铲,两手全是泥。

母亲见一对年青人,在菊圃边料理菊花,便作一种无害于事极其合理的祖母的幻梦。

一面同母亲说北平栽培菊花的,如何使用他种蒿草干本接枝,开花如斗的事情,一面便同蹲在面前美丽到任何时见及皆不免出惊的夫人用目光作无言的爱抚。忽然县里有人来说,有点事情,请两个年青人去谈一谈。来人连洗手的暇裕也没有留给主人,把一对年青人就"请"去了。从此一去,便不再回家了。

做母亲的当时纵稍稍吃惊,也仍然没有想到此后事情。

第二天,作母亲的已病倒在床,原来儿子同媳妇,已和三个因其他缘故而得着同样灾难的青年人,陈尸到教场的一隅了。

第三天,由一些粗手脚汉子把那五个尸身一起抬到郊外荒地,抛在业已在早一天掘就、因夜雨积有泥水的大坑里,胡乱加上一点土,略不回顾的扛了绳杠到衙门去领赏,尽其慢慢腐烂去了。

做母亲的为这种意外不幸晕去数次,却并没有死去。儿子虽如此死了,办理善后,罚款,具结,取保,她还有许多事情得做。三天后大街上和城门边才贴出告示,才使她同本城人同时知道儿子原来是共产党。仿佛还亏得衙门中人因为想到要白菜吃,才把老的生命留下来,也没有把菜园产业全部充公。这样打量着而苦笑的老年人,不应当就死去,还得经营菜园才行。她于是仍然卖菜,活下来了。

秋天来时菊花开遍了一地。

主人对花无语,无可记述。

玉家菜园或者终有一天会改作玉家花园,因为园中菊花多而且好,有地方绅士和新贵强借作宴客的地方了。

骤然憔悴如七十岁的女主人,每天坐在园里空坪中喂鸡,一面回想起一些无用处的旧事。

玉家菜园从此简直成了玉家花园。内战不兴,天下太平,到秋天来地方有势力的绅士在园中宴客,吃的是园中所出生的素菜,喝着好酒,同赏菊花。因为赏菊,大家在兴头中必赋诗,有祝主人有功国家,多福多寿,比之于古人某某典雅切题的好诗,有把本园主人写作卖菜媪对于旧事加以感叹的好诗。地方绅士有一种习惯,多会做点诗,自以为好的必题壁,或花钱找石匠来镌石,预备嵌到墙中作纪念。名士伟人,相聚一堂,人人尽欢而散,扶醉归去。各人回到家中,一定还有机会作和"五柳先生"猜拳照杯的梦。

玉家菜园改称玉家花园,是主人儿子死去三年后的事。这妇人沉默寂寞的活了三年。到儿子生日那一天,天落大雪,想这样活下去日子已够了,春天同秋天不用再来了,把一点家产全分派给几个工人,忽然用一根丝绦套在颈子上,便缢死了。

1929 年作
1957 年校正字句

由特殊的人生感觉而成就特殊的小说艺术

——穆时英《夜总会里的五个人》的文本分析

本文目的是分析中国现代文学史上新感觉派的重要小说家穆时英的短篇小说《夜总会里的五个人》艺术价值形成的机制，但是选择这个作品的原因却远比这个目的要广阔得多。

一　选择《夜总会里的五个人》的思考

思考之一，中国现代文学史上的新感觉派，是受日本新感觉派影响而发生的。日本的《文艺时代》杂志周围有一批作家，他们是横光利一、川端康成、中河与一、片冈铁兵等。这些作家最初在创作实践上追求特殊的艺术指向，强调直觉和主观感受，力图把主观的感觉印象投进客体中去，以创造对事物的新的感受方法，创造所谓由智力构成的"新现实"。他们也有自己的理论主张，分别写过《新感觉论》《新进作家的新倾向解说》《新感觉辨》《新感觉派的主张》《告年轻的读者》等论文阐明他们的艺术倾向。[①] 我国新感觉派的创作从1928年9月刘呐鸥创办《无轨列车》半月刊起步。刘呐鸥、施蛰存、戴望舒、徐霞村、杜衡等人在这个刊物上发表作品，追求艺术形式上的创新。《无轨列车》一共出版了8期，1928年底停刊，但是从所发表的诗歌和小说来看，已经初步显示了现代主义倾向。后来，1929年9月，施蛰存、徐霞村、刘呐鸥和戴望舒共同创办了《新文艺》月刊，发表具有左翼倾向并且具有新感觉派特点的作品，《新文艺》1930年初夏被国民党查封。后来，这几位作家的作品就分散到《小说月

---

① 关于日本新感觉派的介绍，本文主要参考严家炎教授的《新感觉派小说选》，人民文学出版社1985年版，前言。

报》《文艺月刊》等刊物上发表。1932年5月,这几位作家又创办了《现代》杂志。对于新感觉派,用文学史家的话来说,"真正在小说创作领域把现代主义方法向前推进并且构成了独立的小说流派的,是1920年代末期到1930年代初期的刘呐鸥、施蛰存、穆时英等人——这是当时所称的'新感觉派'"。①

从1914年到1930年,在俄国产生了形式主义文学批评流派,其主要代表人物什克洛夫斯基提出了俄国形式主义的核心概念"陌生化"。他在《艺术作为手法》一文中指出:"为了恢复对生活的感觉,为了感觉到事物,为了使石头成为石头,存在着一种名为艺术的东西。艺术的目的是提供作为视觉而不是作为识别的事物的感觉;艺术的手法就是使事物奇特化的手法,是使形式变得模糊、增加感觉的困难和时间的手法,因为艺术中的感觉行为本身就是目的,应该延长;艺术是一种体验事物的制作的方法,而'制作'成功的东西对艺术来说是无关重要的。"②俄国形式主义的一个重要理论主张就是,文学创作的根本目的不是要达到一种审美认识,而是要达到审美感受,这种审美感受就是靠着陌生化手段在审美过程中实现的。在强调艺术是达到审美感受这一点上,新感觉派与俄国形式主义主张有相通之处。至于新感觉派作家是否阅读过俄国形式主义文论,我没有详细作过考察,但是在俄国形式主义之后发生的新感觉派,确实印证和实践了语言和感觉的陌生化主张。在文学发展历史上曾经有过一个文学流派暗合了俄国形式主义的文学主张,二者不约而同地探索语言变化和"本事"变成小说"情节"的陌生化效应,这个现象值得思索;而且这对于研究艺术规律,总结新感觉派的得与失,总结俄国形式主义的得与失,都是有意义的。

思考之二,在新感觉派的几位小说家中,穆时英有"中国的新感觉派的圣手"的称号。有人形容穆时英是"满肚子堀口大学式的俏皮语,有着

---

① 严家炎:《新感觉派小说选》,人民文学出版社1985年版,前言。
② 〔苏〕茨维坦·托多罗夫编选:《俄苏形式主义文论选》,蔡鸿滨译,中国社会科学出版社1989年版,第65页。

横光利一的小说作风,和林房雄一样的在创造着簇新的小说的形式"①。从这段评论中可以看出,穆时英是自觉地向日本新感觉派学习,自觉地探索中国新感觉派小说的创作道路的,也可以理解为,他的新感觉派小说是有意为之的。严家炎在《新感觉派小说选·前言》中说:"中国最早介绍日本新感觉派的是刘呐鸥,而穆时英的小说不久在数量和质量上都超过了刘呐鸥。穆的小说在题材与人物方面都很接近于刘,却比刘写得活泼,更见才华,更有新感觉派特点。"②《夜总会里的五个人》是新感觉派小说中的优秀之作,因此选择该作品分析其艺术价值构成机制,对于认识和理解新感觉派是有意义的。

二 提喻艺术思维:时间与空间的巧妙组合

新感觉派强调感觉的更新和表达,强调将主观的感觉投进客体中去,如果说这是一种追求,那么,具体落实在小说文本上,会有怎样的艺术表现?

维柯在《新科学》中认为:"人类本性,就其和动物本性相似来说,具有这样一种特性:各种感官是他认识事物的唯一渠道。因此,诗性的智慧,这种异教世界的最初的智慧,一开始就要用的玄学就不是现在学者们所用的那种理性的抽象的玄学,而是一种感觉到的想象出的玄学,象这些原始人所用的。"③维柯进而认为,各种关于诗性的比喻就是诗性智慧的表现。"凡是最初的比譬(tropes)都来自这种诗性逻辑的系定理或必然结果。"④依据维柯的看法,发自人类本性的比喻有四种,分别是提喻、转喻、隐喻和反讽。维柯说:"根据来自上述玄学的这种逻辑,最初的诗人们给事物命名,就必须用最具体的感性意象,这种感性意象就是替换(synecdoche,局部代全体或全体代部分)(一译为提喻,——作者注)和转

---

① 迅俟:《穆时英》,见杨之华编《文坛史料》,上海中华日报社1944年版,第231—232页。
② 严家炎:《新感觉派小说选》,人民文学出版社1985年版,前言。
③ 〔意〕维柯:《新科学》(上册),朱光潜译,商务印书馆1989年版,第181页。
④ 同上书,第200页。

喻(metonymy)的来源。"①如果说,原始人的诗性智慧,让他们在认识事物和创造事物时以部分代全体,那么,在后来漫长的历史中,人类对于各种比喻的把握则更为娴熟。仅以维柯提到的隐喻和转喻而言,罗曼·奥西波维奇·雅格布逊就做过学理性的详细辨析。雅格布逊是莫斯科语言学小组的创始人之一,也是捷克布拉格学派和美国纽约语言学小组的发起人之一。他在《隐喻和转喻的两极》一文中,将比喻分为隐喻和转喻两种。现在学术界继承了包括维柯在内的人类关于比喻的所有思想成果,基本形成一致看法,认为诗性的表达有提喻、隐喻、转喻和反讽四种,而且界说得非常清晰。对于某一种艺术,特别地倾向于某种诗性的表达,也有进一步的探索。例如,认为摄影基本是提喻的艺术,"相似的原理构成了诗的基础……与此相反,散文基本是由接近性所促进的。因此,对诗来说隐喻是捷径,对散文来说转喻是捷径"。② 如果说,这几种诗性的思维方式和表达,是基于原始人自发的本性,那么,在后来人类文明的进程中,则不断地渗入社会文化的因素。我们正是依据这样的思考,采用提喻的思想,来发现和总结《夜总会里的五个人》的艺术构思和结构特点的。

　　生活本来是自然散漫的,和世界融合为一体,成为一张无边无际的网,这个特点,在《夜总会里的五个人》的第一节"五个从生活里跌下来的人"可得到印证。叙述者采用散点式的叙述,分别描绘和交代了五个人各自的处境。这五个人是金子大王胡均益,大学校园里失恋的郑萍,青春不再的黄黛茜,沉浸在莎士比亚研究中的学者季洁,还有被市长撤了职的职员缪宗旦。在叙述者的语境中,五个人感觉的时间是同一的,即都是在"一九三二年四月六日星期六下午",但是却处在不同的空间中。从逻辑上看不到他们有什么联系,可是小说艺术就是要生出一些事情来,在人与人之间发生诸方面的矛盾和纠葛。第一节介绍每个人的最后段落,总有相同的句式。胡均益:"嘴唇碎了的时候,八十万家产也叫标金的跌风吹破了。嘴唇碎了的时候,一颗坚强的近代商人的心也碎了。"郑萍:"嘴唇

---

① 〔意〕维柯:《新科学》(上册),朱光潜译,商务印书馆1989年版,第201页。
② 胡经之、张首映主编:《西方二十世纪文论选》第二卷"作品系统",中国社会科学出版社1989年版,第72页。

碎了的时候,郑萍的头发又白了。嘴唇碎了的时候,郑萍的胡髭又从皮肉里边钻出来了。"黄黛茜:"嘴唇碎了的时候,心给那蛇吞了。嘴唇碎了的时候,她又跑进卖装饰品的法国铺子里去了。"季洁:"嘴唇碎了的时候,各种版本的《HAMLET》笑了。嘴唇碎了的时候,他自家儿也变了烟往上腾了。"缪宗旦:"嘴唇破了的时候,墨盒里的墨他不用再磨了。嘴唇破了的时候,会计科主任把他的薪水送来了。"连续同一句式是一种修辞策略,将五个本来所处环境和困境迥然不同的人,用同一种精神和表情加以组织,在读者的心理中就造成了"一夜乡心五处同"的感觉,为下面将五个人组织到同一个框架中做了叙述方面的准备。

既然五个人可以置于同一时间,那么,如果再进而置于同一空间,会发生些什么呢?叙述于是聚焦于夜总会,向同一个空间聚集而产生了第二节"星期六晚上"和第三节"五个快乐的人"。原来散点的五个人发生了种种关系。既然是故事,仅仅五个人似乎太简单,势必还会旁及他人,于是,围绕这五个人,在或有直接关系或有间接关系的链条中扩展到其他人;人物多起来,关系也复杂起来。胡均益和黄黛茜组成了一对,同时进入夜总会。从郑萍这条线索来的人物有林妮娜和她的男友长脚汪。又由长脚汪的关系带出了曾经和长脚汪恋爱的芝君,而眼下芝君和刚刚被撤了职的缪宗旦成了恋人。这就为叙述者从生活这一张无边无际的网上剪裁下一小部分,放置在星期六晚上的夜总会中。生活本来是非常广阔的,何以单单将这周六晚上的夜总会提取出来,将诸色人等放置于其中呢?这里显然是作家对生活的感觉和理解起到了关键性的作用。这个叙述框架就是感觉和理解的产物,作家的价值取向也投射到了这个框架中。按照结构主义的说法,整体大于各部分之和。五个人散点存在时,固然也有意义,但五个人同一时间聚集在夜总会中,意义已经远远超出了他们每个人独自的意义。作家提取出大千世界中的一小部分即夜总会,是由提喻艺术思维所决定的。

为了使提喻艺术思维更好地付诸实现,叙述者设计和变换着叙述策略,用同一句式不断地将五个人的命运联系在一起,共铸成一个整体形象,在第三节"五个快乐的人"即将完结的时候又一次出现。时间在逼近,快乐即将完结,夜总会终究要关门,"五个从生活里跌下来的人"也该从虚幻的快乐回到残酷的现实中,于是作者又一次用了相同的句式描写他们五个人。"季洁看了看表,便搓了搓手,放下了火柴:'还有二十分钟咧'。"对于郑萍,"时间的足音在郑萍的心上悉悉地响着,每一秒钟像一只蚂蚁似地打他的心脏上面爬过去,一只一只地……"对于黄黛茜,"时间的足音在黄黛茜的心上悉悉地响着……"对于胡均益,"时间的足音在胡均益的心上悉悉地响着……"对于缪宗旦,"时间的足音在缪宗旦的心上悉悉地响着……"叙述者此时穿越了五个人各自的心理,发现了相同的感觉,采用相同句式加以描述,再次强化了提喻思维所营造的夜总会这一空间和五个人心理痛苦的共同点。

到了第四节"四个送殡的人",五个人之一胡均益开枪自杀,在"1932年4月10日",其他四个人——郑萍、黄黛茜、季洁、缪宗旦去万国公墓给胡均益送葬。情节发展的逻辑是,送殡之后,四个人势必烟消云散,各人独自承受心灵的痛苦。"大家太息了一下,慢慢儿的走着——走着,走着。前面是一条悠长的,寥落的路……辽远的城市,辽远的旅程啊!"以散点始,以散点终,一个特定时空中的故事结束了。文本特殊的意味与匠心独运的结构密不可分。

提喻,作为艺术思维方式,自然会影响到文本的方方面面。前面我们分析了提喻在文本结构方面的特点和作用。现在我们看题目。"夜总会里的五个人",标题就将笔触聚焦在一个特定的空间中,而且夜总会这个地点也暗示了故事发生的时间是在夜晚。题目具有聚焦功能,引导读者将眼光和兴奋点放在这五个人身上。这不正是从大千世界中,将夜总会里的五个人单独提取出来让读者看吗?提喻思维另一个方面的艺术效果,是影响到其他人物的设计和刻画。文本中的人物呈现为一个谱系,胡均益、郑萍、黄黛茜、季洁、缪宗旦等五个人面目最为清晰,心理表现最具深度,其他人物,诸如长脚汪、林妮娜、芝君等,则面目清晰度稍差一些,心理深度也比五个主要人物逊色。这是恰到好处的效果,人物群体丰满又主次相间。

现代文学研究领域曾经注意到一个现象:1930 年代乡土作家,包括京派文人中的一些作家,如沈从文、蹇先艾、芦焚等,他们虽然已身居都市,却频频回眸自己的故乡,在他们的笔下,真切地展示出一个个故乡的特殊生活风貌,鲁迅称之为"乡土文学"。在《中国新文学大系·小说二集序》中,鲁迅说:这些作品,"写出了胸臆""隐现着乡愁"。今天看来,这些作品毕竟有作家和所描写的对象在空间上的距离感,那"隐现着"的"乡愁",也是那些侨寓都市的作家们,远在异乡回忆乡土生活时的浓重感伤。这些作家看到现代都市的种种劣迹之后,总是以理想中的乡村作为批判的参照物。正如程光炜等在《中国现代文学史》中所说:"他在左翼作家以及新感觉派小说家之外,提供了又一种审视都市文明的姿态和立场,而且是他人所无法替代的。"①于是学术界开始思考这样一个问题:乡土作家身居都市,心理的根却在乡村,可是为什么新感觉派就独独没有乡村的根呢?现在从穆时英的《夜总会里的五个人》采用的提喻艺术思维方式,我们又一次看到了这个现象。原始人的提喻,采用的材料基本是自然界中的现象,表示的意思也是客观的存在事实,比如用"首"(头)来表达顶或者开始,用"额"或"肩"来表达一座山的部位等。随着人类的进步和发展,意识形态内容日渐渗入提喻思维,采用的材料越来越倾向于社会生活事实和现象,所喻的意思也越来越倾向于社会历史及文化。前面对于《夜总会里的五个人》的分析已经印证了这一点。现在需要进一步说明的是,在《夜总会里的五个人》中,这种思维方式和作家对所喻意义的提炼,自有作家的生活积累以及对生活理解的深层原因。穆时英幼年随父亲来到上海,在上海读完中学和大学,他熟悉上海的生活氛围,擅长写上海社会中形形色色的人物,尤其以舞场男女为多,这在当时文坛形成了一种描写都市生活的"海派文学"或者"洋场文学"的风气,一些人竞相模仿。

三　渗透在字里行间的感觉与陌生化效果

新感觉派注重感觉,也注重探索叙述技巧。确实,新感觉派小说在形式、手法、技巧等方面很重视创新,而且取得了一定的成就。苏汶在答复

---

① 程光炜、吴晓东、孔庆东、郜元宝、刘勇:《中国现代文学史》,中国人民大学出版社2000年版,第230页。

舒月的批评(发表于《现代》第1卷第6期)时说穆时英"在新技巧的尝试上有了相当成功"①。提喻性质的文本结构,已经具有强烈的主观色彩,而这个结构本身又营造了一个氛围,给感觉色彩浓郁的语言表述搭建了一个平台。结构和语言两者相得益彰。试想,如果结构如此富有主观感觉色彩,而语言则没有感觉的介入,冷漠而客观,那会有多么不和谐?成熟的艺术追求整体的和谐恰到好处。下面我们从几个方面来分析特殊感觉如何在语言中流动并且形成了特殊情调。

其一,议论。议论在小说中是敏感而且难以操作的表达方式。直接议论会妨碍小说的含蓄性。可是新感觉派的小说,最起码穆时英的小说,却常采用议论手法,以表达对生活的介入和看法。布斯在《小说修辞学》中认为,小说读者需要知道自己在价值领域里应该站在哪里,所以,小说中的议论是不可避免的,重要的不是要不要议论,而是如何议论,如何将议论融于小说整体,而不显得突兀。我认为,重要的不仅在于如何议论,而且在于议论具有怎样的功能,能使得小说更像小说。比如议论兼有描写的功能,又会怎样呢?当然,穆时英在《夜总会里的五个人》中,并不会自觉地考虑这个问题,但是艺术感觉却引导他做了成功的探索。比如第二节"星期六晚上",就是极具描写功能的一节,描写星期六晚上人们的心态、气氛,以及街景、饭店里的夜总会情形时,有这样的议论性句子:"星期六晚上的世界是在爵士的轴子上回旋着的'卡通'的地球……星期六的晚上,是没有理性的日子。星期六的晚上,是法官也想犯罪的日子。星期六的晚上,是上帝进地狱的日子……"这样的句子既是感慨,也是议论,在客观效果上是将读者带进星期六晚上放纵和疯狂的氛围中。质言之,议论成为描写星期六晚上气氛的一种特殊方式。

其二,排比。排比是修辞格之一种,《现代汉语》将排比界定为:"把结构相同或相似、语气一致、意思密切关联的句子或句子成分排列起来,使语势得到增强,感情得到加深,这种修辞格叫排比。"②显然,借助排比这种修辞手法便于表达主观感情,同时也意味着作者不是按照生活本身

---

① 转引自严家炎:《新感觉派小说选》,人民文学出版社1985年版,前言。
② 黄伯荣、廖序东:《现代汉语》,甘肃人民出版社1983年版,第524—525页。

的样子来叙述,是叙述者按照自己的意愿和理解来干预生活;用《现代汉语》中的说法就是"排比的突出作用在于能表达强烈奔放的感情,周密地说明复杂的事理,增强语言的气势,突出文意的重心"①。前面引述的那些议论的句式就是排比式的,似乎不像小说的表述,但却给读者以陌生的感觉,突出了文意的重心。那么,是否可以认为,这恰是穆时英此篇作品成功的原因之一呢?

其三,对举。所谓对举,是指在描写中将相互对应或相反的物象罗列在一起,以求产生特殊的效果。比如,第三节在描写中,执意将白和黑对举。"白的台布,白的台布……","白的台布上面放着:黑的啤酒,黑的咖啡……黑的,黑的……","白的台布旁边坐着的穿晚礼服的男子:黑的和白的一堆:黑头发,白脸,黑眼珠子,白领子,黑领结,白的浆褶衬衫,黑外褂,白背心,黑裤子……黑的和白的……","白人的快乐,黑人的悲哀……"这是颜色的对举,也是感觉的对举:笑与哭的对举。在第三节"五个快乐的人"中尽是笑的场面,笑的人,"芝君笑弯了腰,黛茜拿手帕掩着嘴,缪宗旦哈哈地大声儿的笑开啦。郑萍忽然也捧着肚子笑起来。胡均益赶忙把一口酒咽了下去跟着笑"。但是笑的人的心里是要哭的。还有音乐师约翰生,他说:"我要哭的时候人家叫我笑!"对举,无论是描写还是叙述,都有益于突出叙述者的主观感觉,是一种特殊的判断方式。

其四,语言的陌生化。新感觉派追求感觉的陌生,也自然地追求语言的陌生化。他们并不一定知道和了解俄国形式主义关于文学语言陌生化的理论,而是凭自己的艺术直觉来实践的。读读这样的句子:"'《大晚夜报》!'卖报的孩子张着蓝嘴,嘴里有蓝的牙齿和蓝的舌尖儿,他对面的那只蓝霓虹灯的高跟儿鞋鞋尖正冲着他的嘴。"陌生化描写得自陌生化的感觉,新感觉派注重描写都市里的特殊感觉,在诉诸文学语言的时候,自然寻找别样的表达,在实践中与陌生化的追求相吻合。可以说,新感觉派是中国小说史上较早实践和探索陌生化手法的一个文学流派。

---

① 黄伯荣、廖序东:《现代汉语》,甘肃人民出版社1983年版,第526—527页。

夜总会里的五个人

穆时英

一　五个从生活里跌下来的人

一九三二年四月六日星期六下午：

金业交易所里边挤满了红着眼珠子的人。

标金的跌风,用一小时一百基罗米突的速度吹着,把那些人吹成野兽,吹去了理性,吹去了神经。

胡均益满不在乎地笑。他说：

"怕什么呢？再过五分钟就转涨风了！"

过了五分钟,——

"六百两进关啦！"

交易所里又起了谣言："东洋大地震！"

"八十七两！"

"三十二两！"

"七钱三！"

(一个穿毛葛袍子,嘴犄角儿咬着象牙烟嘴的中年人猛的晕倒了。)

标金的跌风加速地吹着。

再过五分钟,胡均益把上排的牙齿,咬着下嘴唇——

嘴唇碎了的时候,八十万家产也叫标金的跌风吹破了。

嘴唇碎了的时候,一颗坚强的近代商人的心也碎了。

一九三二年四月六日星期六下午：

郑萍坐在校园里的池旁。一对对的恋人从他前面走过去。他睁着眼看;他在等,等着林妮娜。

昨天晚上他送了只歌谱去,在底下注着:

"如果你还允许我活下去的话,请你明天下午到校园里的池旁来。为了你,我是连头发也愁白了!"

林妮娜并没把歌谱退回来———一晚上,郑萍的头发又变黑啦。

今天他吃了饭就在这儿等,一面等,一面想:

"把一个钟头分为六十分钟,一分钟分为六十秒,那种分法是不正确的。要不然,为什么我只等了一点半钟,就觉得胡髭又在长起来了呢?"

林妮娜来了,和那个长腿汪一同地。

"Hey,阿萍,等谁呀?"长腿汪装鬼脸。

林妮娜歪着脑袋不看他。

他哼着歌谱里的句子:

"陌生人啊!
从前我叫你我的恋人,
现在你说我是陌生人!
陌生人啊!
从前你说我是你的奴隶,
现在你说我是陌生人!
陌生人啊……"

林妮娜拉了长腿汪往外走,长腿汪回过脑袋来再向他装鬼脸。他把上面的牙齿,咬着下嘴唇:——

嘴唇碎了的时候,郑萍的头发又白了。

嘴唇碎了的时候,郑萍的胡髭又从皮肉里边钻出来了。

一九三二年四月六日星期六下午:

霞飞路,从欧洲移殖过来的街道。

在浸透了金黄色的太阳光和铺满了阔树叶影子的街道上走着。在前面走着的一个年轻人忽然回过脑袋来看了她一眼,便和旁边的还有一个年轻人说起话来。

她连忙竖起耳朵来听：

年轻人甲——"五年前顶抖的黄黛茜吗！"

年轻人乙——"好眼福！生得真……阿门！"

年轻人甲——"可惜我们出世太晚了！阿门！女人是过不得五年的！"

猛的觉得有条蛇咬住了她的心，便横冲到对面的街道上去。一抬脑袋瞧见橱窗里自家儿的影子——青春是从自家儿身上飞到别人身上去了。

"女人是过不得五年的！"

便把上面的牙齿咬紧了下嘴唇：——

嘴唇碎了的时候，心给那蛇吞了。

嘴唇碎了的时候，她又跑进卖装饰品的法国铺子里去了。

一九三二年四月六日星期六下午：

季洁的书房里。

书架上放满了各种版本的莎士比亚的《HAMLET》，日译本，德译本，法译本，俄译本，西班牙译本……甚至于土耳其文的译本。

季洁坐在那儿抽烟，瞧着那烟往上腾，飘着，飘着。忽然他觉得全宇宙都化了烟往上腾——各种版本的 Hamlet 张着嘴跟他说起话来啦：

"你是什么？我是什么？什么是你？什么是我？"

季洁把上面的牙齿咬着下嘴唇。

"你是什么？我是什么？什么是你？什么是我？"

嘴唇碎了的时候，各种版本的《HAMLET》笑了。

嘴唇碎了的时候，他自家儿也变了烟往上腾了。

一九三二年四月六日——星期六下午。

市政府。

一等书记缪宗旦忽然接到了市长的手书。

在这儿干了五年，市长换了不少，他却生了根似地，只会往上长，没降过一次级,可是也从没接到过市长的手书。

在这儿干了五年,每天用正楷写小字,坐沙发,喝清茶,看本埠增刊,从不迟到,从不早走,把一肚皮的野心,梦想,和罗曼史全扔了。

在这儿干了五年,从没接到过市长的手书,今儿忽然接到了市长的手书!便怀着抄写公文的那种谨慎心情拆了开来。谁知道呢?是封撤职书。

一回儿,地球的末日到啦!

他不相信:

"我做错了什么事呢?"

再看了两遍,撤职书还是撤职书。

他把上面的牙齿咬着下嘴唇:——

嘴唇破了的时候,墨盒里的墨他不用再磨了。

嘴唇破了的时候,会计科主任把他的薪水送来了。

二　星期六晚上

厚玻璃的旋转门:停着的时候,象荷兰的风车;动着的时候,象水晶柱子。

五点到六点,全上海几十万辆的汽车从东部往西部冲锋。

可是办公处的旋转门象了风车,饭店的旋转门便象了水晶柱子。人在街头站住了,交通灯的红光潮在身上泛溢着,汽车从鼻子前擦过去。水晶柱子似的旋转门一停,人马上就鱼似地游进去。

星期六晚上的节目单是:

1. 一顿丰盛的晚宴,里边要有冰水和冰淇淋;

2. 找恋人;

3. 进夜总会;

4. 一顿滋补的点心,冰水,冰淇淋和水果绝对禁止。

(附注:醒回来是礼拜一了——因为礼拜日是安息日。)

吃完了 Chicken No. la king 是水果,是黑咖啡。恋人是 Chicken No. la king 那么娇嫩的,水果那么新鲜的。可是她的灵魂是咖啡那么黑色的……

伊甸园里逃出来的蛇啊!

星期六晚上的世界是在爵士的轴子上回旋着的"卡通"的地球,那么轻快,那么疯狂地;没有了地心吸力,一切都建筑在空中。

星期六的晚上,没有理性的日子。

星期六的晚上,是法官也想犯罪的日子。

星期六的晚上,是上帝进地狱的日子。

带着女人的人全忘了民法上的诱奸律。每一个让男子带着的女子全说自己还不满十八岁,在暗地里伸一伸舌尖儿。开着车的人全忘了在前面走着的,因为他的眼珠子正在玩赏着恋人身上的风景线,他的手却变了触角。

星期六的晚上,不做贼的人也偷了东西,顶爽直的人也满肚皮是阴谋,基督教徒说了谎话,老年人拼着命吃返老还童药片,老练的女子全预备了 Kissproof 的点唇膏。……

街:——

(普益地产公司每年纯利达资本三分之一
　　100000 两
东三省沦亡了吗
没有,东三省的义军还在雪地和日寇作殊死战
同胞们快来加入月捐会
大陆报销路已达五万份
一九三三年宝塔克
　　自由吃排)

"《大晚夜报》!"卖报的孩子张着蓝嘴,嘴里有蓝的牙齿和蓝的舌尖儿,他对面的那只蓝霓虹灯的高跟儿鞋鞋尖正冲着他的嘴。

"《大晚夜报》!"忽然他又有了红嘴,从嘴里伸出舌尖儿来,对面的那只大酒瓶里倒出葡萄酒来了。

红的街,绿的街,蓝的街,紫的街……强烈的色调化装着的都市啊!霓虹灯跳跃着——五色的光潮,变化着的光潮,没有色的光潮——泛滥着光潮的天空,天空中有了酒,有了烟,有了高跟儿鞋,也有了钟……

　　请喝白马牌威士忌酒……吉士烟不伤吸者咽喉……

由特殊的人生感觉而成就特殊的小说艺术

亚力山大鞋店,约翰生酒铺,拉萨罗烟店,德茜音乐铺,朱古力糖果铺,国泰大戏院,汉密而登旅社……

回旋着,永远回旋着的霓虹灯——

忽然霓虹灯固定了:

"皇后夜总会"

玻璃门开的时候,露着张印度人的脸;印度人不见了,玻璃门也关啦。门前站着个穿蓝褂子的人,手里拿着许多白哈吧狗儿。吱吱地叫着。

一只大青蛙,睁着两只大圆眼爬过来啦,肚子贴着地,在玻璃门前吱的停了下来。低着脑袋,从车门里出来了那么漂亮的一位小姐,后边儿跟着钻出来了一位穿晚礼服的绅士,马上把小姐的胳膊拉上了。

"咱们买个哈吧狗儿。"

绅士马上掏出一块钱来,拿了只哈吧狗给小姐。

"怎么谢我?"

小姐一缩脖子,把舌尖冲着他一吐,皱着鼻子做了个鬼脸。

"Charming, dear!"

便按着哈吧狗儿的肚子,让它吱吱地叫着,跑了进去。

三 五个快乐的人

白的台布,白的台布,白的台布,白的台布……白的——

白的台布上面放着:黑的啤酒,黑的咖啡……黑的,黑的……

白的台布旁边坐着的穿晚礼服的男子:黑的和白的一堆:黑头发,白脸,黑眼珠子,白领子,黑领结,白的浆褶衬衫,黑外褂,白背心,黑裤子……黑的和白的……

白的台布后边站着侍者,白衣服,黑帽子,白裤子上一条黑镶边……

白人的快乐,黑人的悲哀。非洲黑人吃人典礼的音乐,那大雷和小雷似的鼓声,一只大号角呜呀呜的,中间那片地板上,一排没落的斯拉夫公主们在跳着黑人的踔跶舞,一条条白的腿在黑缎裹着的身子下面弹着:——

得得得——得达!

又是黑和白的一堆！为什么在她们的胸前给镶上两块白的缎子,小腹那儿镶上一块白的缎子呢？跳着,斯拉夫的公主们;跳着,白的腿,白的胸噗儿和白的小腹;跳着,白的和黑的一堆……白的和黑的一堆。全场的人全害了疟疾。疟疾的音乐啊,非洲的林莽里是有毒蚊子的。

哈吧狗从扶梯那儿叫上来。玻璃门开啦,小姐在前面,绅士在后面。

"你瞧,彭洛夫班的猎舞！"

"真不错！"绅士说。

舞客的对话：

"瞧,胡均益！胡均益来了。"

"站在门口的那个中年人吗？"

"正是。"

"旁边那个女的是谁呢？"

"黄黛茜吗！嗳,你这个怎么的！黄黛茜也不认识。"

"黄黛茜那会不认识。这不是黄黛茜！"

"怎么不是？谁说不是？我跟你赌！"

"黄黛茜没这么年轻！这不是黄黛茜！"

"怎么没这么年轻,她还不过三十岁左右吗！"

"那边儿那个女的有三十岁吗？二十岁还不到——"

"我不跟你争。我说是黄黛茜,你说不是,我跟你赌一瓶葡萄汁。你再仔细瞧瞧。"

黄黛茜的脸正在笑着,在瑙玛希拉式的短发下面,眼只有了一只,眼角边有了好多皱纹,却巧妙地在黑眼皮和长眉尖中间隐没啦。她有一只高鼻子,把嘴旁的皱纹用阴影来遮了。可是那只眼里的憔悴味是即使笑也遮不了的。

号角急促地吹着,半截白半截黑的斯拉夫公主们一个个的,从中间那片地板上,溜到白台布里边,一个个在穿晚礼服的男子中间溶化啦。一声小铜钹象玻璃盘子掉在地上似地,那最后一个斯拉夫公主便矮了半截,接着就不见了。

一阵拍手,屋顶要会给炸破了似的。

黄黛茜把哈吧狗儿往胡均益身上一扔,拍起手来,胡均益连忙把拍着的手接住了那只狗,哈哈地笑着。

顾客的对话:

"行,我跟你赌!我说那女的不是黄黛茜——嗳,慢着,我说黄黛茜没那么年轻,我说她已经快三十岁了。你说她是黄黛茜。你去问她,她要是没到二十五岁的话,那就不是黄黛茜,你输我一瓶葡萄汁。"

"她要是过了二十五岁的话呢?"

"我输你一瓶。"

"行!说了不准翻悔,啊?"

"还用说吗?快去!"

黄黛茜和胡均益坐在白台布旁边,一个侍者正在她旁边用白手巾包着酒瓶把橙黄色的酒倒到高脚杯里。胡均益看着酒说:

"酒那么红的嘴唇啊!你嘴里的酒是比酒还醉人的。"

"顽皮!"

"是一支歌谱里的句子呢。"

哈,哈,哈!

"对不起,请问你现在是二十岁还是三十岁?"

黄黛茜回过脑袋来,却见顾客甲立在她后边儿。她不明白他是在跟谁讲话,只望着他。

"我说,请问你今年是二十岁还是三十岁?因为我和我的朋友在——"

"什么话,你说?"

"我问你今年是不是二十岁?还是——"

黄黛茜觉得白天的那条蛇又咬住她的心了,猛的跳起来,拍,给了一个耳括子,马上把手缩回来,咬着嘴唇,把脑袋伏在桌上哭啦。

胡均益站起来道:"你是什么意思?"

顾客甲把左手掩着左面的腮帮儿:"对不起,请原谅我,我认错人了。"鞠了一个躬便走了。

"别放在心里,黛茜。这疯子看错人咧。"

"均益,我真的看着老了吗?"

"那里?那里!在我的眼里你是永远年轻的!"

黄黛茜猛的笑了起来："在'你'的眼里我是永远年轻的！哈哈，我是永远年轻的！"把杯子提了起来。"庆祝我的青春啊！"喝完了酒便靠胡均益肩上笑开啦。

"黛茜，怎么啦？你怎么啦？黛茜！瞧，你疯了！你疯了！"一面按着哈吧狗的肚子，吱吱地叫着。

"我才不疯呢！"猛的静了下来。过了回儿猛的又笑了起来，"我是永远年轻的——咱们乐一晚上吧。"便拉着胡均益跑到场里去了。

留下了一只空台子。

旁边台子上的人悄悄地说着：

"这女的疯了不成！"

"不是黄黛茜吗？"

"正是她！究竟老了！"

"和她在一块儿的那男的很象胡均益，我有一次朋友请客，在酒席上碰到过他的。"

"可不正是他，金子大王胡均益。"

"这几天外面不是谣传得很厉害，说他做金子蚀光了吗？"

"我也听见人家这么说。可是；今儿我还瞧见他坐了那辆'林肯'，陪了黄黛茜在公司里买了许多东西的——我想不见得一下子就蚀得光，他又不是第一天做金子。"

玻璃门又开了，和笑声一同进来的是一个二十二三岁的男子，还有一个差不多年纪的人扠着他的胳膊，一位很年轻的小姐摆着张焦急的脸，走到旁边儿，稍为在后边儿一点。那先进来的一个，瞧见了舞场经理的秃脑袋，一抬手用大手指在光头皮上划了一下：

"光得可以！"

便哈哈地捧着肚子笑得往后倒。

大伙儿全回过脑袋来瞧他：

礼服胸前的衬衫上有了一堆酒渍，一丝头发拖在脑门上，眼珠子象发寒热似的有点儿润湿，红了两片腮帮儿，胸襟那儿的小口袋里胡乱地塞着条麻纱手帕。

"这小子喝多了酒咧！"

由特殊的人生感觉而成就特殊的小说艺术

"喝得那个模样儿!"

秃脑袋上给划了一下的舞场经理跑过去帮着扶住他,一边问还有一个男子:"郑先生在那儿喝了酒的?"

"在饭店里吗!喝得那个模样还硬要上这儿来。"忽然凑着他的耳朵道:"你瞧见林小姐到这儿来没有,那个林妮娜?"

"在这里!"

"跟谁一同来的?"

这当儿,那边儿桌子上的一个女的跟桌上的男子说:"我们走吧?那醉鬼来了!"

"你怕郑萍吗?"

"不是怕他。喝醉了酒,给他侮辱了,划不来的。"

"要出去,不是得打他前边儿过吗?"

那女的便软着声音,说梦话似的道:"我们去吧!"

男的把脑袋低着些,往前凑着些:"行,亲爱的妮娜!"

妮娜笑了一下,便站起来往外走,男的跟在后边儿。

舞场经理拿嘴冲着他们一呶:"那边儿不是吗?"

和那个喝酒了的男子一同进来的那女子插进来道:

"真给他猜对了。那个不是长脚汪吗?"

"糟糕!冤家见面了!"

长脚汪和林妮娜走过来了。林妮娜看见了郑萍,低着脑袋,轻轻儿的喊:"明新!"

"妮娜,我在这儿,别怕!"

郑萍正在那儿笑,笑着,笑着,不知怎么的笑出眼泪来啦,猛的从泪珠儿后边儿看出去,妮娜正冲着自家儿走来,乐得刚叫:

"妮——"

一擦泪,擦了眼泪却清清楚楚的瞧见妮娜挂在长脚汪的胳膊上,便喊:

"妮!——你!哼,什么东西!"胳膊一挣。

他的朋友连忙又抈住了他的胳膊:"你瞧错人咧,"抈着他往前走。同来的那位小姐跟妮娜点了点头,妮娜浅浅儿的笑了笑,便低下脑袋和冲郑萍瞪眼的长脚汪走出去了。走到门口,开玻璃门出去,刚有一对男女从外面开玻璃门进来,门上的霓虹灯反映在玻璃上的光一闪——

一个思想在长脚汪的脑袋里一闪:"那女的不正是从前扔过我的芝君吗?怎么和缪宗旦在一块儿?"

一个思想在芝君的脑袋里一闪:"长脚汪又交了新朋友了!"

长脚汪推左面的那扇门,芝君推右面的一扇门,玻璃门一动,反映在玻璃上的霓虹灯光一闪,长脚汪马上扠着妮娜的胳膊肘,亲亲热热地叫一声:"Dear!……"

芝君马上挂到缪宗旦的胳膊上,脑袋稍微抬了点儿:"宗旦……"宗旦的脑袋里是:"此致缪宗旦君,市长的手书,市长的手书,此致缪宗旦君……"

玻璃门一关上,门上的绿丝绒把长脚汪的一对和缪宗旦的一对隔开了。走到走廊里,正碰见打鼓的音乐师约翰生急急忙忙的跑出来。缪宗旦一扬手:

"Hello,Johny!"

约翰生眼珠子歪了一下,便又往前走道:"等会儿跟你谈。"

缪宗旦走到里边刚让芝君坐下,只看见对面桌子上一个头发散乱的人猛的一挣胳膊,碰在旁边桌上的酒杯上,橙黄色的酒跳了出来,跳到胡均益的腿上,胡均益正在那儿跟黄黛茜说话,黄黛茜却早已吓得跳了起来。

胡均益莫明其妙地站了起来:"怎么会翻了的?"

黄黛茜瞧着郑萍,郑萍歪着眼道:"哼,什么东西!"

他的朋友一面把他按住在椅子上,一面跟胡均益赔不是:"对不起的很,他喝醉了。"

"不相干!"掏出手帕来问黄黛茜弄脏了衣服没有,忽然觉得自家的腿湿了,不由的笑了起来。

好几个白衣侍者围了上来,把他们遮着了。

这当儿约翰生走了来,在芝君的旁边坐了下来:

"怎么样,Baby?"

"多谢你,很好。"

"Johny, you look very sad!"

约翰生耸了耸肩膀,笑了笑。

"什么事?"

"我的妻子正在家生孩子,刚才打电话来叫我回去——你不是刚才瞧见我急急忙忙的跑出去吗?——我跟经理说,经理不让我回去。"说到这儿,一个侍者跑来道:"密司特约翰生,电话。"他又急急忙忙的跑去了。

电灯亮了的时候,胡均益的桌子上又放上了橙黄色的酒,胡均益的脸又凑在黄黛茜的脸前面,郑萍摆着张愁白了头发的脸,默默地坐着,他的朋友拿手帕在擦汗。芝君觉得后边儿有人在瞧她,回过脑袋去,却是季洁,那两只眼珠子象黑夜似的,不知道那瞳子有多深,里边有些什么。

"坐过来吧?"

"不。我还是独自个儿坐。"

"怎么坐在角上呢?"

"我喜欢静。"

"独自个儿来的吗?"

"我爱孤独。"

他把眼光移了开去,慢慢地,象僵尸的眼光似地,注视着她的黑鞋跟,她不知怎么的哆嗦了一下,把脑袋回过来。

"谁?"缪宗旦问。

"我们校里的毕业生。我进一年级的时候,他是毕业班。"

缪宗旦在拗着火柴梗,一条条拗断了,放在烟灰缸里。

"宗旦,你今儿怎么的?"

"没怎么!"他伸了伸腰,抬起眼光来瞧着她。

"你可以结婚了,宗旦。"

"我没有钱。"

"市政府的薪水还不够用吗?你又能干。"

"能干——"把话咽住了,恰巧约翰生接了电话进来,走到他那儿:"怎么啦?"

约翰生站到他前面,慢慢儿的道:"生出来一个男孩子,可是死了。我的妻子晕了过去。他们叫我回去,我却不能回去。"

"晕了过去,怎么呢?"

"我不知道。"便默着,过了回儿才说道:"我要哭的时候人家叫我笑!"

"I'm sorry for you, Johny!"

"Let's cheer up!"一口喝干了一杯酒,站了起来,拍着自家儿的腿,跳着跳着道:"我生了翅膀,我会飞! 啊,我会飞,我会飞!"便那么地跳着跳着的飞去啦。

芝君笑弯了腰,黛茜拿手帕掩着嘴,缪宗旦哈哈地大声儿的笑开啦。郑萍忽然也捧着肚子笑起来。胡均益赶忙把一口酒咽了下去跟着笑。

哈,哈,哈! 哈! 哈! 哈,哈,哈! 哈,哈,哈哈!

黛茜把手帕不知扔到哪儿去啦,脊梁骨儿靠着椅背,脸望着上面的霓虹灯。大伙儿也跟着笑——张着的嘴,张着的嘴,张着的嘴……越看越不象嘴啦。每个人的脸全变了模样儿,郑萍有了个尖下巴,胡均益有了个圆下巴,缪宗旦的下巴和嘴分开了,象从喉结那儿生出来的,黛茜下巴下面全是皱纹。

只有季洁一个人不笑,静静地用解剖刀似的眼光望着他们,竖起了耳朵,在深林中的猎狗似的,想抓住每一个笑声。

缪宗旦瞧见了那解剖刀似的眼光,那竖着的耳朵,忽然他听见了自家儿的笑声,也听见了别人的笑声,心里想着:——"多怪的笑声啊!"

胡均益也瞧见了——"这是我在笑吗?"

黄黛茜朦胧地记起了小时候有一次从梦里醒来,看到那暗屋子,曾经大声地嚷过的——"怕!"

郑萍模模糊糊地——"这是人的声音吗? 那些人怎么在笑的!"

一会儿这四个人全不笑了。四面还有些咽住了的,低低的笑声,没多久也没啦。深夜在森林里,没一点火,没一个人,想找些东西来倚靠,那么的又害怕又寂寞的心情侵袭着他们,小铜钹呛的一声儿,约翰生站在音乐台上:

"Cheer up, ladies and gentlemen!"

便咚咚地敲起大鼓来,那么急地,一阵有节律的旋风似的。一对对男女全给卷到场里去啦,就跟着那旋风转了起来。黄黛茜拖了胡均益就跑,缪宗旦把市长的手书也扔了,郑萍刚想站起来时,扠他进来的那位朋友已

由特殊的人生感觉而成就特殊的小说艺术

经把胳膊搁在那位小姐的腰上咧。

"全逃啦！全逃啦！"他猛的把手掩着脸,低下了脑袋,怀着逃不了的心境坐着。忽然他觉得自家儿心里清楚了起来,觉得自家儿一点也没有喝醉似的。抬起脑袋来,只见给自己打翻了酒杯的桌上的那位小姐正跟着那位中年绅士满场的跑,那样快的步武,疯狂似地。一对舞侣飞似的转到他前面,一转又不见啦。又是一对,又不见啦。"逃不了的！逃不了的！"一回脑袋想找地方儿躲似的,却瞧见季洁正在凝视着他,便走了过去道:"朋友,我讲笑话你听。"马上话匣子似的讲着话。季洁也不作声,只瞧着他,心里说:

"什么是你！什么是我！我是什么！你是什么！"

郑萍只见自家儿前面是化石的眼珠子,一动也不动的,他不管,一边讲,一边笑。

芝君和缪宗旦跳完了回来,坐在桌子上。芝君微微地喘着气,听郑萍的笑话,听了便低低的笑,还没笑完,又给缪宗旦拉了去啦。季洁的耳朵听着郑萍,手指却在那儿拗火柴梗,火柴梗完了,便拆火柴盒,火柴盒拆完了,便叫侍者再去拿。

侍者拿了盒新火柴来道:"先生,你的桌子全是拗断了的火柴梗了！"

"四秒钟可以把一根火柴拗成八根,一个钟头一盒半,现在是——现在是几点钟？"

"二点还差一点,先生。"

"那么,我拗断了六盒火柴,就可以走啦。"一面还是拗着火柴。

侍者白了他一眼便走了。

顾客的对话:

顾客丙——"那家伙倒有味儿,到这儿来拗火柴。买一块钱不是能在家里拗一天了吗？"

顾客丁——"吃了饭没事做,上这儿拗火柴来,倒是快乐人哪。"

顾客丙——"那喝醉了的傻瓜不乐吗？一进来就把人家的酒打翻了。还骂人家什么东西,现在可拼命和人家讲起笑话来咧。"

顾客丁——"这溜儿那几个全是快乐人！你瞧,黄黛茜和胡均益,还有他们对面的那两个,跳得多有劲！"

顾客丙——"可不是,不怕跳断腿似的。多晚了,现在?"

顾客丁——"两点多咧。"

顾客丙——"咱们走吧?人家多走了。"

玻璃门开了,一对男女,男的歪了领带,女的蓬了头发,跑出去啦。

玻璃门又开了,又是一对男女,男的歪了领带,女的蓬了头发,跑出去啦。

舞场慢慢儿的空了,显着很冷静的,只见经理来回的踱,露着发光的秃脑袋,一回儿红,一回儿绿,一回儿蓝,一回儿白。

胡均益坐了下来,拿手帕抹脖子里的汗道:"我们停一支曲子,别跳吧?"

黄黛茜说:"也好——不,为什么不跳呢?今儿我是二十八岁,明儿就是二十八岁零一天了!我得老一天了!我是一天比一天老的。女人是差不得一天的!为什么不跳呢,趁我还年轻?为什么不跳呢!"

"黛茜——"手帕还拿在手里,又给拉到场里去啦。

缪宗旦刚在跳着,看见上面横挂着的一串串汽球的绳子在往下松,马上跳上去抢到了一个,在芝君的脸上拍了一下道:"拿好了,这是世界!"芝君把汽球搁在他们的脸中间,笑着道:

"你在西半球,我在东半球!"

不知道是谁在他们的汽球上弹了一下,汽球碰的爆破啦。缪宗旦正在微笑着的脸猛的一怔:"这是世界!你瞧,那破了的汽球——破了的汽球啊!"猛的把胸脯儿推住了芝君的,滑冰似地往前溜,从人堆里,拐弯抹角的溜过去。

"算了吧,宗旦,我得跌死了!"芝君笑着喘气。

"不相干,现在三点多啦,四点关门,没多久了!跳吧!跳!"一下子碰到人家身上。"对不起!"又滑了过去。

季洁拗了一地的火柴——

一盒,两盒,三盒,四盒,五盒……

郑萍还在那儿讲笑话,他自家儿也不知道在讲什么,尽笑着,尽讲着。

一个侍者站在旁边打了个呵欠。

郑萍猛的停住不讲了。

由特殊的人生感觉而成就特殊的小说艺术 ▌ 289

"嘴干了吗",季洁不知怎么的会笑了起来。

郑萍不作声,哼着:

"陌生人啊!
从前我叫你我的恋人,
现在你说我是陌生人!
陌生人啊!
……"

季洁看了看表,便搓了搓手,放下了火柴:"还有二十分钟咧。"

时间的足音在郑萍的心上悉悉地响着,每一秒钟象一只蚂蚁似地打他的心脏上面爬过去。一只一只地。那么快的,却又那么多,没结没完的——"妮娜抬着脑袋等长脚汪的嘴唇的姿态啊!过一秒钟,这姿态就会变的,再过一秒钟,又会变的,变到现在,不知从等吻的姿态换到哪一种姿态啦。"觉得心脏儿慢慢儿的缩小了下来,"讲笑话吧!"可是连笑话也没有咧。

时间的足音在黄黛茜的心上悉悉地响着,每一秒钟象一只蚂蚁似地打她心脏上面爬过去,一只一只地,那么快的,却又那么多,没结没完的——"一秒钟比一秒钟老了!'女人是过不得五年的。'也许明天就成了个老太婆儿啦!"觉得心脏慢慢儿的缩小了下来。"跳哇!"可是累得跳也跳不成了。

时间的足音在胡均益的心上悉悉地响着,每一秒钟象一只蚂蚁似地打他心脏上面爬过去,一只一只地,那么快的,却又那么多,没结没完的……"天一亮,金子大王胡均益就是个破产的人了!法庭,拍卖行,牢狱……"觉得心脏慢慢儿的缩小了下来。他想起了床旁小几上的那瓶安眠药,厨间里那把割猪排的餐刀,外面汽车里在打瞌睡的斯拉夫王子腰里的六寸手枪,那么黑的枪眼……"这小东西里边能有什么呢?"——渴望着睡觉,渴慕着那黑的枪眼。

时间的足音在缪宗旦的心上悉悉地响着,每一秒钟象一只蚂蚁似地打他心脏上面爬过去,一只一只地,那么快的,却又那么多,没结没完的——"下礼拜起我是个自由人咧,我不用再写小楷,我不用再一清早赶到枫林桥去,不用再独自坐在二十二路公共汽车里喝风,可不是吗?我是自由人啦!"觉得心脏慢慢的缩小了下来。乐吧!喝个醉吧!明天起没有领薪水的日子了!在市政府做事的谁能相信缪宗旦会有那么没落放浪的思想呢,那么个谨慎小心的人?不可能的事,可是不可能的也终有一天可能了!

白台布旁坐着的小姐们一个个站了起来,把手提袋拿到手里,打开来,把那面小镜子照着自家儿的鼻子擦粉,一面想:"象我那么可爱的人——"因为她们只看到自家儿的鼻子,或是一支眼珠子,或是一张嘴,或是一缕头发,没有看到自家儿整个的脸。绅士们全拿出烟来,擦火柴点他们最后的一支。

音乐才放送着:

"晚安了,亲爱的!"俏皮的,短促的调子。

"最后一支曲子咧!"大伙儿全站起来舞着。场里只见一排排凌乱的白台布,拿着扫帚在暗角里等着的侍者们的打着呵欠的嘴,经理的秃脑袋这儿那儿的发着光。玻璃门开直了,一串串男女从梦里走到明亮的走廊里去。咚的一声大鼓,场里的白灯全亮啦,音乐台上的音乐师们低着身子收拾他们的乐器。拿着扫帚的侍者们全跑了出来,经理站在门口跟每个人道晚安,一回儿舞场就空了下来。剩下来的是一间空屋子,凌乱的,寂寞的,一片空的地板,白灯光把梦全赶走了。

缪宗旦站在自家儿的桌子旁边——"象一只爆了的汽球似的!"

黄黛茜望了他一眼——"象一只爆了的汽球似的。"

胡均益叹息了一下——"象一只爆了的汽球似的!"

郑萍按着自家儿酒后涨热的脑袋——"象一只爆了的汽球似的!"

季洁注视着挂在中间的那只大灯座——"象一只爆了的汽球似的。"

什么是汽球?什么是爆了的汽球?

约翰生皱着眉尖儿从外面慢慢儿的走进来。

"Good-night, Johny!"缪宗旦说。

"我的妻子也死了!"

"I'm awfully sorry for you, Johny!"缪宗旦在他肩上拍了一下。

"你们预备走了吗?"

"走也是那么,不走也是那么!"

黄黛茜——"我随便跑那去,青春总不会回来的。"

郑萍——"我随便跑那去,妮娜总不会回来的。"

胡均益——"我随便跑那去,八十万家产总不会回来的。"

"等会儿!我再奏一支曲子,让你们跳,行不行?"

"行吧。"

约翰生走到音乐台那儿拿了只小提琴来,到舞场中间站住了,下巴扣着提琴,慢慢儿的,慢慢儿的拉了起来,从棕色的眼珠子里掉下来两颗泪珠到弦线上面。没了灵魂似的,三对疲倦的人,季洁和郑萍一同地,胡均益和黄黛茜一同地,缪宗旦和芝君一同地在他四面舞着。

猛的,嘣!弦线断了一条。约翰生低着脑袋,垂下了手:

"I can't help!"

舞着的人也停了下来,望他。怔着。

郑萍耸了耸肩膀道:"No one can help!"

季洁忽然看看那条断了的弦线道:"C'est totne sa vie."

一个声音悄悄地在这五个人的耳旁吹嘘着:"No one can help!"

一声儿不言语的,象五个幽灵似地,带着疲倦的身子和疲倦的心一步步的走了出去。

在外面,在胡均益的汽车旁边,猛的碰的一声儿。

车胎?枪声?

金子大王胡均益躺在地上,太阳那儿一个枪洞,在血的下面,他的脸痛苦地皱着。黄黛茜吓呆在车厢里。许多人跑过来看,大声地问着,忙乱着,谈论着,太息着,又跑开去了。

天慢慢儿亮了起来,在皇后夜总会的门前,躺着胡均益的尸身,旁边站着五个人,约翰生,季洁,缪宗旦,黄黛茜,郑萍,默默地看着他。

四 四个送殡的人

一九三二年四月十日,四个人从万国公墓出来,他们是去送胡均益入土的。这四个人是愁白了头发的郑萍,失了业的缪宗旦,二十八岁零四天的黄黛茜,睁着解剖刀似的眼珠子的季洁。

黄黛茜——"我真做人做疲倦了!"

缪宗旦——"他倒做完了人咧!能象他那么憩一下多好啊!"

郑萍——"我也有了颗老人的心了!"

季洁——"你们的话我全不懂。"

大家便默着。

一长串火车驶了过去,驶过去,驶过去,在悠长的铁轨上,嘟的叹了口气。

辽远的城市,辽远的旅程啊!

大家太息了一下,慢慢儿的走着——走着,走着。前面是一条悠长的,寥落的路……

辽远的城市,辽远的旅程啊!

1932 年 12 月 22 日

在无限虚拟中品味人生的艺术

——林徽因《九十九度中》的文本分析

  林徽因的短篇小说《九十九度中》是现代文学中的经典之作,也是各种文学选本常选的作品。本文意在探寻,看似平常通俗的一个短篇,何以被一般读者和文学评论家长久地喜爱?其艺术价值是怎样形成的?

  评论家李健吾对于《九十九度中》曾经这样评价过:"在类似的平民生活题材的创作中,尽有气质更伟大的,材料更真实的,然而却只有这一篇,最富有现代性。""最富现代性,唯其这里包含着一个个别的特殊的看法,把人生看作一根合抱不来的木料,《九十九度中》正是一个人生的横断面","用最快利的明净的镜头(理智),摄来人生的一个断片,而且缩在这样短小的纸张(篇幅)上"。① 在我看来,李健吾给予我们最重要的线索是"现代性"。一方面,他肯定了这是一篇"平民生活题材的创作",另一方面,指出《九十九度中》的特别价值在于"最富有现代性"。深入地理解这个"现代性"对于艺术价值的关系很重要。本文试图从新叙事学理论以及中国古典小说评点理论两个方面,探索其艺术的匠心和圆融。

一 从新叙事学的"窗口"概念看空间场面转换的艺术

  如果描述《九十九度中》的艺术效果,我们可以最集中地概括为:不同的生活场景蒙太奇般地自如转换,各色人物随着生活场景转换生动呈现,如金圣叹在《〈水浒传〉序三》中所说的"人有其性情,人有其气质,人有其形状,人有其声口"。人物各有其心理和生活轨迹,构成了世态百

---

① 李健吾著,张大明编:《文学创作评论集》,人民文学出版社1984年版,第454页。

相,其中蕴涵了耐人咀嚼的人生滋味。确实,小说在张宅寿筵、喜燕堂阿淑的婚礼、东安市场万花斋点心店、拘留所、因霍乱病死的挑夫家里、卢二爷家里、报馆等大约八九个场景中穿梭,在一些场景中还有一些小的场景,人物有四十余个。人物多、场面纷呈是这篇小说最突出的特点。文学的意味就是借助于这些场景传达出来的。

中国古代小说理论家曾经思考过,如何处理多个人物的问题。对于《水浒传》,金圣叹曾经考虑,一百零八条好汉各有其独立的故事,作者是如何把这些小故事联结起来,迅速而合理地推动情节发展,使短短的七十回书得以尽数聚好汉们于梁山? 金圣叹说:"有鸾胶续弦法。如燕青往梁山泊报信,路遇杨雄、石秀,彼此须互不相识。且由梁山泊到大名府,彼此既同取小径,又岂有止一小径之理? 看他便顺手借如意子打鹊求卦,先斗出巧来,然后用一拳打倒石秀,逗出姓名来等是也。都是刻苦算得出来。"① "鸾胶续弦" "是《十洲记》中的典故。传说西王母以凤凰骨髓熬成胶,其黏无比,献给汉武帝。武帝弓弦扯断了,便以之黏结,非常牢固,遂名为'续弦胶'。金圣叹用在这里,取其牢固联结之意,比喻两条情节线联结的技巧"。② "鸾胶续弦法"是关于结构的一般思想,至于如何联结,不同情境、不同作家有不同的处理方式。如前面所引的金圣叹总结《水浒传》中燕青和石秀的结识方式就是穿插了一段小插曲:"燕青没有盘缠,饥渴难耐,射鹊充饥,喜鹊带箭飞走,燕青追鹊翻过上冈,恰遇石秀等走过,然后开打、相识。"③ 作者通过设计一件偶然事情将两人联结在一起。

如果将"鸾胶续弦法"理解为人物和场景联结的一般含义,那么,《九十九度中》的具体联结方式是什么呢? 我们试图采用西方新的关于结构的表述范畴即新叙事学的"窗口"概念来分析。玛丽-劳勒·莱恩在《电脑时代的叙事学:计算机、隐喻和叙事》一文中提出,计算机中的一些概

---

① 金圣叹:《金圣叹全集(一) 贯华堂第五才子书 水浒传(上)》,曹方人、周锡山标点,江苏古籍出版社1985年版,第24页。
② 陈洪:《中国小说理论史》,天津教育出版社2005年版,第179页。
③ 同上。

念本身就是从日常生活中借用过来的,比如(邮件中的)蠕虫、病毒等,现在,我们依然可以将计算机中这些极具隐喻功能的词语运用到叙事学中。莱恩大胆地将"虚拟、递归、窗口、变形"等电脑术语引入叙事学,为经典叙事学开辟了一片崭新而辽阔的领域,将叙事的一些原本很难表述的特点非常形象地表述出来了。

"在计算机领域,'窗口'这个词比喻一种操作系统,它使用户能够同时运行几个程序,决定屏幕上显示哪个(些)程序,规定它们出现时的视框的大小……计算机使用窗口隐喻,其背后的基本意思就是:实际运行的东西在任何时候都比屏幕上所能显示的要多。"①这个规律与生活一样,生活中形形色色的人物和事情是并列关系,同时在若干个空间中发生。但是叙事性文学作品中的叙述则只能顺序地叙述,传统的说法是"花开两朵,各表一枝"。电影中蒙太奇手法与之有些相似,都是处理现实和叙述的一种方式。有评论说《九十九度中》是采用蒙太奇手法,这只是一般的描述,并没有说清楚具体的链接关系,简单了一些。所以,怎样将现实中若干个事件和若干个人物同时在不同空间中的活动,融入一个艺术世界中,有条不紊而且符合艺术目的地叙述出来是艺术手法问题,也是作家对于生活的理解问题。《九十九度中》的若干个窗口,可以分为主次两类,主窗口被串联在故事主要线索之上,可以提取出四个:张宅寿筵,喜燕堂举行阿淑婚礼,脚夫霍乱病死,以及车夫杨三和王康打架入狱。其中寿筵和婚礼是喜事,脚夫病死和杨三被拘则是悲事。围绕这四件事情展开的若干场景可以认为是次要窗口。这些窗口的关系是并列的。依据莱恩的理论,林徽因处理的就是如何在四个主要事件和其他一些次要事件之间,在诸多个窗口之间进行过渡性驾驭和管理。用传统的批评术语来说,就是如何设计文本结构,安排诸多场景。

这里我们需要进一步介绍莱恩关于窗口管理模式的两个重要概念:嵌入和横向。

莱恩说:"窗口移动能产生空间或/和时间断离。这些断离可以通过

---

① 〔美〕戴卫·赫尔曼主编:《新叙事学》,马海良译,北京大学出版社2002年版,第72—73页。

两种方式来处理:横向窗口或嵌入窗口。横向窗口向情节中的一个不同节点移动(不能在时间上向后移动),不创造堆栈结构;当该窗口关闭或它的再现活动在中途搁置,叙事就可以转向情节中的任何一个其他节点,而且无法预见下一个窗口会显示什么内容。……而嵌入窗口则不同,新窗口被推进到叙事堆栈的顶层,读者完全知道当前窗口关闭后,叙事将返回到哪一个场景和哪一段时间。"[1]通俗的表达就是,嵌入叙述表现为故事套故事,每个小故事结束后又回到原来的叙述情境,类似"回"字结构。在这个文本中,属于这种性质的窗口有:老卢坐在车上对家庭生活的回顾,寿筵上张老太太对69年人生的回顾,婚礼上阿淑对于往事的回顾,冰淇淋店里逸九对他与琼的爱情的回顾等。这些嵌入性窗口,大多在人物的心理层面上展开,属于心理现实。所谓的横向窗口,则表现为相关链接,以这个窗口的相关人物为链接点,逐渐进入到另一个窗口而将前者搁置不谈。在这个文本中这类窗口特别突出:开篇由暑天送面点的脚夫,引出订购面点为张老太太做寿的张宅;脚夫路过卖酸梅汤的摊子而引出同时经过摊子的卢先生;由卢先生引出车夫杨三;由杨三和王康打架,将声浪传入"喜燕堂",引出阿淑的婚礼;由阿淑引出六姨家的丽丽……此外,还有几笔带过的若干小人物,如带孙少爷的奶妈,小丫头寿儿,卖酸梅汤的老人,孙大少爷的侄女慧石等。这种窗口管理模式产生的艺术效应是,在一些主要的场景中开拓出枝杈性的场景,引出一些人物的微妙关系,丰富和滋养着四个主要故事线索的内涵。比如,孙大少爷和侄女慧石是张家的人,但是他们见面并不是在宴席上,也不是当着张老太太的面,而是戏台上正在演戏,大伯在游廊上见到了慧石,他们有一个简短的交谈,引出了慧石的出身、她的感情和向往,家里人对大伯、大伯母的态度等。这些横向窗口链接的方式即是一种特殊的"鸾胶续弦"方式,是由人物所到之处和事情接触之点相互链接。故事线索在这些横向窗口的行进中向前发展。

---

[1] 〔美〕戴卫·赫尔曼主编:《新叙事学》,马海良译,北京大学出版社2002年版,第76页。

二 两种窗口交叉的结构模式的美学价值

用莱恩窗口的叙事学概念分析《九十九度中》的结构特征,仅仅指出了运用嵌入窗口和横向窗口交叉来结构作品,这是描述性和分析性工作。这样的结构对于传达人间情怀,传达对生活及人生的理解起到了怎样的作用? 对于人物心理的刻画具有怎样的价值? 这是我们继续探索的问题。

我们通过结构主义思路来研究两种窗口交叉的结构模式对于意义表达的作用。结构主义文学理论既具有一般性的泛学科特征,同时又具有文学理论的特征。皮亚杰和列维-斯特劳斯都曾经极具权威性地提出,结构分为表层结构与深层结构,表层结构可以被直接观察,深层结构是事物的内在联系,只有通过某种认知模式才可探知。比如列维-斯特劳斯对于俄狄浦斯神话的分析就是探索深层结构中的寓意。再比如,美国结构主义文论家克劳迪欧·居莱恩就指出,文学史也"有一种系统或结构化倾向","在那缓慢然而又是不停变化的整个文学领域内存在的一种顽强、深刻地'秩序意志'"。[①] 这就是文学发展背后的深层结构。借鉴诸种方法,我们认为,横向窗口和嵌入窗口的交叉管理模式,仅仅是文本的表层结构,文本的意义寓于深层结构之中。顺着这个思路,我们发现,在横向窗口中,叙述线索总被自然地带回到张宅寿筵、阿淑婚礼、脚夫毙命以及杨三被拘等场景中。在嵌入窗口中,叙述的线索本质上是回忆性的,自然可以随时返回到现实中回忆者本人正在进行的事情上,比如张老太太的回忆总是必然地回到寿筵的现场来,其他一些窗口也是如此,总是回到这四个主要故事线索上来。这个情形印证了莱恩的说法。莱恩说,文本"基本结构里的窗口数量与主要人物的多少以及叙事所捕捉到的生活片段的宽度成正比"[②]。文本结构的这个规律是有寓意的。我们发现,两个

[①] 〔美〕居莱恩:《作为系统的文学》,普林斯顿大学出版社1970年版,第376页。
[②] 〔美〕戴卫·赫尔曼主编:《新叙事学》,马海良译,北京大学出版社2002年版,第75页。

喜事的主角都是女性,可是两个女主角并没有所谓的幸福感。阿淑就不必说了,就是张老太太,也是在表面的浮华中隐约地表达她的无奈和无聊。文本中有这样的文字:"那个生命乃被称为长寿而又有福气的妇人。这个妇人,今早由两个老妈扶着,坐在床前,拢一下斑白稀疏的鬓发,对着半碗火腿稀饭摇头:'赵妈,我哪里吃得下这许多?你把锅里的拿去给七少奶的云乖乖吃罢……'""老太太颤巍巍地喘息着,继续维持着她的寿命。杂乱模糊的回忆在脑子里浮沉。……这又是谁的声音?这样大!老太太睁开打瞌睡的眼,看一个浓装的妇人对她鞠躬问好。刘太太——谁又是刘太太,真是的!今天客人太多,好吃劲。老太太扶着赵妈站起来还礼。"这就是喜事主角的感受。至于另一个喜事的主角阿淑,她的婚礼变成了"一鞠躬,一鞠躬地和幸福作别"。喜事中蕴藏着悲,蕴藏着女性灵魂的寂寞和精神的悲哀;她们的缺憾和无奈通过喜事来传达,对于读者心灵更有冲击力和震撼力。两件悲事的主人公都是社会底层的男性,且都与两件喜事相关。脚夫因为给张宅送面点、天太热喝酸梅汤而得了霍乱,丁大夫去出席张宅寿筵了,脚夫没有得到及时抢救而毙命。王先生出席张宅寿筵,卢二爷无法及时疏通拘留所而使杨三在押不放。显然,这是从最主要的四个故事来看作家的寓意。喜与悲纠缠在一起,女性和贫民都得到了特别的关注。

嵌入窗口将回忆性叙述不断地拉回到现场,横向窗口表现为相关链接,即以此窗口的相关人物为链接点,逐渐进入到彼窗口而将前者搁置不谈。但是最后从全局来看,横向窗口的功能是不断地将叙述引向张宅寿筵和阿淑婚礼两个喜事,其次是引向两个悲事。在这些窗口交叉所构成的结构框架中,作家充分地利用了人物视角和第三人称视角自由转换的便利,以最简练的笔墨将故事和人物的心理生活融为一体。

林徽因的方法是,第一,能够采用故事中的人物视角的时候尽量采用。比如描写喜燕堂正在举行的阿淑婚礼,一进入这个婚礼空间,叙述者就笔锋一转,转为阿淑视角:"'新郎新娘——三鞠躬……三鞠躬。'阿淑在迷惘里弯腰伸直,伸直弯腰。昨晚上她哭,她妈也哭,将一串经验上得来的教训,拿出来赠给她——什么对老人要忍耐点,对小的要和气,什么事都要让着点——好像生活就是靠容忍和让步支持着!她焦心的不是在公婆妯娌间的委曲求全。这几年对婚姻……"阿淑还回忆起父亲的态度,作者又连带着刻画了父亲的心态。比如"对于阿淑这订婚的疑惧,常使她父亲像小孩子似的自己安慰自己:阿淑这门亲事真是运气呀,说时总希望阿淑听见这话。不知怎样,阿淑听到这话总很可怜父亲,想装出高兴样子来安慰他。母亲更可怜;自从阿淑订婚以来总似乎对她抱歉,常常哑着嗓子说:'看我做母亲的这份心上面。'"这是人物视角里套着人物视角,让读者感到亲近。

对人物心理的刻画,为人物在现实人事间的对比作了铺垫,由于有了人物的心理视角,所以,阅读时可以发现诸多人事间的对比、映照和衬托带来的意义:张老太太表面幸福长寿而内心寂寞,暗示阿淑被嫁的必然以及今后漫长的寂寞岁月;张家诸少奶奶受委屈、用手腕的今天就是丽丽、锡娇们的明天;幼兰小姐、羽孙少爷的调情与奶妈、陈升之间的暧昧本是大户人家的浮华奢靡……心理生活与现实情节之间形成了隐喻,给予读者以想象和品味意义的空间。

作者还让互相之间有关联的人物在他们各自的心理内容上形成差异或者反差,以此刻画人物,传达诸如人生无常等复杂的感受。比如,阿淑在婚礼上"一鞠躬,一鞠躬地和幸福作别,事情已经晚得没有办法了"的时候,她在迷离中想起了自己的九哥。阿淑回忆道"除却九哥!学政治法律,讲究新思想的九哥,得着他表妹阿淑结婚的消息不知怎样?他恨由父母把持的婚姻……但谁知道他关心么?他们多少年不来往了,虽然在山东住的时候,他们曾经邻居,两小无猜地整天在一起玩。幻想是不中用的,九哥先就不在北平,两年前他回来过一次,她记得自己遇到九哥扶着一位漂亮的女同学在书店前边,她躲过了九哥的视线,惭愧自己一身不入时的装束,她不愿和九哥的女友做个太难堪的比较"。这一段是阿淑的回忆。我们再看逸九、卢二爷和老孟三人在东安市场吃点心时逸九的心理,"'听说阿淑快要结婚了,嬷嬷嘱咐到表姨家问候,不知道阿淑要嫁给谁!'他似乎怕到表姨家。这几年的生疏叫他为难,前年他们遇见一次,装束不入时的阿淑倒有种特有的美,一种灵性……奇怪今天这青长衫女人为什么叫他想起这许多……"仅仅在对一身装束的感觉上,逸九和阿淑就有如此的反差,真可谓感觉的失之交臂。本来是各自顺着情节而自然展开的心理流动,却形成了暗中对应和反差,读者从中可以品味到人生无常且总是错过的滋味。

三 从"虚拟"看意义

在以上分析的基础上,我们进而从莱恩关于"虚拟"的概念入手,来探索作家的文学观念以及对于意义的执着。《九十九度中》通过窗口链接而蔓延到女性及社会底层人们的若干生活场景,构成一个不同于客厅生活的生活圈。从前述的窗口模式,可以推测,如果窗口链接的功能继续,那么,还可以无限地蔓延,形成无边无际的画面,因为生活范围是没有止境的。这个道理,正如解构主义叙事理论家希利斯·米勒所说的,叙述其实是无边无际的,任何线条都是作家的有意为之。莱恩说:"虚拟之物不是剔出真实之后的剩余,而是可能发展为实际存在事物的潜力。作为潜力的虚拟的一个经典例子是橡树在橡籽里的存在。一粒橡籽在一定环境因素下可以衍生出许多橡树,一个虚拟物也可以通过多种方式转变为现实。"[①]这个思想与亚里士多德的思想非常相似。亚里士多德认为,诗与历史的区别是,诗讲述的不是已经发生的事情,而是可能发生的事情,即根据可然性和必然性可能发生的事情。所以,诗更接近于哲学,而不是更接近于历史。一粒橡籽中有无数个未来的橡树,所有的橡树都处于虚拟状态,都有可能发展为现实的橡树。这与文学的虚构本质相似。虚拟不是真实的反面,而是可能发展为实际存在事物的潜力。这也就意味着在现实生活中可能发生并且一定会发生的,可以通过虚构在文学中得到表现;即便是在现实中可能存在,但是一定不能发生的,也可以通过虚构在文学中得到表现。这就是虚拟的含义。文学能让我们看到在现实生活中永远不可能发生,但在逻辑上可能发生的事,文学因其虚拟本性而具有魅力。我们的问题是,《九十九度中》围绕着四件事情开辟若干个窗口,一方面印证了小说就是虚拟的产物,另一方面也证明在虚拟中有作家的

[①] 〔美〕戴卫·赫尔曼主编:《新叙事学》,马海良译,北京大学出版社2002年版,第64页。

主观选择。因为我们显然可以感觉到,林徽因之所以选取这些场景和人物,是因为她认为其中有某种命定的联系,是生活的本质。我们进而可以认为,这近二十个场景和四十余个人物,就是作家林徽因在漫无边际的生活之网上裁剪下来的。她在如此的空间范围内确定自己对于意义的追寻。当然,空间无法独立存在,只有与时间相互依存才有可能存在。既然虚拟是无边无际的,那么,选择哪个部位的空间也必然受时间的控制。具体对应这一文本,我们的问题是,小说总得结束,不可能横向窗口和嵌入窗口永远链接下去,那么,它是如何结束的呢? 我们再次采用莱恩从计算机借用来的思想。在计算机操作系统中,程序调用和窗口链接是可以无止境地进行下去的。莱恩说:"因此为了避免无限递归,也为了产生具体的结果,必须设定一种停止条件。"①程序操作中往往设定一个数值N = ?;在本文叙述中,叙述者设定的停止条件则是故事时间的结束,也就是一天的终止。这一天的终止是以报馆一天工作的终结来表示的,即那个白天在冰激淋店里偶尔出现的男子从背景走到前台,以报馆编辑的身份对一天的生活进行小结:张宅寿筵名伶送戏、脚夫霍乱病死、车夫打架……这是以时间的一个单元的完结为条件来结束空间的无限虚拟,所形成的艺术效果是,主窗口的暂时断点获得填补,也为其他尚未交代的永久空白酝酿了深长的意味,让读者可以在品味中抵达意义:种种个人生命中的大事、要紧事,最终只成为报上狭长齐整的文字,供闲人笑谈罢了……也可以让读者联想到,生活还在继续:张宅的戏曲还未散尽,麻将牌声四起,小丫头寿儿仍在等着吃饭;车夫杨三在拘留所里发愁;卢先生在等着吃酒去的王先生回话,为太太的埋怨和今后的日子生着不耐烦;洞房花烛夜的阿淑,正在彻底地告别她所向往的幸福;脚夫的妻子守着孤儿,该为尚未收殓的丈夫哭泣吧……叙述时间随着报馆的工作而终止了,故事时间却因生活的规律而继续前行,也许就是其他故事的开始,这种未完成性引导读者自己去想象,文学的意味也由此产生、蔓延。

空间终于因为时间的终止而在文本中截止了,虚拟得以成为一个特

---

① 〔美〕戴卫·赫尔曼主编:《新叙事学》,马海良译,北京大学出版社2002年版,第68页。

殊的艺术世界。如果以上分析探寻到了《九十九度中》艺术价值形成的机制,那么可以说,我们就基本理解了李健吾所说的此篇"最富有现代性"的含义了。

九十九度中

林徽因

  三个人肩上各挑着黄色,有"美丰楼"字号大圆篓的,用着六个满是泥泞凝结的布鞋,走完一条被太阳晒得滚烫的马路之后,转弯进了一个胡同里去。

  "劳驾,借光——三十四号甲在哪一头?"在酸梅汤的摊子前面,让过一辆正在飞奔的家车——钢丝轮子亮得晃眼的——又向蹲在墙角影子底下的老头儿,问清了张宅方向后,这三个流汗的挑夫便又努力地望前走。那六只泥泞布履的脚,无条件地,继续着他们机械式的展动。

  在那轻快的一瞥中,坐在洋车上的卢二爷看到黄篓上饭庄的字号,完全明白里面装的是丰盛的筵席,自然地,他估计到他自己午饭的问题。家里饭乏味,菜蔬缺乏个性,太太的脸难看,你简直就不能对她提到那厨子问题。这几天天太热,太热,并且今天已经二十二,什么事她都能够牵扯到薪水问题上,孩子们再一吵,谁能够在家里吃中饭!

  "美丰楼饭庄"黄篓上黑字写得很笨大,方才第三个挑夫挑得特别吃劲,摇摇摆摆地使那黄篓左右的晃……

  美丰楼的菜不能算坏,义永居的汤面实在也不错……于是义永居的汤面?还是市场万花斋的点心?东城或西城?找谁同去聊天?逸九新从南边来的住在哪里?或许老孟知道,何不到和记理发馆借个电话?卢二爷估计着,犹豫着,随着洋车的起落。他又好像已经决定了在和记借电话,听到伙计们的招呼:"……二爷您好早?……用电话,这边您哪!……"

  伸出手臂,他睨一眼金表上所指示的时间,细小的两针分停在两个钟点上,但是分明的都在挣扎着到达十二点上边。在这时间中,车夫感觉到主人在车上翻动不安,便更抓稳了车把,弯下一点背,勇猛地狂跑。二爷心里仍然疑问着面或点心;东城或西城;车已赶过前面的几辆。一个女人骑着自行车,由他左侧冲过去,快镜似的一瞥鲜艳的颜色,脚与腿,腰与背,侧脸、眼和头发,全映进老卢的眼里,那又是谁说过的……老卢就是爱看女人!女人谁又不爱?难道你在街上真闭上眼不瞧那过路的漂亮的!

"到市场,快点。"老卢吩咐他车夫奔驰的终点,于是主人和车夫戴着两顶价格极不相同的草帽,便同在一个太阳底下,向东安市场奔去。

很多好看的碟子和鲜果点心,全都在大厨房院里,从黄色层篓中检点出来。立着监视的有饭庄的"二掌柜"和张宅的"大师傅";两人都因为胖的缘故,手里都有把大蒲扇。大师傅举起扇扑一下进来凑热闹的大黄狗。

"这东西最讨嫌不过!"这句话大师傅一半拿来骂狗,一半也是来权作和掌柜的寒暄。

"可不是?他×的,这东西真可恶。"二掌柜好脾气地用粗话也骂起狗。

狗无聊地转过头到垃圾堆边闻嗅隔夜的肉骨。

奶妈抱着孙少爷进来,七少奶每月用六元现洋雇她,抱孙少爷到厨房,门房,大门口,街上一些地方喂奶连游玩的。今天的厨房又是这样的不同;饭庄的"头把刀"带着几个伙计在灶边手忙脚乱地炒菜切肉丝,奶妈觉得孙少爷是更不能不来看:果然看到了生人,看到狗,看到厨房桌上全是好看的干果,鲜果,糕饼,点心,孙少爷格外高兴,在奶妈怀里跳,手指着要吃。奶妈随手赶开了几只苍蝇,拣一块山楂糕放到孩子口里,一面和伙计们打招呼。

忽然看到陈升走到院子里找赵奶奶,奶妈对他挤了挤眼,含笑地问:"什么事值得这么忙?"同时她打开衣襟露出前胸喂孩子奶吃。

"外边挑担子的要酒钱。"陈升没有平时的温和,或许是太忙了的缘故。老太太这次做寿,比上个月四少奶小孙少爷的满月酒的确忙多了。

此刻那三个粗蠢的挑夫蹲在外院槐树荫下,用黯黑的毛巾擦他们的脑袋,等候着他们这满身淋汗的代价。一个探首到里院偷偷看院内华丽的景象。

里院和厨房所呈的纷乱固然完全不同,但是它们纷乱的主要原因则是同样的,为着六十九年前的今天。六十九年前的今天,江南一个富家里又添了一个绸缎金银裹托着的小生命。经过六十九个像今年这样流汗天气的夏天,又产生过另十一个同样需要绸缎金银的生命以后,那个生命乃被称为长寿而又有福气的妇人。这个妇人,今早由两个老妈扶着,坐在床前,拢一下斑白稀疏的鬓发,对着半碗火腿稀饭摇头:

"赵妈,我哪里吃得下这许多?你把锅里的拿去给七少奶的云乖乖吃罢……"

七十年的穿插,已经卷在历史的章页里,在今天的院里能呈露出多少,谁也不敢说。事实是今天,将有很多打扮得极体面的男女来庆祝,庆祝能够维持这样长久寿命的女人,并且为这一庆祝,饭庄里已将许多生物的寿命裁削了,拿它们的肌肉来补充这庆祝者的肠胃。

前两天这院子就为了这事改变了模样,簇新的喜棚支出瓦檐丈余尺高。两旁红喜字玻璃方窗,由胡同的东头,和顺车厂的院里是可以看得很清楚的。前晚上六点左右,小三和环子,两个洋车夫的儿子,倒土筐的时候看到了,就告诉他们嬷:"张家喜棚都搭好了,是哪一个孙少爷娶新娘子?"他们嬷为这事,还拿了鞋样到陈大嫂家说个话儿。正看到她在包饺子,笑嘻嘻地得意得很,说老太太做整寿——多好福气——她当家的跟了张老太爷多少年。昨天张家三少奶还叫她进去,说到日子要她去帮个忙儿。

喜棚底下圆桌面就有七八张,方凳更是成叠地堆在一边;几个夫役持着鸡毛帚,忙了半早上才排好五桌。小孩子又多,什么孙少爷,侄孙少爷,姑太太们带来的那几位都够淘气的。李贵这边排好几张,那边小爷们又扯走了排火车玩。天热得厉害,苍蝇是免不了多,点心干果都不敢先往桌子上摆。冰化得也快,篓子底下冰水化了满地!汽水瓶子挤满了厢房的廊上,五少奶看见了只嚷不行,全要冰起来。

全要冰起来!真是的,今天的食品全摆起来够像个菜市,四个冰箱也腾不出一点空隙。这新买来的冰又放在哪里好?李贵手里捧着两个绿瓦盆,私下里咕噜着为这筵席所发生的难题。

赵妈走到外院传话,听到陈升很不高兴地在问三个挑夫要多少酒钱。

"瞅着给罢。"一个说。

"怪热天多赏点吧。"又一个抿了抿干燥的口唇,想到方才胡同口的酸梅汤摊子,嘴里觉着渴。

就是这嘴里渴得难受,杨三把卢二爷拉到东安市场西门口,心想方才在那个"喜什么堂"门首,明明看到王康坐在洋车脚蹬上睡午觉。王康上月底欠了杨三十四吊钱,到现在仍不肯还,只顾着躲他。今天债主遇到赊债的赌鬼,心头起了各种的计算——杨三到饿的时候,脾气常常要比平时坏一点。天本来就太热,太阳简直是冒火,谁又受得了!方才二爷坐在车上,尽管用劲踩铃,金鱼胡同走道的学生们又多,你撞我闯的,挤得真可以的。杨三擦了汗一手抓住车把,拉了空车转回头去找王康要账。

"要不着八吊要六吊,再要不着,要他×的几个混蛋嘴巴!"杨三脖梗儿上太阳烫得像火烧。"四吊多钱我买点羊肉,吃一顿好的。葱花烙饼也不坏——谁又说大热天不能喝酒?喝点又怕什么——睡得更香。卢二爷到市场吃饭,进去少不了好几个钟头……"

喜燕堂门口挂着彩,几个乐队里人穿着红色制服,坐在门口喝茶——他们把大铜鼓撂在一旁,铜喇叭夹在两膝中间。杨三知道这又是哪一家办喜事。反正一礼拜短不了有两天好日子,就在这喜燕堂,哪一个礼拜没有一辆花马车,里面拽出花溜溜的新娘?今天的花车还停在一旁……

"王康,可不是他!"杨三看到王康在小挑子的担里买香瓜吃。

"有钱的娶媳妇,和咱们没有钱的娶媳妇,还不是一样?花多少钱娶了她,她也短不了要这个那个的——这年头!好媳妇,好!你瞧怎么着?更惹不起!管你要钱,气你喝酒!再有了孩子,又得顾他们吃,顾他们穿。……"

王康说话就是要"逗个乐儿",人家不敢说的话他敢说:一群车夫听到他的话,个个高兴地凑点尾声。李荣手里捧着大饼,用着他最现成的粗话引着那几个年轻的笑。李荣从前是拉过家车的——可惜东家回南,把事情就搁下来了——他认得字,会看报,他会用新名词来发议论:"文明结婚可不同了,这年头是最讲'自由''平等'的了。"底下再引用了小报上捡来的离婚的新闻打哈哈。

杨三没有娶过媳妇,他想娶,可是"老家儿"早过去了,没有给他定下亲,外面瞎姘的他没敢要。前两天,棚铺的掌柜娘要同他做媒,提起了一个姑娘说是什么都不错,这几天不知道怎么又没有讯儿了。今天洋车夫们说笑的话,杨三听了感着不痛快。看看王康的脸在太阳里笑得皱成一团,更使他气起来。

王康仍然笑着说话,没有看到杨三,手里咬剩的半个香瓜里面,黄黄的一把瓜子像不整齐的牙齿向着上面。

"老康!这些日子都到哪里去了?我这儿还等着钱吃饭呢!"杨三乘着一股劲发作。

听到声,王康怔了向后看,"呵,这打哪儿说得呢?"他开始赖账了,"你要吃饭,你打你×的自己腰包里掏!要不然,你出个份子,进去那里边,"他手指着喜燕堂,"吃个现成的席去。"王康的嘴说得滑了,禁不住这样嘲笑着杨三。

周围的人也都跟着笑起来。

本来准备着对付赖账的巴掌,立刻打到王康的老脸上了。必须地扭打,由蓝布幕的小摊边开始,一直扩张到停洋车的地方。来往汽车的喇叭,像被打的狗,呜呜叫号。好几辆正在街心奔驰的洋车都停住了,流汗车夫连喊着"靠里!""瞧车!"脾气暴的人顺口就是:"他×的,这大热天,单挑这么个地方!!"

巡警离开了岗位;小孩子们围上来;喝茶的军乐队人员全站起来看;女人们吓得直喊:"了不得,前面出事了罢!"

杨三提高嗓子直嚷着问王康:"十四吊钱,是你——是你拿走了不是?——"

呼喊的声浪由扭打的两人出发,膨胀,膨胀到周围各种人的口里:"你听我说……"

"把他们拉开……"

"这样挡着路……瞧腿要紧。"

嘈杂声中还有人叉着手远远地喊,"打得好呀,好拳头!"

喜燕堂正厅里挂着金喜字红幢,几对喜联,新娘正在服从号令,连连地深深地鞠躬。外边的喧吵使周围客人的头同时向外面转,似乎打听外面喧吵的原故。新娘本来就是一阵阵地心跳,此刻更加失掉了均衡;一下子撞上,一下子沉下,手里抱着的鲜花随着只是打颤。雷响深入她耳朵里,心房里……

"新郎新娘——三鞠躬——……三鞠躬。"阿淑在迷惘里弯腰伸直,伸直弯腰。昨晚上她哭,她妈也哭,将一串经验上得来的教训,拿出来赠给她——什么对老人要忍耐点,对小的要和气,什么事都要让着点——好像生活就是靠容忍和让步支持着!

她焦心的不是在公婆妯娌间的委曲求全。这几年对婚姻问题谁都讨论得热闹,她就不懂那些讨论的道理遇到实际时怎么就不发生关系。她这结婚的实际,并没有因为她多留心报纸上,新文学上,所讨论的婚姻问题,家庭问题,恋爱问题,而减少了问题。

"二十五岁了……"有人问到阿淑的岁数时,她妈总是发愁似的轻轻地回答那问她的人,底下说不清是叹息是啰嗦。

在这旧式家庭里,阿淑算是已经超出应该结婚的年龄很多了,她知道,父母那急着要她出嫁的神情使她太难堪!他们天天在替她选择合适的人家——其实哪里是选择!反对她尽管反对,那只是消极的无奈何的抵抗,她自己明知道是绝对没有机会选择,乃至于接触比较合适,理想的人物!她挣扎了三年,三年的时间不算短,在她父亲看去那更是不可信的长久……

"全家又托人来提了,你和阿淑商量商量吧,我这身体眼见得更糟,这潮湿天……"父亲的话常常说得很响,故意要她听得见,有时在饭桌上脾气或许更坏一点。"这六十块钱,养活这一大家子!养儿养女都不够,还要捐什么钱?干脆饿死!"有时更直接更难堪:"这又是谁的新褂子?阿淑,你别学时髦穿了到处走,那是找不着婆婆家的——外面瞎认识什么朋友我可不答应,我们不是那种人家!"……懦弱的母亲低着头装作缝衣:"妈劝你将就点……爹身体近来不好……女儿不能在娘家一辈子的……这家子不算坏;差事不错,前妻没有孩子不能算填房……"

理论和实际似乎永不发生关系;理论说婚姻得怎样又怎样,今天阿淑都记不得那许多了。实际呢,只要她点一次头,让一个陌生的,异姓的,异性的人坐在她家里,乃至于她旁边,吃一顿饭的手续,父亲和母亲这两三年——兴许已是五六年来的——难题便突然地在他们是觉得极文明地解决了。

对于阿淑这订婚的疑惧,常使她父亲像小孩子似的自己安慰自己:阿淑这门亲事真是运气呀,说时总希望阿淑听见这话。不知怎样,阿淑听到这话总很可怜父亲,想装出高兴样子来安慰他。母亲更可怜;自从阿淑订婚以来总似乎对她抱歉,常常哑着嗓子说:"看我做母亲的这份心上面。"

看做母亲的那份心上面!那天她初次见到那陌生的,异姓的异性的人,那个庸俗的典型触碎她那一点脆弱的爱美的希望,她怔住了,能去寻死,为婚姻失望而自杀么?可以大胆告诉父亲,这婚约是不可能的么?能逃脱这家庭的苛刑(在爱的招牌下的)去冒险,去漂落么?

她没有勇气说什么,她哭了一会儿,妈也流了眼泪,后来妈说:阿淑你这几天瘦了,别哭了,做娘的也只是一份心。……现在一鞠躬,一鞠躬地和幸福作别,事情已经太晚得没有办法了。

吵闹的声浪愈加明显了一阵,伴娘为新娘戴上戒指,又由赞礼的喊了一些命令。

迷离中阿淑开始幻想那外面吵闹的原因:洋车夫打电车吧,汽车轧伤了人吧,学生又请愿,当局派军警弹压吧……但是阿淑想怎么我还如是焦急,现在我该像死人一样了,生活的波澜该沾不上我了,像已经临刑的人。但临刑也好,被迫结婚也好,在电影里到了这种无可奈何的时候总有一个意料不到快慰人心的解脱,不合法,特赦,恋人骑着马星夜奔波地赶到……但谁是她的恋人?除却九哥!学政治法律,讲究新思想的九哥,得着他表妹阿淑结婚的消息不知怎样?他恨由父母把持的婚姻……但谁知道他关心么?他们多少年不来往了,虽然在山东住的时候,他们曾经邻居,两小无猜地整天在一起玩。幻想是不中用的,九哥先就不在北平,两年前他回来过一次,她记得自己遇到九哥扶着一位漂亮的女同学在书店前边,她躲过了九哥的视线,惭愧自己一身不入时的装束,她不愿和九哥的女友做个太难堪的比较。

感到手酸,心酸,浑身打颤,阿淑由一堆人拥簇着退到里面房间休息。女客们在新娘前后彼此寒暄招呼,彼此注意大家的装扮。有几个很不客气在批评新娘子,显然认为不满意。"新娘太单薄点。"一个摺着十几层下颏的胖女人,摇着扇和旁边的六姨说话。阿淑觉到她自己真可以立刻碰得粉碎;这位胖太太像一座石臼,六姨则像一根铁杵横在前面,阿淑两手发抖拉紧了一块丝巾,听老妈在她头上不住地摆弄那几朵绒花。

随着花露水香味进屋子来的,是锡娇和丽丽,六姨的两个女儿,她们的装扮已经招了许多羡慕的眼光。有电影明星细眉的锡娇抓把瓜子嗑着,猩红的嘴唇里露出雪白的牙齿。她暗中扯了她妹妹的衣襟,嘴向一个客人的侧面努了一下。丽丽立刻笑红了脸,拿出一条丝绸手绢蒙住嘴挤出人堆到廊上去,望着已经在席上的男客们。有几个已经提起筷子高高兴兴地在选择肥美的鸡肉,一面讲着笑话,顿时都为着丽丽的笑声,转过脸来,镇住眼看她。丽丽扭一下腰,又摆了一下,软的长衫轻轻展开,露出裹着肉色丝袜的长腿走过另一边去。

年轻的茶房穿着蓝布大褂,肩搭一块桌布,由厨房里出来,两只手拿四碟冷荤,几乎撞住丽丽。闻到花露香味,茶房忘却顾忌地斜过眼看。昨晚他上菜的时候,那唱戏的云娟坐在首席曾对着他笑,两只水钻耳坠,打秋千似的左右晃。他最忘不了云娟旁座的张四爷,抓住她如玉的手臂劝干杯的情形。笑眯眯的带醉的眼,云娟明明是向着正端着大碗三鲜汤的他笑。他记得放平了大碗,心还怦怦地跳。直到晚上他睡不着,躺在院里板凳上乘凉,随口唱几声"孤王……酒醉……"才算松动了些。今天又是这么一个笑嘻嘻的小姐,穿着这一身软,茶房垂下头去拿酒壶,心底似乎恨谁似的一股气。

"逸九你喝一杯什么?"老卢做东这样问。

"我来一杯香桃冰淇凌吧。"

"你去拣几块好点心,老孟。"主人又招呼那一个客。午饭问题算是如此解决了。为着天热,又为着起得太晚,老卢看到点心铺前面挂的"卫生冰淇凌,咖啡,牛乳,各样点心"这种动人的招牌,便决意里面去消磨时光。约到逸九和老孟来聊天,老卢显然很满意了。

三个人之中,逸九最年少,最摩登。在中学时代就是一口英文,屋子里挂着不是"梨娜"就是"琴妮"的相片,从电影杂志里细心剪下来的,圆一张,方一张,满壁动人的娇憨——他到上海去了两年,跳舞更是出色了,老卢端详着自己的脚,打算找逸九带他到舞场拜老师去。

"哪个电影好,今天下午?"老孟抓一张报纸看。

邻座上两个情人模样男女,对面坐着呆看。男人有很温和的脸,抽着烟没有说话;女人的侧相则颇有动人的轮廓,睫毛长长的活动着,脸上时时浮着微笑。她的青纱长衫罩着丰润的肩臂,带着神秘性的淡雅。两人无声地吃着冰淇凌,似乎对于一切完全的满足。

老卢、老孟谈着时局,老卢既是机关人员,时常免不了说"我又有个特别的消息,这样看来里面还有原因",于是一层一层地做更详细原因的检讨,深深地浸入政治波澜里面。

逸九看着女人的睫毛,和浮起的笑涡,想到好几年前同在假山后捉迷藏的琼的两条发辫,一个垂前,一个垂后地跳跃。琼已经死了这六七年,谁也没有再提起过她。今天这青长衫的女人,单单叫他心底涌起琼的影子。不可思议的,淡淡的,记忆描着活泼的琼。在极旧式的家庭里淘气,二舅舅提根旱烟管,厉声地出来停止她各种的嬉戏。但是琼只是敛住声音低低地笑。雨下大了,院中满是水,又是琼胆子大,把裤腿卷过膝盖,赤着脚,到水里装摸鱼。不小心她滑倒了,还是逸九去把她抱回来。和琼差不多大小的还有阿淑,住在对门,他们时常在一起玩,逸九忽然记起瘦小,不爱说话的阿淑来。

"听说阿淑快要结婚了,孋嚄咐到表姨家问候,不知道阿淑要嫁给谁!"他似乎怕到表姨家。这几年的生疏叫他为难,前年他们遇见一次,装束不入时的阿淑倒有种特有的美,一种灵性……奇怪今天这青长衫女人为什么叫他想起这许多……

"逸九,你有相当的聪明,手腕,你又能巴结女人,你也应该来试试,我介绍你见老王。"

倦了的逸九忽然感到苦闷。

老卢手弹着桌边表示不高兴:"老孟你少说话,逸九这位大少爷说不定他倒愿意去演电影呢!"种种都有一点落伍的老卢嘲笑着翩翩年少的朋友出气。

青纱长衫的女人和她朋友吃完了,站了起来。男的手托着女人的臂腕,无声地绕过他们三人的茶桌前面,走出门去。老卢逸九注意到女人有秀美的腿,稳健的步履。两人的融洽,在不言不语中流露出来。

"他们是甜心!"

"愿有情人都成眷属。"

"这女人算好看不?"

三个人同时说出口来,各各有所感触。

午后的热,由窗口外嘘进来,三个朋友吃下许多清凉的东西,更不知做什么好。

"电影院去,咱们去研究一回什么'人生问题''社会问题'吧?"逸九望着桌上的空杯,催促着卢、孟两个走。心里仍然浮着琼的影子。活泼、美丽、健硕,全幻灭在死的幕后,时间一样的向前,计量着死的实在。像今天这样,偶尔地回忆就算是证实琼有过活泼生命的唯一的证据。

东安市场门口洋车像放大的蚂蚁一串,头尾衔接着放在街沿。杨三已不在他寻常停车的地方。

"区里去,好,区里去!咱们到区里说个理去!"就是这样,王康和杨三到底结束了殴打,被两个巡警弹压下来。

刘太太打着油纸伞,端正地坐在洋车上,想金裁缝太不小心了,今天这件绸衫下摆仍然不合适,领也太小,紧得透不了气,想不到今天这样热,早知道还不如穿纱的去。裁缝赶做的活总要出点毛病。实甫现在脾气更坏一点,老嫌女人们麻烦。每次有个应酬你总要听他说一顿的。今天张老太太做整寿,又不比得寻常的场面可以随便……

对面来了浅蓝色衣服的年轻小姐,极时髦的装束使刘太太睁大了眼注意了。

"刘太太哪里去?"蓝衣小姐笑了笑,远远招呼她一声过去了。

"人家的衣服怎么如此合适!"刘太太不耐烦地举着花纸伞。

"呜呜——呜呜……"汽车的喇叭响得震耳。

"打住。"洋车夫紧抓车把,缩住车身前冲的趋势。汽车过去后,由刘太太车旁走出一个巡警,带着两个粗人:一根白绳由一个的臂膀系到另一个的臂上。巡警执着绳端,板着脸走着。一个粗人显然是车夫;手里仍然拉着空车,嘴里咕噜着。很讲究的车身,各件白铜都擦得放亮,后面铜牌上还镌着"卢"字。这又是谁家的车夫,闹出事让巡警拉走。刘太太恨恨地一想车夫们爱肇事的可恶,反正他们到区里去少不了东家设法把他们保出来的……

"靠里！……靠里！"威风的刘家车夫是不耐烦挤在别人车后的——老爷是局长，太太此刻出去阔绰的应酬，洋车又是新打的，两盏灯发出银光……哗啦一下，靠手板在另一个车边擦一下，车已猛冲到前头走了。刘太太的花油纸伞在日光中摇摇荡荡地迎着风，顺着街心溜向北去。

胡同口酸梅汤摊边刚走开了三个挑夫。酸凉的一杯水，短时间地给他们愉快，六只泥泞的脚仍然踏着滚烫的马路行去。卖酸梅汤的老头儿手里正在数着几十枚铜元，一把小鸡毛帚夹在腋下。他翻上两颗黯淡的眼珠，看看过去的花纸伞，知道这是到张家去的客人。他想今天为着张家做寿，客人多，他们的车夫少不得来摊上喝点凉的解渴。

"两吊……三吊！……"他动着他的手指，把一叠铜元收入摊边美人牌香烟的纸盒中。不知道今天这冰够不够使用的，他翻开几重荷叶，和一块灰黑色的破布，依然用着他黯淡的眼珠向磁缸里的冰块端详了一会儿。"天不热，喝的人少，天热了，冰又化的太快！"事情哪一件不有为难的地方，他叹口气再翻眼看看过去的汽车。汽车轧起一阵尘土，笼罩着老人和他的摊子。

寒暑表中的水银从早起上升，一直过了九十五度的黑线上。喜棚底下比较荫凉的一片地面上曾聚过各种各色的人物。丁大夫也是其间一个。

丁大夫是张老太太内侄孙，德国学医刚回来不久，麻利，漂亮，现在社会上已经有了声望，和他同席的都借着他是医生的缘故，拿北平市卫生问题做谈料，什么鼠疫，伤寒，预防针，微菌，全在吞咽八宝冬瓜，瓦块鱼，锅贴鸡，炒虾仁中间讨论过。

"贵医院有预防针，是好极了。我们过几天要来麻烦请教了。"说话的以为如果微菌听到他有打预防针的决心也皆气馁了。

"欢迎，欢迎。"

厨房送上一碗凉菜。丁大夫踌躇之后决意放弃吃这碗菜的权利。

小孩们都抢了盘子边上放的小冰块，含到嘴里嚼着玩，其他客喜欢这凉菜的也就不少。天实在热！

张家几位少奶奶装扮得非常得体,头上都戴朵红花,表示对旧礼教习尚仍然相当遵守的。在院子中盘旋着做主人,各人心里都明白自己今天的体面。好几个星期前就顾虑到的今天,她们所理想到的今天各种成功,已然顺序的,在眼前实现。虽然为着这重要的今天,各人都轮流着觉得受过委屈,生过气,用过心思和手腕,将就过许多不如意的细节。

老太太颤巍巍地喘息着,继续维持着她的寿命。杂乱模糊的回忆在脑子里浮沉。兰兰七岁的那年……送阿旭到上海医病的那年真热……生四宝的时候在湖南,于是生育,病痛,兵乱,行旅,婚娶,没秩序,没规则地纷纷在她记忆下掀动。

"我给老太太拜寿,您给回一声吧。"

这又是谁的声音?这样大!老太太睁开打瞌睡的眼,看一个浓装的妇人对她鞠躬问好。刘太太——谁又是刘太太,真是的!今天客人太多了,好吃劲。老太太扶着赵妈站起来还礼。

"别客气了,外边坐吧。"二少奶伴着客人出去。

谁又是这刘太太……谁?……老太太模模糊糊地又做了一些猜想,望着门槛又堕入各种的回忆里去。

坐在门槛上的小丫头寿儿,看着院里石榴花出神。她巴不得酒席可以快点开完,底下人们可以吃中饭,她肚子里实在饿得慌。一早眼睛所接触的,大部分几乎全是可口的食品,但是她仍然是饿着肚子,坐在老太太门槛上等候呼唤。她极想再到前院去看看热闹,但为想到上次被打的情形,只得竭力忍耐。在饥饿中,有一桩事她仍然没有忘掉她的高兴。因为老太太的整寿,大少奶给她一副银镯。虽然为着捶背而酸乏的手臂懒得转动,她仍不时得意地举起手来,晃摇着她的新镯子。

午后的太阳斜到东廊上,后院子暂时沉睡在静寂中。幼兰在书房里和羽哭着闹脾气:

"你们都欺侮我,上次赛球我就没有去看。为什么要去?反正人家也不欢迎我……慧石不肯说,可是我知道你和阿玲在一起玩得上劲。"抽噎的声音微微地由廊上传来。

"等会客人进来了不好看……别哭……你听我说……绝对没有这么回事的。咱们是亲表,谁不知道我们亲热,你是我的兰,永远,永远的是我的最爱最爱的……你信我……"

"你在哄骗我,我……我永远不会再信你的了……"

"你又来伤我,你心狠……"

声音微下去,也和缓了许多,又过了一些时候,才有轻轻的笑语声。小丫头仍然饿得慌,仍然坐在门槛上没有敢动,她听着小外孙小姐和羽孙少爷老是吵嘴,哭哭啼啼的,她不懂。一会儿他们又笑着一块儿由书房里出来。

"我到婆婆的里间洗个脸去。寿儿你给我打盆洗脸水去。"

寿儿得着打水的命令,高兴地站起来。什么事也比坐着等老太太睡醒都好一点。

"别忘了晚饭等我一桌吃。"羽说完大步地跑出去。

后院顿时又堕入闷热的静寂里;柳条的影子画上粉墙,太阳的红比得胭脂。墙外天蓝蓝的没有一片云,像戏台上的布景。隐隐地送来小贩子叫卖的声音——卖西瓜的——卖凉席的,一阵一阵。

挑夫提起力气喊他孩子找他媳妇。天快要黑下来,媳妇还坐在门口纳鞋底子;赶着那一点天亮再做完一只。一个月她当家的要穿两双鞋子,有时还不够的,方才当家的回家来说不舒服,睡倒在炕上,这半天也没有醒。她放下鞋底又走到旁边一家小铺里买点生姜,说几句话儿。

断续着呻吟,挑夫开始感到苦痛,不该喝那冰凉东西,早知道这大暑天,还不如喝口热茶!迷惘中他看到茶碗,茶缸,施茶的人家,碗,碟,果子杂乱地绕着大圆篓,他又像看到张家的厨房。不到一刻他肚子里像纠麻绳一般痛,发狂地呕吐使他沉入严重的症候里和死搏斗。

挑夫媳妇失了主意,喊孩子出去到药铺求点药。那边时常夏天是施暑药的……

邻居积渐知道挑夫家里出了事,看过报纸的说许是霍乱,要扎针的。张秃子认得大街东头的西医丁家,他披上小褂子,一边扣钮子,一边跑。丁大夫的门牌挂高高的,新漆大门两扇紧闭着。张秃子找着电铃死命地按,又在门缝里张望了好一会儿,才有人出来开门。什么事?什么事?门房望着张秃子生气,张秃子看着丁宅的门房说,"劳驾——劳驾您大爷,我们街坊李挑子中了暑,托我来行点药。"

"丁大夫和管药房先生出份子去了没有在家,这里也没有旁人,这事谁又懂得?!"门房吞吞吐吐地说,"还是到对门益年堂打听吧。"大门已经差不多关上。

张秃子又跑了,跑到益年堂,听说一个孩子拿了暑药已经走了。张秃子是信教的,他相信外国医院的药,他又跑到那边医院里打听,等了半天,说那里不是施医院,并且也不收传染病的,医生晚上也都回家了,助手没有得上边话不能随便走开的。

"最好快报告区里,找卫生局里人。"管事的告诉他,但是卫生局又在哪里……

到张秃子失望地走回自己院子里的时候,天已经黑了下来,他听见李大嫂的哭声知道事情不行了。院里磁罐子里还放出浓馥的药味。他顿一下脚,"咱们这命苦的……"他已在想如何去捐募点钱,收殓他朋友的尸体。叫孝子挨家去磕头吧!

天黑了下来,张宅跨院里更热闹,水月灯底下围着许多孩子,看变戏法的由袍子里捧出一大缸金鱼,一盘子"王母蟠桃"献到老太太面前。孩子们都凑上去验看金鱼的真假。老太太高兴地笑。

大爷熟识捧场过的名伶自动地要送戏,正院前边搭着戏台,当差的忙着拦阻外面杂人往里挤,大爷由上海回来,两年中还是第一次——这次碍着母亲整寿的面,不回来太难为情。这几天行市不稳定,工人们听说很活动,本来就不放心走开,并且厂里的老赵靠不住,大爷最记挂……

看到院里戏台上正开场,又看廊上的灯,听听厢房各处传来的牌声、风扇声、开汽水声,大爷知道一切都圆满地进行,明天事完了,他就可以走了。

"伯伯上哪儿去?"游廊对面走出一个清秀的女孩。他怔住了看,慧石——是他兄弟的女儿,已经长的这么大了?大爷伤感着,看他早死兄弟的遗腹女儿:她长得实在像她爸爸……实在像她爸爸……

"慧石,是你。长得这样俊,伯伯快认不得了。"

慧石只是笑,笑。大伯伯还会说笑话,她觉得太料想不到的事,同时她像被电击一样,触到伯伯眼里蕴住的怜爱,一股心酸抓紧了她的嗓子。

她仍只是笑。

在无限虚拟中品味人生的艺术

"哪一年毕业?"大伯伯问她。

"明年。"

"毕业了到伯伯那里住。"

"好极了。"

"喜欢上海不?"

她摇摇头:"没有北平好。可是可以找事做,倒不错。"

伯伯走了,容易伤感的慧石急忙回到卧室里,想哭一哭,但眼睛湿了几回,也就不哭了,又在镜子前抹点粉笑了笑;她喜欢伯伯对她那和蔼态度。嬷常常不满伯伯和伯母的,常说些不高兴他们的话,但她自己却总觉得喜欢这伯伯的。

也许是骨肉关系有种不可思议的亲热,也许是因为感激知己的心,慧石知道她更喜欢她这伯伯了。

厢房里电话铃响。

"丁宅呀,找丁大夫说话? 等一等。"

丁大夫的手气不坏,刚和了一牌三翻,他得意地站起来接电话:"知道了,知道了,回头就去叫他派车到张宅来接。什么?要暑药的? 发痧中暑? 叫他到平济医院去吧。"

"天实在热,今天,中暑的一定不少。"五少奶坐在牌桌上抽烟,等丁大夫打电话回来。"下午两点的时候刚刚九十九度啦!"她睁大了眼表示严重。

"往年没有这么热,九十九度的天气在北平真可以的了。"一个客人摇了摇檀香扇,急着想做庄。

咯突一声,丁大夫将电话挂上。

报馆到这时候积渐热闹,排字工人流着汗在机器房里忙着。编辑坐到公案桌上面批阅新闻。本市新闻由各区里送到;编辑略略将张宅名伶送戏一节细细看了看,想到方才同太太在市场吃冰淇凌后,遇到街上的打架,又看看那段厮打的新闻,于是很自然地写着"西四牌楼三条胡同卢宅车夫杨三……"新闻里将杨三王康的争斗形容得非常动听,一直到了"扭区成讼"。

再看一些零碎,他不禁注意到挑夫霍乱数小时毙命一节,感到白天去吃冰淇凌是件不聪明的事。

杨三在热臭的拘留所里发愁,想着主人应该得到他出事的消息了,怎么还没有设法来保他出去。王康则在又一间房子里喂臭虫,苟且地睡觉。

"……哪儿呀,我卢宅呀,请王先生说话……"老卢为着洋车被扣已经打了好几个电话了,在晚饭桌他听着太太的埋怨……那杨三真是太没有样子,准是又喝醉了,三天两回闹事。

"……对啦,找王先生有要紧事,出去饭局了么,回头请他给卢宅来个电话!别忘了!"

这大热晚上难道闷在家里听太太埋怨?杨三又没有回来,还得出去雇车,老卢不耐烦地躺在床上看报,一手抓起一把蒲扇赶开蚊子。

"不传！不传！"的魅力与"最后一个"的阐释空间

——老舍《断魂枪》的文本分析

老舍的短篇小说《断魂枪》写于 1935 年初秋。在老舍毕生写下的短篇小说里，这是一篇扛鼎之作。在诸多中国现代文学作品选中，《断魂枪》是被选入次数最多的短篇之一。寥寥五千余字的短篇，何以具有如此久远的艺术魅力？本文借助叙事学、结构主义分析方法和原型批评理论来分析《断魂枪》艺术价值的成因。

一 结构主义分析方法与"不传！不传！"的心理聚焦

《断魂枪》的故事线索非常简单，小说用第三人称叙述了三个人和一件事。用老舍自己的话说，就是《断魂枪》是自己所要写的"二拳师"中的一小块。"在《断魂枪》里，我表现了三个人，一桩事。这三个人与一桩事是我由一大堆材料中选出来的，他们的一切都在我心中想过了许多回，所以他们都能立得住。"[①]我们首先采用结构主义方法来分析这三个人和一桩事。结构主义叙事学认为，一个叙事性文学作品，从平衡起步，然后出现不平衡，经过努力再到平衡，这样不断转换所完成的全过程就是一个完整的叙事。这个思路也可以用来分析人物与事件形成的关系：如果我们将沙子龙的心理作为一条平衡线索，将孙姓长者和王三胜的心理作为另一条平衡线索，那么，他们的矛盾纠葛就集结于沙子龙传还是不传他那套"五虎断魂枪"上。沙子龙打定了主意不传，表示"那条枪和那套枪都跟

---

① 老舍：《老舍自传》，江苏文艺出版社 1995 年版，第 97—98 页。

我入棺材,一齐入棺材!"以此获得心理平衡。可是,王三胜和孙姓长者心理却大不平衡。小说叙述到,王三胜在土地庙前拉开场子,要"以武会友",并且以"神枪沙子龙是我师傅"相标榜,引出了颇有几手真功夫的孙姓老者。王三胜引领孙姓老者来到沙子龙家,希望沙子龙在孙姓老者面前表演一番,孙姓老者的潜台词是希望学习这套枪法,可是沙子龙先是搪塞,搪塞不行就断然拒绝。孙姓老者无奈地走了,王三胜也从此看不起沙子龙。可以说,王三胜和孙姓老者的心理是不平衡的。一方不平衡,一方平衡,这就是矛盾,形成了对峙,焦点何在?三个人的故事或者说矛盾就纠结在传还是不传这个问题上。这个故事构架是具有深刻思想的。老舍自己曾经回忆说,在写作《断魂枪》的这个时期,"事实逼得我不能不把长篇的材料写作短篇了,这是事实,因为索稿的日多,而材料不那么方便了,于是把心中留着的长篇材料拿出来救急。不用说,这么由批发而改为零卖是有点难过。可是及至把十万字的材料写成五千字的一个短篇——像《断魂枪》——难过反倒变成了觉悟"①。"觉悟"这个词含义非常丰富而且耐人琢磨。沙子龙的"不传!不传!"是这篇小说的"文眼"所在,也是老舍自己所说的"我心中想过了许多回"的全部落脚处,深藏着老舍的艺术匠心,自然具有值得探讨的空间。我们先来考察老舍的叙事艺术和匠心。

二 第三人称的叙述与个人情调的互渗

《断魂枪》是第三人称叙述,但是老舍的高明之处在于他既充分地利用了第三人称观察和出入的便利,又充分调动了叙述语调的功能,还在叙述的同时刻画了沙子龙的形象。可以说老舍将第三人称叙述可能的艺术效应都发挥到了最大限度。

1. 充分地利用了俯视角的便利叙述出时代的氛围和变迁。在小说开篇,叙述者就说"沙子龙的镖局已改成客栈",然后用具有历史沧桑感的慨叹语调描绘出时代的变迁:"东方的大梦没法子不醒了。炮声压下

---

① 老舍:《老舍自传》,江苏文艺出版社1995年版,第97页。

去马来与印度野林中的虎啸……江湖上的智慧与黑话,义气与声名,连沙子龙,他的武艺,事业,都梦似的变成昨夜的……"叙述者将这个时代概括为"这是镖局已没有饭吃,而国术还没有被革命党与教育家提倡起来的时候"。

2. 在叙述中自然地刻画出沙子龙的形象。诚然,叙述者有不少文字描述了沙子龙的形象和经历、在民间的威望,以及眼下的处境等;艺术直觉告诉我们,沙子龙是小说的主角,但是文本前半部分却用较多文字描写了他的徒弟们以及王三胜在土地庙前摆练把式的场子以及与孙姓老者交手等情节。在这些人对于沙子龙的赞叹、景仰和崇拜的感情中,沙子龙影子似地无时无刻不在,这个艺术效果是借助于间接描写获得的。金圣叹在评《西厢记》时提出了"烘云托月"的写法,意思是以正面描写衬托出更值得描写的对象。《断魂枪》中对沙子龙的描写,就是通过叙述他人对沙子龙的感情、态度来间接或侧面地进行的。中国文学中最典型的这类例证是汉乐府《陌上桑》,不直接描写罗敷的美,而写"行者见罗敷,下担捋髭须。少年见罗敷,脱帽着帩头。耕者忘其犁,锄者忘其锄。来归相怨怒,但坐观罗敷"。这种方法在荷马史诗《伊利亚特》中也曾经使用过,比如通过描写那些王侯、元老们见到海伦后发出的感叹"天啊,为了这样一位永生的女神,特洛伊人和希腊人再打上十年也值!"来间接描写海伦的美丽。在《断魂枪》中,老舍通过描写各色人等对沙子龙的敬仰和崇拜来衬托他的身份和威望,为沙子龙的选择先期作铺垫,以便形成较大的落差。沙子龙在读者心理中期待值越高,后面沙子龙拒绝演习"五虎断魂枪"的时候,读者心理落差就越大,艺术效果就越好。

3. 叙述中透着苍凉的情调,大势所趋的悲凉时代氛围在情节进展的同时也得到传达。我们可以追问,这种苍凉情调是属于谁的呢?属于叙述者?还是属于沙子龙?从读者的艺术感觉来说,这份感受和悲凉既可看成是沙子龙的,也可看成是叙述者的,怎样解释都可以。"今天是火车,快枪,通商与恐怖……"叙述者与沙子龙的感受互相渗透,难以分清究竟是谁的感慨。无论是谁的感受,皆属悲音。"奏乐以生悲为善音,听乐以能悲为知音。"读者阅读《断魂枪》,产生的感觉真如钱锺书在《管锥篇》中所引的徐渭之言:"能如冷水浇背,陡然一惊,便是兴观群怨之品;

如其不然,便不是矣。"①叙述透着苍凉的情调,既衬托人物心理,又赋予故事以意义,并有着渗透了情调的语言之美。

三 "不传!不传!"而成为"最后一个"

在沙子龙拒绝了孙姓老者"教给我那趟枪"的要求后,"王三胜和小顺们都不敢再到土地庙去卖艺,大家谁也不再为沙子龙吹腾……"小说结尾有一段极具艺术魅力的描写:"夜静人稀,沙子龙关好了小门,一气把六十四枪刺下来;而后,拄着枪,望着天上的群星,想起当年在野店荒林的威风。叹一口气,用手指慢慢摸着冰滑的枪身,又微微一笑,'不传!不传!'"这里,沙子龙获得了一份心灵的平衡和宁静。按照故事逻辑,如果沙子龙不传这套"五虎断魂枪",他就成为"最后一个"掌握这套枪法的人。沙子龙为什么要把自己变成"最后一个"?

为什么要成为"最后一个"?这个问题是文本的空白点。下面我们描述几种在审美经验中可能产生的填补方式,以便展现艺术价值是如何形成的。

第一,中国民间传统历来对于家传绝技、秘方等的处理方式是传男不传女,传给儿媳妇,不传给女儿,这与中国以血缘宗法为纽带、农业家庭小生产为基础的社会生活和社会结构的长期稳定、缺少变动有关。血缘基础是中国传统思想的本源,实用理性则是中国传统思想的特色之一。小农意识的表现之一是,在自家秘方和家传技艺方面采取保守、不轻易外传的策略。所以,读老舍的《断魂枪》,认为沙子龙的不传,缘于为了生活而独占生存技能,这是一般读者最常见的填补方式。我们提出的质疑是,小说开篇不久就有"沙子龙的镖局已改成客栈",这套"五虎断魂枪"已经不能挣钱了,既然如此,沙子龙为什么要当"最后一个"?

第二,沙子龙珍爱自己这套"五虎断魂枪",虽然现在洋枪洋炮已经惊醒了古老东方的大梦,古老的武术已经毫无招架之力,但是,沙子龙依然将"五虎断魂枪"视为艺术,并且执意将这门艺术珍爱地保存,准备让

---

① 钱锺书:《管锥编》第三册,中华书局1979年版,第950页。

它和自己一道进入坟墓,千万不能在他人手中被糟蹋了。这个解释建立在沙子龙热爱、珍视传统文化的基础上。与第一种填补方式相比,这种解释显然对于沙子龙的精神境界的评价要高得多。

第三,沙子龙的形象是我们民族在民间的非凡智慧和极高境界的代表,对他应该有更深刻的理解。这个看法来自我国老舍研究专家关纪新(我将文学研究专家对于作品的理解,界定为特殊的填补)。关纪新在《老舍评传》中对于《断魂枪》的评述是:"而'断魂枪'法的主人沙子龙,一点也看不出他哪怕起码是在心劲儿上的抗争,他好像早就心宽气宏地接纳了那命运的陡变,作家构思与运笔的精妙之处,也许恰恰在此处,从沙子龙口中连连喊出的'不传',明示着读者,他业已参透一切并重新拿定了方寸,绝不去跟迎面压过来的时势较真用气,绝不发泄任何心中不悦,这可就不是常人所能修养到的境界了;当我们捕捉到了这条思路,再把寻觅的眼光略微放远一点儿,便可以恍然想到,我们的古老民族确曾有着为数不多的文化人,他们面临眼前文化百相的风云翻覆,胸中虽郁结过层层叠叠的文化块垒,并在偌长的时间里孜孜求索,但是,他们毕竟依赖于个人的悟性,艰难地跨越了某道心理极限,逐渐获取了一双冷眼,一份静心,进而试图借用一副历史老人的心肠,来领略和透视大千文化的嬗替蜕变。沙子龙,可能就是作家比照着这种心态,塑造出来的一位甘为旧有美质文化而殉道的末路英豪,他决计要刚毅地迎纳现实的轰击和毁灭,走上与心中的完美事物(虽然是历史性的)共相厮守的终极之路,而把不尽的哀伤、悲凉,悉数留给未达到相应顿悟的芸芸世人。"①关纪新的填补方式,与前面一种有相似之处,就是"走上与心中的完美事物(虽然是历史性的)共相厮守的终极之路",但是就其原因的解释,是有差别的。显然关纪新对沙子龙的精神境界的评价要更高。

由于研究者将自己的研究成果诉诸文字,所以我们在老舍研究领域还可以检索出一些对于沙子龙不传原因的理解,姑且都可视之为各种填补。以上所列,可以证明,"最后一个"是一个空白点,也是这个文本艺术魅力形成的重要机制。下面我们进而从原型批评的角度来分析这"最后一个"。

---

① 关纪新:《老舍评传》,重庆出版社 1998 年版,第 236 页。

四 "最后一个"与原型批评

"最后一个"是一种故事讲述模式,也可以理解为是一个原型。回顾中外文学我们发现,许多优秀作家都喜欢讲"最后一个"的故事。有的在字里行间透露出"最后一个",有的直接以之命题,形式不一。比如,白先勇的《金大班的最后一夜》《永远的尹雪艳》,法国作家都德的《最后一课》,汪曾祺的《鉴赏家》(描写最后一个鉴赏家),李杭育的《最后一个渔佬儿》,肖克凡的《最后一座工厂》(描写国有企业改革中传统工厂运行方式的终结),聂鑫森的《棋殇》(在抗日战争背景中,描写围棋大师江泽洋不屈的民族气节和个人操守,江泽洋是最后一个有气节的围棋大师),姜安的《远去的骑士》(描写骑兵兵种消失过程中的"最后一个骑兵"的心理生活)。

为什么"最后一个"如此得到作家们的青睐?在我看来,符合小说的本性是首要原因。小说在本质上都是回忆性的,所叙述的在逻辑上皆是过去时态的事情,而"最后一个"是一个人或者一件事或者一种生活生产方式的完结,也是属于过去时的,且由于是最后一个,所以抒发感慨和寄托情思的空间更大,与小说回忆状态下的叙述本质恰相吻合。第二个原因是,"最后一个"与人类本性中喜欢哀挽和悲伤的情调有关。钱锺书在《管锥编》的第三册"全汉文卷四二"中列举了中西方文学和艺术中的多则材料来说明"最谐美之音乐必有忧郁与偕"的道理①,前面我们所列举的那些"最后一个"的小说作品可以为证。

以揭示和探究作品艺术价值为目的的文本分析,可以将"最后一个"作为批评切入点。原型理论家弗莱在《批评的剖析》中提出,文学作品这个"假设性的语辞结构"中具有一种叫作文学性的东西。弗莱说:"无论在哪里只要我们遇见这样一种自足的语辞结构,我们就遇见了文学。"②那么,文学性是怎样产生的?弗莱认为,对于神话不同程度的移用,是文

---

① 钱锺书:《管锥编》第三册,中华书局1979年版,第948页。
② [加拿大]诺思罗普·弗莱:《批评的剖析》,陈慧、袁宪军、吴伟仁译,白花文艺出版社1998年版,第65页。

学性生成的来源。一切文学叙述其实都是在神话和自然主义这两个极端之间展开的。弗莱所说的神话,就是原型。弗莱的原型有两个主要来源:希腊神话和《圣经》。弗莱所说的"移",其含义是对于原始神话原型的改变和创新;弗莱所说的"用",其含义是对于原始神话原型的继承和沿用。有"移",才有新鲜感,传达新的感受和体验;有"用",才能保证与其他原型的关联,才能被作为原型来理解。弗莱还认为,在一个平常的和外部客观世界的逻辑、情理都很一致的故事里加进一些神话的"移用"因素,故意使故事脱离和生活的外部类比,显得这样的事情只能发生在故事里,于是这个故事因怪诞的情节而获得了一个抽象的文学性质。"抽象的文学性质"的意思就是,在不同民族文化之间可以取得同情的共通感以及生成的意义。弗莱的原型批评理论的本质是文化研究,必须在文化河床中来把握。这给予了文学批评以开阔的空间。

可以从宽泛意义上的原型来理解"最后一个"。考察具体文本中"最后一个"的"移用"的情形,是抵达作品艺术价值构成的途径。同时,作为原型来理解"最后一个",可以通向对于作家的考察以及进入文本间性的研究。让我们带着以上的思考,回到老舍和他的《断魂枪》。

老舍曾经表达过末世人的情绪。他在《诗二首·昔年》中有"我昔生忧患,愁长记忆新;童年习冻饿,壮年饱酸辛。滚滚横流水,茫茫末世人"的诗句。① 虽然这首诗写于1949年后,但是作为追忆,他证实了自己曾经有过的末世人情绪。末世人可以理解为特定时代具体的人,也可以理解为一种心理感受,还可以理解为含有丰富意蕴的比喻。在我看来,末世人的心态是很普遍的,凡是身处末世,产生了没落感受的人都可以被认做是末世人。但是老舍却在末世人的基础上写出了更具有特性的、值得玩味的"最后一个"。事实上,大凡写"最后一个"的作家,都会有末世人情怀,或者说挽歌情怀;也就是说,"最后一个"作为原型,可以和对作家的考察联系起来,比如聂鑫森的小说《棋殇》。聂鑫森说过:自己写作的资源根基是湘潭这座古城。他说:"我生于斯,长于斯,自小就浸淫在古城一种厚重的文化和历史的氛围中,不可自拔。而街头巷尾,俯拾皆是的传

---

① 转引自老舍:《老舍自传》,江苏文艺出版社1995年版,第1页。

说、歌谣,更给了我最早也是最为强烈的文学熏染。这使我在未来走上文学创作之路后,得到了一种选取题材的便利,并往往流露出一种历史的沧桑感,凸现出一种自我陶醉的'古典情怀'。"①

再进而从文本之间的关系即互文性来理解这"最后一个"。夏志清在《中国现代小说史》中论述老舍的时候首先将老舍与茅盾相比较。在夏志清看来,老舍代表北方和个人主义,个性直截了当,富有幽默感;他的主人公几乎全部是男人,他总是尽量地避免浪漫的题材。老舍对个人命运比对社会力量更关心。夏志清认为,《骆驼祥子》是一部深含个人情感的小说,在骆驼祥子身上,老舍表现出惊人的道德眼光和心理深度。老舍显然已经认定,在一个病态的社会里,个人用自己的力量试图求得发展,只能加速自己的毁灭,必须依靠集体行动。这个思想是依托小说中那个发言人也就是一个老车夫之口说出来的。这个老车夫两次在祥子的生活里出现,每次都使祥子做了一种选择,减少了自尊和自信。或者说,从《骆驼祥子》开始,老舍已经开始怀疑带有自由主义味道的个人主义。《断魂枪》写于1935年,《骆驼祥子》写于1937年。两部作品篇幅不同,但时间接近,可以互相参照。如果认可夏志清对于《骆驼祥子》的分析,依据老舍在《骆驼祥子》中的道德眼光和心理深度,我们可以推想,在《断魂枪》中,老舍在沙子龙身上,也于末世人心态中渗透有"最后一个"的道德思考和心理深度,即沙子龙已经是一个觉悟者,他觉悟到那套在民间极有声誉的"五虎断魂枪",除了能给个人以自尊和名誉以外,对国家和民族已经没有任何助益。他是个清醒的人,清醒的人才能让自己成为"最后一个"。

"最后一个"的原型是否必须在作品标题或者字里行间透露出来呢?这是艺术理解的问题,也是艺术技巧处理的方式问题。老舍在《断魂枪》中没有使用"最后一个"的字眼,这种现象在其他一些优秀作家那里也出现过,但叙述语言本身的含蓄、细腻,已经可以充分地将"最后一个"的悲凉、沧桑氛围表达出来。

---

① 聂鑫森:《情局》,群众出版社2004年版,代后记。

断魂枪

老　舍

　　沙子龙的镖局已改成客栈。

　　东方的大梦没法子不醒了。炮声压下去马来与印度野林中的虎啸。半醒的人们，揉着眼，祷告着祖先与神灵；不大会儿，失去了国土、自由与主权。门外立着不同面色的人，枪口还热着。他们的长矛毒弩，花蛇斑彩的厚盾，都有什么用呢；连祖先与祖先所信的神明全不灵了啊！龙旗的中国也不再神秘，有了火车呀，穿坟过墓破坏着风水。枣红色多穗的镖旗，绿鲨皮鞘的钢刀，响着串铃的口马，江湖上的智慧与黑话，义气与声名，连沙子龙，他的武艺、事业，都梦似的变成昨夜的。今天是火车、快枪、通商与恐怖。听说，有人还要杀下皇帝的头呢！

　　这是走镖已没有饭吃，而国术还没被革命党与教育家提倡起来的时候。

　　谁不晓得沙子龙是短瘦、利落、硬棒，两眼明得象霜夜的大星？可是，现在他身上放了肉。镖局改了客栈，他自己在后小院占着三间北房，大枪立在墙角，院子里有几只楼鸽。只是在夜间，他把小院的门关好，熟习熟习他的"五虎断魂枪"。这条枪与这套枪，二十年的工夫，在西北一带，给他创出来："神枪沙子龙"五个字，没遇见过敌手。现在，这条枪与这套枪不会再替他增光显胜了；只是摸摸这凉、滑、硬而发颤的杆子，使他心中少难过一些而已。只有在夜间独自拿起枪来，才能相信自己还是"神枪沙"。在白天，他不大谈武艺与往事；他的世界已被狂风吹了走。

　　在他手下创练起来的少年们还时常来找他。他们大多数是没落子的，都有点武艺，可是没地方去用。有的在庙会上去卖艺：踢两趟腿，练套家伙，翻几个跟头，附带着卖点大力丸，混个三吊两吊的。有的实在闲不起了,去弄筐果子,或挑些毛豆角,赶早儿在街上论斤吆喝出去。那时候,米贱肉贱,肯卖膀子力气本来可以混个肚儿圆;他们可是不成:肚量既大,而且得吃口管事儿的;干饽饽辣饼子咽不下去。况且他们还时常去走会:五虎棍,开路,太狮少狮……虽然算不了什么——比起走镖来——可是到底有个机会活动活动,露露脸。是的,走会捧场是买脸的事,他们打扮的得象个样儿,至少得有条青洋绉裤子,新漂白细市布的小褂,和一双鱼鳞洒鞋——顶好是青缎子抓地虎靴子。他们是神枪沙子龙的徒弟——虽然沙子龙并不承认——得到处露脸,走会得赔上俩钱,说不定还得打场架。没钱,上沙老师那里去求。沙老师不含糊,多少不拘,不让他们空着手儿走。可是,为打架或献技去讨教一个招数,或是请给说个"对子"——什么空手夺刀,或虎头钩进枪——沙老师有时说句笑话,马虎过去:"教什么?拿开水浇吧!"有时直接把他们赶出去。他们不大明白沙老师是怎么了,心中也有点不乐意。

可是,他们到处为沙老师吹腾,一来是愿意使人知道他们的武艺有真传授,受过高人的指教;二来是为激动沙老师:万一有人不服气而找上老师来,老师难道还不露一两手真的么?所以:沙老师一拳就砸倒了个牛!沙老师一脚把人踢到房上去,并没使多大的劲!他们谁也没见过这种事,但是说着说着,他们相信这是真的了,有年月,有地方,千真万确,敢起誓!

王三胜——沙子龙的大伙计——在土地庙拉开了场子,摆好了家伙。抹了一鼻子茶叶末色的鼻烟,他抡了几下竹节钢鞭,把场子打大一些。放下鞭,没向四围作揖,叉着腰念了两句:"脚踢天下好汉,拳打五路英雄!"向四围扫了一眼:"乡亲们,王三胜不是卖艺的;玩艺儿会几套,西北路上走过镖,会过绿林中的朋友。现在闲着没事,拉个场子陪诸位玩玩。有爱练的尽管下来,王三胜以武会友,有赏脸的,我陪着。神枪沙子龙是我的师傅;玩艺地道!诸位,有愿下来的没有?"他看着,准知道没人敢下来,他的话硬,可是那条钢鞭更硬,十八斤重。

王三胜,大个子,一脸横肉,努着对大黑眼珠,看着四周。大家不出声。他脱了小褂,紧了紧深月白色的"腰里硬",把肚子杀进去。给手心一口唾沫,抄起大刀来:

"诸位,王三胜先练趟瞧瞧。不白练,练完了,带着的扔几个;没钱,给喊个好,助助威。这儿没生意口。好,上眼!"

大刀靠了身,眼珠努出多高,脸上绷紧,胸脯子鼓出,象两块老桦木根子。一跺脚,刀横起,大红缨子在肩前摆动。削砍劈拨,蹲越闪转,手起风生,忽忽直响。忽然刀在右手心上旋转,身弯下去,四周鸦雀无声,只有缨铃轻叫。刀顺过来,猛的一个"跺泥",身子直挺,比众人高着一头,黑塔似的。收了势:"诸位!"一手持刀,一手叉腰,看着四围。稀稀的扔下几个铜钱,他点点头。"诸位!"他等着,等着,地上依旧是那几个亮而削薄的铜钱,外层的人偷偷散去,他咽了口气:"没人懂!"他低声的说,可是大家全听见了。

"有功夫!"西北角上一个黄胡子老头儿答了话。

"啊?"王三胜好似没听明白。

"我说:你——有——功——夫!"老头子的语气很不得人心。

放下大刀,王三胜随着大家的头往西北看。谁也没看重这个老人:小干巴个儿,披着件粗蓝布大衫,脸上窝窝瘪瘪,眼陷进去很深,嘴上几根细黄胡,肩上扛着条小黄草辫子,有筷子那么细,而绝对不象筷子那么直顺。王三胜可是看出这老家伙有功夫,脑门亮,眼睛亮——眼眶虽深,眼珠可黑得象两口小井,深深的闪着黑光。王三胜不怕:他看得出别人有功夫没有,可更相信自己的本事,他是沙子龙手下的大将。

"下来玩玩,大叔!"王三胜说得很得体。

点点头,老头儿往里走。这一走,四外全笑了。他的胳臂不大动;左脚往前迈,右脚随着拉上来,一步步的往前拉扯,身子整着,象是患过瘫痪病。蹭到场中,把大衫扔在地上,一点没理会四围怎样笑他。

"神枪沙子龙的徒弟,你说?好,让你使枪吧;我呢?"老头子非常的干脆,很象久想动手。

人们全回来了,邻场耍狗熊的无论怎么敲锣也不中用了。

"三截棍进枪吧?"王三胜要看老头子一手,三截棍不是随便就拿得起来的家伙。

老头子又点点头,拾起家伙来。

王三胜努着眼,抖着枪,脸上十分难看。

老头子的黑眼珠更深更小了,象两个香火头,随着面前的枪尖儿转,王三胜忽然觉得不舒服,那俩黑眼珠似乎要把枪尖吸进去!四外已围得风雨不透,大家都觉出老头子确是有威。为躲那对眼睛,王三胜耍了个枪花。老头子的黄胡子一动:"请!"王三胜一扣枪,向前躬步,枪尖奔了老头子的喉头去,枪缨打了一个红旋。老人的身子忽然活展了,将身微偏,让过枪尖,前把一挂,后把撩王三胜的手。拍,拍,两响,王三胜的枪撒了手。场外叫了好。王三胜连脸带胸口全紫了,抄起枪来;一个花子,连枪带人滚了过来,枪尖奔了老人的中部。老头子的眼亮得发着黑光;腿轻轻一屈,下把掩裆,上把打着刚要抽回的枪杆;拍,枪又落在地上。

场外又是一片彩声。王三胜流了汗,不再去拾枪,努着眼,木在那里。老头子扔下家伙,拾起大衫,还是拉拉着腿,可是走得很快了。大衫搭在臂上,他过来拍了王三胜一下:"还得练哪,伙计!"

"别走!"王三胜擦着汗:"你不离,姓王的服了!可有一样,你敢会会沙老师?"

"就是为会他才来的!"老头子的干巴脸上皱起点来,似乎是笑呢。"走,收了吧,晚饭我请!"

王三胜把兵器拢在一处,寄放在变戏法二麻子那里,陪着老头子往庙外走。后面跟着不少人,他把他们骂散了。

"你老贵姓?"他问。

"姓孙哪,"老头子的话与人一样,都那么干巴。"爱练,久想会会沙子龙。"

沙子龙不把你打扁了!王三胜心里说。他脚底下加了劲,可是没把孙老头落下。他看出来,老头子的腿是老走着查拳门中的连跳步,交起手来,必定很快。但是,无论他怎么快,沙子龙是没对手的。准知道孙老头要吃亏,他心中痛快了些,放慢了些脚步。

"孙大叔贵处?"

"河间的,小地方。"孙老者也和气了些:"月棍年刀一辈子枪,不容易见功夫!说真的,你那两手就不坏!"

王三胜头上的汗又回来了,没言语。

到了客栈,他心中直跳,唯恐沙老师不在家,他急于报仇。他知道老师不爱管这种事,师弟们已碰过不少回钉子,可是他相信这回必定行,他是大伙计,不比那些毛孩子;再说,人家在庙会上点名叫阵,沙老师还能丢这个脸么?

"三胜,"沙子龙正在床上看着本《封神榜》,"有事吗?"

三胜的脸又紫了,嘴唇动着,说不出话来。

沙子龙坐起来,"怎么了,三胜?"

"栽了跟头!"

只打了个不甚长的哈欠,沙老师没别的表示。

王三胜心中不平,但是不敢发作;他得激动老师:"姓孙的一个老头儿,门外等着老师呢;把我的枪,枪,打掉了两次!"他知道"枪"字在老师心中有多大分量。没等吩咐,他慌忙跑出去。

客人进来,沙子龙在外间屋等着呢。彼此拱手坐下,他叫三胜去泡茶。三胜希望两个老人立刻交了手,可是不能不沏茶去。孙老者没话讲,用深藏着的眼睛打量沙子龙。沙很客气:

"要是三胜得罪了你,不用理他,年纪还轻。"

孙老者有些失望,可也看出沙子龙的精明。他不知怎样好了,不能拿一个人的精明断定他的武艺。"我来领教领教枪法!"他不由地说出来。

沙子龙没接碴儿。王三胜提着茶壶走进来——急于看二人动手,他没管水开了没有,就沏在壶中。

"三胜,"沙子龙拿起个茶碗来,"去找小顺们去,天汇见,陪孙老者吃饭。"

"什么!"王三胜的眼珠几乎掉出来。看了看沙老师的脸,他敢怒而不敢言地说了声"是啦!"走出去,噘着大嘴。

"教徒弟不易!"孙老者说。

"我没收过徒弟。走吧,这个水不开!茶馆去喝,喝饿了就吃。"沙子龙从桌子上拿起缎子褡裢,一头装着鼻烟壶,一头装着点钱,挂在腰带上。

"不,我还不饿!"孙老者很坚决,两个"不"字把小辫从肩上抡到后边去。

"说会子话儿。"

"我来为领教领教枪法。"

"功夫早搁下了，"沙子龙指着身上，"已经放了肉！"

"这么办也行，"孙老者深深的看了沙老师一眼："不比武，教给我那趟五虎断魂枪。"

"五虎断魂枪？"沙子龙笑了："早忘干净了！早忘干净了！告诉你，在我这儿住几天，咱们各处逛逛，临走，多少送点盘缠。"

"我不逛，也用不着钱，我来学艺！"孙老者立起来，"我练趟给你看看，看够得上学艺不够！"一屈腰已到了院中，把楼鸽都吓飞起去。拉开架子，他打了趟查拳：腿快，手飘洒，一个飞脚起去，小辫儿飘在空中，象从天上落下来一个风筝；快之中，每个架子都摆得稳、准、利落；来回六趟，把院子满都打到，走得圆，接得紧，身子在一处，而精神贯串到四面八方。抱拳收势，身儿缩紧，好似满院乱飞的燕子忽然归了巢。

"好！好！"沙子龙在台阶上点着头喊。

"教给我那趟枪！"孙老者抱了抱拳。

沙子龙下了台阶，也抱着拳："孙老者，说真的吧；那条枪和那套枪都跟我入棺材，一齐入棺材！"

"不传？"

"不传！"

孙老者的胡子嘴动了半天，没说出什么来。到屋里抄起蓝布大衫，拉拉着腿："打搅了，再会！"

"吃过饭走！"沙子龙说。

孙老者没言语。

沙子龙把客人送到小门，然后回到屋中，对着墙角立着的大枪点了点头。

他独自上了天汇，怕是王三胜们在那里等着。他们都没有去。

王三胜和小顺们都不敢再到土地庙去卖艺，大家谁也不再为沙子龙吹胜；反之，他们说沙子龙栽了跟头，不敢和个老头儿动手；那个老头子一脚能踢死个牛。不要说王三胜输给他，沙子龙也不是他的对手。不过呢，王三胜到底和老头子见了个高低，而沙子龙连句硬话也没敢说。"神枪沙子龙"慢慢似乎被人们忘了。

夜静人稀,沙子龙关好了小门,一气把六十四枪刺下来;而后,挂着枪,望着天上的群星,想起当年在野店荒林的威风。叹一口气,用手指慢慢摸着凉滑的枪身,又微微一笑,"不传!不传!"

永远的华威先生与反讽艺术

——张天翼《华威先生》的文本分析

张天翼写作于抗日战争时期的讽刺性小说《华威先生》,已经跨越了八十多年的历史,可是读起来依然有不可抗拒的艺术魅力。今天,只有将它从特殊的历史语境中解放出来,不再纠缠于具体的背景和社会生活内容,从人类诗性智慧和小说艺术本体特性的角度予以分析,才能真正发现和总结其艺术奥秘。

一 反讽:人类诗性智慧的表现与反思的产物

维柯在《新科学》中提出了原始民族依据诗性逻辑来表述和表达自己的看法。最常用的诗性比喻包括有隐喻、替换、转喻和反讽四种。维柯说:"暗讽(irony)当然只有到人能进行反思的时期才可能出现,因为暗讽是凭反思造成貌似真理的假道理。这里涌现了人类制度的一个大原则,证实了本书关于诗的起源所揭示的道理:异教世界中原始人既然简单象儿童,忠实于自然本性,最初的寓言故事就不能是伪造,所以必然象上文所下的定义,都是些'忠实的叙述'。"[①]这是从创作者艺术思维水平的角度来讨论的。如果从反讽对于读者期待心理的把握来看,西方文学理论有一些很好的看法。比如艾布拉姆斯在《欧美文学术语词典》中谈到讽刺的时候,以蒲柏在《卷发遇劫记》和奥斯丁在《傲慢与偏见》中的一些irony为例,提出"有时蒲柏等名家运用反语的手法是很复杂的,其含义与评价并非出于直截了当的反话,而是限制在妙处,话语里的讽刺性反义也

---

① 〔意〕维柯:《新科学》(上册),朱光潜译,商务印书馆1989年版,第203页。

是非常曲折隐晦的。因此作者借助反话表达时往往引导读者站到他的立场上并且流露出对读者领会能力的一丝恭维"①。虽然蒲柏等名家说的是反话(verbal irony),偶尔运用讽语,还不是"通篇性讽刺"(structural irony),但是,道理是相同的,因为读者需要在叙述的表面语调下发掘出作者的真正含义和价值取向。除了讽语反话,也就是个别话语层面的反讽外,最高级的反讽是结构性的,也就是"通篇性讽刺"。所谓"通篇性讽刺",就是"作者不是偶尔运用讽语反话,而是采用一种特殊的篇章结构致使双关意义贯通全篇。通常的做法是借助一位愚偶(naive hero)或一个叙述者与代言人。他们愚笨糊涂的天性导致他们对情况的误解。与此同时作者引导心领神会的读者去加以更正","通篇讽刺的本义只为作者与读者所知而不被言者意识到",②显然,"通篇性讽刺"也是对于读者的信赖,读者与作者一起看"言者"的可笑。以这样的结构方式形成反讽的最典型文学文本是马克·吐温的《竞选州长》。在这种以结构方式形成反讽的文本中,因为反讽的意味在整体结构框架中体现,并扩展到全篇,所以,反讽效应最大。对于反讽,讨论最透彻和系统的是英美新批评理论家克利安思·布鲁克斯的著名论文《反讽——一种结构原则》。布鲁克斯认为,反讽作为对于语境压力的承认,存在于任何时期的诗中。他说:"语境对于一个陈述语的明显的歪曲,我们称之为反讽。举一个最简单的例子,我们说'这是个大好局面';在某些语境中,这句话的意思恰巧与它字面意义相反。这是最明显的一种反讽——讽刺。"③依此思想,我们来分析《华威先生》反讽意味产生的机制。

《华威先生》是叙述者"我"叙述出来的,"我"这个叙述者已经超出了一般第一人称叙述的局限,实际是第三人称叙述。"我"不仅从全知视角叙述华威先生所开的各种各样会议,而且穿插着对华威先生的言语和行为,以及神态做派的描绘等。所以,小说语境是由叙述者所叙述以及华

---

① 〔美〕艾布拉姆斯:《欧美文学术语词典》,朱金鹏、朱荔译,北京大学出版社1990年版,第160页。

② 同上书,第161页。

③ 赵毅衡编选:《"新批评"文集》,百花文艺出版社2001年版,第379页。

威先生自己所营造的"很忙"共同组成的,有两个层次,一个是叙述者的层次,他的叙述似乎是客观的,不紧不慢的;另一个则是叙述者控制之下的华威先生的叙述。华威先生自己说,他很忙,忙得顾不上完整地参加完任何一个会议,但却在任何一个会议上都要讲话;可事实是,华威先生在每个会议上所讲的无非是两点,一个是"每个工作人员不能够怠工。而是相反,要加紧工作"。一个是"青年工作人员要认定一个领导中心"。这两点是他每天忙于开会,在任何一个会议上都讲的内容,内容的重复性是华威先生"忙"的本质,反讽的意味在这里挥发出来:华威先生的"忙"很值得怀疑,他的"忙"没有价值,是人为做出来的;从逻辑上说,华威先生的忙,是他自己叙述出来的,而不是客观地呈现出来的。如果说,陈述句"华威先生很忙",在叙述者总体语境的逻辑中,"意思恰巧与它字面意义相反",那么讽刺的意味就出来了。如果说,《竞选州长》的反讽机制是作者与读者知道真相,只有叙述者这个糊涂的人不知道,所以,作者引导心领神会的读者去加以更正,由此产生反讽,那么,《华威先生》则不同。这里叙述者没有明显的倾向性,基本中性,在叙述者的叙述语境中,形成了一个关于"忙"的陈述句,而语境对于这个陈述句明显地歪曲而形成反讽。用布鲁克斯的说法是"纸鹞的尾巴似乎是否定纸鹞的功能的:它把原本做来上升的东西拖了下来……"①《华威先生》的被讽刺对象是在文本的里层,是叙述语境中的一个叫华威先生的人,而不像《竞选州长》那样,被讽刺对象就是叙述者本身。

　　布鲁克斯懂得艺术规律,他意识到为了获得诗意,采用隐喻也好,反讽也好,作家都要冒险。他说:"确实,纸鹞的尾巴似乎是否定纸鹞的功能的:它把原本做来上升的东西拖了下来;同样,诗人负荷的具体的特殊性好像否定他所向往的普遍性。诗人想要'说些'什么,那么他为什么不开门见山地说呢?为什么他只愿意通过隐喻来说?通过隐喻,他就冒片面或晦涩之险,甚至冒什么也没说之险。但这种险是必须冒的,因为直接陈述语导向抽象化,它威胁着要使我们根本离开诗歌。"②为什么作家张

---

① 赵毅衡编选:《"新批评"文集》,百花文艺出版社2001年版,第377页。
② 同上。

天翼不直接抨击华威先生的丑恶和无聊?他为什么要借用反讽来说?张天翼是冒了险的,如果叙述不好,反讽意味不但不能形成,而且抨击华威先生的丑恶和无聊的目的本身也达不到。现在,事实本身表明,张天翼的冒险行为是值得的,他成功了。成功在他的叙述:作家要寻找语境对于陈述句的歪曲,必须在一本正经的叙述中,让叙述语境与叙述内容相悖,才能产生出特殊效果。试想,如果在叙述中,叙述者随时敲打讽刺华威先生,在叙述者的叙述过程中将意思稀稀拉拉地流露出来,那么,华威先生的忙是虚假的、无意义的这个意思就不能如现在这样得到反讽性的表达;质言之,就不是一个反讽性的结构。再进一步说,如果叙述者在叙述中随时讽刺华威先生,做不好就会演变为谩骂。其实鲁迅在《中国小说的历史变迁》中从另一个角度涉及过这个问题。鲁迅认为《儒林外史》"其书虽是断片的叙述,没有线索,但其变化多而趣味浓,在中国历来作讽刺小说者,再没有比他更好的了"。说到《官场现形记》和《二十年目睹之怪现状》两部书,则"这两种书都用断片凑成,没有什么线索和主角,是同《儒林外史》差不多的,但艺术的手段,却差得远了,最容易看出来的就是《儒林外史》是讽刺,而那两种都近于谩骂"。鲁迅概括地指出:"讽刺小说是贵在旨微而语婉的,假如过甚其辞,就失了文艺上底价值,而它的末流都没有顾到这一点,所以讽刺小说从《儒林外史》而后,就可以谓之绝响。"① 谩骂和讽刺似乎相似,但却迥然有别。《史记·高祖本纪》:"高祖问医,医曰:'病可治。'于是高祖谩骂之曰:'吾以布衣提三尺剑取天下……虽扁鹊何益?'"谩骂是直接的宣泄,当然无技巧而言。讽刺则不同,它需要策略。

二 永无完结的"开会"以及永远的华威先生

《华威先生》今天读来依然让人忍俊不禁。很重要的原因之一,是故事结构的独特:永无完结的故事结构。文本开头,华威先生"把这件事交涉过了之后,他立刻带上了帽子:'我们改日再谈好不好,天翼兄。……

---

① 《鲁迅全集》(第九卷),人民文学出版社1981年版,第345页。

三点钟又还有一个集会'",他参加会议并且在各种会议上讲两点内容的旅程就又开始了。虽然有的会议没有请他出席,但是他总会想尽办法加入进去,因此,他要去参加的会议是没有完结的,他也就势必永远都在开会中。文本结尾叙述者描绘道:"这晚他没命地喝了许多酒,嘴里嘶嘶嘶嘶地骂着那些小伙子。他打碎了一只茶杯。密司黄扶着他上了床,他忽然打了个寒噤说:'明天十点钟有个集会……'"就文本来说,这是个结尾。就故事来说,则不是结尾。显然,文本不是以完整的故事结构为艺术追求的,而是以人物的形象为主要艺术着眼点。中国民间故事中有一种是连环故事结构。比如,按照 AT 分类法及其编号系统的 2038*(连环的追逐)、2031C*(变了又变)、2029E*(爱唠叨的妻子)、2032*(松鼠从树上扔下坚果)等都是连环性的结构。2031C*(变了又变)的故事是这样的:"老妇人豆腐吃多了变成一只虎,虎吃馒头变成一只牛,牛吃小麦变成了一只麻雀,麻雀吃芝麻变成一只灰骆驼,骆驼吃蚂蚁变成一只母鸡,母鸡吃豆腐又变成一位老妇人。"①可以想象,故事的逻辑是可以永远变下去。永远变下去的故事结构,重要的不是变成什么,而是这个变的过程和这个结构本身所体现的无穷尽地"变"的意义。华威先生的故事也是如此,重要的不是他去参加哪个会议,而是他要不断地去参加会议。华威先生只能存在于不断地开会和讲话中。

那么,我们接下来的问题是,这一故事连环模式的动因何在?或者说,是什么力量推动这个周而复始的开会?从文本的逻辑来看,是华威先生的权力欲。华威先生想要的是通过参加众多的、恨不得是所有的会议,来显示他对抗战工作的"指导"和"参与",虽然这"指导"和"参与"不过只是讲两句重复的话而已。永远的华威先生就是由此而说的。永远的华威先生推动连环性的故事结构模式,这个逻辑关系在反讽中得到呈现。

---

① 参见丁乃通编著:《中国民间故事类型索引》,郑建成等译,中国民间文艺出版社 1986 年版,第 513—516 页。

华威先生

张天翼

转弯抹角算起来——他算是我的一个亲戚。我叫他"华威先生"。他觉得这种称呼不大好。

"天翼兄你真是!"他说。"为什么一定要个'先生'呢。你应当叫我'威弟'。再不然叫我'阿威'"。

把这件事交涉过了之后,他立刻带上了帽子:

"我们改日再谈好不好,天翼兄。我总想畅畅快快跟你谈一次——唉,可总是没有时间。今天刘主任起草了一个县长公余工作方案,硬要叫我参加意见,叫我替他修改。三点钟又还有一个集会。"

这里他摇摇头,没奈何地苦笑了一下。他声明他并不怕吃苦:在抗战时期大家都当应苦一点。不过——时间总要够支配呀。

"王委员又打了三个电报来,硬要请我到汉口去一趟。我怎么跑得开呢,我的天!"

于是匆匆忙忙跟我握了握手,跨上他的包车。

他永远挟着他的公文皮包。并且永远带着他那根老粗老粗的黑油油的手杖。左手无名指上带着他的结婚戒指。拿着雪茄的时候就叫这根无名指微微地弯着,而小指翘得高高的构成一朵兰花的图样。

这个城市里的黄包车谁都不作兴跑,一脚一脚挺踏实地跛着,好像饭后千步似的。可是包车例外:Ding hang, ding dang, ding dang! ——一下子就抢到了前面。黄包车立刻就得往左边躲开。小推车马上打斜。担子很快地就让到路边。行人赶紧就避到两旁的店铺里去。

包车踏铃不断地响着。钢丝在闪着亮。还来不及看清楚——它就跑得老远老远的了。像闪电一样地快。

而——据这里有几位救亡工作者的上层分子的统计,跑得顶快的是那位华威先生的包车。

他的时间很要紧。他说过——

"我恨不得取消晚上睡觉的制度。我还希望一天不止二十四小时。救亡工作实在太多了。"

接着掏出表来看一看,他那一脸丰满的肌肉立刻紧张了起来。眉毛皱着,嘴唇使劲撮着,好像他在把全身的精力都要收敛到脸上似的。他立刻就走:他要到难民救济会去开会。

照例——会场里的人全到齐了坐在那里等着他。他在门口下车的时候总得顺便把踏铃踏它一下:Ding

同志们彼此看看:唔,华威先生到会了。有几位透了一口气。有几位可就拉长了脸瞧着会场门口。有一位甚至于要准备决斗似的——抓着拳头瞪着眼。

华威先生的态度很庄严,用种从容的步子走进去,他先前那付忙劲儿好像被他自己的庄严态度消解掉了。他在门口稍为停了一会儿,让大家好把他看个清楚,仿佛要唤起同志们的一种信任心,仿佛要给同志一种担保——什么困难的大事也都可以放下心来。他并且还点点头。他眼睛并不对着谁,只看着天花板。他是在对整个集体打招呼。

会场里很静。会议就要开始。有谁在那里翻着什么纸张,窸窸窣窣的。

华威先生很客气地坐到一个冷角落里,离主席位子顶远的一角。他不大肯当主席。

"我不能当主席",他拿着一支雪茄烟打手势。"工人救亡工作协会的指导部今天开常会。通俗文艺研究的会议也是今天。伤兵工作团也要去的,等一下。你们知道我时间不够支配:只容许我只在这里讨论十分钟。我不能当主席。我想推举刘同志当主席。"

说了就在嘴角上闪起一丝微笑,轻轻地拍几下手板。

主席报告的时候,华威先生不断地在那里括洋火点他的烟。把表放在面前,时不时像计算什么似地看看它。

"我提议!"他大声说。"我们的时间是很宝贵的:我希望主席尽可能报告得简单一点。我希望主席能够在两分钟之内报告完。"

他括了两分钟洋火之后,猛的站了起来,对那正在哗啦哗啦的主席摆摆手:

"好了,好了。虽然主席没有报告完,我已经明白了。我现在还要去赴别的会,让我先发表一点意见。"

停了一停。抽两口雪茄,扫了大家一眼。

"我的意见很简单,只有两点,"他舐舐嘴唇。"第一点,就是——每个工作人员不能够怠工。而是相反,要加紧工作。这一点不必多说,你们都是很努力的青年,你们都能热心工作:我很感激你们。但是还有一点——你们要时时刻刻不能忘记,那就是我要说的第二点。"

他又抽了两口烟,嘴里吐出来的可只有热汽。这就又括了一根洋火。

"这第二点呢就是:青年工作人员要认定一个领导中心。你们只有在这一个领导中心的领导之下,大家团结起来,统一起来。也只有在一个领导中心的领导之下,救亡工作才能够展开。青年是努力的,是热心的,但是因为理解不够,工作经验不够,常常容易犯错误。要是上面没有一个领导中心,往往要弄得不可收拾。"

瞧瞧所有的脸色,他脸上的肌肉耸动了一下——表示一种微笑。他往下说:

"你们都是青年同志,所以我说得很坦白,很不客气。大家都要做救亡工作,没有什么客气可讲。我想你们诸位青年同志一定会接受我的意见。我很感激你们。好了。抱歉得很,我要先走一步。"

把帽子一戴,把皮包一挟,瞧着天花板点点头,挺着肚子走了出去。

到门口可又想起了一件什么事。他把当主席的同志撵开,小声儿谈了几句。

"你们工作——有什么困难没有?"他问。

"我刚才报告提到了这一点,我们……"

华威先生伸出个食指顶着主席的胸脯:

"唔,唔,唔。我知道我知道。我没有多余的时间来谈这件事。以后——你们凡是想到的工作计划,你们可以到我家里去找我商量。"

坐在主席旁边的那个长头发的青年注意地看着他们,现在可忍不住插嘴了:

"星期三我们到华先生家里去过三次,华先生不在家……"

那位华先生冷冷地瞅他一眼,带着鼻音哼了一句——"唔,我有别的事,"又对主席低声说下去:

"要是我不在家,你们跟密司黄接头也可以。密司黄知道我的意见,她可以告诉你们。"

密司黄就是他的太太。他对第三者说起她来总是这么称呼她的。

他交代过了这才真的走开。这就到了通俗文艺研究会的会场。他发现别人已经在那里开会,正有一个人在那里发表意见。他坐了下来,点着了雪茄,不高兴地拍了三下手板。

"主席!"他叫。"我因为今天另外还有一个集会,我不能等到终席。我现在有一点意见,想要先提出来。"

于是他发表了两点意见:第一,他告诉大家——在座的人都是当地的文化人,文化人的工作是很重要的,应当加紧地做去。第二,文化人应当认清一个领导中心,文化人在当地的领导中心的领导之下团结起来,统一起来。

五点三刻他到了工人救亡协会指导部的会议室。

这回他脸上堆上了笑容,并且对一个人点头。

"对不住得很,对不住得很:迟到了三刻钟。"

主席对他微笑一下,他还笑着伸了伸舌头,好像闯了祸怕挨骂似的。他四面瞧瞧形势,就拣在一个小胡子的旁边坐下来。

他带着很机密很严重的脸色——小声儿问那个小胡子:

"昨晚你喝酒了没有?"

"还好,不过头有点子晕。你呢?"

"我啊——我不该喝了那三杯猛酒,"他严肃地说。"尤其是汾酒,我不能猛喝。刘主任硬要我干掉——嗨,一回家就睡倒了。密司黄说要跟刘主任去算账呢:要质问他为什么要把我灌醉。你看!"

一谈了这些,他赶紧打开皮包,拿出一个纸条——写几个字递给了主席。

"请你稍为等一等,"主席打断了一个正在发言的人的话。"华威先生还有别的事情要走。现在他有点意见,要求先让他发表。"

华威先生点点头站了起来。

"主席!"腰板微微地一弯。"各位先生!"腰板微微地一弯。"兄弟首先要请求各位原谅:我到会迟了一点,而又要提前退席。……"

随后他说出了他的意见。他声明——这个指导部是个领导机关,这个指导部应该时时刻刻起领导中心作用。

"群众是复杂的。尤其是现在的群众——分子非常复杂。我们要是不能起领导作用,那就很危险,很危险。事实上,此地各方面的工作也非有个领导中心不可。我们的担子真是太重了,但是我们不怕怎样的艰苦,也要把这担子担起来。"

他反复地说明了领导中心作用的重要,这就带起帽子去赴一个宴会。他每天都这么忙着。要到刘主任那里去办事。要到各团体去开会。而且每天——不是有别人请他吃饭,就是他请人吃饭。

华威太太每次遇到我,总是代替华威先生诉苦。

"唉,他真是苦死了!工作这么多,连吃饭的工夫都没有。"

"他不可以少管一点,专门去做某一种工作么?"我问。

"怎么行呢?许多工作都要他去领导呀。"

可是有一次,华威先生简直吃了一大惊。妇女界有些人组织了一个战时保婴会,竟没有去找他!

他开始打听,调查。他设法把一个负责人找来。

"我知道你们委员会已经选出来了。我想还可以多添加几个。"

我看见对方在那里踌躇,他把下巴挂了下来:

"问题是在这一点:你们的委员是不是能够真正领导这工作。你能不能够对我担保——你们会内没有不良分子?你能不能担保——你们以后工作不至于错误,不至于息工?你能不能担保,你能不能?你能够担保的话,那我要请你写个书面的东西给我。以后万一——如果你们的工作出了毛病,那你就要负责。"

接着他又声明:这并不是他自己的意思。他不过是一个执行者。这里他食指点点对方的胸脯:

"如果我刚才说那些你们办不到,那不是就成非法团体了么?"

这么谈判了两次,华威先生当了战时保婴会的委员。于是在委员会开会的时候,华威先生挟着皮包去坐这么五分钟,发表了一两点意见就跨上了包车。

有一天他请我吃晚饭。他说因为家乡带来了一块腊肉。

我到他家里的时候,他正在那里对两个学生样的人发脾气。

"你昨天为什么不去,为什么不去?"他吼着。"我叫你拖几个人去的。但是我在台上一开始演讲,一看——连你都没有去听!我真不懂你们干了些什么!"

"昨天——我到了新组织的一个难民读书会去的。"

华威先生猛跳起来了:

"什么!什么!——新组织的一个难民读书会?怎么我不知道,怎么不告诉我?"

"我们那天大家决议了的。我来找过华先生,华先生又是不在家——"

"好啊,你们秘密行动!"他瞪着眼。"你老实告诉我——这个读书会到底是什么背景,你老实告诉我!"

对方似乎也动了火:

"什么背景呢,都是中华民族!什么秘密行动也没有。……华先生又不到会去,开会也不终席,来找又找不到……我们总不能把工作停顿起来……"

华威先生把雪茄一摔,狠命在桌上捶了一拳:Bung。

"混蛋!"他咬着牙,嘴唇在颤抖着。"你们小心!你们!哼,你们!你们!——"他倒到了沙发上,嘴巴痛苦地抽得歪着。"妈的!这个这个——你们青年!……"

五分钟之后他抬起头来,害怕似地四面看一看。那两个客人已经走了。他叹一口长气:

"唉,你看你看!天翼兄你看!现在的青年怎么办,现在的青年!"

这晚他没命地喝了许多酒,嘴里嘶嘶嘶地骂着那些小伙子。他打碎了一只茶杯。密司黄扶着他上了床,他忽然打个寒噤说:

"明天十点钟有个集会……"

"金锁"隐喻与诗性的故事

——张爱玲《金锁记》的文本分析

张爱玲的中篇小说《金锁记》是中国现代小说中的经典之作,许多文学史家和评论家曾经予以分析和评说。本文从文学理论的角度,试图探索《金锁记》被经典化的文本内在原因,在探索中有意识采用相应的一些方法。

一 故事的平衡结构与深层原因

让分析从题目开始。"金锁"是个形象性质的题目,可以理解为物质意义的锁住什么的由金子打造的锁,也可以理解为某种意识锁住了人的精神,使人失去了自由。题目就是个隐喻。读者对于《金锁记》中金锁的隐喻意义很容易把握,但是究竟金锁的寓意怎样渗透在篇章布局中,则需要加以仔细分析。

《金锁记》以事件发展的先后为顺序叙述了一个完整的故事,遵循了中国古代小说在叙事时间上基本采用连贯叙述的特点。但是,无论如何不可忽略张爱玲的创造性组合,那就是故事叙述到中间时过渡性的自然段:

> 风从窗子里进来,对面挂着的回文雕漆长镜被吹得摇摇晃晃,磕托磕托敲着墙。七巧双手按住了镜子。镜子里反映着的翠竹帘子和一幅金绿山水屏条依旧在风中来回荡漾着,望久了,便有一种晕船的感觉。再定睛看时,翠竹帘子已经褪了色,金绿山水换为一张她丈夫的遗像,镜子里的人也老了十年。

去年她戴了丈夫的孝,今年婆婆又过世了。现在正式挽了叔公九老太爷出来为他们分家……

　　这两段承上启下的文字是分水岭,非常清晰地将这个故事分为前后两大部分。第一部分,从七巧婆家姜家的环境说起,讲述了七巧在姜家当二奶奶那些年里,她所经历的事情;第二部分,从七巧的丈夫和婆婆去世,然后分家,七巧带着儿子和女儿单独生活开始,一直到七巧去世。叙述学认为,叙事中最基本的机制是"交换","交换"同时也是维持人类持续前行的机制。《金锁记》前后两个部分,以主要人物七巧为故事的起点和终点,第一部分,虽然也有七巧在姜家对他人行恶,比如嚼小姑子云泽的舌头根等,但是基本可以概括为七巧在姜家如何体验恶、吸收恶也聚集恶的过程。这组织起小说文本第一部分的特点:如果将七巧看成一个中心点的话,她的周围则围绕着姜家的三少爷、三少奶奶、大少爷、大少奶奶、丫头凤箫、小双、七巧的婆婆、七巧的丈夫等,在与这些人的交往中,她是被人瞧不起的,是无助的,当然,她也是无事生非的;或者说,七巧进入了姜家,就是进入了是非与作恶的结构。在这个结构中,她势必不断地吸收和聚集恶。第二部分,可以概括为,在七巧自己独立带着儿子女儿生活的过程中,她在逐步地释放恶,将狠毒、邪恶、嫉妒释放给儿子长白和女儿长安,以及媳妇芝寿、女儿的恋人童世舫等。从平衡的角度来看,既然七巧在姜家已经聚集了那么多的恶,那么,依据人物心理和故事的平衡原理,七巧都需要将这些恶释放出来。七巧自己过日子了,释放的对象自然是她的亲人;释放之后得到平静,七巧之死成为必然。一个过程完结了。结构主义往往将结构分为表层与深层两种,表层结构可以被直接观察到,深层结构是事物的内在联系,只有通过某种认知模式才可被探知。结构主义所说的主要是深层结构。如果我们前面描述的基本上是表层结构的话,那么,下面则要探索深层结构。

　　让我们从一个问题开始对深层结构的探索:吸收聚集恶与释放恶的两个阶段所组成的完整过程,是以七巧这个人物为起点,那么,七巧是如何形成的?或者说,是什么力量将她送到姜家的?从发生学角度看,这个过程是怎样发生的?七巧来到姜家,直接动因是她的哥哥将她卖给了姜家老二做媳妇。虽然姜家老二是个残疾人,可是为了钱,她的哥哥还是这样做了。七巧哥哥的行为有着深刻的社会原因。从他自己来说,把七巧嫁给姜家，是为了钱。从七巧本人来说，正如分家后七巧心里嘀咕的："当初她为什么嫁到姜家来？为了钱么？不是的，为了要遇见季泽，为了命中注定她要和季泽相爱。"再从姜家角度来看，"二房里没个当家的媳妇，也不是事，索性聘了来做正头奶奶，好叫她死心塌地服侍二爷"。姜家需要一个传宗接代的工具，需要一个死心塌地地伺候二爷的二奶奶，既然"做官人家的女儿不肯给他"，那么家里开油麻店的七巧却是可能的。七巧哥嫂的愿望，姜家的愿望，以及七巧和季泽相爱的梦想等诸方面因素就这样融合为一个事件，七巧嫁到姜家来。在姜家，七巧成为追逐黄金的女人，以牺牲自己的爱情为代价。由于各种因素不断地牵涉和制约着七巧，使她追逐黄金的过程逐渐复杂并且意蕴丰厚，使七巧的形象和性格具有了说不完的魅力。

确实，《金锁记》的巨大成功得益于曹七巧这一人物形象塑造的成功。因为聚集恶和释放恶的前后两个部分互相平衡，所以我们读者获得的阅读感受是复杂的，并不是单纯的憎恶，憎恶七巧的视金如命，憎恶她对儿女和儿媳等的狠毒，也有些许同情，同情一个本来的正常人变成了这样一个变态人。这份同情来自人心的相通。从七巧是含有各种义素的符号这一角度来分析会更深入一些。七巧是由多种义素所组成的，她是妻子，是母亲，是儿媳妇，是二少奶奶；她最初来姜家，是作为商品来的；同时她作为一个人，也是为了自身的生存以及性爱欲望而来的。当性爱欲望无法满足的时候，她的目标就移到了金钱上。以爱情为代价换来的黄金，对于七巧来说就成了最有价值的东西。为了这个东西，同时也为了补偿她永远失去的爱情，在第二部分，七巧开始释放恶，从一个受虐者变为施虐者。对于儿子的施虐，是因为儿子娶了媳妇，七巧认为媳妇夺去了儿子对自己的爱，而且更不能容忍的是，一个女人在她唯一占有的男人身上，享受到了自己一生也没有享受到的健康的女性生活。对女儿的迫害有两个主要情节，一个是逼迫长安退学，一个是退婚。特别是退婚的原因很有分析价值：最初女儿与童世舫相处，七巧"倒也欣然"，但是后来她在长安"时时微笑着"的表情里，看到了她一生致命的伤痛——爱情，这让她实在受不了，于是七巧破口大骂，软硬兼施，直到以"一个疯子的审慎与机智"把自己的女儿也推进了"没有光的所在"，剥夺了长安一生"最初也是最后的爱"。可以说,因为七巧是人,是个普通的女人,所以,作为一个女人身上的所有义素,在这个故事的叙述语境中都必然地发挥了作用,各种义素的组合造就了这个人物。这是七巧这个人物在故事全部的平衡结构中的深层人性原因。

二 全知叙述视角与局部人物视角相交叉的艺术魅力

阅读《金锁记》突出的感受之一就是人物的心理世界丰富而且饱满。这样的艺术效果,运用全知视角的第三人称叙述,直接进入人物内心进行剖析固然也可获得,但张爱玲另辟蹊径,在第三人称全知视角叙述的中间,局部采用故事中人物的视角叙述,巧妙依靠人物的感知和意识推动情节的展开。故事中以人物视角叙述出来的部分,在阅读效果上具有层次性,读者可从不同的角度看待。让我们来看人物视角叙述的变化。比如,没有分家前七巧勾引季泽的情节,是采用季泽的局部视角叙述的:"她睁着眼直勾勾朝前望着,耳朵上的实心小金坠子像两只铜钉把她钉在门上——玻璃匣子里蝴蝶的标本,鲜艳而凄怆。季泽看着她,心里也动了一动。可是那不行,玩尽管玩,他早抱定了宗旨不惹自己家里人,一时的兴致过去了,躲也躲不掉,踢也踢不开,成天在面前,是个累赘。何况七巧的嘴这样敞,脾气这样躁,如何瞒得了人?何况她的人缘这样坏,上上下下谁肯代她包涵一点?她也许豁出去了,闹穿了也满不在乎。他可年纪轻轻的,凭什么要冒那个险?"这个叙述视角起到了一箭数雕的效果,既刻画了季泽的形象:爱玩,同时也很聪明,他了解这一大家子人的关系,更认准了七巧的性格、品行;同时,也间接地刻画了七巧的性格。文本的后半部分,"七巧带着儿子长白,女儿长安另租了一幢屋子住下了,和姜家各房很少来往。隔了几个月,姜季泽忽然上门来了"。姜季泽先是问候七巧,而后和她叙感情,此刻,"七巧低着头,沐浴在光辉里,细细的音乐,细细的喜悦……这些年了,她跟他捉迷藏似的,只是近不得身,原来还有今天!可不是,这半辈子已经完了——花一般的年纪已经过去了。人生就是这样的错综复杂,不讲理"。可是,谈着谈着,姜季泽谈到他想卖掉自己的房子,又劝七巧卖掉乡下的那些田,甚至说出了可以买那些田的人……"七巧便认真仔细盘问他起来,他果然回答得有条不紊,显然是筹之已熟的。七巧虽是笑吟吟的,嘴里发干,上嘴唇粘在牙仁上,放不下来。……七巧骂道:'你要我卖了田去买你的房子?你要我卖田?钱一经你的手,还有的说么?你哄我——你拿那样的话来哄我——你拿我当傻子——'"这是从七巧的感知和体会的角度,叙述和交代了季泽来七巧家套钱的动机,姜季泽套七巧的过程,随着七巧主观意识的不断深入而渐次展开。姜季泽被七巧连骂带打地撵走了,她的心理活动还在前行:"无论如何,她从前爱过他。她的爱给了她无穷的痛苦。单只是这一点,就使她值得留恋。多少回了,为了要按捺她自己,她迸得全身的筋骨与牙根都酸楚了。今天完全是她的错。他不是好人,她又不是不知道。她要他,就得装糊涂,就得容忍他的坏。她为什么要戳穿他?人生在世,还不就是那么一回事?归根究底,什么是真的,什么是假的?"这是极高超的叙述策略:人物的主观意识和生命感觉,都与故事的展开融汇到一起了。

张爱玲深受《红楼梦》《孽海花》等小说的影响。陈平原在《中国小说叙事模式的转换》中认为,白话小说语言清新通俗,善于描摹人情世态,再经过明清两代文人的改造,渗入不少文人文学色彩,产生过《儒林外史》《红楼梦》等一批杰作;可白话小说也有不容忽视的弱点,那就是摆不脱说书人的腔调。文言小说,书面化程度高,可以采用限知叙事、倒装叙事,可是文言小说自身没有大的发展前途;白话小说艺术表现力强,在中国小说史上有举足轻重的地位,可是又甩不开说书人腔调——两者都无力承担转变中国小说叙事模式的重任。《金锁记》证明张爱玲在这个转换中作出了自己的探索,并获得了成功:她的作品既体现了白话小说语言清新自如通俗、描摹世态人情方便的特点,也充分地借鉴了文言小说叙述限制视角等手法,可以说两者结合得天衣无缝。

三 叙述声音与意象的营造

阅读《金锁记》就是在倾听叙述者的叙述声音,叙述声音传达出复杂的韵味,有嘲讽,有揶揄,也有感叹。在西方的文学理论批评领域,关于"声音"主要有三种指称,分别是:文学作品修辞学的要素之一,叙述学的重要术语之一,文学的政治批评的术语之一。我们所说的叙述声音,是在叙述学的意义上使用的。叙述学认为,声音与叙述者、眼光、视角和人称都具有密切的关系。可以这样说,叙述声音是通过特定的叙述视角,借助于特定的叙述者,体现了一定的语气、价值观、感情倾向的表现,是作家借助隐含作者实现自己审美理想的重要叙述手段。《金锁记》的叙述声音很明显,主要体现在指点性干预,即叙述者明确地表示自己在讲故事。对故事先后发生的事情,她已经了然于心。在《金锁记》中有一些提示叙述结构的标志性的言说。比如,开头和结尾,曾经两次提到月光。这个叙述,带有说书的痕迹,是作者故意为之的。开头的"三十年前的上海,一个有月亮的晚上……我们也许没赶上看见三十年前的月亮……",有自觉的叙述意识,三十年前上海的月亮才能在今天被谈论到。结尾:"三十年前的月亮早已沉下去,三十年前的人也死了,然而三十年前的故事还没完……完不了。"能够将时隔30年的月亮联系在一起的,必定是一个讲故事的人。这种干预具有多方面的作用。有时叙述声音仿佛是个旁观者,带着嘲讽和揶揄的语气自然地议论几句,比如当七巧歇斯底里抱怨分家不公时,叙述声音出现了:"维持了几天的僵局,到底还是无声无息照原定计划分了家。孤儿寡母还是被欺负了。"这个声音中,既有对七巧贪婪的嘲讽,也有对七巧无力改变家族决议这一无奈事实的慨叹。

　　最有意思的是,作家还将意象的描写和干预性叙述结合起来。黄金的枷锁是贯穿《金锁记》全篇的主要意象。金锁锁住了七巧的一生。这个寓意不仅通过全部故事来实现,而且文本中还有干预性的叙述语言,帮助寓意的实现:"七巧似睡非睡横在烟铺上。三十年来她带着黄金的枷。她用那沉重的枷角劈杀了几个人,没死的也送了半条命。她知道她儿子女儿恨毒了她,她婆家的人恨她,她娘家的人恨她。"

　　《金锁记》中还有一个意象值得特别注意,那就是月亮。月亮意象与金锁意象的生成方式不同。金锁意象通过故事的情节自然显现出来,寓意单一,一般读者很容易就能悟到金锁意象及其隐喻。月亮意象则通过全篇的意境营造而产生。月亮的隐喻发生了多次,每次隐喻的寓意都有所差别。月亮在全篇共计出现了七次。在开头和结尾,它出现的主要功能,是为这个关于金锁的故事做见证。故事完结了,人也死了,可是月亮依然,见证了人的故事。其他几处我们下面一一分析。1. 七巧让儿子长白整夜给她烧烟,折磨儿媳妇芝寿。这时月亮是在芝寿眼中出现的:"这是个疯狂的世界,丈夫不像个丈夫,婆婆也不像个婆婆。不是他们疯了,就是她疯了。今天晚上的月亮比哪一天都好,高高的一轮满月,万里无云,像是黑漆的天上一个白太阳。……窗外还是那使人汗毛凛凛的反常的明月——黑漆的天上一个灼灼的小而白的太阳。……月光里,她的脚没有一点血色——青、绿、紫,冷去的尸身的颜色。她想死,她想死。她怕这月光,又不敢开灯。"这个月亮是芝寿眼中的月亮:可怕,寓意着死亡,没有希望。2. 七巧和长白烧烟的夜景:"起坐间的帘子撤下送去洗濯了。隔着玻璃窗望出去,影影绰绰乌云里有个月亮,一搭黑,一搭白,像个戏剧化的狰狞的脸谱。一点,一点,月亮缓缓的从云里出来了,黑云底下透出一线炯炯的光,是面具底下的眼睛。天是无底洞的深青色。"此时对月亮的描绘是在叙述者的议论中进行的,作者以月亮比喻七巧的狰狞。3. 长安眼中的月亮。七巧去长安读书的学校打闹之后,长安死也不再去学校了,"她觉得她这牺牲是一个美丽的,苍凉的手势","半夜里她爬下床来……为了竭力按捺着,那呜呜的口琴忽断忽续,如同婴儿的哭泣。她接不上气来,歇了半晌。窗格子里,月亮从云里出来了。墨灰的天,几点疏星,模糊的缺月,像石印的图画,下面白云蒸腾,树顶上透出街灯淡淡的圆光"。这是长安眼中的月亮,被破坏的,凄惨的。4. "月光照到姜公馆新娶的三奶奶的陪嫁丫头凤箫的枕边。凤箫睁眼看了一看,只见自己一只青白色的手搁在半旧高丽棉的被面上,心中便道:'是月亮光么?'"这是丫头凤箫眼中的月亮。5. "天就快亮了。那扁扁的下弦月,低一点,低一点,大一点,象赤金的脸盆,沉了下去。天是森冷的蟹壳青,天底下黑漆漆的只有些矮楼房,因此一望望得很远。"这一段是叙述者所看到的月亮,起到了营造压抑氛围的作用。"人们总是过分重视意象的感觉性。使意象具有功用的,不是它作为一个意象的生动性,而是它作为一个心理事件与感觉奇特结合的特征。它的功用在于它是感觉的'遗孀'和'重现'。"[①]小说

---

① 〔美〕雷·韦勒克、奥·沃伦:《文学理论》,刘象愚、邢培明、陈圣生、李哲明译,生活·读书·新知三联书店 1984 年版,第 201—202 页。

中月亮的多次出现,让我们意识到,"一个'意象'可以被转换成一个隐喻,但如果它作为呈现与再现不断重复,那就变成了一个象征,甚至是一个象征(或者神话)系统的一部分"①。自然,我们还不能说,在《金锁记》中月亮意象的多次出现,已经构成了一个象征,但是毫无疑问,作者对月亮的多次描写,确实形成了这个故事的一个重要组成部分。

《金锁记》很好地运用了隐喻。维柯在《新科学》中认为人类从原始时代起,就具有诗性智慧,诗性智慧的必然结果之一,就是运用比喻。而隐喻"它也是最受到赞赏的,如果它使无生命的事物显得具有感觉和情欲。最初的诗人们就用这种隐喻,让一些物体成为具有生命实质的真事真物,并用以己度物的方式,使它们也有感觉和情欲,这样就用它们来造成一些寓言故事。所以每一个这样形成的隐喻就是一个具体而微的寓言故事"②。后来历代美学家都涉及隐喻,英美新批评理论家对于隐喻的论述更为细致精到。威廉·K.维姆萨特在论文《象征与隐喻》中,认为隐喻的作用在于"可以是展示概念的一种曲折的手段,而且它似乎也的确起到了这样的作用,成为概念的一种功能"。概念不容易被理解,也不好表述,而隐喻则可以让不容易被理解、被表述的概念得到形象性的表达。维姆萨特认为,隐喻被接受的过程具有特殊的效应:"在理解想象的隐喻的时候,常要求我们考虑的不是 B(喻体,vehicle)如何说明 A(喻旨,tenor),而是当两者被放在一起并相互对照、相互说明时能产生什么意义。强调之点,可能在相似之处,也可能在相反之处,在于某种对比或矛盾……"③《金锁记》显示了隐喻的力量,曹七巧的悲剧人生依据金锁这一形象被准确地叙述出来了,而且成为一种人生模式的代表,具有了抽象的意味。

---

① 〔美〕雷·韦勒克、奥·沃伦:《文学理论》,刘象愚、邢培明、陈圣生、李哲明译,生活·读书·新知三联书店1984年版,第204页。
② 〔意〕维柯:《新科学》(上册),朱光潜译,商务印书馆1989年版,第200页。
③ 赵毅衡编选:《"新批评"文集》,百花文艺出版社2001年版,第403页。

金锁记

张爱玲

三十年前的上海,一个有月亮的晚上……我们也许没赶上看见三十年前的月亮。年青的人想着三十年前的月亮该是铜钱大的一个红黄的湿晕,像朵云轩信笺上落了一滴泪珠,陈旧而迷糊。老年人回忆中的三十年前的月亮是欢愉的,比眼前的月亮大,圆,白;然而隔着三十年的辛苦路望回看,再好的月色也不免带点凄凉。

月光照到姜公馆新娶的三奶奶的陪嫁丫鬟凤箫的枕边。凤箫睁眼看了一看,只见自己一只青白色的手搁在半旧高丽棉的被面上,心中便道:"是月亮光么?"凤箫打地铺睡在窗户底下。那两年正忙着换朝代,姜公馆避兵到上海来,屋子不够住的,因此这一间下房里横七竖八睡满了底下人。

凤箫恍惚听见大床背后有窸窸窣窣的声音,猜着有人起来解手,翻过身去,果见布帘子一掀,一个黑影趿着鞋出来了,约摸是伺候二奶奶的小双,便轻轻叫了一声"小双姐姐。"小双笑嘻嘻走来,踢了踢地上的裤子道:"吵醒了你了。"她把两手抄在青莲色旧绸夹袄里。下面系着明油绿裤子。凤箫伸手捻了那裤脚,笑道:"现在颜色衣服不大有人穿了,下江人时兴的都是素净的。"小双笑道:"你不知道,我们家哪比得旁人家?我们老太太古板,连奶奶小姐们尚且做不得主呢,何况我们丫头?给什么,穿什么——一个个打扮得庄稼人似的!"她一蹲身坐在地铺上,拣起凤箫脚头一件小袄来,问道:"这是你们小姐出阁,给你们新添的?"凤箫摇头道:"三季衣裳,就只外场上看见的两套是新制的,余下的还不是拿上头人穿剩下的贴补贴补!"小双道:"这次办喜事,偏赶着革命党造反,可委屈了你们小姐!"凤箫叹道:"别提了。就说省些罢,总得有个谱子! 也不能太看不上眼了。我们那一位,嘴里不言语,心里岂有不气的?"小双道:"也难怪三奶奶不乐意。你们那边的嫁妆,也还凑付着,我们这边的排场,可太凄惨了。就连那一年娶咱们二奶奶,也还比这一趟强些!"凤箫愣了一愣道:"怎么?你们二奶奶……"

小双脱下了鞋,赤脚从凤箫身上跨过去,走到窗户跟前,笑道:"你也起来看看月亮。"凤箫一骨碌爬起来,低声问道:"我早就想问你,你们二奶奶……"小双弯腰拾起那件小袄来替她披上了,道:"仔细招了凉。"凤箫一面扣钮子,一面笑道:"不行,你得告诉我!"小双笑道:"是我说话不留神,闯了祸!"凤箫道:"咱们这都是自家人了,干吗这么见外呀?"小双道:"告诉你,你可别告诉你们小姐去!咱们二奶奶家里是开麻油店的。"凤箫哟了一声道:"开麻油店!打哪儿想起的?像你们大奶奶,也是公侯人家小姐,我们那一位虽比不上大奶奶,也还不是低三下四的人——"小双道:"这里头自然有个缘故。咱们二爷你也见过了,是个残废,做官人家的女儿谁肯给他?老太太没奈何,打算替二爷置一房姨奶奶,做媒的给找了这曹家的,是七月里生的,就叫七巧。"凤箫道:"哦,是姨奶奶。"小双道:"原来是姨奶奶的,后来老太太想着,既然不打算替二爷另娶了,二房里没个当家的媳妇,也不是事,索性聘了来做正头奶奶,好教她死心塌地服侍二爷,"凤箫把手扶着窗台,沉吟着:"怪道呢!我虽是初来,也瞧料了两三分。"小双道:"龙生龙,凤生凤,这话是有的。你还没听见她的谈吐呢!当着姑娘们,一点忌讳也没有。亏得我们家一向内言不出,外言不入,姑娘们什么都不懂。饶是不懂,还臊得没处躲!"凤箫噗嗤一笑道:"真的?她这些村话,又是从哪儿听来的?就连我们丫头——"小双抱着胳膊道:"麻油店的活招牌,站惯了柜台,见多识广的,我们拿什么去比人家?"凤箫道:"你是她陪嫁来的么?"小双冷笑说:"她也配!我原是老太太跟前的人,二爷成天的吃药,行动都离不了人,屋里几个丫头不够使,把我拨了过去。怎么着?你冷哪?"凤箫摇摇头。小双道:"瞧你缩着脖子这娇模样儿!"一语未完,凤箫打了个喷嚏,小双忙推她道:"睡吧!睡吧!快窝一窝。"凤箫蹲了下来脱袜子,笑道:"又不是冬天,哪儿就至于冻着了?"小双道:"你别瞧这窗户关着,窗户眼儿里咭溜溜的钻风。"

两人各自睡下,凤箫悄悄的问道:"过来了也有四五年了罢?"小双道:"谁?"凤箫道:"还有谁?"小双道:"哦,她,可不是有五年了。"凤箫道:"也生男育女的——倒没闹出什么话柄儿?"小双道:"还说呢!话柄儿就多了!前年老太太领着合家上下到普陀山进香去,她坐月子没去,留着她看家。舅爷脚步儿走得勤了些,就丢了一票东西。"凤箫失惊道:"也没查出个究竟来?"小双道:"问得出什么好的来?大家面子上下不去!那些首饰左不过将来是归大爷二爷三爷的。大爷大奶奶碍着二爷,没好说什么。三爷自己在外头流水似的花钱,欠了公账上不少,也说不响嘴。"

她们俩隔着丈来远交谈。虽是极力的压低了喉咙,依旧有一句半句声音大了些,惊醒了大床上睡着的赵嬷嬷。赵嬷嬷唤道:"小双。"小双不敢答应。赵嬷嬷道:"小双,你再混说,让人家听见了,明儿仔细揭你的皮!"小双还是不做声。赵嬷嬷又道:"你别以为还是从前住的深堂大院哪,由得你疯疯癫癫!这儿可是挤鼻子挤眼睛的,什么事瞒得了人?趁早别讨打!"屋里顿时鸦雀无声。赵嬷嬷害眼,枕头里塞着菊花叶子,据说是使人眼目清凉的。她欠起头来按了一按髻上横绾的银簪,略一转侧,菊叶便沙沙作响。赵嬷嬷翻了个身,吱吱格格牵动了全身的骨节,她唉了一声道:"你们懂得什么!"小双与凤箫依旧不敢接嘴。久久没有人开口,也就一个个的朦胧睡去了。

天就快亮了。那扁扁的下弦月,低一点,低一点,大一点,象赤金的脸盆,沉了下去。天是森冷的蟹壳青,天底下黑漆漆的只有些矮楼房,因此一望望得很远。地平线上的晓色,一层绿,一层黄,又一层红,如同切开的西瓜——是太阳要上来了。渐渐马路上有了小车与塌车辘辘推动,马车蹄声得得。卖豆腐花的挑着担子悠悠吆喝着,只听见那漫长的尾声:"花……呕!花……呕!"再去远些,就只听见"哦……呕!哦……呕!"

屋子里丫头老妈子也起身了,乱着开房门、打脸水、叠铺盖、挂帐子、梳头。凤箫伺候三奶奶兰仙穿了衣裳,兰仙凑到镜子前面仔细望了一望,从腋下抽出一条水绿洒花湖纺手帕,擦了擦鼻翅上的粉,背对着床上的三爷道:"我先去替老太太请安罢。请你,准得误了事。"正说着大奶奶玳珍来了,站在门槛上笑道:"三妹妹,咱们一块儿去。"兰仙忙迎了出去道:"我正担心着怕晚了,大嫂原来还没上去。二嫂呢?"玳珍笑道:"她还有一会儿耽搁呢。"兰仙道:"打发二哥吃药?"玳珍四顾无人,便笑道:"吃药还在其次——"她把大拇指抵着嘴唇,中间的三个指头握着拳头,小指头翘着,轻轻的"嘘"了两声。兰仙诧异着:"两人都抽这个?"玳珍点头道:"你二哥是过了明路的,她这可是瞒着老太太的,叫我们夹在中间为难,处处还得替她遮盖遮盖。其实老太太有什么不知道?有意的装不晓得,照常的派她差使,零零碎碎给她罪受,无非是不肯让她抽个痛快罢了。其实也是的,年纪轻轻的妇道人家,有什么了不得的心事,要抽这个解闷儿?"

玳珍兰仙挽手一同上楼,各人后面跟着贴身丫环,来到老太太卧室隔壁的一间小小的起坐间里。老太太的丫头榴喜迎了出来,低声道:"还没醒呢。"玳珍抬头望了望挂钟,笑道:"今儿老太太也晚了。"榴喜道:"前两天说是马路上人声太杂,睡不稳。这现在想是惯了,今儿补足了一觉。"

紫榆百龄小圆桌上铺着红毡条,二小姐姜云泽一边坐着,正拿着小钳子磕核桃呢,忙丢下了站起来相见。玳珍把手搭在云泽肩上,笑道:"还是云妹妹孝心,老太太昨儿一时高兴,叫做糖核桃,你就记住了。"兰仙玳珍便围着桌子坐下了,帮着剥核桃衣子。云泽手酸了,放下了钳子,兰仙接了过来。玳珍道:"当心你那水葱似的指甲,养得这么长了,断了怪可惜的!"云泽道:"叫人去拿金指甲套子去。"兰仙笑道:"有这些麻烦的,倒不如叫他们拿到厨房里去剥了!"

众人低声说笑着,榴喜打起帘子,报道:"二奶奶来了。"兰仙云泽起身让坐,那曹七巧且不坐下,一只手撑着门,一只手撑住腰,窄窄的袖口里垂下一条雪青洋绉手帕,身上穿着银红衫子,葱白线镶滚,雪青闪蓝如意小脚裤子,瘦骨脸上,朱口细牙,三角眼,小山眉,四下里一看,笑道:"人都齐了,今儿想必我又晚了!怎怪我不迟到——摸着黑梳的头!谁教我的窗户冲着后院子呢?单单就派了那么间房给我,横竖我们那位眼看是活不长的,我们净等着做孤儿寡妇了——不欺负我们,欺负谁?"玳珍淡淡的并不接口,兰仙笑道:"二嫂住惯了北京的房子,怪不得嫌这儿憋闷的慌。"云泽道:"大哥当初找房子的时候,原该找个宽敞些的,不过上海像这样,只怕也算敞亮的了。"兰仙道:"可不是!家里人实在多,挤是挤了点——"七巧挽起袖口,把手帕子掖在翡翠镯子里,瞟了兰仙一眼,笑道:"三妹妹原来也嫌人太多了。连我们都嫌人太多,像你们没满月的自然更嫌人多了!"兰仙听了这话,还没有怎么,玳珍先红了脸,道:"玩是玩,笑是笑,也得有个分寸。三妹妹新来乍到的,你让她想着咱们是什么样的人家?"七巧扯起手绢子的一角掩住了嘴唇道:"知道你们都是清门净户的小姐,你倒跟我换一换试试,只怕你一晚上也过不惯。"玳珍啐道:"不跟你说了,越说你越上头上脸的。"七巧索性上前拉住玳珍的袖子道:"我可以赌得咒——这三年里头我可以赌得咒!你敢赌么?你敢赌么?"玳珍也撑不住噗嗤一笑,咕噜了一句道:"怎么你孩子也有了两个?"七巧道:"真的,连我也不知道这孩子是怎么生出来的!越想越不明白!"玳珍摇手道:"够了,够了,少说两句罢。就算你拿三妹妹当自己人,没有什么背讳,现放着云妹妹在这儿呢,待会儿老太太跟前一告诉,管叫你吃不了兜着走!"

云泽早远远的走开了,背着手站在阳台上,撮尖了嘴逗芙蓉鸟。姜家住的虽然是早期的最新式洋房,堆花红砖大柱支着巍峨的拱门,楼上阳台却是木板铺的地。黄杨木栏杆里面,放着一溜蔑篓子,晾着笋干。敝旧的太阳弥漫在空气里像金的灰尘,微微呛人的金灰,揉进眼睛里去,昏昏的。街上小贩遥遥摇着拨浪鼓,那惺惺的"不楞登……不楞登"里面有着无数老去的孩子们的回忆。包车叮叮的跑过,偶尔也有一辆汽车叭叭叫两声。

七巧自己也知道这屋子里的人都瞧不起她,因此和新来的人分外亲热些,倚在兰仙的椅背上问长问短,携着兰仙的手左看右看,夸赞了一会她的指甲,又道:"我去年小拇指上养的比这个足足还长半寸呢,掐花给弄断了。"兰仙早看穿了七巧的为人和她在姜家的地位,微笑尽管微笑着,也不大答理她。七巧自觉无趣,踅到阳台上来,拾起云泽的辫梢来抖了一抖,搭讪着笑道:"呦!小姐的头发怎么这样稀朗朗的?去年还是乌油油的一头好头发,该掉了不少罢?"云泽闪过身去护着辫子,笑道:"我掉两根头发,也要你管!"七巧只顾端详她,叫道:"大嫂你来看看,云妹妹的确瘦多了,小姐莫不是有了心事了?"云泽啪的一声打了她的手,恨道:"你今儿个真的发了疯了!平日还不够讨人嫌的?"七巧把两手筒在袖子里,笑嘻嘻的道:"小姐脾气好大!"

玳珍探出头来道:"云妹妹,老太太起来了。"众人连忙扯扯衣襟,摸摸鬓脚,打帘子进隔壁房里去,请了安,伺候老太太吃早饭。婆子们端着托盘从起坐间穿了过去,里面的丫头接过碗碟,婆子们依旧退到外间来守候着。里面静悄悄的,难得有人说句把话,只听见银筷子头上的细银链条窸窣颤动。老太太信佛,饭后照例要做两个时辰的功课,众人退了出来,云泽背地里向玳珍道:"二嫂不忙着过瘾去,还挨在里面做什么?"玳珍道:"想是有两句私房话要说。"云泽不由的笑了起来道:"她的话,老太太哪里听得进?"玳珍冷笑道:"那倒也说不定。老年人心思总是活动的,成天在耳边聒絮着,十句里头相信一两句,也未可知。"

兰仙坐着磕核桃,玳珍和云泽便顺着脚走到阳台上,虽不是存心偷听正房里的谈话,老太太上了年纪,有点聋,喉咙特别高些,有意无意之间不免有好些话吹到阳台上的人的耳朵里来。云泽把脸气得雪白,先是握紧了拳头,又把两只手使劲一洒,便向走廊的另一头跑去。跑了两步,又站住了,身子向前伛偻着,捧着脸呜呜哭起来。玳珍赶上去扶着劝道:"妹妹快别这么着!快别这么着!犯不着跟她这样的人计较!谁拿她的话当桩事!"云泽甩开了她,一迳往自己屋里奔去。玳珍回到起坐间里来,一拍手道:"这可闯出祸来了!"兰仙忙道:"怎么了?"玳珍道:"你二嫂去告诉了老太太,说女大不中留,让老太太写信给彭家,叫他们早早把云妹妹娶过去罢。你瞧,这算什么话?"兰仙也怔了一怔道:"女家说出这种话来,可不是自己打脸么?"玳珍道:"姜家没面子,还是一时的事,云妹妹将来嫁了过去,叫人家怎么瞧得起她?她这一辈子还要做人呢!"兰仙道:"老太太是明白人,不见得跟那一位一样的见识。"玳珍道:"老太太起先自然是不爱听,说咱们家的孩子,决不会生这样的心。她就说:'哟!您不知道现在的女子跟您从前做女孩子时候的女孩子,哪儿能够打比呀?时世变了,要不怎么天下大乱呢?'你知道,年岁大的人就爱听这一套,说得老太太也有点疑疑惑惑起来。"兰仙叹道:"好端端怎么想起来的,造这样的谣言!"玳珍两肘支在桌子上,伸着小指剔眉毛,沉吟了一会,嗤的一笑道:"她自己以为她是特别的体贴云妹妹呢!要她这样体贴我,我可受不了!"兰仙拉了她一把道:"你听——不能是云妹妹罢?"后房似乎有人在那里大放悲声,蹬得铜床柱子一片响,嘈嘈杂杂还有人在那里解劝,只是劝不住。玳珍站起身来道:"我去看看,别瞧这位小姐好性儿,逼急了她,也不是好惹的。"

　　玳珍出去了,那姜三爷姜季泽却一路打着呵欠进来了。季泽是个结实小伙子,偏于胖的一方面,脑后拖一根三股油松大辫,生得天圆地方,鲜红的腮颊,往下坠着一点,青湿眉毛,水汪汪的黑眼睛里永远透着三分不耐烦,穿一件竹根青窄袖长袍,酱紫芝麻地一字襟珠扣小坎肩,问兰仙道:"谁在里头吱吱喳喳跟老太太说话?"兰仙道:"二嫂。"季泽抿着嘴摇摇头。兰仙笑道:"你也怕了她?"季泽一声儿不言语,拖过一把椅子,将椅背抵着桌缘,把袍子高高的一撩,骑着椅子坐了下来,下巴搁在椅背上,手里只管把核桃仁一个一个拈来吃,兰仙睨了他一眼道:"人家剥了这一晌午,是专诚孝敬你的么?"正说着,七巧掀着帘子出来了,一眼看见了季泽,身不由主的就走了过来,绕到兰仙椅子背后,两手兜在兰仙脖子上,把脸凑了下去,笑道:"这么一个人才出众的新娘子!三弟你还没谢谢我哪!要不是我催着他们早早替你办了这件事,这一耽搁,等打完了仗,指不定十年八年呢!可不把你急坏了!"兰仙生平最大的憾事便是出阁的日子正赶着非常时期,潦草成了家,诸事都欠齐全,因此一听见这不入耳的话,她那小长挂子脸便往下一沉。季泽望了兰仙一眼,微笑道:"二嫂,自古好心没有好报,谁都不承你的情!"七巧道:"不承情也罢!我也惯了。我进了你们姜家的门,别的不说,单只守着你二哥这些年,衣不解带的服侍他,也就是个有功无过的人——谁见我的情来?谁有半点好处到我头上?"季泽道:"你一开口就是满肚子的牢骚!"七巧长长的吁了一口气,只管拨弄兰仙衣襟上扣着的金三事儿和钥匙。半晌,忽道:"总算你这一个来月没出去胡闹过。真亏了新娘子留了你。旁人跪下来求你也留不住!"季泽笑道:"是吗?嫂子并没有留过我,怎见得留不住?"一面笑,一面向兰仙使了个眼色。七巧笑得直不起腰道:"兰妹妹,你也不管管他!这么个猴儿崽子,我眼看他长大的,他倒占起我的便宜来了!"

　　她嘴里说笑着,心里发烦,一双手也不肯闲着,把兰仙揣着捏着,捶着打着,恨不得把她挤得走了样才好。兰仙纵然有涵养,也忍不住要恼了;一性急,磕核桃使差了劲,把那二寸多长的指甲齐根折断。七巧哟了一声道:"快拿剪刀来修一修。我记得这屋里有一把小剪子的。"便唤:"小双!榴喜!来人哪!"兰仙立起身来道:"二嫂不用费事,我上我屋里铰去。"便抽身出去。七巧就在兰仙的椅子上坐下了,一手托着腮,抬高了眉毛,斜睨着季泽道:"她跟我生了气么?"季泽笑道:"她干吗生你的气?"七巧道:"我正要问呀!我难道说错了话不成?留你在家倒不好?她倒愿意你上外头逛去?"季泽笑道:"这一家子从大哥大嫂起,齐了心管教我,无非是怕我花了公账上的钱罢了。"七巧道:"阿弥陀佛,我保不定别人不安着这个心,我可不那么想。你就是闹个了亏空,押了房子卖了田,我若皱一皱眉头,我也不是你二嫂了。谁叫咱们是骨肉至亲呢?我不过是要你当心你的身子。"季泽嗤的一笑道:"我当心我的身子,要你操心?"七巧颤声道:"一个人,身子第一要紧。你瞧你二哥弄得那样儿,还成个人吗?还能拿他当个人看?"季泽正色道:"二哥比不得我,他一下地就是那样儿,并不是自己作贱的。他是个可怜的人,一切全仗二嫂照护他了。"七巧直挺挺的站了起来,两手扶着桌子,垂着眼皮,脸庞的下半部抖得像嘴里含着滚烫的蜡烛油似的,用尖细的声音逼出两句话道:"你去挨着你二哥坐坐!你去挨着你二哥坐坐!"她试着在季泽身边坐下,只搭着他的椅子的一角,她将手贴在他腿上,道:"你碰过他的肉没有?是软的、重的,就像人的脚有时发麻了,摸上去那感觉……"季泽脸上也变了色,然而他仍旧轻佻地笑了一声,俯下腰,伸手去捏她的脚道:"倒要瞧瞧你的脚现在麻不麻!"七巧道:"天哪,你没挨着他的肉,你不知道没病的身子是多好的……多好的……"她顺着椅子溜下去,蹲在地上,脸枕着袖子,听不见她哭,只看见发髻上插的风凉针,针头上的一粒钻石的光,闪闪掣动着。发髻的心子里扎着一小截粉红丝线,反映在金刚钻微红的光焰里。她的背影一挫一挫,俯伏了下去。她不像在哭,简直像在翻肠搅胃地呕吐。

季泽先是愣住了,随后就立起来道:"我走就是了。你不怕人,我还怕人呢。也得给二哥留点面子!"七巧扶着椅子站了起来,呜咽道:"我走。"她扯着衫袖里的手帕子揾了揾脸,忽然微微一笑道:"你这样卫护你二哥!"季泽冷笑道:"我不卫护他,还有谁卫护他?"七巧向门走去,哼了一声道:"你又是什么好人?趁早不用在我跟前假撇清!且不提你在外头怎样荒唐,只单在这屋里……老娘眼睛里揉不下沙子去!别说我是你嫂子了,就是我是你奶妈,只怕你也不在乎。"季泽笑道:"我原是个随随便便的人,哪禁得起你挑眼儿?"七巧待要出去,又把背心贴在门上,低声道:"我就不懂,我什么地方不如人?我有什么地方不好……"季泽笑道:"好嫂子,你有什么不好?"七巧笑了一声道:"难不成我跟了个残废的人,就过上了残废的气,沾都沾不得?"她睁着眼直勾勾朝前望着,耳朵上的实心小金坠子像两只铜钉把她钉在门上——玻璃匣子里蝴蝶的标本,鲜艳而凄怆。

季泽看着她,心里也动了一动。可是那不行,玩尽管玩,他早抱定了宗旨不惹自己家里人,一时的兴致过去了,躲也躲不掉,踢也踢不开,成天在面前,是个累赘。何况七巧的嘴这样敞,脾气这样燥,如何瞒得了人?何况她的人缘这样坏,上上下下谁肯代她包涵一点,她也许是豁出去了,闹穿了也满不在乎。他可是年纪轻轻的,凭什么要冒那个险?他侃侃说道:"二嫂,我虽年纪小,并不是一味胡来的人。"

仿佛有脚步声,季泽一撩袍子,钻到老太太屋子里去了,临走还抓了一大把核桃仁。七巧神志还不很清楚,直到有人推门,她方才醒了过来,只得将计就计,藏在门背后,见玳珍走了进来,她便夹脚跟出来,在玳珍背上打了一下。玳珍勉强一笑道:"你的兴致越发好了!"又望了望桌上道:"咦?那么些核桃,吃得差不多了。再也没有别人,准是三弟。"七巧倚着桌子,面向阳台立着,只是不言语。玳珍坐了下来,嘟哝道:"害人家剥了一早上,便宜他享现成的!"七巧捏着一片锋利的胡桃壳,在红毡条上狠命刮着,左一刮,右一刮,看看那毡子起了毛,就要破了。她咬着牙道:"钱上头何尝不是一样?一味的叫咱们省,省下来让人家拿出去大把的花!我就不服这口气!"玳珍看了她一眼,冷冷的道:"那可没有办法。人多了,明里不去,暗里也不见得不去。管得了这个,管不了那个。"七巧觉得她话中有刺,正待反唇相讥,小双进来了,鬼鬼祟祟走到七巧跟前,嗫嗫道:"奶奶,舅爷来了。"七巧骂道:"舅爷来了,又不是背人的事,你嗓子眼里长了疔是怎么着?蚊子哼哼似的!"小双倒退了一步,不敢言语。玳珍道:"你们舅爷原来也到上海来了,咱们这儿亲戚倒都全了。"七巧移步出房道:"不许他到上海来?内地兵荒马乱的,穷人也一样的要命呀!"她在门槛子上站住了,问小双道:"回过老太太没有?"小双道:"还没呢。"七巧想了一想,毕竟不敢去告诉一声,只得悄悄下楼去了。

玳珍问小双道:"舅爷一个人来的?"小双道:"还有舅奶奶,携着四只提篮盒。"玳珍格的一笑道："倒破费了他们。"小双道："大奶奶不用替他们心疼。装得满满的进来,一样装得满满的出去。别说金的银的圆的扁的,就连零头鞋面儿裤腰都是好的!"玳珍笑道："别那么缺德了!你下去罢。她娘家人难得上门,伺候不周到,又该大闹了。"

小双赶了出去,七巧正在楼梯口盘问榴喜老太太可知道这件事。榴喜道："老太太念佛呢,三爷爬在窗口看野景,说大门口来了客人。老太太问是谁,三爷仔细看了看,说不知是不是曹家舅爷,老太太就没追问下去。"七巧听了,心头火起,跺了跺脚,喃喃呐呐骂道："敢情你装不知道就算了!皇帝还有草鞋亲呢!这会子有这么势利的,当初何必三媒六聘的把我抬过来?快刀斩不断的亲戚,别说你今儿是装死,就是你真死了,他也不能不到你的灵前磕三个头,你也不能不受着他的!"一面说,一面下去了。

她那间房,一进门便有一堆金漆箱笼迎面拦住,只隔开几步见方的空地。她一掀帘子,只见她嫂子蹲下身去将提篮盒上面的一屉盒子卸了下来,检视下面一屉里的菜可曾泼出来。她哥哥曹大年背着手弯着腰看着。七巧止不住一阵心酸,倚着箱笼,把脸偎在那沙蓝棉套子上,纷纷落下泪来。她嫂子慌忙站直了身子,抢步上前,两只手捧住她一只手,连连叫着姑娘。曹大年也不免抬起袖子来擦眼睛。七巧把那只空着的手去解箱套子上的钮扣,解了又扣上,只是开不得口。

她嫂子回过头去睃了她哥哥一眼道："你也说句话呀!成日家念叨着,见了妹妹的面,又像踹了嘴的葫芦似的!"七巧颤声道："也不怪他没有话——他哪儿有脸来见我!"又向她哥哥道："我只道你这一辈子不打算上门了!你害得我好苦!你扔崩一走,我可走不了。你也不顾我的死活。"曹大年道："这是什么话?旁人这么说还罢了,你也这么说!你不替我遮盖遮盖,你自己脸上也不见得光鲜。"七巧道："我不说,我可禁不住人家不说。就为你,我气出了一身病在这里。今日之下,亏你还拿这话来堵我!"她嫂子忙道："是他的不是,是他的不是!姑娘受了委屈了。姑娘受的委屈也不止这一件,好歹忍着罢,总有个出头之日。"她嫂子那句"姑娘受的委屈也不止这一件"的话却深深打进她心坎儿里去。七巧哀哀哭了起来,急得她嫂子直摇手道："看吵醒了姑爷。"房那边暗昏昏的紫楠大

"金锁"隐喻与诗性的故事 363

床上,寂寂吊着珠罗纱帐子。七巧的嫂子又道:"姑爷睡着了罢?惊动了他,该生气了。"七巧高声叫道:"他要有点人气,倒又好了。"她嫂子吓得掩住她的嘴道:"姑奶奶别!病人听见了,心里不好受!"七巧道:"他心里不好受,我心里好受吗?"她嫂子道:"姑爷还是那软骨症?"七巧道:"就这一件还不够受了,还禁得起添什么?这儿一家子都忌讳痨病这两个字,其实还不就是骨痨!"她嫂子道:"整天躺着,有时候也坐起来一会儿么?"七巧吓吓的笑了起来道:"坐起来,脊梁骨直溜下去,看上去还没有我那三岁的孩子高哪!"她嫂子一时想不出劝慰的话,三个人都愣住了。七巧猛的蹬脚道:"走罢,走罢,你们!你们来一趟,就害得我把前因后果重新在心里过一过。我禁不起这么折腾!你快给我走!"

曹大年道:"妹妹你听我一句话。别说你现在心里不舒服,有个娘家走动着,多少好些,就是你有了出头之日了,姜家是个大族,长辈动不动就拿大帽子压人,平辈小辈一个个如狼似虎的,哪一个是好惹的?替你打算,也得要个帮手。将来你用得着你哥哥你侄儿的时候多着呢。"七巧啐了一声道:"我靠你帮忙,我也倒了霉了!我早把你看得透里透——斗得过他们,你到我跟前来邀功要钱,斗不过他们,你往那边一倒。本来见了做官的就魂都没有了,头一缩,死活随我去。"大年涨红了脸冷笑道:"等钱到了你手里,你再防着你哥哥分你的,也还不迟。"七巧道:"你既然知道钱还没到我手里,你来找我做什么?"大年道:"路远迢迢赶来看你,倒是我们的不是了!走!我们这就走!凭良心说,我就用你两个钱,也是该的,当初我若贪图财礼,问姜家多要几百两银子,把你卖给他们做姨太太,也就卖了。"七巧道:"奶奶不胜似姨奶奶吗?长线放远鹞,指望大着呢!"大年待要回嘴,他媳妇拦住他道:"你就少说一句罢!以后还有见面的日子呢。将来姑奶奶想到你的时候,才知道你就只这一个亲哥哥了!"大年督促他媳妇整理了提篮盒,拎起就待走。七巧道:"我希罕你?等我有了钱了,我不愁你不来,只愁打发你不开。"嘴里虽然硬着,熬不住那呜咽的声音,一声响似一声,憋了一上午的满腔幽恨,借着这因由尽情发泄出来。

她嫂子见她分明有些留恋之意,便做好做歹劝住了她哥哥;一面半挽半拥把她引到花梨炕上坐下了,百般譬解,七巧渐渐收了泪。兄妹姑嫂叙了些家常。北方情形还算平靖,曹家的麻油铺还照常营业着。大年夫妇此番到上海来,却是因为他家没过门的女婿在人家当账房,光复的时候恰巧在湖北,后来辗转跟主人到上海来了,因此大年亲自送了女儿来完婚,顺便探望妹子。大年问候了姜家阖宅上下,又要参见老太太,七巧道:"不见也罢了,我正跟她怄气呢。"大年夫妇都吃了一惊,七巧道:"怎么不怄气呢?一家子都往我头上踩,我若是好欺负的,早给作践死了,饶是这么着,还气得我七病八痛的!"她嫂子道:"姑娘近来还抽烟不抽,倒是鸦片烟,平肝导气,比什么药都强。姑娘自己千万保重,我们又不在跟前,谁是个知疼着热的人?"

七巧翻箱子取出几件新款尺头送与她嫂子,又是一副四两重的金镯子,一只披霞莲蓬簪,一床丝绵被胎,侄女们每人一只金挖耳,侄儿们或是一只金锞子,或是一顶貂皮暖帽,另送了她哥哥一只珐蓝金蝉打簧表,她哥嫂道谢不迭。七巧道:"你们来得不巧,若是在北京,我们正要上路的时候,带不了的东西,分了几箱给丫头老妈子,白便宜了他们。"说得她哥嫂讪讪的。临行的时候,她嫂子道:"忙完了闺女,再来瞧姑奶奶。"七巧笑道:"不来也罢了,我应酬不起!"

大年夫妇出了姜家的门,她嫂子便道:"我们这位姑奶奶怎么换了个人?没出嫁的时候不过要强些,嘴头上琐碎些,就连后来我们去瞧她,虽是比前暴躁些,也还有个分寸,不似如今疯疯傻傻,说话有一句没一句,就没一点儿得人心的地方。"

七巧立在家里,抱着胳膊看小双祥云两个丫头把箱子抬回原处,一只一只叠了上去。从前的事又回来了:临着碎石子街的馨香的麻油店,黑腻的柜台,芝麻酱桶里竖着木匙子,油缸上吊着大大小小的铁匙子。漏斗插在打油的人的瓶里,一大匙再加上两小匙正好装满一瓶——一斤半。熟人呢,算一斤四两。有时她也上街买菜,蓝夏布衫裤,镜面乌绫镶滚。隔着密密层层的排吊着猪肉的铜钩,她看见肉钩里的朝禄。朝禄赶着她叫曹大姑娘。难得叫声巧姐儿,她就一巴掌打在钩子背上,无数的金钩子荡过去锥他的眼睛,朝禄从钩子上摘下尺来宽的一片生猪油,重重的向肉案一抛,一阵温风直扑到她脸上,腻滞的死去的肉体的气味……她皱紧了眉毛。床上睡着的她的丈夫,那没有生命的肉体……

风从窗子里进来,对面挂着的回文雕漆长镜被吹得摇摇晃晃,磕托磕托敲着墙。七巧双手按住了镜子。镜子里反映着的翠竹帘子和一副金绿山水屏条依旧在风中来回荡漾着,望久了,便有一种晕船的感觉。再定睛看时,翠竹帘子已经褪了色,金绿山水换为一张她丈夫的遗像,镜子里的人也老了十年。

去年她戴了丈夫的孝,今年婆婆又过世了。现在正式挽了叔公九老太爷出来为他们分家。今天是她嫁到姜家来之后一切幻想的集中点。这些年了,她戴着黄金的枷锁,可是连金子的边都啃不到,这以后就不同了。七巧穿着白香云纱衫,黑裙子,然而她脸上像抹了胭脂似的,从那揉红了的眼圈儿到烧热的颧骨。她抬起手来揾了一揾脸,脸上烫,身子却冷得打颤。她叫祥云倒了一杯茶来,(小双早已嫁了,祥云也配了个小厮。)茶给喝了下去,沉重地往腔子里流,一颗心便在热茶里扑通扑通跳。她背向着镜子坐下了,问祥云道:"九老太爷来了这一下午,就在堂屋里跟马师爷查账?"祥云应了一声是。七巧又道:"大爷大奶奶三爷三奶奶都不在跟前?"祥云又应了一声是。七巧道:"还到谁的屋里去过?"祥云道:"就到哥儿们的书房里兜了一兜。"七巧道:"好在咱们白哥儿的书倒不怕他查考……今年这孩子就吃亏在他爸爸他奶奶接连着出了事,他若还有心念书,他也不是人养的!"她把茶吃完了,吩咐祥云下去看看堂屋里大房三房的人可都齐了,免得自己去早了,显得性急,被人耻笑。恰巧大房里也差了一个丫头出来探看,和祥云打了个照面。

七巧终于款款下楼来了。堂屋里临时布置了一张镜面乌木大餐台,九老太爷独当一面坐了,面前乱堆着青布面,梅红签的账簿,又搁着一只瓜楞茶碗。四周除了马师爷之外,又有特地邀请的"公亲",近于陪审员的性质。各房只派了一个男子作代表,大房是大爷,二房二爷没了,是二奶奶,三房是三爷。季泽很知道这总清算的日子于他没有什么好处,因此他到得最迟。然而来既来了,他决不愿意露出焦灼懊丧的神气,腮帮子上依旧是他那点丰肥的,红色的笑。眼睛里依旧是他那点潇洒的不耐烦。

九老太爷咳嗽了一声,把姜家的经济状况约略报告了一遍,又翻着账簿子读出重要的田地房产的所在与按年的收入。七巧两手紧紧扣在肚子上,身子向前倾着,努力向她自己解释他的每一句话,与她往日调查所得一一印证。青岛的房子、天津的房子、北京城外的地、上海的房子……三爷在公账上拖欠过巨,他的一部分遗产被抵销了之后,还净欠六万,然而大房二房也只得就此算了,因为他是一无所有的人。他仅有的那一幢花园洋房,他为一个姨太太买的,也已经抵押了出去。其余只有老太太陪嫁过来的首饰,由兄弟三人均分,季泽的那一份也不便充公,因为是母亲留下的一点纪念。七巧突然叫了起来道:"九老太爷,那我们太吃亏了!"

堂屋里本就肃静无声,现在这肃静却是沙沙有声,直锯进耳朵里去,像电影配音机器损坏之后的锈轧。九老太爷睁了眼望着她道:"怎么?你连他娘丢下的几件首饰也舍不得给他?"七巧道:"亲兄弟,明算账,大哥大嫂不言语,我可不能不老着脸开口说句话。我须比不得大哥大嫂——我们死掉的那个若是有能耐出去做两任官,手头活便些,我也乐得放大方些,哪怕把从前的旧账一笔勾销呢?可怜我们那一个病病哼哼一辈子,何尝有过一文半文进账,丢下我们孤儿寡妇,就指着这两个死钱过活。我是个没脚蟹,长白还不满十四岁,往后苦日子有得过呢!"说着,流下泪来。九太爷道:"依你便怎样?"七巧呜咽道:"哪儿由得我出主意呢?只求九老太爷替我们做主!"季泽冷着脸只不做声,满屋子的人都觉不便开口。九老太爷按捺不住一肚子的火,哼了一声道:"我倒想替你出主意呢,只怕你不爱听!二房里有田地没人照管,三房里有人没有地,我待要叫三爷替你照管,你多少贴他些,又怕你不要他!"七巧冷笑道:"我倒想依你呢,只怕歹掉的那个不依!来人哪!祥云你把白哥儿给我找来!长白,你爹好苦呀!一下地就是一身的病,为人一场,一天舒坦日子也没过着,临了丢下你这点骨血,人家还看不得你,千方百计图谋你的东西!长白谁叫你爹拖着一身病,活着人家欺负他,死了人家欺负他的孤儿寡妇!我还不打紧,我还能活个几十年么?至多我到老太太灵前把话说明白了,把这条命跟人拼了。长白你可是年纪小着呢,就是喝西北风你也得活下去呀!"九老太爷气得把桌子一拍道:"我不管了!是你们求爹爹拜奶奶邀了我来的,你道我喜欢自找麻烦么?"站起来一脚踢翻了椅子,也不等人搀扶,一阵风走得无影无踪,众人面面相觑,一个个悄没声儿溜走了。惟有那马师爷忙着拾掇账簿子,落后了一步,看看屋里人全走光了,单剩下二奶奶一个人在那里捶着胸脯号啕大哭,自己若无其事的走了,似乎不好意思,只得走上前去,打拱作揖叫道:"二太太!二太太!……二太太!"七巧只顾把袖子遮住脸,马师爷又不便把她的手拿开,急得把瓜皮帽摘下来扇着汗。

维持了几天的僵局,到底还是无声无息照原定计划分了家。孤儿寡妇还是被欺负了。

七巧带着儿子长白,女儿长安另租了一幢屋子住下了,和姜家各房很少来往。隔了几个月,姜季泽忽然上门来了。老妈子通报上来,七巧怀着鬼胎,想着分家的那一天得罪了他,不知他有什么手段对付。可是兵来将挡,她凭什么要怕他?她家常穿着佛青实地纱袄子,特地系上一条玄色铁线纱裙,走下楼来。季泽却是满面春风的站起来问二嫂好,又问白哥儿可是在书房里,安姐儿的湿气可大好了。七巧心里便疑惑他是来借钱的,加意防备着,坐下笑道:"三弟你近来又发福了。"季泽笑道:"看我像一点心事都没有的人。"七巧笑道:"有福之人不在忙吗!你一向就是无牵无挂的。"季泽笑道:"等我把房子卖了,我还要无牵无挂呢!"七巧道:"就是你做了押款的那房子,你要卖?"季泽道:"当初造它的时候,很费了点心思,有许多装置都是自己心爱的,当然不愿意脱手。后来你是知道的,那块地皮值钱了,前年把它翻造了弄堂房子,一家一家收租,跟那些住小家的打交道,我实在嫌麻烦,索性打算卖了它,图个清净。"七巧暗地里说道:"口气好大!我是知道你的底细的,你在我跟前充什么阔大爷!"

虽然他不向她哭穷,但凡谈到银钱交易,她总觉得有点危险,便岔了开去道:"三妹妹好么?腰子病近来发过没有?"季泽笑道:"我也有许久没见过她的面了。"七巧道:"这是什么话?你们吵了嘴么?"季泽笑道:"这些时我们倒也没吵过嘴。不得已在一起说两句话,也是难得的,也没那闲情逸致吵嘴。"七巧道:"何至于这样?我就不相信!"季泽两肘撑在藤椅的扶手上,交叉十指,手搭凉棚,影子落在眼睛上,深深的叹了一声。七巧笑道:"没有别的,要不就是你在外头玩得太厉害了。自己做错了事,还唉声叹气的仿佛谁害了你似的。你们姜家就没有一个好人!"说着,举起白团扇,作势要打,季泽把那交叉着的十指往下移了一移,两只大拇指按在嘴唇上,两只食指缓缓抚摸着鼻梁,露出一双水汪汪的眼睛来。那眼珠却是水仙花缸底的黑石子,上面汪着水,下面冷冷的没有表情,看不出他在想什么。七巧道:"我非打你不可!"季泽的眼睛里突然冒出一点笑泡儿,道:"你打,你打!"七巧待要打,又揳回手去,重新一鼓作气道:"我真打。"抬高了手,一扇子劈下来,又在半空中停住了,吃吃笑起来,季泽带笑将肩膀耸了一耸,凑了上去道:"你倒是打我一下罢!害得我浑身骨头痒着,不得劲儿!"七巧把扇子向背后一藏,越发笑得格格的。

季泽把椅子换了个方向,面朝墙坐着,人向椅背上一靠,双手蒙住了眼睛,又是长长的叹了口气。七巧啃着扇子柄,斜睨着他道:"你今儿是怎么了?受了暑吗?"季泽道:"你哪里知道?"半晌,他低低的一个字一个字说道:"你知道我为什么跟家里的那个不好,为什么我拼命的在外头玩,把产业都败光了?你知道这都是为了谁?"七巧不知不觉有些胆寒,走得远远的,倚在炉台上,脸色慢慢的变了。季泽跟了过来。七巧垂着头,肘弯撑在炉台上,手里擎着团扇,扇子上的杏黄穗子顺着她的额角拖下来。季泽在她对面站住了,小声道:"二嫂!……七巧!"

七巧背过脸去淡淡笑道:"我要相信你才怪呢!"季泽便也走开了,道:"不错。你怎么能够相信我?自从你到我家来,我在家一刻也待不住,只想出去。你没来的时候我并没有那么荒唐过,后来那都是为了躲你。娶了兰仙来,我更玩得凶了,为了躲你之外又要躲她。见了你,说不了两句话我就要发脾气——你哪儿知道我心里的苦楚?你对我好,我心里更难受——我得管着我自己——我不能平白的坑坏了你,家里人多眼杂,让人知道了,我是个男子汉,还不打紧。你可了不得!"七巧的手直打颤,扇柄上的杏黄须子在她额上苏苏摩擦着。季泽道:"你信也罢!不信也罢!信了又怎样?横竖我们半辈子已经过去了,说也是白说。我只求你原谅我这一片心。我为你吃了这些苦,也就不算冤枉了。"

七巧低着头,沐浴在光辉里,细细的音乐,细细的喜悦……这些年了,她跟他捉迷藏似的,只是近不得身,原来还有今天!可不是,这半辈子已经完了——花一般的年纪已经过去了。人生就是这样的错综复杂,不讲理。当初她为什么嫁到姜家来?为了钱么?不是的,为了要遇见季泽,为了命中注定她要和季泽相爱。她微微抬起脸来,季泽立在她跟前,两手合在她扇子上,面颊贴在她扇子上。他也老了十年了,然而人究竟还是那个人呵!他难道是哄她么?他想她的钱——她卖掉她的一生换来的几个钱?仅仅这一转念便使她暴怒起来。就算她错怪了他,他为她吃的苦抵得过她为他吃的苦么?好容易她死了心了,他又来撩拨她,她恨他。他还在看着她。他的眼睛——虽然隔了十年,人还是那个人呵!就算他是骗她的,迟一点儿发现不好么?即使明知是骗人的,他太会演戏了,也跟真的差不多罢?

不行!她不能有把柄落在这厮手里。姜家的人是厉害的,她的钱只怕保不住。她得先证明他是真心不是。七巧定了一定神,向门外瞧了一瞧,轻轻惊叫道:"有人!"便三脚两步赶出门去,到下房里吩咐潘妈替三爷弄点心去,快些端了来,顺便带芭蕉扇进来替三爷打扇。七巧回到屋里来,故意皱着眉道:"真可恶,老妈子在门口探头探脑的,见了我抹过头去就跑,被我赶上去喝住了。若是关上了门说两句话,指不定造出什么谣言来呢!饶是独门独户住了,还没个清净。"潘妈送了点心与酸梅汤进来,七巧亲自拿筷子替季泽拣掉了蜜层糕上的玫瑰与青梅,道:"我记得你是不爱吃红绿丝的。"有人在跟前,季泽不便说什么,只是微笑。七巧似乎没话找话说似的,问道:"你卖房子,接洽得怎样了?"季泽一面吃,一面答道:"有人出八万五,我还没打定主意呢。"七巧沉吟道:"地段倒是好的。"季泽道:"谁都不赞成我脱手,说还要涨呢。"七巧又问了些详细情形,便道:"可惜我手头没有这一笔现款,不然我倒想买。"季泽道:"其实呢,我这房子倒不急,倒是咱们乡下你那些田,早早脱手的好。自从改了民国,接二连三的打仗,何尝有一年闲过,把地面上糟蹋得不成样子,中间还被收租的、师爷、地头蛇一层一层勒唷着,莫说这两年不是水就是旱,就遇着了丰年,也没有多少进账轮到我们头上。"七巧寻思着,道:"我也盘算过来,一直挨着没有办。先晓得把它卖了,这会子想买房子,也不至于钱不凑手了。"季泽道:"你那田要卖趁现在就得卖,听说直鲁又要开仗了。"七巧道:"急切间你叫我卖给谁去?"季泽顿了一顿道:"我去替你打听打听,也成。"七巧耸了耸眉毛笑道:"得了,你那些狐群狗党里头,又有谁是靠得住的?"季泽把咬开的饺子在小碟里蘸了点醋,闲闲说出两个靠得住的人名,七巧便认真仔细盘问他起来,他果然回答得有条不紊,显然他是筹之已熟的。

七巧虽是笑吟吟的,嘴里发干,上嘴唇粘在牙仁上,放不下来。她端起盖碗来吸了一口茶,舐了舐嘴唇,突然把脸一沉,跳起身来,将手里的扇子向季泽头上滴溜溜掷过去,季泽向左偏了一偏,那团扇敲在他肩膀上,打翻了玻璃杯,酸梅汤淋淋漓漓溅了他一身。七巧骂道:"你要我卖了田去买你的房子?你要我卖田?钱一经你的手,还有得说么?你哄我——你拿那样的话来哄我——你拿我当傻子——"她隔着一张桌子探身过去打他,然而她被潘妈下死劲抱住了。潘妈叫唤起来,祥云等人都奔了来,七手八脚按住了她,七嘴八舌求告着。七巧一头挣扎,一头叱喝着,然而她的一颗心直往下堕——她很明白她这举动太蠢——太蠢——她在这儿丢人出丑。

季泽脱下了他那湿濡的白云纱长衫,潘妈绞了毛巾来代他揩擦,他理也不理,把衣服夹在手臂上,竟自扬长出门去了,临行的时候向祥云道:"等白哥儿下了学,叫他替他母亲请个医生来看看。"祥云吓糊涂了,连声答应着,被七巧兜脸给她一个耳刮子。

季泽走了。丫头老妈子也给七巧骂跑了。酸梅汤沿着桌子一滴一滴朝下滴,像迟迟的夜漏——一滴,一滴……一更,二更……一年,一百年。真长,这寂寂的一刹那。七巧扶着头站着,倏地掉转身来上楼去,提着裙子,性急慌忙,跌跌跄跄,不住的撞到那阴暗的绿粉墙上,佛青袄子上沾了大块的淡色的灰。她要在楼上的窗户里再看他一眼。无论如何,她从前爱过他。她的爱给了她无穷的痛苦。单只是这一点,就使她值得留恋。多少回了,为了要按捺她自己,她进得全身的筋骨与牙根都酸楚了。今天完全是她的错。他不是个好人,她又不是不知道。她要他,就得装糊涂,就得容忍他的坏。她为什么要戳穿他?人生在世,还不就是那么一回事?归根究底,什么是真的,什么是假的?

她到了窗前,揭开了那边上缀有小绒球的墨绿洋式窗帘。季泽正在弄堂里往外走,长衫搭在臂上,晴天的风像一群白鸽子钻进他的纺绸裤褂里去,哪儿都钻到了,飘飘拍着翅子。

七巧眼前仿佛挂了冰冷的珍珠帘,一阵热风来了,把那帘子紧紧贴在她脸上,风去了,又把帘子吸了回去,气还没透过来,风又来了,没头没脸包住她——一阵凉一阵热,她只是流着眼泪。

玻璃窗的上角隐隐约约反映出弄堂里一个巡警的缩小的影子,晃着膀子踱过去。一辆黄包车静静在巡警身上辗过。小孩把袍子掖在裤腰里,一路踢着球,奔出玻璃的边缘。绿色的邮差骑着自行车,复印在巡警身上,一溜烟掠过。都是些鬼,多年前的鬼,多年后的没投胎的鬼……什么是真的,什么是假的?

　　过了秋天又是冬天,七巧与现实失去了接触。虽然一样的使性子,打丫头,换厨子,总有些失魂落魄的。她哥哥嫂子到上海来探望了她两次,住不上十来天,末了永远是给她絮叨得站不住脚,然而临走的时候她也没有少给他们东西。她侄子曹春熹上城来找事,耽搁在她家里。那春熹虽是个浑头浑脑的年轻人,却也本本份份的。七巧的儿子长白,女儿长安,年纪到了十三四岁,只因身材瘦小,看上去才只七八岁的光景。在年下,一个穿着品蓝摹本缎棉袍,一个穿着葱绿遍地锦棉袍,衣服太厚了,直挺挺撑开了两臂,一般都是薄薄的两张白脸,并排站着,纸糊的人儿似的。这一天午饭后,七巧还没起身,那曹春熹陪着他兄妹俩掷骰子,长安把压岁钱输光了,还不肯歇手。长白把桌上的铜板一搂,笑道:"不跟你来了。"长安道:"我们用糖莲子来赌。"春熹道:"糖莲子揣在口袋里,看脏了衣服。"长安道:"用瓜子也好,柜顶上就有一罐。"便搬过一张茶几来,踩了椅子爬上去拿。慌得春熹叫道:"安姐儿你可别摔交,回头我担不了这干系!"正说着,只见长安猛可里向后一仰,若不是春熹扶住了,早是个倒栽葱。长白在旁拍手大笑,春熹嘟嘟哝哝骂着,也撑不住要笑,三人笑成一片。春熹将她抱下地来,忽然从那红木大橱的穿衣镜里瞥见七巧蓬着头叉着腰站在门口,不觉一怔,连忙放下了长安,回身道:"姑妈起来了。"七巧汹汹奔了过来,将长安向自己身后一推,长安立脚不稳,跌了一交。七巧只顾将身子挡住了她,向春熹厉声道:"我把你这狼心狗肺的东西,我三茶六饭款待你这狼心狗肺的东西,什么地方亏待了你,你欺负我女儿?你那狼心狗肺,你道我揣摩不出么?你别以为你教坏了我女儿,我就不能不捏着鼻子把她许配给你,你好霸占我们的家产!我看你这浑蛋,也还想不出这等主意来,敢情是你爹娘把着手儿教的!那两个狼心狗肺忘恩负义的老浑蛋!齐了心想我的钱,一计不成,又生一计!"春熹气得白瞪眼,欲待分辩,七巧道:"你还有脸顶撞我!你还不给我快滚,别等我乱棒打出去!"说着,把儿女们推推撞撞送了出去,自己也喘吁吁扶着个丫头走了。春熹究竟年纪轻火性大,赌气卷了铺盖,顿时离了姜家的门。

七巧回到起坐间里,在烟榻上躺下了。屋里暗昏昏的,拉上了丝绒窗帘。时而窗户缝里漏了风进来,帘子动了,方在那墨绿小绒球底下毛茸茸地看见一点天色,除此只有烟灯和烧红的火炉的微光。长安吃了吓,呆呆坐在火炉边一张小凳上。七巧道:"你过来。"长安只道是要打,只是延挨着,搭讪着把火炉边的洋铁围屏上晾着的小红格子法布衬衫翻了一翻,道:"快烤糊了。"衬衫发出热烘烘的毛气。

七巧却不像要责打她的光景,只数落了一番,道:"你今年过了年也有十三岁了,也该放明白些。表哥虽不是外人,天下的男人都是一样混账。你自己要晓得当心,谁不想你的钱?"一阵风过,窗帘上的绒球与绒球之间露出白色的寒天,屋子里暖热的黑暗给打上了一排小洞。烟灯的火焰往下一挫,七巧脸上的影子仿佛更深了一层。她突然坐起身来,低声道:"男人……碰都碰不得!谁不想你的钱?你娘这几个钱不是容易得来的,也不是容易守得住。轮到你们手里,我可不能眼睁睁看着你们上人的当——叫你以后提防着些,你听见了没有?"长安垂着头道:"听见了。"

七巧有一只脚有点麻,她探身去捏一捏她的脚。仅仅是一刹那,她眼睛里蠢动着一点温柔的回忆。她记起了想她的钱的一个男人。

她的脚是缠过的,尖尖的缎鞋里塞了棉花,装成半大的文明脚。她瞧着那双脚,心里一动,冷笑一声道:"你嘴里尽管答应着,我怎么知道你心里是明白还是糊涂?你人也这么大了,又是一双大脚,哪里去不得?我就是管得住你,也没那个精神成天看着你。按说你今年十三了,裹脚已经嫌晚了,原怪我耽误了你。马上这就替你裹起来,也还来得及。"长安一时答不出话来,倒是旁边的老妈子们笑道:"如今小脚不时兴了,只怕将来给姐儿定亲的时候麻烦。"七巧道:"没有扯淡!我不愁我的女儿没人要,不劳你们替我担心!要没人要,养活她一辈子,我也养得起!"当真替长安裹起脚来,痛得长安鬼哭神号的。这时连姜家这样守旧的人家,缠过脚的也都已经放了脚了,别说是没缠过的,因此都拿长安的脚传作笑话奇谈。裹了一年多,七巧一时的兴致过去了,又经亲戚们劝着,也就渐渐放松了,然而长安的脚可不能完全恢复原状了。

姜家大房三房里的儿女都进了洋学堂读书,七巧处处存心跟他们比赛着,便也要送长白去投考。长白除了打小牌之外,只喜欢跑跑票房,正在那里朝夕用功吊嗓子,只怕进学校要耽搁了他的功课,便不肯去。七巧无奈,只得把长安送到沪范女中,托人说了情,插班进去。长安换上了蓝爱国布的校服,不上半年,脸色也红润了,胳膊腿腕也粗了一圈。住读的学生洗换衣服,照例是送到学校包的洗衣房里去的。长安记不清自己的号码,往往失落了枕套手帕种种零件,七巧便闹着说要去找校长说话。这一天放假回家,检点了一下,又发现有一条褥单弄丢了。七巧暴跳如雷,准备明天亲自上学校去大兴问罪之师。长安着了急,拦阻了一声,七巧便骂道:"天生的败家精,拿你娘的钱不当钱。你娘的钱是容易得来的?——将来你出嫁,你看我有什么赔送给你!——给也是白给!"长安不敢做声,却哭了一晚上。她不能在她的同学跟前丢这个脸。对于十四岁的人,那似乎有天大的重要。她母亲去闹一场,她以后拿什么脸去见人?她宁死也不到学校里去了。她的朋友们,她所喜欢的音乐教员,不久就会忘记了有这么一个女孩子,来了半年,又无缘无故悄悄的走了。走得干净。她觉得她这牺牲是一个美丽的,苍凉的手势。

半夜里她爬下床来,伸手到窗外试试,漆黑的,是下了雨么?没有雨点。她从枕头边摸出一只口琴,半蹲半坐在地上,偷偷吹了起来,犹豫地,Long Long Ago 的细小的调子在庞大的夜里袅袅漾开,不能让人听见了。为了竭力按捺着,那呜呜的口琴忽断忽续,如同婴儿的哭泣。她接不上气来,歇了半晌。窗格子里,月亮从云里出来了。墨灰的天,几点疏星,模糊的缺月,像石印的图画,下面白云蒸腾,树顶上透出街灯淡淡的圆光。长安又吹起口琴。"告诉我那故事,往日我最心爱的那故事,许久以前,许久以前……"

第二天她大着胆子告诉她母亲:"娘,我不想念下去了。"七巧睁着眼道:"为什么?"长安道:"功课跟不上,吃的太苦了,我过不惯。"七巧脱下一只鞋来,顺手将鞋底抽了她一下,恨道:"你爹不如人,你也不如人?养下你来又不是个十不全,就不肯替我争口气!"长安反剪着一双手,垂着眼睛,只是不言语。旁边老妈子们便劝道:"姐儿也大了,学堂里人杂,的确有些不方便。其实不去也罢了。"七巧沉吟道:"学费总得想法子拿回来。白便宜了他们不成?"便要领了长安一同去索讨,长安抵死不肯去,七巧带着两个老妈子去了一趟回来了,据她自己补叙,钱虽然没收回来,却也着实羞辱了那校长一场。长安以后在街上遇着了同学,脸上红一阵白一阵,无地自容,只得装做不看见,急急走了过去。朋友寄了信来,她拆也不敢拆,原封退了回去。她的学校生活就此告一结束。

有时她也觉得牺牲得有点不值得,暗自懊悔着,然而也来不及挽回了。她渐渐放弃了一切上进的思想,安份守己起来。她学会了挑是非,使小坏,干涉家里的行政。她不时的跟母亲怄气,可是她的言谈举止越来越像她母亲了。每逢她单叉着裤子,揸开了两腿坐着,两只手按在胯间露出的凳子上,歪着头,下巴搁在心口上凄凄惨惨瞅住了对面的人说道:"一家有一家的苦处呀,表嫂——一家有一家的苦处!"——谁都说她是活脱的一个七巧。她打了一根辫子,眉眼的紧俏有似当年的七巧,可是她的小小的嘴过于瘪进去,仿佛显老一点。她再年轻些也不过是一棵较嫩的雪里蕻——盐腌过的。

也有人来替她做媒。若是家境推扳一点的,七巧总疑心人家是贪她们的钱。若是那有财有势的,对方却又不十分热心,长安不过是中等姿色,她母亲出身既低,又有个不贤惠的名声,想必没有什么家教。因此高不成,低不就,一年一年耽搁了下去。那长白的婚事却不容耽搁。长白在外面赌钱,捧女戏子,七巧还没甚话说,后来渐渐跟着他三叔姜季泽逛起窑子来,七巧方才着了慌,手忙脚乱替他定亲,娶了一个袁家的小姐,小名芝寿。

行的是半新式的婚礼,红色盖头是蠲免了,新娘戴着蓝眼镜,粉红喜纱,穿着粉红彩绣裙袄,进了洞房,除去了眼镜,低着头坐在湖色帐幔里。闹新房的人围着打趣,七巧只看了一看便出来了。长安在门口赶上了她,悄悄笑道:"皮色倒还白净,就是嘴唇太厚了些。"七巧把手撑着门,拔下一只金挖耳来搔搔头,冷笑道:"还说呢!你新嫂子这两片嘴唇,切切倒有一大碟子。"旁边一个太太便道:"说是嘴唇厚的人天性厚哇!"七巧哼了一声,将金挖耳指住了那太太,倒剔起一只眉毛,歪着嘴微微一笑道:"天性厚,并不是什么好话。当着姑娘们,我也不便多说——但愿咱们白哥儿这条命别送在她手里!"七巧天生着一副高爽的喉咙,现在因为苍老了些,不那么尖了,可是扁扁的依旧四面刮得人疼痛,像剃刀片。这两句话,说响不响,说轻也不轻。人丛里的新娘子的平板的脸与胸震了一震——多半是龙凤烛的火光的跳动。

三朝过后,七巧嫌新娘子笨,诸事不如意,每每向亲戚们诉说着。便有人劝道:"少奶奶年纪轻,二嫂少不得再费点心教导教导她。谁叫这孩子没心眼儿呢!"七巧啐道:"你们瞧咱们新少奶奶老实呀——一见了白哥儿,她就得去上马桶!真的!你信不信?"这话传到芝寿耳朵里,急得芝寿只待寻死。然而这还是没满月的时候,七巧还顾些脸面,后来索性这一类的话当着芝寿的面也说了起来,芝寿哭也不是,笑也不是,若是木着脸装听不见,七巧便一拍桌子嗟叹起来道:"在儿子媳妇手里吃口饭,可真不容易!动不动就给人脸子看!"

这天晚上,七巧躺着抽烟,长白盘踞在烟铺跟前的一张沙发椅上嗑瓜子,无线电里正唱着一出冷戏,他捧着戏考,一个字一个字跟着哼,哼上了劲,甩过一条腿去骑在椅背上,来回摇着打拍子。七巧伸过脚去踢他一下道:"白哥儿你来替我装两筒。"长白道:"现放着烧烟的,偏要支使我!我手上有蜜是怎么着?"说着,伸了个懒腰,慢腾腾移身坐到烟灯前的小凳上,卷起了袖子。七巧笑道:"我把你这不孝的奴才!支使你,是抬举你!"她眯缝着眼望着他。这些年来她的生命里只有这一个男人。只有他,她不怕他想她的钱——横竖钱都是他的。可是,因为他是她的儿子,他这一个人还抵不了半个……现在,就连这半个人她也保留不住——他娶了亲。他是个瘦小白晰的年轻人,背有点驼,戴着金丝眼镜,有着工细的五官,时常茫然地微笑着,张着嘴,嘴里闪闪发着光的不知道是太多的唾沫水还是他的金牙。他敞着衣领,露出里面的珠羔里子和白小褂。七巧把一只脚搁在他肩膀上,不住的轻轻踢着他的脖子,低声道:"我把你这不孝的奴才!打几时起变得这么不孝了?"长安在旁答道:"娶了媳妇忘了娘吗!"七巧道:"少胡说!我们白哥儿倒不是那门样的人!我也养不出那门样的儿子!"长白只是笑。七巧斜着眼看定了他,笑道:"你若还是我从前的白哥儿,你今儿替我烧一夜的烟!"长白笑道:"那可难不倒我!"七巧道:"盹着了,看我捶你!"

起坐间的帘子撤下送去洗濯了。隔着玻璃窗望出去,影影绰绰乌云里有个月亮,一搭黑,一搭白,像个戏剧化的狰狞的脸谱。一点,一点,月亮缓缓的从云里出来了,黑云底下透出一线炯炯的光,是面具底下的眼睛。天是无底洞的深青色。久已过了午夜了。长安早去睡了,长白打着烟泡,也前仰后合起来。七巧斟了杯浓茶给他,两人吃着蜜饯糖果,讨论着东邻西舍的隐私。七巧忽然含笑问道:"白哥儿你说,你媳妇儿好不好?"长白说道:"这有什么可说的?"七巧道:"没有可批评的,想必是好的了?"长白笑着不做声。七巧道:"好,也有个怎么个好呀!"长白道:"谁说她好来着?"七巧道:"她不好?哪一点不好?说给娘听。"长白起初只是含糊对答,禁不起七巧再三盘问,只得吐露一二。旁边递茶递水的老妈子们都背过脸去笑得格格的,丫头们都掩着嘴忍着笑回避出去了。七巧又是咬牙,又是笑,又是喃喃咒骂,卸下烟斗来狠命磕里面的灰,敲得托托一片响,长白说溜了嘴,止不住要说下去,足足说了一夜。

次日清晨,七巧吩咐老妈子取过两床毯子来打发哥儿在烟榻上睡觉。这时芝寿也已经起了身,过来请安。七巧一夜没合眼,却是精神百倍,邀了几家女眷来打牌,亲家母也在内。在麻将桌上一五一十将她儿子亲口招供的她媳妇的秘密宣布了出来,略加渲染,越发有声有色。众人竭力的打岔,然而说不出两句闲话,七巧笑嘻嘻的转了个弯,又回到她媳妇身上来了。逼得芝寿的母亲脸皮紫涨,也无颜再见女儿,放下牌,乘了包车回去了。

七巧接连着要长白为她烧了两晚上的烟。芝寿直挺挺躺在床上,搁在肋骨上的两只手蜷曲着像死去的鸡的脚爪。她知道她婆婆又在那里盘问她丈夫,她知道她丈夫又在那里叙述一些什么事,可是天知道他还有什么新鲜的可说!明天他又该涎着脸到她跟前来了。也许他早料到她会把满腔的怨毒都结在他身上,就算她没本领跟他拼命,最不济也得质问他几句,闹上一场。多半他准备先声夺人,借酒盖住了脸,找点岔子,摔上两件东西。她知道他的脾气。末后他会坐到床沿上来,耸着肩膀,伸手到白绸小褂里面去抓痒,出人意料之外地一笑。他的金丝眼镜上抖动着一点光,他嘴里抖动着一点光,不知道是唾沫还是金牙。他摘去了他的眼镜。……芝寿猛然坐起身来,哗喇揭开了帐子。这是个疯狂的世界,丈夫不像个丈夫,婆婆也不像个婆婆。不是他们疯了,就是她疯了。今天晚上的月亮比哪一天都好,高高的一轮满月,万里无云,像是黑漆的天上一个白太阳。遍地的蓝影子,帐顶上也是蓝影子,她的一双脚也在那死寂的蓝影子里。

芝寿待要挂起帐子来,伸手去摸索帐钩,一只手臂吊在那铜钩上,脸偎住肩膀,不由的就抽噎起来。帐子自动的放了下来。昏暗的帐子里除了她之外没有别人,然而她还是吃了一惊,仓皇地再度挂起了帐子。窗外还是那使人汗毛凛凛的反常的明月——漆黑的天上一个灼灼的小而白的太阳。屋里看得分明那玫瑰紫绣花椅披桌布,大红平金五凤齐飞的围屏,水红软缎对联,绣着盘花篆字。梳妆台上红绿丝网络着银粉缸、银漱盂、银花瓶,里面满满盛着喜果,帐檐上垂下五彩攒金绕绒花球、花盆、如意、粽子,下面滴溜溜坠着指头大的琉璃珠和尺来长的桃红穗子。偌大一间房里充塞着箱笼、被褥、铺陈,不见得她就找不出一条汗巾子来上吊,她又倒到床上去。月光里,她的脚没有一点血色——青、绿、紫,冷去的尸身的颜色。她想死,她想死。她怕这月亮光,又不敢开灯。明天她婆婆会说:"白哥儿给我多烧了两口烟,害得我们少奶奶一宿没睡觉,半夜三更点着灯等他回来——少不了他吗!"芝寿的眼泪顺着枕头不停的流。她不用手帕去擦眼睛,擦肿了,她婆婆又该说了:"白哥儿一晚上没回房去睡,少奶奶就把眼睛哭得桃儿似的!"

七巧虽然把儿子媳妇描摹成这样热情的一对,长白对于芝寿却不甚中意,芝寿也把长白恨得牙痒痒的。夫妻不和,长白渐渐又往花街柳巷里走动。七巧把一个丫头绢儿给了他做小,还是牢笼不住他。七巧又变着方儿哄他吃烟。长白一向就喜欢玩两口,只是没上瘾,现在吸的多了,也就收了心不大往外跑了,只在家守着母亲和新姨太太。

他妹子长安二十四岁那年生了痢疾,七巧不替她延医服药,只劝她抽两筒鸦片,果然减轻了不少痛苦。病愈之后,也就上了瘾。那长安更与长白不同,未出阁的小姐,没有其他的消遣,一心一意的抽烟,抽的倒比长白还要多。也有人劝阻,七巧道:"怕什么!莫说我们姜家还吃得起,就是我今天卖了两顷地给他们姐儿俩抽烟,又有谁敢放半个屁?姑娘赶明儿聘了人家,少不得有她这一份嫁妆。她吃自己的,喝自己的,姑爷就是舍不得,也只好干望着她罢了!"

话虽如此说,长安的婚事毕竟受了点影响。来做媒的本来就不十分踊跃,如今竟绝迹了。长安到了近三十的时候,七巧见女儿注定了是要做老姑娘的了。便又换了一种论调,道:"自己长得不好,嫁不掉,还怨我做娘的耽搁了她！成天挂搭着个脸,倒像我该她二百钱似的。我留她在家里吃一碗闲茶闲饭,可没打算留她在家里给我气受呢！"

姜季泽的女儿长馨过二十岁生日,长安去给她堂房妹子拜寿。那姜季泽虽然穷了,幸喜他交游广阔,手里还算兜得转。长馨背地里向她母亲道:"妈想法子给安姐姐介绍个朋友罢,瞧她怪可怜的。还没提起家里的情形,眼圈儿就红了。"兰仙慌忙摇手道:"罢！罢！这个媒我不敢做！你二妈那脾气是好惹的？"长馨年少好事,哪里理会得？歇了些时,偶然与同学们说起这件事,恰巧那同学有个表叔新从德国留学回来,也是北方人,仔细攀认起来,与姜家还沾着点老亲。那人名唤童世舫,叙起来比长安略大几岁。长馨竟自作主张,安排了一切,由那同学的母亲出面请客。长安这边瞒得家里铁桶相似。

七巧身子一向硬朗,只因她媳妇芝寿得了肺痨,七巧嫌她乔张做致,吃这个,吃那个,累又累不得,比寻常似乎多享了一些福,自己一赌气也病了。起初不过是气虚血亏,却也将阖家支使得团团转,哪儿还能够兼顾到芝寿？后来七巧认真得了病,卧床不起,越发鸡犬不宁。长安乘乱里便走开了,把裁缝唤到她三叔家里,由长馨出主意替她制了新装。赴宴的那天晚上,长馨先陪她到理发店去用钳子烫了头发,从天庭到鬓角一路密密的贴着细小的发圈,耳朵上戴了二寸来长的玻璃翡翠宝塔坠子,又换上了苹果绿乔琪纱旗袍,高领圈,荷叶边袖子,腰以下是半西式的百摺裙。一个小大姐蹲在地上为她扣撳钮,长安在穿衣镜里端详着自己,忍不住将两臂虚虚的一伸,裙子一踢,摆了一个葡萄仙子的姿势,一扭头笑了起来道:"把我打扮得天女散花似的！"长馨在镜子里向那小大姐做了个眉眼,两人不约而同也都笑了起来。长安妆罢,便向高椅上端端正正坐下了。长馨道:"我去打电话叫车。"长安道:"还早呢！"长馨看了看表道:"约的是八点,已经八点过五分了。"长安道:"晚个半个钟头,想必也不碍事。"长馨猜她是存心要搭点架子,心中又好气又好笑,打开银丝手提皮包来检点了一下,借口忘了带粉镜子,迳自走到她母亲屋里来,如此这般告诉了一遍,又道:"今儿又不是姓童的请客,她这架子是冲着谁搭的？我也懒得去劝她,由她挨到明儿早上去,也不干我事。"兰仙道:"瞧你这糊涂！人是你约的,媒是你做的,你怎么卸得了这干系？我埋怨过你多少回了——

你早该知道了,安姐儿就跟她娘一样的小家子气,不上台盘。待会儿出乖露丑的,说起来是你姐姐,你丢人也是活该,谁叫你把这些是是非非揽上身来,敢是闲疯了?"长馨嘟嘟囔囔着嘴在她母亲屋里坐了半晌。兰仙笑道:"看这情形,你姐姐是等着人催请呢。"长馨道:"我才不去催她呢!"兰仙道:"傻丫头,要你催,中甚么用?她等着那边来电话哪!"长馨失声笑道:"又不是新娘子,要三请四催的,逼得上轿!"兰仙道:"好歹你打个电话到饭店里去,叫他们打个电话来,不就结了?快九点了,再挨下去,事情可真要崩了!"长馨只得依言做去,这边方才动了身。

　　长安在汽车里还是兴兴头头,谈笑风生的,到了菜馆子里,突然矜持起来,跟在长馨后面,悄悄掩进了房间,怯怯的褪去了苹果绿鸵鸟毛斗篷,低头端坐,拈了一只杏仁,每隔两分钟轻轻啃去个十分之一,缓缓咀嚼着。她是为了被看而来的。她觉得她浑身的装束,无懈可击,任凭人家多看两眼也不妨事,可是她的身体完全是多余的,缩也没处缩,她始终缄默着,吃完了一顿饭。等着上甜菜的时候,长馨把她拉到窗子跟前去观看街景,又托故走开了,那童世舫便踱到窗前,问道:"姜小姐这儿来过么?"长安细声道:"没有。"童世舫道:"我也是第一次,菜倒是不坏,可是我还是吃不大惯。"长安道:"吃不惯?"世舫道:"可不是!外国菜比较清淡些,中国菜要油腻得多。刚回来,连着几天亲戚朋友们接风,很容易的就吃坏了肚子。"长安反复地看她的手指,仿佛一心一意要数数一共有几个指纹里螺形的,几个是畚箕……

　　玻璃窗上面,没来由开了小小的一朵霓红灯的花——对过一家店面里反映过来的,绿心红瓣,是尼罗河祀神的莲花,又是法国王室的百合徽章……

　　世舫多年没见过故国的姑娘,觉得长安很有点楚楚可怜的韵致,倒有几分欢喜。他留学以前早就定了亲,只因他爱上了一个女同学,抵死反对家里的亲事,路远迢迢,打了无数的笔墨官司,几乎闹翻了脸,他父母曾经一度断绝了他的接济,使他吃了不少的苦,方才依了他,解了约。不幸他的女同学别有所恋,抛下了他,他失意之余,倒埋头读了七八年的书。他深信妻子还是旧式的好,也是由于反应作用。

　　和长安见了这一面之后,两下里都有了意。长馨想着送佛送到西天,自己再热心些,也没有资格出来向长安的母亲说话,只得央及兰仙。兰仙执意不肯道:"你又不是不知道,你爹跟你二妈仇人似的,向来是不见面的。我虽然没跟她红过脸,再好些也有限,何苦去自讨没趣?"长安见了兰仙,只是垂泪,兰仙却不过情面,只得答应去走一遭。妯娌相见,问候了一番。兰仙便说明了来意。七巧初听见了,倒也欣然,因道:"那就拜托了三妹妹罢!我病病哼哼的,也管不得了,偏劳了三妹妹。这丫头就是我的一块心病。我做娘的也不能说是对不起她了,行的是老法规矩,我替她裹脚;行的是新派规矩,我送她上学堂——还要怎么着?照我这样扒心扒肝调理出来的人,只要她不疤不麻不瞎,还会没人要吗?怎奈这丫头天生的是扶不起的阿斗,恨得我只嚷嚷,多是我一闭眼去了,男婚女嫁,听天由命罢!"

当下议妥了,由兰仙请客,两方面相亲。长安与童世舫只做没见过面模样,只会晤了一次。七巧病在床上,没有出场,因此长安便风平浪静的订了婚。在筵席上,兰仙与长馨强拉着长安的手,递到童世舫手里,世舫当众替她套上了戒指。女家也回了礼,文房四宝虽然免了,却用新式的丝绒文具盒来代替,又添上了一只手表。

订婚之后,长安遮遮掩掩竟和世舫单独出去了几次。晒着秋天的太阳,两人并排在公园里走,很少说话,眼角里带着一点对方的衣服与移动着的脚,女子的粉香,男子的淡巴菰气,这单纯而可爱的印象便是他们身边的栏干,栏干把他们与众人隔开了。空旷的绿草地上,许多人跑着、笑着、谈着,可是他们走的是寂寂的绮丽的回廊——走不完的寂寂的回廊。不说话,长安并不感到任何缺陷。她以为新式的男女间的交际也就"尽于此矣"。童世舫呢,因为过去的痛苦的经验,对于思想的交换根本抱着怀疑的态度。有个人在身边,他也就满足了。从前,他顶讨厌小说上的男人,向女人要求同居的时候,只说:"请给我一点安慰。"安慰是纯粹精神上的,这里却做了肉欲的代名词。但是他现在知道精神与物质的界限不能分得这么清。言语究竟没有用。久久的握手,就是妥协的安慰,因为会说话的人很少,真正有话说的人还要少。

有时在公园里遇着了雨,长安撑起了伞,世舫为她擎着。隔着半透明的蓝绸伞,千万粒雨珠闪着光,像一天的星。一天的星到处跟着他们,在水珠银烂的车窗上,汽车驰过了红灯、绿灯,窗子外营营飞着一窠红的星,又是一窠绿的星。

长安带了点星光下的乱梦回家来,人变得异常沉默了。时时微笑着。七巧见了,不由的有气,便冷言冷语道:"这些年来,多多怠慢了姑娘,不怪姑娘难得开个笑脸。这下子跳出了姜家的门,称了心愿了,再快活些,可也别这么摆在脸上呀——叫人寒心!"依着长安素日的性子,就要回嘴,无如长安近来像换了个人似的,听了也不计较,自顾自努力去戒烟。七巧也奈何她不得。

长安订婚那天,大奶奶玳珍没去,隔了些天来补道喜。七巧悄悄唤了声大嫂,道:"我看咱们还得在外头打听打听哩,这事可冒失不得!前天我耳朵里仿佛刮着一点,说是乡下有太太,外洋还有一个。"玳珍道:"乡下的那个没过门就退了亲。外洋那个也是这样,说是做了几年的朋友了,不知怎么又没成功。"七巧道:"那还有个为什么?男人的心,说声变,就变了,他连三媒六聘的还不认账,何况那不三不四的歪辣货?知道他在外洋还有旁人没有?我就只这一个女儿,可不能糊里糊涂断送了她的终身,我自己是吃过媒人的苦的!"

长安坐在一旁用指甲去掐手掌心,手掌心掐红了,指甲却挣得雪白。七巧一抬眼望见了她,便骂道:"死不要脸的丫头,竖着耳朵听呢!这话是你听得的吗?我们做姑娘的时候,一声提起婆婆家,来不迭的躲开了。你姜家枉为世代书香,只怕你还要到你开麻油店的外婆家去学点规矩哩!"长安一头哭一头奔了出去。七巧拍着枕头嗳了一声道:"姑娘急着要嫁,叫我也没法子。腥的臭的往家里拉。名为是她三婶给找的人,其实不过是拿她三婶做个幌子。多半是生米煮成了熟饭了,这才挽了三婶出来做媒。大家齐打伙儿糊弄我一个人……糊弄着也好!说穿了,叫做娘的做哥哥的脸往哪儿去放?"

又一天,长安托辞溜了出去,回来的时候,不等七巧查问,待要报告自己的行踪,七巧叱道:"得了,得了,少说两句罢!在我前面糊什么鬼?有朝一日你让我抓着了真凭实据——哼!别以为你大了,订了亲了,我打不得你了!"长安急了道:"我给馨妹妹送鞋样子去,犯了法了?娘不信,娘问三婶去!"七巧道:"你三婶替你寻了个汉子来,就是你的重生父母,再养爹娘!也没见你这样的轻骨头!……一转眼就不见你的人了。你家里供养了你这些年,就只差买个小厮伺候你,哪一处对你不住了,你在家里一刻也坐不稳?"长安红了脸,眼泪直掉下来。七巧缓过一口气来,又道:"当初多少好的都不要,这会子去嫁个不成器的,人家拣剩下的,岂不是自己打嘴?他若是个人,怎么活到三十来几,飘洋过海的,跑上十万里地,一房老婆还没弄到手?"

然而长安一味的执迷不悟。因为双方的年纪都不小了,订了婚不上几月,男方便托了兰仙来议定婚期。七巧指着长安道:"早不嫁,迟不嫁,偏赶着这两年钱不凑手!明年若是田上收成好些,嫁妆也还整齐些。"兰仙道:"如今新式结婚,倒也不讲究这些了,就照新派办法,省着点也好。"七巧道:"什么新派旧派?旧派无非排场大些,新派实惠些,一样还是娘家的晦气!"兰仙道:"二嫂看着办就是了,难道安姐儿还会争多论少不成?"一屋子的人全笑了,长安也不觉微微一笑。七巧破口骂道:"不害臊!你是肚子里有了搁不住的东西是怎么着?火烧眉毛,等不及的要过门!嫁妆也不要了——你情愿,人家倒许不情愿呢?你就拿准了他是图你的人?你好不自量。你有哪一点叫人看得上眼?趁早别自骗自了!姓童的还不是看中了姜家的门第!别瞧你们家轰轰烈烈,公侯将相的,其实全不是那么回事!早就是外强中干,这两年连空架子也撑不起了。人呢,一代坏似一代,眼里哪儿还有天地君亲?少爷们是什么都不懂,小姐们就知道霸钱要男人——猪狗都不如!我娘家当初千不该万不该跟姜家结了亲,坑了我一世,我待要告诉那姓童的趁早别像我似的上了当!"

自从吵闹过这一番,兰仙对于这头亲事便洗手不管了。七巧的病渐渐痊愈,略略下床走动,便逐日骑着门坐着,遥遥向长安屋里叫喊道:"你要野男人你尽管去找,只别把他带上门来认我做丈母娘,活活的气死了我!我只图个眼不见,心不烦。能够容我多活两年,便是姑娘的恩典了!"颠来倒去几句话,嚷得一条街上都听得见。亲戚丛中自然更将这事沸沸扬扬传了开去。

七巧又把长安唤到跟前,忽然滴下泪来道:"我的儿,你知道外头人把你怎么长怎么短糟蹋得一个钱也不值!你娘自从嫁到姜家来,上上下下谁不是势利的,狗眼看人低,明里暗里我不知受了他们多少气。就连你爹,他有什么好处到我身上,我要替他守寡?我千辛万苦守了这二十年,无非是指望你姐儿俩长大成人,替我争回一点面子来。不承望今日之下,只落得这等的收场!"说着,呜咽起来。

　　长安听了这话,如同轰雷掣顶一般。她娘尽管把她说得不成人,外头人尽管把她说得不成人,她管不了这许多。唯有童世舫——他——他该怎么想?他还要她么?上次见面的时候,他的态度有点改变吗?很难说……她太快乐了,小小的不同的地方她不会注意到……被戒烟期间身体上的痛苦与种种刺激两面夹攻着,长安早就有点受不了,可是硬撑着也就撑了过去,现在她突然觉得浑身的骨骼都脱了节。向他解释么?他不比她的哥哥,他不是她母亲的儿女,他决不能彻底明白她母亲的为人。他果真一辈子见不到她母亲,倒也罢了,可是他迟早要认识七巧。这是天长地久的事,只有千年做贼的,没有千年防贼的——她知道她母亲会放出什么手段来?迟早要出乱子,迟早要决裂。这是她的生命里顶完美的一段,与其让别人给它加上一个不堪的尾巴,不如她自己早早结束了它。一个美丽而苍凉的手势……她知道她会懊悔的,她知道她会懊悔的,然而她抬了抬眉毛,做出不介意的样子,说道:"既然娘不愿意结这个亲,我去回掉他们就是了。"七巧正哭着,忽然住了声,停了一停,又抽抽答答哭了起来。

　　长安定了一定神,就去打了个电话给童世舫。世舫当天没有空,约了明天下午。长安所最怕的就是中间隔的这一晚,一分钟,一刻,一刻,啃进她心里去。次日,在公园里的老地方,世舫微笑着迎上前来,没跟她打招呼——这在他是一种亲昵的表示。他今天仿佛是特别的注意她,并肩走着的时候,屡屡的望着她的脸。太阳煌煌的照着,长安越发觉得眼皮肿得抬不起来了。趁他不在看她的时候把话说了罢。她用哭哑了的喉咙轻轻唤了一声"童先生",世舫没听见。那么,趁他看她的时候把话说了罢。她诧异她脸上还带着点笑,小声道:"童先生,我想——我们的事也许还是——还是再说罢。对不起得很。"她褪下戒指来塞在他手里,冷涩的戒指,冷湿的手。她放快了步子走去,他愣了一会,便追上来,问道:"为什么呢?对于我有不满意的地方么?"长安笔直向前望着,摇了摇头。世舫道:"那么,为什么呢?"长安道:"我母亲……"世舫道:"你母亲并没有看见过我。"长安道:"我告诉过你了,不是因为你。跟你完全没有关系。我母亲……"世舫站定了脚。这在中国是很充分的理由了罢?他这么略一踌躇,她已经走远了。

园子在深秋的日头里晒了一上午又一下午,象烂熟的水果一般,往下坠着,坠着,发出香味来。长安悠悠忽忽听见了口琴的声音,迟钝地吹出了 Long Long Ago——"告诉我那故事,往日我最心爱的那故事。许久以前,许久以前……"这是现在,一转眼也就变了许久以前了,什么都完了。长安着了魔似的,去找那吹口琴的人——去找她自己。迎着阳光走着,走到树底下,一个穿着黄短裤的男孩骑在树桠枝上颠颠着,吹着口琴,可是他吹的是另一个调子,她从来没听见过。不大的一棵树,稀稀朗朗的梧桐叶在太阳里摇着像金的铃铛。长安仰面看着,眼前一阵黑,象骤雨似的,泪珠一串串的披了一脸,世舫找到了她,在她身边悄悄站了半晌,方道:"我尊重你的意见。"长安举起了她的皮包来遮住了脸上的阳光。

他们继续来往了一些时。世舫要表示新人物交女朋友的目的不仅限于择偶,因此虽然与长安解除了婚约,依旧常常的邀她出去。至于长安呢,她是抱着什么样的矛盾的希望跟着他出去,她自己也不知道——知道了也不肯承认。订着婚的时候,光明正大的一同出去,尚且要瞒了家里,如今更成了幽期密约了。世舫的态度始终是坦然的。固然,她略略伤害了他的自尊心,同时他对于她多少也有点惋惜,然而"大丈夫何患无妻?"男子对于女子最隆重的赞美是求婚。他割舍了他的自由,送了她这一份厚礼,虽然她是"心领璧还"了,他可是尽了他的心。这是惠而不费的事。

无论两人之间的关系是怎样的微妙而尴尬,他们认真的做起朋友来了。他们甚至谈起话来。长安的没见过世面的话每每使世舫笑起来,说:"你这人真有意思!"长安渐渐的也发现了她自己原来是个"很有意思"的人。这样下去,事情会发展到什么地步,连世舫自己也会惊奇。

然而风声吹到七巧的耳朵里。七巧背着长安吩咐长白下帖子请童世舫吃便饭。世舫猜着姜家许是要警告他一声,不准他和他们小姐藕断丝连,可是他同长白在那阴森高敞的餐室里吃了两盅酒,说了一会话,天气,时局,风土人情,并没有一个字沾到长安身上。冷盘撤了下去,长白突然手按着桌子站了起来。世舫回过头去,只见门口背着光立着一个小身材的老太太,脸看不清楚,穿一件青灰团龙宫织缎袍,双手捧着大红热水袋,身边夹峙着两个高大的女仆。门外日色昏黄,楼梯上铺着湖绿花格子漆布地衣,一级一级上去,通入没有光的所在。世舫直觉地感到那是个疯子——无缘无故的,他只是毛骨悚然,长白介绍道:"这就是家母。"

世舫挪开椅子站起来,鞠了一躬。七巧将手搭在一个佣妇的胳膊上,款款走了进来,客套了几句,坐下来便敬酒让菜。长白道:"妹妹呢?来了客,也不帮着张罗张罗。"七巧道:"她再抽两筒就下来了。"世舫吃了一惊,睁眼望着她。七巧忙解释道:"这孩子就苦在先天不足,下地就得给她喷烟。后来也是为了病,抽上了这东西。小姐家,够多不方便哪!也不是没有戒过,身子又娇,又是由着性儿惯了的,说丢,哪儿丢得掉呢!戒戒抽抽,这也有十年了。"世舫不由的变了色,七巧有一个疯子的审慎与机智。她知道,一不留心,人们就会用嘲笑的,不信任的眼光截断了她的话锋,她已经习惯了那种痛苦。她怕话说多了要被人看穿了。因此及早止住了自己,忙着添酒布菜。隔了些时,再提起长安的时候,她还是轻描淡写的把那几句话重复了一遍。她那平扁而尖利的喉咙四面割着人像剃刀片。

长安悄悄的走下楼来,玄色花绣鞋与白丝袜停留在日色昏黄的楼梯上。停了一会,又上去了,一级一级,走进没有光的所在。

七巧道:"长白你陪童先生多喝两杯,我先上去了。"佣人端上一品锅来,又换上了新烫的竹叶青。一个丫头慌里慌张站在门口将席上伺候的小厮唤了出去,叽咕了一会,那小厮又进来向长白附耳说了几句,长白仓皇起身,向世舫连连道歉,说:"暂且失陪,我去去就来。"三脚两步也上楼去了,只剩世舫一人独酌。那小厮也觉过意不去,低低的告诉了他:"我们绢姑娘要生了。"世舫道:"绢姑娘是谁?"小厮道:"是少爷的姨奶奶。"

世舫拿上饭来胡乱吃了两口,不便放下碗来就走,只得坐在花梨炕上等着,酒酣耳热,忽然觉得异常的委顿,便躺了下来。卷着云头的花梨炕,冰凉的黄藤心子,柚子的寒香……姨奶奶添孩子了。这就是他所怀念着的古中国……他的幽娴贞静的中国闺秀是抽鸦片的!他坐了起来,双手托着头,感到了难堪的落寞。

他取了帽子出门,向那个小厮道:"待会儿请你对上头说一声,改天我再面谢罢!"他穿过砖砌的天井,院子正中生着树,一树的枯枝高高印在淡青的天上,像磁上的冰纹。长安静静的跟在他后面送了出来,她的藏青长袖旗袍上有着浅黄的雏菊。她两手交握着,脸上显出稀有的柔和。世舫回过身来道:"姜小姐……"她隔得远远的站定了,只是垂着头。世舫微微鞠了一躬,转身就走了。长安觉得她是隔了相当的距离看这太阳里的庭院,从高楼上望下来,明晰,亲切,然而没有能力干涉,天井,树,曳着萧条的影子的两个人,没有话——不多的一点回忆,将来是要装在水晶瓶里双手捧着看的——她的最初也是最后的爱。

芝寿直挺挺躺在床上,搁在肋骨上的两只手蜷曲着像宰了的鸡的脚爪。帐子吊起了一半。不分昼夜她不让他们给她放下帐子来,她怕。

外面传进来说绢姑娘生了个小少爷。丫头丢下了热气腾腾的药罐子跑出去凑热闹。敞着房门,一阵风吹了进来,帐钩豁朗朗乱摇,帐子自动的放了下来,然而芝寿不再抗议了。她的头向右一歪,滚到枕头外面去。她并没有死——又挨了半个月光景才死的。

绢姑娘扶了正,做了芝寿的替身。扶了正不上一年就吞了生鸦片自杀了。长白不敢再娶了,只在妓院里走走。长安更是早就断了结婚的念头。

七巧似睡非睡横在烟铺上。三十年来她戴着黄金的枷。她用那沉重的枷角劈杀了几个人,没死的也送了半条命。她知道她儿子女儿恨毒了她,她婆家的人恨她,她娘家的人恨她。她摸索着腕上的翠玉镯子,徐徐将那镯子顺着骨瘦如柴的手臂往上推,一直推到腋下。她自己也不能相信她年轻的时候有过滚圆的胳膊。就连出了嫁之后几年,镯子里也只塞得进一条洋绉手帕。十八九岁做姑娘的时候,高高挽起了大镶大滚的蓝夏布衫袖,露出一双雪白的手腕,上街买菜去。喜欢她的有肉店里的朝禄,她哥哥的结拜弟兄丁玉根、张少泉,还有沈裁缝的儿子。喜欢她,也许只是喜欢跟她开开玩笑。然而如果她挑中了他们之中的一个,往后日子久了,生了孩子,男人多少对她有点真心。七巧挪了挪头底下的荷叶边小洋枕,凑上脸去揉擦了一下,那一面的一滴眼泪她就懒怠去揩拭,由它挂在腮上,渐渐自己干了。

七巧过世以后,长安和长白分了家搬出来住。七巧的女儿是不难解决她自己的问题的,谣言说她和一个男子在街上一同走,停在摊子跟前,他为她买了一双吊袜带。也许她用的是她自己的钱,可是无论如何是由男子的袋里掏出来的。……当然这不过是谣言。

三十年前的月亮早已沉下去,三十年前的人也死了,然而三十年前的故事还没完——完不了。

转喻与提喻相结合的小说艺术

——孙犁《荷花淀》的文本分析

18世纪意大利古典主义美学家缪越陀里特别注意美的问题。他说,美是"一经看到,听到或懂得了就使人愉快,高兴或狂喜,就在人心中引起快感和喜爱的东西"[①],缪越陀里的这个说法,用来表达阅读孙犁的《荷花淀》的感受再恰当不过了。确实如此,阅读《荷花淀》能感到一种纯净的愉快,小说如诗如画般优美而淡雅,多年来被反复选入各种选本,成为现代文学中毋庸置疑的经典。今天,战争硝烟早已散去,《荷花淀》艺术成功的内在机制却还期待着理论探索,借此逐步地抵达对艺术的深刻理解。

一 用画面叙述

探索《荷花淀》的艺术构成机制,我提出的首要问题是:话语方式是叙述还是呈现?叙述始终是第三人称俯视角,顺着叙述者趣味所在以及设定的线索,叙述出一段生活场景以及若干个人物的故事。可是文本又呈现出若干美丽的画面,这些画面的承接及转换,人物相互之间的对话并没有叙述者的穿针引线,似乎又可以认为没有叙述者,一切都自然呈现出来。如何理解和评价这种现象呢?我以为,叙述和呈现两者相得益彰,正是孙犁审美艺术观的卓越表现。我们首先从呈现的角度来分析。

---

① 缪越陀里:《论意大利诗的完美化》,第一卷第六章,转引自朱光潜:《西方美学史》上卷,人民文学出版社1979年版,第325页。

《荷花淀》将现实世界凝聚成一幅幅画面,这些画面明朗、和谐、充满生机。文本开头就是一个妇女在美丽月色中编席的俯视角的场景:"月亮升起来,院子里凉爽得很,干净得很,白天破好的苇眉子潮润润的,正好编席。女人坐在小院当中,手指上缠绞着柔滑修长的苇眉子。苇眉子又薄又细,在她怀里跳跃着。""不久在她的身子下面,就编成了一大片。她象坐在一片洁白的雪地上,也象坐在一片洁白的云彩上。她有时望望淀里,淀里也是一片银白世界。水里笼起一层薄薄透明的雾,风吹过来,带着新鲜的荷叶荷花香。"经过一些情节之后,几个妇女去找丈夫,说是给他们送衣服,结果正巧赶上了一场伏击战。起初她们看到后面一只大船,以为是遇上了鬼子,"后面大船来的飞快。那明明白白是鬼子!这几个青年妇女咬紧牙制止住心跳,摇橹的手并没有慌,水在两旁大声的哗哗,哗哗,哗哗哗!……她们奔着那不知道有几亩大小的荷花淀去,那一望无边际的密密层层的大荷叶,迎着阳光舒展开,就象铜墙铁壁一样……她们向荷花淀里摇,最后,努力的一摇,小船窜进了荷花淀。几只野鸭扑楞楞飞起,尖声惊叫,掠着水面飞走了。就在她们的耳边响起一排枪!"

这些画面是依据怎样的原则排列的呢?是顺着画面之间的空间逻辑关系排列的,并根据情节自然地向前推进。从开头水生家的院子里水生嫂编席子,水生和妻子深夜话别开始,转到"过了两天,四个青年妇女集在水生家里,大家商量……"事件发生了一点变化,空间依然在水生家。再转到这几个妇女偷偷坐小船划到对面马庄去,没有找到丈夫又划了回来。在大淀里她们碰上了日本鬼子,拼命地划;这又是一个画面。在这些画面里人物没有变,空间和时间却发生了变化,情节在这些画面中向前推进了。再转到水生嫂和水生等男人们的对话,以及和男人们分别后这群妇女之间的对话。画面一个接着一个展开。是否可以说,《荷花淀》是用画面叙述展开情节的小说文本?

雅格布逊在《隐喻与转喻的两极》一文中提出,在一般的语言行为中,通过话题相似性的对话延伸,是隐喻的方式,通过话题接近性的对话延伸,则是转喻的方式。这两种方式总是持续地起作用。"隐喻和转喻这两种方式彼此竞争,表现在任何象征方式中,或是个人内心,或是社会的。"①然而,"仔细的观察表明,在文化模式、个性和词语风格的影响下,对于这两种方式的某一个的偏爱会超过另一个"。隐喻和转喻既然是语言行为的方式,自然在文学创作的构思中就会表现出来。雅各布森认为,隐喻是在纵组合轴上的结合,而转喻则是在横组合轴上的结合;隐喻依靠相似关系,转喻依靠邻近关系。孙犁显然没有用隐喻的方式来构思《荷花淀》。让我们拿张爱玲的小说《金锁记》来比照。《金锁记》对曹七巧一生经历的叙述,已经让读者直观地意识到,对于金钱的追求和守护锁住了七巧的一生,夺去了她一生的幸福,就像金锁锁住了什么东西一样,这显然为隐喻性结构,也就是在纵组合轴上被组织的。《金锁记》的成功在于很好地运用了隐喻。《荷花淀》则没有用某个事物或形象和另一个事物或形象形成相似性的思路来结构文本。画面的连接呈现为横向的移动。雅各布森说:"相似的原理构成了诗的基础……与此相反,散文基本上是由接近性所促进的。因此,对诗来说隐喻是捷径,对散文来说转喻是捷径。"②以往评论界总说孙犁小说有散文化特征,原因大概就在于此。

二 诗情画意与提喻的艺术思维

以往人们将孙犁小说的艺术风格概括为诗情画意。这个概括是非常准确的。为什么画面具有诗情画意?

《荷花淀》是提喻的艺术,画面依据相邻关系依次展开,既推动故事向前发展,也形成呈现性的叙述。但是诗意何来?仔细分析小说文本中的画面,我们发现,诗意来自作家对生活的态度以及由此而产生的提取艺术。《荷花淀》叙事的背景是抗日战争时期。在这个特殊历史时期,生活的总体基调是严峻、残酷的,可是作家采用的方式是,避开正面描绘战争场面,避开流血和牺牲,避开描写日本鬼子形象,而将笔锋聚焦在水生嫂

---

① 胡经之、张首映主编:《西方二十世纪文论选》第二卷"作品系统",中国社会科学出版社1989年版,第71页。

② 同上书,第72页。

和她周围一群妇女的形态话语和行为上,提取她们的明快、积极、乐观的情绪和言谈。读者可以概括出作家经过了几个步骤的提取。第一次提取,是在战争的大背景中提取中国敌后游击队员们的生活和战斗,将笔触聚焦在对我方游击队员战斗和生活的描写上,避开了日本鬼子的烧杀淫虐,避开了流血牺牲。第二次提取,是在敌后游击队员们的战斗生活背景中提取积极向上、乐观的一群人们的事件和感情,将笔触聚焦在那些乐观、积极的情绪,和取得的胜利等方面,避开了那些游离于战争之外的中国人。第三次提取,是在积极向上、乐观的一群人们(包括男人和女人等)的事件和感情中,提取水生嫂等妇女的言谈、行为等,聚焦在她们的风趣、乐观的精神面貌上。

显然,作家处理的是局部和整体的关系。意大利美学家维柯在《新科学》中认为,原始人想象和表述事物采用的是诗性逻辑,也就是采用最具体的感性意象。他们最常用的就是比喻。维柯认为比喻有隐喻、替换、转喻和暗讽四种。替换又可译为提喻,按照维柯的说法,是局部代全体或全体代部分。他还认为"在把个别事例提升成共相,或把某些部分和形成总体的其它部分结合在一起时,替换就发展成为隐喻"①。关于提喻(替换),后来许多理论家都有进一步的论述。《牛津文学术语词典》在谈论转喻时说道:

> 转喻:一种修辞手法,一件事物的名称,用另一件与其有联系的事物名称来表示,比如说用"瓶子"来表示酒精饮品,用"出版"来表示新闻,用"裙子"来表示女人,用"莫扎特"表示莫扎特的音乐,用"椭圆形办公室"来表示美国总统。一个著名的转喻是"笔比剑更有力"(意思是写作比战争更有力)。转喻表达中的词有时候叫"转喻词"。转喻中重要的一种是提喻(又叫举隅法),就是以部分代整体(如用"手"代替工人),或者以整体代部分。现代文学理论往往在更宽泛的意义上使用"转喻"这个词,指转喻产生和理解的联想过程,这就牵扯在两事物之间建立邻接关系;而与此相对,隐喻则是建立相

---

① 〔意〕维柯:《新科学》(上册),朱光潜译,商务印书馆1989年版,第202页。

似关系。转喻/隐喻这一区分和组合/聚合的对照有联系。①

用部分代整体,是提喻(替换)的主要表意形式。那么,以哪一部分代整体,则意味着替换者认为那个局部可以代表整体,是最具有价值的。表现了局部,也就表现了整体。这是一件选择的工作,体现选择者自己的理想和原则。那么,怎么选择,就涉及作家的审美理想了。孙犁在《荷花淀》中的每一次提取,都是他艺术审美观的具体实施。

孙犁说过,艺术家如果能保持一颗"单纯的赤子之心",就可以"听到天籁地籁的声音"。显然,能够"听到天籁地籁的声音"是孙犁的理想,是抵达艺术极致的条件。孙犁还说过,他在战争年代的年轻妇女身上,感受到"人类原始的多种美德"②。如果将他这两个说法联系起来,是否可以理解为,这些美德是属于他所谓的天籁地籁声音的一部分?在他看来,生活中积极向上、明亮乐观、充满爱心的现象,与天籁地籁的声音相和谐,艺术就在这种和谐中成就。如果这个分析可以被认可,那么,我们进而可以概括出,孙犁在《荷花淀》中采用提喻的原则何在了。

对于"部分"的提取原则,首先表现在作家对于语词的选择和排列方面,因为小说毕竟是语言的艺术。下面让我们进行初步的语词定性和统计学分析,看看作者在语词方面是如何提取的。在前面论及的场面中,所用语词大多是明快的、亮色的、充满乐观向上的精神,诸如"凉爽""干净""跳跃""柔滑修长""洁白""云彩""透明的雾""新鲜""荷叶荷花香""迎着阳光舒展开""铜墙铁壁""小船窜进了荷花淀";不仅语词,叙述语调也配合着语词的色彩和情绪,诸如运用象声词"哗哗,哗哗,哗哗哗",让妇女们跳跃兴奋的心情在模拟声音的语词里得到了衬托。这些语词在作家看来,最能代表他眼睛中这个世界的特点,形成小说的和谐整体。

---

① 《牛津文学术语词典》(*Oxford Concise Dictionary of Literary Terms*, by Chris Baldick),上海外语教育出版社2000年版,第135页。

② 孙犁:《文学和生活的路——同〈文艺报〉记者谈话》,《文艺报》1980年6—7期。

三　流动的情趣

　　《荷花淀》诗意的构成主要来自画面。在和谐完整而统一的艺术世界中,诗意构成还有一个重要的因素就是情趣。在画面中,在情节中,已经含有情趣了,我在这里想进一步探讨人物言谈中的情趣。如前所述,人物对话已然构成了一些场面,而人物言谈中的情趣则似乎是一种流动的情趣,生机盎然,对于诗情画意的产生起到不可低估的作用。人物之间的情趣具有多方面作用。其一,微妙而自然地交代人物之间的关系。比如,伏击战胜利后,"小队长回头对水生说:'都是你村的?''不是她们是谁,一群落后分子!'"这是一句稍稍带点揶揄语气的话,其中有对妻子的爱,以及对这群妇女的赞美,也有不经意中的责备,更有亲切。在抗日战争的严峻日子里,这群农民和他们的妻子在战争的氛围中诞生出了一种不同于寻常日子的亲切和温情。其二,形象地勾画人物细腻微妙的内心活动。这群妇女对她们丈夫的态度,用淡淡的取笑来表达:"你看他们那个横样子,见了我们爱搭不理的!""啊,好像我们给他们丢了什么人似的。""刚当上小兵就小看我们,过两年,更把我们看得一钱不值了,谁比谁落后多少呢!"这些言谈,显示了妇女们对自己的丈夫既爱又调侃,还有不甘落后、不愿被丈夫瞧不起的微妙心理。这是一种积极向上、快乐、幽默、风趣的心理状态,一种特有的情趣。小说结尾:"这一年秋季,她们学会了射击。冬天,打冰夹鱼的时候,她们一个个登在流星一样的冰船上,来回警戒。敌人围剿那百顷大苇塘的时候,她们配合子弟兵作战,出入在那芦苇的海里。"这群妇女心理的丰富内涵外化为现实中的进展。

　　关于情趣,如果我们细心地总结中外文学经典,会发现,流动的情趣在很多作品里,对于艺术价值的构成起到了不可替代的作用。比如意大利小说家路易吉·皮兰德娄的《橄榄油坛子》,一路叙述和描写的都是雇主齐拉法占上风的情形,小说结尾则将笔触转向了那群农民,描写他们精神上的胜利所带来的情趣:"好像是特意安排好的,天上有一轮明月,照得大地如同白昼一般。"谷场上有许多农民,"他们被这件奇怪的事故耽误了,只好留在谷场上在露天里过夜,一个农民去附近的小酒店里买酒"。这个夜晚,在谷场上的农民心里,不啻是一个节日,你看,月光的映照下似有许多魔鬼:"原来是喝醉了的农民手拉着手,围着坛子跳舞呢。迪马大叔在里面扯着嗓子唱歌。"在农民们的欢乐中,"迪马大叔平静下来了,不仅如此,还回味起他奇特的冒险,并以不幸者勉强的快乐心情嘲笑自己"。这些叙述和描写,是作家的一种发现:避开了其他可能,而以农民精神世界中流动的、生机盎然的情趣来代表对于现实世界的把握。说是发现,恰如英国浪漫派诗人柯勒律治所说:诗人"给日常事物以新奇的魅力,通过唤起人们对习惯的麻木性的注意,引导他去观察眼前世界的美丽和惊人的事物,以激起一种类似超自然的感觉"①。何止是诗人,身为小说家的皮兰德娄正是抛开日常习焉不察的惯性,换一种眼光看世界,在一瞬间"观察到眼前的美丽和惊人的事物"并付诸表现。中外小说艺术家对于艺术的理解和把握真是有默契。②

---

① 刘若端编:《十九世纪英国诗人论诗》,人民文学出版社1984年版,第63页。
② 参见刘俐俐:《外国经典短篇小说文本分析》中对皮兰德娄《橄榄油坛子》的文本分析《永远无法修补的"橄榄油坛子"》,北京大学出版社2004年版,第67—72页。

荷花淀

——白洋淀纪事之一

孙　犁

月亮升起来,院子里凉爽得很,干净得很,白天破好的苇眉子潮润润的,正好编席。女人坐在小院当中,手指上缠绞着柔滑修长的苇眉子。苇眉子又薄又细,在她怀里跳跃着。

要问白洋淀有多少苇地?不知道。每年出多少苇子?不知道。只晓得,每年芦花飘飞苇叶黄的时候,全淀的芦苇收割,垛起垛来,在白洋淀周围的广场上,就成了一条苇子的长城。女人们,在场里院里编着席。编成了多少席?六月里,淀水涨满,有无数的船只,运输银白雪亮的席子出口,不久,各地的城市村庄,就全有了花纹又密,又精致的席子用了,大家争着买:

"好席子,白洋淀席!"

这女人编着席。不久在她的身子下面,就编成了一大片。她象坐在一片洁白的雪地上,也象坐在一片洁白的云彩上。她有时望望淀里,淀里也有一片银白世界。水里笼起一层薄薄透明的雾,风吹过来,带着新鲜的荷叶荷花香。

但是大门还没关,丈夫还没回来。

很晚丈夫才回来了。这年青人不过二十五六岁,头戴一顶大草帽,上身穿一件洁白的小褂,黑单裤卷过了膝盖,光着脚。他叫水生,小苇庄的游击组长,党的负责人。今天领着游击组到区上开会去来。女人抬头笑着问:

"今天怎么回来的这么晚?"站起来要去端饭。水生坐在台阶上说:

"吃过饭了,你不要去拿。"

女人就又坐在席子上。她望着丈夫的脸,她看出他的脸有些红胀,说话也有些气喘。她问:

"他们几个哩?"

水生说:

"还在区上。爹哩?"

女人说:

"睡了。"

"小华哩?"

"和他爷爷去收了半天虾篓,早就睡了。他们几个为什么还不回来?"

水生笑了一下。女人看出他笑的不像平常。

"怎么了,你?"

水生小声说:

"明天我就到大部队上去了。"

女人的手指震动了一下,想是叫苇眉子划破了手,她把一个手指放在嘴里吮了一下。水生说:

"今天县委召集我们开会。假若敌人再在同口安上据点,那和端村就成了一条线,淀里的斗争形势就变了。会上决定成立一个地区队。我第一个举手报了名的。"

女人低着头说:

"你总是很积极的。"

水生说:

"我是村里的游击组长,是干部,自然要站在头里,他们几个也报了名。他们不敢回来,怕家里的人拖尾巴。公推我代表,回来跟家里人们说一说。他们全觉得你还开明一些。"

女人没有说话。过了一会,她才说:

"你走,我不拦你,家里怎么办?"

水生指着父亲的小房叫她小声一些。说:

"家里,自然有别人照顾。可是咱的庄子小,这一次参军的就有七人。庄上青年人少了,也不能全靠别人,家里的事,你就多做些,爹老了,小华还不顶事。"

女人鼻子里有些酸,但她并没有哭。只说:

"你明白家里的难处就好了。"

水生想安慰她。因为要考虑准备的事情还太多,他只说了两句:

"千斤的担子你先担吧,打走了鬼子,我回来谢你。"

说罢,他就到别人家里去了,他说回来再和父亲谈。

鸡叫的时候,水生才回来。女人还是呆呆的坐在院子里等他,她说:

"你有什么话嘱咐嘱咐我吧。"

"没有什么话了,我走了,你要不断进步,识字,生产。"

"嗯。"

"什么事也不要落在别人后面!"

"嗯,还有什么?"

"不要叫敌人汉奸捉活的。捉住了要和他拼命。"这才是那最重要的一句,女人流着眼泪答应了他。

第二天,女人给他打点好一个小小的包裹,里面包了一身新单衣,一条新毛巾,一双新鞋子。那几家也是这些东西,交水生带去。一家人送他出了门。父亲一手拉着小华,对他说:

"水生,你干的是光荣事情,我不拦你,你放心走吧。大人孩子我给你照顾,什么也不要惦记。"

全庄的男女老少,也送他出来,水生对大家笑一笑,上船走了。

女人们到底有些藕断丝连。过了两天,四个青年妇女集在水生家里来,大家商量:

"听说他们还在这里没走。我不拖尾巴,可是忘下了一件衣裳。"

"我有句要紧的话得和他说说。"

水生的女人说:

"听他说鬼子要在同口安据点……"

"哪里就碰得那么巧,我们快去快回来。"

"我本来不想去,可是俺婆婆非叫我再去看看他,有什么看头啊!"

于是这几个女人偷偷坐在一只小船上,划到对面马庄去了。亲戚说:

你们来的不巧,昨天晚上他们还在这里,半夜里走了,谁也不知开到哪里去,你们不用惦记他们,听说水生一来就当了副排长,大家都是欢天喜地的……

几个女人羞红着脸告辞出来,摇开靠在岸边上的小船。现在已经快到晌午了,万里无云,可是因为在水上,还有些凉风。这风从南面吹过来,从稻秧上苇尖上吹过来。水面没有一只船,水像无边的跳荡的水银。

几个女人有点失望,也有些伤心,各人在心里骂着自己的狠心贼。可是青年人,永远朝着愉快的事情想,女人们尤其容易忘记那些不痛快。不久,她们就又说笑起来了。

"你看说走就走了。"

"可慌(高兴的意思)哩,比什么也慌,比过新年,娶新——也没见他这么慌过!"

"拴马桩也不顶事了。"

"不行了,脱了缰了!"

"一到军队里,他一准得忘了家里的人。"

"那是真的,我们家里住过一些年轻的队伍,一天到晚仰着脖子出来唱,进去唱,我们一辈子也没那么乐过。等他们闲下来没有事了,我就傻想:该低下头了吧。你猜人家干什么?用白粉子在我家影壁上画上许多圆圈圈,一个一个蹲在院子里,托着枪瞄那个,又唱起来了!"

她们轻轻划着船,船两边的水哗,哗,哗。顺手从水里捞上一棵菱角来,菱角还很嫩很小,乳白色。顺手又丢到水里去。那棵菱角就又安安稳稳浮在水面上生长去了。

"现在你知道他们到了哪里?"

"管他哩,也许跑到天边上去了!"

她们都抬起头往远处看了看。

"唉呀!那边过来一只船。"

"唉呀!日本,你看那衣裳!"

"快摇!"

小船拼命往前摇。她们心里也许有些后悔,不该这么冒冒失失走来;也许有些怨恨那些走远了的人。但是立刻就想,什么也别想了,快摇,大船紧紧追过来了。

大船追的很紧。

幸亏这些青年妇女,白洋淀长大的,她们摇的船飞快。小船活像离开了水皮的一条打跳的梭鱼。她们从小跟这小船打交道,驶起来,就象织布穿梭,缝衣透针一般快。

假如敌人追上了,就跳到水里去死吧!

后面大船来的飞快。那明明白白是鬼子!这几个青年妇女咬紧牙制止住心跳,摇橹的手并没有慌,水在两旁大声的哗哗,哗哗,哗哗哗!

"往荷花淀里摇!那里水浅,大船过不去。"

她们奔着那不知道有几亩大小的荷花淀去,那一望无边际的密密层层的大荷叶,迎着阳光舒展开,就象铜墙铁壁一样。粉色荷花箭高高的挺出来,是监视白洋淀的哨兵吧!

她们向荷花淀里摇,最后,努力的一摇,小船窜进了荷花淀。几只野鸭扑楞楞飞起,尖声惊叫,掠着水面飞走了。就在她们的耳边响起一排枪!

整个荷花淀全震荡起来。她们想,陷在敌人的埋伏里了,一准要死了,一齐翻身跳到水里去。渐渐听清楚枪声只是向着外面,她们才又扒着船梆露出头来。她们看见不远的地方,那宽厚肥大的荷叶下面,有一个人的脸,下半截身子长在水里。荷花变成人了。那不是我们的水生吗?又往左右看去,不久各人就找到了各人丈夫的脸,啊,原来是他们!

但是那些隐蔽在大荷叶下面的战士们,正在聚精会神瞄着敌人射击,半眼也没有看她们。枪声清脆,三五排枪过后,他们投出了手榴弹,冲出了荷花淀。

手榴弹把敌人那只大船击沉,一切都沉下去了。水面上只剩下一团烟硝火药气味。战士们就在那里大声欢笑着,打捞战利品。他们又开始了沉到水底捞出大鱼来的拿手戏。他们争着捞出敌人的枪支、子弹带,然后是一袋子一袋子叫水浸透了的面粉和大米。水生拍打着水去追赶一个在水波上滚动的东西,是一包用精致纸盒装着的饼干。

妇女们带着浑身水,又坐到她们的小船上去了。

水生追回那个纸盒,一只手高高举起,一只手用力拍打着水,好使自己不沉下去。对着荷花淀吆喝:

"出来吧,你们!"

好像带着很大的气。

她们只好摇着船出来。忽然从她们的船底下冒出一个人来,只有水生的女人认得那是区小队的队长。这个人抹一把脸上的水问她们:

"你们干什么去来呀?"

水生的女人说:

"又给他们送了一些衣裳来!"

小队长回头对水生说:

"都是你村的?"

"不是她们是谁,一群落后分子!"说完把纸盒顺手丢在女人们船上,一泅,又沉到水底下去了,到了很远的地方才钻出来。

小队长开了个玩笑,他说:

"你们也没有白来,不是你们,我们的伏击不会这么彻底。可是,任务已经完成,该回去晒晒衣裳了。情况还紧的很!"

战士们已经把打捞出来的战利品,全装在他们的小船上,准备转移,一人摘了一片大荷叶顶在头上,抵挡正午的太阳。几个青年妇女把掉在水里又捞出来的小包裹,丢给了他们。战士们的三只小船就奔着东南方向,箭一样飞去了。不久就消失在中午水面上的烟波里。

几个青年妇女划着她们的小船赶紧回家,一个个像落水鸡似的,一路走着,因过于激动和兴奋,她们又说笑起来,坐在船头脸朝后的一个撅着嘴说:

"你看他们那个横样子,见了我们爱搭不理的!"

"啊,好像我们给他们丢了什么人似的。"

她们自己也笑了,今天的事情不算光彩,可是:

"我们没有枪,有枪就不往荷花淀里跑,在大淀里就和鬼子干起来!"

"我今天也算看见打仗了。打仗有什么出奇,只要你不着慌,谁还不会趴在那里放枪呀!"

"打沉了,我也会浮水捞东西,我管保比他们水式好,再沉点我也不怕!"

"水生嫂,回去我们也成立队伍,不然以后还能出门吗!"

"刚当上兵就小看我们,过二年,更把我们看得一钱不值了,谁比谁落后多少呢!"

这一年秋季,她们学会了射击。冬天,打冰夹鱼的时候,她们一个个登在流星一样的冰船上,来回警戒。敌人围剿那百顷大苇塘的时候,她们配合子弟兵作战,出入在那芦苇的海里。

今天怎样阅读赵树理的小说

——赵树理《催粮差》的文本分析

赵树理的短篇小说《催粮差》讲述的故事背景早已成为历史烟云,可是如今阅读《催粮差》依然能感到特有的趣味和愉悦。显然,今天读者的接受绝非赵树理当年所关注的农村中实际问题的层面,即早已与揭露问题、解决问题无关,那么,作为文学经典,《催粮差》具有怎样内在的艺术机制,能够让我们跨越如此漫长的历史,完全忽略当年的特定现实和背景,获得特有的趣味和愉悦呢?这种阅读效应不是单一现象,也出现在阅读其他许多现代文学经典作品的过程中,所以,对《催粮差》作艺术分析,不仅是对于赵树理小说艺术价值的探究,也意在从作品艺术构成来探寻这个现象的深层原因。

一 我为什么选择《催粮差》?

选择《催粮差》的第一个思考,来自对于赵树理中短篇和长篇小说的总体把握和不同评价。赵树理的创作是由短篇、中篇和长篇小说共同组成的。有学者以为,赵树理"问题小说"的内在结构由现实的世界和想象的世界两部分构成。现实的世界是为了提出问题,揭示现实的矛盾性;想象的世界是为了解决问题,突出主流政治的光明性。例如白春香在论文《想像对现实的征服——赵树理"问题小说"内在结构探微》中就以《小二黑结婚》为这种结构的典型范本做了分析。她指出:"全篇一共十二节,从第一节'神仙的忌讳'到第八节'拿双'为提出问题部分。它主要揭示了当时农村封建思想和封建意识还很严重;父母包办婚姻并没有被消除,青年自由恋爱受到了来自各方面的阻力;以及农村基层干部队伍不纯等问题。作者在这一部分,基本上是忠实于现实主义的创作原则来提出问题揭露矛盾的……从第九节'二诸葛的神课'到第十二节'怎么到底'为解决问题部分。赵树理解决问题的关键是诉诸执政的权力机关——区政府。这儿,区长完全充当了一个救世主的形象,他对问题的解决完全是大团圆式的:小二黑和小芹不仅被解绑,而且允许当场登记结婚,使得有情人终成眷属;三仙姑撤去了三十年来装神弄鬼的香案,二诸葛也收起了他的鬼八卦;金旺兴旺兄弟则受到了人民民主专政的惩罚,落了个被判刑18年的结局。"[①]在我看来,赵树理人格中的崇善、亲农决定了他在"提出问题"之后自然地会转向"解决问题",因为他从来没有把文学看成纯粹审美。从文体角度看,长篇小说在客观上也为作家采用这种"提出问题"和"解决问题"两部分的结构模式提供了篇幅方面的条件与可能。而短篇小说由于篇幅限制无法解决问题,只允许作家提出问题,这在客观上往往成就了作家,即篇幅逼迫作家无法解决问题,因而使小说更符合艺术规律。《催粮差》就是因为只提出问题,没有解决问题,因此更具有艺术分析的价值而进入我们的研究视野。

选择《催粮差》的第二个思考,是来自赵树理继承了中国小说传统叙述模式。在一系列中外"对话"的过程中,对外来小说形式的积极移植与对传统文学形式的创造性转化,共同促成了中国小说叙事模式的转变:现代中国小说采用连贯叙述、倒装叙述、交错叙述等多种叙事时间;全知叙事、限知叙事(第一人称、第三人称)、纯客观叙事等多种叙事角度;以性格为中心、以背景为中心等多种叙事结构。[②] 如果说中国现代文学的大多数作家都参与了这个转变,赵树理小说则绕过了这个大多数人走的路,他顽强地继承了中国白话小说所脱胎而来的说书人传统。他的小说一般都采用连贯叙述、全知叙述视角,基本以情节为结构,仿佛说书人说出来的。如果按西方叙事学的话语类型理论划分,赵树理的小说当属于叙述性的话语类型。在这种叙述性的话语类型的作品中,深厚的民间文化积累,以及自己的倾向性都被赵树理贯穿在叙述之中了。那么,当年创作时

---

① 白春香:《想像对现实的征服——赵树理"问题小说"内在结构探微》,原载《河北大学学报》(哲学社会科学版)2004年第4期。

② 陈平原:《中国小说叙事模式的转变》,上海人民出版社1988年版,第4—5页。

是为了提出问题甚至解决问题并且以叙述性为话语类型的《催粮差》,在今天何以能够让读者产生愉悦的审美经验?或者说,这种话语类型在《催粮差》的艺术构成中起到了怎样的作用?这是值得研究的。

二 对《催粮差》结构主义研究的总体思路

我将结构主义方法作为研究《催粮差》的总体思路,先在分解的层次上对每个故事进行民间故事类型探源式分析,然后再从整体组合的层次上探索意义产生的机制。

结构主义是"关于世界的一种思维方式",结构主义认为"事物的真正本质不在于事物本身,而在于我们在各种事物之间构造,然后又在它们之间感觉到的那种关系"。① 或者进一步说,结构主义思路注重整体中各元素之间存在的有机联系,更重视各个元素自身独立存在的性质和可能。在结构主义的基本思想前提下,我借用法国结构主义批评家克劳德·布雷蒙的思想。克劳德·布雷蒙提出过一种小说"三合一体"的假设,即任何小说都可以被概括描述成一种原子系列三阶段纵横交错的"三合一体"模式:

$$
敞开一个可能性的情景 \begin{cases} 可能性的实现 \begin{cases} 成功 \\ 失败 \end{cases} \\ 可能性的非实现 \end{cases}
$$

《催粮差》非常符合这个模式。所谓敞开的一个可能性的情景,在作品里就是司法警察去乡下以催粮之名行敲诈之实的可能性。在可能性的实现和可能性的非实现两者中,显然敞开的是可能性的实现。在这个基础上,有成功和失败两种可能。有意思的是,小说中分别写了失败和成功两种情形,让两种情形组成一个完整的故事,而不是选择其一作为故事的全部。

---

① 〔英〕特伦斯·霍克斯:《结构主义和符号学》,瞿铁鹏译,上海译文出版社1987年版,第8页。

经过以上的大致分析,结合《催粮差》叙述性的话语类型特点,我们发现,小说叙述的框架既是一个完整的整体,也有各个相对独立、可以分开的部分,部分之间又具有内在联系。小说大致可以分为三个部分。第一个部分是开头,叙述者以鲜明的说书人风格,说明交代催粮事情的原委,话语中自然地流露出叙述者的倾向,字里行间都飘荡着由滑稽而形成的讽刺意味。第二个部分是崔九孩所雇用的那个煎饼铺的伙计,去催粮时所发生的麻烦。第三部分是崔九孩亲自出马去催粮的过程,包括他在二先生家的情形,去红沙岭的路上,以及在红沙岭的情形。小说给读者留下了深刻印象、值得反复品味的人物有两个:那个被雇用的煎饼铺的伙计,是个笨人的形象;还有就是崔九孩,是个聪明人的形象。

由此我们将在两个层次上对文本进行分析;其一,在分解的层次上分析;其二,在组合的层次上分析。

三 脱胎于民间故事类型的人物及魅力

在分解的层次上分析,是基于重视各个元素自身独立存在的性质和可能的思想。我们分别分析笨人的故事及其形象、聪明人的故事及其形象。

1. 笨人形象

《催粮差》中被崔九孩雇用去催粮差的人,只是一个笨拙的模仿者的符号,所以连他的名字都没有交代。小说写"他雇了煎饼铺里一个伙计。这人是从镇上来的,才到城里没有几天,虽说没有催过粮,可是见过别的差人到他家去催粮。他觉着这事也没有什么不好办——按单找户口、吃饭、要盘费。这有什么难办?他答应了……"这是一个人出门上路的故事的起始,一个行程开始了。按照结构主义的思想,一个行程就是一个故事的展开,故事发生在路上。这个人在怎样的故事模式中开始他的行程?这与叙述者想要给这个人物涂抹怎样的颜色有关。通过对小说第二部分的分析,我们发现,这个被崔九孩雇用的催粮差,是在中国几个民间故事模式的基础上形成的。其一,中国民间有"乡下人进城"的故事模式,说的是乡下人进城,遇到"各式各样的误解和窘况,有时他是去访问富人的"。① 其二,"笨拙的模仿者"的故事模式。"一个农民(有时是一个呆女婿)自己想或者有人告诉他,去模仿城里人(或者高雅的亲戚)的风度。那个人在吃饭时做什么,他都亦步亦趋、依样画葫芦。滑稽的事中包括咳嗽(另一个人因为鱼刺卡在喉咙里)、从楼梯上摔下来(另一个人因踩在西瓜皮上而滑倒)等等"②其三,"刻舟求剑"的故事模式。

《催粮差》在吸收几个故事类型的基础上衍化为赵树理讲述的故事:对于第一个故事类型,"乡下人进城"的因素衍化为下乡去催粮;"他是去访问富人的"的因素衍化为恰好去不好惹的二先生家催粮;遇到的误解和窘况衍化为他不明二先生的背景,按照一般的催粮经验行事,结果挨了二先生一个耳光。对于第二个故事类型,"笨拙的模仿"的因素衍化为,模仿其他催粮人的这个伙计的做法,由于看不出眉眼高低,模仿得笨拙。对于第三个故事类型,即"刻舟求剑"的故事模式,衍化为到穷乡僻壤的乡下那些没权没势的人家去催粮,可以耀武扬威、敲诈勒索,而到有权势的人家这样做则不可行,如果不区别对待,无异于刻舟求剑。一个笨人的故事就这样形成了。理解这个笨人形象的艺术价值,需要首先理解民间故事、民间传说的一些规律。在结构语言学看来,"民间传说中的一切都来源于个人,就像所有的应变必定来源于个人一样;但是这个到底由谁首先创作出来的基本问题在民间文学中却最不重要。民间文学显然是靠口耳相传流传下来的,一个故事在被听众接受并保留下来继续往下传之前不成为真正的民间故事。因此对民间故事来说,关键不是言语,不在于它是如何创造或创作出来的(这和中产阶级艺术不一样),而在于语言;而且我们还可以说,不管民间故事的起源多么富有个人特色,它从本质上来说永远是缺乏个性的,或者说是集体的。用雅各布森的话来说,民间故事的个性是一个多余的特征,它的无个性才是一个区别性特征"③。这个看

---

① 丁乃通:《中国民间故事类型索引》,中国民间文艺出版社1986年版,第352页。
② 同上书,第460页。
③ [美]弗雷德里克·詹姆逊:《语言的牢笼——马克思主义与形式》,钱佼汝、李自修译,百花洲文艺出版社1995年版,第24页。

法启示我们,赵树理塑造的这个被雇用去催粮的笨人,如果被理解为是语言系统中的言语的话,那么,赵树理的笨人故事就是依据民间故事的语言规则讲出来的,这个言语具有怎样的个性并不重要,重要的是民间故事的模式,即语言的规则。人们读《催粮差》时,常常感到有趣味,因这个笨拙的模仿者而发出善意的笑声,其机制就是来自于民间故事的力量。被雇用的催粮差,个性已经消融到民间故事的模式中去了,由此我们有理由说,这个笨人的故事是相对独立的故事。

2. 聪明人形象

崔九孩是这个作品后半部分的主要人物。这是聪明人形象。

聪明人的故事分为三个阶段展开。首先是崔九孩先去二先生家赔礼道歉,索要催粮票。对崔九孩在二先生家里的言谈举止的描写,是赵树理的精彩之笔,有声有色,活灵活现;崔九孩在二先生家卑躬屈膝的言行举止,为后面到红沙岭村的飞扬跋扈做了铺垫,以便形成反差。其次,是崔九孩去红沙岭路上的形象,艺术效果如同剪影:"快到上山的地方,他拿出一副红玻璃眼镜戴上,这眼镜戴上不如不戴,玻璃也不平,颜色又红得刺眼,直直一棵树能看成一条曲曲弯弯的红蛇,齐齐一座房能看成一堵高高的红墙。他到大村镇不敢戴,戴上怕人说笑话;一进了山一定要戴,戴上了能吓住人。一根藤手杖,再配上这副眼镜,他觉着够味了……"这个叙述者讽刺性地描写的形象,已经积累了丑陋社会的全部经验,掌握了熟练的欺骗和敲诈的技巧,是个在社会中练就的聪明人;作家的倾向性也自然地渗透于其中了。第三个阶段,是到了红沙岭村以后,这部分作家充分利用一个场景,描绘了几个人物的性格和相互之间的关系。先是崔九孩不容分说锁住了孙甲午,假装立刻就要带走,刘老汉担保留住了崔九孩,又吩咐孙甲午家里的赶快去做饭,招待崔九孩;经过几个回合的试探、猜度,暗中讲条件,老邻长帮助凑足了五块现洋,崔九孩觉得少,还是不松口,执意要带孙甲午走。这时有一段饶有趣味的文字:

九孩接着道:"对!人家甲午有种!不怕事!你们大家管人家做甚?"说了又躺下自言自语道:"怕你小伙子硬笨啦?罪也是难受着啦!一进去还不是先揍一顿板子?"

甲午道:"那有什么法?没钱人还不是由人家摆弄啦?"

刘老汉也趁势推道:"实在不行也只好有你们的事在!"把桌子上的几块钱一收拾,捏在自己手里向那个借钱的青年一伸。青年伸手去接,刘老汉可没立刻递给他,顺便扭头轻轻问九孩道:"老头!真不行吗?"

九孩看见再要不答应,五块现洋当啷一声就掉在那个青年手里跑了,就赶紧改口道:"要不看在你老邻长面子上的话,可真是不行!"刘老汉见他改了口,又把钱转递到他手里道:"要你被屈!"九孩接过钱又笑回道:"这我可爱财了!"

这段描写每句话都有弦外有音,每个回合都有条件和试探;在人物心理对垒的过程中,作家没有彻底地将彼此真实的心理活动透亮地写出来,但是读者都明白其中的智斗。如果按照结构主义的思想,崔九孩的聪明和以刘老汉为首的众村民的聪明,共同组成一个完整过程,那么,其机制就是智慧的平衡与流动。因为,崔九孩的聪明只有在以刘老汉为首的众村民的聪明的衬托和搭配中,才能得到呈现,所以这个崔九孩与众村民智斗的场面和情节,共同构成了一个可被各个历史阶段的人们欣赏的片段,即在中国农业文化的传统中,历经漫长历史过程逐步形成的、人们都非常熟悉而且默契的一些约定俗成的智慧、技巧。翻阅丁乃通编著的《中国民间故事类型索引》,在"一般的民间故事"类型中,有一个"聪明的言行"类型,聚集了中国民间故事中许多聪明的做法,诸如"用对尸体的感情来测验爱情""国王与农民的儿子""牧羊人代替牧师回答国王的问题""熟练的手艺人或学者防止了战争的危机""智者羞辱县官"等。当然,赵树理笔下的崔九孩和众村民的智慧不是对这些故事类型中的任何一种的简单套用,但是其中包含有借鉴和吸收是肯定的。

聪明人的故事及其形象,也如同笨人的故事及其形象一样,如果被理解为是语言系统中的言语的话,那么,它就是赵树理依据聪明人的故事和形象的语言规则说出来的,言语的个性怎样并不重要,民间故事的语言规则才是最重要的。人们读《催粮差》时,既被聪明人崔九孩和众村民的智斗中的弯弯绕绕所吸引,同时也以审视的心理鄙视崔九孩的敲诈勒索,同情农民们的处境。人们熟悉民间故事的这些模式,聪明人的故事及其形象的个性已经消融到民间故事的模式中去了。由此我们有理由说,这个聪明人的故事也是相对独立的故事。

四　意义在组合中得到呈现

　　结构主义理论提醒我们，要重视各个元素自身独立存在的性质和可能，同时也要注重整体中各元素之间存在着的有机联系。事实上，《催粮差》固然分别采用了笨人和聪明人的民间故事模式，但又是将两个故事组合在一个文本整体中。笨人和聪明人的故事有不可分割的逻辑联系：聪明人崔九孩敲诈勒索获得成功，以笨人敲诈勒索失败为前提，没有煎饼铺伙计去二先生家催粮的失败，也就不会有崔九孩到红沙岭村敲诈勒索的成功。笨人和聪明人形成了对比，产生极大的反差。需要交代的是，结构主义分析不参与价值判断，也不涉及道德观念，所以，所谓的笨人和聪明人，仅具有民间故事类型方面的意义，不是道德意义上的。虽然不涉及价值判断和道德是非，却能让我们依此提出深刻的问题。

　　我们的问题是，是什么力量让崔九孩成为聪明人？又是什么因素让那个被雇用的人成为笨人？这个问题必须联系社会现实才能回答。赵树理是善于发现社会问题、提出问题的作家，小说展示给我们的生活画面蕴含着的逻辑是，崔九孩是司法警察，以往借催粮对无助的农民敲诈勒索，恃强凌弱，已经屡试不爽，这就是社会现实，他的聪明就是在这样的社会条件下施展的。那个被雇用的煎饼铺的伙计也正是在这样的社会条件下成为笨拙的模仿者。赵树理干预生活、提出问题的目的，就是通过将笨人和聪明人的故事放在一个整体框架中来比较而实现的，作品的社会意义也由此而实现。小说结尾与笨人和聪明人的故事的组合相互照应，可谓精彩独到：" 九孩把手往衣袋里一塞，装进了大洋，掏出钥匙来，开了锁，解了铁绳，把甲午放出。第二天早上，崔九孩又到别处催粮，孙甲午到集上去粜米。"这个结尾是小说整体结构的一部分。因为没有解决问题，所以，结尾既是打结，也是解结。打结是指，崔九孩的敲诈勒索成功地完成了，孙甲午虽然破了些财，但毕竟没有被崔九孩带走。解结是指，司法警察敲诈勒索的问题依旧，农民的困苦更甚，崔九孩不是又到别处催粮了吗？孙甲午无辜被敲诈，第二天只好到镇上去粜米换钱。这预示一个新的聪明人和笨人的故事即将开始。

五 《催粮差》的艺术价值与审美接受的多层次性

如果说,我们在前面对于《催粮差》,是从学理层面分析了其艺术价值形成的机制,那么,也就回答了为什么今天的读者还依然能从这个作品中得到趣味和愉悦。艺术价值和审美价值是辩证的关系。

下面通过总结本文的主要思想来更清晰地表达我们的看法。

《催粮差》中笨人的故事和聪明人的故事各自独立,使这两个故事的民间故事特性得到了保留,这是小说穿越历史的隧道而让今天的读者依然能获得审美愉悦的根本原因。除了故事层面的原因外,独特的语言也是其艺术价值形成原因之一,《催粮差》采取民间说书人的叙述方式,在描写和叙述中自然而幽默,比如叙述到崔九孩把孙甲午锁住了,甲午老婆和黑女都哭着跑来。"甲午老婆看了看甲午,向刘老汉哭道:'大伯!这这叫怎么过呀!黑女他爹闯下什么祸了?'刘老汉道:'没有什么祸,粮缴得迟了。'甲午老婆也不懂粮缴得迟了犯什么罪,只歪着头看甲午脖子上那把铁锁。"活灵活现地刻画出了没有文化的农村妇女的憨痴神态,读来让人忍俊不禁。人物的对话也充满了趣味。崔九孩和二先生说话时,一派阿谀奉承,低三下四,读者似乎居高临下地看崔九孩的滑稽表演。崔九孩与刘老汉以及孙甲午的对话则充满机锋和动态变化,话里有话,蕴含丰富的心理活动,耐人琢磨。这些艺术构成因素,超越了具体的历史阶段和社会环境,具有普遍的艺术价值。

由于《催粮差》只提出问题而没有刻意解决问题,给读者的接受和想象以自由空间,审美接受由此具有了层次性。读者在故事层面,因为作者幽默的叙述语言,因人物的神态和对话,因笨人和聪明人的故事而体验到趣味,进而在笨人失败和聪明人成功的故事对比、组合中感悟到更丰富的意味和意义,生发出对于社会问题的深刻反思,这一切都是《催粮差》的艺术价值。

催粮差

赵树理

抗战以前,还没有咱们解放区这统一的进税制度,征收田赋,还是用前清的粮银制,俗话叫"完粮",也叫"点粮"。每年两次,夏秋各一半。

每次开了征以后不几天,县政府就把未来完粮的户口,随便挑一些,写成一张单子,并且出一张拘人的票,把单子粘在后边,派个差人出来走一趟,俗话叫催粮。要从票上看起来,有些很厉害的话,什么"……拖延不缴,殊属玩忽,着即拘究……"好象是犯了什么了不起的大罪,不过除了一年只进两回城的乡下人,谁也知道这不过是个样子,有势头的先生们根本不理:大村大镇的人们要是没有多走过衙门的,面生一点也不过管一顿饭或者送一顿饭钱,只有荒僻山庄,才能有一点油水。可是这种名单上写的都是前几辈子的死人名字,又查不出有没有山庄上的户口(在县政府的粮册上改个名字,要写推收帖子,还要花些小费,因此除了买卖田地外,上世人死了也不去改名字)。

县政府的司法警察,不欢迎这催粮的差使,因为比起人命、盗窃、烟赌……等刑事案件来,弄钱又不多,跑路又太多。别的票子发下来,你争我夺抢不到手;这催粮票子发了来,写到谁名下谁也推不出。

崔九孩当了一辈差(司法警察),在那年虽是五十多了可还能说能跑。有一次南乡的催粮差使派到他头上,他不想去——虽然能说能跑,可总得有点油水跑得才有劲——差使多了跑不过来,本来可以临时雇人;他虽不是跑不过来,可是不想去,好在有这雇人的例子,就雇个人吧!

他雇了煎饼铺里一个伙计。这人是从镇上来的,才到城里没有几天,虽说没有催过粮,可是见过别的差人到他家去催粮。他觉着这事也没有什么不好办——按单找户口、吃饭、要盘费。这有什么难办?他答应了,九孩就把票子、铁绳、锁子和自己的藤条手杖都交给他。

走路比卖煎饼还轻快,不慌不忙走了十五里,取出票来看看,眼前村子里有一户叫张天锡。他走进了村,到了村公所一打听,村警说:"催粮啦?张天锡是张局长的老爷爷,早就不在了。"他又问村警说:"他住在哪一院?"村警说:"在南头槐树底那黑漆大门里。去不去吧……"

听这口气,好象说"去也扯淡"。他又问:"他家没有人?"村警说:"二先生在家啦!"他听说有人,也就不再往下问。他想:不管几先生吧,票上有他的名字,他还能叫我空着去?主意一定,出了村公所,往二先生家里来。

到了村南头,找着了槐树,又找着黑漆大门,一进去就有个大白花狗叫起来,有个人正担着水在院里浇花,见他进去,便挡住狗问他是哪里来的。他说从城里来。那人又问:"送信吗?"他说:"不是!有个事啦!"

二先生在家里听见了,隔着窗问:"什么事?"说着就到门边,揭开竹帘用手一点说:"过来,我问问你!"他便走到门边。二先生问:"说吧!什么事?是不是财政局打发你来的?"他说:"不是!我是催粮的!"二先生问:"催粮的?给我捎着信啦?"他说:"没有!"二先生说:"那你来做什么?"他说:"票上有你的名字。"二先生看了看他,又问:"你是新来的吧?"他说:"是!"二先生摇了一下头,似乎笑了一笑说:"走吧!我已经打发人点粮去了!"

他觉得奇怪了。他想:这先生怎么这样不讲面子?不给钱吧也不管顿饭?不管饭吧连屋子也不叫进去坐坐?他还没有想完,二先生追他道:"走吧!"说了就放下帘子把头缩回去。他生了气,就向门里喊道:"这是拘票啊!"二先生也生了气,隔着门叹气道:"哪这么不通窍的差人来!"又揭开帘道:"你叫什么名?"他更气极了:"我拿着票找你找错了?"浇花那个人也赶上阶台,推了他一把道:"你这人真不识高低!跟二先生说话还敢那么喊叫?"白花狗也夹掺在中间叫起来。

二先生这会可真生了气:"我没有见过票,拿出来我看!"他在这种局面下,一时拿不定主意,也不知是拿票好还是不拿好。浇花的劝他赶紧走开算了,可是二先生认真要他取出票来,他也只好取出来。

二先生不是没有见过票,他是要看看这差人叫什么名字。二先生一看见崔九孩这个名字便问道:"你就是崔九孩?"他拿着票,也只好顶住这个名,便答道:"是!"才说出个"是"字来,就挨了二先生一耳光。二先生说:"回去吧!叫崔九孩亲自来拿票来!"

看样子是不便再商量了,只好返回城里去。来回跑了三十里,吃了一个耳光,满肚冤枉向崔九孩去诉苦。崔九孩问明了原因,便叹气道:"谁叫你到他那里去?算了算了!这是我的路途债,非自己跑一趟不行!你挨了打还不算到底,我还得给人家说好话赔情去,要不,连票也拿不出来了!"

他满以为回来见了崔九孩可以给自己拿个主意,谁知崔九孩也这么稀松?他便问道:"这家有多大势头?"崔九孩道:"势头也不大,只是咱惹不起:他哥哥就是现在咱县财政局的张局长,咱得伺候人家;他从前不记得在哪县当过秘书,这几年在地方上当士绅,给别人包揽官司,常到城里来,来了住在财政局,咱还不是伺候人家?算了!你回去歇歇吧!还是得我去!"他听了这番话,也只好忍气回去卖他的煎饼,把铁绳、锁子、手杖等原物交还。崔九孩吃了午饭,仍然取上他出门的那一套便来找二先生赔情要票。

二先生家是他常去的——送信、捎东西,虽不是法警份内的事,可是局长说出来就得去——路是熟的,不用打听,一直跑到二先生院子里。

趴到玻璃窗子上一看,二先生跟他老婆躺在烟灯旁边摇扇子。他嘻皮笑脸揭开帘子道:"二爷!我来给你老人家赔情来了!"说了就嘻嘻笑着,走进来蹲到窗下,二先生看见是他,冷冷道:"九孩!我当你的腿折了!"九孩道:"可不敢叫折了!折了还怎么给你老人家赔情来啦!嘻嘻……"二先生老婆也瞥着笑了,只有二先生没有笑。二先生似乎要说什么,可是没有开口,先提起磁壶倒了半杯冷茶喝了。

"二爷,我给你冲去!"崔九孩一躬身站起来,提起磁壶到厨房冲了壶茶。

当他冲茶回来,看见二先生跟他老婆都笑着,他觉着事情已经解决了。他知道二先生也不把这事情当成一回事跟自己生气,只要一高兴就不跟他们这些人计较了。他恭恭敬敬给二先生夫妇一人倒了一杯茶,然后仍蹲到自己的原地方看风色。

二先生老婆笑着说:"老九孩!你怎么弄了那么个替死鬼?差一点把你二爷拴上走!"

九孩说:"不用说他了,太太!都只怨我!我不该偷懒!二爷知道,催粮是苦差!我老了,不想多跑,才雇了那么一个人。"

二先生也开了口:"雇人也看是什么人啦!象那样一个土包子,一点礼体也没有,要对上个外面来的客人,那象个什么样子?"崔九孩自然是一溜"是"字答应下去。答应完了,又道:"二爷!不要计较他,都是我的过!你骂我两句好了!"他停了一下,见二先生没有说什么,就请求道:"我走吧二爷?"二先生道:"走吧!票在桌上那书夹子里!"

他从书夹子里翻出票来看一看问道:"二爷!这村里有一户叫孙二则的住在哪里?"二先生道:"那是个种山地的,住在红沙岭!你到外边打听路吧!那可能给你赶个盘费!你们这些人还不是一进了山,就为了王了?"九孩笑道:"对对对!二爷是明白人!——二爷!再把你老人家的烟灰给我寻些喝吧?"二先生说:"迟早讨要不够!"说着拆开个大纸包给他抓了一把。

崔九孩辞了二先生,在村里问过了过红沙岭的路,喝一点烟灰,便望着红沙岭走。快到上山的地方,他拿出一副红玻璃眼镜戴上,这眼镜戴上不如不戴,玻璃也不平,颜色又红得刺眼,直直一棵树能看成一条曲曲弯弯的红蛇,齐齐一座房能看成一堵高高的红墙。他到大村镇不敢戴,戴上怕人说笑话;一进了山一定要戴,戴上了能吓住人。一根藤手杖,再配上这副眼镜,他觉着够味了。五六里山路他一点也不觉着累——一来喝上了大烟灰,二来有钱可取——越走越有劲,太阳不落就赶到红沙岭。

红沙岭这个山庄,只有七家人——三家姓孙的,四家姓刘的,都是前两辈子从河南来的开荒地的。老邻长六十多了,姓刘,念过《百家姓》和四言杂字,其余的人除了写借约时候画个十字,就再不动笔。

他一到庄上,有三只狗一齐向他扑来,他用一条手杖四面招架,差一点吃了亏。孩子们出来给他挡住狗,他便问一个十二三岁的女孩道:"邻长住在哪里?"女孩说:"在这里,我领你去!"他就跟着这女孩找着了邻长。

他问:"你就是邻长?"刘老汉点点头,问他是从哪里来的。

他说:"从城里来的。你这庄上有个孙二则?"

"早就去世了!"

"他没有后代?"

"有!有个孙孙名叫甲午。"

"在哪里住?"

"上地了!"又问那个小女道:"黑女!去叫你爹!"黑女答应了一声跑出去。

刘老汉把崔九孩让到家里喝水,问是什么事。九孩喝了一碗水,冷冷答道:"有点闲事!"刘老汉也无法再问,崔九孩也撑住气不说,只是吸烟喝水。

一会,黑女跑来,领着一个人,赤着脊背,肩上背着件破小布衫,手里提着一顶草帽,一进门就问刘老汉道:"大伯!有人找我?"

九孩问刘老汉道:"这就是孙甲午?"

刘老汉答道:"就是!"

九孩再不往下问,掏出小铁绳来套在甲午的脖子上,用小铁锁崩的一声锁住。甲午和刘老汉都吃了一惊。黑女看了几眼,虽说不认得是什么事,可也觉着不对,扭头跑了。

刘老汉问道:"老头,究竟是什么事?"

九孩道:"不忙!有票!"说着用脚踩住铁绳头,掏出票来,花啦花啦念道:"查本年度下忙粮银业已开征多日,乃有单列各户,迁延不缴,殊属顽忽之至,着即拘案讯究,以儆效尤。切切此票。"又从单上指出孙二则的名字道:"这是你爷爷的名字吧?"甲午不识字,刘老汉看了半天道:"是倒是!……"

才念了票,甲午老婆和黑女都哭着跑来。甲午老婆看了看甲午,向刘老汉哭道:"大伯!这叫怎么过呀!黑女他爹闯下什么祸了?"刘老汉道:"没有什么祸,粮缴得迟了。"甲午老婆也不懂粮缴得迟了犯什么罪,只歪着头看甲午脖子上那把铁锁。

九孩把票折好包起来,就牵住铁绳向刘老汉道:"老邻长,你在吧!我把他带走了!"又把绳一拉向甲午道:"走吧!"说着就向门外走。

甲午老婆和黑女都急了,哇一声一齐哭出来。

刘老汉总还算有点经验,便抢了几步到门外拦住道:"老头不要急!天也黑了!就住这里吧!人我保住,要说到一点什么小意思啦,也不要紧,总要打发你喜喜欢欢的起身啦!"又向甲午老婆道:"不要哭了!回去给人家老头做些饭!"九孩道:"倒不是说那个!今年不比往年,粮太紧!"虽是这么说,却又返回去坐下了。甲午老婆见暂且不走了,就向刘老汉道:"大伯!这事可全凭你啦呀!我回去做饭去。"说了就拉着黑女回去了。

刘老汉又向九孩道:"老头!我保住,你暂且把他放开吧?他是一手人,借个钱跑个路都得他亲自去。"

九孩见这老汉还能说几句,要是叫他保住,他随便给弄个块二八毛钱,又把原人弄个不见面,难道真能把他这保人带走?他想这人放不得,便道:"人是不能放呀!住一夜倒可以。"刘老汉道:"不放也不要紧。你也累了,到炕上来随便歇歇,咱们慢慢商量!"九孩便把甲午拴到桌腿上,躺到炕上去休息。刘老汉见他躺下了便问他道:"你且躺一下,我给你看饭去!"

刘老汉到了甲午家,天也黑了,庄上人也都回来了,都挤在甲午家里话弄这件事。刘老汉一进去,大家都围着来问情形。

刘老汉说:"不怕!他不讨想吃几个钱,祭送祭送就没事了。"甲午老婆问:"不知道得几个钱?"刘老汉道:"要在村里给一顿饭钱就能打发走;到咱这山庄上还不是尽力撑啦吗?你们不要多到他跟前哭闹,只要三两个人来回跑跑路,里外商量商量,要叫他看见咱不十分着急,才能省个钱。"大家又选了两个会说话的人跟刘老汉一同去,都向刘老汉说:"大伯的见识高,这会全凭你啦!"

饭成了,做了一大锅,准备请大家都吃一些,可是有好多人不吃,都说:"小家人吃不住这样破费。"

九孩吃过饭,刘老汉他们背地咬着甲午的耳朵给他出了些主意。又问了他一个数目,有个青年去借了一块现洋递给刘老汉。刘老汉拿着钱向九孩道:"本来想给老头多借几个盘费,不过甲午这小家人,手头实在不宽裕,送老头这一块茶钱吧!"

一块钱那时候可以买二斗米,数目也不算小,可是住衙门的这些人,到了山庄上,就看不起这个来了。他说:"小家人叫他省个钱吧!不用!我也不在乎这块二八毛。带他到县里也没有多大要紧,不过多住几天。"

庄稼人最怕叫他在忙时候误几天工,不说甲午,别人也替他着急了。那个青年又跟甲午咬着耳朵说了一会话,又去借了两块钱,九孩还不愿意。一直熬到半夜多,钱已经借来五块了,九孩仍不接,甲午看见五块钱摆在桌上,有点眼红了,便说:"大伯!你们大家也不要作难了,借人家那么些钱我指什么还人家啦?我的事还是只苦我吧!不要叫大家跟着我受罪。把钱都还了人家吧!明天我去就算了!"

九孩接着道:"对!人家甲午有种!不怕事!你们大家管人家做甚?"说了又躺下自言自语道:"怕你小伙子硬笨啦?罪也是难受着啦!一进去还不是先揍一顿板子?"

甲午道:"那有什么法?没钱人还不是由人家摆弄啦?"

刘老汉也趁势推道:"实在不行也只好有你们的事在!"把桌子上的几块钱一收拾,捏在自己手里向那个借钱的青年一伸。青年伸手去接,刘老汉可没有立刻递给他,顺便扭头轻轻问九孩道:"老头!真不行吗?"

九孩看见再要不答应,五块现洋当啷一声就掉在那个青年手里跑了,就赶紧改口道:"要不是看在你老邻长面子上的话,可真是不行!"刘老汉见他改了口,又把钱转递到他手里道:"要你被屈!"九孩接住钱又笑回道:"这我可爱财了!"

九孩把手往衣袋里一塞,装进了大洋,掏出钥匙来,开了锁,解了铁绳,把甲午放出。

第二天早上,崔九孩又到别处催粮,孙甲午到集上去粜米。

1946 年

永远的"游园"与梦醒时分的痛苦

——白先勇《游园惊梦》的文本分析

白先勇的小说《游园惊梦》是《台北人》系列小说中的一篇,完成于1966年。1981年《游园惊梦》改编成同名舞台剧,在美国和中国台湾的演出都获得了巨大的成功。小说《游园惊梦》已经成为汉语读者非常喜爱的文学经典。本文有意识地选用一些批评方法,对《游园惊梦》进行文本分析,探寻其艺术价值形成的机制。

一 叙述角度的自如转换与意识流手法中的诗意表达

中国传统白话小说脱胎于话本,擅长叙述,其叙述基本采用第三人称全知视角,叙述、描写、议论、抒情自然地融合于无所不知的叙述者。这个叙事传统滋养了古代小说家,也为现代小说家所熟悉。白先勇既充分地继承传统叙述的自如便捷,又富有创造性地拓展了叙述视角,达到了传统手法与现代手法的圆融。这突出体现为三个叙述层次的递进。

第一个层次,《游园惊梦》在第三人称叙述视角中加入局部人物的第一人称视角,并且两种叙述视角互相结合、穿插,这个特点主要体现在小说开头和前半部分。小说开篇,叙述的是一群军界官员和将军夫人们,这些人大多经由南京、上海来到台湾,空间在时间的隧道中变迁,其间荣辱盛衰、人世更替、生离死别,有很多撕心裂肺的故事。作者只有采用俯视角的第三人称叙述,才能统观、审视和把握。但是,他不满足于对时代风云变幻的客观记录,他需要进入人物心理和感情的深处,以表达对人生、爱情乃至人世的理解。如何解决既有俯视角的历史叙述,又有感情和心理的深度描绘这个难题?作家的选择是,在第三人称俯视角叙述中穿插故事内人物视角的局部叙述。

西方经典叙事学认为,第三人称叙述同时可以具有外视角与内视角。外视角指的是故事外的叙述者用自己的旁观眼光来叙事,内视角指的是叙述者采用故事内人物的眼光来叙事。故事内人物的眼光往往较为主观,带有偏见和感情色彩,而故事外叙述者的眼光往往较为冷静。① 故事外叙述者首先俯视角地叙述窦夫人桂枝香大宴宾客,邀请了昔日得月台唱昆曲的各位姐妹。这个起笔引出了钱夫人,叙述随后转为钱夫人视角,即叙事学所说的内视角。对窦公馆的景色、气氛的描写等均出自钱夫人的视角。"窦公馆的花园十分深阔,钱夫人打量了一下,满园子里影影绰绰,都是些树木花草……钱夫人一踏上露台,一阵桂花的浓香便侵袭过来了……"在窦夫人的指引下,钱夫人一一见过诸位客人。这个视角非同一般,钱夫人经历过荣华富贵,见识过各种公馆,窦公馆自然地被置于比较视野中。至于这些客人,有南京时的旧相识,比如天辣椒蒋碧月、赖夫人、刘副官等,也有在台北兴起来的新人,比如徐经理、徐太太、程参谋等,新人与旧人同处于一个场合,从经历过历史变故的钱夫人眼光看过去,引发的感慨当然具有特殊的意义。

第二个层次,钱夫人出场后,虽然没有"我"这样的标志性第一人称叙述者出现,但是因为频繁地采用钱夫人视角,实际已是以故事中人物的眼光叙事了。于是,叙述视角发生了一个重要变化,即出现了叙事学所指出的第一人称回顾性叙事。在这种回顾性叙事中,"通常有两种眼光在交替作用:一为叙述者'我'追忆往事的眼光,另一为被追忆的'我'正在经历事件时的眼光"②。如果我们将钱夫人看到的和感觉到的认做是第一人称回顾性叙述,那么就会发现,钱夫人确实在追忆,现场的人、景物和氛围都是勾起她回忆的条件。但钱夫人如今所知肯定会比当年在南京时所知的要多,她在追忆,也在重新回到当时她的体验。比如,客人们都到齐了,窦夫人来请大家入席,人们推让着,窦夫人让钱夫人先坐下。这时"钱夫人赶忙含糊地推辞了两句,坐了下去,一阵心跳……倒不是她没经

---

① 申丹:《叙述学与小说文体学研究》,北京大学出版社2004年版,第217页。
② 同上书,第238页。

过这种场面,好久没有应酬,竟有点不惯了。从前钱鹏志在的时候,筵席之间,十有八九的主位,倒是她占先的。钱鹏志的夫人当然上座,她从来也不必推让……可怜桂枝香那时出面请客都没份儿,连生日酒还是她替桂枝香做的呢。到了台湾,桂枝香才敢这么出头摆场面……"这样的追忆连带着也传达出了当年的体验,具有比较和引起伤感的功能。

第三个层次,意识流叙述线索。钱夫人的叙事视角,仿佛在积蓄力量,当酒力上来,钱夫人的感情也蕴积到相当程度时,意识流呼之欲出:完全中断窦公馆宴请宾客唱昆曲的现实线索,钱夫人的意识流动回当年在南京时酒席清唱会的情境中去。《游园惊梦》的圆熟精致的艺术风格在很大程度上得益于后半部分采用的意识流手法。白先勇自己曾经说过:"我写这篇小说写了五次。前三次用比较传统的手法写内心的活动,我都不满意。起初我并没想到要用意识流手法。女主角回忆过去时的情绪非常强烈,也有音乐、戏剧的背景,为了表达得更好,尝试用了意识流手法。"①自然地转换为意识流手法,这符合人物的心理规律。英国心理学家瓦伦汀、贝尔纳、海尔森等,都提出过渐进唤起理论。他们的实验审美心理理论认为,人们的审美情趣,并非一蹴而就,而是慢慢地调动起来的,无论是从作家创作角度讲,还是从读者接受角度讲,都有一个心理唤起过程,即由简单到复杂,由直白到曲折,由缓慢到紧张的渐进过程。其实,这也是人的一般心理规律。在窦公馆豪华铺排的宴席上钱夫人多喝了几杯花雕,又受到天辣椒的刺激,眼前景象唤起了当年在南京清唱会的景象,天辣椒如何对待她的亲姐姐桂枝香,勾起了在南京清唱会上发现自己亲妹妹与自己情人郑彦青的私情,一阵急怒,哑了嗓子的那段往事;此刻,听到《游园惊梦》,触景生情,心理上又重新经历了一次她一生中最痛苦的经验。以往经验和眼前情境所形成的合力唤起并且推动了钱夫人的意识流动。

意识流是威廉·詹姆斯在他的著作《心理学原理》里所使用的一个词组,特指在一个清醒的头脑中,源源不断地流动着的思想和意识。"意识流现在表示现代小说的一种叙述方法……自 20 年代始,意识流就成了

---

① 〔美〕白先勇:《白先勇散文集(上):蓦然回首》,文汇出版社 2004 年版,第 267 页。

文学叙述的一种模式。作家利用它来捕捉人物的心理活动过程的范围和轨迹。在这一过程里,人的感觉认知与意识的和半意识的思想、回忆、期望、感情和琐碎的联想都融合在一起。"[1]在这个文本中,钱夫人的意识流获得了丰厚的艺术效应。第一,原本是窦夫人宴请的场面与故事,变成了如今窦公馆故事和当年钱夫人在南京清唱会上故事的重叠。两个时间横断面上的两个故事,现在在钱夫人的意识流中重叠为一体,但是并不妨碍读者辨析哪里是当年故事情节,哪里是眼下故事情节。读者在阅读过程中不断地辨析两个故事,实质是给自己讲故事。他们理解了两个故事的关系,也就理解了两个故事重叠的深层涵义。第二,借助于意识流手法捕捉到了昆曲的旋律。文本中仿佛起到灵魂一样作用的是音乐,这不仅表现在不断地出现《山坡羊》《皂罗袍》等各种曲牌名字、《牡丹亭》里的唱词,而且表现在意识的流动完全随着音乐旋律而前行;读者捕捉到了音乐旋律,也就对钱夫人意识中丰富复杂的内容有了理解;而理解钱夫人意识中的丰富内涵,也就欣赏了昆曲艺术。第三,钱夫人的意识流将情绪引向高潮,在文本中自然地形成了跌宕起伏的效应,一个圆熟、和谐并且具有波澜之美的艺术品就这样完成了。

重要的不是作家采用了意识流手法,而是如何采用意识流手法。以上三个层次的交错和递进,可以看作作家将意识流置于与其他叙述手法一起和谐使用的结果。又因为其中的情绪和感情似乎都被中国传统文化所浸透了,所以,在我看来,《游园惊梦》之所以成功,得益于将意识流的内容放在中国传统文化丰富内涵的平台上,与中国传统文学、文化互相交融。这就涉及这个文本的互文性问题了。

二 中国文学的丰厚传统造就了优秀的互文性小说艺术

采用互文性方法分析《游园惊梦》,是探寻这个文本艺术价值的另一条路径。"朱力亚·克里斯蒂娃(Julia Kristeva)提出的互为指涉(intertex-

---

[1] 〔美〕M. H. 艾布拉姆斯:《欧美文学术语词典》,朱金鹏、朱荔译,北京大学出版社1990年版,第346页。

tuality)这一术语,表示任何一部文学文本'应和'(echo)其它的文本,或不可避免地与其它文本相互关联的种种方法。这些方法可以是公开的或隐蔽的引证和引喻;较晚的文本对较早的文本特征的同化;对文学代码和惯例的一种共同积累的参与等。"①克里斯蒂娃关于互文性的思想启发了我们;诚然,互文性超越于国家和民族,各民族国家的文学互相借鉴、互相指涉的空间是无限的,但不可否认的是,对于民族国家文学来说,其历史越悠久,贮存越丰厚,文学创作中互文性的空间就越大,互文性也随之越加突显。让我们带着这个启示来分析《游园惊梦》的互文性与中国传统文学。

  小说中互文现象频频出现。题目是借用了《牡丹亭》之《惊梦》,将"游园"和"惊梦"合二为一而成。同时也是直接借鉴昆曲《游园惊梦》的题名;小说描写的酒宴、唱昆曲的情节和传统剧目《贵妃醉酒》有相似之处;钱夫人和钱将军的婚姻,以及情节中穿插的钱夫人、程参谋、天辣椒蒋碧月等谈论的戏曲《洛神》,与随从参谋的恋情等情节,都与曹植《洛神赋》描述的浓郁爱情意蕴有相似之处,有弦外意味;引用的一些曲牌名,比如《夜深沉》《将军令》《万年欢》《点绛唇》等也都与情节、人物的感叹有多向的微妙联系,都可以直接或者间接形成隐喻。我所描述的互文现象分别来自这个文本"已经形成的形象或者意象及其隐喻"的"文学作品的客观世界,这是存在于象征和象征系统中的诗的特殊'世界'",以及"'形而上性质'(崇高的、悲剧性的、可怕的、神圣的)"②等层面。我的问题是,如果说,互文现象分布在作品各个层面,弥散于文本的艺术整体中,那么,它在作品构成与艺术价值形成中起到了怎样的作用呢?

  1. 人物关系与互文性。人物观和功能观是传统小说观和结构主义小说观的根本区别之一。比如,主张人物观的福斯特(E. M. Forster)在《小说面面观》中基本在故事层讨论小说,他关注的主要问题是故事、情

---

① 〔美〕M. H. 艾布拉姆斯:《欧美文学术语词典》,朱金鹏、朱荔译,北京大学出版社1990年版,第373页。
② 刘俐俐:《一个有价值的逻辑起点——文学文本多层次结构问题》,《南开学报(哲学社会科学版)》2005年第2期。

节、人物、幻想、预言、布局和节奏等,对小说叙述规律探讨得很少。①确实,传统文学批评在对人物关系的理解上,基本落脚于情节结构方面,认为人物是中心,也是推动情节发展的动因。功能观则强调人物在整个文本结构中可能起到的作用。这启发了我们,能否在人物关系中发现其他艺术功能呢?比如在互文中发现其他功能?钱夫人是小说中最主要的人物,她与宴会主人窦夫人以及窦夫人的亲妹妹天辣椒蒋碧月,有共同在南京得月台唱昆曲的过去,也有再聚首的今天;她们不是一般的相识,是地位此起彼伏的旧雨新知。她们的相互关系是在时间隧道中逐步纽结而成。在故事的现在进行时,她们又频频以姊妹相称,这种鼎足三立的人物关系,自然形成"三姊妹"的外观印象。考察白先勇是否有意识地借鉴俄国作家契诃夫的多幕剧《三姊妹》的人物关系及意蕴,不是本文的任务,我关注的是互文的效果。哥伦比亚大学夏志清教授、柏克莱加州大学白之教授看了《游园惊梦》舞台剧的录像后,都曾经拿契诃夫的《三姊妹》来比。②契诃夫的《三姊妹》再现了普罗佐洛夫家的三姊妹奥丽迦、玛莎和伊利娜的生活,她们不幸的婚姻以及寻求爱情而不得的命运。戏剧情节从有意义的一天里开始:父亲逝世一周年暨伊利娜命名日,在这一天,姊妹三人与父亲昔日的部下图赞巴赫中尉、维尔希宁中校相遇、相识,并且发生了感情纠葛,为她们后来的人生埋下了伏笔。剧情悲凉并且惊心动魄。剧终,奥丽迦拥抱着两个妹妹,宽慰并且鼓舞她们:"啊!我的上帝啊!时间会消逝的,我们会一去不返的,我们也会被后世遗忘的……然而,我们现在的苦痛,一定会化为后代人们的愉快的;幸福与和平,会在大地上普遍建立起来的。后代的人们,会怀着感谢的心情来追念我们的……多么愉快呀!叫人觉得仿佛再稍稍等一会,我们就会懂得我们为什么活着,我们为什么痛苦似的……我们真恨不得能够懂得呀!啊!我们真恨不得能够懂得呀!"③在人物构成和悲凉命运等方面,契诃夫的《三

---

① 详见〔英〕卢伯克等:《小说美学经典三种·小说面面观》,方土人、罗婉华译,上海文艺出版社1990年版,第197—339页。
② 〔美〕白先勇:《白先勇散文集(上):蓦然回首》,文汇出版社2004年版,第271页。
③ 〔俄〕契诃夫:《契诃夫戏剧集》,焦菊隐译,上海译文出版社1980年版,第337页。

姊妹》与白先勇的《游园惊梦》极为相似,"三姊妹"似乎可以成为覆盖这类人物关系及人生意味的意象,只不过白先勇《游园惊梦》中的三姊妹故事的时间与空间的变迁让意蕴更复杂了。白先勇的《游园惊梦》对于契诃夫《三姊妹》的关联方式,是极为隐蔽的,或者说是借助于《三姊妹》已经在读者心目中产生的意义而强化和播散《游园惊梦》自身的意义。由此,我们发现人物结构不仅推动情节发展,而且已经成为模式,并且在互文关系中产生寓意。

2. 因互文所产生的"戏中戏"艺术效果,丰富和深化了作品的意义。这个文本中穿插的中国文学名篇大多为戏剧,并且已经与文本形成和谐的整体,意义互为指涉。人在戏中以及戏在戏中的互文性,引发读者宿命般的梦幻感和悲剧再现等艺术感觉。其中最突出的是与汤显祖《牡丹亭》的互文性关系。《牡丹亭》是中国传统文学中的名篇,是一个爱情征服死亡、超越时空的故事,也是我国浪漫文学的里程碑式作品。其中《惊梦》一折,达到了抒情诗的巅峰。小说中叙述到大家开始唱昆曲的时候,徐太太唱的是昆曲《游园惊梦》中的《游园》,唱到了《皂罗袍》:"原来姹紫嫣红开遍/似这般都付与断井颓垣/良辰美景奈何天/便赏心乐事谁家院——"此时钱夫人流动的意识中再现出当年在清唱会上自己的复杂感情,那时也是这段唱腔,"杜丽娘唱的这段'昆腔'便算是昆曲里的警句了。连吴声豪也说:'钱夫人,您这段《皂罗袍》便是梅兰芳也不能过的。'可是吴声豪的笛子却偏偏吹得那么高"。这段《皂罗袍》是引发钱夫人各种思绪和意识流动的关键内容,也是文本发挥丰富意蕴的点睛之笔。"谁家院"已经超出了《牡丹亭》本身的具体情境而具有了形而上的意味:一切繁华富贵、一切赏心乐事都是飘移不定的,不是永久地属于哪个人、哪个家庭的。多年前南京清唱会上钱夫人早已体悟了一次其中的意味,现在经历了沧桑变迁之后回忆起来,这一切,连带钱夫人本人,又一次被置于戏中,《牡丹亭》的故事意蕴重新被提示出来,又与眼下钱夫人的感慨相契合。确实,赏心乐事,究竟是属于谁家的?当年桂枝香连请生日酒都没有资格,还是钱夫人替她摆的酒筵,可是现在桂枝香却能如此大排场地宴宾客,今天的桂枝香也许就是明天的钱夫人?"姹紫嫣红开遍"也好,"良辰美景"也好,"赏心乐事"也好,都不固定地属于哪个地点,哪个时间,哪个人家。形而上意味在"戏中戏"中进一步被强化。

3. 文本中互文的另一个功能,是穿插在情节中的唱词、曲牌名、戏剧名,对人物性格刻画起到了暗示作用,也优美含蓄地描述出一些不便直接展示的情节。比如钱夫人的意识流中,出现了当年与程参谋的那段恋情,"杜丽娘快要入梦了,柳梦梅也该上场了。可是吴声豪却说,'惊梦'里幽会那一段,最是露骨不过的。(吴师傅,低一点儿吧,今晚我喝多了酒。)然而他却偏捧着酒杯过来叫道:夫人。……荣华富贵——只有那一次。荣华富贵——我只活过一次。懂吗?……"用现成的戏文含蓄地表达,最是诗情画意。钱夫人的感情经历也就表现出来了。再如:"(吴师傅,换支低一点儿的笛子吧,我的嗓子有点不行了。哎,这段'山坡羊'):没乱里春情难遣/蓦地里怀人幽怨/则为俺生小婵娟/拣名门一例一例里神仙眷/甚良缘把青春抛的远/俺的睡情谁见——"这段唱词更细腻、传神地暗示了他们当年的恋情。

"三姊妹"之一天辣椒蒋碧月,用她姐姐桂枝香的话说:"是亲妹子才专拣自己的姐姐往脚下踹呢。"在小说情节中,她唱的是《贵妃醉酒》。不仅唱,而且"蒋碧月果然装了醉态,东倒西歪地做出了种种身段,一个卧鱼弯下身去,用嘴将那只酒杯衔了起来,然后又把杯子当啷一声掷到地上,唱出了两句:人生在世如春梦/且自开怀饮几盅"。这借用《贵妃醉酒》的故事和唱词,刻画了天辣椒泼辣、无所顾忌、对爱情有强烈渴望的性格。

4. 中国文化河床中有深远影响的人名、物名、曲名、地名等,因为在各样语境中被反复地使用,其基本固定的意义不断被强化,其中不少已经具有含义丰富的原型色彩,在这个文本中再度形成暗示和互文现象,营造了全篇总体的怀旧与悲凉的氛围。比如在中国文化中,"月亮"是含义非常丰富的文化形象,已经进入许多文学作品中,只要一提这个字眼,讲汉语的人们就会自然联想起很多相关的故事。《游园惊梦》依托这个文化积淀,与月亮形成了广泛的互文指涉。桂枝香、月月红、蒋碧月、蓝田玉,这些人名中有的与"月"字有关系,有的是词牌名,比如桂枝香,有的来自诗词,蓝田玉就来自"蓝田日暖玉生烟"。还有地名,当年这些唱昆曲的姑娘们唱曲的地方叫作"得月台"。钱将军对蓝田玉说:"除了月亮摘不下来,都给你了。"我国传统文化中"月宫"一词,最早出自于《海内十洲记》:"(东方朔)曾随县主履行,比至朱陵扶桑,蜃海冥夜之丘,纯阳之陵,始青之下,月宫之间。"后来,《渔樵闲话录》上篇《逸史》云:"罗公远引明皇游月宫,掷一竹枝于空中,为大桥,色如金。行十数里,至一大城阙。罗曰:'此乃月宫也。'仙女数百,素衣飘然,舞于广庭中。"再后来唐郑綮《开天传信记》:"吾(唐玄宗)昨夜梦游月宫,诸仙娱予以上清之乐,寥亮清越,殆非人间所闻也。"至此,月宫的传说始昭于世,且为人所称绝。以上所列的月宫传说的流传和被反复引述的情况,表明它们携带的信息也更为丰富:竹枝,金色大桥,诸多仙女,素衣飘然,舞于广庭中,上清之乐,非人间所能闻得……这些形象和信息与嫦娥奔月、寂寞难耐等信息和感情模型相互指涉,在《游园惊梦》的语境中,与人名、地名、环境等再度形成互文,使意义和感情的内涵进一步丰厚起来。

《游园惊梦》的互文性现象,从细处说,包括作者对各种词曲牌名、各个传统剧目的引用;从大处说,则直接继承和延续了中国古典小说戏曲的精神脉络。白先勇自己曾经对这个继承做过说明,也指出了他对以往文学的精神继承。他说:"曹雪芹用《西厢记》来暗示宝玉与黛玉的爱情,用《牡丹亭》来影射黛玉夭折的下场。利用戏曲穿插,来推展小说故事情节,加强小说主题命意,这是《红楼梦》重要的叙事技巧之一。"①李欧梵也曾经描述过这种精神脉络:"《游园惊梦》是现代小说,再上面是《红楼梦》,再上面是《牡丹亭》。"②都揭示了《游园惊梦》的互文性现象。可以说,《游园惊梦》为文学理论提供了互文性的典型范本。

三 梦醒时分的阐释空间

由于意识流手法与叙述角度的自如转换,由于依托中国传统文化文学的互文性,《游园惊梦》的精神内涵异常丰富,构成了一个梦醒时分宽阔的阐释空间。这是优秀文学作品最突出的特征。对于宽阔的阐释空间,可以从两个方面来描述其表征。一个是这种文学作品的意义是多向

---

① 〔美〕白先勇:《白先勇散文集(上):蓦然回首》,文汇出版社2004年版,第211页。
② 同上书,第247页。

的,甚至是歧义的,难以用简洁概括的语言加以归纳,而且似乎永远不能说完,不能说清楚。另一个是其意义超越了具体时代和民族国家。诚然,钱夫人和桂枝香、天辣椒等姐妹是从南京来到台北的,有特定时代和历史的痕迹,她们的命运与这样的历史变迁扭结在一起,但是,仅用历史变故无法囊括她们故事的深意。越是杰出的文学作品,这两个方面特征越明显。这是文学的形而上学特征。或者说,优秀的文学作品都具有形而上性质,作家用自己的体验抵达了形而上。

下面让我们在《游园惊梦》的阐释空间中游弋一下吧。钱夫人的意识流可以看成梦醒时分的标志,梦醒后的钱夫人最突出的感受是怀旧,怀念内地的一切,"她总觉得台湾的衣料粗糙,光泽扎眼,尤其是丝绸,哪里及得上大陆货那么细致,那么柔熟?""可是台湾的花雕到底不及大陆的那么醇厚,饮下去终究有点割喉。"怀旧岂止只是对于特定的空间和时间?女人的怀旧,只要涉及时间,就必然与"惜春"相关。对于南京时光的追忆,也就是对于青春的追忆;青春不再,心里感到痛苦。白先勇说:"据我自己看我的小说,是一个很简单的故事——美人迟暮的故事。"①更进一步,可以发现,由互文所营造的"戏中戏"氛围,人在戏中,人在演戏,人生就是一场戏的涵义不断得到强化。此时,人与戏的关系,已经不是哪个具体人,哪出具体戏了,而是普遍意义上的人与戏的关系。

人与戏的关系超越具体的时空,所以"惊梦"随之具有了普遍的意义。其实,当年南京那次清唱会上,钱夫人发现自己的情人郑彦青和自己的妹妹月月红的私情之后,已经有了一次"惊梦"。那次"惊梦"沉淀在内心深处,成为一个创伤。在这次窦夫人酒筵和昆曲清唱会上,天辣椒和程参谋的在场,再次勾起了钱夫人内心的创伤,于是有了第二次"惊梦"。"游园"而"惊梦",似乎成为一个模式,反复折磨着人的灵魂。

在《游园惊梦》中,我们还发现,由于人在戏中和戏在戏中,由于《牡丹亭》"惊梦"一出的经典段落"原来姹紫嫣红开遍/似这般都付与断井颓垣/良辰美景奈何天/便赏心乐事谁家院——"的意蕴在互文性中被反复强化,所以,意蕴已不独属于汤显祖笔下的《牡丹亭》,也不属于昆曲《游

---

① 〔美〕白先勇:《白先勇散文集(上):蓦然回首》,文汇出版社2004年版,第225页。

园惊梦》,或者白先勇的小说《游园惊梦》,而具有了形而上的性质。具体地说,这相当于康德哲学中的"物自体"的恒久不变、独立存在的意味,更衬托出人生变换不居的永恒悲剧命运。所谓"物自体"是德国哲学家康德提出的一个概念,也可译为"自在之物",指离开意识而独立存在的不可认识的本体。我在这里主要取"物"的独立存在之意,无论人是否意识到物的存在,物总是自得地存在着;而物存在的恒久性,更衬托出人世的变迁,或荣华富贵,或凋零落魄。在白先勇的小说《游园惊梦》里,因为"戏中戏"的营构,失落、批判等意义已经不具体有所指,抽象程度进一步提高。所以"姹紫嫣红开遍"也好,"良辰美景"也好,"赏心乐事"也好,作为客观的存在,都不固定地属于哪个地点,哪个时间,哪个人家,是永远的"物自体",以此映照出人世的变迁和短暂。昨天得势的是钱夫人,今天宴宾客摆排场的则是窦夫人,那么明天呢?明天赏心乐事落在谁家呢?在大自然的美好,以及赏心乐事恒久地独立存在的衬托下,人生的悲凉意味生发出来。确实,这段唱词被文学创作使用的次数越多,"物自体"的恒久所衬托出的人世变迁、短暂以及悲凉意味的形而上特性就越突出。白先勇是人类灵魂的探险者和人生哲学的发现者,他在形而上的探索中加进了自己的理解和方法。

游园惊梦

白先勇

钱夫人到达台北近郊天母窦公馆的时候,窦公馆门前两旁的汽车已经排满了,大多是官家的黑色小轿车,钱夫人坐的计程车开到门口她便命令司机停了下来。窦公馆的两扇铁门大敞,门灯高烧,大门两侧一边站了一个卫士,门口有个随从打扮的人正在那儿忙着招呼宾客的司机。钱夫人一下车,那个随从便赶紧迎了上来,他穿了一身藏青哔叽的中山装,两鬓花白。钱夫人从皮包里掏出了一张名片递给他,那个随从接过名片,即忙向钱夫人深深地行了一个礼,操了苏北口音,满面堆着笑容说道:

"钱夫人,我是刘副官,夫人大概不记得了?"

"是刘副官吗?"钱夫人打量了他一下,微带惊愕地说道,"对了,那时在南京到你们大悲巷公馆见过你的。你好,刘副官。"

"托夫人的福。"刘副官又深深地行了一礼,赶忙把钱夫人让了进去,然后抢在前面用手电筒照路,引着钱夫人走上一条水泥砌的汽车过道,绕着花园直往正屋里行去。

"夫人这向好?"刘副官一行引着路,回头笑着向钱夫人说道。

"还好,谢谢你,"钱夫人答道,"你们长官夫人都好呀?我有好些年没见着他们了。"

"我们夫人好,长官最近为了公事忙一些。"刘副官应道。

窦公馆的花园十分深阔,钱夫人打量了一下,满园子里影影绰绰,都是些树木花草,围墙周遭,却密密地栽了一圈椰子树,一片秋后的清月,已经升过高大的椰子树干子来了。钱夫人跟着刘副官绕过了几丛棕榈树,窦公馆那座两层楼的房子便赫然出现在眼前,整座大楼,上上下下灯火通明,亮得好像烧着了一般;一条宽敞的石级引上了楼前一个弧形的大露台,露台的石栏边沿上却整整齐齐地置了十来盆一排齐胸的桂花,钱夫人一踏上露台,一阵桂花的浓香便侵袭过来了。楼前正门大开,里面有几个仆人穿梭一般来往着,刘副官停在门口,哈着身子,做了个手势,毕恭毕敬地说了声:

"夫人请。"

钱夫人一走入门内前厅,刘副官便对一个女仆说道:

"快去报告夫人,钱将军夫人到了。"

前厅只摆了一堂精巧的红木几椅,几案上搁着一套景泰蓝的瓶尊,一只观音尊里斜插了几枝万年青;右侧壁上,嵌了一面鹅卵形的大穿衣镜。钱夫人走到镜前,把身上那件玄色秋大衣卸下,一个女仆赶忙上前把大衣接了过去。钱夫人往镜里瞟了一眼,很快地用手把右鬓一绺松弛的头发抿了一下,下午六点钟才去西门町红玫瑰做的头发,刚才穿过花园,吃风一撩,就乱了。钱夫人往镜子又凑近了一步,身上那件墨绿杭绸的旗袍,她也觉得颜色有点不对劲儿。她记得这种丝绸,在灯光底下照起来,绿莹莹翡翠似的,大概这间前厅不够亮,镜子里看起来,竟有点发乌。难道真的是料子旧了?这份杭绸还是从南京带出来的呢,这些年都没舍得穿,为了赴这场宴才从箱子底拿出来裁了的。早知如此,还不如到鸿翔绸缎庄买份新的。可是她总觉得台湾的衣料粗糙,光泽扎眼,尤其是丝绸,哪里及得上大陆货那么细致,那么柔熟?

"五妹妹到底来了。"一阵脚步声,窦夫人走了出来,一把便搀住了钱夫人的双手笑道。

"三阿姐,"钱夫人也笑着叫道,"来晚了,累你们好等。"

"哪里的话,恰是时候,我们正要入席呢。"

窦夫人说着便挽着钱夫人往正厅走去。在走廊上,钱夫人用眼角扫了窦夫人两下,她心中不禁觊觎起来:桂枝香果然还没有老。临离开南京那年,自己明明还在梅园新村的公馆替桂枝香请过三十岁的生日酒,得月台的几个姐妹淘都差不多到齐了——桂枝香的妹子后来嫁给任主席任子久做小的十三天辣椒,还有她自己的亲妹妹十七月月红——几个人还学洋派凑份子替桂枝香定制了一个三十寸双层的大寿糕,上面足足插了三十根红蜡烛。现在她总该有四十大几了吧?钱夫人又朝窦夫人瞄了一下。窦夫人穿了一身银灰洒朱砂的薄纱旗袍,足上也配了一双银灰闪光的高跟鞋,右手的无名指上戴了一只莲子大的钻戒,左腕也笼了一副白金镶碎钻的手串,发上却插了一把珊瑚缺月钗,一对寸把长的紫瑛坠子直吊下发脚外来,衬得她丰白的面庞愈加雍容矜贵起来。在南京那时,桂枝香可没有这般风光,她记得她那时还做小,窦瑞生也不过是个次长,现在窦瑞生的官大了,桂枝香也扶了正,难为她熬了这些年,到底给她熬出了头了。

"瑞生到南部开会去了,他听说五妹妹今晚要来,还特地着我向你问好呢。"窦夫人笑着侧过头来向钱夫人说道。

"哦,难为窦大哥还那么有心。"钱夫人笑道。一走近正厅,里面一阵人语喧笑便传了出来。窦夫人在正厅门口停了下来,又握住钱夫人的双手笑道:

"五妹妹,你早就该搬来台北了,我一直都挂着,现在你一个人住在南部那种地方有多冷清呢?今夜你是无论如何缺不得席的——十三也来了。"

"她也在这儿吗?"钱夫人问道。

"你知道呀,任子久一死,她便搬出了任家,"窦夫人说着又凑到钱夫人耳边笑道,"任子久是有几份家当的,十三一个人也算过得舒服了。今晚就是她起的哄,来到台湾还是头一遭呢。她把'赏心乐事'票房里的几位朋友搬了来,锣鼓笙箫都是全的,他们还巴望着你上去显两手呢。"

"罢了,罢了,哪里还能来这个玩意儿!"钱夫人急忙挣脱了窦夫人,摆着手笑道。

"客气话不必说了,五妹妹,连你蓝田玉都说不能,别人还敢开腔吗?"窦夫人笑道,也不等钱夫人分辩便挽了她往正厅里走去。

正厅里东一堆西一堆,锦簇绣丛一般,早坐满了衣裙明艳的客人。厅堂异常宽大,呈凸字形,是个中西合璧的款式。左半边置着一堂软垫沙发,右半边置着一堂紫檀硬木桌椅,中间地板上却隔着一张两寸厚刷着二龙抢珠的大地毯。沙发两长四短,对开围着,黑绒底子洒满了醉红的海棠叶儿,中间一张长方矮几上摆了一只两尺高青天细磁胆瓶,瓶里冒着一大蓬金骨红肉的龙须菊。右半边八张紫檀椅子团团围着一张嵌纹石桌面的八仙桌,桌上早布满了各式的糖盒茶具。厅堂凸字尖端,也摆着六张一式的红木靠椅,椅子三三分开,圈了个半圆,中间缺口处却高高竖了一档乌木架流云蝙蝠镶云母片的屏风。钱夫人看见那些椅子上搁满了铙钹琴弦,椅子前端有两个木架,一个架着一只小鼓,另一个却齐齐地插了一排笙箫管笛。厅堂里灯光辉煌,两旁的座灯从地面斜射上来,照得一面大铜锣金光闪烁。

窦夫人把钱夫人先引到厅堂左半边,然后走到一张沙发跟前对一位五十多岁穿了珠灰旗袍,带了一身玉器的女客说道:

"赖夫人,这是钱夫人,你们大概见过面的吧?"

钱夫人认得那位女客是赖祥云的太太,以前在南京时,社交场合里见过几面。那时赖祥云大概是个司令官,来到台湾,报纸上倒常见到他的名字。

"这位大概就是钱鹏公的夫人了?"赖夫人本来正和身旁一位男客在说话,这下才转过身来,打量了钱夫人半晌,款款地立了起来笑着说道。一面和钱夫人握手,一面又扶了头,说道:

"我是说面熟得很!"

然后转向身边一位黑红脸身材硕肥头顶光秃穿了宝蓝丝葛长袍的男客说:

"刚才我还和余参军长聊天,梅兰芳第三次南下到上海在丹桂第一台唱的是什么戏,再也想不起来了。你们瞧,我的记性!"

余参军长老早立了起来,朝着钱夫人笑嘻嘻地行了一个礼说道:

"夫人久违了。那年在南京励志社大会串瞻仰过夫人的风采的。我还记得夫人票的是《游园惊梦》呢!"

"是呀,"赖夫人接嘴道,"我一直听说钱夫人的盛名,今天晚上总算有耳福要领教了。"

钱夫人赶忙向余参军长谦谢了一番,她记得余参军长在南京时来过她公馆一次,可是她又仿佛记得他后来好像犯了什么大案子被革了职退休了。接着窦夫人又引着她过去,把在座的几位客人都一一介绍一轮。几位夫人太太她一个也不认识,她们的年纪都相当轻,大概来到台湾才兴起来的。

"我们到那边去吧,十三和几位票友都在那儿。"

窦夫人说着又把钱夫人领到厅堂的右手边去。她们两人一过去,一位穿红旗袍的女客便踏着碎步迎了上来,一把便将钱夫人的手臂勾了过去,笑得全身乱颤说道:

"五阿姐,刚才三阿姐告诉我你也要来,我就喜得叫道:'好哇,今晚可真把名角儿给抬了出来了!'"

钱夫人方才听窦夫人说天辣椒蒋碧月也在这里,她心中就踌躇了一番,不知天辣椒嫁了人这些年,可收敛了一些没有。那时大伙儿在南京夫子庙得月台清唱的时候,有风头总是她占先,扭着她们师傅专拣讨好的戏唱。一出台,也不管清唱的规矩,就脸朝了那些捧角的,一双眼睛钩子一般,直伸到台下去。同是一个娘生的,性格儿却差得那么远。论到懂世故,有担待,除了她姐姐桂枝香再也找不出第二个人来。桂枝香那儿的便宜,天辣椒也算捡尽了。任子久连她姐姐的聘礼都下定了,天辣椒却有本事拦腰一把给夺了过去。也亏桂枝香有涵养,等了多少年才委委屈屈做了窦瑞生的偏房。难怪桂枝香老叹息说:是亲妹子才专拣自己的姐姐往脚下踹呢!钱夫人又打量了一下天辣椒蒋碧月,蒋碧月穿了一身火红的缎子旗袍,两只手腕上,铮铮锵锵,直戴了八只扭花金丝镯,脸上勾得十分入时,眼皮上抹了眼圈膏,眼角儿也着了墨,一头蓬得像鸟窝似的头发,两鬓上却刷出几只俏皮的月牙钩来。任子久一死,这个天辣椒比从前反而愈更标劲,愈更佻挞了,这些年的动乱,在这个女人身上,竟找不出半丝痕迹来。

"哪,你们见识见识吧,这位钱夫人才是真正的女梅兰芳呢!"

蒋碧月挽了钱夫人向座上的几位男女票友客人介绍道。几位男客都慌忙不迭站了起来朝了钱夫人含笑施礼。

"碧月,不要胡说,给这几位内行听了笑话。"

钱夫人一行还礼,一行轻轻责怪蒋碧月道。

"碧月的话倒没有说差,"窦夫人也插嘴笑道,"你的昆曲也算得了梅派的真传了。"

"三阿姐——"

钱夫人含糊叫了一声,想分辩几句。可是若论到昆曲,连钱鹏志也对

她说过:

"老五,南北名角我都听过,你的'昆腔'也算是个好的了。"

钱鹏志说,就是为着在南京得月台听了她的《游园惊梦》,回到上海去,日思夜想,心里怎么也丢不下,才又转了回来娶她的。钱鹏志一径对她讲,能得她在身边,唱几句"昆腔"作娱,他的下半辈子也就无所求了。那时她刚在得月台冒红,一句"昆腔",台下一声满堂彩,得月台的师傅说:一个夫子庙算起来,就数蓝田玉唱得最正派。

"就是说呀,五阿姐。你来见见,这位徐经理太太也是个昆曲大王呢,"蒋碧月把钱夫人引到一位着黑旗袍,十分净扮的年轻女客跟前说道,然后又笑着向窦夫人说,"三阿姐,回头我们让徐太太唱'游园',五阿姐唱'惊梦',把这出昆腔的戏祖宗搬出来,让两位名角上去较量较量,也好给我们饱饱耳福。"

那位徐太太连忙站了起来,道了不敢。钱夫人也赶忙谦让了几句,心中却着实嗔怪天辣椒太过冒失,今天晚上这些人,大概没有一个不懂戏的,恐怕这位徐经理太太就现放着是个好角色,回头要真给抬了上去,倒不可以大意呢。运腔转调,这些人都不足畏,倒是在南部这么久,嗓子一直没有认真吊过,却不知如何了。而且裁缝师傅的话果然说中:台北不兴长旗袍喽。在座的——连那个老得脸上起了鸡皮皱的赖夫人在内,个个的旗袍下摆都缩得差不多到膝盖上去了,露出大半截腿子来。在南京那时,那个夫人的旗袍不是长得快拖到脚面上来了?后悔没有听从裁缝师傅,回头穿了这身长旗袍站出去,不晓得还登不登样。一上台,一亮相,最要紧。那时在南京梅园新村请客唱戏,每次一站上去,还没有开腔就先把那台下压住了。

"程参谋,我把钱夫人交给你了。你不替我好好伺候着,明天罚你作东。"

窦夫人把钱夫人引到一位卅多岁的军官面前笑着说道,然后转身悄声对钱夫人说:"五妹妹,你在这里聊聊,程参谋最懂戏的,我得进去招呼着上席了。"

"钱夫人久仰了。"

程参谋朝着钱夫人,立了正,利落的一鞠躬,行了一个军礼,他穿了一身浅泥色凡立丁的军礼服,外套的翻领上别了一副金亮的两朵梅花中校领章,一双短筒皮靴靠在一起,乌光水滑的。钱夫人看见他笑起来时,咧着一口齐垛垛净白的牙齿,容长的面孔,下巴剃得青亮,眼睛细长上挑,随一双飞扬的眉毛,往两鬓插去,一秆葱的鼻梁,鼻尖却微微下佝,一头墨浓的头发,处处都抿得妥妥帖帖的。他的身段颀长,着了军服分外英发,可是钱夫人觉得他这一声招呼里却又透着几分温柔,半点也没带武人的粗糙。

"夫人请坐。"

程参谋把自己的椅子让了出来,将椅子上那张海绵椅垫挪挪正,请钱夫人就了座,然后立即走到那张八仙桌端了一盅茉莉香片及一个四色糖盒来,钱夫人正要伸出手去接过那盅石榴红的瓷杯,程参谋却低声笑道:

"小心烫了手,夫人。"

然后打开了那个描金乌漆糖盒,佝下身去,双手捧到钱夫人面前,笑吟吟地望着钱夫人,等她挑选。钱夫人随手抓了一把松瓢,程参谋忙劝止道:

"夫人,这个东西顶伤嗓子。我看夫人还是尝颗蜜枣,润润喉吧。"

随着便拈起一根牙签挑了一枚蜜枣,递给钱夫人,钱夫人道了谢,将那枚蜜枣接了过来,塞到嘴里,一阵沁甜的蜜味,果然十分甘芳。程参谋另外多搬了一张椅子,在钱夫人右侧坐了下来。

"夫人最近看戏没有?"程参谋坐定后笑着问道。他说话时,身子总是微微倾斜过来,十分专注似的,钱夫人看见他又露了一口白净的牙齿来,灯光下,照得莹亮。

"好久没看了,"钱夫人答道,她低下头去,细细地啜了一口手里那盅香片,"住在南部,难得有好戏。"

"张爱云这几天正在国光戏院演《洛神》呢,夫人。"

"是吗?"钱夫人应道,一直俯着首在饮茶,沉吟了半晌才说道,"我还是在上海天蟾舞台看她演过这出戏——那是好久以前了。"

"她的做工还是在的,到底不愧是'青衣祭酒',把个宓妃和曹子建两个人那段情意,演得细腻到了十分。"

钱夫人抬起头来,触到了程参谋的目光,她即刻侧过了头去,程参谋那双细长的眼睛,好像把人都罩住了似的。

"谁演得这般细腻呀?"天辣椒蒋碧月插了进来笑道,程参谋赶忙立起来,让了座。蒋碧月抓了一把朝阳瓜子,跷起腿嗑着瓜子笑道:"程参谋,人人说你懂戏,钱夫人可是戏里的'通天教主',我看你趁早别在这儿班门弄斧了。"

"我正在和钱夫人讲究张爱云的《洛神》,向钱夫人讨教呢。"程参谋对蒋碧月说着,眼睛却瞟向了钱夫人。

"哦,原来是说张爱云吗?"蒋碧月扑哧笑了一下,"她在台湾教教戏也就罢了,偏偏又要去唱《洛神》,扮起宓妃来也不像呀!上礼拜六我才去国光看来,买到了后排,只见她嘴巴动,声音也听不到,半出戏还没唱完,她嗓子先就哑掉了——嗳唷,三阿姐来请上席了。"

一个仆人拉开了客厅通到饭厅的一扇镂空卍字的桃花心木推门。窦夫人已经从饭厅里走了出来。整座饭厅银素装饰,明亮得像雪洞一般,两桌席上,却是猩红的细布桌面,盆碗羹箸一律都是银的。客人们进去后都你推我让,不肯上坐。

"还是我占先吧,这般让法,这餐饭也吃不成了,倒是辜负了主人这番心意!"

赖夫人走到第一桌的主位坐了下来,然后又招呼着余参军长说道:

"参军长,你也来我旁边坐下吧。刚才梅兰芳的戏,我们还没有论出头绪来呢。"

余参军长把手一拱,笑嘻嘻地道了一声:"遵命。"客人们哄然一笑便都相随入了席。到了第二桌,大家又推让起来了,赖夫人隔着桌子向钱夫人笑着叫道:

"钱夫人,我看你也学学我吧。"

窦夫人便过来拥着钱夫人走到第二桌主位上,低声在她耳边说道:

"五妹妹,你就坐下吧。你不占先,别人不好入座的。"

钱夫人环视了一下,第二桌的客人都站在那儿带笑睃着她。钱夫人赶忙含糊地推辞了两句,坐了下去,一阵心跳,连她的脸都有点发热了。倒不是她没经过这种场面,好久没有应酬,竟有点不惯了。从前钱鹏志在的时候,筵席之间,十有八九的主位,倒是她占先的。钱鹏志的夫人当然上座,她从来也不必推让。南京那起夫人太太们,能僭过她辈分的,还数不出几个来。她可不能跟那些官儿的姨太太们去比,她可是钱鹏志明公正道迎回去做填房夫人的。可怜桂枝香那时出面请客都没份儿,连生日酒还是她替桂枝香做的呢。到了台湾,桂枝香才敢这么出头摆场面,而她那时才冒二十岁,一个清唱的姑娘,一夜间便成了将军夫人了。卖唱的嫁给小户人家还遭多少议论,又何况是入了侯门?连她亲妹子十七月月红还刻薄过她两句:姐姐,你的辫子也该铰了,明日你和钱将军走在一起,人家还以为你是她的孙女儿呢!钱鹏志娶她那年已经六十靠边了,然而怎么说她也是他正正经经的填房夫人啊。她明白她的身份,她也珍惜她的身份。跟了钱鹏志那十几年,筵前酒后,哪次她不是捏着一把冷汗,怎是多大的场面,总是应付得妥妥帖帖的?走在人前,一样风华蹁跹,谁又敢议论她是秦淮河得月台的蓝田玉了?

"难为你了,老五。"

钱鹏志常常抚着她的腮对她这样说道。她听了总是心里一酸,许多的委屈却是没法诉的。难道她还能怨钱鹏志吗?是她自己心甘情愿的。钱鹏志娶她的时候就分明和她说清楚了。他是为着听了她的《游园惊梦》才想把她接回去伴他的晚年的。可是她妹子月月红说的呢,钱鹏志好当她的爷爷了,她还要希冀什么?到底应了得月台瞎子师娘那把铁嘴:五姑娘,你们这种人只有嫁给年纪大的,当女儿一般疼惜算了。年轻的,哪里靠得住?可是瞎子师娘偏偏又捏着她的手,眨巴着一双青光眼叹息道:荣华富贵你是享定了,蓝田玉,只可惜你长错了一根骨头,也是你前世的冤孽!不是冤孽还是什么?除却天上的月亮摘不到,世上的金钱财宝,钱鹏志怕不都设法捧了来讨她的欢心。她体验得出钱鹏志那番苦心。钱鹏志怕她念着出身低微,在达官贵人面前气馁胆怯,总是百般怂恿着她,讲排场,耍派头。梅园新村钱夫人宴客的款式怕不噪反了整个南京城,钱公馆里的酒席钱,"袁大头"就用得罪过花啦的。单就替桂枝香请生日酒那天吧,梅园新村的公馆里一摆就是十台,摩笛的是仙霓社里大江南北第一把笛子吴声豪,大厨师却是花了十块大洋特别从桃叶渡的绿柳居接来的。

"窦夫人,你们大师傅是哪儿请来的呀?来到台湾我还是头一次吃到这么讲究的鱼翅呢。"赖夫人说道。

"他原是黄钦之黄部长家在上海时候的厨子,来台湾才到我们这儿的。"窦夫人答道。

"那就难怪了,"余参军长接口道,"黄钦公是有名的美食家呢。"

"哪天要能借到府上的大师傅去烧个翅,请起客来就风光了。"赖夫人说道。

"那还不容易?我也乐得去白吃一餐呢!"窦夫人说,客人都笑了起来。

"钱夫人,请用碗翅吧。"程参谋盛了一碗红烧鱼翅,加了匙羹镇江醋,搁在钱夫人面前,然后又低声笑道:

"这道菜,是我们公馆里出了名的。"

钱夫人还没来得及尝鱼翅,窦夫人却从隔壁桌子走了过来敬了一轮酒,特别又叫程参谋替她斟满了,走到钱夫人身边,按着她的肩膀笑道:

"五妹妹,我们俩儿好久没对过杯了。"

说完便和钱夫人碰了一下杯,一口喝尽,钱夫人也细细地干掉了。窦夫人离开时又对程参谋说道:

"程参谋,好好替我劝酒啊。你长官不在,你就在那一桌替他做主人吧。"

程参谋立起来,执了一把银酒壶,弯了身,笑吟吟便往钱夫人杯里筛酒,钱夫人忙阻止道:

"程参谋,你替别人斟吧,我的酒量有限得很。"

程参谋却站着不动,望着钱夫人笑道:

"夫人,花雕不比别的酒,最易发散。我知道夫人回头还要用嗓子,这个酒暖得正好,少喝点儿,不会伤喉咙的。"

"钱夫人是海量,不要饶过她!"

坐在钱夫人对面的蒋碧月却走了过来,也不用人让,自己先斟满了一杯,举到钱夫人面前笑道:

"五阿姐,我也好久没有和你喝过双盅儿了。"

钱夫人推开了蒋碧月的手,轻轻咳了一下说道:

"碧月,这样喝法要醉了。"

"到底是不赏妹子的脸,我喝双份儿好了,回头醉了,最多让他们抬回去就是啦。"

蒋碧月一仰头便干了一杯,程参谋连忙捧上另一杯,她也接过去一气干了,然后把个银酒杯倒过来,在钱夫人脸上一晃。客人们都鼓起掌来喝道:

"到底是蒋小姐豪兴!"

钱夫人只得举起了杯子,缓缓的将一杯花雕饮尽。酒倒是烫得暖暖的,一下喉,就像一股热流般,周身游荡起来了。可是台湾的花雕到底不及大陆的那么醇厚,饮下去终究有点割喉。虽说花雕容易发散,饮急了,后劲才凶呢。没想到真正从绍兴办来的这些陈年花雕也那么伤人。那晚到底中了她们的道儿!她们大伙儿都说,几杯花雕哪里就能把嗓子喝哑了?难得是桂枝香的好日子,姐妹们不知何日才能聚得齐,主人尚且不开怀,客人哪能尽兴呢?连月月红十七也夹在里面起哄:姐姐,我们姐妹俩儿也来干一杯,亲热亲热一下。月月红穿了一身大金大红的缎子旗袍,艳得像只鹦哥儿,一双眼睛,鹘伶伶地尽是水光。姐姐不赏脸,她说,姐姐到底不赏妹子的脸,她说道。逞够了强,捡够了便宜,还要赶着说风凉话。难怪桂枝香叹息:是亲妹子才专拣自己的姐姐往脚下踹呢。月月红——就算她年轻不懂事,可是他郑彦青就不该也跟了来胡闹了。他也捧了满满的一杯酒,咧着一口雪白的牙齿说道:夫人,我也来敬夫人一杯。他喝得两颧鲜红,眼睛烧得像两团黑火,一双带刺的马靴啪哒一声并在一起,弯着身腰柔柔地叫道:夫人——

"这个该轮到我了,夫人。"程参谋立起身,双手举起了酒杯笑吟吟地说道。

"真的不行了,程参谋。"钱夫人微俯着首,喃喃说道。

"我先干三杯,表示敬意,夫人请随意好了。"

程参谋一连便喝了三杯,一片酒晕把他整张脸都盖了过去了。他的额头发出了亮光,鼻尖上也冒出几颗汗珠子来。钱夫人端起了酒杯,在唇边略略沾了一下。程参谋替钱夫人拈了一只贵妃鸡的肉翅,自己也夹了一个鸡头来过酒。

"嗳唷,你敬的是什么酒呀?"

对面蒋碧月站起来,伸头前去嗅了一下余参军长手里那杯酒,尖着嗓门叫了起来,余参军长正捧着一只与众不同的金色鸡缸杯在敬蒋碧月的酒。

"蒋小姐,这杯是'通宵酒'哪。"余参军长笑嘻嘻地说道,他那张黑红脸早已喝得像猪肝似的了。

"呀呀哗,何人与你们通宵哪!"蒋碧月把手一挥,操起戏白说道。

"蒋小姐,百花亭里还没摆起来,你先就'醉酒'了。"赖夫人隔着桌子笑着叫道,客人们又一声哄笑起来。窦夫人也站了起来对客人们说道:

"我们也该上场了,请各位到客厅那边宽坐去吧。"

客人们都立了起来,赖夫人带头,鱼贯而入进到客厅里,分别坐下。几位男票友却走到那档屏风面前几张红木椅子就了座,一边调弄起管弦来。六个人,除了胡琴外,一个拉二胡,一个弹月琴,一个管小鼓拍板,另外两个人立着,一个擎了一对铙钹,一个手里却吊了一面大铜锣。

"夫人,那位杨先生真是把好胡琴,他的笛子,台湾还找不出第二个人呢,回头你听他一吹,就知道了。"

程参谋指着那位操胡琴姓杨的票友,在钱夫人耳根下说道。钱夫人微微斜靠在一张单人沙发上,程参谋在她身旁一张皮垫矮圆凳上坐了下来。他又替钱夫人沏一盅茉莉香片,钱夫人一面品着茶,一面顺着程参谋的手,朝那位姓杨的票友望去。那位姓杨的票友约莫五十上下,穿了一件古铜色起暗团花的熟罗长衫,面貌十分清癯,一双手指修长,洁白得像十管白玉一般,他将一柄胡琴从布袋子里抽了出来,腿上垫上一块青搭布,将胡琴搁在上面,架上了弦弓,随便咿呀的调了一下,微微将头一垂,一扬手,猛地一声胡琴,便像抛线一般窜了起来,一段"夜深沉",奏得十分清脆嘹亮,一奏毕,余参军长头一个便跳了起来叫了声:"好胡琴!"客人们便也都鼓起掌来。接着锣鼓齐鸣,奏出了一只"将军令"的上场牌子来。窦夫人也跟着满客厅一一去延请客人们上场演唱,正当客人们互相推让间,余参军长已经拥着蒋碧月到胡琴那边,然后打起丑腔叫道:

"启娘娘,这便是百花亭了。"

蒋碧月双手捂着嘴,笑得前俯后仰,两只腕上几个扭花金镯子,铮铮锵锵地抖响着。客人们都跟着喝彩,胡琴便奏出了《贵妃醉酒》里的四平调。蒋碧月身也不转,面朝了客人便唱了起来。唱到过门的时候,余参军

长跑出去托了一个朱红茶盘进来,上面搁了那只金色的鸡缸杯,一手撩了袍子,在蒋碧月跟前做了半跪的姿势,效那高力士叫道:

"启娘娘,奴婢敬酒。"

蒋碧月果然装了醉态,东歪西倒地做出了种种身段,一个卧鱼弯下身下,用嘴将那只酒杯衔了起来,然后又把杯子当啷一声掷到地上,唱出了两句:

人生在世如春梦

且自开怀饮几盅

客人们早笑得滚做了一团,窦夫人笑得岔了气,沙着喉咙对赖夫人喊道:

"我看我们碧月今晚真的醉了!"

赖夫人笑得直用绢子揩眼泪,一面大声叫道:

"蒋小姐醉了倒不要紧,只是莫学那杨玉环又去喝一缸醋就行了。"

客人们正在闹着要蒋碧月唱下去,蒋碧月却摇摇摆摆地走了下来,把那位徐太太给抬了上去,然后对客人们宣布道:

"'赏心乐事'的昆曲台柱来给我们唱'游园'了,回头再请另一位昆曲皇后梅派正宗传人——钱夫人来接唱"惊梦'。"

钱夫人赶忙抬起了头来,将手里的茶杯搁到左边的矮几上,她看见徐太太已经站到了那档屏风前面,半背着身子,一只手却扶在插笙箫的那只乌木架上。她穿了一身净黑的丝绒旗袍,脑后松松地挽了一个贵妇髻,半面脸微微向外,莹白的耳垂露在发外,上面吊着一丸翠绿的坠子。客厅里几只喇叭形的座灯像数道注光把徐太太那窈窕的身影,袅袅娜娜地推送到那档云母屏风上去。

"五阿姐,你仔细听听,看看徐太太的'游园'跟你唱的可有个高下。"

蒋碧月走了过来,一下子便坐到了程参谋的身边,伸过头来,一只手拍着钱夫人的肩,悄声笑着说道。

"夫人,今晚总算我有缘,能领教夫人的'昆腔'了。"

程参谋也转过头来,望着钱夫人笑道。钱夫人睇着蒋碧月手腕上那几只金光乱窜的扭花镯子,她忽然感到一阵微微的晕眩,一股酒意涌上了她的脑门似的,刚才灌下去的那几杯花雕好像渐渐着力了,她觉得两眼发热,视线都有点朦胧起来。蒋碧月身上那袭红旗袍如同一团火焰,一下子明晃晃地烧到了程参谋的身上,程参谋衣领上那几枚金梅花,便像火星子般,跳跃了起来。蒋碧月的一对眼睛像两丸黑水银在她醉红的脸上溜转着,程参谋那双细长的眼睛却眯成了一条缝,射出了逼人的锐光,两张脸都向着她,一齐咧着整齐的白牙,朝她微笑着,两张红得发油光的面靥渐渐地靠拢起来,凑在一块儿,咧着白牙,朝她笑着。笛子和洞箫都鸣了起来,笛音如同流水,把靡靡下沉的箫声又托了起来,送进"游园"的"皂罗袍"中去——

  原来姹紫嫣红开遍
  似这般都付与断井颓垣
  良辰美影奈何天
  便赏心乐事谁家院——

杜丽娘唱的这段"昆腔"便算是昆曲里的警句了。连吴声豪也说:钱夫人,您这段"皂罗袍"便是梅兰芳也不能过的。可是吴声豪的笛子却偏偏吹得那么高(吴师傅,今晚让她们灌多了,嗓子靠不住,你换支调门儿低一点儿的笛子吧)。吴声豪说,练嗓子的人,第一要忌酒;然而月月红十七却端着那杯花雕过来说道:姐姐,我们姐妹俩儿也来干一杯。她穿得大金大红的,还要说:姐姐,你不赏脸。不是这样说,妹子,不是姐姐不赏脸,实在为着他是姐姐命中的冤孽。瞎子师娘不是说过:荣华富贵——蓝田玉,可惜你长错了一根骨头。冤孽啊。他可不就是姐姐命中招的冤孽吗?懂吗?妹子,冤孽。然而他也捧着酒杯过来叫道:夫人。他笼着斜皮带,戴着金亮的领章,腰干扎得挺细,一双带白铜刺的长筒马靴乌光水滑的啪哒一声靠在一起,眼皮都喝得泛了桃花,却叫道:夫人。谁不知道南京梅园新村的钱夫人呢?钱鹏公,钱将军的夫人啊。钱鹏志的夫人。钱鹏志的随从参谋。钱将军的夫人。钱将军的参谋。钱将军。难为你了,老五,钱鹏志说道,可怜你还那么年轻。然而年轻人哪里会有良心呢?瞎子师娘说,你们这种人,只有年纪大的才懂得疼惜啊。荣华富贵——只可惜长错了一根骨头。懂吗?妹子,他就是姐姐命中招的冤孽了。钱将军的夫人。钱将军的随从参谋。将军夫人。随从参谋。冤孽,我说。冤孽,我说。(吴师傅,换支低一点儿的笛子吧,我的嗓子有点不行了。哎,这段"山坡羊"。)

  没乱里春情难遣
  蓦地里怀人幽怨
  则为俺生小婵娟
  拣名门一例一例里神仙眷
  甚良缘把青春抛的远
  俺的睡情谁见——

  那团红火焰又熊熊地冒了起来了,烧得那两道飞扬的眉毛,发出了青湿的汗光。两张醉红的脸又渐渐地靠拢在一处,一齐咧着白牙,笑了起来。笛子上那几根玉管子似的手指,上下飞跃着。那袭袅袅的身影儿,在那档雪青的云母屏风上,随着灯光,仿仿佛佛地摇曳起来。笛声愈来愈低沉,愈来愈凄咽,好像把杜丽娘满腔的怨情都吹了出来似的。杜丽娘快要入梦了,柳梦梅也该上场了。可是吴声豪却说,"惊梦"里幽会那一段,最是露骨不过的。(吴师傅,低一点儿吧,今晚我喝多了酒。)然而他却偏捧着酒杯过来叫道:夫人。他那双乌光水滑的马靴啪哒一声靠在一处,一双白铜马刺扎得人的眼睛都发疼了。他喝得眼皮泛了桃花,还要那么叫道:夫人。我来扶你上马,夫人,他说道,他的马裤把两条修长的腿子绷得滚圆,夹在马肚子上,像一双钳子。他的马是白的,路也是白的,树干子也是白的,他那匹白马在猛烈的太阳底下照得发了亮。他们说:到中山陵的那条路上两旁种满了白桦树。他那匹白马在桦树林子里奔跑起来,活像一头麦秆丛中乱窜的白兔儿。太阳照在马背上,蒸出了一缕缕的白烟来。一匹白的。一匹黑的——两匹马都淌着汗。而他身上却沾满了触鼻的马汗。他的眉毛变得碧青,眼睛像两团烧着了的黑火,汗珠子一行行从他额上流到他鲜红的颧上来。太阳,我叫道。太阳照得人的眼睛都睁不开了。那些树干子,又白净,又细滑,一层层的树皮都卸掉了,露出里面赤裸裸的嫩肉来。他们说:那条路上种满了白桦树。太阳,我叫道,太阳直射到人的眼睛上来了。于是他便放柔了声音唤道:夫人。钱将军的夫人。

钱将军的随从参谋。钱将军的——老五,钱鹏志叫道,他的喉咙已经咽住了。老五,他喑哑地喊道,你要珍重吓。他的头发乱得像一丛枯白的茅草,他的眼睛坑出了两只黑窟窿,他从白床单下伸出他那只瘦黑的手来,说道,珍重吓,老五。他抖索索地打开了那只描金的百宝匣儿,这是祖母绿,他取出了第一层抽屉。这是猫儿眼。这是翡翠叶子。珍重吓,老五,他那乌青的嘴皮颤抖着,可怜你还这么年轻。荣华富贵——只可惜你长错了一根骨头。冤孽,妹子,他就是姐姐命中招的冤孽了。你听我说,妹子,冤孽呵。荣华富贵——可是我只活过那么一次。懂吗?妹子,他就是我的冤孽了。荣华富贵——只有那一次。荣华富贵——我只活过一次。懂吗?妹子,你听我说,妹子。姐姐不赏脸,月月红却端着酒过来说道,她的眼睛亮得剩了两泡水。姐姐到底不赏妹子的脸,她穿得一身大金大红的,像一团火一般,坐到了他的身边去。(吴师傅,我喝多了花雕。)

  迁延,这衷怀那处言
  淹煎,泼残生除问天——

  就在那一刻,泼残生——就在那一刻,她坐到他身边,一身大金大红的,就是那一刻,那两张醉红的面孔渐渐地凑拢在一起,就在那一刻,我看到了他们的眼睛:她的眼睛,他的眼睛完了,我知道,就在那一刻,除问天——(吴师傅,我的嗓子。)完了,我的喉咙,摸摸我的喉咙,在发抖吗?完了,在发抖吗?天——(吴师傅,我唱不出来了。)天——完了,荣华富贵——可是我只活过一次,——冤孽、冤孽、冤孽——天——(吴师傅,我的嗓子。)——就在那一刻:就在那一刻,哑掉了——天——天——天——

  "五阿姐,该是你'惊梦'的时候了。"蒋碧月站了起来,走到钱夫人面前,伸出了她那一双戴满了扭花金丝镯的手臂,笑吟吟的说道。

  "夫人——"程参谋也立了起来,站在钱夫人跟前,微微倾着身子,轻轻地叫道。

  "五妹妹,请你上场吧。"窦夫人走了过来,一面向钱夫人伸出手说道。

锣鼓笙箫一齐鸣了起来,奏出了一只"万年欢"的牌子。客人们都倏地离了座,钱夫人看见满客厅里都是些手臂交挥拍击,把徐太太团团围在客厅中央。笙箫管笛愈吹愈急切,那面铜锣高高的举了起来,敲得金光乱闪。

"我不能唱了。"钱夫人望着蒋碧月,微微摇了摇两下头,喃喃说道。

"那可不行,"蒋碧月一把捉住了钱夫人的双手,"五阿姐,你这位名角儿今晚无论如何逃不掉的。"

"我的嗓子哑了。"钱夫人突然用力摔开了蒋碧月的双手,嘎声说道,她觉得全身的血液一下子都涌到头上来了似的,两腮滚热,喉头好像让刀片猛割了一下,一阵阵地刺痛起来,她听见窦夫人插进来说:

"五妹妹不唱算了——余参军长,我看今晚还是你这位黑头来压轴吧。"

"好呀,好呀,"那边赖夫人马上响应道,"我有好久没有领教余参军长的'八大锤'了。"

说着赖夫人便把余参军长推到了锣鼓那边。余参军长一站上去,便拱了手朝下面道了一声"献丑",客人们一阵哄笑,他便开始唱了一段金兀术上场时的"点绛唇":一面唱着,一面又撩起了袍子,做了个上马的姿势,踏着马步便在客厅中央环走起来,他那张宽肥的醉脸涨得紫红,双眼圆睁,两道粗眉一齐竖起,几声呐喊,把胡琴都压了下去。赖夫人笑得弯了腰,跑上去,跟在余参军长后头直拍着手,蒋碧月即刻上去加入了他们的行列,不停的尖起嗓子叫着:"好黑头!好黑头!"另外几位女客也上去跟了她们喝彩,团团围走,于是客厅里的笑声便一阵比一阵暴涨了起来。余参军长一唱毕,几个着白衣黑裤的女佣已经端了一碗碗的红枣桂圆汤进来让客人们润喉了。

窦夫人引了客人们走到屋外露台上的时候,外面的空气里早充满了风露,客人们都穿上了大衣,窦夫人却围了一张白丝大披肩,走到了台阶的下端去。钱夫人立在露台的石栏旁边,往天上望去,她看见那片秋月恰恰的升到中天,把窦公馆花园里的树木路阶都照得镀了一层白霜,露台上那十几盆桂花,香气却比先前浓了许多,像一阵湿雾似的,一下子罩到了她的面上来。

"赖将军夫人的车子来了。"刘副官站在台阶下面,往上大声通报各家的汽车。头一辆开进来的,便是赖夫人那架黑色崭新的林肯,一个穿着制服的司机赶忙跳了下来,打开车门,弯了腰毕恭毕敬地候着。赖夫人走下台阶,和窦夫人道了别,把余参军长也带上了车,坐进去后,却伸出头来向窦夫人笑道:

"窦夫人,府上这一夜戏,就是当年梅兰芳和金少山也不能过的。"

"可是呢,"窦夫人笑着答道,"余参军长的黑头真是赛过金霸王了。"

立在台阶上的客人都笑了起来,一齐向赖夫人挥手作别。第二辆开进来的,却是窦夫人自己的小轿车,把几位票友客人都送走了。接着程参谋自己开了一辆吉普军车进来,蒋碧月马上走了下去,捞起旗袍,跨上车子去,程参谋赶着过来,把她扶上了司机旁边的座位上,蒋碧月却歪出半个身子来笑道:

"这辆吉普车连门都没有,回头怕不把我摔出马路上去呢。"

"小心点开啊,程参谋。"窦夫人说道,又把程参谋叫了过去,附耳嘱咐了几句,程参谋直点着头笑应道:

"夫人请放心。"

然后他朝了钱夫人,立了正,深深地行了一个礼,抬起头来笑道:

"钱夫人,我先告辞了。"

说完便利落地跳上了车子,发了火,开动起来。

"三阿姐再见!五阿姐再见!"

蒋碧月从车门伸出手来,不停地招挥着,钱夫人看见她臂上那一串扭花镯子,在空中划了几个金圈圈。

"钱夫人的车子呢?"客人快走尽的时候,窦夫人站在台阶下向刘副官道。

"报告夫人,钱将军夫人是坐计程车来的。"刘副官立了正答道。

"三阿姐——"钱夫人站在露台上叫了一声,她老早就想跟窦夫人说替她叫一辆计程车来了,可是刚才客人多,她总觉得有点堵口。

"那么我的汽车回来,立刻传进来送钱夫人吧。"窦夫人马上接口道。

"是,夫人。"刘副官接了命令便退走了。

窦夫人回转身,便向着露台走了上来,钱夫人看见她身上那块白披肩,在月光下,像朵云似地簇拥着她。一阵风掠过去,周遭的椰树都沙沙地鸣了起来,把窦夫人身上那块大披肩吹得姗姗扬起,钱夫人赶忙用手把大衣领子锁了起来,连连打了两个寒噤,刚才滚热的面腮,吃这阵凉风一逼,汗毛都张开了。

"我们进去吧,五妹妹,"窦夫人伸出手来,搂着钱夫人的肩膀往屋内走去,"我去叫人沏壶茶来,我们俩儿正好谈谈心——你这么久没来,可发觉台北变了些没有?"

钱夫人沉吟了半晌,侧过头来答道:

"变多喽。"

走到房子门口的时候,她又轻轻地加了一句:

"变得我都快不认识了——起了好多新的高楼大厦。"

总 论

一 文本分析作为一种文学研究方式的性质和地位

在各种文学研究活动中,对于文学作品尤其经典文学作品的文本分析,是一种重要的研究活动和方式。在西方文学理论和批评中常见到文本分析的踪影,这些年来本土在借鉴基础上也经常采用这种研究方式。那么,文本分析的性质和地位何在?

我们暂且试探性地为文本分析下一个定义:文本分析作为一种文学研究活动,以优秀的文学作品为研究对象,探寻文学作品艺术价值形成的原因和机制。这种文学研究活动强调自觉的方法意识,采取与文本相应的方法,对文本进行学理性分析,在分析中自然地转换为对文学作品的审美评价。从研究者主体角度来看,其目的与文学鉴赏迥然有别。如果说,文学鉴赏的目的是为了阅读者自己的愉悦,那么,文本分析的目的则是探索研究文本的艺术价值。这种文学研究方式,从研究对象角度来看,是以文学作品的艺术效果为基本前提的,也就是说,当文本分析工作开始的时候,已经是以认可了这个作品是值得分析的对象为前提的。从工作的工具和方式的角度来看,由于文本分析是一种充满理性的、对应着具体文学作品的并且具有明确目的的研究活动,所以,工具即方法作为中介贯穿在研究者主体和研究客体之间。

文本分析的上述性质来自于这种研究活动和方式具有其他文学活动不可替代的作用和地位。

人类和文学最直接原始的关系是对文学作品的欣赏。对文学作品的审美经验是人类最基本的精神现象。"以审美态度完成的阅读"是人类重要的基本的阅读,在这种阅读中,"文学艺术作品及其具体化不再是某种其他目的的工具而是成为读者的活动,尤其是他的意识活动的主要对象"。① 人和文学作品的这种关系,确认了人的主体性质和特点,即这种欣赏活动的根本性目的是为了欣赏者自己的主观愿望。欣赏者对作品的喜爱是基本前提,被其感染、激动,浮想联翩为其特点。文学欣赏在人类和文学的关系中显示出最基础最本真的性质。

以文学欣赏为基础,人类开始文学研究活动,截至目前,人类研究文学的方式有很多种,中西方差不多,主要有文学史研究、文学思潮史研究、以作品为核心的作家论研究、与时代同步的文学评论等几种。

1. 文学史研究是文学发展并丰富到相当程度之后的研究方式。

文学史的主要任务是力求准确地描述和概括文学发展的线索和面貌。其基本方式是将散落的文学现象、作家作品,按照一定的文学观念,通过比较性的研究,排列出一个序列给予其特定的文学史地位。首先,评价性是文学史工作的主要性质。文学史研究对于具体作家的评价立足在该作家全部重要作品的搜罗和概括基础上。比如,由戈宝权任特约顾问,易漱泉、雷成德、王远泽为编辑小组编著的《俄国文学史》第19章"契诃夫"中分别用四节介绍了契诃夫的"生平""短篇小说"《草原》《第六病室》和《套中人》"戏剧"。在第二节"短篇小说"中写到,契诃夫的短篇小说,是世界文学宝库中灿烂的珍珠。在他短短的一生里,写了700多篇短篇小说,塑造了大约6000个形态各异、个性鲜明的人物形象。通过这些人物的活动,作家绘声绘色的笔触深入到俄国社会各个角落,广泛而深刻地反映了整整一个时代的风貌。俄国短篇小说这种体裁,到契诃夫创作的年代,发展到了高度成熟、极为完美的地步。他的一系列丰富多彩、美不胜收的短篇小说,是他对俄国文学和世界文学的最大贡献。这个评价是在对契诃夫全部作品的概括基础上得出的。其次,比较是文学史研究的原则和基本方法。任何一位作家的定评都是在与其他作家的相互比较中得到确认的。比如李白和杜甫在《中国文学史》中均占有一章的地

---

① 〔波兰〕罗曼·英加登:《对文学的艺术作品的认识》,陈燕谷、晓未译,中国文联出版公司1988年版,第180页。

位,这是在与初唐四杰、杜牧、王勃、王昌龄等诗人相比较的基础上得出的。再次,比较的原则随着文学观念的改变也会发生变化,比如,在游国恩等主编的人民文学出版社1963年版的《中国文学史》中,诗人李商隐没有专章。而到了由袁行霈主编、高等教育出版社1999年版的《中国文学史》第二卷则发生了变化,"李商隐"和"李白""杜甫""白居易"与"元白诗派"处于同等文学史地位,各独占一章。一般说来,当文学观念、比较和选择原则等发生变化和调整,必然会提出重写文学史的要求。

2. 文学思潮史研究在表面看来没有内在联系的一些文学思想、文学创作现象中发现具有连续性的思想潮流,描述其走向且给出历史性评价和理论说明。

比较是文学思潮史研究的基本原则和方法。文学思潮史研究以评价为主,分析次之。这种研究方式最典型的著作是丹麦的勃兰兑斯的《十九世纪文学主潮》。这部六卷本的著作,是对于欧洲从18世纪下半叶开始到19世纪上半叶这样一个从前现代向现代转折时期的法、德、英三国文学中"一个带有戏剧的形式与特征的最重要运动的发展过程"的著述。以文学思潮的发展演变串联起这三国作家和他们的创作。在宏阔的视野中,运用心理分析、比较和相互联系的方法对作家和他们的作品给予了精到的品评。文学思潮史的研究在我国现当代文学领域有许多重要的著作,比如,朱寨主编的《中国当代文学思潮史》(人民文学出版社1987年版),谢冕主编的"百年中国文学总系"(山东教育出版社1998年版)。以后一套书为例,其研究方式是选择从1895年以来具有重要意义的若干年份(例如1921年、1942年、1948年等)进行描述,以这些关键性年份所发生的文学变化,把百年文学进展贯通起来,丛书整体为撰写更具有科学性的、深入的中国现当代文学史打下了扎实的基础,同时就总系中的任何单本著作来说,都是对当代文学发展过程中某些重要阶段的深入研究。

3. 以作品为核心的作家论研究是个案性质的批评。

以对作品的细致分析和批评为核心,但最终结论落脚在作家定位和评价上。比较是其基本思路和主要方法。以特定的文学观念为依据,在比较中确定作家的地位。最典型的著作是利维斯的《伟大的传统》。利维斯以知人论世的方法和比较的途径,对作家及其代表作品作出洞幽烛微的分析,并且以此为基础描绘出英国文学的"伟大的传统"。在比较中确认了所谓的小说大家,即乔治·艾略特、亨利·詹姆斯、约瑟夫·康拉德三位小说作家,认为"他们即是英国小说的伟大传统之所在"。① 利维斯的文学观念为,小说必须对人类的道德抱有关怀。法国文学史家和文学批评家朗松也是这样的文学研究者。我国自现代以来对于中国古代和现代作家所做的大部分研究,都属于这类,比如,赵逵夫的《屈原与他的时代》(人民文学出版社1996年版)在古代典籍中钩稽关于屈原及其相关史料,进一步阐明以屈原生平及其时代的著作为典型、以文本为核心的作家论研究。

4. 与时代同步的文学评论主要从文学社会功能的角度来评价和评论文学作品和文学现象。

关注新近出版和发表的文学作品在当下社会文化和人们精神生活中产生的影响,对于社会进步和文学发展的意义等,较多从功用角度品评判断。文学评论一般以社会学方法为主,侧重评论而不注重分析,并不执意追求学理性。我国当下发表于各种刊物和报纸上的跟踪性的文学批评文字大多属于这种研究方式。

以上梳理启示我们思考:第一,侧重宏观的文学及文学思想发展脉络、侧重作家创作和地位、侧重社会功能等方面的研究任务,都有相应的文学研究方式来承担。人类文学研究方式承担起了对于文学活动从作家到作品到读者各个环节的研究。第二,还有领域需要特定的方式加以研究。这个问题来自如下思考:文学史上已有较高地位的作家的某部优秀作品的艺术构成及其特性,在哪种方式中予以研究呢? 或者说,以具体的优秀作品为对象,探索和总结其中的艺术特性乃至进而获得对于其所属的文体的具体细致把握,这样的任务如何完成呢? 显然,这不是简单的评价问题,或者说评价任务已经结束,继之而来的是分析的任务。那么,难道从来就没有理论家们涉足这样的研究吗? 回答是否定的。让我们从西

---

① 〔英〕利维斯:《伟大的传统》,袁伟译,生活·读书·新知三联书店,2002年版,第45页。

方文学批评中的一个现象入手:法国经典叙事学家热拉尔·热奈特在《叙事话语 新叙事话语》"绪言"中开篇就说:"本书研究的特定对象是《追忆逝水年华》中的叙事。""和一切作品、一切肌体一样,《追忆》由普遍的或至少超越个别的要素组成,它把这些要素集合成特定的综合体,独特的整体。分析它,不是从一般到个别,而正是从个别到一般……我在此提出的主要是一种分析方法,我必须承认在寻找特殊性时我发现了普遍性,在希望理论为评论服务时我不由自主地让评论为理论服务。"[1]热奈特从评论《追忆》入手,写出了《叙事话语 新叙事话语》这样的经典叙事学理论著作,即评论为理论服务。仅就我所阅读过的由对普鲁斯特的《追忆逝水年华》的评论升华为理论问题探讨的西方学者的著作,有瓦尔特·比梅尔的《当代艺术的哲学分析》;美国著名叙事学家希利斯·米勒的《解读叙事》中,第12章以《追忆逝水年华》为对象讨论"错格的谎言"。这些著作,目前都是作为文学理论著作被认定的,并没有作为一种研究方式被充分认识。

而文本分析则可以承担这样的任务,在各种文学研究活动和方式中,文本分析以不可替代的作用拥有自己的地位。

二 文本分析的对象及对象存在样态

分析艺术价值构成的机制,潜在的逻辑是以优秀文学作品即文学经典为分析的对象。

文学经典是在文学史上经受住历史考验,被普遍认可的重要文学文本/作品。文学经典固然借鉴已有优秀文学的经验和成就,但是创造性远远大于借鉴性。这些文学文本/作品因艺术上的创新和成熟而成为经典。文学经典的形成原因很复杂。除去时代、文化、意识形态等外在原因之外,文学经典还有独属于文本自身的特性,也就是创新和成熟的因素。这些因素和特性值得研究。文学经典作为精神文化资源,其价值体现在:其

---

[1] 〔法〕热拉尔·热奈特:《叙事话语 新叙事话语》,王文融译,中国社会科学出版社1990年版,第3—4页。

一,滋养人们的精神。文学经典中蕴含的人类感情丰富而且多样。伽达默尔在《真理与方法》中认为,历史流传下来的文物、传统哲学、经典文学等,一定能够向我们传递一些信息,并且具有教化功能,其教化功能通过历史流传物自身蕴含的人性的、普遍精神的有效张力而实现。历史流传物在流传过程中,不断被加进去新的理解,新的理解不断地被融合到这个流传物中去,丰富着这些历史流传物。文学经典对人们精神的滋养是其他文化形式不可替代的。其二,文学经典对于文学理论的价值。从文学经典中总结文学理论,是文学理论发展的重要途径。我们在前面已经论及法国经典叙事学家热拉尔·热奈特的研究方式。《追忆逝水年华》的叙事现象非常丰富,出现了一些以前叙事文学作品中没有出现过的写作手法,可以从中提炼和概括出普适性的理论,推进理论发展。《叙事话语 新叙事话语》在文学理论中的学术价值已经表明,《追忆逝水年华》不仅对文学做出了贡献,而且对文学理论也做出了巨大的贡献。张爱玲的《金锁记》已经成为中国现代小说的经典文本。笔者曾经在《"金锁"隐喻与诗性的故事——张爱玲〈金锁记〉的文本分析》一文对其做过文本分析,指出其故事情节设计明显地呈现为平衡结构,即曹七巧吸收聚集恶与释放恶的两个阶段所组成的完整过程是一个平衡结构。人物的形象就在这个结构中完成,表层叙述结构来自深层原因,深层原因就是曹七巧在这个平衡中运行的动力究竟是什么?此外"金锁"意象在表层结构与深层结构的形成中也具有非同凡响的艺术效果。而以往的文学理论对于这些问题尚未做出很好的回答。这些现象都印证了文学理论的诞生脱离不了具体的文学现象,任何一个理论命题的诞生都有其特定的原始语境。文学经典对于文学理论的价值有待于深入开掘。

文学经典即文学作品存在样态是怎样的呢?确认对象的存在样态,是文本分析的基础。

关于文学作品存在方式问题,中西方学者都曾经深入探讨过。20世纪,波兰现象学家英加登在《文学的艺术作品》和英美新批评理论家韦勒克、沃伦在《文学理论》中,都提出了文学文本的层次结构问题;加拿大文学理论家弗莱在《批评的剖析》中则提出了"相位"理论,从若干层面进入对文本的思考;中国南北朝时的刘勰在《文心雕龙·知音》篇中提出"先标六观"的思想,认为文学批评可以从六个角度进行。这些理论依据不同哲学体系,对文本或者从若干层次构成的结构,或者从诸多侧面加以把握。

从理论的共同点来看,英加登和韦勒克、沃伦可以看成是一个理论平台上的理论家。作为现象学派的理论家,英加登虽然师从胡塞尔,但是他不赞成胡塞尔的先验唯心主义,他希望确立独立于意识的实在世界的存在,反对把知识的基础建立在纯粹的意识之上,并进而认为,我们认识对象的方式取决于它的存在方式与结构形式。英加登首先排除了分析文学作品存在方式的物理主义思路和心理主义思路,以此为基础提出"文学作品是一个多层次的构成",确证他的文学作品是以结构的方式存在的思想。韦勒克和沃伦借鉴英加登,对作品层次的归纳如下:第一层面,声音层面,谐音、节奏和格律。第二层面,意义单元,意义单元决定文学作品形式上的语言结构、风格与文体的规则。第三层面,意象和隐喻,这是所有文体风格中可以表现诗的最核心的部分。由这部分转换成第四层面,也就是存在于象征和象征系统中的诗的特殊"世界",他们把这样虚构的象征和象征系统称为诗的"神话"。

加拿大原型理论家弗莱则从宏观视角来考察文学作品。弗莱从意义和叙述这两个互相联系的方面对文学作品进行层次分析。他首先把文学艺术界定为"假设性的语辞结构",然后提出文学作品具有五个关联域,他称之为"五个相位",分别为:"文字相位",也就是文学作品内部各词语和各象征间的关系,意义是内向的和含混的;"描述相位",也就是文学作品对外部世界的描述、论断和教诲作用,意义是外向的、明晰的;"形式相位",也就是文学作品作为一种假设性的语辞结构对它所模仿的自然和真实命题的关系;在最接近真实的事实的一极和最虚构的一极之间,存在多种具有差别的类似于过渡色一样的形式;"神话相位",这是文学自身的继承关系的体现,于此相位弗莱提出了文学原型的概念;"总解相位",也就是文学作品同全部文学经验的关系,这是一个原型比较集中的阶段,多种原型密集地形成一个"原型中心",反映了人类普遍的经验和梦想。

刘勰《文心雕龙·知音》篇中的"六观"思想早在5世纪就聚焦在20世纪西学者关于文本结构性存在这个问题上。关于"六观",刘勰说:

"是以将阅文情,先标六观:一观位体,二观置辞,三观通变,四观奇正,五观事义,六观宫商。斯述既形,则优劣见矣。"①刘勰认为,六个方面与文学作品整体具有有机联系。六个方面是可以进入文学作品的路径,在"面面观"中可以获得对文学作品整体的把握。位体基本是作品的题材风格与作品内涵、主题相互协调适应的问题。置辞基本是作品的语辞、用字修辞的问题。通变基本是文学作品对传统的继承和创新的问题。奇正基本是肯定以正驭奇,也涉及正统与新奇的问题。事义基本涉及作品中的材料、人物、事物等种种内容,以及典故的运用问题。宫商基本涉及作品的音乐性问题。

总括韦勒克、沃伦、英加登、弗莱和刘勰关于文学作品的多层次立体结构或者面面观思想,可以看出他们对文学性存在于诸多层面的见解。大致可以表述为,文学作品存在于一个由语言构成的多层次的立体的结构中,各个层次分别为:1. 语辞所具有的语音和语义。2. 句子和句子所组成的意群,这是重要的贮存文学性之所在。3. 已经形成的形象或者意象及其隐喻,其中已经具有形象和比较完整的意义。4. 文学作品的客观世界。这是存在于象征和象征系统中的诗的特殊"世界"。5. "形而上性质"(崇高的、悲剧性的、可怕的、神圣的)虽然不是以阅读可能意识到的对象样式直接出现的,但也是生成文学性的因素。

确定文本多层次立体结构存在对文本分析的意义在于:第一,为文本分析从"多层次的立体结构"来探索艺术价值构成开拓了思路。第二,确定层次性存在,可以采用各种方法分析不同的层次,并且在文学作品的各层次间进行对话和交流,形成批评话语的间性;也就意味着拓宽了文本分析方法介入的空间。那么为什么叫文本分析而不叫作品分析呢?确实,文学经典是文本分析的主要对象,文学作品多层次的立体结构的存在,是一个假设性的语词结构。那么,既然文本分析是不同于文学史研究、文学思潮史研究、以作品为核心的作家论式研究以及一般的文学评论的一种特殊的研究方式,那么,在另外一个维度上,即在文学活动的全部过程中如何界定作品呢?这就需要辨析作品和文本的关系。也就是说,要回答

---

① 刘勰:《文心雕龙》,范文澜注,人民文学出版社,1978年版,第715页。

为什么叫作文本分析,作品和文本的区别及联系何在? 罗兰·巴尔特的论文《从作品到文本》[①]是我思考这一问题的主要借鉴材料。罗兰·巴尔特认为作品是感性的,拥有部分书面空间(如存在于图书馆中)的文本则是一种方法论的领域。文本是基础,依据文本进行想象的产物就是作品,也就是说,文本被阅读就成为作品了。文本是对符号的接近和体验,作品则接近所指。也可以认为,作品自身作为一般符号发挥作用并代表了符号文化的一般类型。文本则相反,常常是所指的无限延迟:文本是一种延宕,其范围就是能指部分。……从词源上讲,文本就是编织物的意思,textus,意谓"织成",文本就是由此转义而来。每个文本,其自身作为与别的文本的交织物,有着交织功能,构成文本的引文无个性特征,不可还原并且是已经阅读过的:它们是不带引号的引文。作品则是在一个确定过程中把握到的。在借鉴罗兰·巴尔特思想的基础上,我对作品和文本之间的联系和区别的理解是,文学作品可以被视为文学家创造活动的最终成果,意指源自特定的作者,具有文学属性并蕴涵特定意义的语言构造;文学中的文本概念,指的是具有文学属性的具体语言形态本身。作品与文本二者的内涵和所指皆有部分的重合,都是指称一个特定的语言构造形态。二者的区别是,作品是指某位作家所创作的,并且被读者所阅读了的,与审美价值相联系的文本。文本更侧重于语言形态本身,是没有被任何一种审美阅读所具体化的语言形态,如果探寻艺术价值,只能在文本中进行。

三 文本分析的路径与方法

1. 面对文学经典的研究路径问题。

我们说某作品是文学经典,意味着已经认可了它的价值,可见研究文学经典是以效果为逻辑起点。这与文学经典研究的路径问题相关。索绪尔结构语言学所提出的共时语言学理论,把语言作为一种功能系统来理

[①] 〔法〕罗兰·巴尔特:《从作品到文本》,杨扬译,蒋瑞华校,《文艺理论研究》1988年第5期。

解,从共时的角度观察语言,努力把这个系统中使得语言的形式和意义得以存在的规则和程式说清楚,即从语言效果出发,说清楚效果如何产生。这个思路被文学理论家们所借鉴,并运用到文学研究中来。当今西方文学批评界活跃的、有影响的理论家、美国结构主义文论家、康奈尔大学教授乔纳森·卡勒在他的理论著作《当代学术入门:文学理论》中明确提出:"在文学研究中也有一个经常被忽略的基本区别,就是两个课题的区别:一个根据语言学的模式,认为意义就是需要解释的东西,并且努力证明为什么意义会成为可能。另一个与其相反,它从形式开始,力图解释这些形式,从而告诉我们这些形式意味着什么。"这就是诗歌学和解释学的对比,乔纳森·卡勒指出语言学的模式形成文学研究中相应的诗歌学研究模式,而文学研究中的解释学的模式则是从法律和宗教领域借鉴的。在法律和宗教领域,人们试图对具有权威的法律文本和神圣的宗教文本加以解释,目的是对如何行动做出决定。乔纳森·卡勒认为,"诗歌学以已经验证的意义或者效果为起点,研究它们是怎样取得的……而解释学则不同,它以文本为基点,研究文本的意义,力图发现新的、更好的解释"。他进而指出:"以意义或效果为出发点的方式(诗歌学)与寻求发现意义何在的方式(解释学)有着根本的区别。"[①]乔纳森·卡勒给我们描述出了面对文学经典可能有的两种姿态。其他一些理论家比如英国文学理论家燕卜逊也谈到过,具有审美价值的文学作品,都可以在理论上加以分析和解释。文学经典在漫长的历史隧道中如何逐步被经典化,这需要从文学、社会学、美学、心理学甚至政治学、经济学等多学科出发综合考察和解释,除却复杂的外部原因之外,必然有它们成为文学经典的内在依据。我们目前的研究模式应该是诗歌学的,即说清楚艺术效果形成的原因。怎么说清楚呢? 我们以往习惯运用单一的社会学方法,其研究结论一般都属于社会和历史,与探索艺术效果的形成原因相距甚远。文学经典的构成中艺术特性的含量大,艺术手法和现象丰富,对于各种批评方法的承受能力强;将各种理论和方法运用到文学经典分析过程中更能发挥自己

[①] 〔美〕乔纳森·卡勒:《当代学术入门:文学理论》,李平译,辽宁教育出版社、牛津大学出版社联合出版 1998 年版,第 64—65 页。

的力量。诗歌学研究与方法的运用密不可分,分析起来会有丰富的意外发现。中国现代短篇小说的经典文本中,艺术特性的蕴含非常丰富复杂。笔者在分析废名《桃园》的时候,发现王老大在街上买的玻璃桃子被孩子撞碎后,出现了一个隐喻效果,暗喻在家里的女儿阿毛死了。由此笔者联想起另外两个短篇小说表达了几乎同样的艺术效果。一篇是爱伦·坡的小说《椭圆形的画像》,一篇是我国当代作家聂鑫森的小说《呼儿湾童话》。这两个作品也都能引起神奇的联想,这是隐喻所产生的功能,即描写一处的物象以喻另一处的物象。或者说都充分利用了意象,或者用一个意象置换另一个意象,如《椭圆形画像》,或者用一个意象比喻另一个意象,如《呼儿湾童话》。《呼儿湾童话》借用两个形象描写在同一时间里两个空间中发生的同一性质的事件,这个效果与《桃园》的效果一致,是同一种效果的会通现象。

诗歌学研究的路径是总结和归纳。如果我们纵览人类认识方式和科学研究史,可以发现一个规律,即某些时期人类的认知和研究方式以对现实和经验进行归纳、总结和抽象的思维逻辑为主。如文艺复兴时期的哲学,归纳逻辑打破了演绎逻辑的垄断。15—16世纪的英国经验主义哲学中,培根指出由个别上升到一般原则的归纳法更有助于科学发明。他定了科学实践观点和归纳方法的基础,美学才有可能由玄学思辨的领域转到科学的领域。后来,英国著名的政治家、政论家、哲学家博克也是放弃演绎思辨逻辑,改用归纳思维,而成为英国经验派美学的集大成者。可以说,当文学作品丰富、成熟到一定程度的时候,就需要从中总结艺术特性,这就到了以归纳和总结为主的时期。归纳和总结与发现并行不悖。

2. 文本分析中为什么要采用方法?

文本分析是学理性工作,是探寻文学文本艺术价值构成机制的工作。方法是探寻文学作品艺术价值构成机制的工具。方法在文本分析中具有怎样的功用?

第一,方法可以帮助我们发现更具个性的艺术特征。方法是理论的另一表述。所有文学理论都是对文学现象的发现、概括和提升。相对于文学现象,我们目前所掌握的文学理论就是可以用来分析文本的方法。比如,金圣叹的"草蛇灰线法"就是对于叙述结构的理论概括,不过只是概括比较形象化而已。文学经典凝聚了作家的创作经验、艺术技巧和创新。作家积累了大量的艺术经验,并且总是追求不同于以往的表达方式。他们的艺术创新以及对文学的理解凝练在文本中,文本就是他们的表述方式。但是,他们不善于用概念和范畴表述自己的理解和创新。对此,一些卓有成就而又能深刻认识作家作品的理论家阐释得很清楚。比如,法国叙事学家热拉尔·热奈特在《叙事话语 新叙事话语》的后记中说,"但我认为我们不应盲目相信一位作家,一位大艺术家的美学意识可以说从来跟不上他的实践,这仅仅是黑格尔以密涅瓦之鸟的迟飞为象征的启示之一"。① 作家们既富有艺术创造性又不善于理性地概括表达的特点,呈现在他们作品中,就是"可以清楚看出其中处于萌发状态的东西,尤其因为违反常规和审美创造在他作品中往往是不由自主的,有时是无意识的……"②理论家掌握了理论,在对具有创新性的文本进行分析的过程中,会发现原有的概念范畴无法解释和覆盖的文本现象,诸如叙事的方式、故事结构的独特等。理论家不仅发现了,而且用理论来为发现命名。比如,法国结构主义批评家克劳德·布雷蒙曾经提出过一种小说"三合一体"的假设,即任何小说都可以被概括描述成一种原子系列三阶段纵横交错的"三合一体"模式。

$$\text{敞开一个可能性的情景}\begin{cases}\text{可能性的实现}\begin{cases}\text{成功}\\\text{失败}\end{cases}\\\text{可能性的非实现}\end{cases}$$

这是最一般的叙述结构模式,也是我们分析文本时经常采用的方法。在对不同文本进行分析时,可能发现其具体运用特点并予以总结,由此使"三合一体"模式细化。笔者曾经运用"三合一体"模式分析过赵树理的短篇小说《催粮差》,发现赵树理在这篇小说中有他的艺术创新:将失败和成功两种情形都写得生动而有趣,每个情形都是一个可以单独阅读并很有可读性的故事,但又不是选择其一作为故事的全部,而是将两种情形

---

① 〔法〕热拉尔·热奈特:《叙事话语 新叙事话语》,王文融译,中国社会科学出版社1990年版,第188页。

② 同上。

组成一个更为完整深刻的故事。成功和失败的故事分别承担了一个笨人、一个聪明人这样两个人物的刻画,赵树理在笨人故事和聪明人故事的组合中,表达对生活的理解和对社会的干预。这样,我们在实际上就为赵树理的《催粮差》的艺术特性命名了。我们可以说,这是综合运用"三合一体"模式,将成功与失败创造性地进行组合,以及在组合中呈现干预性和批判性意义。

第二,运用方法进入文本分析,能够产生比较机制。道理很简单,某一种方法,作为一种现象的总结,与其他现象又有千丝万缕的关系,或相似,或有所重合,或者虽然有较大差异,但又有某些方面的相似。这样,运用某种方法分析文本的时候,会联系其他文本,由于面对生动具体而且多变的文本,所以分析中势必使方法细化,从而有了更多的发现,相应地产生出若干个更加切近该文本特性的命名。比如,克里斯蒂娃提出了互文性概念。互文作为一种研究方法,已经广泛地被批评家所采用。但事实是,优秀文学作品总是创造性地使用互文。笔者在《意境和格调艺术价值的主要来源》一文中分析沈从文《菜园》的时候发现,这个作品之所以淡远宁静、蕴藉而且充满书香气息,很重要的原因是互文手法的运用。比如儿子儿媳被杀害后,"这样打量着而苦笑的老年人,不应当就死去,还得经营菜园才行。她于是仍然卖菜,活下来了。秋天米时菊花开遍了一地。主人对花无语,无可记述"。一个"对花无语",此处无声胜有声,让人自然想到与我国古典诗词中几个典故的互文性。比如五代南唐冯延巳的《鹊踏枝》"泪眼问花花不语,乱红飞过秋千去",宋代柳永的《雨霖铃》"执手相看泪眼,竟无语凝噎"等。再比如,叙述到玉太太和儿子在菜园中散步,"在微风中掠鬓,向天空柳枝空处数点初现的星,做母亲的想着古人的诗歌,可想不起谁曾写下形容晚天如落霞孤鹜一类好诗句"。这里是与唐朝王勃的《滕王阁序》"落霞与孤鹜齐飞,秋水共长天一色"互文。其实,克里斯蒂娃说的互文性并不局限于某一文体。这只是一个思想,在具体运用时需要对应具体文体。在分析《菜园》时我提出,小说的互文性和其他文体比如散文、诗歌的互文性是否有所区别呢?分析结果是,《菜园》中的互文含而不露,每个互文的点,犹如一个个刚刚露出来一点的线头,叙述并不将全部线条(内容)都拉出来,也不发表议论,但是在露出来的线头上能隐隐约约感到没有完全言说出来的内容,并且在不知不觉中向前推进故事情节。一般读者在阅读中对此有含蓄蕴藉之感,文化修养深厚的读者又有自己延展这些典籍的空间,这符合小说文体的含蓄的要求。如果在散文中,则可能要将"落霞孤鹜"这个典故彻底展开。比如我国当代散文家王充闾的散文《回头几度风花》,叙写了自己从童年开始几度在风花满天时节的心绪。写到"只觉得年华老大之后,面对着残红委地,落英缤纷的衰凉景色,总有些春归如过翼,流年暗中偷换的丝丝怅惋。在这方面,我们不能不佩服宋代女词人李清照感受力的敏锐与表现力的高超。她在一首调寄《清平乐》的词里,通过她在梅花面前的表现,刻画出自己青少年、中年、晚年心态的变化:'年年雪里,常插梅花醉。'此时她在汴京,正处在新婚燕尔的花季,每当雪飘飞絮、梅吐清芬之时,她总要满含着盈盈笑意,如醉如痴地把那独占春先的梅花插在青丝秀发上。一个'醉'字,就把小儿女春闺嬉戏的情景刻画得活灵活现……"接下来,又分别叙写了李清照中年所写的"挼尽梅花无好意,赢得满衣清泪",晚年所写的"今年海角天涯,萧萧两鬓生华。看取晚来风势,故应难看梅花"。王充闾对李清照晚年的这阕词评述道:"在这里人与花的命运是相互映照的,花犹如此,人何以堪!看取晚来风势,也正是词人审视自己晚年颠沛流离的处境和国亡家破的形式。"可见,散文不是仅仅露出一点线头,而是将露出的线头彻底拉出来,和所引的典籍的作者感情融合为一体,散文作者就此发表议论和感慨,或者说,散文放弃了含蓄而选择了倾诉和抒情。不同文体运用典籍呈现出不同的特点和手法。

3. 运用方法的基本原则和具体操作。

方法论的基本原理就是文本分析所运用方法的基本原则。基本原则分别为:(1)方法的合目的性原则。黑格尔说:"方法不是某种跟自己的对象和内容不同的东西",方法是"对象的内在原则和灵魂"。(2)方法的两极否定原则。所谓两极否定,就是否定表现在目的里的直接的主观性,否定表现在方法里的直接的客观性。(3)方法的层次性原则。既有适应于所有研究对象的最一般方法,也有适应于具体对象的特殊方法,而一般方法和特殊方法需要结合。

下面我仅就"方法的层次性原则"展开。前面我们在讨论"文本分析的对象及对象存在样态"的时候,已经获得共识:文学作品存在于一个由语言构成的多层次的立体的结构中。各个层次分别为:1. 语词所具有的语音和语义。2. 句子和句子所组成的意群,这是重要的贮存文学性之所在。3. 已经形成的形象或者意象及其隐喻,其中已经具有形象和比较完整的意义。4. 文学作品的客观世界。这是存在于象征和象征系统中的诗的特殊"世界"。5. "形而上性质"(崇高的、悲剧性的、可怕的、神圣的)虽然不是以阅读可能意识到的对象样式直接出现的,但也是生成文学性的因素。既然文本存在于多层次中,那么,对应于每一个具体层次,都会有最适合的方法。比如,原型理论作为方法,最适合在第3、4层次展开分析,叙事学、结构语义学等方法最适合在第4层次展开分析。让我们以老舍短篇名作《断魂枪》为例来说明,笔者在《"不传!不传!"的魅力与"最后一个"的阐释空间》一文中,采用结构主义方法,分析三个人和一桩事,即沙子龙不传"五虎断魂枪"而得到心理平衡,王三胜和孙姓长者没有看到沙子龙操练这套枪法而心理不平衡。这是在第4层次展开的分析。继而笔者又采用叙事学理论分析"第三人称的叙述与个人情调的互渗"。从"文学作品的客体世界"角度,笔者采用故事模型理论分析沙子龙由于不传"五虎断魂枪"而成为"最后一个"的原因。沙子龙何以成为"最后一个"成为空白点。小说的艺术价值最根本之处就在于此。各种分析方法互相转换、结合,由分析最终走向了对于老舍艺术追求和心理历程的审美评价。

方法的结合和转换,这是走综合的路子。综合需要时代条件。目前,各种学术思想及思潮、方法空前丰富,形成了当代学术视野,这为综合提供了条件。20世纪60年代,托多洛夫就提出过:"现在是综合使用各种方法的时代,新的方法已不占统治地位,各种旧的方法也并未被否定,原因是各种方法的好的方面,都已被普遍接受,学校课堂上都介绍它们,并被文学研究者所使用。所以现代文艺理论研究,从方法论观点看,正走向综合。不存在单一的方法,大家使用各种方法进行研究,所以很难说哪种方法占主导地位。当然,所谓综合,并不是有这样一个专门的方法,而是在研究中采用各种不同的方法。综合是一个总的倾向。"[①]可见,20世纪

[①] 转引自钱中文:《法国文艺理论流派印象谈》,《文艺研究》1985年第4期。

60年代各种批评方法层出不穷,视野空前开阔,提出综合思路也是时代使然。这更可以证明目前文本分析需要理论的综合。

四　文本分析的意义

1.通过分析所获得的对于一个个具体文本的看法,形成相互比较、参照,从而深化了对于叙事性文体诸如小说的见解,而且能够看出不同时代、不同语言的文本的共通之处。

下面让我们看对一组小说的文本分析。这些小说,分别是托尔斯泰的《舞会以后》,巴金的《复仇》,唐代牛僧孺的传奇《周秦行记》。托尔斯泰的《舞会以后》有两个叙述者,其一是"我","我"讲述了和伊凡·瓦西里耶维奇等几个人一起聚会的场面,这个场面是一个谈话现场,大家都感兴趣的一个话题是一个人的生活成为这样而不是那样,并不是由于环境,而全在偶然事件,这是对人生的一种看法,伊凡·瓦西里耶维奇为什么会形成这种看法,肯定有他独特的经历。于是,伊凡·瓦西里耶维奇作为另外一个叙述者,叙述了他亲身经历的一个故事,这个故事是小说的内核。谈论的现场及其进展,人们的插话等由"我"讲述出来。巴金的《复仇》包括叙述者"我"在内,共有三个叙述者。分别为"我",医生和福尔恭席太因。核心是福尔恭席太因以遗书的方式讲述他的复仇故事,医生又讲述了福尔恭席太因的故事,并且认为"最大的幸福是复仇",而"我"则是在和医生等几个朋友在老友比约席的乡间别墅相聚时,"有一次我们不知道怎样谈到幸福上面来了",一个话题出现了,就此问题各人发表了各自的看法。听到医生讲述了福尔恭席太因的故事,现在以第一人称"我"讲述出来。

牛僧孺的《周秦行记》,以第一人称叙述。"余真元中举进士落第,归宛叶间。至伊阙南道鸣皋山下,将宿大安民舍。会暮,失道,不至,更十余里,行一道,甚易。夜月始出,忽闻有异香气;因趋进行,不知近远。见火明,意谓庄家。更前驱,至一大宅……""我"走进了汉高祖的妃子、文帝刘恒的母亲薄太后的庙里,在这庙里分别与不同朝代的女鬼们相会,她们是汉高祖妃子戚夫人、汉元帝时的王昭君王嫱、魏晋南北朝时明帝的爱妃潘贵妃、唐玄宗李隆基的贵妃杨太真以及西晋卫尉石崇的宠姜绿珠。薄老太后领着四个帝王的嫔妃,和唐朝的"我"会面了。用薄太后的话说:"牛秀才邂逅逆旅到此,诸娘子又偶相访,今无以尽平生欢。牛秀才固才士。盍各赋诗言志,不亦善乎?遂各授予笺笔,逡巡诗成。"薄太后诗曰:"月寝花宫得奉君,至今有愧管夫人。汉家旧是笙歌处,烟草几经秋复春。"王嫱诗曰:"雪后穹庐不见春,汉衣虽旧泪垂新。如今最恨毛延寿,爱把丹青错画人。"戚夫人诗曰:"自别汉宫休楚舞,不能妆粉恨君王。无金岂得迎商叟,吕氏何曾畏木强。"杨太真诗曰:"金钗坠地别君王,红泪流珠满御床。云雨马嵬分散后,骊宫不复舞霓裳。"潘贵妃诗曰:"秋月春风几度归,江山犹是邺宫非。东昏旧作莲花地,空想曾披金缕衣。"绿珠诗曰:"此日人非昔日人,笛声空怨赵王伦。红残翠碎花楼下,金谷千年更不春。"叙述者"我"("余")也赋诗一首,这首诗可看作是对这场不同朝代阳世与阴间诸鬼见面赋诗的意义,以及对诸位女鬼心情所作的一个总结,"余"诗曰:"香风引到大罗天,月地云阶拜洞仙。共道人间惆怅事,不知今夕是何年。"传奇结尾处写道:"太后使朱衣送往大安抵西道,旋失使人所在,时始明矣。"这篇传奇想象奇特,叙述的结构是故事套故事,每一位女鬼的诗都是以第一人称写就,这些诗不是怀古诗,而是第一人称的咏史诗,每首诗就是一个由主人公本人讲述的故事,所以,全文形成了汉代、魏晋时代,以及唐代等不同时空的故事的汇聚。

这三篇短篇小说的共同之处在于:1. 都是一群人(或者一个人与一群鬼)相聚,然后一个人出来向小说读者讲述他们相聚这个故事,而在他们的相聚中又有人讲述了另外一个故事,在《周秦行记》中则是几个女鬼各自讲述自己的故事。2. 均为第一人称叙事。因为有若干层次的故事,所以,也势必有若干层次的第一人称叙述者,在《复仇》中甚至有三个第一人称叙述者。3. 故事套故事为基本的叙事策略,最外层的故事是一个讲故事的现场。不同之处在于《舞会以后》中有两个故事叙述者,《复仇》中有三个故事叙述者,《周秦行记》中有若干个故事叙述者。《周秦行记》又分为两个大的层次,一个层次是"余"牛僧孺,一个层次是各位女鬼。《复仇》的多层叙述产生了特殊的艺术力量,"幸福"话题由此在当代延伸。4. 作家显然超越了时间和空间的限制,希望能自由穿梭在不同时空之中，让不同时代的人们互相对话，由此和读者一起体验时间和空间变化所产生的沧桑感。5.《周秦行记》更为奇特的想象是让不同时代的嫔妃与闯入薄后庙的现世人相互对话，让亡灵成为无时间限制的讲述者。从这一想象方式，可以看出唐人小说很重视第一人称叙事以及大胆奇特的想象。①

2. 文本分析是文学史科学化的基础性工作。

文本分析重在探索艺术价值形成的机制，不断地抵达文学作品的艺术奥妙，其分析结果，将会更正和补充文学史的已有评价，使文学史更为准确和科学。苏俄形式主义文艺理论家特尼亚诺夫在《关于文学的进化》一文中说过"文学史要最终成为一门科学，必须具备可靠性"②。事实是，文学史家对文学历史的描述以及对作家的评价都是相对准确的，罗宗强先生在论文《文学史编写问题随想》中就说："再一个问题，是作者的立脚点、他的文学评价标准不可避免地要影响到对于文学发展史的描述，也即影响到这种描述是否符合于历史的真实。""除了标准之外，从什么层面、什么角度去观察和描述文学史，也是一个影响文学史的真实性的问题。……除了评价标准之外，文学史撰写者的爱憎感情，亦必影响文学史的描述的真实性。""还有一个问题，就是全视觉地描述文学现象，还是特定视觉描述文学现象，也必然影响文学史的真实性。"③以上种种问题，并不是说，我们可以随意编排文学史，而置文学史实于不顾，而是为了说明，在对存世史料作认真清理之后，我们对于文学史的认识，也只能是相对的真实。这一点，是想要说明，这种相对的真实，存在着不同层面，存在着多种理解和描述的可能性。

例如，这些年来，学者们运用包括一些新方法在内的各种方法，对李商隐诗歌进行学理性的分析，在将李商隐的诗歌与李贺的诗歌进行比较

---

① 关于牛僧孺《周秦行记》分析的一些思想借鉴了李剑国教授的论文《亡灵忆往：唐宋传奇的一种历史观照方式》，《南开学报（哲学社会科学版）》2004年3、4期，在此向李剑国教授致谢！

② 转引自佛克马、易布思：《二十世纪文学理论》，林书武等译，生活·读书·新知三联书店1988年版，第1页。

③ 罗宗强：《文学史编写问题随想》，《文学遗产》1999年第4期。

时,运用数字统计的方法,发现"李贺个性极强,在失落中追求心理上的补偿,有很强的感官欲求。所写的物象,往往具有特别的硬度和锋芒。又多用颜色字,瑰丽炫目。李商隐则是虽美艳而又少给人色彩刺激。比较两人诗中色彩字使用的次数和频率,很能看出双方的区别。李贺红、绿、青、紫四种颜色字使用的频率是李商隐的2.3倍,其中红、绿二色为3.3倍。可见一追求颜色刺激,一比较淡雅"①。再比如上海古籍出版社2003年版的《中国诗学研究——李商隐研究专辑》(第2辑)一书中收有吴振华的论文《李商隐近体诗运用虚词的艺术成就》,其中分析道:"李商隐的近体诗,历来被认为是具有缠绵宕往之致的,这与他在诗中大量而巧妙地运用虚词不无关系。最能代表他诗歌主体风格的是近体律绝,而他的绝大部分诗歌中均有虚词的镶嵌。据粗略统计,其全部近体诗歌中,虚词的用例超出1200句,占他全部诗歌总句数(5772句)的五分之一强。"在此基础上作者认为:"一、李商隐拥有自己的意象群。所用的意象在色调、气息、情意指向上有其一致性。二、李诗技法纯熟。声调的和谐、虚字的斡旋控驭,事典的巧妙组织,近体在形式上的整齐规范,都增加了诗脉的圆融畅适。三、情感的统一。那种孤独、飘零、惘然、无奈、寥落、伤感的情绪,浓郁而又深厚,弥漫在许多诗中,使诗的各部分得以融合、贯通,成为浑然一体。"在这样全新的文本分析中,李商隐的文学史地位与之前相比,发生了极大的变化,一改人民文学出版社1963年出版的由游国恩、王起、萧涤非、季镇淮、费振刚主编的四卷本的《中国文学史》,以及人民文学出版社1979年出版的由中国社会科学院文学所中国文学史编写组编写的三卷本《中国文学史》中只占一节的地位,在中国高等教育出版社1999年版的由袁行霈主编的四卷本《中国文学史》中,李商隐占了一章的内容,与李白、杜甫、白居易一样。

3. 担当文化传承和文学理论传承的作用。

文学的传承,除了文学作品被一代代的出版者不断地出版,还有就是文学史、作家论研究性著作的出现等。文本分析也是文化和文学理论的重要传承方式。回顾文化典籍,其中相当一部分就是以文本分析的方式

---

① 袁行霈主编:《中国文学史》(第二卷),高等教育出版社1999年版,第425—442页。

传承下来的,比如金圣叹的小说戏曲评点。在《贯华堂第五才子书·水浒传》《贯华堂第六才子书·西厢记》等作品中,金圣叹既是《水浒传》《西厢记》的阅读者,也是这些作品的创作者,他所刊刻的《第五才子书·施耐庵水浒传》是一个删改本。他将120回的《水浒全传》删去49回,又改动目次、润饰文字,诡称乃施氏原本。这个本子最后完结于梁山伯英雄排座次,截取了作品的精华部分,克服了《水浒全传》拖沓的毛病。这意味着他已经创造了另一个《水浒传》。同时他还是批评家。从形式上看,金圣叹的《水浒传》小说评点,前面有序言、读法,每一回有眉批、夹批与回评。《读第五才子书法》是金圣叹全面地、比较系统地表述自己文学观念的文字,眉批和夹批是即兴性质的,包括随文释义、有感想评价。回评则是集中讨论一两个话题。现在的读者,在阅读《水浒传》的时候,实际上是连带着将这些评点部分一并阅读,而且,对于研究者来说,他的既有感悟式也有说理的分析,也成为考察那个时代文学思想的珍贵资料。文学观念、文学思想,就这样在评点中传承了下来,和其他纯粹的古代文学理论比如李渔的《闲情偶寄》等共同组成了我国的文学理论资源。

4. 是文学理论概括和提升的基础性工作。

理论相对于文学现象永远是落后的,用文本分析的方法探寻艺术价值形成机制的时候,常常会遇到理论概括困难的现象,这表明该文本的叙事方式、视角或者结构方式等尚未被诸如叙事理论、结构主义理论或者原型理论注意到,理论无法覆盖这样一些文学现象。这时,分析已经不是理论为评论服务,而是评论为理论服务;即从对某一具体文本的分析提升为普适性的理论。反观西方叙事学以及诸多优秀文学理论,都是这样形成的。所谓文学理论概括和提升的基础性工作的意义还在于,对文学经典文本的分析,也是对文学经典的重读。重读过程中,会有一些很奇特的现象发生。笔者在分析茅盾的三篇历史小说《石碣》《大泽乡》《豹子头林冲》时曾有如下发现及总结:

> 一个文本一旦产生,就会在此后各种阐释条件和阐释过程中生发出不同的意义,或者说,借助于后来读者的文学能力,文本的潜在属性才能变为阐释者所中意的意义。《大泽乡》的叙述中有一些带抒情色彩的词汇,比如"三十万雄兵都不曾回来,知否是化作了那边

的青燐蔓草哟！"还有一些现代语汇，比如"地下火爆发了！……被压迫的贫农要翻身！他们的洪水将冲毁了始皇帝的一切贪官污吏，一切严刑峻法！""风是凯歌，雨是进击的战鼓，弥漫了大泽乡的秋潦是举义的檄文……"可以肯定，茅盾在写作的当时，决不会希望这些字眼产生反讽效果，而一定是希望这些字眼在"向现代发言"时，或者是发掘了历史的高尚精神，给人们以鼓舞、向上的力量，或者是鞭答了历史和传说中的"坏种"，给现实恶势力以无情的揭露与诅咒。可是我们今天的读者，是"实际的或有血有肉的读者——性格各异的你和我，我们的由社会构成的身份"，因此也就超越了单纯的"向现代发言"的立场。在漫长的历史隧道中，诸多历史现象、历史过程，竟然出现了惊人的相似和对照，读者的慨叹也就自然产生了。那么，如何对之作学理性的说明呢？我借鉴韦勒克和沃伦在《文学理论》中关于文体和文体学的思想。韦勒克和沃伦认为"每一件文学作品都只是一种特定语言中文字语汇的选择。正如一件雕塑是一块削去了某些部分的大理石一样"。他们还认为，研究语言的审美效果，也就是把语言作为文体学来研究，才算得上是文学研究。对作品作文体性质分析的时候，可以从审美角度出发，解释它的特征，并且把对特征的解释和意义的产生联系起来。具体地说，即可以分析诸如语音的重复、词序的颠倒、各种级别的子句的结构以及它们的审美功能等。这个思想启发我们，仔细辨析"凯歌""战鼓""檄文"，以及"贪官污吏，一切严刑峻法"等字眼，其审美功能就是，此前所叙述的陈胜、吴广起义的具体历史事件，通过这样一些带有历史沧桑感的字眼的渲染，生发出了造反者的普遍含义。读者似乎在恍惚中，既是在读陈胜、吴广的农民起义，也是在读一切农民造反事件，难以分清哪朝哪代。我以为，这是一些被文化熏染了的词汇，在历史河床中已经逐步渗透在人们的文学能力中之后所产生的审美功能。

5. 对于文学创作具有借鉴意义。

文学创作是这样一种精神活动：作家在自由心境中，充分发挥艺术想象，营造虚构的艺术世界，传达自己对于人生和世界的理解和憧憬，寻找可以寄托心灵的精神家园。作家的灵感和天赋、他们的人生积累和体悟是非常重要的,他们的艺术经验也非常重要。毋庸置疑,艺术经验是对艺术规律有了感性体悟之后凝结而成的作家个人精神财富。成功而优秀的文学文本,其实往往是作家在不自觉状态中凭借艺术经验暗合了艺术特性,而我们在文本分析中,就是采用特定的方法将艺术价值构成的机制揭示出来。如前所述,如果让作家来表述他们的创作机制,他们可能会采用感性的直觉的语言来表达,由此可见,采用文本分析方式,用理论形态话语描述艺术特性,揭示出艺术价值的构成机制,深化理解文学作品特性和艺术价值构成机制,这恰好和作家的感性体悟形成互补。换个角度看,文本分析为作家提供了一种理论视角,使他们有可能从这个视角反观自己的直觉,思考自己的创作,进而影响到自己的创作。

6. 对于读者文学阅读也具有重要意义。

读者涵盖面非常广阔,学习文学的大学生、研究生在一般的文学阅读和研究性质阅读两方面均有很广阔的需求。文学阅读,提高他们的审美欣赏水平,而阅读研究性质的文本分析,则给他们一双慧眼,让他们能更透彻理性地认识文学经典的品质和构成,体验一种特殊的批评方式,学习批评方法。对于社会上的一般读者而言,文本分析的意义在于,让他们在感性体会文学经典的同时,增加对文学经典的理性认识。这个过程可能会很漫长,也不会很明显,但变化是确凿无疑的。马克思在《1848年经济学哲学手稿》中认为,会欣赏美妙音乐的耳朵、会欣赏优秀绘画的眼睛,是优秀的音乐和绘画所培育的。文学经典能培育懂得文学的心灵,而文本分析和文学经典一起进入一般读者的视域中,不就像耐心又说理的辅导员,循循善诱地引导读者进入文学经典的世界吗?读者审美品位提高,意味着形成了对优秀文学作品的更大需求,需求促进生产,文学创作和消费的良性循环并不是天方夜谭。

目前,回到文学现象本身,回到文本本身,是推进文学理论工作的重要学术选择。

文学经典文本分析的学术拓展与教学实践(代后记)

孔子说"学而时习之,不亦说乎?"在我看来,"教而时思之"也是让人愉快的事。教与思,可以大致对应高校的教学和科研。教的过程中时时地思,思之结果反哺教学、滋养科研,对高校教师来说是个愉悦的过程。教学工作有同一内容不断反复的特点,但是,恰如古希腊赫拉克利特的名言"人不能两次踏入同一条河流",这个辩证法也适合教学过程中"时思之"的状态。科研则相当于多次踏入教学这个同一条河流,入而出,出而入,科研教学互动互促。我的这个思考缘于高校目前较为普遍的教学与科研的"两张皮"现象。青年教师专心于科研的容易忽略教学,专心于教学的容易忽略科研。恰逢北京大学出版社出版的拙作《中国现代经典短篇小说文本分析》近期将修订再版,责编嘱咐重写后记,这个契机促使我回顾二十余年来开设的"文学作品文本分析"课程,结合我的科研情况,梳理总结在教学中如何思考问题,以及如何将思考结果拓展到科研领域并反哺教学。

在"文学作品文本分析"课上,我带着学生逐篇分析精心选取的经典短篇小说,一般每两节课可以分析两篇作品,也有仅分析一篇的情况。这门课的内容为文艺学美学方法论中的文学批评方法论。伴随课程建设,我先后出版了《外国经典短篇小说文本分析》和《中国现代经典短篇小说文本分析》两本书。[①]两本书的关键概念都是"文本分析"。开课后通过对既有批评理论的研究,我试探性地为文本分析下了一个定义:"文本分析作为一种文学研究活动,以优秀的文学作品为研究对象,探寻文学作品艺

[①] 均为北京大学出版社出版,前者2004年出版,后者2006年出版。

术价值形成的原因和机制。这种文学研究活动强调自觉的方法意识,采取与文本相应的方法,对文本进行学理性分析,在分析中自然地转换成对于文学作品的审美评价。"①其中,"艺术价值形成的原因和机制"是这个定义的关键内容。我的教学始终围绕着艺术价值、文学经典、审美评价等几个基本概念进行思考和探索。它们如同种子,遇到合适的机遇时,就发芽、开花和结果了。所谓"合适的机遇",主要指我作为首席专家承担了教育部2015年重大攻关课题"文艺评论价值体系的理论建设与实践研究"。"文艺评论""价值体系"和"实践"是这个课题的关键词。由此,"文本分析"的相关概念及思考,被符合逻辑地带入了课题,成为研究的起点和基础。下面就来阐述一下这几个重要的起点和基础。

一、"艺术价值"成为研究课题的起点

文本分析的任务是探寻"艺术价值形成的原因和机制"。叙事学和结构主义诗学,以及中国古代小说评点等,是文本分析教学阶段的主要理论资源。如何在价值体系中理解"艺术价值"?"艺术价值"与怎样的学术思想联系更恰切?我径直寻找到将文本内在价值与外在社会历史语境相联系的英国文论家艾·阿·瑞恰兹。课题组成员黄一老师的研究成果表明,"价值理论贯穿于他的全部文艺思想,包括对文学语言特性、文学特殊性等一系列重要问题的探讨……可以为中国学界的文学批评价值体系的建立提供经验与启示"②。瑞恰兹是如何界定"价值"的呢?他认为,"价值"包含互为前提、互相作用的"内在价值"和"工具价值",二者共同构成价值论的基础。这里隐含的重要信息是:文学经验与日常生活中最有价值的经验非常类似。也可以说,文学的价值与社会生活的价值具有一致性。体现在观念层面,即文学独特的"内在价值"通过与社会生活的深刻连接,从而对个体和社会构成意义,因此具有"工具价值"。"工具价

---

① 刘俐俐:《经典文学作品文本分析的性质、地位、路径和意义》,原载《甘肃社会科学》2008年3期,第9—16页。

② 黄一:《敢于面对"文学与现实"的严峻命题》,原载《社会科学报》2017年2月16日。

值"的实现依赖于"内在价值"。①在这个思想基础上,依托瑞恰兹说的"一件艺术作品的缘起即创造的时刻以及它成为交流载体这个方面,从这两点来看都能找到理由,让艺术在价值理论中占有一个极其重要的地位","理解文学艺术中发生的一切乃是价值理论所需要的",②我将"内在价值"的含义概括为:文学之所以能够触及人类丰富复杂的精神世界,缘于它有艺术效应的内在机制,或者说它具备能被读者感受体悟的内在合理性与可能性。这个概括与探寻文学作品"艺术价值形成的内在机制"的文本分析的内涵相一致。恰如黄一所说,"瑞恰兹所谓的文学的内在价值,其实是形式价值或是具有审美意义的价值。他在讨论文学价值时,一直将文学的内在价值作为文学价值最终实现的前提和依据"③。

瑞恰兹的"内在价值"和"工具价值"两个层次的说法,已含有"内在价值"作为文艺评论的起点的涵义。我们的研究以文学批评为中心,探寻文学作品的"内在价值"是我们所做的文学评论工作的基础和根据。"内在价值"是文学批评的起点;往大了说,更是价值体系建设的起点。"体系"则意味着内在各部分自洽,与外在环境相互依存、互动以激发生命力。"内在各部分自洽"的应有之义,就是作品的"内在价值"。与外在环境联系的特性,决定了文学研究的视野既要立足于又要超越于文学作品的"内在价值",把它扩展到外在环境系统,即国家、民族、人民的福祉等开阔的大系统中来考察其价值,这与瑞恰兹所说的"工具价值"大致相当。"内在价值"与"工具价值"相关联,一起进入价值体系建设。

把"内在价值"作为起点引入我们的研究项目,除了学理依托之外,还与我已进行了二十余年的"文学作品的文本分析"课程及教材编撰相关,或者说,在教学中不断思考的结果已渗透在教材建设中。在二十余年的教学过程中,我始终秉承"课程改革、教材建设、科学研究三者结合互动"的理念。我的以"文学经典阅读、批评方法论与文本分析融合互动的

---

① 这个概括参照黄一:《敢于面对"文学与现实"的严峻命题》,原载《社会科学报》2017年2月16日。
② 艾·阿·瑞恰慈:《文学批评原理》,百花洲文艺出版社,1992年版,第26、31页。
③ 黄一:《敢于面对"文学与现实"的严峻命题》,原载《社会科学报》2017年2月16日。

系列教材建设"为题的教学改革成果,获得了"第八届高等教育天津市级教学成果"二等奖(2018年4月)。其中所说的教材,主要是《中国现代经典短篇小说文本分析》和《外国经典短篇小说文本分析》两种,此外还有《文学"如何":理论与方法》《小说艺术十二章》等。[①]"内在价值"不仅体现在两种文本分析教材中,更理论化、系统化地体现在两种具备科研、教材双重性质的著作中。先说《文学"如何":理论与方法》。"如何"是描述性行为,描述的是求真求实的旨归。求真求实的系统理论与方法是此作的主要内容。再说《小说艺术十二章》。在课程"文学作品的文本分析"的教学过程中,我始终注重强调分析和评论的区别。文本分析注重的是,针对每篇作品的不同艺术特点,选取不同的理论和方法进行分析。最凸显的效果是,学生一方面会因为小说中人物形象生动、人物间关系及故事情节有趣而印象深刻,另一方面也会在运用各种理论、方法过程中产生不同的艺术感受。枯燥的理论、方法在这个过程中化为清晰的理性,然后是豁然开朗的愉悦。我们在课堂上的鉴赏对象是文学作品,我的《小说艺术十二章》则是将艺术本体与批评方法二者合一,进行叙述、分析,从这个角度进入"文学经典阅读、批评方法论与文本分析融合互动的系列教材建设"。

二、以"内在价值"为起点的价值生成与延伸研究

"内在价值"是起点,那么,"内在价值"是固有不变、一劳永逸的呢,还是依托物化了的文本逐步地生成和延伸的呢? 诚然,瑞恰兹的关于"内在价值"的论述具有客观主义价值论色彩,即认为客观事物中本已具有价值,并以这个价值作为评价根据。[②]我国研究者已经注意到,对于价值存在、实现于何处,瑞恰兹在不同时期的著作中说法不一,但指向很明确——读者的阅读。他认为,"价值存在于反应和态度的'细微末节'之

[①] 前者由北京大学出版社2009年出版,后者由上海教育出版社2014年出版。
[②] 黄一认为瑞恰兹是客观主义价值论者。

中"①。在我看来,瑞恰兹的这个表述含有将"内在价值"从既有文字中解放出来给予接受者的思想。接受者是具体的社会文化语境中的读者。接受者有两类,一类是纯粹的鉴赏者,一类是基于鉴赏的批评家。我在本书的"导读"部分,对英美新批评理论家威廉·燕卜逊《朦胧的七种类型》的概括是,真正的"ambiguity"都是可以分析的。燕卜逊认为,表面上看,文学批评家似乎分为鉴赏性的和分析性的两种,但是从"ambiguity"一词既具审美性又具分析性来看,批评家的审美鉴赏的感受性与分析批评的理性二者是可以兼顾的。批评家既可以与读者的感受相沟通,又可以运用不同理论方法对文本进行分析。因此,文学作品尤其经典文学作品的"内在价值",在各种语境中的价值延伸具有理论合理性。价值并不是一个静态的概念,而是在各种语境中实践的动态概念。我在"导读"中说:"对艺术效果的描述和对效果的追根溯源性分析紧密结合这个特点,还来自我另一维度的思考:审美价值的延伸与艺术价值的重新发现密不可分。""区分作品与文本,意味着我们可以不断对文本进行分析研究,不断发现其艺术价值,而不同时代、不同文化背景的读者则可以从文本中具体化一个作品。审美价值就是这样不断延伸的。文学经典就是在艺术价值的不断重新发现以及审美价值的不断延伸中焕发其永恒魅力。"这是在文本分析教学中产生的思想成果。我的这些思考成为之后相关研究课题的生长点。所谓生长点,分为两点。一个生长点是"延伸","导读"中的"延伸",指作品在各种语境中都能激发新的审美感受和接受效应,这就是审美价值的延伸。这个思想与在广阔社会历史中考察、描述、评价文学作品的价值的大视野相吻合,静态的艺术价值分析结果进入历史语境后转换成动态的审美价值延伸,由此合乎逻辑地被引入我们这个研究项目。另一个生长点是"重新发现","导读"中的"艺术价值的重新发现"指的是"内在价值"的不断被发现。通俗地说,就是"内在价值"不是固定不变的,会不断被发现。怎样才能不断被发现呢? 一是有不断涌现的文学理论,二是在文本分析上有方法论支撑。在文本分析教学中,这两方面关涉到教与学双方。在教者是不断补充新理论、完善方法论的任务,在学者则

---

① 艾·阿·瑞恰慈:《文学批评原理》,杨自伍译,百花洲文艺出版社1992年版,第52页。

是学会理论和方法论知识并运用于分析。我的这个研究成果集中体现在《文学如何:理论与方法》这部著作中。①概言之,"内在价值"的不断生成是缘于新方法的介入;只要文本分析的方法理论层出不穷,文本的"内在价值"就会不断被重新发现、得到总结。"内在价值"的生成性,让文本分析课程具有持续的实践属性。常教常新,教学相长,教学与科研互相促进……

那么,以"内在价值"为起点,进入关于审美价值延伸问题的研究,情况如何呢?我借助于已有的教学成果,选取马克·吐温的《竞选州长》进行文本分析,形成了一篇文章,题为《言者不知的艺术力量——马克·吐温的〈竞选州长〉的文本分析》。该文收入教材《外国经典短篇小说文本分析》时,我对《竞选州长》的艺术价值形成机制概括如下:"运用结构主义和叙事学相结合的方法分析之后,发现这是一部'通篇性讽刺'的作品。"我对该小说的分析因此顺着"通篇性讽刺"这一特性展开,指出此作从"言者不知的叙事角度"来展开叙事,叙述者是个糊涂人,他的糊涂表现在他没有看清楚竞选的本质特征就是诽谤他人与被他人诽谤,由此产生的艺术效果是:"'我'是在故事层中,'我'的心理轨迹和执迷不悟都具有审美价值。'我'作为言者,是'不知'的,这很有意思,不知的内容通过'我'的叙述,让读者知道,只有他本人不知道。"读者在高于故事中人物的优越心理位置上获得审美愉悦。此外我还进行了"两个平衡的比较"。"小说文本描绘了两个平衡,一个是我们前面分析的竞选州长的封闭圈的秩序平衡,另一个是竞选者'我'的心理平衡。"这样写的艺术效果可以归结为:"为什么'我'经历了原有平衡的被打破,体验了不平衡的痛苦,寻找到新的平衡,终于冲出竞选的封闭圈,而那个竞选州长的运行轨迹依然故我,那个游戏规则依然坚如磐石?这样的艺术描写的深层是对社会的认识。"②

我对这篇小说的"内在价值"分析得比较客观具体,同时,这篇小说发表时的背景和语境,也适合我把它作为个案来进行关于延伸价值的研

---

① 刘俐俐:《文学"如何":理论与方法》,北京大学出版社2008年版。
② 刘俐俐:《外国经典短篇小说文本分析》,北京大学出版社2004年版,第23—28页。

究。马克·吐温创作这篇小说时,美国资本主义经济正在迅速发展,垄断资本逐渐形成。民主党与共和党各自为拉拢选票而不惜重金,同时还互相攻击、互相造谣中伤。1868 年马克·吐温在纽约州目睹了州长竞选的全过程。当时,他任《银河系》(*The Galaxy*)杂志休闲类栏目"备忘录"(Memoranda)专栏作家。这个栏目的特色是以轻松幽默的方式描摹社会时事。《竞选州长》就发表于 1870 年 12 月《银河系》的"备忘录"栏目。

《竞选州长》适合作为个案研究对象的另一原因是,马克·吐温的作品在中国有较长的接受史,接受语境也经历了曲折复杂的变化。我就此写出的相关论文《文学经典价值延伸问题研究——以美国作家马克·吐温的〈竞选州长〉为中心》,"以文学经典价值延伸现象与规律为研究对象,在确定本文'内在价值'构成是价值发生原初条件的理论基础上,以美国作家马克·吐温《竞选州长》在我国的译介以及意义发生的历时考察为依据,在辩证讨论中探究文学经典意义发生的一般规律:总是最先顺着作家理想诉求,顺着'第一批读者'的意义方向,是作品'内在价值'得以释放的表现,更奠定了后续意义延伸的基础。论文发现了文学经典价值延伸过程的阅读和意义发生出现既有理论无法覆盖和解释的特异现象。第一,沿着作者诉求以及'第一批读者'所获意义的方向,后续意义是在别样语境及时代理念氛围中,超越性扩展性地发生,两个阶段意义发生呈现为逐步移动趋势,但并不对立和矛盾。第二,意义发生超出了'文本限定的意义域',从作品重心移向了当下语境个人自由体悟;从文本内部特性向越出文本规定性转移,此乃意义发生的最特异现象。论文最后基于特异现象分析,提出了以大历史视野为考察文学经典价值通过贮存和转换而得以延伸的原则,如此方可正确理解文学经典的冷热变迁和教育功能暂时缺失等现象"①。概言之,当年分析过的所有文学作品,在拉开时间距离之后,都有各自在后续时光中价值延伸的轨迹和特点,都可进入经验

---

① 参见刘俐俐:《文学经典价值延伸问题研究——以美国作家马克·吐温的〈竞选州长〉为中心》,原载《文艺理论研究》2019 年第 1 期,第 175—189 页。该论文范围涉及美国作家作品汉译后在中国不同历史时期语境中的理解和功能变化问题,涉及翻译,美国研究,中学、大学语文课本和课堂,以及高校学术讲座等材料。

性价值延伸研究的资料库。我们研究《竞选州长》的价值延伸时,运用的是理论推导和经验扫描、归类分析相向而行的逻辑。

三、以"内在价值"为起点的分析向评价转换的理论与实践

为什么要从分析转换到评价?文本分析的任务是探寻和说清楚"艺术价值形成的原因和机制"或者说"内在价值",在工作方式上以分析为主。分析是把对象条分缕析地分解开来考察,在哲学上与综合相对。文本分析首先是一个探究审美如何发生的求真过程。但是,人类如果局限于真实而弃善、美,人类将不复为人类。这也是审美乃至由审美经验凝聚而成的艺术品始终伴随着人类的原因。审美如何对人发生影响?这就是通过我们的文学艺术阐述与评价工作。阐述是分析工作的深化。评价就是评论文学艺术的价值高低。哲学中的评价理论,属于价值存在论、意识论和实践论等三大块中的意识论。[①] 价值理论中的意识论认为:"价值观念构成了人们内心深处的评价标准系统。"[②]文学作品作为审美活动的产物,与人们内心深处的评价标准系统有怎样的关系呢?美学就此问题有很多相关理论。我们绕开纯粹的美学理论,回到西方当代马克思主义理论中,选取阿格妮斯·赫勒的《日常生活》,去寻找审美和艺术与人类内心深处的评价标准之关系的原理。《日常生活》从人类"自为"角度,切入艺术品与人类价值的关系。她说:"艺术是人类的自我意识,艺术品总是'自为的'类本质的承担者,这体现在多个方面。艺术品总是内在的,它把世界描绘成人的世界,描绘成人所创造的世界。它的价值尺度反映了人类的价值发展,在艺术尺度的顶峰,我们发现了那些最充分地进入人类本质繁盛过程的个体(个体的情感、个体的态度)。换言之,艺术品的'存活',依赖于它是否成功地反映了这一价值尺度。这样,艺术品也是人类的记忆,如果我们能享受由已逝去时代的冲突所产生的艺术杰作,那是因

---

① 详见李德顺:《价值论——一种主体性的研究》(第3版),中国人民大学出版社2013年版。

② 同上书,第153页。

为我们在这些冲突中,发现了我们自己的生活和我们自己冲突的前史。"①从这段话中可以品味出的含义是:艺术本性与人类理想、根本价值天然地互为一体;艺术本性与每个时代以及每个语境的个人均休戚相关;人类理想和根本价值观念就是评价艺术品的根本尺度;有久远历史的艺术品也有永久的价值。从赫勒关于艺术与价值的关系的论述中,可以推导出,从文本分析走向阐述乃至评价,其根本依据是文学本性,这就让对文学"内在价值"的分析、阐述、评价有了合理性,甚至呈现出了阐述和评价的基本原则及思维轨迹。这些思考及逻辑理当被纳入文学批评理论。

在理论上说清楚了从分析走向阐述、评价的合理性与必然性,那么,以"内在价值"为起点的分析如何转换到评价呢?这里涉及转换的逻辑通道问题。以下是几则这方面的例子。

例子之一:分析顺其自然地走到与评价相关的范畴。如以沈从文《菜园》为分析对象的《意境和格调:艺术价值的主要来源》一文。该文的第二部分,就是"依托中国古典文学文化所营造的互文艺术"来进行分析,主要从三方面展开:"第一,对中国古典诗词的文体特征的同化,在人物性格、风貌和精神世界等方面的描写和刻画中,起到了不可替代的特殊作用。""第二,对中国古典诗词的文本特征的同化,在传达人生韵味方面,真正是起到了事半功倍、含蓄蕴藉的效果。""第三,互文性造就了玉家菜园的象征意义。"第一、二方面侧重艺术价值形成机制分析。第三方面触及"象征意义"。象征具有价值属性。走到"象征意义"这里,就已具有转向评价的逻辑通道了。为什么这么说呢?因为象征是范畴概念。"马克思主义哲学认为范畴是反映客观事物的本质联系的思维形式。各门具体科学中都有各自特有的范畴。……各种范畴之间存在着内在的联系。"②象征基本属于文艺和审美领域。"泛言之,象征是指任何能表示其他事物的事物。因此,我们可以说所有的词都是象征。不过,在讨论文学

---

① 〔匈〕阿格妮丝·赫勒:《日常生活》,衣俊卿译,黑龙江大学出版社2010年版,第103页。

② 《辞海》(第六版/典藏版),上海辞书出版社2011年版,第1126页。

时,象征这个术语仅指用来表示某一事物或事件的词或短语,这一事物或事件本身又代表某一事物,或者超越其自身的参照范围。一些象征是'惯例'或'公众的',像'十字架'……这些词组都意指象征性的事物,其所具有的深远的意义,受某一特定文化的制约。"① 那么,为什么说象征可以成为从分析到评价的逻辑通道?象征是用来意指某事物的,但是意指什么事物,却因人因文化不同而有不同的理解和解释,因此也有不同的评价。概言之,象征这个范畴,具有连接语词本义分析和它意指何在的理解评价等两方面的特性和功能。这决定了它是可以通向文学作品所处文化、时代等环境属性的范畴。捕捉到象征,就寻找到了从分析转换到评价的逻辑通道。象征作为一个范畴如此,在分析中能够抵达的其他的范畴或特性,也可以依此思路转换到评价。关键在于准确地理解所抵达的范畴涵义。

例子之二:从"意义在组合中得到呈现"走向评价。这方面的例子是分析赵树理《催粮差》的文章《今天怎样阅读赵树理的小说》。对这篇小说的分析,是依据结构主义学说就小说"三位一体"的理论假设开始的。假设框架为:任何小说都可以概括描述为一种原子系列三阶段纵横交错的模式,即一个完整的小说就是敞开了一个可能性的情景。此情景逻辑性地分为"可能性的实现"和"可能性的非实现"两种。当然,只有在"可能性的实现"维度上展开小说,才有讲述故事的可能。这篇在"可能性的实现""这个基础上有成功和失败两种情形,让两种情形组成一个完整的故事,而不是选择其一作为故事的全部"。两种情形促使我继而沿着"脱胎于民间故事类型的人物及魅力"进行分析。我分别分析了"笨人形象"和"聪明人形象",之后,再将他们组合起来,这就是"意义在组合中得到呈现"。至此,分析已进入了意义领域。这篇文章在最后抵达的意义的最高点和价值评价是,指出故事并没有给读者满意的结尾,生活依旧:"第二天早上,崔九孩又到别处催粮,孙甲午到集上去粜米。"读者不禁要问,为什么生活依旧?批评家会问:是什么力量让崔九孩成为聪明人,让

---

① 〔美〕M. H. 艾布拉姆斯:《欧美文学术语词典》,朱金鹏、朱荔译,北京大学出版社1990年版,第362—363页。

那个催粮没有成功、半途而返的煎饼铺伙计成为笨人？概括地说,"由于《催粮差》只提出问题而没有刻意解决问题,给予读者的接受和想象以自由空间,审美接受由此形成了层次性。……进而在笨人失败和聪明人成功的故事对比、组合中感悟到更丰富的意味和意义,生发出对于社会问题的深刻反思"。概括地说,此篇起步于结构主义三位一体的分析,最终抵达无结局的结尾,给读者留下疑问,也给批评家从分析走向进一步阐述,乃至通过提出问题抵达价值评价以逻辑合理性。

为什么疑问或者问题可以转换到价值维度的思考和评价呢？原因在于,在虚构的叙事性作品中,情节的不断展开就是不断回答问题,情节链即由若干问题提出既而解决来构成的。按照亚理士多德《诗学》的观点,文学作品在结尾之后就不再有什么东西,似乎一个叙述就此封闭了。而事实是,一部表面看起来具有封闭式结尾的小说,仿佛总是能够重新开放,这就使结尾问题变得错综复杂起来,似乎既是解结,其实又在打结。①《催粮差》中的善良人没得到好结果,奸猾坏人依旧横行。这似乎既是结尾又是一个后续故事的开头,即"其实又在打结"。这种结尾必定给批评家提出了问题。此问题在文本之内已然无法得到回答,只有走到文本之外的社会环境中才可能解答。依托语境来阐述聪明人和笨人何以如此,说清楚何以生活依旧,价值判断就是在这样的阐述中进行和实现。

上文仅举两例,一例是说分析产生范畴,由范畴可通往价值判断;一例是说从分析起步,归结到提出问题,由对问题的思考和尝试回答,可通往价值判断。这两个作品各具特点,在从何处入手进行分析方面会有差异,在分析通过怎样的方式走向评价方面,路径也多种多样。但从已有的文本分析经验及研究成果来看,从分析如何转换到价值判断,这个过程确实有其特定规律和逻辑通道。这是文艺评论价值体系建设的重要研究问题之一。

问题生成问题,始终跟着问题走,人文科学研究魅力无穷。

---

① 参见刘俐俐:《外国经典短篇小说文本分析》,北京大学出版社2004年版,第269页。

简短说明：

1. 读者反映

《中国现代经典短篇小说文本分析》《外国经典短篇小说文本分析》两部教材自 2006、2004 年分别出版以来，得到广大青年学子的喜爱。比如，豆瓣上有人评论它"是小说评论的入门书"。"值得推荐，教授实际操作文本的功夫，不失深度又不摆理论谱。就是因为这本书让我逐渐去了解叙事学，走上了一条不归路。""适合备考，将文论与文本结合起来，算是提供了一个范式。"当当上也有相关评论："这本书的内容很有水平，需要一点功底才能阅读。很喜欢里面对于中国现代小说文本的解读，是中文系学生学习的必备法宝。对文学评论而言，这本书能够让我们拓宽视野，取更多的角度来进行解读。"亚马逊（kindle 电子书）上的评论："作者主要用西方新的理论来分析中国现代著名的一些小说文本，但不像很多凡庸人士的削足适履，作者的分析丝丝入扣，具体细致，非常有说服力，值得一看，能够让你在阅读文本时得到一些新的思路，推荐阅读。"许多综合性大学中文学科将这两本书作为研究生教材使用。

2. 图书性质

这两本书的定位究竟是教材还是学术著作？说它们是教材，缘于它们是为"文学作品的文本分析"的方法论运用而产生，说它们是学术著作，缘于它们是以一篇篇论文的形式写出来的，均是跟随具体问题来展开其逻辑结果，并且书中大部分文章以论文形式发表过。我的教学与科研因此而密切结合，互相促进。它们被纳入重大科研项目之后，我又提出了一些诸如价值延伸、从分析转换到评价等更高层次的问题。这两本书的介乎教学与科研两者之间的特性，于我个人而言，有得有失，但它们毕竟呈现了一位高校教师完整的教学科研一体的面貌。

3. 尚未展开的启示性问题

本文探究的是教学成果向科研渗透的问题，但还有一个尚未展开的问题，对青年教师亦有启示，即在教学过程中积累的经验和问题，如何进入人文科学内部，并向深度问题汇合转换。因为在人文学科，青年教师所教的课程虽然各个不同，但无论怎样，都要有自己对课程内容的思考。从教学科研互相促进的角度来说，每位青年教师都承担着进入人文科学内部向深度问题汇合转换的任务。其中规律如何？可参考我的《人文科学内部深度问题汇合转换研究范式的原理与意义——以文学经典、故事和方法论等深度问题的汇合转换为中心》。①

---

① 刘俐俐:《人文科学内部深度问题汇合转换研究范式的原理与意义——以文学经典、故事和方法论等深度问题的汇合转换为中心》,原载《文艺理论研究》2016年3期,第23—33页。